昌平民间文学

神奇 的燕平八景

总 策 划　刘全新

策　 划　刘庆华

总　 编　周　浩

执行主编　星　竹

策划：北京市昌平区文化委员会

主编：北京市昌平区文化馆

图书在版编目（ＣＩＰ）数据

神奇的燕平八景 ／ 北京市昌平区文化馆主编 ． -- 北京 ： 北京燕山出版社，
2014.11

（昌平民间文学）

ISBN 978-7-5402-3693-9

Ⅰ ．①神… Ⅱ ．①北… Ⅲ ．①民间故事－作品集－昌平区 Ⅳ ．① I277.3

中国版本图书馆 CIP 数据核字（2014）第 254719 号

总 策 划：刘全新

策 划：刘庆华

总 编：周 浩

执行主编：星 竹

组稿编辑：曹学诗 李晨辰

责任编辑：陈赫男 金贝伦

插 图：白小龙

摄 影：张宇英

排版设计：杨国银

印 刷：北京彩利得印刷科技有限公司

出版发行：北京燕山出版社

地 址：北京市西城区陶然亭路 53 号

电 话：010-65240430

开本字数：889×1194 1/16 印张：65 字数：861 千字 印数：2200 册

版次印次：2014 年 12 月第 1 版 2014 年 12 月第 1 次印刷

定 价：398.00 元（全三册）

前　言

　　远古，燕山脚下全是波涛汹涌的大海，这里就是人类居住的岸边。这里不但有一亿年前形成的钟乳石，更有盘古开天时遗留下的汤泉、汤山，域内六千年前的雪山文化遗址，包括了仰韶、龙山、夏家店三个时期的文化底蕴。夏、商时期，这里先后隶属冀州、幽州，西周属燕国，春秋战国设军都县，秦统一六国后，昌平又属上谷郡；昌平建制始于西汉，经历多个朝代，一直延续至今……

　　昌平位于北京西北部，温榆河上游，西扼太行，北控燕山，三面椅背状的山脉，形成了天然的屏障，是一块得天独厚、人杰地灵的风水宝地。这里历史悠久，文物古迹众多，文化底蕴丰厚。

　　昌平古称"军都""永安"，著名的明朝皇家陵寝十三陵、长城雄关居庸关、佛教圣地银山塔林、神奇景观"燕平八景"、母亲河温榆河……均位居其中。昌平到处都是神奇美丽的传说。随处可见的文物古迹、人文景观，无不承载着昌平悠久的历史，道出昌平灿烂的文化。

　　民间文学，顾名思义就是流传在民间的文学作品。在刀耕火种的蛮荒年代，人们在白天劳作了一天之后，夜晚看着头顶那轮皎洁的明月，遥望着天上颗颗闪烁的繁星，幻想着天上的样子，陷入了深深的沉思……于是，民间就有了嫦娥奔月、牛郎织女的神话传说；在没有文字、只有记忆的远古，人们仰望着头顶美丽的蓝天，凝视着远处如黛的青山，陷入了无尽的遐想……于是，民间就有了盘古开天、后羿射日、女娲造人等民间传说。这些流传在民间的优美传说，爷爷讲给父亲，父亲讲给儿子，儿子又讲给孙子，一辈辈口口相传，一直流传到今天……这些民间的口头文学，是中华民族优秀的文化遗产，具有传承历史、扬善抑恶、教育后人的重要作用。

　　一段《白蛇传》的民间故事，只有几千字，一下子让人们记住了杭州、西湖；

一首《枫桥夜泊》，仅有 28 个字，却使人们永远记住了苏州、枫桥、寒山寺；居庸关沟的《六郎影》，让人们永远记住了永安、昌平……文学的价值不是用语言可以衡量的，而民间文学正是文学最原始最精华的部分，其价值更是不可估量。

昌平地域面积 1352 平方公里，这里的一山一水、一草一木、一村一寨都是富有灵性的。砖砌的夹缝里藏着故事，大山的皱褶里隐着传说。今天我们把它们搜集整理出来，其意义和价值是不言自明的。

人们都知道"燕平八景"在昌平，都知道温榆河是北京的母亲河，而且发源地就在昌平，但"燕平八景"究竟是什么样子，美丽的温榆河又是怎么回事儿，多少年来，没有人系统地写过，更没有人出过厚厚的大书。此次编纂的《神奇的燕平八景》《美丽的温榆河》，均是独家首次出版，相信会给您带来不一样的精神享受。昌平的大地会有什么神奇的传说呢？相信您看了《昌平大地上的传说》，会得到一个满意的答案！在这三本书里，我们要一一向您说明白。

悠悠天地史，代代昌平情。多情的大地、神奇的景色、温润的河水，不但记录了军都的远古、燕平的过去，更映衬着昌平的今天，形成了现在位居北京上风上水、得天独厚的自然景观。

《昌平民间文学》是北京市昌平区文化委员会系统工程的一部分，仅收集整理了昌平区域内部分传说故事和人文景观，这些深厚的文化积淀、独特的风土人情，还需要今后下大力气挖掘、整理、出版，以献给勤劳勇敢的昌平人民。

编　者

传说中的"燕平八景"

"燕平八景",特指昌平地域内的八处胜景。据查证,"燕平八景"的说法,最早见于明朝隆庆年间崔学履编写的《昌平州志》。明朝的八处胜景分别是:松盖长青、天峰拔萃、石洞仙踪、银山铁壁、虎峪辉金、龙泉喷玉、安济春流、居庸霁雪。

清朝康熙十二年(1673年)编写的《昌平州志》,沿袭旧景,在前一部志书的基础上,也选定了八处胜景,仍称"燕平八景"。此时虽距前志仅百余年,但有些景致已经面目皆非。旧"燕平八景"中的松盖长青、安济春流两处景观遭到严重破坏,遂以神岭千峰、沟崖双瀑两景易换;为了使景观更加真实确切,对保留下来的景致也做了一些文字上的修改,使字意更趋达雅。天峰拔萃的标志性建筑圣迹亭废毁已久,易名为"陵阙晴霞";石洞仙踪的"仙踪"二字因无所指,改为"松涛"二字,遂成"石洞松涛";龙泉喷玉的"喷"字伤雅,易为"漱"字,遂成"龙泉漱玉"。因此,清朝康熙《昌平州志》的"燕平八景"分别为:陵阙晴霞、石洞松涛、银山铁壁、虎峪辉金、龙泉漱玉、沟崖双瀑、居庸霁雪、神岭千峰。

本书所说的"燕平八景",就是在综合了明朝与清朝"燕平八景"的基础上,经过组织多人采访、采风撰写而成的民间故事和民间传说,总共"十景"。

松盖长青:

"松盖长青"是人文景观,指的是明陵附属机构松园苗圃的胜景。

其地点在昌平县城东门外二里的松园村,当年是苗圃管理人员居住的村落,村名自明沿袭至今。昌平松园苗圃,自明永乐初年开始营造,至嘉靖晚期已历时150余个春秋,形成了方圆数里郁郁葱葱、莽莽苍苍、枝繁叶茂、四季长青的松林壮观。

天峰拔萃:

"天峰拔萃"是个连缀缩略语,属自然景观。天峰,泛指天寿山陵域方圆40

平方公里范围内的群山诸峰，出类、拔萃皆谓超出于同类之意。在天寿山的峰、峦、冈、阜之中，最灵、奇、秀、美的是位于昌平州城东北8里、东山口内的平台山（在今十三陵水库中北京九龙游乐园内九龙宫的位置）。

石洞仙踪：

石洞仙踪是自然景观，指的是昌平城以北3公里，十三陵镇仙人洞村村北蒋山天然溶洞的壮丽景观。在距今约1.5亿至6500万年的"燕山运动"中，剧烈的地壳运动把地层抬出海面，形成山脉，这座石灰岩构造的山，由于地下水沿着岩层层面及裂隙溶蚀，并经塌陷形成岩洞。含有碳酸钙的水从洞顶往下滴时，因水分蒸发和二氧化碳的逸出，水中的碳酸钙沉积下来，并自上而下逐渐增长，形成钟乳石；溶有碳酸钙的水从洞顶滴到洞底，沉积物自下而上增长，形成了石笋，从而形成了绚丽多姿的溶洞奇观。钟乳、石笋的形成，经过了亿万年的沧桑，由此可见证昌平历史的悠久。

银山铁壁：

银山位于昌平卫星城东北15公里的兴寿镇海子村西南，是一处自然景观。这里群山环抱，银山三峰位于中央，巍峨高耸，直插天际。因为这里的山石，从山脚至峰顶都是黑色的花岗岩，其色似铁；冬日雪后，漫山皆白，银峰墨崖，互相映衬，景色异常壮观，故称银山铁壁。

虎峪辉金：

"虎峪辉金"指的是在正午时分、阳光照射充足的特定情况下，人们才能观赏到的一处奇特的自然景观。"虎峪辉金"既然以虎峪命名，自然应与虎峪有关，但是此虎峪并非是指虎峪村。经查阅《昌平县地名志》及有关典籍得知：昌平境内以"虎峪"命名的地方有三处，即大虎峪山、小虎峪山和虎峪村。这里的"虎峪"应指的是小金山。小金山位于西山口村的西北，小宫门村西，太平庄村东陵墙之内，小虎峪山的山脊之下，山体呈南北走向，海拔240米。因为山冈是由氧化铁或带氧化铁、氧化锰等的黏土构成，土壤表面主要呈暗棕色，局部呈土黄色或红色，在地表土层相对裸露的情况下，当正午的强烈阳光照射到山冈上，行人身着浅色的衣服由此经过，衣服才能被映成金黄色。现在，小金山的地表植被与数百年前相比发生了很大的变化：山上长着半旱生灌丛、杂草，还有人工林；山前为果园，种着苹果、柿子、桃等果树；阳光已不能直接照射到裸露的山岗上，从而使这一景观失去了当年必备的几个基本条件。因此，行人今天走过小金山，难以领略到衣面映成金黄色的壮丽奇观，这也是真正的小金山近年来未能引起人们关注的一个重要原因。

龙泉喷玉：

龙泉喷玉是自然与人文缔造的景观。龙泉山又名神山、白浮山、龙山，位于昌平卫星城东南2公里，京密引水渠北侧，昌平镇化庄村南。它与驻跸山、天寿山、银山齐名，是昌平的四大名山之一。山体岩石由中生界侏罗系火山沉积岩构成。地处山前洪积扇地下水溢出带。泉多流清，水量丰沛、水质极佳，可以直接饮用，自古就是北京地区的名泉之一。

安济春流：

安济春流是自然景观。昌平境内自古河流众多，其中水流量较大的是东沙河、南沙河和北沙河。东沙河发源于军都山，出山后奔流南下；南沙河发源于西山，北沙河发源于西北山地，诸源汇集后汹涌东进；三水汇流于区境南部的沃野之上。因为三条河都叫沙河，所以三河交汇的地方遂名沙河店。安济春流描绘的是南沙河流经沙河店河段时沿河两岸的旖旎风光。

居庸霁雪：

"居庸霁雪"自然天成，是"燕平八景"之中的第二个银装素裹的冰雪景观，与"银山铁壁"似有雷同之嫌。但从景观的审美角度和自然色调来欣赏，虽然同是山峰雪景，银山铁壁黑白分明，对比强烈，展示的是嵯峨峥嵘，朴实凝重；而居庸霁雪则是一片银白世界，浑然一体，展现的是雪覆关山，静谧圣洁。从人文设施的客观效果来审视，银山的皑皑白雪映衬的是峰峦间错落有致的气氛；居庸关周边的大雪下面，"隐藏"着纵深排列的五座城池，横向摆开的万里严阵，身临其境，顿觉如临战场，似闻刀兵之声，令人产生居安思危的警觉。两处雪景的神姿、气韵截然不同，可谓各有千秋。居庸关不但夏季景色宜人，而且冬季的雪景也独具特色。大雪过后，居庸关城犹如一颗硕大的珍珠，点缀在群山之间；座座山梁恰似游动的条条雪龙，其状宛若群龙戏珠，惟妙惟肖。

沟崖双瀑（清代）：

沟崖双瀑是自然景观。沟崖位于昌平卫星城西北9公里的崇山峻岭之中，沟口为十三陵镇的德胜口村，东距明十三陵的昭陵1.5公里。这里有9条山脉，8道沟，25座山峰，沟中有崖，崖下有沟，沟沟相通，崖崖相望，沟沟有清泉奔涌，崖崖有怪石峥嵘，因名沟沟崖，简称沟崖。自元以来，沟崖以"无峰不奇，无崖不险，无石不怪，无泉不清，无林不秀"而名噪一时。沟崖双瀑是沟崖自然景观之冠。其景位于中峰玉虚观之东，峡谷因地壳变动形成断崖，两股瀑布从断崖上飞流而下，其落差在枯水期为15米，在夏季盛水期可达30米。飞瀑坠入崖下的深潭，激起团团雪浪花，声震山谷，十分壮观。

神岭千峰（清代）：

神岭千峰是自然景观，位于昌平卫星城西南12.5公里，阳坊镇西1公里处。这里是太行山脉往东伸向华北平原的凸出余脉，两条山脉分别自北、自西逶迤而来，交会于此。山尽处，山峰从高处骤然跌落，仅高十余丈，几乎与地平，这些山石皆独自壁立，底部漆黑似铁，顶端洁白如雪。有的突兀若杵，有的浑圆似球，奇形怪状，参差叠磊，峰岭纵横，妙趣天成。古人思忖，此处石笋状的山峰形成万笏朝天的独特景致，绝非人力所能企及，必是天公神仙所造设，故名神山或神岭山；山上数步即有一峰，何况向西、向北又绵延数十里，应有上千之数，故称此景为神岭千峰。神岭千峰的主要景观是奇峰怪石天然造型、名人胜迹和摩崖石刻。

编　者

目　录

陵阙晴霞

松盖长青

昌平民间文学

松盖长青

宋建国

"松盖长青"是昌平镇内离县城最近的一个景致，它最早起源于明陵附属的机构——松园苗圃的景观。那时它的位置是在昌平县城东门外，今天昌平镇的松园。在这之前，这块地方不叫松园，也没有松园这个村，而是一片黄土地，少有一点菜地，路边也就一两户人家，无村无名，可以说是一片荒地。之所以叫作松园，最早是跟松树有关。那时皇帝要在天寿山一带建造皇陵，就是今天的十三陵。建皇陵是件十分浩大又气派的事，不能光秃秃的全是陵，要有树木才行。于是，就征用了昌平城东门外的这片土地，把它当作了为陵寝培育树木的地方。

松园村，就是当年苗圃管理人员居住的地方。由于树木以松树为多，人们就管它叫松树园子，即种松树的一块大园子。那时松园一带被称作昌平一景中的"松盖长青"，美极了。

春天，这里最早传递出绿的颜色，粉绿粉绿的一片，无边无际，让人目不暇接，各种候鸟早早地从南方飞到这里，在林子里叽喳闹春。夏天，这里一片繁绿，有风的时候，林海似浪哗哗作响，让人无比的陶醉。秋天，这里万紫千红，层林尽染，更是让人心旷神怡。冬天，白雪覆盖，霜落枝头，更有一番别样的美。

总之，松园的美，在那时是有名的。许多人逛景，都会到这松园里来看看。

松园这个地名，也就从明代开始，沿袭至今，据记载，从明永乐年（1409年），朱棣钦定天寿山为万年吉壤之后，建造陵寝的工程即于同年五月八日（6月20日）破土动工。其后不久，为皇帝陵寝培育松、柏等常青乔木的苗圃也随之建立。即松园从那时开始形成。

只是松园这个名字在当时也是有争论的。开始也不叫松园，而是叫皇圃，即为皇帝陵墓培育苗圃的一个地方。皇圃这个名字还是征集来的。当时有官家高兴，说让天下秀才们起个名吧。看谁起得好，就用谁的。一时间，远近的一些秀才们闻风而动，舞文弄墨，起了二三十个名字。官人从中挑出三个，发了赏银，从一百两到五十两不等，然后让大家再对这三个名字进行议论。最后定为了"皇圃"，并做了正规的门匾挂在苗圃园子的木门上。谁想，这名字太文了，百姓叫不惯，百姓叫皇圃从来都是叫"林子"，或是"园子"，甚至干脆叫它种松树的地方。

由于需求的不断增加，这片苗圃也越来越大，从刚开始的几十亩到了几百亩，又从几百亩到了上千亩。园子占满了县城的东门外。抬眼望去，一片绿海，连着北面的上坡。风起时，松涛声在几里外都能听到，那时这里真是美极了。

于是，这片林子越来越有名，就是京城里边的人，也会特意到这里来，把它当作最美的园林来观赏。随着看林看景的人不断多起来，更多人也开始叫它"松园"，即松树园子的意思。从此，这里也就成了一块风水宝地。当时的很多人也称它为灵地、吉祥之地或是福地。因为中国古今高规格的大型陵墓内外都要广植林木，这与我国古代人们盛行的风水学说有着密切的联系。

风水，也叫"堪舆"，该学说认为：住宅基地或坟地周围的风向、水流等形势，能招致住者或葬者一家的祸福，风水宝地可以使人趋利避害，逢凶化吉。因此，一些人家也就搬到了松园外面住，是借一借风水，沾一沾光。

在风水学强调的诸因素中，气是第一位的，占据核心的位置，风水的一切都围着"气"来运行。中国古典哲学认为：气是一种极细微的物质，是构成世间万物的本原。在封建社会里，统治阶级往往把一切事物的盛衰、成败，同气势的消长、存亡联系起来，称其为"气数"。

因此，帝王将相、达官显贵，为了他们长久的统治政权和富贵荣华，在挑选风水宝地的时候都不遗余力，大造树木就是其中之一。

正因为此，当时昌平县城东门外的这片苗圃也就格外重要，是皇帝陵寝的一部分，也是皇帝陵墓气场的一部分。甚至有一两家大户人家也搬到了这里修造了自己的家室，据说也是因为这里的风水好。

关于风水中的气一说，晋朝学者郭璞撰写的《葬书》说过："葬者乘生气也。气乘风则散，界水则止，古人聚之使不散，行之使有止。"根据"山环水抱必有气"的理论，封建帝王、贵族的陵墓大多建在山川形胜之处，所以皇帝的陵寝也叫山陵。

流动在山水之间的风是生气之本、送气之媒，但是人们对这种风的要求极高、极严，要强弱适度，无风则气滞而衰，风强则气散难聚，使气都无法生存。如何使山间、河谷之风避强趋微，循环往复，永不停息，达到"聚气藏风"的理想境界？我们的祖先便采用了广植林木的办法：在陵墓内外形成一个巨大的气场，不但使气不滞、不散，还能源源不断地制造、输送生气；与此同时，漫山遍野的常青乔、灌木掩映着座座宏伟壮丽的陵墓建筑，还会令人产生心安气静、庄严肃穆的感觉。所以，我们在大型墓地看到大面积的苍松翠柏也就会欣然领悟，毫不奇怪了。

而昌平县城东门外的这片苗圃正是为此而培育的，也就让人感到它的重要意义。当时，附近的老百姓都以此为荣耀，常来这里走走看看，而在那时，这片苗圃确实是昌平境内一道少有的景色。

松园苗圃自明永乐初年开始在昌平营造，至嘉靖晚期已历时150余个春秋，长成方圆数里，郁郁葱葱、莽莽苍苍、枝繁叶茂、四季常青、一望无际的松树林。

林中株株松柏横竖成行，枝干挺拔，森森戟列、亭亭玉立；树冠硕大，圆圆如盖，似撑巨伞；林木之间枝杈相接，针叶相覆，遮天蔽日，清荫优雅。登高远望，松林自河边、沃野直接山巅，满目苍翠。

风过山林，枝叶随风摇摆，如碧海扬波；松涛飒飒，充盈耳谷，似闻人喊马嘶之声。当年的游客必然被松园的壮美景观所感染。因为它的美妙和名声，人们才将其冠为昌平的"燕平八景"之首。

只是关于它的叫法，越来越多的人叫它为松园。这是百姓的称呼，而苗圃木门上的门匾，随着风吹日晒，年深日久，也已经脱落了，字迹一天天不清，到了最后终于看不清"皇圃"两个字了。松园的叫法也就日渐响亮、广泛起来。

后来连皇宫里的人也开始叫"松园"了。若干年后，重新粉刷门匾的时候，工匠以为"松园"才是它的原名，也就写下了"松园"这两个字。从古至今，松园一直叫到今天。只是随着时间的推移，大片大片的园林树木一点点地又不见了踪影，只剩下几间草房，几亩菜地。

人们不禁会问，这样宏丽壮美的景观和数量众多、品位上乘的珍贵树木，后来怎么会消失了呢？是遭到了什么浩劫，使之荡然无存，还是有什么别的原因使之灭亡了？

曾有学者撰文说，松园苗圃是毁于嘉靖中期外族入侵者的一把劫火；还有一些书中记载，是毁于清初旗兵的斧锯之下。究竟哪一种说法更可信，我们不妨回顾一下这两次的历史事件，尘封的谜底也许就会清晰呈现。

　　嘉靖二十九年八月十六日（1550 年 9 月 26 日），蒙古俺答部（驻地在今呼和浩特）大举进犯密云县古北口，守关将士溃散，俺答兵长驱直入，袭扰京师，劫掠财物。朝廷闻警，急命京师戒严，召大同总兵仇鸾及山东、河南等处兵马驰援京师。各路人马陆续抵京，负责保护皇帝陵寝。

　　八月二十六日（10 月 6 日），俺答兵侵掠通州等地后，直扑天寿山东山口。守将陈灿率领三千兵马迎敌，因指挥调度无方，打了几天后，人马损伤过半。俺答兵乘势掩杀，抢掠了康陵园、工部厂，重出东山口，杀奔昌平城东门。

　　仇鸾闻报，将士兵埋伏在松林中，待俺答兵过后，突然杀出，斩获首级 56 颗，敌军大乱，向西逃窜，仇鸾率军尾随追杀。俺答兵欲出白羊口，遇到守军顽强抵抗，久攻不下；此时追兵又到，在腹背受敌之际，俺答兵突然回师杀向仇鸾，仇鸾无备，兵马溃败，死伤千余人。宣府总兵（驻地在今河北省宣化）赵国忠此时率兵驻守沙河以北，见官军战败，遂移师向北护卫帝陵。俺答兵追至昌平，欲杀入陵区，见赵国忠列兵大宫门外，不敢恋战，仓皇逃出古北口。

　　后来，某历史学者曾撰文说：俺答兵经松园时，将园内松柏毁于一炬，当时大火冲天，烧了三天三夜。但此说法无史料佐证，而且十余年后崔学履还亲见园内"郁郁松千树……十里苍云横"，更使此说难以成立。

　　还有一种说法，就是关于松园内树木被清兵砍光的说法，康熙《昌平州志》第四卷《山川》中写到："州东门外，乃胜国时备补各陵树栽也，今已斫伐无余。"清顺治十六年（1659 年）春天，顾炎武第一次拜谒明陵时曾写到："松园，方广数里，皆松桧，无一杂木，……今尽矣。"不但松园内的大树被砍光，裕陵、泰陵、康陵、庆陵等陵园内的大树也被砍光，顾炎武目睹的是"小树多榆枋"，即砍伐大树后补栽的小树。清兵砍伐大量的陵区树木，既是对前朝的一种复仇行为，从客观上讲也确实是当时进行建设的需要。

　　明崇祯十七年（1644 年）三月，李自成率农民起义军从北路进攻北京时，途经昌平，曾将十二个陵的享殿和昌平城内的衙署焚烧殆尽。清王朝定鼎中原后，于顺治四年（1647年）四月，命工部修葺明陵；同时，昌平城内的衙署也要重建。上述两项巨大工程皆需要大量木材，清王朝在重整河山、百业待兴之际，绝不会耗费巨资去多方采购，只能在松园和陵区内就地取材。于是，一代胜景——松盖长青，也随着斧锯声声而消亡。

尽管什么都没了，但松园这个名字却保留了下来。后来因为这里的风水人人皆知，于是，搬到这里的人也越来越多，许多人都在这里盖了房子。松园从最初的几户人家，慢慢变为了一个村，越来越多的人迁往这里。

【神奇的燕平八景】

风水先生气死在松园

王庆和

松园之所以被叫作松园，最早是跟松树有关。那时皇帝要在天寿山一带建造皇陵，就是今天的十三陵，于是就征用了昌平城东门外的这片土地，把它当作了为陵寝育树木的地方。

所以，在当时选这样一块地，是很讲究的，要反复看风水论证才成。在当时，人们把这样的地方，也称为灵地、吉祥之地或是福地。因为这与风水学说有着密切的联系。

因此，当年选择为皇帝陵墓建苗圃一事，风水就显得特别重要，要极为小心才是。开始选的并不是松园，而是还有其他四五处地方。

而当时北京的风水先生们，也都来到了昌平，加入了这场竞争。在古代，看风水也是一种吃饭的手段，为了吃饭，自然就要比个高低。

当时北京城有个叫马染的风水先生，名声很大，是北京前三名的风水人物。马染平日与朝廷官员们的关系十分密切。许多宫廷大事，都请他去看风水，包括选择皇帝出门的日子，派兵打仗的月份，甚至大臣们娶亲纳妾盖房的日子，等等。因此，马染在当时的北京城，算是一个不大不小的人物。

提起马染，他有两件事情最出名，称得上是天下神算。也正是这两件事帮他成了气候。

第一件，当时皇帝身边有个叫左旺的大臣。左旺的家人总是闹病，孩子、妻子常年都是病病歪歪的，请了多少名医，吃了多少草药，都无法根治其病。而左旺自己的身体也很差，甚至长年不能按时到朝伺候皇上，为此，他总也得不到恩赐的机会。

有一天，他意外在紫禁城里看到了风水先生马染，他不认识马染，便问听差的，这人是谁？怎么会在紫禁城里出现？

听差的忙告诉他，说大人，这位可是咱京城里最有名的风水先生马染啊，连皇上都让他看风水，断生相。他看得可灵了。

左旺听了，很是惊讶，也就开始留意起来。隔日，他便备下厚礼，找人请这个马染见见。马染来了，两人坐下后，左旺便说出自己和家人身体都不好，有病乱投医，他找过无数个好大夫，但都不能改变他和家人的现状。想听听马染有什么高见，是不是家宅的风水有问题。

马染说，我并不是大夫，治不了身体上的病。但我懂得风水，尤其是风水中的气，愿意为左大人看看。说到了气，马染又解释了一下，说，所谓风水学，气是第一位的，占据风水的核心位置，风水的一切都围着"气"来运行。中国古典哲学认为：气是构成世界万物的本原。看风水，实际上是看气相。他对左旺说，您要是看风水上的事，我一定帮忙。

左旺听了马染的理论，觉得很有道理，便让马染给他看风水，看是不是这方面出了问题。

马染便跟随左旺，先看了左旺在京城里的住处，左旺在京城的住处是东四胡同的一座四合院，看了之后，马染觉得问题不大，只是让把大门内的影壁墙推倒重新砌，再砌得大一点、宽一点。左旺照办。

随后，马染又跟随左旺到了他在京郊的老家，左旺的妻儿老小都住在这里，是在昌平的北七家一带的一座深宅大院。马染看了院子和屋子后，让左旺把院里的一棵老榆树砍掉。这棵榆树已有百十来年，左旺家人都很喜欢，想不到马染来了竟让砍掉。马染说左旺一家人的病，就与这棵榆树有关。

左旺一家人听了都很吃惊。

马染说，这棵榆树不但挡住了阳光，也阻碍了院里的气流，宅子里不通畅，晦气不消。说得神神怪怪。于是，左旺家人为了身体，不再说啥，照办就是，把大榆树砍了。

马染走了，但左旺和家人的身体并没有见好。看风水的有灵有不灵的。有的在你家灵，在他家不灵，这都很难说了。左旺倒也不抱太大的希望。谁想，几个月过后，一点点地，左旺的家人和他自己竟然都觉得身体有所恢复，渐渐地，一家人的病竟全都好了。

左旺高兴坏了，对马染感激不尽，送了好多次厚礼。他还逢人就说，把风水先生马染说得神乎其神，无形中又抬高了马染一截。

第二件让马染露脸的事，是与京城的一位姓杜的书生有关。杜书生一直想弃文做官，却不知官道的门路。整天地乱送礼，却始终不能如愿。杜书生听说马染是看风水的专家，便找到马染让给他看看。

马染来到杜书生的家，转了一圈说，你搬到别处去住试试看，此地窝风窝气，做什么都不顺。

杜书生听了马染的话，自然是将信将疑，但还是照做了，离开了自己的宅子，搬了新家，换了院子。事情没出三个月，邪了，不知是机缘巧合，还是真的灵验，杜书生真的走了官运，步入了官场。

这两件事在京城风传，都是有鼻子有眼的真事。所以人们都信。从此，来找马染看风水的人自然也就更多起来。马染也在京城的风水先生中排名越来越靠前了。

当马染得知，为皇陵的建设，要在昌平建造苗圃的消息后，他自然加入了选风水宝地的竞争。他是想通过这件事，让自己的威信更大。如果能按照他的风水看相，选中了皇陵苗圃，那么日后找他看风水的人也就会更多。

这次为皇陵苗圃看风水的人，一共有七八位之多，大家彼此也都相熟，最少是耳闻过，心里也都在较劲。

皇陵是选在昌平燕山山脉前，那么苗圃也不应该离得太远。几位风水先生这个心里全都有数。他们全都来到了昌平的皇陵附近找地方选苗圃。

马染经过仔细勘查，选中了北山南端运河靠南的三千亩地，认为这里风水极佳，在这里育种的树木，将来作为皇帝陵园的树木应该不错。而且他还亲自设计了整个苗圃的图纸，就是一片风景。园林里既要有小桥，也有流水。

官人看了很满意，加上马染的名气，负责建造苗圃的几个官人就决定去看马染所选择的地方。

马染会看风水，却不会看气象。那天，几个官员同他一起奔往昌平，谁想，当天阴云密布，等他们到了运河南岸时，大雨就劈头盖脸地倾盆而下，好大的雨啊，一年两年，京城也不一定下这么大的雨，眼前一片汪洋，什么也看不见。

几个官员个个都像落汤鸡，又气又恨，都怪马染选择了这个天气。其实，来看风水的日子并不是马染定的。但官人却把怒气发在他的身上，他自然不好争执。第一趟，官人除了气恼，没有别的话。

马染第二次又将几个官人请来，谁想，老天不作美，官员们来时，天上突然刮起了大风，时间已经是六月，北京的夏天按说根本不会有多大的风，可那天却邪了，大风一阵胜似一阵，足有八九级，搅起满天的黄沙，遮天蔽日，连眼睛都睁不开。走到半路，官员们实在顶不住了，只好就回了身。说什么也不再去了。

马染想不到，第二次官员还是没看成他选的地点。

马染不死心，眼看，时间就要到皇陵苗圃定点的日子。他再次托人说服官员，顺便他还写了一封信，信中将他选的地址如何是一块宝地、风水多么吉祥等描述了一遍。真是下了功夫。

官员本来已经忘了马染的选址，看了这封信，又被牵动了心情，第三次来到昌平，准备看马染所选的运河南岸。

时间已经是夏末，天气极好，无风无雨，马染想不到还会出什么不测，他心里美滋滋的。谁想，队伍就要走到运河南岸，只差三里地的时候，官人的马空然踩在一个土坑里，只听得大白马一声惨叫，跌倒再也站不起来了。原来是大白马的马腿断了。

官员开始只是奇怪，怎么好好的，马竟自己跌倒，接着他想起前两次的遭遇，不觉勃然大怒，对马染发起了脾气：马先生，此地如果是好风水，怎能让我三次背兴？什么风水宝地，分明是晦气倒霉之地！官人再也不走了。换了马匹，原道返回。

马染万没想到，他这个看风水、识相貌的人，运气会这样差。真是活该他倒霉。不久之后，马染就听说，皇陵苗圃的地点已定，就在昌平县城往东二里地的地方，后来叫作松园。

马染不知为什么要选这个地方作为皇陵的苗圃，他实在想不通，就在一个阴雨天，跑到松园去看，当时这里还是一片黄土，他看不出有什么好来，越想越气，一口血吐了出来。当日，风水先生马染，竟然气死在了松园这片黄土地上。

会响的草

齐明亮

松园苗圃成立那会儿，苗圃管家宋仁轩是负责培育树苗的头头，苗圃里种什么树，养什么草，都需要经过他的同意。

树木都是陵墓里要用的，所以，种什么树都要对陵墓有利，不能胡来。当时宋仁轩的权力很大，松园苗圃在当时也算是皇家的一个大工程，惊动了许多人，不但在京城，就是在外地也有不少人知道。

为此，上边给宋仁轩的权力是在万两黄金以上，他一句话，就可以调拨万两黄金。为此，很多人在暗中都盯上了他，说他是财神爷，谁要是说动了财神爷，谁便可以从此发家。

据民间的野史记载，宋仁轩当时被人骗过两次，损失都在几千两黄金。

宋仁轩第一次被骗，是因为他听说，天下有一种会响动的草，只要人一碰，使草叶相互碰撞这种神奇的草就会发出叮叮当当的声音。于是，宋仁轩便发布了一个消息，称谁要能找到这种相互碰撞就能发出响动的草，就给谁一笔钱。松园苗圃要培育这种草。因为响动的草可以在今后防止盗墓。盗墓人一踏上墓地，草就会发出声响，于是就容易被人发现。这的确是防止盗墓的一种办法，最少是一个好想法，皇上肯定会喜欢。

可天下真会有这样的草吗？宋仁轩当时也只是听说，他从来没看见过这种草，所以他发布了消息，希望重金找到这种草，然后在苗圃里培育，再移到皇陵园去。

消息发出后，宋仁轩并没有抱太大的希望，可他手里的财权却让人心动，重赏之下，必有勇夫。人们赚钱还有够吗？钱能变通一切，有钱能使鬼推磨。

不久，竟然有一个人，真拿着这种草来找宋仁轩了。这真是一个奇迹。那人姓吕，南方人，名叫吕昌盛。吕昌盛这天拿着一盆大叶草，经人引见来到了宋仁轩的跟前。

宋仁轩看了这盆草，并没有什么稀奇，这草在北方没见过，叶子很大很厚，是圆形，颜色发灰黄，看上去不怎么干净，像是刷了一层油。总之很不好看。但宋仁轩要的不是好看，而是实用，有响动。

宋仁轩疑惑地问，这草怎么能发出响动呢？这不是一盆一般的草吗？

吕昌盛道：大人，它就是您要找的响声草啊，不信您听听，它们相互碰撞起来确实是有声音的。

说着，吕昌盛轻轻用手碰了碰草的叶子。草叶相互碰撞，果然发出了一种叮叮当当的声响，而且声音很大很脆。吕昌盛把盆放在地上，这时正巧有风吹来，风一吹，草的叶子又相互碰撞起来，在碰撞的同时，又发出了那种叮叮当当的声音，像是一种铁器。

宋仁轩心里很是惊奇，原来天下真有这样会发出响动的草。他想，要是将来皇陵里到处都是这样的草，人要想蹚着这些草去盗墓，肯定是一种障碍，皇陵中能出现这种草，皇上一定会高兴，认为他能干，得给他记功。

宋仁轩看着响动草大喜，当下就决定养这种草。他问吕昌盛，此草是哪里生长的？

吕昌盛回答，东南的来山，只有那个地方才有这种响声草。

宋仁轩又问，这种草是否可以培育？

吕昌盛回答，要多少有多少，他保证能在半年内培育出这种草苗。

宋仁轩问：要多少钱？

吕昌盛说，怎么也得三千两黄金。

宋仁轩思忖一番，觉得就是五千两黄金也要答应，于是成交。宋仁轩就让吕昌盛负责培育这种响声草。

当下宋仁轩先付给了吕昌盛一半的定金，即一千五百两黄金。吕昌盛留下了那盆神奇的草，自己先离开了。

吕昌盛走后，宋仁轩还是觉得这盆草挺神奇，天下竟然有这种草，风一吹就会响，人一碰也会响，而且响声很大，很好听。他天天摸这盆草，比花还喜爱，他一辈子也没见过这种草。吕昌盛之前说每五天要给草浇一次水，于是五天后，宋仁轩开始给草浇水。

谁想，这时却出了问题。水往草叶上一浇，只见从草叶上流下一股黄色的粉液，再一浇，草叶上又流下来一股粉液。流完粉液的叶子不再是灰黄的颜色，而是变成了绿色，就是一般的绿草，叶子也开始变得很薄，草叶相互再碰撞时，也不再发出响动了。

宋仁轩大惊，原来这草是被人做过手脚的。宋仁轩赶忙叫来手下人，一起看个究竟。

原来，草叶上是被涂了胶的，胶里还掺了一些铁粉，所以相互一碰，便会发出声响。而叶子一遇到水，胶便开始溶化，胶和铁粉从叶子上掉下来，叶子又成为原来的叶子，失去了厚重感，以前是凭着铁粉相互碰撞才发出的声音，现在没了铁粉，自然就没了响声。

宋仁轩大怒：天下哪里有什么会发声的草，根本就是骗人，他当即命人去抓那个骗子吕昌盛，可天下哪还有什么吕昌盛，此人连名字也是假的。

宋仁轩被人骗的事，宫里很快就知道了，但上边并没有责怪宋仁轩，因为宋仁轩的本意是为了皇上，为了保护皇帝陵。

宋仁轩被人第二次骗，要比第一次骗的数额还大。松园苗圃里不管怎样都是要种树的，这是皇帝陵的需要。苗圃里主要选择的树木都是松树和柏树，那么在这两种树里，什么样的松、什么样的柏是最好呢？天下松树也有许多种，柏树也有许多种，这就成了一个问题。宋仁轩准备多选几种试试。

在最开始，苗圃里选的是东北地区的一种叫作油木松的树种，它长得要比红木松高大、粗壮一些，而且生长得也快。

但宋仁轩也想试种些别的树种。于是，他传出话去，希望有人能给松园苗圃推荐些更好的树种。

当时有一个叫吴东的人，专门在东北地区培育油松，他听到北京的昌平为皇帝陵养了一片苗圃，就来到这里，与宋仁轩见了面。

见面后，他提出有一种树苗，在东北名叫林松，林松长得快，而且成活率很高。但宋仁轩很慎重，说本地没有人培养过这种松树，如果吴东本人愿意在此培育，培育成功后，才能给钱。

想不到吴东听后，竟然点头答应了，并保证将树苗培育到三个月后，也就是树苗在松园苗圃里成活三个月后，他才拿钱。

宋仁轩很高兴，如此他才能放心，因为吴东要的不是一个小数。为了弄个明白，看一看这种林松，宋仁轩还亲自来到东北的老林里看过林松。林松确实长得高大粗壮，比一般的红松、油松要强许多。

如此，宋仁轩终于下定决心，要在松园苗圃里培育这种林松。一切都有了着落后，他再次与吴东见面，说了细节。吴东得到指令，开始动手。那年的春天，大地开始发绿，到处一片生机。吴东从东北运来了一批小树苗。

树苗在松园苗圃里长了两个月，一切都很正常。林松的苗长得十分旺盛。

这时吴东才和宋仁轩提出费用的问题。这是早已说好的，只是什么时候给的问题。宋仁轩来到园子里，在培育林松的地方走了一圈，看到小树苗长得如此喜人，他很是开心。于是当天就将钱全部给了吴东，一共是六千两黄金。

一切都很正常。吴东接了钱时还说，要将他的妻儿老小接来，看看这片苗圃，看看北京城。

谁想，第三天，宋仁轩就接到底下人报，说吴东不见了，已经两天没有露面了。底下人找遍了松园一带，也没有发现吴东的影子。吴东消失了。

宋仁轩大惊。他急急忙忙来到苗圃去看那几亩林松地，地里的小树苗依然完好，没有变化。可这个吴东哪去了呢？

吴东的消失成了一个谜。

从此吴东再也没有回来过，显然，他是拿上钱跑了。不过林松苗还在，这就成了，只是现在由苗圃里的其他人管理着。但作为宋仁轩，心里还是不能那么踏实，他总怕这里有什么鬼，出什么事。

怕什么有什么，转眼又两个月过去了，到了这年的夏天，雨季来临。一天，底下人来报，说林松的树苗根全部烂了，一棵棵全倒了。宋仁轩听了很吃惊，跑到苗圃里去看。

只见林松的几亩地里，小树苗成片地倒在地上。当时谁也弄不懂这是怎么回事、为什么会突然发生这种情况。

宋仁轩心急如焚，他让人马上查出原因，第二天，有人来报，原来这种林松的树苗，除了东北地区，是不能在其他地方培育的，在其他地方，它只能够存活五个月，尤其是遇到雨水季节，它的根便会因雨水的浸泡而烂掉。而在东北地区，就是夏季也不会有什么雨，据当地人说，这种树在种下五年之内，都是不能移动的，只有等到长大成材时才能去砍伐。

而吴东完全知道这一点，他就是要骗取这笔钱。

宋仁轩第二次被骗后，十分气恼，他下令追捕吴东。但这时的吴东早已拿上钱，带着一家老小，跑得无影无踪了。

好在松园苗圃并没有因为这两次被骗而改变什么，园中的树木依然郁郁葱葱，这里依然是风景如画的好地方。

昌平民间文学

神奇的槐花树

王庆和

作为"松盖长青"一景的松园，最早的时候，苗圃里除了松树、柏树之外，还有一些别的树种，其中最有名的不是松树和柏树，而是一片槐树。这片槐树当时在苗圃的正南方，占地有三亩大小，有四十来棵树木，长得齐齐整整。

这片槐树林并不高，树干也不出众。但每年到了五月初，槐树开花的时候，这些树便会开出一片白花，它的花特别香。据说在一二里地之外，人们便能闻到它的香味。很多人喜欢松园这片苗圃，其实跟这片槐树的香味有关。每到春天，人们便跑到松园来闻槐树花香，还会捡起掉在地上的槐花带走。据说，把槐花插在瓶子里，香气可以保留半个月，比当时的香水要香上几十倍。

许多富人家的小姐还会雇人来捡槐花。

当地人都说，天下没有再比这儿的槐树花更香的了。大概正是由于这片槐花格外的香，所以每年春天，都会招来成群结队的蜜蜂前来这里采蜜。

渐渐地，松园这片林子里也就有了不少野蜜蜂窝。开始人们不大理会，没人注意到这些野蜜蜂。

有一年，一个云游天下的野和尚走到此地，他为松园里的美丽景色所吸引，想不到这个林子这么美丽。于是，他便搭了个窝棚住在了此地，由于缺吃少喝，和尚在挖野菜的时候，无意间发现了林子里树上的那些野蜜蜂窝，他冒着被蜂蜇的危险，爬上树，伸手去蜂窝里掏蜜吃。

谁想，当他吃了十几天之后，奇迹出现了，和尚身上竟然出现了一些特异功能，他居然开了天目和天耳。

此和尚练了十几年的功法，却没有进步，想不到吃了几天蜂蜜，竟然产生了这种奇迹。开始，和尚也不相信是这蜂蜜的缘故，可他找了许多理由都被推翻，原因只能是吃了这独道的蜂蜜让他身体里有了变化。

　　和尚望着这片槐树，闻着这异常香甜的槐树花，他突然灵机一动，何不自己养点蜂。这样，他就能永久地有蜂蜜吃。于是，和尚便找来几只箱子，当作蜂窝，他一边在此练功，一边以养蜂采蜜维持生计。

　　要是别人，管理这片苗圃的人大概会把他轰走，可对于一个和尚，管理林子的人还是高抬贵手，就任和尚自己在这里折腾。反正他的做法对林子没有坏处。再说，和尚的蜜蜂箱是摆在林子的外边，并无什么妨碍。

　　开始，和尚养不好蜜蜂，但不知他得了什么灵感，在很短的时间内，他就调理好了养蜂的技术，真是无师自通。

　　一开始和尚还很担心，怕自己的蜂蜜卖不出去。可谁知，他的蜂蜜却被人疯抢，而且都是回头客。

　　原来，凡是吃了这林子里蜂蜜的人，都会有一种感觉，那就是身体一下子强壮了许多，精神也特别的旺盛，就像是一种大补。许多人还认为，这里的蜂蜜有很强的医疗作用。

　　尤其对那些有病的人。其中松园附近有一个得了偏瘫的病人，在家躺了二十多年，找遍了天下的所谓神医，吃了不知多少药，都不管用。想不到，只吃了从和尚那里买来的蜂蜜十几天，奇迹就出现了，偏瘫者竟然可以坐起来了。又过了半个月，偏瘫者竟然可以下地走道了。

一传十，十传百，来买和尚蜂蜜的人也就越来越多。和尚知道，事情全是出在这片神奇的槐树上。这里槐花的香气，是天下少有的。这是一个奇迹。

由于来买蜂蜜的人一天比一天多，和尚就用卖蜂蜜的钱制作了更多的蜂箱。他开始更多地养蜜蜂。

不过，有一段时间，和尚奇怪地发现，蜜蜂们很少产蜜了。蜂箱里的蜜不但没再增加，反而在减少。和尚很奇怪，搞不懂问题出在哪里。

有一天晚上，和尚睡到半夜，突然听到不远外有异样的声音，他一下子惊醒了。和尚爬起身，小心地向有动静的地方走去。只见黑夜里，有一个身影正在他的蜂箱前移动，走走停停，不时地打开他的蜂箱。

和尚想，这到底是什么人，他在干什么呢？想了半天，又看了半天，和尚一下子醒悟过来，原来这是一个偷蜜的。

和尚提起一根棍子，大喝一声，干什么的！上前抓住了偷蜜贼。原来这些日子，自己蜂箱里的蜜总不见多，竟然是有人在偷啊。和尚愤怒了，他想抓到这个贼人一定得去见官。

贼人苦苦求饶，和尚就是不放，并将他捆了起来，想要等天一亮，交到官府上去问罪。

可和尚在讯问贼人的过程中却发现，原来此人是个穷人，由于家里没有钱，又有一个七十多岁的老母亲在家卧床不起，多年有病，所以拿不出钱来，便来偷蜜，要给老人治病。

和尚听了此人的诉说，一时间起了恻隐之心，他觉得这些日子他卖蜂蜜卖得有点忘了本，自己是出家人，应以慈善为本，这片槐树花救了他，他为何不能为天下穷苦百姓谋点利呢？

于是和尚不但放了这个偷蜜者，还送他几斤蜂蜜，让他回去给老母亲治病。

从这一天开始，和尚便做起了善事，低价出售他的蜂蜜，救济天下的穷苦百姓，甚至是白送。附近的许多百姓就来取蜂蜜。一时间，松园这片林子更加出了名。

松园这片林子产优质蜂蜜的事情很快就传得天下皆知了，松园里的这片神奇槐树花也为更多的人所了解。然而有些人就开始打起了歪主意。

这时，就有一位姓齐的有钱人想赶跑和尚，自己霸占林子后，雇人养蜂发财，他先是雇了打手，给和尚捣乱，偷走了和尚的蜂箱。和尚不言不语又做了更多的蜂箱。姓齐的就又雇人将和尚打了一顿。和尚无奈，知道此地他再也待不下去了，只好离开了这片林子。

和尚走后，姓齐的财主便雇人养了几十箱蜜蜂，本想赚大钱，谁知，这时松园里的这片槐花却失去了那种异香。蜂蜜也不再香甜，失去了治病的功效。接着，蜜蜂们也不再采蜜了。

和尚离开的第二年，更奇怪的事出现了，松园里的这片槐花树不再开花。财主雇人养的蜜蜂也全都饿死了。

"松盖长青"的由来

廖罗长

相传，明永乐七年（1409年），朱棣钦定天寿山为万年吉壤之后，建造陵寝的工程即于同年五月八日（6月20日）破土动工。风水学认为：住宅基地或坟地周围的风向、水流等形势，能招致住者或葬者一家的祸福，风水宝地可以使人趋利避害、逢凶化吉，而多栽种松柏则能保江山社稷万古长青。

在燕平州（现昌平区）城东门外有一个村子，这个村子里住着的几十户人家世代靠种植苗木为生，培育的苗木又多以松桧为主。一日，掌管陵园苗木工程的张姓大人路过此地，看到这一景象后大悦：真是踏破铁鞋无觅处，得来全不费功夫。于是，特上奏皇上敕赐这个村子为松园村，专门为皇帝陵寝培育松、桧等常青乔木。

昌平松园苗圃自明永乐初年开始营造，一株株苗木，从出芽到长成高大挺拔、郁郁葱葱的苍松翠柏，必然要花费园丁们不少的心血。村子自打成为皇帝陵寝培育松、桧等常青乔木的苗圃后，乡亲们感受皇恩浩荡，像照看自己的孩子一样精心养护着苗木——天干地燥时，方圆几里地的苗圃里男男女女、老老少少，打井的打井、担水浇苗的担水浇苗，一派抗旱保苗的动人场景；发生洪涝灾害后，则是不分男女、不管老少拿了锅碗瓢盆，淘水的淘水、挖泄洪沟渠的挖泄洪沟渠，排水泄洪……才得以使松园村苗圃"松盖长青"形成方圆几公里的景致。

话说明永乐七年（1423年）大旱，烈日当空，土地干涸得裂隙能放进手掌。眼瞅着郁郁葱葱的松桧，像霜后的茄子打蔫慢慢地枯死，乡亲们看在眼里，疼在心上，不但村子里的男女老少，连附近的驻军也搬了过来抗旱保苗，军民协力一心，艰苦鏖战了七七四十九天，累死累伤了多名军民，总算保住了苗木。至嘉靖晚期，松园苗圃已历时 150 余个春秋，长成方圆数里枝繁叶茂、四季常青的松树林。林中株株松桧横竖成行，亭亭玉立；树冠硕大，圆圆如盖，似撑巨伞；林木之间枝杈相接，遮天蔽日，清荫优雅。登高远望，松林自河边、沃野直接山巅，满目苍翠；风过山林，枝叶随风摇摆，如碧海扬波；松涛飒飒，充盈耳谷，似闻人喊马嘶之声。遥想崔学履当年必然被松园的壮美景观所感染，借松树来比喻明王朝政权福祚绵长，如松柏一样四季不衰，永远长青，才将其冠为"燕平八景"之首，成为可供观赏的燕平八景之一"松盖长青"。

无名氏有诗为证：

郁郁松千树，

青青阅岁时。

人间不敢采，

留作万年枝。

"松盖长青"由此而来，"松园村"也自明朝沿袭至今。

吊不死人的树

宋建国

离松园不远的地方，有一座帝王庙，人气很旺，每天很早的时候，便有人来庙里拜，是求福的，更多是求财的，也有求女人的。总之求什么的都有。但就没见过求死的。这一天，有个年轻人迈进庙，居然是来求死的。

年轻人叫马文中，就住在松园附近，年方二十。从外表上看，长得人是人，个是个，十分的英俊，却没有想到，他大早上的竟来庙里求死。

此刻，他迈进了帝王庙，腰里很明显地系着一根绳子，这绳子就是他要求死的工具。他进到庙里，就跪到了菩萨前，先烧了三根香，然后开始磕头，一边磕头一边祈求菩萨，让他死个痛快，到了天堂能和他的心爱小芳在一起过上美满的日子。

边上坐着一个老和尚，一直在等着他。这一天，是帝王庙的开放日。松园的帝王庙有个特点，就是每逢初一或十五，都有老和尚出面，帮助来烧香磕头的人解答一些生活难题，倾听一下你心中的苦痛，看为你能不能解决一点问题。无非就是劝你想开点。

所以，来这里求菩萨的人就特别多，拜了佛后，还能跟老和尚聊几句，解解心宽，大家都觉得很不错。

马文中拜完了菩萨，转身要走。他忘记了边上的老和尚。

老和尚看他脚步匆忙，感觉到他心神不定，于是叫住了他，说：这位香客，你能说说来庙里烧香，是想求什么吗？

马文中听到老和尚叫他，这才想起帝王庙里帮人解难的老和尚。于是转过身，来到老和尚跟前，道：这老僧人，我刚才是想求死。

老和尚听过千千万万的祈求者，来者祈求什么的都有，就是没有祈求一死的。他不觉也愣了一愣。

老和尚问：你这样年轻，为何要去死呢，难道真是厌世到了如此地步？

马文中说，我现在太痛苦了，只有一死方能解除这种痛苦。

老和尚问，什么事，让你这么痛苦？

马文中说：我喜欢的一个女人离开了我，我太喜欢她了，没有她我活不成。我是为她而去死。

老和尚道：原来如此，你是为了一个女人而死。那你死了就能跟她在一起了吗？

马文中说：我死了，可以在天堂等她，我就是来求这个的，希望她将来能和我葬在一起。我要求永久的幸福。

老和尚说：我能帮你什么忙吗？

马文中说：我就希望能快些死。别的再没什么了。

老和尚说：这个我可没办法帮你，我倒想劝劝你，暂且先不要死，慢慢听听我的话。

马文中说：您要帮我快死，我就听；帮我怎么活，我不必听了。说完，他就迈庙门，向东走去。

十几分钟后，他来到松园，走入苗圃，就像走进了另一个世界。松园苗圃不但风光秀美，这地方的风水更好，鲜花绿树，空气清新，死在这里也算是一种福气。马文中早就选好了这块地方。于是，他在苗圃里开始寻找合适的树。他走了没几步，就发现了一棵歪脖树，正好可以拴绳子。于是，他从腰上解下绳子，开始往树杈上拴。

这事非常简单，他很快就系好了绳子，然后将自己的脖子伸进了绳子套里。他知道，只一刻工夫，他就会结束自己的痛苦，离开这个世界。

此刻，他的脖子就在绳子套里。他脚一蹬，希望让身子离地。同时他闭住了眼睛，只等着死。

谁想，他只听得咔嚓一声，他没死，反而掉了下来，跌在了地上。这是如若没找到，小民愿承担一切责任。县太爷一听这话，犹豫再三，最后还是答应了此事。

第二日，县太爷亲手上书启奏皇上：在此发现神树一棵，似飞龙在天，寓意吉祥……此奏折一路顺利传到了皇上的手中，皇帝一看，龙心大悦，于是下旨，要县太爷接驾，皇帝要亲自观看神树！

县太爷一听，立即慌了神，这可是欺君的大罪啊！而此时，那位绿衣少年再次出现，对县太爷说，到时把皇上请到松林正中即可。县太爷一脸疑惑，但是，话已经说了，一切听天由命吧。

五日后，圣驾到。皇帝一来此处，抬眼便看见此处的灾情，心中很是诧异，一直认为自己管理得很是不错，却没有想到竟有如此的景象！但是，县太爷却说此处有神树！皇帝一想，便知是怎么回事了。但是，人都来到这里，不能不看这神树啊！于是，对县太爷说：神树在何处？县太爷胆战心惊地说：微臣为皇上带路。

于是，一大帮人浩浩荡荡地往松林走去。县太爷一边走一边心里打鼓，

很是忐忑。但是，刚走到半路就听到有人惊呼。他抬眼一看，只见不远处，一棵绿松蜿蜒而上，超过其他的松树，傲然挺立其中，远处看去，犹如飞龙在天，很是震撼人心。县太爷被这幅景象惊呆了。而皇帝直接从龙轿中走下，向着这棵松树走去。文武百官紧随其后，去参见这棵神树。

到了神树下，大家才算见识了这棵神树。主根蜿蜒而上，粗

壮且结实，虽然看似弯曲，但是实则笔直，真是百年难得一见的好松。

　　而后，皇帝回宫，颁旨昭告天下，要新建寝宫，而寝宫主梁则是这棵百年的神树，以寓意飞龙在天、百世安康！而且要松园村整个村庄都种松树，用来供给皇宫的建筑之用，每年会定时地发放银两用来种植松树，也算是帮助松园村解除洪水之灾。

　　自从此诏书颁后，松园村就再也没有发过洪水，而那上千亩的农田也都种植了松树，远远地看去，苍绿一片，很是壮观。而松园村的村民知道此事后，都传说那位年轻人就是那棵神树，是他的出现，保佑了村民免受洪水之灾，于是都称它是镇水神树。

【神奇的燕平八景】

血溅美人松

刘瞬骊

一到冬天的时候，放眼望去，天空灰暗，满目肃杀，唯有昌平州永安城东边松园里的苗圃一片苍翠。走到近前，青松如龙，桧柏如虬，挺入云霄，如亭如盖。

自从前朝的永乐皇帝把自己的陵寝定在了天寿山下，这里便有了方圆几百亩的松树林和柏树林，长到足够大的时候，便移植到皇陵下，为先皇守墓。在223年的时间里，从未间断。

然而世事沧桑，如今已经成了大清朝的天下。大清朝的摄政王多尔衮昨日下令，前朝子民，现在俱已是大清子民，为了表示真心归顺，自今日始，凡是男丁，无论老幼，必须依照满人的样式剃头留辫子！留头不留发！不剃头者，杀无赦！剃头就剃头吧，还叫什么"削平四夷，定鼎中原"！

消息传来，松园村人人悲愤，这里世受前朝皇恩，怎受得这样的奇耻大辱！既然国破了，崇祯帝也驾崩了，罢，罢，与其在新朝里跟狗一样地活着，不如就拼了吧！就是死了，也是大明朝的子民！

这么想着，这么骂着，就这么决定了。当夜，男人们纷纷送走了自己的女人和孩子，准备着打仗的家什。第二天早上，全村15岁以上的男人们便都集合在了林子外面的一棵美人松下，人人或手拿菜刀，或手拿叉耙，血灌瞳仁，准备慷慨赴死。

领头的名叫牛老五，生得膀大腰圆，他拎着一把鬼头大刀，站在队伍的最前面，就等着清兵前来，一决生死。

果然，不到卯时，就见一队清兵骑马前来，为首的是一个伍长，一见牛老五他们就知道不对劲，大喊道："尔等还不剃发，找死吗？"说时迟，那时快，一句话的工夫，伍长已策马来到牛老五的面前。

牛老五左手一挥："去你妈的！"一块拳头大的石头从手中飞出，正中伍长的面门！伍长大叫一声，翻到了马下，牛老五双手挥刀，飞步上前，一下子就把伍长拦腰砍成了两截儿！

紧接着就是一场血战！临时起义的百姓毕竟不是清兵的对手，不到一个时辰，松园村参战的六十一个汉子，全部遇难。牛老五死得最惨，被砍成了五段，挂在了美人松上，血腥示众。

从此以后，一到深夜，林子里便传出了一阵阵呜咽和哀号声。每到傍晚，这里就再也没有行人行走。

州府把此事上报京城，多尔衮下令把松园里的松柏全部砍伐。清兵们在砍美人松的时候，竟发现一砍一刀血，溅在了清兵的脸上！当场，第一个清兵就疯了，拿着刀见人就砍，直到被一个管带一箭射死，还满地打滚儿！

管带无奈，只好留下了这棵美人松。美人松高高地挺立着，当地人都说，这棵树就是牛老五，活着，死了，都是一条汉子！自此，一处绝妙的风景，也随着一个王朝的覆灭而逝去。但是一个关于英雄的传说，却随着岁月的更迭，永远不老！

松园兄弟情

李晨辰

在元朝末年，昌平城内有一户人家，姓赵。男主人叫赵全保，妻子在前两年得病去世，留下一个儿子，叫赵小亭。赵小亭聪明伶俐，又勤快，常常帮父亲干活儿，补贴家用。父子俩守着三间草房相依为命，日子虽然清苦，倒也快乐平安。

赵小亭十二岁那年，城东头的张媒婆到家里串门，给赵全保说了一门亲事，女方是昌平城外虎峪村的周寡妇，人长得还算标致，有三十多岁，丈夫刚死，留下一个十二三岁的男孩。赵全保很高兴。过了几天，就在张媒婆的安排下，跟对方见了一面，双方都满意。择良辰选吉日，赵全保把周寡妇娶进了门，一同进门的，还有周寡妇的儿子张天骥。张天骥比赵小亭大一岁，就做了赵小亭的哥哥。一开始，周寡妇待赵小亭还好。时间一长，周寡妇的态度就冷了下来，只要赵全保不在家，周寡妇就对赵小亭横竖看不顺眼。赵小亭很懂事，也不向父亲去说，只是自己默默地忍受着。赵全保对两个孩子都一样好，家里有好吃的，都会平分给兄弟俩。赵小亭和张天骥总是互相谦让。

过了两年多，有一次，赵全保出城去卖粮食，路上被一匹惊马踏中头部，受了重伤。人

抬到家里，第二天就咽气了。赵小亭大哭了一场，和继母与哥哥一起，把父亲的丧事办了。

从此，赵小亭就和继母、哥哥生活在一起。周寡妇成为一家之主，对赵小亭的态度更加恶劣。有了脏活儿累活儿，就让赵小亭干；有了好吃的，也不给赵小亭吃，都让自己亲生儿子张天骥吃。张天骥跟赵小亭的感情倒是很好，对于母亲的做法，张天骥也看不过去，只好默默地守护着赵小亭，有时就帮赵小亭干活儿，有了好吃的，就偷偷塞给赵小亭一些。赵小亭对哥哥很感激，两个人比亲兄弟还要好。张天骥很喜欢吃松子，赵小亭在上山砍柴的时候，就常常给哥哥摘松子吃。

日子一天天过去，兄弟俩一天天长大。周寡妇对赵小亭越来越看不顺眼。认为赵小亭干活儿干得少，饭量倒是越来越大，想把他赶出家门，又怕街坊四邻说闲话。于是，周寡妇想出了一条毒计。

有一天晚上，周寡妇把张天骥和赵小亭都叫到跟前，说："你们都长大了，也该自己出去闯闯了。这样吧，我娘家在东边还有两块荒地，你们就到那里，去学学怎样种庄稼，我给你们种子，你们拿去种，一年后，谁要是种得好，我就加倍奖励他；谁要是种不好，以后就别进这个家门，也甭怪我绝情。你们不能互相帮忙，也不能在一起住，否则可别怪我翻脸。你们记住我的话，明天就出发吧。"兄弟俩点头。周寡妇拿出两包种子，分别交给了两个人，又给了一些钱。

第二天，张天骥和赵小亭从家里出发。半路上，张天骥对赵小亭说："咱俩这种子还是换换吧，我娘肯定在其中做了手脚。"赵小亭也想到了这一点，说："要是换了种子，那你怎么办？"张天骥说："没事的，我怎么说都是她的亲生儿子，我娘也不能拿我怎么样。"赵小亭想想也是，就和哥哥交换了种子。

到了周寡妇说的地方，兄弟俩分别拓荒、开地，把种子撒下。两块地相

松盖长青梦不醒

马德清

昌平城东门外二里许，历史上这里曾有为明代陵区培育松桧之园，方广数里，名曰松园。一百五十多年后，当年的松园，演变成一壮丽的景观——"松盖长青"，并列入"燕平八景"之首。

永乐七年（1409年），明成祖朱棣迁都北京，于是，加快了选择万年吉壤行动。急诏江南著名术士廖均卿北上，在北京周边山水之间为朱棣寻找陵地。经一年勘察，廖均卿先后向朱棣启奏了房山的燕家台、昌平的漆园、延庆的屠家营等，结果均被否定。恰巧廖均卿最后启奏的昌平黄土山被朱棣钦定，并将黄土山改名天寿山。因为这天恰巧是朱棣的寿诞之日，寓意与天同寿。

自古以来，中国人有个很重要的习俗，即"民宅种老槐，陵墓栽松桧"，帝王更甚。为了在长陵建成之日栽上松桧，几乎与陵墓动工同时，开辟了松桧苗圃。那么，为什么将苗圃选在松园这个地方呢？这里有两个有利条件：北侧二里许有龙山遮挡，为山前暖带。松桧虽不惧严寒，但暖带可促其速长。另外，土质肥沃，含水充盈。后来那松林果然郁郁葱葱，苗壮盎然。有诗为证：

> 移得徂徕景绝情，
>
> 秋风万壑起涛声。
>
> 撑空老干苍虬奋，
>
> 流雨疏枝翠盖倾……（明·崔学履）

徂徕是山东泰安市的一座山，自古山上多松桧，郁郁葱葱，遮天蔽日，蔚为壮观。诗人崔学履用徂徕来形容昌平松园，恰如其分。此时，松园建园已逾一百五十余年，除移植各陵之外，余者逾万，均为参天大树，枝繁叶茂，层层叠叠，紧密相接，方广数里的松园，如覆一个巨大无比的翠绿之盖。每临秋风，涛声阵阵，气象万千，甚为壮丽，故有"松盖长青"之美誉。

每到严霜寒雪降临之际，松园周边那些杂木，已枯败凋零，瑟瑟发抖，一副惨象。而此时松园，则呈现着昂昂独负青云志的磅礴气势，棵棵松桧，昂首挺胸，迎风傲雪，根根松针，不屈不挠，直指青天。在万木萧瑟的严冬里，方广数里的松园，正闪烁着翠绿的光华，一派盎然春色。

爱之深，失之痛。每每提及绝色佳景"松盖长青"的消亡，不禁令人扼腕长叹，痛惜不已。所以后人对"松盖长青"缘何消亡甚为关注。现在通常的说法有毁于明末农民起义军、毁于入关后的清军，等等。在战乱中，什么情况都有可能发生，所言缘由，虽无物证，又无史证，却也在情理之中。

"松盖长青"的消亡，正折射出明王朝江河日下、最终消亡的缩影。崔学履看到枝繁叶茂，树冠庞大，如盘似盖的"松盖长青"盛景时，嘉靖皇帝正沉迷道术，以求长生不老，而疏于朝政，致使奸宦当道，贪污忌贤，外敌侵扰，国势渐衰。

"松盖长青"如插在倾斜的明朝大厦上的一枝小花，大厦倾倒，小花焉存。生活在明末清初之际的顾炎武（1613—1682 年）踏访昌平时，明朝政权早已火灭烟飞。这位反清复明斗士，面对"松盖长青"遗迹，禁不住仰天长叹："今尽矣！"

破解松园的身世之谜

冰之恋

松园位于昌平县城东门外1.4公里，是专门为明十三陵培育松桧树种的皇家禁苑，因众多管理及保卫人员及其家属长期在此屯居，并不断地繁衍生息，日久天长形成一个特殊的群体，待松园被毁后转为普通村落，村以实物命名，取名"松园"，自明代开始一直沿用至今。"靖难之役"后，朱棣夺取了明朝政权，改元永乐，并于永乐十九年迁都北京。明永乐七年（1409年），在朱棣派出多路卜选陵址，最终御批昌平北部的天寿山为万年吉壤之后，建造陵寝的工程于同年五月八日（6月20日）破土动工。其后不久，按照皇陵礼制，在离陵区较近的范围内，卜选适合生长松树苗木的土地，作为皇陵专用育松场所，最后选定了松园地区，圈定方圆几里之内为皇家禁区，并制定了禁樵采、行人车马绕行等规定。松园苗圃自明永乐初年开始建设，至嘉靖晚期，松园里的松桧已颇具规模，成为著名的燕平八景之首，取名为"松盖长青"。

那么，明十三陵陵园里为什么只种植松树？松园为什么只有松树一个树种？若论其长寿之意，柏树、柳树均为长寿之树，为什么不用它们呢？

关于天子墓前到底种什么树的问题，追溯起来它的历史很久远，我们先从两个传说说起。

大概在唐朝时就流传着两种说法：

第一种是替代方相说。方相是个人名，他与方弼是兄弟俩，为商纣王时两名镇殿将军，因纣王荒淫无道而反出朝歌，为西周建立做出了突出贡献，后人以这哥俩为门神和护道以及开路神，后世则渐渐以方相为逐疫驱鬼之神。《周礼·夏官·方相氏》描写的这个方相，身蒙熊皮，黄金四目，玄衣朱裳，执戈扬盾，索室驱疫。方相神的形象特征为头长双角，鼓目呲牙，满脸凶相。

【神奇的燕平八景】

古人入葬时，一般会把方相放入以驱"罔象"，而"罔象"，又叫"罔像"或者"魍象"，是古代传说中的水怪和木石之怪，传说罔象喜欢偷食墓中之人的心肝和脑髓。由于寻常人家并不能常立方相于墓室，而罔象的天敌则为虎和柏树，于是墓前多有立石虎与柏树的。

第二种说法是灭蝹之说。这个故事源自春秋时的秦穆公，说秦穆公手下有一个姓陈的门客，有一天闲来无事，就抡起手中的镢头挖地，掘地三尺之后，挖出了一只非常像羊的怪物，就想献给秦穆公讨个欢喜，就在他兴高采烈前往穆公府第的时候，迎面碰上了两位仙童，两位仙童非常惊讶，就对这位陈姓门客说，你手中所擒似羊非羊之物叫作"蝹"，经常深藏于地底深处，不为人知，但"蝹"这东西常在地底吸食死者人脑，一般人是杀不死它的，如今唯有一法可取其性命，你可折取柏树枝条然后猛抽其脑，它就活不成了。于是从此之后，人们为了在墓穴之中防备"蝹"，就在墓前广植柏树了。但此一时期，这种由传说演化来的丧葬形式只流行于民间，处于无政府状态，未经官方正式认可和规范，是一种约定俗成的东西。

官方正式礼仪的问世，给庞杂无序的丧葬文化提供了一个绝好契机。礼仪始于西周时期，经秦始皇"罢黜百家，独尊儒术"以后，开始了儒家思想作为官方意识形态的历史阶段。所以自西汉开始，儒家经

典著述宣扬的等级观念、礼节、仪式等都会得到上至天子下至庶民的严格遵从。经天下士子搜寻和整理，出现了一整套合乎古制的礼仪，汉代五经之一的《礼经》中对帝王陵寝有了具体规定：即天子坟高三雉，雉为古代计量单位，长三丈高一丈为一雉，诸侯减半，官员则高为八尺，天下士子为四尺。天子陵寝种植松树，诸侯种植柏树，官员种植杨柳，百姓种植榆树。汉许慎著《说文》基本上也延续了天子种松、诸侯种柏这一古制。其实大约在春秋时期，无论是王室或者贵族还是一般人死后，都是不封不树的，只是到了秦汉以后，既封又树。史书记载，孔子死后，他的弟子们从四面八方赶来，在孔子的坟墓上就种植了许多奇木异树。到了汉唐以后，种树的规矩越来越大，始有尊卑之分，一般人再也不能因罔象之说而借口种植柏树了，而松树的地位竟一夜走红，从普通的平民百姓身份一跃成为了皇家禁苑的贵宾，打上了"皇家御用"的专属名牌，终日享受着只有皇家才有的贵气。

此一古制公布后，历经各个朝代，基本上都是能够严格遵守的，但什么事情都不是绝对的，也有个例。比如说，唐太宗时期，他为了纪念黄帝，祈黄帝的庇佑，下令对黄帝陵进行了扩建，并且额外栽种了千余棵柏树……

在那个封建等级制度极其森严的社会里，唐太宗为何冒天下之大不韪不种松树改种柏树？分析其中的原因，我认为唐太宗是站在黄帝时期的古礼立场上作为的。你想呀，黄帝时期哪有帝陵上种松、侯爷墓上种柏这个规定？那时候按照古法通常是种柏树，在古人眼里，柏树伟岸雄劲，寿命又长，种在陵墓上取其万古长青，流芳百世之意。如若按照唐时仪轨种上松树，反而是对黄帝的大不敬，还怎么能够庇佑大唐江山福祚绵长，所以，唐太宗就破例在黄帝陵中种植了柏树。

自唐代以后，各个朝代的帝陵中基本上都是仿照唐代仪礼种植松树，明代亦是如此，所以才有了覆盖松园地区方圆数里的大片松树林木，也就有了现今的松园村落的最终形成。

松园里的那些事儿

张丽娟

在昌平城东有一个名叫"松园"的地方，从字面上看，这里应该有大片的松树林，不然的话怎么能称得上"园"呢？但出乎人们意料的是：这里别说是松树林了，连棵像样的松树都没有。这可让许多人迷糊了。那么，这里到底为何叫"松园"呢？真的曾经有过松树林吗？有的话那大片的松林如今为何消失得无影无踪了呢？关于这些疑问、关于这松园，至今尚有不少的故事流传于民间，流行于街头巷尾。

据笔者所知，许多年以前这里确实有松树，而且还为数不少呢。据说当时方圆几里内遍植松树，还听说那松树可不是咱自家小山或小庭院里种的那种普通树种，打个比方说，这里种的松树就如同皇家御宝，属于凤毛麟角之类，相当于九五之尊；而咱自家小院的则是小家碧玉，凡夫俗品，不能入流。那么，令人诧异的是：似这等名贵的树种因何种在这里呢？听老辈儿人讲，远在朱明时期，由于北边边患严重，亟待解决，而朱棣平素里能征善战、武功谋略高人一等，所以就被朱元璋派到北京这里驻防边塞。朱允炆上台后，恐藩王势力过大威胁自己皇位，所以为了削弱各藩势力就发动了削藩运动。可结果呢？非但藩没有削成，反而让朱棣以此为契机，发动了"靖难之役"，硬生生从他手里夺取了大明政权，当了皇帝。朱棣上台后，很快就把都城迁到了自己的根据地北京，然后又千辛万苦、费尽心机地把万年吉壤选在了昌平天寿山地区。根据明代皇家的丧葬制度，要在陵园里遍植松树。因此地离万寿山较近，且土质土壤都很肥沃，很适合培育皇陵所需的松树树苗。所以，就把为皇陵育松的林场定在了这里。也就是说这里从此挂上了皇家御用的招牌，打上了皇家封印。

松园苗圃自明永乐初年开始建设，至嘉靖晚期，松园里的松桧已颇具规模，1567 年，昌平籍官员崔学履应家乡人的邀请，编写隆庆《昌平州志》，因志书体例的需求，又因此时的这里经过多年皇家雨露的滋润，已经发展成景观别致、规模庞大、特色鲜明的自然与人文双美齐聚的风景胜地。所以，这片松树园林就顺理成章地成为了首选之地，并以"松盖长青"之名位居"燕平八景"之首。从此，松园无论在官方还是在民间都正式有了身份与地位，其影响辐射面也越来越大。

俗话说：人的名儿，树的影儿。这人出名了招风，这树名声在外也同样是个麻烦事，这不，自从披上皇家的外衣，又有"松盖长青"之后，接二连三地出了几档子麻烦事，结果闹得满城风雨，鸡犬不宁。其中一件事轰动最大，影响也最广。

事情是这样的。自从这片松树林榜上有名后，来此观景的人自然不少，但只能远远地观看，不能入内，因为这里是皇家禁苑，有严格的管理制度。但不知是谁，也不知是从什么时候街头巷尾有了个说法，说是长在这里的松树因常年饱受隆恩全身都是宝，谁吃了树上的松果、喝了松枝水便能享受"龙"恩，能够延年益寿。不仅如此，这说法就像变戏法一样越传越邪，越传越神，就如同长了翅膀一样飞遍了都城的皇宫内院、大街小巷、犄角旮旯。最后竟把它传成了神丹灵药，百病都治，甚至连奄奄一息的垂死之人吃了它也能起死回生；还有的人有梗加叶、添油加醋地说认识这林子里的一个得了绝症的人，他天天吃这树上的松果喝松枝水，结果他的绝症竟奇迹般地好了，现在这人健壮着咧。这些七七八八的海说把个偌大的京城忽悠得嗡嗡作响。

话又说回来，这松树真能治病吗？经现代医学研究表明，松树的果实和松枝的确有药用价值，常吃松籽喝松枝水确实有延年益寿、美容养颜的作用，尤其是松籽，里面富含氨基酸等多种营养元素，常吃可以提高人体免疫力从而达到延年益寿的目的。然而，它们并不像人们传说的那样是灵丹妙药、百病都治，世界上从古至今也根本不存在能够免除死亡的丹药，就连叱咤风云、显赫一时的秦始皇千方百计寻找免死药，可最终不也难逃一死吗？所以说，切莫轻信那些虚假宣传，听了会反受其害。

具有科学头脑的现代人大多懂得这个道理，可处于生产力水平严重滞后的旧封建社会里的人们可就没有这么幸运了。当时的人们听了街面上的小道消息就信以为真了，争先恐后花大价钱从守卫这里的官军手里购买这些所谓的包治百病的灵药。这下可肥了这里的守卫官兵，他们一个个都肥得流油，那些家境原本不好只靠点军饷勉强糊口的官兵不消几天工夫便腰缠万贯，纷纷在老家置房子买地娶妻生子。更有甚者，这些东西被人们吹捧得都赶上黄金的价格了，而且有钱人都以谁家买得多评论谁家最富，最有身价。这种攀比之风迅速蔓延开来，渐渐地形成了一种有钱人追逐的风尚。因而造成这些所谓的圣物在黑市上被不法奸商拔高炒作，一斤竟然卖到了万两白银。你说这事邪乎不邪乎！

这些东西对于有钱人来说是一种奢侈品，但对于贫穷而又看不起大夫的人家来说就成了救命稻草。这使得那些既无权又无钱的穷困病人，为了治病救命只能选择铤而走险。据说在松园附近有一家姓吴的，家里穷得叮当响，一家五口人挤在一间不足二十平方米的破房子里，全家人合盖一床被子过冬。而家里的唯一经济来源是靠三十来岁的吴大给富人家打零工赚的那点可怜巴巴的辛苦钱过活。他家里上有老下有小，老娘有病在身，常年卧床不起。这不，他也不知道从哪儿听说了松园里的松果和松枝百病都治，他不禁喜出望外，但一打听这价钱，一下就吓蒙了。他心里暗自盘算着：这可怎么好，怎么能弄点这东西给娘治病呢？他是左盘算右盘算，左思右想，最后一咬牙一跺脚，决定去偷！主意打定后，他又像往日没事人儿一样，早早地出去给富人家打工，收工后他顺便绕到松园附近踩了踩点儿，摸了摸守卫情况，之后，才胸有成竹地回了家。

话说这天半夜后，他趁着夜黑没有月光，深一脚浅一脚地就去了松园那里。到达目的地后，他机警地躲过守卫便一头扎进了茂密的松树林。他由于做贼心虚，慌里慌张地就去折松树枝，没承想，一不留心动作大了些，"咔"的一声发出了声响。在寂静漆黑的夜里这声音出奇地清脆。这一响不打紧，惊动了守卫在林子里训练有素的警犬，只见两条黑影"嗖"地扑了上来。吴大想跑，可这腿就是不听使唤，生生地立在当地动弹不得，而且还一个劲儿地抖个不停。守卫的官兵闻声也迅速举着火把跑了过来，借着火把的光亮看清是个偷松枝的穷鬼，于是也不问话，不管三七二十一就把吴大揍了一顿，随后五花大绑临时关押在了营房里。第二天天亮后，由当职的送去了官府。县官听完官兵的禀告后，着实地被吓了一跳。这还了得，这是公开犯上作乱呀。这人是吃了熊心豹子胆了，连皇家禁苑的东西也敢偷，这案子必须严惩！案子的结果不说想必大家也能猜个八九不离十。县官为了警示世人，先是把吴大由官兵押着游街示众，以儆效尤。然后就拉到刑场手起刀落斩首示众了。这案子在当时闹得沸沸扬扬的，满城风雨。说什么的都有，有说吴大不该被斩首，他是为了给老娘治病才不得不去偷的，他是尽孝心！也有的说他点儿太背，人也太愣，白白丢了性命。不过打这事以后，再没听说过有谁提着脑袋去那里玩儿命了。可松树能治病的事，也渐渐被人们识破。

据史料记载，清兵入关后，由于明十三陵中个别建筑在战乱中被毁，所以，清政府就放倒这些松树去修明十三陵了。从此，松园便成了一个空壳子，只闻其名而不见其形。而守卫在这里的官兵及其家属也坐地成村，村名就以松园命名，一直沿用至今。

天峰拔萃

天峰拔萃

天峰拔萃

李国棣

　　"天峰拔萃"是个连缀缩略语。天峰，泛指天寿山陵域方圆40平方公里范围内的群山诸峰；拔萃，语出《孟子·公孙丑上》："出于其类，拔乎其萃"，萃与类同意，出类、拔萃皆谓超出于同类。崔学履认为：明代帝后陵寝地处昌平境内，八景之中应有一席之地；在天寿山的峰、峦、岗、阜之中，最灵、奇、秀、美的是位于州城东北8里、东山口内的平台山（在今十三陵水库中北京九龙游乐园内九龙宫的位置）。他之所以选择这里，是因为此处是个重要的纪念地，它与明成祖朱棣当年选勘陵址有着密切的联系。

　　明永乐五年七月初四（1407年8月6日），朱棣的结发妻子、开国元勋徐达的长女、仁孝皇后徐氏在南京宫中病逝。因朱棣早就决定迁都北京，而且北京的皇宫已经开工营建，所以，他就派人到北京一带踏勘山川、卜选陵地，为自己以及子孙后世选定万年吉壤。永乐七年（1409）春天，朱棣看了礼部尚书赵羾和江西术士廖均卿、曾从政等人选出的昌平县黄土山的风水地形图说后，决定亲自前往阅视。站在黄土山主峰前的高岗上，朱棣对照图说，审看山川地势：远观太行（即太行山脉）、华岳（即西岳华山）连亘数千里于西，山海（即山海关，燕山山脉东起于此，西至军都山）达医闾（即医巫闾山，为东北名山之一，在辽宁省中部、大凌河以东，东北至西南走向，海拔400米左右，主峰望海山海拔867米，在北镇县西北，有翠云屏、桃花洞等名胜，以产"锦州石"著称）逶迤千里于东，嘉域恰恰奠居在至北正中之处，环似前椅，券如崇城，包罗万象，统会群山，巍巍乎显其尊，浩浩乎示其大；近看前有凤凰山如朱雀，后有黄花镇如玄武，左蟒山即青龙，右虎峪即白虎，东、西山口两水汇流于沙河店环抱如玉带，四面群山环拱如围屏，中间明堂广阔，岗平土厚，河水潆洄，微风润气。朱棣心中不禁赞叹：真是天造地设的神皋奥区，处处皆是安息的吉壤！朱棣环顾四周，心中思忖：我的神宫日后安在何处为佳呢？赵羾似已明白了皇帝的心思，用手一指朱棣的身后：万岁，此处做我主的万年佳城，圣意如何？朱棣转身观看：但见身后三峰并峙，位于正北居中，皆高耸入云，巍峨峥嵘，前行百余步恰在中峰下的冈阜之上，地势宽阔平坦；环视四面川原，尽收眼底，东西众山罗列左右，似万骑簇拥，千官扈从，不禁心花怒放，点头称好。随行官员及术士见状心中如释重负，急忙倒身下拜：恭贺我主洪福齐天，上苍赐给万年吉壤。朱棣温语嘉勉诸位卜选风水宝地的官员、术士，日后皆有封赏。

朱棣一行完成了既定的任务，都觉得一身轻松，虽有君臣大礼，归途中却也有说有笑。沿河逶迤东行，看见水边一座小山甚是可爱，朱棣命从人在小山上陈设桌、椅，摆放酒肴，一边饮酒，一边欣赏山水秀色。这一天恰巧是四月十七日（5月1日），是朱棣的五十岁（虚岁）寿诞之日，吉辰一到，随行官员一起山呼万岁，向皇帝行礼、祝寿，并建议将所选吉壤更名为天寿山。朱棣闻听大悦，点头允奏，遂将黄土山改为天寿山。

一行人出了东山口，向西南行约十里，来到百泉庄。但见村外周匝皆是平地，涌泉不计其数，其中有三个大泉，直径皆一丈有余，名为原泉者，水大泉深，清澈见底；名为黄泉者，泉涌流沙，黄泥浑浊；名为响泉者，出水有声，夜间尤显，如提升水闸，嘎嘎作响。朱棣见泉觉渴，内使见道旁有一眼小泉，流细水清，来往众人都在此泉掬水畅饮，就用御器盛了奉上。朱棣喝了一盏，感觉冽爽甘甜，竟然连饮四盏，而且每盏皆一饮而尽。喝罢，朱棣称赞道：在山中饮水，饮后皆腹胀；此水饮之，甚觉怡然。后来，崔学履将这个

　　1985 年，北京市水利局与日本财团熊谷组签约，在十三陵水库联合开发建设一座具有迪斯尼特色、模拟海底景观的旅游项目——九龙游乐园。这个观赏性游乐项目的核心工程是建在水下 17.5 米的龙宫，经过工程技术人员反复勘探、研究，决定建在平台山的山基上。1986 年 8 月 24 日，随着爆破的声声巨响，平台山消失了，伴之诞生的是"东海龙宫"。如今，人们乘坐着由 160 个车座连成一体的游览车，沿着 575 米长的"御路"，用 20 分钟时间即可做一次神奇的海底遨游。在灯光、布景、电子音响造成的幻觉中，人们仿佛穿过汹涌的波涛、飞转的漩涡，进入到奇妙的海底世界。通过碧海下潜、浅海奇观、珊瑚丛林、深海奥秘、海底历险、水幕仙境、水族迎宾、水晶世界、龙宫宝殿九组水下景区，可以观赏到五颜六色的海花海草，海星浮于左右，虾、蟹甚至伸手可及，感受鲨鱼张着血盆大口迎面扑来的惊险刺激，领略蚌壳仙女手持笙、管、笛、箫，吹着迎宾曲，鱼美人载歌载舞，引导着游人步入龙宫仙境，令人大饱眼福。在碧波荡漾的水面上，建起一座九龙宫，高 21.7 米，直径 40 米，主体建筑为明清风格，三重檐上覆盖着孔雀蓝的琉璃瓦，黄瓦剪边，勾画出鲜明的轮廓，在阳光下金碧辉煌。它的奇特之处在于一改中国古建筑的柱、梁、脊、角多为偶数的格式，首次建为九柱、九梁、九脊、九角，与九龙宫的名称相符，目前是中国唯一的一座九边形古式建筑，它是清华大学建筑历史研究所徐伯安教授的精心杰作。在四周的浅水滩边叠石为礁，既突出了海上仙境的整体景观，也烘托出九龙宫的高大雄伟。九龙宫的正门上镶着一副对联，上联是"九龙分占陵湖水"，下联是"小岛留栖南海云"，横批是"灵山秀水"。水下供奉的是东海龙王，水上供奉的是观世音菩萨，而且都能动能说话，可谓惟妙惟肖，栩栩如生。一年四季吸引着数量可观的中外客人前来游玩。

　　多少年来，许多人提起平台山的消亡，言语中总带着一丝遗憾，觉得它是一个古迹，应该保留下来。然而，当他们看到从天南地北蜂拥而至的游客，人人脸上洋溢着满意的笑靥，心中会得到一些宽慰：除旧布新是历史发展的必然趋势，只要越变越美好，人民群众也就满意了。

昌平民间文学

天峰拔萃的发现者

宋建国

"天峰拔萃"指的是天寿山陵域方圆40平方公里范围内的群山诸峰。它与明成祖朱棣当年选勘陵址有着密切的联系。

站在天寿山上，眼前地势宽阔平坦；环视四面川原，尽收眼底，东西众山罗列左右，似万骑簇拥，看了不禁让人心花怒放，谁都会激动地说，这是一个好地方。

而在群山中，只有登上天寿山（原名黄土山），才能看清这一面貌，有历史文件记载，是朱棣当年登上天寿山，发现了这片好地方。但到底是谁先发现并登上天寿山，看清这片群山景象的，却众说纷纭。

其实第一个登上天寿山的人是一个穷秀才，天寿山的山顶本来也没有道，也是这个穷秀才开辟出来的道。

传说多少年前，天寿山脚下的小村里，出了一位姓郭的秀才，郭秀才很是有学问，天下自认为很有才的学士，真的和郭秀才比，都远远不如他的学识，但郭秀才却因家境的贫寒而受人挤对，竟然连当地的县府也不肯用他。

渐渐地，郭秀才便因怀才不遇而患上了精神方面的疾病，整日要死要活，非常的痛苦。他本来娶了一房好看的太太，想不到，这美丽的女人也被有钱有势的其他秀才拐跑了。郭秀才真是连跳河的心都有。

自从郭秀才病重以后，他的家人便带他走遍了方圆几百里的地方，看了许多名医，开了许多草药，但郭秀才的病却不见一点好转。

郭秀才的病不断加重，他真是不想活了。当时天寿山下有一座娘娘庙，香火很旺。这一天，郭秀才来到娘娘庙，他准备拜完这座庙，就去投河或是跳崖。

那天郭秀才进了娘娘庙，想对着菩萨烧支香拜一拜，然后许下死的心愿

昌平民间文学

就走，却发现庙里有个老和尚也在烧香，平日娘娘庙里是空的，并没有僧人，怎么今天来了一个和尚？郭秀才心里奇怪，不知这和尚打哪儿来，不过郭秀才想，何不向这位和尚说说自己心中的苦恼。看看他有何办法，说不定会是一个不起眼的高人呢。

于是，郭秀才就给和尚跪下了，郭秀才这一跪，吓了和尚一跳。和尚说且慢且慢，这位先生，你有何事情想不开，要给我下跪呢？

郭秀才就把自己的苦处和患有的疾病跟和尚讲了，希望和尚能有个办法，帮他解除痛苦。谁想，和尚听了却哈哈大笑起来，说这有什么办法，没办法，

不过，你要想死得好点，我倒是愿意给你指条道，如果你按我说的去做，你的来生可能会活得体面得多。

郭秀才说，我今天来庙里烧香，就是为了来生有个好报。

和尚说，那就找对人了。

郭秀才急忙问：你有什么办法，是有什么灵丹妙药吗？

和尚说有啊，我就是有灵丹妙药！

郭秀才道，大师快告诉我，这要花多少钱？

和尚说，不用花钱

郭秀才说，那是什么办法？

和尚说，你只要每天去砍柴，从这天寿山的脚下，一直砍上去，直到有一天你到达山顶的时候，睁眼看看四面的风景，然后跳下去，这样你的来生就要好得多。和尚说完，竟然不见了身影。

郭秀才站在那里望着香火疑惑，这叫什么办法，难道这能好死吗？下辈子就能转运？但他又不得不去一试。从这天起，郭秀才就成了一个砍柴的樵夫，他每天拿着一把斧子，从山脚下开始往山上砍柴。

天寿山长满了密密麻麻的杂草和树木，一点路也没有，这一带的人，从来没有人爬上过天寿山，更不要说到山顶。郭秀才不知哪一天才能砍出一条路来。

可为了好死和下辈子的转运，他硬着头皮照着和尚说的做。

整整用了一年的时间，郭秀才终于砍出一条路来，这年的秋天，郭秀才到达了天寿山的山顶，他举目去望，一时间就惊呆了，只见四下的群山巍巍峨峨，浩浩荡荡，山川、河流、蓝天，是这样的开阔，远远近近层林尽染，江山美丽如画。

他突然不想死了，突然觉得自己心情好多了。后来他只要心情不愉快，就会登上这天寿山顶，每次心胸都会变得无比的开阔。他的病竟然全好了。

不久，他又娶了一房漂亮的女人，女人还给他生了孩子。县府的人竟然也开始重用他了，他什么都好了起来。愿来不是他怀才不遇，是他的性格和心理有问题，别人怎么可以用一个神经病呢？

郭秀才不但治好了自己的病，也为许许多多的人开出了一条心胸豁达的路，远远近近的人都会来天寿山顶欣赏这一片美景。

后来的人们都是沿着郭秀才砍出的这条路爬上天寿山的。天寿山也就是这样被朱棣发现，将今天的十三陵选在这里的。

孝母感天地

李晨辰

　　远古时代，在昌平北部，有一个部落叫作"弭熊"。弭熊部落的首领是姚玉生，姚玉生聪明果敢，力大过人，仁慈忠厚，深得部落人民的爱戴。姚玉生只有一个妻子，叫作鸿蔬，鸿蔬给他生下了三个儿子。第一个儿子叫姚其，第二个儿子叫姚品，第三个儿子在五岁时早夭。姚其出生的时候，鸿蔬因为难产，差一点儿死掉，因此鸿蔬极不喜欢姚其，认为姚其会给她带来厄运；而姚品从小就生得俊朗可爱，又乖巧伶俐，很讨鸿蔬的喜爱。两个儿子同是一母所生，在鸿蔬心里的地位却有云泥之别。

　　首领姚玉生老了，考虑接班人的问题，打算把位子留给姚其，老二姚品虽然乖巧聪明，但部落里的传统，从来是立长不立幼，姚其笨拙，相貌又粗鄙，但人品还算忠厚良善，在部落里很有人缘。鸿蔬却另有打算，她对姚品好得不得了，便要求老公姚玉生把接班人定成二儿子。姚玉生也时常犹豫，还找部落里的长老来商量，长老们坚决不同意鸿蔬的意见，姚玉生便没有再说什么。

　　过了几年，姚玉生在一次打猎中箭伤复发，去世了。大儿子姚其顺理成章继位，成为了弭熊部落的新一任首领。对于姚品，姚其很是疼爱这个弟弟，给弟弟换了新宅，还给他增添了很多仆人和奴隶。

　　姚品还不满意，又提出单要一块领地，由自己去独立经营。姚其心里可犯了难，觉得这有违祖制。这时，母亲鸿蔬也替姚品求情，还要求给姚品分一块好地。姚其咬咬牙，就把最好的东山坡给了姚品。东山坡有好大一块肥田，是部落里最好的领地了。姚品挺高兴，又说："可是那么大一块地方，我这些仆人和奴隶也管不过来啊。你还是再给我一些人手吧。"姚其二话没说，马上又分给他二百个精壮劳力。姚品欢天喜地，谢过哥哥，就带着自己的家人和奴隶去东山坡了，母亲鸿蔬也跟着去了。

部落中有长老知道了这件事，就对姚其说："首领，你对你弟弟太好了，而分地这件事做得可不妥当。你把咱们部落最好的领地分给你弟弟，而剩下的地都是次一等的。这可不符合咱们弭熊部落的老规矩，哥哥应该掌握最好的领土！"姚其很大度地说："是啊，这不符咱们的老规矩，可是我妈在旁边求情啊。不给不行呀。"长老说："我看你弟弟那个人，聪明是聪明，可都是一些小聪明，再说他的眼神奸诈，仗着有老夫人宠着，有些太跋扈了，他得了好地，又得到了那么多奴隶，以后他羽翼渐丰，你可要防备他点儿。"姚其拉下脸来，说："这你就多担心了，请你不要挑拨我和我弟弟的关系！"长老们叹了口气，就走了。

又过了两年，姚品凭着聪明才智，把东山坡那块地经营得越来越好，收成逐渐增多，姚品又买了很多奴隶，实力渐渐增强，就开始和姚其分庭抗礼，有时姚其召唤他去晋见，他就推辞说身体不舒服。部落中的长老们忧心忡忡，就对姚其说："首领，这一座山上，不能有两只老虎。现在你弟弟的实力大大增强，东山坡虽说还是咱们的领地，您虽说还是首领，可东山坡那块地实际上已经被你弟弟掌控，而且他的实力可以和您分庭抗礼了。你现在打算怎么办呀？"姚其说："现在弟弟年龄还小，以后长大懂事了，就好了，你们不用太担心。"

后来，姚品不光在自己的东山坡上经营，还慢慢往西边侵犯，纵容仆人和奴隶，一点一点抢夺哥哥姚其的领地。有些部落长老很生气，就对姚其说："首领，你这个弟弟太不像话了，这分明是跟您对着干呀。照这样发展下去，他的地盘越来越大，终有一天，会骑在你的脖子上啊！"姚其阴沉着脸，没有说话。

过了几天，老夫人鸿蔬从姚品那里回来了。还给姚其带了一些礼物，姚其很高兴，亲自到几里地外迎接母亲。鸿蔬一见到姚其就说："你弟弟年幼，有时做一些过分的事，你也别太往心里去。他是想帮你把咱们部落经营好。让弪熊部落的人都过上好日子。"姚其大度地笑笑说："是啊，我们毕竟是亲兄弟。姚品比我聪明，我知道他是为了部落好。"鸿蔬就在姚其的家里住了下来，说等到了春天再回姚品那里去。

过了一个多月，就在严寒时节，整个部落遭遇了雪灾，姚其的领地中缺衣少粮，很多人饥肠辘辘，甚至还有的被冻死。而姚品那里因为粮食储备充足，没有受到雪灾的影响。趁着这个时节，姚品大肆招兵买马，终于跟他哥哥姚其挑明了。姚品武装自己的仆人和奴隶，向西边进军，目标是要弪熊部落的首领之位。与此同时，鸿蔬在姚其那里也做好了准备，打算做内应，打开大门迎接"叛军"，跟二儿子来个里应外合。

其实，姚其对母亲和弟弟早就有了防备，他在姚品那里安插了眼线，对于姚品的计划，姚其了如指掌。一听说姚品终于叛乱，姚其抑制不住兴奋，就对手下说："时机终于成熟了，是要铲除这个祸患的时候了！"遂命令自己的武装力量，全部埋伏在山坳、树丛里，自己则是天天与美酒和美女相伴，做出假象给母亲看。

那边，姚品率领自己的人马向西行进，刚进入姚其的领地不久，手下就有很多人都反水了，原来那都是姚其的眼线。姚品还没反应过来，又从山坳里、树丛间杀出很多人，把姚品的人马打得七零八落。姚品也在乱军中被砍死了。

虽然平息了叛乱，但姚其心里的怒火远远没有消。他让人把母亲鸿蔬带来，亲自质问："我们都是你的儿子！你却这样偏袒老二，还想联合老二，夺我的首领之位，把我除掉，天下哪有当母亲的这样对待自己的孩子？"鸿蔬因为姚品的死，悲痛欲绝，又听姚其这么说，更是号哭不已，一句话都没说。姚其又说："你不是一直就腻烦我吗？那好，你去北山坳里单过吧。我给你送饭送衣，只是你得离我远远的。"随后，姚其发了个誓："下次咱们母子再相见，除非是等到都升天的那一天！"当天晚上，姚其就派人把母亲送到北山坳，还给母亲派了四个人，一是照顾她的生活，二是监视她，不让她随处走动。

日子一天天过去，又过了很久，姚其果然没和母亲再见面。时间一长，姚其的气也慢慢消了，有时想念母亲，就派手下去探望母亲，询问母亲的生活，可因为自己发过了誓言，就不能再见母亲。

有一天，姚其去打猎，看见一头硕大的母鹿，便一箭射去。母鹿被射中了腿，想跑，又跑不快，姚其骑马赶来，母鹿悲鸣一声，乖乖就擒。姚其用绳套套住了母鹿的脖颈，带着它慢慢往回走。母鹿只得一瘸一拐地跟在马匹后面。姚其看到俘获这么大的猎物，得意洋洋，旁边的随从纷纷赞扬首领的神勇。就在快走出树林的时候，那头母鹿突然发了狂，猛地一蹿一跳，挣脱开绳套，发疯似的向树林深处奔去，姚其差点被带下马来。等反应过来时，母鹿早已经跑远了。一位年老的随从过来递上水壶，让他压压惊，这随从又说："这头鹿肯定刚下了崽，喂奶的时间到了，所以它拼死也要跑回去，给小鹿喂奶。"姚其点了点头，没有说话。

回到家里，吃晚饭时，姚其又想起了那头母鹿，想着想着，就扑簌簌地掉下泪来，再没有心思吃饭了。妻子上来询问，姚其只说是想念自己的母亲。妻子就说："既然想念，为何不去见见？你别再为姚品的事耿耿于怀了，当父母的，哪能都一碗水端平？你妈那也是一时糊涂，事情都过去这么久了。就别记恨了。"姚其说："你说的，我何尝不懂？可是我发过了誓，只有都升了天，才能和妈妈再次相见。"妻子听他这么一说，眉头紧锁，低下头去，似乎在思索什么。姚其深深地叹气。过了一会儿，妻子忽然抬起了头，满脸喜色说："有办法了，你既然发誓说在天上相见，那就真的去天上见好了。"姚其说："你怎么说起胡话来了？"妻子接着说："咱们可以造一座高高的山峰，让它耸入云际。在峰顶再建个房子，你和你妈就在峰顶相见。这不就相当于在天上相见吗？"姚其一听，一拍大腿，连赞这个办法好。

第二天，姚其就把想见母亲的事跟部落里的人说了，又发动全部落的人，实施妻子那个办法。人们说干就干，有挖土的，有运石的，有推车的。姚其的想法，似乎也感动了一些鸟兽，鸟兽们纷纷过来帮忙……用了一年的工夫，全部落的人终于建好了一座山峰，还在峰顶建了房子，种了很多好看的花木，因为山峰高入天际，所以被称作"天峰"，又叫"孝母峰"。姚其在那上面，终于和母亲鸿蔬见了面。母子俩都痛哭不已，重归于好。

从此，这座"孝母峰"就永久屹立在昌平北部，这就是后来的平台山。随着年代推移，"孝母峰"周围又耸立起大大小小的山峰几十座，它们以灵、奇、秀、美让世人瞩目，演绎着一个又一个动人的故事。

哈伯智宰蟒记

廖罗长

据说，这一带原本不叫蟒山。只因明朝初年，这一带出现了一条巨蟒，这条巨蟒白天黑夜经常出来伤害百姓、祸害过往的商贾。有人说，这条巨蟒身长五六米，肚子比水桶还要粗；又有人说，巨蟒游走起来像飞龙一样，它吐出的芯子（舌头）足有一米多长，五大三粗的小伙子被它的舌头一卷也瞬间就吞咽进肚子里了。因此，人人谈蟒色变，就连附近的小孩子晚上哭闹，只要大人吓唬一下"再闹让蟒蛇听到了就吃了你"云云，再调皮的孩子也立马不哭不闹了。

由于治蟒不力，燕平的县官换了一茬又一茬，谁也拿这条吃人的巨蟒没有办法。为此，皇帝出皇榜悬赏杀蟒蛇之人。

话说，在燕平南邵有一个叫何营的村子，这是个回民村落。村子里有一个叫哈伯智的阿訇，他从小就离开了村子，远赴河南嵩山少林寺拜师习武，练就了一身过硬的本领。当他得知家乡有巨蟒伤人一事后，在少林寺再也待不下去了，辞别师父后回到家乡，并揭下了皇榜，要宰杀这条害人的巨蟒为乡亲们报仇雪恨。

哈伯智有勇有谋。父母虽然很担心哈伯智的安危，但因感动于儿子的大无畏精神，对害人的恶蟒又深恶痛绝，便同意了儿子的壮举，并默默为儿子祈祷，愿阿拉保佑儿子哈伯智能宰杀巨蟒，铲除这一祸害。

平常，巨蟒躲在茫茫的山林里来无影去无踪。哈伯智带着锋利的砍刀和足够多的干粮后行走于茂密的山林中，一个多星期过去了，一个月过去了……竟然杳无音信，连蟒蛇的影子也没有看到，也没有听说到蟒蛇伤害人的信息了。

难道是巨蟒通人性，它知道了哈伯智要宰杀它而躲藏起来了？！

......

3月24日是一个阴雨连绵的日子，哈伯智正搜寻到一处杂草丛生的地方时，只觉得一股阴风伴着一股浓烈的腥臭味儿袭来，瞬间一条身长五六米，足有水桶般粗壮的巨大蟒蛇吐着一米多长的芯子（舌头）"山呼海啸"般向哈伯智席卷而来。哈伯智躲过蟒蛇的袭击，举起锋利的砍刀向巨蟒拦腰砍杀下去，蟒蛇也非同寻常，敏捷地躲过哈伯智一次又一次的砍杀，哈伯智也是越战越勇，在双方大战二三百余个回合后，哈伯智和蟒蛇均遍体鳞伤。哈伯智心想：如此拖下去自己胜算的把握并不大，还不免会成为巨蟒的腹中之物，再说，如若错过了此次宰杀蟒蛇的机会，再要宰杀这条害人的巨蟒恐怕就难上加难了。想到这里，哈伯智抽出腰刀，在蟒蛇张开血盆大口的瞬间纵身跃入了蟒蛇的腹腔内。

血色黄昏，晚霞映红了西山。像是为这场人蛇大战拔上了浓墨重彩。哈伯智屏住呼吸，强忍着一股股钻心的恶臭，使出浑身解数挥舞着锋利的尖刀，在蟒蛇的腹腔内左冲右突，一刀刀狠狠地扎向蟒蛇的内脏，直到精疲力竭……

狂妄一时的蟒蛇终于气绝身亡，哈伯智也因伤得太重而死亡。

为了纪念这位阿訇哈伯智，皇帝下诏在何营村为哈伯智建立了墓地，还种植了松柏；为了纪念英雄哈伯智，皇帝下诏将此山更名为：蟒山，即现在的蟒山国家森林公园一带。据说，每年农历的3月24日，附近的回民还要为英雄的哈伯智扫墓。

笑弥勒点化天寿山

刘瞬骊

从前，天寿山这个地方，方圆几十里，土壤贫瘠，草木凋零。一到雨季，从四周的大山上冲下来的洪水，就把仅有的一点儿草木冲得光光的。因此，这里别说很少有人居住，就是天上飞的、地里跑的也没有。就连昆虫，也很少见到。

再穷的地方，也总是有人生存。一户姓郭的人家住在半山腰上。郭家是兄弟三人，都三十好几了，还都是光棍呢。兄弟三人，以采集草药为生。但是山里光秃秃的，草药很少，因此，他们生活得十分艰难。

一天晚上，老大回来的时候，手里提着一只兔子，这是他上山采药的时候抓到的。

三兄弟十分高兴，很长时间没有吃到肉了，今天有肉吃，真是高兴啊！可就在拿起碗筷要吃肉的时候，门外，进来了一个老头儿！

这个老头儿，与其说是走进来的，不如说是爬进来的，他气喘吁吁，有气无力，瘦得就剩下了一把骨头了！老头儿进了门，不说要饭，却用眼睛直勾勾地盯着饭桌上的兔子，不停地咽着口水。

老二说："看他快饿死了，给他一块肉吃吧！"

老三说："那就给他两块吧，吃完让他走！"

老大没有说话，而是把那一盆儿肉都端给了那个老头儿，笑眯眯地说着："老人家，饿坏了吧？吃吧。吃吧。"

老二急了："哥！……"

老三也急了："哥！……"

老大冲他们摆摆手，要他们别再嚷嚷。把老头儿扶在桌子旁坐下，给他拿了碗筷让老头儿吃肉。老头儿没有客气，坐下来，狼吞虎咽地吃完了一盆

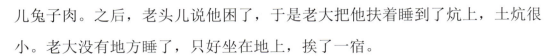

儿兔子肉。之后，老头儿说他困了，于是老大把他扶着睡到了炕上，土炕很小。老大没有地方睡了，只好坐在地上，挨了一宿。

早晨的时候，老头儿要走了，老大把他恭恭敬敬地送到了山下，就在这个时候，老头儿突然一转身，变成了一个笑呵呵的胖大和尚！

和尚乐呵呵地告诉老大，都说穷山恶水出刁民，看来不是。你们兄弟三人，都是心地善良的好人。俗话说，好人好报。我不报你金银，我来报你一块锦绣山河吧！说着，从乾坤袋里摸出了一块土扔在了地上，又摸出了一把种子撒在了地上。

于是，眼看着，老大脚下的土地就开始生长，数不清的花草树木就开始生长，一直向远方延伸，向山腰，向山顶，转眼之间，这里就成了绿荫繁茂、鸟语花香的新世界！

老大这才明白，这是佛爷点化他们来了，紧忙跪下磕头，感谢弥勒佛的大恩大德，可这个时候，哪儿还有弥勒佛的影子呢！

从此以后，这里就成了美丽的地方。郭家的三兄弟都先后娶妻生子，过上了幸福的生活。

再后来，人们在蟒山上用石头修建了一座弥勒大佛，感恩弥勒佛给人们和大地、山川带来的生机与祥和。

石将军大战雷公电母

刘瞬骊

　　清朝的时候，一天夜里，雷公电母经过十三陵上空的时候，雷公突然发现，神路上的那些石人石马，都竟然活了，马在吃草，麒麟喷火，一个个都玩儿得不亦乐乎。更不可思议的是，那些文官都在互相指责谁是贪官，武将也拔出腰刀跃跃欲试。

　　这还了得！这不是要成精吗？雷公电母一商量，事情紧急，也来不及向玉帝请示报告了，咱们就代天正法吧，于是，立刻从腰里掏出家伙什儿，一个打雷，一个发电，但见那闪电唰唰地从天上落了下去，那大雷滚滚从天上砸了下来，一时间，风雨交加，打得那些正在玩耍的动物都四下逃散，骆驼撞断了树，大象踏翻了桥。一对石羊咩咩地叫着，跑得飞快，一头钻进南郝庄的麦地里，再也不出来了！

　　负责保卫皇陵的一个石将军，据说是开国大将徐达的后代，抬头看天，正看到雷公电母在天上做法，不由大怒，立刻拔出腰间的金瓜向天上砸去，正砸在电母的金钵上，当时就脱了手，一只金钵一下从天上掉了下来，立刻，雷电停了，风雨停了，地上的那些神兽也都停了。只有两个文官还在喋喋不休地争论着，石将军怒气不休，上前一人给了一个大嘴巴，于是，整个神路，都彻底地安静了下来！

　　雷公电母这才知道自己闯了大祸，火速回到天庭向玉帝奏报，玉帝急忙下旨，命哪吒星夜下凡给电母捡回金钵，顺便告诉十三陵土地，即刻把跑散的神兽置回原地，好生看管，不得再次发生此等荒谬之事。

　　哪吒领旨，急忙向十三陵土地传旨，随后就捡了金钵回去复命。可怜了这个土地，忙了一夜，才把这些文官武将和各种神兽归位。为了避免此类事件再次发生，他拿着锤子，挨个都砸了一遍。他心想，既然有伤了，它们也就不可能再成精了。

突然发现还少了一对石羊呢，却怎么也找不着了，他顺着蹄子的方向刚走到大宫门，鸡叫了，土地心想，反正就是一对石羊，不找也罢，这么想着，他就回去睡觉了。

果然这件事之后，神兽们再也没有走动，因为它们个个身上有伤，没法儿动了。只是那对石羊，就是回去也没有它们的位置了，所以只好乖乖地待在南郝庄，从清朝开始，直到今天！

蟒山传奇

冰之恋

蟒山坐落于昌平县城东北部，因其山势起伏如静卧中的大蟒而得名。后又因明成祖朱棣择选皇陵吉壤于大山西部的山间盆地，应帝陵风水的需要，作为帝陵必备的条件之一，而被视为四大灵兽之一，命名为"左青龙"。其后名声大作，家喻户晓。到了现代，因其自然资源丰富，景观奇美，空气质量清新，再加上后期人文景观恰到好处地点缀其间，遂被规划为国家级森林公园，是北京境域内面积最大的国家森林公园，具有很高的自然及人文价值。

蟒山公园特色突出，归纳起来有六奇。一奇：山上树木品种多，森林覆盖率高，176个观赏树种，96%的覆盖率，古木参天、层峦叠嶂，春天山花烂漫，秋天栌叶飘丹，山林奇景，美不胜收。二奇：这里有北方最大的石雕大佛。慈眉善目，笑迎八方游客，大佛周围十二生肖塑像，惟妙惟肖，栩栩如生。三奇：有北京最长、质量最好的登山台阶，由3666块条石铺就。四奇：山巅有北京最高的仿古明塔和彩绘长廊，可以远眺京城景象，近观秀丽山水。五奇：高山天池是我国最大的人工天池，蓄水后可供入湖飞舟、环湖游览。六奇："殷切之思，勒石为纪"，蟒山公园扇形平台上，有一座溢彩流丹的植树造林纪念亭、有古朴雄浑的邓小平语录碑刻及众多著名书法家的墨笔丹书。苍松翠柏与碑林相互掩映，形成永恒的绿色文化主题。其实，蟒山还有一奇，那就是千古传诵，或为美丽动人，或为凄婉悲鸣，或为雄浑壮阔的传说故事。在众多的传说故事里当首推"双龙争霸，神龙玉骨成石化"。

传说上万年以前，造山运动形成了大规模纵横交错的山脉、大川、盆地、沼泽，昌平西北部地区的太行山山脉及燕山山脉就是此一时期形成的，在这一序列里本没有蟒山，可后来它又是怎么出现怎么形成的呢？关于这一点众说纷纭，五花八门，综合大家的说法，其中有一点是大家所共识的，就是这

【神奇的燕平八景】

里曾经住着两条神龙，一为青龙，一为黄龙，后来忽然有一天这两条龙却神秘地消失了，踪迹全无，这又是怎么一回事呢？原来这其中隐藏着一个鲜为人知的秘密。

　　话说这两条神龙都是被玉皇大帝派到这个地区当差的，其中青龙性情温和，武艺高强，但他从来都是不显山不露水的，什么事情都以谦让求和为主，从不争强好胜，对于自己的本职工作兢兢业业，一丝不苟，每遇大旱之年他均有求必应，从不懈怠，所以颇受当地百姓喜爱，声望也就越来越大，不仅如此，每到天庭工作业绩考评时，他还总能受到玉皇大帝的嘉奖。而这黄龙呢，脾气性格刚好和青龙相反，既暴躁又刚愎自用，还小心眼，爱嫉妒，他对青龙所得到的一切都嫉妒得要命，总想找机会好好地报复报复青龙，因此，他平时总是成心找茬儿，假公济私，老百姓求他降雨时他非但不下雨，反而经常刮大风，下冰雹，再不就下倾盆大雨，原本是旱灾，一眨眼的工夫又改成涝灾了，因此弄得老百姓怨声载道。就这样，青龙都没有和他计较，二话不说就给他收拾残局去了，在他们任职期间，类似这样擦屁股的事儿时有发生。

　　话说这一天又到了上天庭参加测评会的日子了，二龙兴高采烈地到了天庭之上，可这次与以前开会不同的是，王母娘娘把珍藏了上千年的美酒琼浆拿出来款待大家，大家边品酒边听玉帝讲评，待评到青龙的时候，除了一如既往地一大堆嘉奖外，这次还破例赏赐了御用之物，以作为对他工作的肯定，并以此激励其他人向他学习。在场的人都向青龙表示祝贺，可这黄龙可不这么想，贮藏在他内心深处的嫉妒之火再次被燃起，再加上刚刚喝了玉帝的琼浆玉液，龙借酒势，酒助龙威，登时满脸的怒容，更何况这次他又挨了批，心里更加的恼怒，可天庭之上不敢发作，怕触怒了玉帝，引火烧身。好不容易挨到了散会，二龙出了天庭，驾起祥云往回走，黄龙见出了玉皇大帝的视野范围，恶从胆边生，一下子蹿到了青龙前面拦住去路，凶恶地瞪着青龙，青龙见来者不善，开始还平心静气地问："怎么了？有事吗？"黄龙蛮横无理地说："小子！平时老子不跟你计较，总忍着你，今日咱们就痛快地干上一场，一决高下！"话音刚落，他就向青龙扑来，刚开始青龙并没有当回事，只当是黄龙发发小脾气就算了，可后来他一看苗头不对，黄龙招招都是杀招，都是想置自己于死地。这下他认真起来，说了句"欺人太甚"，立马施展开全身的本领与黄龙斗在了一起。它们打得异常激烈，直打得天昏地暗，雷电交加，倾盆大雨就像天河决了堤一样直泻而下。他们这场世纪之战从早晨一直斗到中午，又从中午直打到傍晚，足足打了一天，直打得二龙都是遍体鳞伤，龙鳞脱落，黄龙渐渐招架不住了，它摇身一变，变作一股黄烟，转瞬间消失得无影无踪，从此以后再没有回来过。可这青龙经此一场恶战，也已是精疲力竭，再加上龙鳞脱落所带来的锥心一样的痛苦，眼前一黑，一个倒栽葱从空中跌了下来，正好掉到了蟒山这个位置上，由于失去了龙鳞，一下子现出了真身，青龙原来是一条硕大的巨蟒修炼而成的，他在这里静静地俯卧了二天，终因伤势过重无力回天，离开了人间。他死后，尸体变成了今天的蟒山，永远地留在了他尽责效忠、诚心爱戴的这片万年吉壤上。后来人们为了纪念他的大恩大德，就把这座由青龙幻化成的大山命名为"蟒山"了。

蟒山大佛与十二生肖的故事

冰之恋

在蟒山环抱的山脚平台，一尊慈眉善目、笑容可掬的巨大弥勒佛塑像端坐其上，塑像高约9.9米，重1500余吨，由200块5-10吨重的花岗石雕刻而成，是迄今为止中国北方地区最大的一尊佛像。大佛的造型由中国著名雕塑家赵树桐教授设计，并经过反复论证，最后由精选出来的80名手艺高超的石匠花了一年时间才完工。大佛的塑成，使原本自然景观奇美的蟒山国家森林公园更加锦上添花，多了一处令人流连往返的人文景观。然而令人奇怪的是：蟒山这里一无寺庙，二无道观，为何孤零零在此处塑一尊硕大的弥勒佛呢？而且更为奇特的是，在石佛前面5000平方米的草坪上，立有十二生肖的塑像，它们按照先后顺序分列两边，那场景好像是天宫上朝，又好像是在听佛祖讲法一样，个个端庄肃穆，惟妙惟肖。据此，笔者猜测是否跟蟒山地区的气场有关系。蟒山坐落于明十三陵陵区的东部，从风水学角度上讲，具有守卫和保护明陵的双重作用，被明朝皇帝钦定为"左青龙"。在中国古代，青龙、白虎、朱雀、玄武并称四大神兽，青龙和白虎同为降魔战神，一阴一阳，兼有匡扶正义、维护人间正道，护卫帝王陵寝之作用，因此，它们均是威猛、善战，刚劲有余，但太过刚正不阿就难免会导致刚愎自用，日久天长就会犯大错，所以，为了中和这里的气场，给刚性中增添一些柔韧的元素，就塑造了一个相对于山势来说比例较为合适的弥勒佛像在这里，因为弥勒佛在人们的心目中是欢乐的象征，是和平的使者。

关于这弥勒佛民间说法很多，说他经常化身成云游和尚，肩上扛着个锡杖，锡杖上挑着个布袋子，因此人们形象地称他为"布袋和尚"。他的布袋子里面就像百宝囊一样，应有尽有，谁有需要他就布施给谁，而奇怪的是总是取之不尽，用之不竭，令人费解。由于这布袋和尚深受老百姓爱戴，又因其坐化时留下暗示其为弥勒佛转世的偈语，所以，后来人们就依他的模样塑造了弥勒佛在人间的样子，无论是寺院还是塑像皆为此形象，一直延用至今。

还有一个更为有趣的故事，说是不知在哪个朝代，天下大乱，黑白颠倒，阴阳不和，这事被掌管天界的玉皇大帝知道了，于是他就问众神仙，问谁愿意担此重任，下到人间调和阴阳。众位神仙别看平时神气活现的，个个自称是法力无边，可遇上这个棘手的差事，均是你看看我，我望着你，大眼瞪小眼，在那里不吱声，这可把玉皇大帝给气坏了，他刚要冲众神发火，只听得南天门外一声佛号，弥勒佛腆着大肚子大摇大摆地走了进来。原来他今天刚好从南天门外经过，听说了此事，于是就走了进来。他见谁也不肯接下这档子苦差事，所以就向玉帝自告奋勇地把此事承担了下来。玉帝见状满心欢喜，遂答应了他的请求。

弥勒佛来到人间，第一件事就是让人们过一个无忧无虑欢乐祥和的平安年，他告诉人们要吃好、穿好、玩好，不要总想着干活的事儿。于是，人们便遵照他的吩咐，赶集上会办年货，欢天喜地地忙开了。同时，弥勒佛还给他们从时间安排上做了具体部署：阴历二十三过小年，小年过后即阴历二十四，家家扫房子；二十五，磨豆腐；二十六，蒸馒头；二十七，买东西；二十八，把猪杀；二十九，打黄酒；三十，吃扁食（即饺子）……第二件事，他要求大家在做好上述事情的同时，还要把各路神仙都请到，香箔纸锞，准备齐全，以感谢各路神仙的庇佑。同时他还规定：初一这一天，也就是新年的头一天，家家都要起五更，放鞭炮，穿戴整齐，相互祝贺，尽情吃喝玩乐。同时，还要走亲访友，上坟祭祖……

人间被他这么一搞，当真就太平无事了，而且到处都荡漾着祥和之气。当玉皇大帝拨开云头，俯视人间之时，看到一片欢乐祥和的景象，心里自然高兴。转眼间到了初五，天刚蒙蒙亮，忽然传来一阵吵吵声。原来是姜太公的老婆（人们称她为脏神，专管茅房、粪土），正在跟大肚子弥勒佛吵架呢，

昌平民间文学

所为何事？

原来呀，大年三十，人们请神时，把脏神给忘了。她恼怒之下便找弥勒佛闹事。弥勒佛满脸堆笑，就是不答腔。这脏神气得捶胸顿足，七窍生烟。眼看事情要闹大了，弥勒佛才开口说："这样吧！今天是初五，让人们再为你放几个炮，包一次饺子，破费一次吧！"不曾想，这炮声惊动了天宫里的玉皇大帝，他有些莫明其妙，以为人间又出了什么大事呢。便先后派了财神、仓官等几路神仙到人间查看情况，可奇怪的是，几路神仙下来后均一去不回头，杳无音讯了，玉皇大帝颇感纳闷，于是，为了弄清楚是怎么回事，便亲

自来到人间察看。当他看到人们穿着新衣，吃着大米白面加肉菜，啥活也不干，这气就不打一处来，命人把弥勒佛请来，强压怒火，语气和缓地说："我请你调解人间诸事，但没叫你这么调解呀。"弥勒佛笑容可掬地回答说："陛下息怒，人间诸事不就是吃穿住行吗？我管了呀，你看人们多高兴，这不就阴阳平和了吗？"一句话，说得玉帝哑口无言。玉帝一想，事已至此，也只能就这么办了，但和弥勒佛约定，一年之中只能有此一次，而且必须是在勤

【神奇的燕平八景】

恳劳作收获完成之后的年末才能这样。于是，从此以后，这个中国传统过春节的习俗就流传了下来，这还多亏了弥勒佛呢。后来，这弥勒佛觉得待在人间比在天上好，所以就到处化身为人们解除烦恼，带来幸福欢乐，并度化那些执迷不悟为恶者改邪归正。

人们为了感念他的恩德，所以就在寺庙或者其他地方永久地供奉他了。

至于蟒山这个场地上为何把十二生肖跟他放在了一起，据传说，十二生肖在天宫为了排位问题争得你死我活的，尽管个别动物，如老鼠吧，个小、本领小，论武艺论才能均不如其他动物，可偏偏施诡计排在了第一位，你想其他动物能服输吗？所以，大家在天宫上经常吵架，把个玉帝和众神仙给烦得实在受不了了，不知是哪位神仙出了个主意说，弥勒佛不是最善于调解纠纷，最擅长解决棘手的事吗，何不把它们轰下人间，交给他去处理。他的提议得到了一致认可，于是，玉帝一道谕旨，就把它们轰下界来，交由弥勒佛来管教，所以，就有了蟒山山脚平台上这一幕，也多亏了玉帝和弥勒佛的暗自斗法，才有了今天蟒山叹为观止的一大奇观，说起来，人们还真应该感谢玉皇大帝呢。

昌平民间文学

猪头媳妇

席立娜

很早的时候，在昌平东山口内的平台山下有户人家，丈夫外出做生意挣钱，留下媳妇和老母亲在家里过日子。但这个在家里整日无事可做的媳妇对婆婆一点都不孝顺，丈夫不在家的日子，她对婆婆伸手就打，张嘴就骂。

对于这个媳妇虐待婆婆的事，乡亲们虽然都看不过去，但当丈夫回来的时候，没有任何一个人对他说。婆婆也是忍气吞声，从来不对儿子讲。

这一天，婆婆做的饭菜又火候大了一些，引得这个恶媳妇又是打又是摔，婆婆躲在墙角偷偷抹眼泪。看到婆婆哭，恶媳妇的火气更大了，她叫喊着说："再哭，我把你变成猪赶进猪圈里去。"

话音刚落，顿时，天空乌云密布、电闪雷鸣。昏天黑地间一团夹杂着火

球的霹雳在房子上方爆响，那个恶媳妇立马昏了过去。

第二天，恶媳妇仿佛变了一个人似的，四处躲藏，跪在地上求婆婆把她用破布盖上。好心的婆婆从家里的柜子里找来各种衣物披在她的身上，被衣物盖严实的恶媳妇在里面开始安静地不吭不响。

这时，外出做生意的丈夫回来了。看到这个情况，仔细一问，才知道原来他不

在家的日子，他的媳妇居然这样对待他的老母亲，气愤之下，对着布堆里的媳妇说："我看，你变成一头猪才对。"

丈夫的话刚说完，只见布堆里，脑袋真的变成一颗猪头的媳妇钻了出来。不会说话的她，走到院子里，一刻不闲地干她作为媳妇应该干的活儿。

还在气头上的丈夫什么也不说，陪着老母亲看她天天忙里忙外，终于有一天，好心的婆婆说："儿啊，估计她知道错了，不要再惩罚她了，你们还是好好过日子吧。"

看着肚子开始变大的猪头媳妇，丈夫叹了一口气说道："早知如此，何必当初呢。看在老母亲求情的分上，看在即将出生的孩子的分上，我的气也消了吧。如果你还能做回一个孝敬父母的女人，我与你还做夫妻。"

非常神奇，他的话就像一道灵光，猪头媳妇跪在地上向他和婆婆磕了三个响头，代表同意，然后，天空又是闪电、乌云、霹雳。

就在大家睁不开眼睛的时候，猪头媳妇恢复了她的原来面容，从此，她老老实实地孝顺婆婆，照顾孩子和家庭。

散落的石画

刘加领

"天峰拔萃"说的是昌平北山众多山峰秀丽的景象，这些险峻的山峰就像一幅神奇隽永的山水画，镶嵌在燕山山脉的万岭之中。据说，有人对这座山做过实地考察，认为这里是千里燕山最好看的一段："峰峦岗阜，灵奇秀美；峻峰挺拔，富甲天下。"

为什么这里会有如此壮丽秀美的景象呢？这里面还流传着一段这样的传说。

在很久很久以前，也就是现在老君堂的位置，住着一户姓邱的人家。邱老头除种地之外，还另有两门手艺，一门是会说大鼓书，一门是会画山水画。虽然有两门手艺，但都不是很精，只能说是除种地之外的业余爱好。别看是业余爱好，但邱老头乐此不疲，花费了很大心血，在绘画和说大鼓书上下了很大功夫，为的就是想养家糊口，改变命运。由于他把心血都用在了学艺上，地里的庄稼长得不是很好，每年收成都不及邻家。就为这，三个儿子都瞧不起他，三个儿媳妇就更甭提了。

邱老头死了老伴，跟儿子儿媳们又合不来，整日里孤独寂寞无所事事。他除了一个人说大鼓书、绘山水画之外，每天就是借酒浇愁想自己的心事。由于他在家里不开心，就整天出去上山写生，性格变得越来越孤僻，身体变得越来越消瘦。村里老爷子都劝邱家仨儿子对老人好点，老人养他们不容易，但仨儿子不置可否；村里老娘们都劝仨儿媳让老人吃好点，千万可别让老人把身体搞坏了，仨儿媳表面上不说什么，但心里直骂老人们多事儿。

有一天，邱老头又到山里去绘画，由于饥饿和疲乏，画着画着就在山里睡着了。他做了一个梦，梦见一个白胡子老头，给了他一幅精美的山水画。白胡子老头说：这是一幅神画，可以解除你很多的烦恼，而且想要什么就会有什么。白胡子老头说着，传授了他使用这幅神画的方法……邱老头机灵一下醒了，却原来是南柯一梦，但奇怪的是自己睡觉的旁边，真有一幅千峰竞秀的山水画！

邱老头饿了，想吃几个包子，就对着那幅画说："天灵开，地灵开，包子包子快出来。"话刚说完，三个热气腾腾的包子，摆在了邱老头的面前，猪肉、牛肉、羊肉，都是邱老头最爱吃的！邱老头乐坏了，天下竟有如此的好事，以后再也不会受儿子和儿媳妇们的气了！邱老头又要了碗鸡蛋汤，要了盘小菜，都很灵验。

就这样邱老头得到了这件宝贝——一幅神奇的山水画。他遵照白胡子老头的吩咐，精心地把神画藏好，不动声色地回家了。邱老头什么都想好了，决定在自己百年以后，三个儿子里，哪个儿子孝顺他，就把神画传给哪个儿子。

邱老头回到家里，把神画藏在了自己屋里柜子的顶层，半点也没透露秘密，还和往常一样，吃饭、睡觉、说书、绘画……

一连过了几年，儿子们都有了儿女，但三个儿子、儿媳依然如故，对邱老头还是不管冷热。邱老头觉得自己老了，已经到了日薄西山的时候，他觉得到了该摊牌的时候了。

这天，邱老头拿出宝贝，对着神画要了一大锅又稠又香的杂面汤，把儿子、儿媳及他们的孩子都叫到跟前，说是要吃一顿团圆饭。

一家子所有的人，都来到了邱老头的屋子里。当看到邱老头做的一大锅又稠又香的杂面汤后，大儿媳首先拿起了三只空碗，给自家的丈夫、儿子、自己，各捞了一碗稠的。二儿媳一看大嫂这样，更不客气，也拿起了三只碗，照方儿抓药，给自家的丈夫、女儿、自己，又各捞了一碗稠的。三儿媳一看，大嫂、二嫂只管自己的家里人，根本不管别人，更是气不打一处来，也给自家的三口捞了三碗稠的。剩下邱老头一个人，不但没人给盛，就是盛也已经全是稀的了。没有办法，邱老头自己颤颤巍巍地拿着碗，给自己盛了一碗稀汤。

所有的儿子、儿媳、孩子，端着自己的碗就要吃。邱老头大声说："大家先别吃，我今天有话要说！"所有人都不知道老爷子要说些什么，都用惊愕的眼睛望着邱老头。

邱老头看着自己碗里稀汤寡水的杂面汤，想起了往事，想起了老伴……他努力平复自己的心情，眼里含着泪说："我无能，没有教育好你们，是我的责任……这是我跟你们吃的最后一顿饭。我没有别的能耐，只会说几段大鼓书，会画几幅山水画。今天，当着咱家所有的人，我就说上一段，希望你们认真听听，仔细记记。"

邱老头说完，支上大鼓，拿上丝弦，叮叮当当地就敲了起来。邱老头唱道："吃饭要吃家常饭，穿衣要穿粗布衣。要是有你的妈妈娘在——我这碗杂面汤，它怎么也不能这么稀……"邱老头唱罢，用尽平生之力，一把掀翻了桌子，摔碎了神画，老泪纵横，一命归西了……

邱老头的死，对三个儿子、儿媳震动很大："咱们可都是有孩子的人了，咱们这样对待老人，孩子以后会怎样对待咱们呢？人都是会老的，都是会有遗产留下的。咱们要是对老人好，那幅精美的画就是咱们的了，就不会被老爷子摔碎了……"仨儿子后悔莫及，悔不当初，决心以后要好好做人，给孩子们做出榜样。

这件事也教育了后人，老君堂的老人说：这一带真有神画，就散落在天寿山的诸峰中，谁要是孝敬父母，善待老人，这幅神画就会属于他。

从那以后，天寿山风景如画，昌平周边尽是孝敬父母、善待老人的好人。

石洞松涛

石洞仙踪

石洞仙踪

李国棣

　　石洞仙踪指的是昌平城以北3公里，十三陵镇仙人洞村村北蒋山天然溶洞的壮丽景观。

　　蒋山，海拔180米，山体岩石为震旦纪青口系景儿峪组白云质石灰岩。在距今约8亿至6亿年前，这里是浅海地带，随着龙山期的继续海侵，沉积环境稳定，形成以化学沉积作用为主的高钙贫镁碳酸盐岩，主要有浅灰、紫红、淡青和黄绿等杂色薄层泥灰岩、泥晶灰岩，向上硅泥质增加，局部地区夹有硅质页岩，发育成水平层理状的地质构造。在距今约1.5亿至6500万年的"燕山运动"中，剧烈的地壳运动把地层抬出海面，形成山脉，这座石灰岩构造的山由于地下水沿着岩层层面及裂隙溶蚀，并经塌陷形成岩洞。含有碳酸钙的水从洞顶往下滴时，因水分蒸发和二氧化碳的逸出，水中的碳酸钙沉积下来，并自上而下逐渐增长，形成石钟乳；融有碳酸钙的水从洞顶滴到洞底，沉积物自下而上增长，形成了石笋，从而形成了绚丽多姿的溶洞奇观。

　　蒋山石洞位于山的东南部半山腰间，洞口朝向东南。洞内呈穹隆状，形如广厦，东至西广约40米，南至北衮约10米，最高处为16米，可同时容纳200多人，洞底遍生石笋，地面凹凸不平，洞顶及四壁皆是石钟乳，晶莹剔透，千姿百态；仔细观赏，有的像牌坊、阁楼，有的似飞禽走兽，惟妙惟肖，栩栩如生。四壁多有石隙，高低、宽窄、深浅不一，西北角处有一较大石隙，又深又黑，人不敢入。洞内正中，是洞中最硕大的一处石钟乳，重约16吨，其形如钟，上细下粗，长约4.5米，最粗处直径约为3米；与洞顶连接处酷似钟纽，长约1.5米，直径约0.7米，以石敲击，其声如钟磬和鸣，清纯悦耳。崔学履在观赏洞中奇景之后，将此处美景比作神仙居住的洞府，美其名曰石洞仙踪。

古往今来，蒋山溶洞受到了各界人士的青睐。明嘉靖三十三年（1554年）六月，陵区内的七孔桥及道路多处被水冲坏，工部尚书雷礼奉旨前来监督修复水毁桥梁、道路时，利用工余闲暇，偕诸监工官员到蒋山溶洞游观。随后，他派工匠对溶洞进行修葺，在洞口新建了洞券，命石工凿刻了对联、门额。上联是"蜿蜒龙脊山吞月"，下联是"磊砢云根洞有天"，门额是"神仙洞"，为溶洞增美添色。明朝隆庆年间，在山南（今村址处）设永陵园，种植祭祀皇帝所用的果品。明朝末年，管理皇陵的官员为了祈福禳灾，在山上建了一座三清殿。正殿为五间，坐北朝南，殿内供奉的主神为太上老君，殿前东西配房各为两间，为道士值宿、清修之所，后因年久失修，于1938年坍塌，残砖旧木被村民拆走，挪为己用。清朝初期，蓝旗王（后封为郑亲王）将此处选为吉壤，建造园寝。据清史研究人员冯其利先生推测，墓主为经纳亨、积拉堪、伊丰额和西朗阿等祖孙三代共四人。地表建筑隆简不一，东边的墓园较小，仅有墓冢和围墙；西边的园寝规制较高，墓丘前建有

享殿、配殿、园寝门、碑亭、牌楼（亦称牌坊）、石桥等建筑。1930年，墓主的后裔将墓迁走，树木及建筑材料亦被出卖，现存遗迹只有村前一座石桥。

蒋山仙人洞，自明朝中晚期经崔学履编撰的隆庆《昌平州志》和蒋一葵编著的《长安客话》开始为外界所知，再经明末清初学者顾炎武编著的《昌平山水记》的广泛传播，蒋山溶洞的名声不胫而走，成为人们十三陵之旅必不可少的重要观赏内容。民国以来，随着各种书报杂志连篇累牍地发表游记、随笔等介绍性文字，蒋山溶洞闻名遐迩，吸引了许多外国游客和国内旅行家纷纷前来寻幽探秘。尽管蒋山溶洞声名远播，但是，并没有引起地方官员的关注和爱护，长期疏于管理，一直处于自然存在的状态。游客进洞观赏时，大多采用树枝火把来照明，天长日久，烟熏火燎，钟乳石表面挂上一层黑灰，严重影响了观赏效果；一些素质较低的游人，还偷偷敲下一些钟乳石，攫为己有。虽有一些志士仁人不时投书报刊，大声疾呼，提请有关部门加强对蒋山溶洞的保护与管理，但均未收到预期的效果。

1959年6月19日，当时担任中共北京市委第一书记、北京市市长的彭真同志，在参加北京手表厂建厂一周年纪念活动之后，在十三陵水库管理处负责同志的陪同下，来到仙人洞视察。十三陵公社负责人李德旺同志闻信后，骑车赶到仙人洞，正遇彭真同志步出仙人洞。是日正值雨后不久，又因仙人洞洞口面向东南，入口处地势低洼，积存了许多雨水，水中放了几块方石，人须踏石入洞。彭真同志对李德旺等同志说："这个仙人洞知名度很高，在北京可谓首屈一指，在华北地区乃至全国，知之者众多。但是，现在处于无人管理、自由参观的状态，令人担忧。洞中的钟乳石要经过数十万年才形成现在的景象，很漂亮，也很娇贵，一旦遭到损坏无法复原。保护不好仙人洞上对不起把这个神仙洞钟乳石奇观完整交到我们手上的老祖宗，下对不起从四面八方慕名而来的参观者。在没有建成景点、对外开放之前，你们要把它管起来，既不要让人随便进洞，也不要让远道而来的游人扫兴。如果不能设专人管理，可以先在洞口建个门，平时把门锁好，同时也要解决夏天往洞里淅雨的问题。"送走了彭真同志，十三陵水库管理处与十三陵公社商定，由十三陵水库管理处负责施工，由仙人洞村负责溶洞的日常管护工作。从洞口向外，用城砖修了5米长的密封通道，上面覆盖着水泥盖板，通道口新建了木门，常年上锁，钥匙由十三陵水库管理处和仙人洞村分别掌管。如有游人参观，由仙人洞村派人陪同，认真保护自然景观，避免人为的损坏。

由于蒋山的地质构造是由薄层至中薄层的泥晶灰岩、泥灰岩、硅质页岩呈水平层理状发育而成，自民国以来，许多人在盖房时买不起瓦，就到蒋山上来撬揭2至3公分厚的石板，以代替房瓦。年深日久，使蒋山的外部景观遭到了破坏。又因蒋山的石板有浅灰、紫红、淡青和黄绿等多种颜色，1973年年初，村里在商议发展副业生产时，把目光盯在了日益红火的建材行业上，决定就地取材，生产石米。当时一吨石米仅卖30元，而用钟乳石加工成的松香石每吨可卖到100元以上，于是，在利益的驱动下，个别人把手伸向了仙人洞中的钟乳石。1973年10月7日，一声闷响，炸药炸塌了仙人洞，也炸毁了昌平人乃至北京人引以自豪的仙人洞溶洞奇观。

改革开放以来，旅游行业在我国蓬勃兴起。作为昌平区的三大经济支柱产业之一，旅游业日益受到全区有识之士的重视。围绕开发仙人洞的深层景观，早日揭开其神秘的面纱，已经成为人们关注的焦点。据村里人讲，在蒋山东麓有一石洞，曾有人自洞口投入一石，许久始闻声响，因此推断地表以下仍会有钟乳石溶洞。希望确有经济实力的公司能够在此投资、探测，倘能揭示出仙人洞深层面的溶洞奇观，将会为昌平区的旅游事业增加一处新的亮点。

【神奇的燕平八景】

聪明的穷人

齐明亮

昌平十三陵镇仙人洞刚被人发现时，真正去洞里看景的人很少。一些人对溶洞里的奇观也很迷茫，看着这么美丽的景观，他们并不知道这是怎么回事，这洞能做什么，又有什么用途。

有人看着这么美的洞也想到了发财，可这个财怎么发却不知道。也有人想把美丽的钟乳石砍下来去卖钱。但真的砍下来后，它又只是一块石头，不值什么钱。有些人就开始做美梦，想如何才能利用仙人洞里边的奇特景致干点什么。

当时，仙人洞村里有一个叫齐全顺的人，家里很穷，连女人也娶不起。他坐在仙人洞边上想啊想的，这么美的石洞，到底能做点什么呢？他发现，每一个刚刚看到仙人洞里边奇观的人，都会十分的惊讶，都会以为这一洞闪闪发光的东西都是宝贝，尤其是洞中的石头被灯光火把一照，人们都会以为自己的眼前出现了珍宝。

齐全顺想啊想的，渐渐地，他终于想到了一个可以发财的办法，但却要冒险。于是，他找来村里的两个穷哥们，和他们一起商量了一天，三个人经过讨论，想出了一条计策。

几天后，齐全顺来到他以前做过活儿的财主马万金家。这是方圆几十里的大财主。齐全顺对马万金说，他要借一笔钱给自己的家人治病。

以前齐全顺在马万金家里干活，知道马万金的钱大多数不是好来的。马万金没有利，当然也不会借钱给他这么穷的人。齐全顺说，马爷，我以后就是有钱人了，我现在借你一个，日后一定还你两个。我有的是宝贝，只是没有现钱。我需要的是现钱。

马万金不信，但听齐全顺的口气，又真像是有些钱了。齐全顺说，您要不信，就先少借我点，到了月底我准还您，而且是还您双倍。

财主马万金将信将疑，就借了少量的钱给齐全顺。齐全顺拿着钱走了。财主马万金又后悔了，他觉得齐全顺很难还他的钱，不该把钱借给这个穷鬼！谁想，到了月底，齐全顺来了，真的拿来了钱，而且真就是多还了他一倍。

齐全顺走了，马万金还在吃惊中。他想，这穷鬼怎么会突然有钱了，世上谁借了钱会还双倍呢，除非是有钱人。只有有钱人才会这么大方。这么说，齐全顺真的成了有钱人。马万金有些后悔，他后悔当初为什么不多借给齐全顺一点，要是那样，他就会得的更多。可齐全顺怎么会一下子就这么富有呢，肯还他双倍的钱？马万顺闹不明白。过了几天，齐全顺又来了，而且还是来借钱的。

马万金乐了，齐全顺要借五两银子，马万金非要借给他二十两银子。二十两就二十两，齐全顺拿着银子走了。

过了一个月，到了月底的时候，齐全顺来还钱了，他果然是还了马万金四十两银子。马万金惊呆了，他再也坐不住了。他问齐全顺，怎么一下子会有这么多钱？怎么一下子就变成富人了？

齐全顺说，马爷，这事我只能跟你一个人说，你可千万别给我传出去啊。马万金说，你放心吧，我决不说出去。你说吧，你是怎么变富的？齐全顺说，马爷，我发大财了，我有一山洞的珠宝，只是没有现钱，等我把这一洞的珠宝都卖出去，我就是天下最富的人了。

马万金听得吃惊，心想，天下怎么会有这种事，一洞的珠宝？谁会有这么多的珠宝呢？！

齐全顺走了，马万金心里像是火烧，七上八下的。他坐不住，也跟着齐全顺来到了他们村。只见齐全顺并没有回家，而是去了村后的小山。马万金悄悄在后边跟着，一直跟到了山脚下，却突然不见了齐全顺。

马万金在山边上转悠了半天，突然发现了一个山洞。他看到洞里有亮光，便小心地走进了山洞。

谁知刚走进山洞，突然在他跟前冒出两个大汉，将他拦住了。问他是什么人，怎么进来的。

马万金吞吞吐吐，不知怎么说好，这个汉子不由分说，便把他捆了起来，正这时，洞里突然一片光明，不知是谁点了火把，把洞里照得明明晃晃。马万金看到洞里到处都是闪闪发光的宝石，五彩缤纷，五光十色，好看极了。马万金大惊，原来这真是一洞的珠宝啊。正在马万金惊讶之即，火把又突然熄灭了，洞里只有一点微弱的亮光。

但马万金刚才还是看清了，没错，就是一洞的珠宝。这得值多少钱啊，几辈子怕是都花不完。马万金兴奋了，就像自己得到了珠宝一样。

他突然想到齐全顺，他一定就是进了这个洞，这就是齐全顺的宝洞。他是跟着齐全顺来的，他不能在这里被人绑着等死啊。他对两个大汉说："你们快放了我吧，我知道这洞是齐全顺的，我是跟着他来的。是不是他在里面？"

汉子听到他是跟齐全顺来的，一个便进了里边，不一会儿，齐全顺果然从里边走了出来。

齐全顺见到马万金，显得很吃惊，问说，马爷，您怎么来了。这地方可是我的宝地，您就不怕您万一丢了自己的性命。

马万金没有想到，眼前的齐全顺早已不是原来的齐全顺了。人有了钱，就是不一样了，敢这样跟他说话。马万金说，齐老弟，你放了我吧，往后我再不敢来了，我也只是好奇心啊。

齐全顺让汉子给马万金松了绑。马万金谢了之后要走。齐全顺说，马爷，您千万不能把我这个地方

说出去啊。马万金道，一定的，一定的，我谁也不会说。

齐全顺又说，这样吧马爷，我这一洞的宝贝你都看到了，干脆你再借我一点钱，这次多借点，月底我还是还你双倍的数。

马万金听了心花怒放，他就是这个目的。他赶忙问，齐兄，你要多少钱呢？

齐全顺说，你借我多少，我就要多少，你有多少我就要多少。

马万金说，行了，兄弟，你知道我是这地方的大财主，我把我家的金银都给了你，只要你能还上，我连房子院子田地都可以卖了借给你。

齐全顺说，真的？那你有多少，借我多少吧，就是你把房子地都卖了，我也照样按双倍价钱还你，你也看到了我这一洞的宝贝，别说你一个财主，就是十个财主、百个财主我也还得起。只是要等我把这宝石一点点卖了就行。

马万金走了，他一夜都没睡着觉，要不是亲眼所看，他一点也不会相信齐全顺会有这么多闪闪发光的宝贝。真是不看不知道，一看吓一跳。要是自己把钱都借给这个齐全顺，那么就会变成双倍的财富，这可真是太划算了。有钱人就是大方。

马万金从第二天开始，不但把家里的金银都凑在了一起，还挂出了牌子，卖房子卖地了，谁也不知道他是犯了什么病，干吗一夜之间要倾家荡产。很快，马万金就把家里的所有财产都卖光了，连房子带地。除了钱，他真成了一个穷光蛋。

几天之后，马万金赶着车，给齐全顺拉来了一车的金银。齐全顺给他写下了借单。上面明明白白写着，到了月底还他双倍的金银。

马万金拿着一纸借单走了，开始，他还天天做美梦，想着自己用不了几天，就能得到比这多一倍的钱，天下还有比这更快的发财方式吗？没有了，这就是天上掉馅饼啊。

可又过了几天，他的想法就有点变了。他想，这次借给齐全顺的钱，可是他的全部啊，齐全顺还得起吗，就是还，能一下还得起这么多吗？

马万金开始嘀咕了。又过了几天，他开始担心害怕了。但他又想，他是明明看到了那个山洞，山洞里果然到处都是闪闪发光的宝贝，他的眼睛不会骗他。那就等到月底吧。

月底马上就到了，马万金天天等着齐全顺登门还钱，可齐全顺这一次却不像前两次那样守时了，齐全顺没有来，第一天没来，第二天也没来。马万金坐不住了。他跑到齐全顺的家去看，看到的还是旧日的那间破房子。他一下子怀疑了，齐全顺那么有钱，怎么还是住着这破房子？他在门外叫齐全顺，里边却没有人回答。

马万金心里一急，他推开门，屋里面空空的，根本没有人。马万金的汗就从脸上下来了。他预感到不妙了，齐全顺会不会是跑了？

他急忙奔出屋子，四下喊着齐全顺的名字，除了狗叫声，根本没人回答他。马万金一下子就想到了那个山洞，他跑到山脚下，钻进那个山洞，里面照样是空空的，没有人，两个守门的汉子也不见了。

这不是一洞的珠宝吗，怎么会没有人？他又跑出去，到村里借了火，再次钻进山洞，把手上的树枝点燃，他往下走，一步一步，他这回看清了，这洞里所谓的宝贝，根本不是什么珠宝，而是一块块闪闪发光的钟乳石。难道这些石头真是宝贝吗？

马万金走出来，上当的感觉，让他痛心疾首。后来的几天里，他问了许多懂行的人，人们告诉他，这些石头除了好看，并没有什么特别的价值。而此时的马万金，已经成了一个彻头彻尾的穷光蛋。

马万金被人耍了，他一辈子的钱被自己的贪心所骗。这时的齐全顺早已走得无影无踪。

据说，后来贪财的马万金就是死在了仙人洞的洞口外，他是一口气没上来，就倒在了洞口边上。

昌平民间文学

仙人洞里的美人

宋建国

仙人洞村属于昌平十三陵镇，明朝称永陵园。清朝顺治年间，修建郑亲王陵寝时，李姓家族为看护陵寝而搬来居住在此地。从此，这里有了人，之后又渐渐成了村落。村子因为北山下有一神仙洞，得名"仙人洞村"。

村子两面环山，风景十分优美。传说仙人洞村出过几个美女。都是天下少有的佳人，而且每个美女都有一段传说故事。

先说一位叫齐秀秀的美女，在当时方圆百里的昌平大地上是很有名的，想娶她为妻的男人打破了头，甚至为此发生过轰动一时的命案。

要说齐秀秀的故事，就得先从她妈、她爹说起。从前仙人洞村里没有姓齐的人家。只是后来，一位姓齐的山东后生，和一位姓刘的山东姑娘在暗中恋爱。在那个年代，婚姻都是由父母包办，哪有什么自由恋爱呢。

但姓齐的后生却不顾父母的反对，坚决要娶姓刘的姑娘为妻。在父母的阻拦下，两人竟然从山东老家跑了出来。他们一路就跑到了北京昌平的仙人洞村。两人一路上靠着给人打工做活，换一点吃喝。那时正是冬天，俩人没有地方住，冻得不行，就钻进了山洞，就是仙人洞村北面的这个洞。

里边的钟乳石让他们惊叹，这是多么美丽漂亮的石洞啊。于是，俩人就在这美丽的山洞里住了下来。也是在这个洞里，俩人发生了关系。

姑娘的肚子一天天大了，村人知道，他俩是由于父母的反对而私奔跑出来的，现在这女人又大了肚子。于是，仙人洞的人都不拿他们当好人。尤其他们还占领了村人的仙人洞。把整个洞子当成了自己的家。这令村人十分不满。当时的骂声指责声一片。

不久，姑娘便在仙人洞里生下了一个女孩儿。谁想，自从女人生下了这个孩子，人们对这对男女的看法就变了。因为这个孩子长得实在太漂亮了，就跟天仙一样。

人们都说，这是仙人洞的产物，是因为男女在仙人洞里发生的关系，所以生下来的孩子才会像仙人洞一样美妙。

正是由于这个传说，在过后的许多年里，有些男女还背着家人，偷偷到仙人洞里做爱，也希望自己能生出天仙一样美丽的孩子，可是谁都没有做到。只有这一对儿山东的男女生下的秀秀是天仙一样。

秀秀长到十四五岁时，他们在仙人洞村有了自己的房子和土地。那时的齐秀秀已经美得让男人们不能自制。她的漂亮确实是世上少有的，男人打她跟前走过，没有不愣神的。天下的男人凡是看到美女齐秀秀后，回家不做美梦的几乎没有，思念之情从那一刻便无法摆脱。

于是，知道没办法把秀秀弄到手的男人们，便称齐秀秀是魔鬼。

不管怎样，谁也想不到，贫穷的仙人洞村会有这么漂亮的美女。听说秀秀的父母是在仙人洞里生出的她，人们更是惊讶。一些外来的男人自从打仙人洞村走过，看到秀秀后就再不肯离开仙人洞村了。

有人就住在昌平城的小客栈里，白天就来仙人洞村转悠，当然是为美女齐秀秀来的，心上自然是想着怎么才能把这么漂亮的女人弄到手。男人们在

齐秀秀身上花了许多心血，打什么主意的人都有。

齐秀秀还不到十六岁时，远远近近的提亲人便开始踏破了齐家

的门槛。来者有穷人，更有富贵人，有英俊后生，也有娶了几房太太，又想娶齐秀秀做小的有钱老头。

齐秀秀的美貌为齐家惹来了一堆事情。

开始，齐家人都以自家的女儿还小而回绝了众多上门提亲的人，自家的女儿确实还小啊。到了后来，就不知道该怎么说是好了。

齐秀秀越长越漂亮，越像天仙了。这么漂亮的女孩，不知让多少男人不得安生。看到她一面，许多男人就会神魂颠倒，再也无法丢掉占有她的念头。

随着齐秀秀一天天的长大，前来仙人洞村看齐秀秀，向齐家提亲的男人一天比一天多了，提亲的媒人，礼品更是一个比一个厚重。甚至有人卖房子卖地，也要娶下齐秀秀，事情真是麻烦。

齐家经不住这些，村人也劝，说不如赶紧把齐秀秀嫁出去得了，不然这哪天算个头呢，弄不好再惹出点事来。

人们的担心不是没有道理，一个姓张的人家和一个姓吕的人家，两家就为齐秀秀动起手来。其实齐秀秀并没有看中这两个人，只是姓张人家的小伙和姓吕人家的小伙，都觉得自己最有可能娶上齐秀秀。两人隔三岔五，就到齐家门前来晃一晃，看看齐家的动静。

两人每次来，总能在齐家门前看到对方，知道彼此就是情敌了，心里很不舒服，一来二去，两人嘴上都有些得罪对方的话出来。

有一天，姓张的小伙喝了酒，刚一进仙人洞村就看到了吕家的小伙，于是张嘴就骂。姓吕的小伙也不是吃素的，当下回敬姓张的。两人先是嘴上对骂，接着就动起手来。谁想，张家的小伙身上带了刀子，只一刀，便捅死了姓吕的小伙。

人命关天，官人当天就来到仙人洞村，带走了杀人犯张家小伙。事情让人倒吸口凉气，想不到为了齐秀秀真的有人丢了性命。于是，明白的人也就自动退却了，而一心想娶齐秀秀的也就更加着急。

而一些有钱有势的人，也开始问齐家，如果娶齐秀秀，到底要多少钱？让齐家人开个价出来，好事快办。而齐秀秀却不肯这样就嫁。她有自己的想法，一定要嫁一个自己看得上，又可心的男人。

这个时候，齐家人最怕的是别再出什么事。为了减少是非，父母干脆不让齐秀秀出门了，省得男人们看见她胡思乱想。齐秀秀就整天躲在家里。

而前来提亲的人，却要让齐家给个回话，是行，还是不行。一般时候，齐家人当场也就回绝了，一律都是不行。而对那些地方上有钱有势的人，齐家实在得罪不起，当下不好开口回绝，只好说再等等，再和女儿商量商量。

父母的苦衷齐秀秀是知道的，长期下去，这也不是个办法。

有一天，齐秀秀一个人悄悄地来到仙人洞，她感谢仙人洞让她如此的美貌，如果她的长相真和仙人洞有关。但她也恨仙人洞给她增添的麻烦。她甚至想，自己要是普普通通的长相就好了。

从仙人洞回去后，齐秀秀便对父母说，我有个办法，让来提亲的人，到仙人洞的大槐树下去看。如果树枝上有我写下他们名字的红绸，就证明我齐秀秀同意了这桩婚事，没有红绸，证明事情就是算了，也省得再麻烦。

父母觉得这主意好。

从这往后，来提亲的人，隔个三五日，便去仙人洞的大槐树下去看，看树枝上有没有齐秀秀写的红绸带。从此，去仙人洞的人一天天多了起来，都是去看红绸带的。可是却没有人看到过红绸带。时间久了，人们便管这棵大槐树叫作美人树。

人们来看的自然不是树，而是美人齐秀秀到底会嫁给谁。

日子一天天过去，又一年一年过去。齐家女儿齐秀秀，从来没有在大槐树上写过什么红绸，人们都议论，不知道齐秀秀这辈子会嫁给什么人，什么时候大槐树上会有秀秀写下的那个男人的名字，也就是红绸带。

岁月消逝，时光飞转。人们渐渐地不再注意大槐树上有没有红绸带了。

人们已经相信，这树上永远不会有红绸带出现。

可是，这一年的五月，人们突然发现齐秀秀站在了大槐树下。有人想起了什么，惊呼道："难道齐秀秀要嫁人了吗？"

这一声惊呼，提醒了已经麻木的人们，人们都瞪大眼睛，往大槐树上去看，树枝上果然系着一个红绸带，那上面写着秀秀要嫁的那个男人的名字。他叫张志和，是个石匠。

有人问："齐秀秀，你这是真的要嫁人吗？"

齐秀秀点点头："今天正是我答应对方的日子。"

人们更是惊奇，纷纷去看槐树上的那个红绸带，是看齐秀秀答应的人到底是个什么人，是谁有这么大的福气，终于降伏了这个美人。

当人们知道秀秀要嫁的人，只是一个普普通通的小石匠时，又都惊呆了。人们万万想不到，这么漂亮的齐秀秀，会嫁给这么一个普通的小石匠。

可是，几天之后，齐秀秀真的被这个小石匠给娶走了。

打那儿之后，仙人洞外边的大槐树上就开始有人系红绸，有相亲的，有祝福的，也有许愿的。

这个习惯一直流传至今，人们现在去看，仙人洞洞口的大槐树上，依然系满了一树的红绸带。

吕洞宾大战三头蛟

刘瞬骊

昌平永安城北边的一个小山坡上，有一个石洞。石洞有多长、多宽，没有人知道。其实一句话就可以概括这个洞，那就是——深不可测！

北宋的时候，大宋与大辽连年征战，民不聊生。一到这样的年份儿，妖孽就会出来害人。果然，就是这个洞里，钻出来一只三头蛟！

三头蛟长约六丈，粗可合抱，爬起来无声无息，蹿起来飞沙走石。这孽畜起先只吃牛马，后来牛马少了，就开始吃人，周遭几十里的人们，为躲避三头蛟，纷纷逃离家园。

也是活该这孽畜有事，这一天，老令公杨继业带领人马杀退了韩昌，人困马乏，正要起火造饭之时，忽听帐外人声鼎沸，老令公以为是韩昌前来劫寨，急忙提刀出帐，但见不远处，一条大蛇忽上忽下，不停翻扑，宋营将士不是被扔到天上，就是被吞到大蛇腹中。老令公急忙弯弓搭箭，向大蛇射去，谁知大蛇的芯子轻轻一拨，那箭就掉落在了地上。紧跟着，大蛇就径直向老令公扑来！

六郎、七郎见状，急忙前来相助！

老令公心说完了，完了，韩昌未灭，今天却要死在这个畜生的口中！就在这时，一个白衣人突然从天而降，大喝一声："孽畜受死！"一剑砍去，就见那三头蛟的一个脑袋轰然落地，三头蛟惨叫一声，翻身遁去。

老令公谢白衣人相救之恩，白衣人说他是吕洞宾，正好从此路过，今天一定要斩杀此孽畜，为老令公去除心腹大患。说罢，急急向前追去。

老令公急忙带人前去助威，在石洞前点起了灯笼火把，把天地间照得如同白昼一般！

但听洞中，时而如战鼓奏响，时而如滚滚惊雷，脚下的大地，不时地颤动，仿佛随时会坍塌了一样！不到半个时辰，只见那三头蛟突然窜出了洞口，不过此时它的脖子上，只剩下一个头了！

吕洞宾也随之杀了出来，一道寒光闪过之后，那大蛇的最后一个脑袋，也从半空中掉落了下来！接着，一朵白色的祥云飘来，吕洞宾脚踏祥云，悠然飘向星光灿烂的万里夜空！

当夜，那条大蛇就成了宋营将士们的晚餐，吃过之后，将士们的勇气和力气倍增！

老令公深感仙人吕洞宾相助之恩，遂在洞口的石壁上，用手中的宝剑刻下了三个深深的大字——仙人洞！

仙人洞的丐仙传说

陈卫河

昌平天寿山麓风景优美，人杰地灵。在这里，有个天然的石洞，当地人叫它仙人洞，里面景色瑰奇，吸引了大批游客前来观光。从古至今，"仙人洞"流传着很多美丽的传说。其中一个，便是"丐仙"的故事，人们口口相传，经久不衰。

据说，很久很久以前，仙人洞附近的村落有个少女，名叫王翠银，从小就善良懂事，可惜八岁时就遭遇惨事，父母在一次砍柴途中坠入山涧，双双身亡。王翠银年幼，只得靠哥哥抚养。哥哥名叫王焕金，比王翠银大八岁，长得高大魁梧，一脸忠厚相。

一开始，哥哥待王翠银还好。王焕金有把子力气，靠给富人家挑水为生。有时也上山砍柴，拿到集市上去卖。挣了钱，就买了吃穿用度，养活小妹妹。王翠银也懂事，平时就干些缝补浆洗的活儿，帮着哥哥操持家务。兄妹二人相依为命，日子过得清苦，却挺快乐。

王焕金二十岁那年，成了亲，女方是邻村的张爱香。张爱香刁蛮刻薄，在邻村是出了名的，因为臭名远扬，嫁不到好人家，就只好嫁了王焕金这个穷小子。

张爱香进门时，王翠银很高兴，认为自己有了嫂子，以后这个家有人操持，日子会越来越好。王翠银对嫂子很好，有活儿抢着干，得了好吃的，先紧着嫂子吃。对于王翠银，张爱香开始还客气，到后来，愈来愈看不顺眼，平时非打即骂。有时王焕金看不过去，就说两句，护着自己的小妹妹。张爱香不干了，躺倒地上撒泼打滚，或者在王焕金身上又拧又掐。王焕金懦弱，很怕老婆，张爱香就越加嚣张，更是欺凌王翠银，把这个妹妹看作眼中钉肉中刺。

过了几年，王翠银十七岁了。张爱香想让王翠银赶紧嫁出去，托人说了个人家，是山后村子里的无赖汉。王翠银不愿意，张爱香就逼着她嫁。王翠银向哥哥求助，哥哥王焕金也没办法。王翠银愁肠百结，生怕嫁过去是个火坑。有的村人就劝她，说你嫂子对你这样，你还不如跟他们分家另过。王翠银也觉得这是个主意，就跟哥嫂提出了分家。张爱香还巴不得分家，免得陪送嫁妆，就把一间破茅草屋分给了王翠银，让她自生自灭。

分家后，王翠银忍饥挨饿，靠着给人家缝洗衣物过活，有时哥哥也偷着给她送些吃的。

冬去春来，转眼一年多过去了。有一天，哥哥给王翠银送来了两个烧饼，里面还夹着肉，说是财主家看他挑水勤快，奖赏给他的。王翠银闻着那肉香，很高兴。哥哥走后，王翠银把烧饼放在了窗台上，转身去井边浆洗衣服。干完活儿，已经临近中午，王翠银准备吃午饭，再找那两个烧饼时，却发现窗台上空无一物。王翠银着急，又跑到屋外去找，却看见一个衣衫褴褛的乞丐靠墙根坐着，正大嚼什么东西。旁边还放着一根竹竿和一个破碗。王翠银上前一看，乞丐吃的正是哥哥送来的烧饼。王翠银又气又急，说道："你这人怎么这样？偷人家东西吃。"

乞丐抬起头，怔了怔，随后道歉："对不起对不起，我不知这是你家的东西。"王翠银说："就在我窗台上放着，你怎么会不知道是我家的东西？"说罢就悲从中来，嘤嘤抽泣起来。不是为这两个烧饼哭，而是想起了几年来的遭遇和死去的爹娘。那乞丐满脸愧疚，连忙把剩下的一小半烧饼递还，说："你别哭了，我还给你还不行？"

王翠银看他胡子拉碴，浑身脏兮兮的样子，就哭着说："你吃剩的东西，谁要哇……"

乞丐满脸愧疚，说："我也是饿极了，才吃了你的烧饼，要不我带你去一个地方吧，那里可能有你需要的东西，就当我给你的补偿。"王翠银很犹豫，疑心他是坏人。

乞丐又说："你别担心，我怎么会害你这个小姑娘呢，以前我也是有身份的人，因为触犯天条而沦落至此。你要是相信我，就跟我去一趟，保证不虚此行。"王翠银看他满脸真诚的样子，想起自己反正也是贱命一条，就鼓起勇气，决心跟乞丐走一趟。

王翠银跟着乞丐翻过一座山梁，来到一个山坳处。乞丐用竹竿拨开草木，只见山坳深处出现了一个洞口。王翠银随着乞丐走入山洞，只见洞里并不黑，到处是晶莹好看的钟乳石。到了山洞深处，王翠银看见这里堆满了金银珠宝，烁烁放光。乞丐挂着竹竿，对王翠银说：

"你随便取吧，但是你要记住，听见乌鸦叫，必须立即出洞。"王翠银答应了，就上前拿了几个金元宝，揣进了袖子里。又观赏洞里的钟乳石，怎么看也看不够，心里不相信世间还有这样的好景色，连肚里的饥饿都忘了。不知过了多久，外面有乌鸦叫，乞丐招呼王翠银赶紧出洞。王翠银便跟着他，

匆忙从洞里出来，翻过山梁，回到了自己家。

第二天，王翠银拿出一个金元宝，到镇子上换了很多吃的、用的，还买了两件新衣服，又买了三只山羊。

嫂子张爱香听说王翠银突然有了钱，就过来问。王翠银没

有心计，如实相告。张爱香觉得事情太离谱，不太相信。但看着王翠银一脸真诚，又相信了几分，就决定试一试。第二天一大早，张爱香早早起床，做了很多好吃的，什么清蒸鲤鱼、红烧肉、扒鸡、肥鹅、大白馒头……严严实实摆了一窗台，等着乞丐来吃。王焕金看着奇怪，就问今天是怎么了，张爱香笑而不答，王焕金带着疑惑，就出门去帮人挑水了。

中午时分，果然来了一个乞丐，伸手就抓窗台上的好菜好饭，一通大吃。张爱香在院子里劈柴，只当没看见。等乞丐吃得差不多了，张爱香才走出院子，找到那乞丐，看见乞丐的肚子撑得圆鼓鼓的，正靠在墙根晒太阳。张爱香就把乞丐一通大骂，骂乞丐偷自家的东西吃。要乞丐赔偿损失。乞丐没法子，就答应带张爱香去一个地方。张爱香连忙去找了一个大竹筐，喜滋滋地跟着乞丐走。翻过山梁，走下山坳，乞丐又来到那个山洞处。张爱香进到洞里，不看钟乳石，就看满地的金银珠宝，惊讶得合不拢嘴，眼珠子都快瞪出来了。

乞丐说："你随便取一些吧，足够还你那一顿饭菜的了，但你要是听见外面的乌鸦叫，必须跟我出来。"张爱香答应一声，拿下竹筐，就朝着金银珠宝扑去，一个劲儿地往竹筐里装财宝。竹筐装满了，又往怀里装。过了一个时辰，太阳已经偏西，洞外的乌鸦"哇哇"叫起来，乞丐催促张爱香走，张爱香只当是没听见。过了一会儿，外面的乌鸦叫得更大了。乞丐又催，张爱香还是不肯走。乞丐急得直跺脚，说："你真的舍不得这些财宝？"张爱香说："我就是跟这些财宝过一辈子，也不愿再回那个穷家了。"乞丐哀叹了一声，摇摇头，只好自己走了。又过了一炷香的工夫，天色完全黑下来。张爱香拖着竹篮，正想出洞，却见一块石壁倒下来，把洞口封住了。张爱香推那石壁，哪里推得动？就这样张爱香被困在了山洞里。又过了不知多久，张爱香饥肠辘辘，想找东西吃，却什么吃的都没找到，只有满地财宝。万幸的是，有水从钟乳石上滴下，张爱香一滴滴地喝着水，聊以解渴……

晚上，王焕金见张爱香不回家，就叫上王翠银，一同上山去找，毫无所获。王翠银忽然想起那个山洞，猜测嫂子或许是去了那里，便带着哥哥去找洞口，却怎么也找不见。转眼间，三天过去了，兄妹俩把山前山后和邻近的几个村子找了个遍，还是没找到张爱香。第四天早晨，王翠银又碰到了那个乞丐，就问他看没看见自己的嫂子。乞丐把三天前的事情说了，还说那个洞口一封就封三天。王翠银大惊，赶紧叫上哥哥，跟着乞丐，去找那个山洞。来到洞口，山洞已经打开。进到里面，果然找到了张爱香。张爱香已经饿得走不动了，气息奄奄。兄妹俩把她救出来，喂了两天米粥，张爱香才恢复过来。

从此，张爱香改邪归正，像变了一个人，变得勤快善良厚道，对王翠银也很好。第二年，张爱香托人做媒，给王翠银找了个好人家。兄妹俩生活得都很幸福。从此，张爱香的事在四里八乡都传开了，人们都觉得很神奇。为了纪念那个乞丐，村人就把那个山洞叫作"仙人洞"。

郎中洞

王焕方

若干年之前，昌平地区雨水丰沛，在北部山区的沟壑中，有大大小小的水洼和湖。水边风景秀美，水中水产丰茂，肥沃的土地和水域，养育了一代代善良而朴实的人民。

人们传说，不知何年何月，这里住着一个青年男子，名叫南三郎。南三郎父母早丧，又未娶妻，所以独自一个人生活。南三郎原本有个哥哥，住在山脚下，兄弟俩以前在一起生活，哥哥很疼南三郎，但自从哥哥娶妻之后，嫂子又恶又毒，把南三郎赶出了家门。南三郎就拿着分得的微薄家产，在半山腰盖了间茅草屋，日日以打鱼为生。

有一天，南三郎又到湖边打鱼。天快黑时，南三郎收网，收获甚微，只打到了一条小鲤鱼，如果拿到市场上，仅能换一顿饭钱。南三郎只好拿着小鲤鱼，提了渔网，唉声叹气地往山外走。

走到半路，南三郎看见一个乞丐，正坐在一棵松树下，倚着树干呻吟。南三郎走上前去，只见那乞丐长得瘦骨嶙峋，脸上脏兮兮的，有四十多岁年纪，浑身衣衫褴褛，光着两条腿，身前还有一个破碗。南三郎看乞丐可怜，就问他怎么了。乞丐一边呻吟，一边指指自己的左腿。只见乞丐的左腿腿肚子上长着好大的一个疮，上面血肉模糊，还有白白的脓水。南三郎说："你光坐在这儿怎么行？去看郎中啊。"

乞丐有气无力地摇摇头，说："我哪有钱啊。"南三郎又问："你家里人呢？"乞丐回答："我家人早就没了，剩下我一个孤苦无依。"南三郎看他和自己的身世相仿，心中一阵难过，更是怜悯乞丐。

这时，那乞丐看到了南三郎手中的鲤鱼和渔网，眼睛一亮，说："原来小哥是个打鱼的？我知道一个偏方，只要把鱼鳔敷在我这疮上，我再喝些鱼汤，我这毛病就能好啦。你就行行好，把鲤鱼给了我吧。"

南三郎有点为难，心想如果把鱼给了乞丐，自己就得挨饿了；如果不给，乞丐又着实可怜……正犹豫间，那乞丐又呻吟起来，脸上显得十分痛苦。南三郎也不多想了，往前一步，就把鱼给了乞丐。

那乞丐得了鱼，露出笑容，说："我行动不便，还请小哥为我代劳，取出鱼鳔，再做一锅鱼汤。"南三郎想了想，觉得好人应该做到底，就搀起乞丐，把他带回自己的家。

到了家，南三郎让乞丐坐到床上，自己去将鱼刮鳞、开膛破肚、取出鱼鳔，又做了一锅鱼汤。那乞丐在疮口上敷了鱼鳔，又喝了鱼汤之后，果然大为好转，不再喊疼。南三郎很欣慰，忙乎了半天，这才觉出肚饥，便把剩下的鱼汤喝了，连鱼骨都咽进了肚里。夜里，南三郎让乞丐睡到了床上，自己睡了地铺。

说来也奇妙，第二天一早，南三郎起了床，就发现乞丐腿上的疮好了。南三郎出去打了些水，乞丐洗漱完毕，更加显得精神焕发。

日上三竿，乞丐起身告辞，向南三郎行了个大礼，说："你的大恩，我终生难忘。我身上也没什么钱财可以报答你，就送给你一样东西。"说着，乞丐用手摸向上衣里面，在身上搓起泥来。不一会儿，就搓了一个泥丸，只比蚕茧稍小一些。乞丐把泥丸递给南三郎，南三郎却不接，心里一阵恶心。

乞丐笑笑，把泥丸放在了桌上，说："其实我本是仙界人物，因为触犯天条而被责罚，所以腿上生疮，只有你这地方水里的鱼能治。我送你的这个泥丸有奇效，到时你就知道了。"说罢哈哈大笑，昂首而去。等乞丐走远，南三郎才缓过神来，追出门，却已不见乞丐的踪影。

南三郎回了屋，看着那泥丸腻歪，就把它扔进了臭水缸。缸里泡着几条死鱼，已经发臭不能卖了。随后，南三郎拿起渔网，又去了湖边。一天下来，南三郎毫无所获，肚子饿得难受，就去树林里摘了几个野果吃。黄昏时回到家，

【神奇的燕平八景】

南三郎把渔网晾了，进屋，忽然听到臭水缸有响动；凑上去一看，南三郎惊呆了，只见一缸的鱼全活了，正摇头摆尾地欢快游动，水也变得清澈无比，那泥丸并未化，浮在了水面上。南三郎愣了一会儿，想了想，觉着这泥丸果然神奇；便马上捞了几条大鱼，去了后山的李财主家，换了一些大饼和馒头，还有两样菜肴，先吃了个饱。第二天，南三郎把缸里剩下的活鱼捞出，拿到集市上，卖了个好价钱；又用两文钱，收购了一大筐死鱼，弄回家，倒进缸里，再续上水，拿了泥丸扔进去。过了一个时辰，缸里的死鱼又复活了，南三郎高兴得手舞足蹈，把活鱼捞出，又拿到集市，卖了三百文。

就这样，南三郎凭着那颗泥丸，收购死鱼，将其复活，再拿出去卖。只用半个月的工夫，就挣了好多钱。南三郎买了新的渔具、家具，还买了很多鸡鸭鱼肉，又把房子翻修了。生活有了翻天覆地的变化。

南三郎的哥嫂看在眼里，很诧异，不知这小子怎么挣来的钱。有一天，南三郎的嫂子就扯起笑脸，来请南三郎上家去吃饭。饭桌上，哥嫂一个劲儿地给南三郎夹菜、倒酒，又询问他最近是怎么发财的。南三郎看哥嫂的样子，有些受宠若惊，一下就喝大了，又没心机，便把神仙乞丐送自己泥丸、复活死鱼的事情说了。哥嫂啧啧称奇。

过了些时日，有一天，南三郎从集市上回来，忽然看见嫂子在自己的家里，正翻箱倒柜，找着什么东西。南三郎上去问她在干吗，嫂子一看南三郎提早回来，很不好意思地笑笑，说："哦，这不嘛，你这儿也没个女人，我替你来收拾收拾屋子。看这乱的。"

南三郎一拱手，说："有劳嫂子了。"

等嫂子一走，南三郎纳过闷儿来，觉得这嫂子肯定是来偷泥丸的。幸好自己把泥丸藏到了房梁上。南三郎蹬上凳子，从房梁上把泥丸摸了出来。想想又不放心，觉得泥丸在家里放着，弄不好会招来更多的贼。南三郎还记得，父母临终时，告诫他要凭手艺和劳动吃饭，不能干不劳而获的事情。自己收死鱼，卖活鱼，全凭着人家的仙术。这样下去不是个办法。

南三郎当即就做了个决定——自己要凭劳动挣钱吃饭，不再依靠泥丸。当晚，南三郎就来到山上的一个洞里。洞里长着一个好看的钟乳石，南三郎把泥丸埋在了钟乳石下。让山洞暂且替他保存。

从此后，南三郎早出晚归，凭着自己的本领打鱼。由于换了渔具，南三郎的收获比以前多了不少，把打来的鱼拿去卖掉，倒也能丰衣足食。过了一年，南三郎忽然听见村里人在传一件事情，说山上的那个洞很神奇，凡是得病的人进去，待一个时辰，病就能痊愈。有的人还不信，去试，果然跟传说的一样。大家都把这个洞称作"郎中洞"。

南三郎心里猜想，这可能就是泥丸起的作用，原来这泥丸不光能复活死鱼，还能给人医病。南三郎想把那泥丸再找出来，当即就去了山洞，却看见洞里密密匝匝又长出不少钟乳石。而自己藏泥丸的那个地点，早已找不到了。原来这山洞也奇妙，每医治好一个人，就长出一个钟乳石。

从此，那泥丸就和这山洞融为了一体。"郎中洞"的名声越传越远。四里八乡生了病的人，都到洞中医病。人们认为此洞有仙、佛佑护，所以才这般神奇。

后来，经过千百年演变，洞中能给人医病的神奇效果早已消失，但当地百姓依然信奉洞中有仙气，都说在洞中拜一拜，能延年益寿，消灾去难。这个洞便是今天的"仙人洞"。

观音与龙女

冰之恋

《燕都游览志》载："仙人洞在红门内东山腰，去碑楼三里，蹑磴而上，洞口仅容一人，偻而入，内若大厦，日色下烛，石皆倒垂。"

又据《昌平山水记》："中山口北一里有仙人洞，洞在山麓，可容二百人，洞口向东，从石梯而上，石皆倒垂。下为平地，洞西壁有一门，近门上有石钟下悬，长数尺。门之内，少入转而南，见有石罅如夹道，深黑，人不敢入。"

以上二本书同是记述仙人洞，但说法略有差异，那么仙人洞到底在哪儿？具体情况又如何呢？

仙人洞村位于昌平城以北 3 公里，清代成村，因村北蒋山半山腰处有一天然溶洞，人们习惯叫它"仙人洞"，一直沿用至今。洞形成年代久远，地质文化内涵深厚，洞内遍布石钟乳，造型美观，玲珑剔透，浑然天成，具有很高的自然价值和欣赏价值，又由于其梦幻般的意境，宛若传说故事里的仙境，所以被当地人约定俗成地称作"仙人洞"。朱明时期被官方以"石洞仙踪"为名，列入"燕平八景"之一。

仙人洞不仅有绝色美景，还有着一段优美动人的神话故事，广为流传。

传说很久很久以前，仙人洞所在地区遭遇了百年不遇的干旱天气，连续三年滴雨未下，河干了，地裂了，树枯了，苗死了，就连村边最耐干旱的老松树都不得不低下了头，凄然呻吟。老百姓到处求神拜庙祈求天降甘霖，可真就奇了怪了，这老天爷连个眼泪疙瘩都没有掉一个，眼看着没了指望，走的走，逃的逃，一个村子没剩下几户人家。恰逢此时观世音菩萨巡游至此，见此情况不免心中顿生怜悯，同时又很愤怒，不由分说驾上祥云直奔东海龙宫而去，到得龙宫冲着老龙王就责问道："老龙王，为何见仙人洞地区如此

昌平民间文学

干旱竟置若罔闻，不施以援手？"老龙王见问赶忙上前答道："菩萨有所不知，此地不属我管辖范围，没有玉帝玉旨不敢私降甘霖，还请菩萨见谅。"菩萨一听这话没了主意，他也知道不得玉旨私降甘霖是触犯天条的，所以，就没再难为东海龙王，辞别而去。

这观世音菩萨跃上云头暗自思忖：这便如何是好！难道就此放弃吗？绝不能放弃，东海不行我再去北海问问，这地方位于北方，十有八九应该归他们管辖。主意打定，说时迟，那时快，一眨眼的工夫就到了北海龙宫，见了龙王他还是刚才的问话，但出乎他意料的是，老龙王的回答跟东海龙王的回答如出一辙，仙人洞地区也不是他们的管辖范围，而且还拿出海图让菩萨观看，菩萨一看便傻眼了，原来这仙人洞所在的昌平地区夹在了东西南北四个龙王管辖范围的中间过渡地带，是个四不管之地，你让谁管谁都会触犯天条。这下真把观世音菩萨给难住了，还是老龙王灵机一动给菩萨出了一个主意，让他上天庭把这里的旱情呈报给玉帝听，向玉帝请一道玉旨，那么无论是哪个龙王降雨都是理所当然的事了。菩萨一听，也对，目前来说别无他法，也只好这么办了。他告别北海龙王，刚要飞上天去，忽听后面有一个纤细的童音叫道："菩萨，菩萨，请您等一等！"菩萨回头一看，不是别人，正是北海龙王的最小女儿，"小龙女，有什么事吗？"菩萨和蔼地问。小龙女腼腆地说："刚才您和父王的对话我偷听到了，主意是好的，但您这么一个来回少说也得一二天，多则就得三四天，可天上一天人间一年呀，您看老百姓还

能支撑一年吗？"菩萨一想，可也对呀："那你有什么两全其美的办法吗？"小龙女昂了昂小龙头，清脆地说："您看这样行不行，您上去请旨，我这边前去施雨，我解救了旱情，估计您的玉旨也

该请回来了，咱们双管齐下，互不耽误！"菩萨听了喜出望外，但又对小龙女的能力有些担心，遂问："你能行吗？你毕竟年纪还小，还没有成仙。""能行的，您就放心去吧！我保证完成任务。"菩萨这才飞身上了祥云，急匆匆赶往天庭。

且说这小龙女，到了仙人洞地区行云布雨还真不含糊，不一会儿，天空乌云密布，紧接着瓢泼大雨顺天而降，一下就是两个时辰，转眼间严重的旱情就完全解决了。老百姓激动地跪在湿地上向天参拜，感念上天赐给他们的这场及时雨，救命的雨。

小龙女见解了旱情便收取云雨，隐身在祥云背后稍作休息，她毕竟年纪尚小，法力不够，此时的她已累得筋疲力尽。忽然一个响雷打在她的附近，轰轰作响，她扭头往西边一看，哎呀，是雷公爷爷正圆瞪着双目直奔她这边而来，她心说不好，摆起龙尾展开龙爪就逃，你道她为何而逃？因为菩萨还未请旨归来，不逃就没命了。她慌不择路，误闯误撞，一头撞进了蒋山半山腰间的一个深洞，任凭雷公在外面怎么打雷，可就是震不破这个山洞，没办法，他只好回去复命了。

小龙女没有见到菩萨，终究不敢逃回北海去，她怕牵连父王。所以就暂时住在了仙人洞里。据传说，她在等待菩萨期间经常变化身形出洞去帮助别人，时而是白发、白须、白衫飘逸的仙翁，时而是英俊、潇洒、伟岸、俊朗的少年郎……还听说曾经有好事之人尾随过她，可一到仙人洞附近就不见了踪影，这些人心中纳闷，回到村后就又添油加醋地一通海说，日久天长越说越奇，越传越广，都说蒋山上面有神仙，神仙就居住在山上的天然洞穴里，久而久之，人们便把山上不知名的溶洞叫成"仙人洞"了。而小龙女后来怎么样了？听说她等到观世音菩萨后，便随他一起上了天庭，向玉帝亲自说明情况并请罪，菩萨也在一旁帮她说好话，所以，玉帝并没有降罪于她，不仅如此，还稍加褒奖了一下，命她回北海去了。可见这玉帝还是挺通情达理的。

探访"仙人洞"

廖罗长

初秋的北京，天高云淡、秋风送爽。

我和昌平文化委一行从昌平出发，经过短暂的车程后就来到了位于十三陵镇的仙人洞村。今天的目的就是要通过实地访察，掌握与"燕平八景"——"石洞仙踪"相关的信息来还原"石洞仙踪"。

仙人洞村果然是一处离昌平城区很近的世外桃源：只见在群山的环抱下，是一栋栋错落有致的青砖瓦房，在整洁的街巷旁边，随处可见一堆堆百姓们捡拾来烧火做饭的干柴枯枝和攀附于墙壁的藤蔓，村子里行人并不多，偶有三五个老人闲坐于街巷或大树底下聊天。

在老人的指点下，我们来到了一处墙壁上写着"南无阿弥陀佛"几个大字的红墙外。老人说：这是"十方普贤寺"。进得门来，顺着一条小径往里走，路边灯箱上的音箱传出的佛音，让人有一种远离城市喧嚣的出世之感。大殿前的空场上有几个人在放生，刚刚放飞的几只飞鸟"卟哧哧——"展翅向着自由的蓝天飞翔；大殿下面的道路上，有一个虔诚的佛教徒，在一步一叩首地礼佛……

我们拾级而上进入了一个大殿，"石洞仙踪"描述的那个"神仙洞"就藏匿于大殿内，洞口已经摆上了佛像与鲜花，还有供人们祭拜的坐垫。洞口的石墙两侧刻有一副对联。上联：蜿蜒龙脊山吞月；下联：磊珂云根洞有天。门额：神仙洞。洞口已经被铁栅栏封死了，将头探进洞内，在幽暗的光线里隐约能看到爬满蛛网的千奇百怪的石笋……

这就是明代崔学履赋诗提名的"燕平八景"之一的"石洞仙踪"所在地。仙人洞又名神仙洞，在明代蒋一葵的《长安客话》，明末清初顾炎武写的《昌平山水记》及《光绪昌平州志》都对仙人洞进行了记载。可见远在明代的时候仙人洞就十分有名。

明嘉靖三十三年（1554年）六月，工部尚书雷礼，奉旨来陵区修复桥梁道路，闲暇时间来仙人洞游览，命石匠修葺洞口，并刻对联于两侧。

洞顶古建筑，说法不一。一说正殿五间，还有配殿，是三清殿，供奉太上老君。一说是三间。供奉五位木制雕像。后来1938年坍塌，然洞还在。

1959年6月19日彭真来到仙人洞，指示要对其进行保护。决定由十三陵水库管理处和十三陵公社共同管理。

1973年10月7日有人偷盗洞里的钟乳石加工成松香石卖钱，用炸药炸塌了仙人洞。从此500多年的胜景不复存在。

2004年7月，"仙人洞"被列为昌平区文物保护单位。

近些年以来，随着各路媒体的宣传，"仙人洞"美名远播，吸引了许多人前来探秘，但是由于长期疏于管理，游客进洞观赏时，大多采用树枝火把来照明，天长日久，钟乳石表面挂上一层黑灰，有些游人还偷偷将钟乳石弄断，据为己有。

很可惜，"石洞仙踪"如今已没有了当年的美景，逐渐退出了人们的视野。现在只能看到每逢初一、十五便有来自各地的虔诚的信徒，来到仙人洞洞口处新修建的一所十方普觉寺来拜佛祈祷。殿宇前面的抱厦修建得十分精美，两侧各有一株古槐树，很是枝繁叶茂。听寺里的居士说，唐朝时期有鉴真大师曾在此修行，真假已无从考究，但看看这黑漆漆的山洞，似乎在警醒我们，历史多年形成的自然或是人文奇观，需要我们更多地保护和珍惜。

【神奇的燕平八景】

石洞仙影

张丽娟

在昌平区区级文物保护单位中，有一个名叫"仙人洞"的地方。这名字听上去有些个色，细琢磨起来倒蛮有些道道儿。"仙人洞"，顾名思义，那就是仙人居住的洞府喽。可这里真的有仙人来过或者居住过吗？这个地方又在哪里呢？

仙人洞位于昌平城区北部的蒋山半山腰处。

明清时期，因此洞的自然景观奇特、地质价值丰硕，所以，被列为昌平地区八大奇观之一，并以"石洞仙踪"、"石洞松涛"之名位居著名的"燕平八景"之列。

山以洞名，洞以仙灵。仙人洞里真的有神仙吗？是哪位神仙在此居住过？听老辈人一代代的言传，八仙曾经在此洞中停留过，这山洞的名字——仙人洞，还是因他们而起的呢。关于仙人洞与八仙的渊源，在当地还流传着一段动听的传说。

八仙在百姓中德高望重，广受香火。而神仙们也各司其职，恪尽职守，哪里有灾，哪里有难，哪里有妖魔鬼怪，哪里就有仙影丛丛。话说这一天，八仙相约巡游四海，当他们行至北海时，进得龙宫，见到北海龙王，自是一番冠冕堂皇的客套。待宾主落座后，没等八仙开口，只见北海龙王眉头紧蹙，深深地叹了一口气。八仙见状不免心中称奇，坐在旁边的铁拐李首先开口问道："龙王，听您这一叹似有棘手之事，不知所为何事？不妨说来听听。"经此一问，龙王也不隐瞒，一五一十地将事情原委说了个明明白白。原来呀，让老龙王一筹莫展的是一条兴风作浪、有千年修行的大蟒蛇。这条蟒蛇，身有数丈长，有水缸那么粗。一年前，这条不知从哪窜过来的大蟒占据了蒋山半山腰上的一个天然溶洞，平日里它经常出来觅食活物兴云布雨，可下的全是黑雨还带着酸性。这么一来，百姓们可遭了殃，地里绿油油的庄稼一沾上黑雨全都烧死了，土也变成了酸土，寸草不生。就连生命力顽强的大树也被整得千疮百孔，光秃秃的连个叶子都没有。百姓们没了粮食，生活也就没了指望，眼巴巴地忍饥挨饿苦度岁月。于是，百姓们纷纷来到龙王庙向老龙王祷告，祈求龙王拯救他们。老龙王还真就不负众望，亲自披挂上阵，前去收服这条孽障。可结果呢？乘兴而去，悻悻而归，几个照面就败下阵来。也不知这条大蟒哪儿修得这么大的本事，连那当年叱咤风云的北海龙王都斗它不过。这不，这些日子老龙王茶不思，饭不想，正为收拾这条大蟒而闷闷不乐，搜肠刮肚地想办法咧。

八仙听了老龙王的述说先是面面相觑，一头的雾水，都不约而同地猜测着：这是何方神圣？连经风经雨本领超强的北海龙王都打不过它，可想而知，这绝非等闲之物！这时，曹国舅打破片刻的沉默，劝慰老龙王道："龙王少安毋躁。待我等会会这孽障再做道理！"众仙听罢纷纷点头表示赞同。龙王听了顿时喜上眉梢，心想：这下可好了，有八仙相助，心头大患必定可解了！随后大家商量了一下对策，便由老龙王领路，驾起祥云直奔蒋山而来，只一袋烟工夫，就到了昌平地界儿。大家按下云头，按事先商量好的，先由老龙王上前把大蟒引出洞来，而后八仙齐上，将那厮制住收服。

再说这大蟒蛇自那次把北海龙王打败后，愈加得嚣张，愈加得有恃无恐，目中无人。人常说：得意便张狂。它时常张狂地认为，连那么大本事的老龙王都奈何不了我，还有谁是我的对手？这回我可以称霸一方了。就是由于这个原因，它比以前更加地变本加厉，竟向百姓提出，每隔一段时间，就得给它送上童男童女，以喂它那填不饱的蟒腹，如有不从者将灭他全家！这下百姓们的日子更是雪上加霜了！为了保全性命，百姓们纷纷背井离乡逃离此地，来不及逃的就成了它的饕餮大餐！

这一天，这大蟒刚刚美美地饱餐了一顿，正卧在洞中空地上打盹，睡得正酣时，听得洞门"咚咚"作响，还夹带着人的喊叫声，一声高过一声。这下可把它气坏了！它怒不可遏地窜起来直冲出洞门，边窜边破口大骂："哪个不要命的，胆敢送上门来找死，待老子收拾于你！"一阵狂风过后，它已窜出洞外，待定住身形定睛观看时，见是北海龙王，它不禁哈哈狂笑道："老龙王，你乃本大王手下败将，此次还敢前来叫阵！这回本大王要你有来无回！"说时迟，那时快，话音才落，它就呼地腾起来扑向老龙王。老龙王见识过这厮的本领，待它扑到近前时也不恋战，一个转身便往八仙藏身处逃去。大蟒见状，以为是老龙王被它打怕了，不敢与它再战，没及多想，紧跟其后尾随追来，边追边口中大叫："老龙王，拿命来！"眼看就要大功告成追上老龙王了，忽然大蟒眼前一乱，齐刷刷冒出八个人来，正虎视眈眈地瞪着它。它猛一激灵，定神一看，认识，原来是八位上仙。虽说这八仙在天上有仙位，在凡间也颇有名气，可架不住这大蟒从没跟他们交过手，不识他们底细，若动起手来，究竟鹿死谁手尚未可知。所以，它是艺高蟒胆大，仗着千年修成的功力，再加上打败北海龙王的戾气，傲慢地冲着八仙道："几位上仙何故架这道梁子，蹚这趟浑水，咱们是井水不犯河水，趁早走人！"八仙见它如此傲慢无理，立时气炸了肺，吕洞宾手执降魔剑，大声断喝："你这不知天高地厚的孽畜！见得我等上仙不敬礼数还则罢了，还要口出狂言，待本座收了你！"话音未落，挥起降魔剑冲上前来与大蟒战在一起，众仙一见也不甘示弱，纷纷抄起手中宝物，各展神通，上前与大蟒厮杀。由于八仙是志在必得，所以下的都是狠招、杀招。可这大蟒还真不含糊，当真有些法术，以一敌八竟然丝毫也不落下风。只见大家你来我往胶着打斗，剑影、笛声、鼓声响作一团，直打得天昏地暗，飞沙走石，从午打到晚，足足打了两个多时辰。这大蟒任它有天大的本领，它毕竟是以一敌八，而且是八位本领高强的上仙，眼见着渐落下风，它心中盘算：不好！照这么打下去，我命休矣！罢，罢，罢，留得青山在，不怕没柴烧，先行逃过此劫，保命要紧！想罢，它虚晃蟒尾，扭头血盆大口怒张，顿时黑色的液体喷射而出，直飞向八仙而来。说时迟，那时快，就在这千钧一发之际，只见曹国舅玉板暴长，就像一面墙一样挡在众人前面，酸雨与玉板猛烈相撞，哗的一声，黑花飞溅落到地上，一时间，地上好像开了锅一样，气泡腾腾，雾气缭绕。你道这是怎么回事？原来呀，这蒋山是石灰岩结构，属碱性。但一遇上这落下来的酸雨即刻发生了化学反应。这下可把八仙弄了个不知所措，急急跳上云头躲闪。待回过神来再找大蟒时，这孽障已向西北方逃去。满以为胜利在望的八仙一见这情景，顿时火冒三丈，但前去追赶已为时过晚，气得吕洞宾飞起降魔剑，口中念念有词，你说也真怪了，这宝剑就像长了眼睛一样，闪电般飞向逃跑中的大蟒，这大蟒也非俗物，听得身后有异，顺势一躲，躲得脑袋可躲不开身子，只见下身三分之一的部分，连同蟒尾齐刷刷被宝剑斩了下来，直疼得大蟒一个趔趄，险些栽下云头。就这样，大蟒带着伤落荒而逃，死在他乡。

蒋山大捷后，其所在地区重新获得了和平与宁静，再也没有了妖孽作祟。外逃的老百姓闻讯纷纷回归故里，世代在这片土地上得以繁衍生息。而八仙呢？传说他们赶走了妖孽后并没有即刻起身云游四方。原因之一，是为了帮助老百姓恢复破烂不堪的家园；原因之二，是留恋仙人洞中的人间仙境。他们在这里边救助百姓边欣赏美景，两全其美，各得其所。久而久之，人们为了感念八仙的大恩大德，便把原本无名的天然溶洞命名为"仙人洞"了，一直沿用至今。

石洞里的仙人

刘加领

仙人洞从什么时候就有，仙人洞村是先有洞还是先有人？关于这些疑问，回答起来并不难。据地质学家考证，仙人洞里形成的钟乳石已经有上亿年的历史，而仙人洞村的形成只有几百年。这个村之所以起名叫"仙人洞"，也是因为有人先发现了洞，而后才建成了村，并使村子以"仙人洞"而得名。

人们之所以会选择在这里集聚，据说还跟这里的仙人有一定的渊源。古时候，仙人洞的仙人很灵验，经常给附近的村民扶危济困，排忧解难。人们相中了这里的仙人，看中了这里的风水，纷纷搬来这里定居。原来这里的香火很鼎盛，许多人都来这里烧香拜佛，许愿还愿。

所以说，仙人洞村原来不但有仙洞，还有仙人。关于这些美丽有趣的传说故事，附近上了年岁的老人都能说上一段。

明朝的第三个皇帝——明成祖朱棣在仙人洞北面的山脚下修建了皇陵，又把原来的"黄土山"改名叫"天寿山"。他为了使自己死后也能像活着一样享福，在昌平北山大兴土木，大造宫殿、牌坊、神路……搞得这一带百姓饥寒交迫，民不聊生。

最让人们不能接受的是当时沉重的徭役和苛刻的暴政。朱棣为了自己死后的安宁和享乐，竟然拿活着的人当牛做马，愣是几年不让民夫们回家。因为终日劳累，有的民夫竟然活活累死在干活的工地上。

朱棣的狠毒是出了名的，他篡夺了自己侄子朱允炆的江山后，逼当时的大儒太学博士方孝孺给他写继位诏书，在遭到严词拒绝后，朱棣竟然灭了方孝孺的"十族"，杀了他九族及以外的朋友、学生 870 多人，制造了一起骇人听闻的惨案。

仙人洞北面的龙母庄村，有一户姓邢的人家，一家七口三世单传，到了

【神奇的燕平八景】

这辈儿还是只有一个儿子。他们唯一的宝贝儿子名叫邢大壮，是父母年过四旬才生的宝贝疙瘩。老来得子，没有在他们这辈给邢家断了香火，老两口高兴得了不得。为了使孩子成人，父母给儿子起了小名"屎蛋"，起了大名"大壮"，目的就是希望儿子结结实实，将来传宗接代。他们待孩子太好了，白天护着，夜晚抱着，生活中生怕有一点点闪失，几乎到了形影不离的地步。好不容易，大壮长到了十七岁，已经出落得白白胖胖，体壮如牛。老两口又千方百计四处托人，想给他找个合适的姑娘，早日完婚，接续香火。

　　说来也巧，仙人洞村有一女子，年方二八，芳名春莲，只比邢大壮小一岁。这春莲的父母，吃斋念佛，知书达理，天性良善，是仙人洞村里有名的好人家。经媒人一撮合，两家人一打听，都觉得非常满意，就定下了儿女亲家。当春莲的父母知道，邢家已经单门独传三代，二老早就想着让邢大壮与春莲完婚，早些给邢家生儿育女的夙愿后，心里非常理解和赞同。于是，就同意了邢家腊月年前结婚的请求。

　　就在腊月初六结婚的当天，邢家在龙母庄的家里张灯结彩，在街上贴上大红的喜字，请来三里五村的亲戚朋友，杀猪宰羊，蒸馍做饭，招待前来祝

银山铁壁

李国栋

银山位于昌平卫星城东北 15 公里的延寿镇海子村西南。这里群山环抱，银山三峰位于中央，巍峨高耸，直插天际。从山脚至峰顶都是黑色的花岗岩，其色似铁；冬日雪后，漫山皆白，银峰墨崖，互相映衬，景色异常壮观，故称银山铁壁。

银山主峰海拔 730 米，为燕山期形成的断块山地，山势下缓上陡，山体呈南北走向。主要由燕山晚期的花岗岩侵入体构成，东侧出露早期的石英二长岩侵入体。这里的花岗岩由于含有较多的硫铁矿，表面被氧化后遂呈深黑色；同时，花岗岩中含有较多的锰元素，也是岩石表面呈深黑色的重要成因。银山及其周边地区的气候属暖温带大陆性季风气候的半湿润区，全年气温都低于平原地区，无霜期 180 天；海拔 500 米以下为温区，海拔 500 米以上为凉区；年均降水量在 650 毫米以上。再加上山区风大泉多、低温湿润、植被繁茂等自然条件，冬季不仅降雪频繁，而且降雪量很大，往往旧雪未融，又降新雪，冰雪层积，峰峦高峻，景色十分壮美。由于积雪存留时间较长，银山铁壁的壮丽景观可保持 5 个月之久，每年冬季，都有许多京城的达官显贵来此赏雪观景。

与银山铁壁的自然景观交相辉映的，是银山塔林这一人文景观。银山地处燕山腹地，远离市井，环境清幽，在历史上曾是我国北方著名的佛教胜地。唐宪宗元和年间（806—820 年），因高僧邓隐峰曾在这里修行而远近闻名。邓隐峰是佛教禅宗顿悟派名僧马祖的直传弟子，秉性怪异，言行不凡。他从福建出发，出游银山、五台山。途经淮西时，被阻于宰相裴度讨伐叛镇吴元济的战场，相传他将锡杖抛向空中，骑着锡杖飞过战场，交战的双方看到后，极为惊异，立即停止了战斗。邓隐峰因此天下闻名。他在银山说法时，门徒甚多，银山也就成了我国北方的一座佛教名山。

辽代寿昌年间（1095—1101年），满公禅师在此建了宝岩寺。金代天会元年（1123年），颇受皇帝敬重的一代高僧、"云门宗"教派的佛觉大禅师来到银山，并在天会三年（1125年）创建大延圣寺。当时国内佛门名列高位的晦堂、懿行、虚静、寰通等大禅师也相继来到银山讲经说法，聆教弟子多达万人。一时间，银山与江苏镇江的金山齐名，号称"南金北银"。

明宣德六年（1431年），太监吴亮出资重修了大延圣寺。正统十二年（1447年），英宗驾幸银山，赐额"法华禅寺"。法华禅寺建有三重大殿，两厢前为配殿，后为僧房，庙宇宏大，为银山首寺，下领七十二庵。此外，附近还建有弥勒院、铁壁寺、银山寺、法林寺、净业堂等。当时，银山几乎处处都有寺院，钟磬之声此起彼落，声传数里，香烟缭绕，弥漫山林，香火盛极一时。

历代禅师圆寂之后，都修造灵塔，火化入葬。根据僧人生前的名位、等级，身后的墓塔有大小、崇简之分，墓塔的位置也有远近、显隐之别。经过千余年的不断营建，银山上下形成了一座十分壮观的塔林，高者数丈，小者不足三尺，此连彼接，满山遍野，当地流传着"银山的宝塔数不清"的民谚。清末以来，由于战乱不绝，银山的寺庙日趋衰落；日军侵华战争期间再遭劫火，一代佛教胜地已经面目皆非，只有砖石修造的塔林和秀丽的自然风光，依旧吸引着慕名而来的八方游人。

目前，银山塔林中基本保存完好的古塔约有10余座，文物价值最高的是法华禅寺的7座密檐砖结构墓塔，其中5座为金塔，2座为元塔。塔形为六角和八角两种，密檐多者为13层，少者为7层。塔基为砖雕的莲花须弥座，塔身的四面设有券门，门内的砖雕佛像慈眉善目，神态雍容，形象生动；券面砖雕有飞天仙女和金刚力士，四壁砖雕的仿木菱花式门窗、斗拱和额枋，手法精细；塔身向上逐层微有收刹，外廓秀丽、挺拔。据专家考证，像这样成组的高大塔群，在全国也不多见，既是现存古塔中的精品，又是研究当时佛教艺术和砖石建筑的珍贵实物。

由于银山曾是佛教胜地，所以其自然景观也有着浓郁的佛教色彩。其著名者有十处，称为银山十咏，或称隐峰十诗，名曰佛顶峰、白银峰、古佛岩、说法台、佛觉塔、懿行塔、雪堂、云亭、濛泉、茶亭。明清之际，又新添了三峰拥翠、东山晚照、寒泉浸月、天清桥、太虎石、松棚等 6 处景观，将银山的风景点增至 16 个，在前往中峰顶的浏览途中几乎都能见到。踏着山间的石阶，穿行在林海、岩壁之间，可见石壁上石刻甚多，因年代久远，岩石表面严重风化，字迹已经斑驳模糊，很难辨认。道边橡实遍地，圆润光滑，俯拾皆是。路旁怪石嶙峋，危岩峭耸，令人惊心动魄；有的巨石高达数十米，重达数百吨，粗犷雄浑，蔚为奇观。在说法台旁数十米高的石崖上，有一座不足两米高的小石塔，当地人称之为"转腰塔"，传说"围着石塔转三遭，既治腿来又治腰"。但是，石崖表面十分光滑，游人要格外小心。登上中峰顶，银山的景致尽收眼底；法华禅寺旁十余米高的灵塔，此刻视之却小如弹丸。举目四望，北面的万里长城似一条长龙蜿蜒在山脊之上，西面的十三陵水库像一块蓝色的宝石闪闪发光，东面的峰峦林海起伏绵延融入碧空，南面的北京城在雾霭中时隐时现，景色恢宏壮观，令人大开眼界，心旷神怡。

20 世纪 70 年代以来，银山再度为世界所瞩目。1979 年 8 月 21 日，北京市人民政府将"银山宝塔"列入第二批市级文物保护单位。1982 年 2 月 8 日，国务院公布"八达岭—十三陵风景区"为第一批国家重点风景名胜保护区，银山为其中景区之一，面积为 17 平方公里。1988 年 1 月 13 日，国务院公布"银山塔林"为全国重点文物保护单位。1992 年 9 月，十三陵特区办事处为保护文物古迹，开发旅游资源，出资修缮了银山塔林，清理了法华禅寺遗址，新建、修复了登山石阶，建起了护栏，成立了银山塔林管理处，并于 1997 年 6 月 18 日对外开放。目前，银山景区内可供参观的古塔有 18 座，其中包括 7 座为密檐式砖塔，11 座石或砖结构的喇嘛塔，法华禅寺殿基遗址及碑刻。

银山塔林醉意浓

马德清

坐落在昌平城东北约六十里的银山，自古以来以景观奇美而著称。峰峦险峻，冰雪层积，色白如银，故称银山。银山又有许多如刀削斧劈的石崖，皆为黝黑之色，故称铁壁。两景归一，称铁壁银山。此景早在明代已被列入"燕平八景"之内。尤以山之峻、塔之众、林之奇著称于世。

银山地处燕山深处，峰峦叠嶂，但唯银山最秀。银山有三座山峰，呈品字形，尤以中峰最高，海拔 726.81 米。峰石之锐，如刀刀斧。攀登其巅，俯瞰四下，透过山岚之气，南可看到群山之外的昌平城，北可遥望蜿蜒曲折于崇山峻岭、状如金蛇起舞的古老长城。大有"气吞边塞，眼溢寰区"（《天府广记》）之感。

在银山成为佛教圣地之后，中峰被称为"佛顶峰"。对于中峰险峻之赞誉之词，最早见于金代大定六年（1166 年）的《重建大延圣寺记》碑文中："巍巍佛顶峰，妙笔莫能画。旁列千万层，比之无不下。毗卢顶上行，却笑

望崖怕。烟锁碧螺纹，幽静难酬价。"

中峰前面的一座山峰，其雄伟险峻程度仅次于中峰，古人称"白银峰"。《重建大延圣寺记》碑文中，对"白银峰"的气势之雄、奇景之绝、壮美之妙也有生动的描述："孤峰高出云，上有银色界。织得普贤身，虚空犹窄狭。悟明理性时，不作尘境界。"

"白银峰"腰间的石崖上，刻着一个巨大的弥勒佛像。所以，白银山又称"古佛崖"。

中峰后面的那座山，以山势高耸而著称，古人用"卓立如锥"形容，既形象又生动。山头侧面长出一块如人噘起嘴唇的怪模怪样的石陀，人称"歪嘴子"。

"古佛崖"南侧有两块耸立巨石，如两个正在较量的摔跤运动员相向而立，人可以从它们缝隙钻过，仰头观望，可见一丝蓝天，自古名曰"一线天"。

另一块奇石名叫"金蟾望月石"，位于白银峰中腰，碧拥黛簇中，一副独高倨傲、唯我独尊的神色，酷似一只巨型金蟾。

距金蟾望月石不远处有一方平卧巨石，站在其尾处往前头看，好像一头巨大的铁青色犀牛安详地伏卧在草丛中。其宽大的牛背，可同时容纳三五人坐卧。

在金蟾石右侧不远处，有一块平卧巨石，高不过一米，面积约二十平方米面积，酷似一座人工讲台，站在上面，居高临下，举目凝视，可清晰看到从浩瀚的"绿海"中钻出来的点点塔尖。因此，这块平卧巨石被人称作"观景台"。

与银山铁壁自然景观辉映成趣的则是人文景观的银山塔林。林者，众也。民间早有"银山宝塔数不清"的传说。

据说早在清代，有位细心的僧人，决心将银山宝塔清点出来。结果几次都没数清楚。因为山沟沟，地洼洼，山前冈后，岩洞内外，到处都有塔，所以，不是重数就是漏掉。但僧人毫不气馁，每数一座就用墨笔在宝塔上写上号码。就在僧人数到一半时，夜间下起暴雨，号码被冲刷得干干净净，两天的工夫白费了。僧人仍没灰心，他又用贴纸条的办法，每数过一座宝塔就贴上一块写着号码的纸条。这样既不怕风吹，也不怕雨淋。谁知就在他满怀信心贴到第三天时，忽然一脚踏空，从崖石上摔了下来，从此卧床不起。后来附近有个村民用蒜绳记宝塔作记号的方法，途中迷失了方向，如走进了迷魂阵，再也没有走出去，又饿又累，没数完就昏倒在一座宝塔后面，再也没有醒过来。

一次次失败后，人们顿悟，银山宝塔内藏玄机，不可泄露。从此，再也没有敢数银山宝塔的人了。

银山宝塔为何如此之多？

自唐代著名的大禅师邓隐峰在此讲经说法以后，银山迅速名扬天下。此后，各代的大禅师纷纷到此讲经传法，于是，又吸引了中国北方很多僧侣蜂拥而至，决心"修于此山，道成此山"。他们圆寂之后，便葬入墓塔。所以，银山宝塔数不清也就毫不奇怪了。

塔又称宝塔、佛塔、浮屠、墓塔。

不计其数的银山宝塔，清朝以后不断遭到劫难。特别在 1941 年，日本鬼子进攻八路军根据地时破坏了很多宝塔。又因自然坍塌破损和人为破坏，银山塔林的盛景永远消失了。而保存下来的只有十八座宝塔，这是不幸中的大幸。

这些保存下来的宝塔，均为金、元、明、清时期修建，为僧人墓塔。对此文献中有记载"僧瘗骨塔"。

银山塔林中形象最高大、结构最复杂、造型最精美的，当属佛觉塔，总高 20.1 米。其位在塔林中最为尊崇。此塔坐落在法华寺天王殿和法堂遗址之间的中轴线上。

目前最低矮的是一座残塔，身高仅 1 米。

另外，还有一座让人喜爱有加的转腰塔。此宝塔坐落在法华寺西侧白银峰的一块巨石上。为什么叫转腰塔？民间一句顺口溜道出其中原委："左三遭，右三遭，又治腿，又治腰。"原来围着此塔转几圈可治腰腿病。

游人虽不相信，为图快乐，仍上前转几圈，更感到不虚此行。

塔，源自古印度，有两种：一种是坟墓式的佛塔；另一种藏舍利或佛经的塔，称作庙或塔庙。印度塔传入中国后，与中国传统建筑和中华文化相结合，形成了中国式的塔。银山的塔，就是这种塔。

自古寺庙多松柏，佛教圣地银山更不例外，郁郁葱葱，一望无边的苍松翠柏，成为银山又一道亮丽的风景线。

银山之所以树茂林深，除银山固有的优势自然环境，还有个重要因素，就是荫及皇风。明代崔学履在《昌平州志》中，有一段银山林木纪实文字："银山近皇陵，故禁樵采。松不胜其柯而偃，柏拂地面已枝……橡子落地无人收，榆柳枝繁而老秋，壁生树顶，泉流叶间……"

寥寥数语，崔老夫子便将银山林之茂、林之奇、林之秀，描述得如此淋漓尽致。只有身临其境，仔细观察，才会感受到"壁生树顶，泉流叶间"的奇妙景色。

银山自古多奇松，现举一二。

银山最高的中峰上，有一方方正正的石台，传说唐代大禅师邓隐峰常站在石台上，为他的弟子讲经道法，所以此石又称讲法台。讲法台石缝中长着一棵畸形松树，树干如 S 形，两个弯曲处，生出两个小杈，特像一个大衣架。据传，邓隐峰讲法时常将衣帽挂在上面。后来，众僧将此树叫作挂衣树。

还有一棵五色叶奇松。在玉峰山下大万圣寺殿前，有一棵生长着五种颜色针叶的大松树，分别为黄、绿、棕、灰、黛五色。虽夹杂其间，却也五色分明。可惜，这些旷古奇树，永远消失在历史的长河中。

银山宝塔数不清

曹学诗

铁壁银山不但是一处绝妙的风景，还是一处绝佳的佛教圣地。不说别的，就说这银山上的宝塔，就多到了历朝历代，没有人数清过。

铁壁银山的宝塔是怎么形成的呢？原来，宝塔是和尚的坟墓，每个宝塔下都埋着一个僧人。据说，唐朝的邓隐峰时代，银山的佛教非常兴盛，光弟子就有三千多人；就是到了元代，银山的佛教不怎么鼎盛了，和尚还有五百多人。你想，这样历朝历代延续下来，一个和尚死后建一座宝塔，银山得有多少座宝塔，正所谓：坟埋僧人增宝塔。

僧人的宝塔是有级别的，职位高的建得高，职位低的建得矮，规格样式形状模样也截然不同，有的出几层檐缩几回面，高有数丈，巍峨耸立；有的只有一层檐一个顶，高不过数尺，小巧玲珑。僧人的墓塔根据年代的远近、身份的大小，有的建在山脚下，有的建在山脊背，有的建在峰顶端，有的建在山坳里，更有的建在高耸入云的山岩上……真是银山处处，无不有宝塔藏身；高低错落，无不是宝塔天地。

银山到底有多少宝塔呢？历朝历代有很多人数过，但是没有一个人数清过。

相传有一个教书先生，他自恃自己是数学天才，有一天突发奇想，决定数清银山的宝塔。他带上笔、本、粉笔等物，天刚亮就来到银山，一个一个地数，一个一个地画，还用粉笔给每一座塔都划上记号。他从早晨数到中午，又从中午数到下午，翻山、越沟、爬坡，一天下来，累得腿都走不动了；夕阳西下的时候，眼看就要数完了，他禁不住心里一阵狂喜：都说银山宝塔数不清，我这不是就要数清了吗？等我有了准确数字后，向世人发布，我不就成了天下名人了吗？！他越想越高兴，越想越激动，最后竟有点手舞足蹈了。

谁知正在他得意忘形之际，西北方刮来了一片阴云，那乌云不偏不倚飘到银山的上空，一阵响雷过后，下起了瓢泼大雨。那雨专拣划有宝塔标记的地方下，不一会儿就把粉笔写的字冲刷得干干净净，痕迹皆无了。雨过天晴，西方出现了一抹火红的晚霞。再看那教书先生，衣服湿了，粉笔没了，书本淋了，挺体面的人变得浑身发抖，狼狈不堪……经过这一场雨淋，教书先生早没了先前的兴致，无奈地对着银山铁壁发呆，灰溜溜地离开了宝地。

过了些年，又有一个人不服气了，他觉得自己比教书先生聪明，决定亲自来数一数。他是个很会算计的商人。他想：都说银山宝塔数不清，我就不信这个邪。我经商几十年，大账、小账、弯弯账，什么账没算过；金钱、金钱、铜钱、纸钱，什么钱没数过。世界上的东西，只要有数，就没有数不清的。他拉了足足有一大车草帽，每数一座塔，就给戴一个草帽。他的草帽在家里精心数过，只要戴完了，看剩下了多少，就能算出银山的宝塔数量。他从低处开始，一步一步往上爬，刚爬上半山腰，就到了晌午。他累了，想坐下来休息会儿，等吃点干粮再戴。谁知，屁股还没坐稳，忽然天上刮起了一阵大风，风助神力把塔上的草帽全刮掉了，连车上的草帽也刮得飞上了天空。刹那间，塔上的草帽和车上的草帽漫天飞舞，把个铁壁银山变成了草帽的世界……塔

【神奇的燕平八景】

上的草帽没了，车上的草帽也没了，漫山遍野的草帽在天上转着，好像在向商人示威，最后把他吓得屁滚尿流，跌跌撞撞地逃出了银山……

又过了不知多少年，一个善理乱麻的人又想出出风头。他想：我是编麻绳的，多糟多繁择不出头绪的乱麻我都能理清，难道还弄不清这银山宝塔？想好主意，他背了一大捆麻绳就来到了银山。搓麻人把麻绳剪成一段一段的，每个塔上死死地拴上一根。这样既不怕雨淋又不怕风刮，然后一个个地记数字，最终总能数出宝塔的数量。他从早晨捆到中午，又从中午系到黄昏，在太阳即将落山的时候，他还没有系完一半的宝塔。原来，他转向了，走了一天都是围着那几座宝塔转，根本走不到别的塔群。天黑了，路没了，山隐在了夜幕，塔藏在了山中，搓麻人累了一天，出了一身臭汗，不但没数清银山的宝塔，最终连自己也走不出银山了。搓麻人一点办法都没有，面对神秘的银山塔林，他那些聪明才智一点也不能发挥，只得在银山阴凉的秋季冻了一夜，第二天被一个放羊的牧童领出了山坳……

从那以后，面对银山铁壁的众多宝塔，再没人敢去逞能了。所以，直到现在，也没人知道银山到底有多少宝塔。银山铁壁流传着一句老话：有能耐你去数数银山的宝塔去！意思是说你自不量力。

徐银智退朱棣

曹学诗

明成祖朱棣曾想在铁壁银山建造自己的陵墓，后来被勤劳智慧的银山人徐银吓退了。

明成祖朱棣是从侄子朱允炆手里夺得的皇位，有篡位之嫌，所以他死后不便埋在南京。于是，夺得天下后，他在南京没待多久，就急急忙忙地迁都北上，并想在北方找一块风水宝地建皇陵。

据说，帮朱棣选皇陵的人叫姚广孝，此人不但是皇帝的重臣，还善看风水，深得朱棣的宠信。他在北京方圆百里的周边转了几圈，选看了几处陵址，其中就有铁壁银山。

当地的百姓一听就急了，如果皇帝在这里建陵，不光他们得背井离乡，就连祖坟也得迁移，给皇帝的陵墓让位；银山的方丈一听更急了，如果皇陵建在这里，著名的银山佛教圣地就要与皇陵同居一处，岂不辱没了佛教的尊严！但是，当时的皇帝至高无上，说一不二，如果银山铁壁真的让朱棣相中，谁说什么都无济于事。

银山方丈急得抓耳挠腮，苦思冥想了数日，终不得破解之法，于是便找来几个银山年长者商量对策。其中一个叫徐银的说："皇帝选陵，图的就是风水好，希望子子孙孙永远坐江山。我们不如来个智抗，专拣皇帝犯忌的话说，让他自己把自己吓跑。这样既维护了佛教的尊严，又保住了百姓的家园，岂不是两全其美。"方丈说："你的主意虽好，但怎样才能把皇帝吓跑呢？"徐银说："皇帝姓朱，咱就叫狼，狼专吃猪（朱），他准不敢来。"于是，他们把那块狭长的开阔地取名叫"花狼峪"，把附近的村名改成大沙子（大杀子）、小沙子（小杀子）、磨石庵（磨石案）、燕子峪（淹子峪）……并告诉附近村民、和尚让他们广为传播，目的就是吓走皇帝朱棣。

过了些日子，姚广孝陪着皇帝朱棣果然来到了银山。朱棣看此处明山秀水，风景如画，又有大片的松树、柏树、梨树、栗树、核桃树……真是物产丰裕，天然富庶，特别是那连绵起伏的银山，铁青色的铁壁，突兀起三座险峰，直刺云天，就像三根擎天大柱支撑着蓝天广宇……朱棣看罢，不禁心中大喜，心想：这地方得天独厚，真如人间仙境，如果我死后能在这里安寝，也不枉今生此行。

为了稳妥起见，他令姚广孝找来银山方丈、老者，自己却扮作地方官员模样，亲自询问银山详情。

朱棣指着那条狭长的山沟问："此处叫什么地名？"徐银不慌不忙地说："回大人，此处叫花狼峪。这里是野狼经常出没的地方，我们养的家禽经常被这里的野狼叼走吃掉，弄得我们这一带连猪羊都不敢养了。"朱棣听了，先前心中的喜悦一下子减了一半。但他并不死心，继续发问："附近这几个村名分别叫什么？都有什么特点？"方丈指着一个个村庄说："这个村叫大沙子，那个村叫小沙子，这条河叫鸭儿河，那条谷叫燕子峪……"方丈还没说完，朱棣早听烦了："快别说了，快别说了！什么花狼、杀子、压儿、淹子的，没有一个像样好听的名字，这里风景虽好，但与我们相克，此地决不能选用！"朱棣说完，用眼睛狠狠瞪了姚广孝几下，悻悻地一甩袖子走了，直把个姚广孝吓得魂飞魄散，胆战心惊，唯唯后退。

于是，朱棣再也不想在这里多待一会儿，带着姚广孝等人从西北方向逃离银山铁壁，又到别处去选陵址了。

徐银、方丈见几句话就把朱棣吓跑了，不禁眉飞色舞哈哈大笑。后来，银山人把吓走朱棣皇帝的那个山坡叫"跑道坡"，意思是说，朱棣是从这里被聪明的银山人吓跑的。

最终，朱棣带着姚广孝等人一路西行，选定了银山以西六十多里的黄土山（现天寿山），就是现在十三陵的那片土地。后来，姚广孝为皇陵寻龙脉，不幸身首异处，献出了自己的生命，那就是另外的一个民间传说故事了。

破石柏

刘瞬骊

明永乐三年的时候，铁壁银山下的大延圣寺早已没有了当年的香火，看上去十分破败。只有寺中的那几座高塔，还依稀让人们回忆起那曾经的当年，晨钟暮鼓、香客涌动的日子，是何等的令人怀念。

寺中的和尚，满打满算，一共七个。方丈明觉，七十有余。庙祝明心，五十出头。其他几个，除了小和尚释能聪明伶俐之外，都有残疾。

没有了香火，就只能下山化斋。四个倒霉的残疾和尚，一下山就挨揍。山下有一群淘气的孩子，看见他们就是用一顿石头迎头痛击，还编着歌谣骂他们："穷和尚，太傻气，吃狗屎，喝稀泥……"

没有化到斋，和尚们回来就挨揍。明心拿的不是戒尺，而是抄起什么是什么，肚子越饿，打得越狠。方丈明觉根本就管不了他，只能跪在香案前，合着眼，唠唠叨叨地念着阿弥陀佛……

实在没有辙了，只好派小和尚释能下山。释能十四岁了，长得唇红齿白，天生一对黑漆漆的大眼睛，人见人爱。果然，不到晚上，释能就挎着满满一篮子斋饭回来了。庙里的人，几个月以来，算是第一次吃了顿饱饭。

冬去春来，释能化斋越走越远，走遍了方圆几十里的地方。走着，走着，释能在路边遇到了一个放羊的姑娘。姑娘叫青儿，青儿一看见释能就喜欢上了他。释能一看见青儿，就第一次感觉天真蓝，草真绿，花儿这样美！

老方丈担心的事情终于发生了！明心嫉恨的事情终于发生了！一个月黑风高的夜晚，明心把释能吊在了树上，棒打鞭抽，一心要追问那个姑娘的名字，但是释能咬紧牙关，就是不说。

明心说："再不招来，今天就把你活埋，让你永世不得超生！"

释能说："死活由你！我就是死了，也要变成一棵树，站在西边的铁壁

上，一天一天、一年一年地看着她！……"

明心大怒，立刻把释能给活埋了。生怕他将来转世，还在释能的坟头上，压上了一块厚厚的石板！

第二天早上，天还擦黑呢，就听见西边的石壁上，"喀"的一声炸响，把梦中的和尚都惊了起来。原来，是西边坚硬的石壁，裂开了一个口子，从口子里，长出了一棵嫩嫩的柏树芽！

明心又气又怒，爬上山去拔那棵柏树芽，谁知刚爬到石壁下，就一脚蹬空，从山上掉下来摔死了。

过了几天，青儿看不见释能，就到寺里来找，发现释能死了，她万念俱灰，一头撞死在了石壁下。几天以后，那个坚硬的石壁，也裂开了一个口子，从那里面，也长出了一棵嫩嫩的柏树芽。

几百年的风吹雨打，两棵树越长越大。几百年的相望相守，见证了释能小和尚和青儿坚贞的爱情。不信今天你到银山塔林的时候，往西走，上山，就能够看见这两棵破石而出的柏树，人称"破石柏"。

黑狗认认真真地找，终于在路旁的石头堆里找到了。黄狗跑过来跟黑狗商量："你看这羊多肥多嫩，咱俩把它吃了好不好？回去就说没找到。"黑狗不同意，说："主人带我们不薄，哪能撒谎骗他？"黄狗一赌气跑了。黑狗把野山羊又拖又拽，一点点地弄回了家。快到家的时候，黄狗从旁边窜了过来，一下子把野山羊抢走了，又对着家门"汪汪"乱吠，阿尔泰循声出来，看见猎物失而复得，非常高兴，他还以为是黄狗把猎物找回来的，就赏给黄狗一大块肉骨头。黑狗也没生气，认为只要主人高兴就好，便跑到一边吃自己的剩饭去了。

又过了四年，有一回冬末春初，阿尔泰要去京城采办一些打猎工具。又带了两只狗一同去。去的时候，要过一条河，河上结着冰。阿尔泰和两只狗是从冰上走过去的。回来的时候，又过这条河，阿尔泰的身上背着采买的猎具，重量增加了很多。走在冰面上，到了河中央的冰薄处，阿尔泰一下子掉进了冰窟窿里。黄狗一见，吓得赶紧跑过冰面，逃得没了影儿；黑狗在一旁叼着阿尔泰的袖子，想把他拽上来，可是阿尔泰太沉，一使劲，黑狗站立的冰面也塌了下去。黑狗掉入冰冷的河水中，却顾不上自己的性命，游到水下，一个劲儿地把主人往上顶。最后，阿尔泰终于爬上了冰面，黑狗却再也没有上来。

阿尔泰捡回了一条命，他这才明白过来，对自己忠心耿耿的是黑狗。几天后，河面的冰都融化了，阿尔泰从河水中找回了黑狗的尸体，大哭了一场。他把黑狗葬在了一个崖壁下面。一年后，奇特的现象出现了，只见崖壁越来越黑，就像黑狗的皮毛一般，墨如铸铁。每逢大雪，山顶皆白，崖壁却如铁似墨，就像世事一般黑白分明。

银山的"佛气"

冰之恋

银山的佛气始自唐代。一千多年前，银山在浩瀚的山脉丛中还只是个无名小卒，然而唐朝中叶，一阵玄风刮过，银山摇身一变奇迹般地一夜走红，以北方佛教界挑梁主角的身份闪亮登场，从此跃上历史的舞台，与一度赫赫有名的镇江金山寺形成南北对峙，并称"南金北银"。一时间达官显贵竞相造访，真可谓是名闻遐迩！朝代已逝去，高僧已坐化，然而遗留下来的文化积淀作为一种文化现象，在 21 世纪的今天依旧熠熠生辉，向人们传递着文化信息，诱人深思，引人遐想……

那么，银山的佛气是怎么产生的？是由哪位高僧首先传教过来的？据《帝京景物略》记载："唐邓隐峰禅师，修于此山，道成此山。"由此可知，把佛教传到银山的正是这位高僧。他是唐朝著名的得道高僧，从师于禅宗大师六祖慧能之再传弟子马祖道一大师，修行期间深受佛教界推崇，但同时，他又是个极富传奇色彩的人物，关于他的奇闻轶事很多，在《悟道因缘》里是这样描写邓隐峰禅师的。

隐峰禅师，马祖道一禅师之法嗣，建州（今福建建瓯）邵武人，俗姓邓，人称邓隐峰。幼年时狂顽不慧，父母管不了他，于是听任他出家。

出家受戒后，邓隐峰禅师即游学四方。他最初来到江西马祖门下，参学多年，未能见道，心中不免有些急躁。后来听说石头希迁禅师在南岳大开禅席，于是就想去他那里参禅学习。

终于有一天，邓隐峰禅师下定了决心，前来向师父辞行。马祖问："你想去哪里？"

邓隐峰禅师道："我想去石头禅师那里。"

马祖道："石头路滑。"意思是说，就你目前的悟道能力，你是很难对

付得了希迁对你悟道境界的试探的。

但此时的他年轻气傲，有股子出生牛犊不怕虎的犟劲，根本听不进师父的劝告，信心十足道："竿木随身，逢场作戏。"意思是说我会看情况随机应变的。道一大师见劝说不了他，索性就由他去了，但大师心里有数，他迟早会碰壁而回的，果不出大师所料。

邓隐峰辞别师父到了石头希迁那里。才到石头禅师那里，不及拜见，他就先发制人急不可耐地围着禅床走了一圈，然后振动了一下手中锡杖，发问道："是何宗旨？"意思是说我们修行悟道的宗旨是什么。石头大师不慌不忙轻描淡写地说："苍天苍天。"意思是说，我们修行的目的，是为了找到并使身心所行合于宇宙的真理，这个真理就是真如佛性之理，宇宙的真如佛性之体就像苍天虚空这样空旷。邓隐峰愕然，一头的雾水，愣在原地，无言以对。于是他匆匆忙忙回到马祖道一处，把参见石头大师的情况一五一十地向师父道来，大师听后微微一笑，吩咐道："汝等再行回去，如果他要是再说'苍天苍天'，你就'嘘嘘'两声。"意思是说，宇宙的真如佛性之体的

"空"不是顽空，是有生机的，是处于体用一如的动态平衡状态。它在现象上表现为万事万物因缘巧合。听罢，邓隐峰如获至宝般一阵风地就去找石头希迁了。到了那里，他胸有成竹地又像上次那样发问："是何宗旨？"可结果大大出乎了他的意料，石头大师诡笑着向他"嘘嘘"了两声当作是对他提出问题的回答。这下邓隐峰可傻眼了，自己想说的话让别人说了，自己倒被堵了个严严实实，他的心里就别提多懊恼了，就像打翻了五味瓶，不知是个啥滋味，无可奈何，只得像个斗败了的公鸡，灰溜溜垂头丧气地返回到了马祖道一那里。道一大师一见他这副模样，心里早就猜到了八九分，开口问道："如何？"邓隐峰听师父一问，更加羞愧难当，恨不得找个地缝钻进去，哭丧着脸把失败的经过讲给师父听，马祖道一听后哈哈大笑道："向汝道石头路滑！汝不听，今次知否？"邓隐峰头点得跟鸡啄米似的表示知错了。自此后邓隐峰吃一堑长一智，克服了浮躁的心理，踏踏实实地定下心来跟随师父学习，悉听师父教诲，认真钻研佛法，最终在道一大师的用心栽培下，瞬间开悟，修成大法。他秉承师父遗愿，四处云游，弘扬佛法，并成为在佛教界颇具影响力的佛教大师之一。

继邓隐峰禅师之后，先后有满公、通理、通圆、寂照、海慧、晦堂、懿行、虚静、圆通、和敬等辽金时期著名的大禅师来此讲经说法，参禅布道。正是由于这些佛教高僧的努力，才有了银山历史千百年的传承，银山佛气的宏大和源远流长。

棵歪脖树！"邓隐峰听了，含笑不语，飘然而去。痴才吓出了一身冷汗，放羊时也没了心情，只想着挨到夜晚，趁着夜色把那聚宝盆盗走。

吃罢晚饭，痴才老想着聚宝盆的事，翻来倒去怎么也不能入睡。好不容易熬到别人都睡熟了，便急急忙忙地穿衣起床，鬼鬼祟祟地溜出寺院，心情激动地去找那棵歪脖树。可谁知，只一晚上的工夫，铁壁银山上的树全变了，漫山遍野都变成了歪脖树，而且哪棵都相差无几！痴才大惊失色，知道这都是师父邓隐峰点化的。他正想抽身溜走，可谁知道，自己的脚却像扎了根一样，怎么走也走不动了，紧接着，痴才就变成了一棵丑陋的歪脖树！

铁壁银山的人说：做事不能懒散，做人不能贪心，要不然就会变成一棵丑陋的歪脖树。

蛇神庇民

席立娜

位于昌平卫星城东北处，有一个兴寿镇海子村，村子被群山怀抱，而在这群山之中，有三座山峰很是特别：山脚至峰顶都是黑色的花岗岩，其色似铁；冬日雪后，漫山皆白，银峰墨崖，互相映衬，景色异常壮观，故称银山铁壁。而关于这三座山峰有着美丽的传说。

很久之前，此处便群山环绕，因为村子正好在山的正中，犹如在坑底一般，因此湿气较重，虽然四周景色宜人，但是却没有人去欣赏，因为此处经常出现妖孽。

湿气较重，且又偏僻，正好适合这些山中妖孽在此修行。没多久，就出现了一个熊妖。此妖虽能化为人形，但是却长满了黑毛，嘴长獠牙，体长过两米，犹如一座小山。经常出现在村子的附近，把一些老人和孩子咬死啃食来增加它的修行。只是这种方法却不是向成仙之路靠近，而是往成魔之路靠拢，搞得海子村的村民人心惶惶。

虽说此处妖孽横行，但是也有好坏之分。有一条白蛇，也已修炼成妖，她经

常幻化成一位女子出现在山中，告诉过往的樵夫或者采药的妇女往哪里走能够避开那些坏妖精。因此好多村民都称这里出现了神仙来庇佑他们免受妖孽的袭击。

而熊妖知道了此事，经常找蛇妖的麻烦，只是他空有一身蛮力，却没有蛇妖的道行高，所以经常被蛇妖打败后落荒而逃。或许它意识到自己的道行不够高，于是决定加强修行，只是它修的是魔，必须要用1000个人的鲜血来祭祀修炼。而离此处不远的正是海子村，于是熊妖决定把海子村当作一个祭祀场。那时正是天寒地冻，村民都待在温暖的家中，谁都不会想到这与世隔绝的地方要发生这种血淋淋的悲剧，或许老天也在悲伤地哭泣，从凌晨开始就一直下雪。

午夜之时，熊妖出现，施妖法将所有的村民集合到村口，正当熊妖准备大开杀戒来祭祀时，蛇妖冲出，但它却不是人的模样，而是一条通体雪白的巨蛇。熊妖早有准备，一个侧身，从它身后飞出一只毒蝎，与白蛇打在一起。

而熊妖看着毒蝎缠住了白蛇，便开始专心地施它的妖法。白蛇一时心急，便把自己身体里所有的毒液瞬间喷出，毒液一下子就留在了熊妖和毒蝎的身上。霎时，熊妖和毒蝎浑身变黑！而毒蝎也给分神的白蛇下了剧毒，白蛇浑身从雪白变得漆黑。不久三个妖精都死了。

而站在村口的村民由于中了妖法，便都昏死过去。等第二日大家醒来时，发现在不远处多出了三座奇怪的山，它们从上到下都是似铁的颜色，而下的雪落在其中，相互映衬，很是壮观。而后村民发现，那个熊妖不见了，而且从那以后什么妖孽都没出现过。

村民一直认为，是那个神仙帮他们赶走了熊妖，还施法造出了神山，犹如铜墙铁壁一般，帮他们镇住了妖孽，让他们可以幸福快乐地生活下去。

银山方丈斗东海龙王

施会泉

说起银山的龙王庙，还真有一段故事。

传说东海龙王位居大海，独霸一方，为所欲为，但是还不能满足他的欲望。忽一日，东海龙王变化成一位书生，背包握伞，饱览名山大川，借机寻找佳境。这一日来到了银山寺院，夜幕下敲开了寺门，老方丈一见是一位白面书生，问有何贵干。书生道："天色已晚，想在此暂借一宿，明日起程，游览四方。"出家之人以慈善为本，又见是一介文弱书生，老方丈便以礼相待，叫来一个小和尚，为远道而来的客人接风洗尘，安排好食宿，解除山高路险的奔波之苦。当然，老方丈不知这书生是东海龙王所变。一觉醒来，天已破晓，扮作书生模样的东海龙王来个金蝉脱壳——人还在睡觉，实际上东海龙王已化作一缕清风，游览了银山的山川美景，心里暗暗道：这里果真是个好地方，青山竞秀，溪水长流，林木苍茏，鸟语花香，好一个风水宝地！东海龙王决定把他的庙宇建在银山寺院的后山上。

再说这东海龙王一阵风，回到了住处附了书生之体，起来洗漱斋罢，书生便与老方丈谈起想在此修建一座龙王庙之事，意思是保一方水土风调雨顺、五谷丰登，为乡民做些善事。老方丈一听，这是好事，岂有不支持之理。但当听说龙王庙要建在银山之上，老方丈说什么也不同意，因为这将破坏寺院的风水，老方丈坚持要建在寺院下首的西山坡下。书生说："这样吧，你我也不必争执，咱们二位下盘棋，如果你输了，就按照我选的地址，如果我输了，就按照你说的办。"东海龙王自认为自己的棋艺超群，普天之下还没有遇上过对手。没想到，只走了十几步就输给了老方丈。东海龙王从来没遇上过这种尴尬事，立时火起，现了原形，于是拿出了自己呼风唤雨的看家本事，霎时间狂风大作，大雨滂沱，想淹没寺院独霸银山。此时在银山寺院周围出现五个海眼，汩汩往上冒水，眼看着寺院被水一点点淹没。殊不知，老方丈已修炼多年，说时迟，那时快，老方丈变成了一个顶天立地的巨人，用其巨大的五个手指摁住了五个海眼，然后又将五块大石头盖在海眼上，后来，就在这五块大石头上建起了五座塔，永远镇住了五个海眼，东海龙王与老方丈斗法失败，只好在西山坡下修了一座龙王庙。

后来，在银山的周边留下了与故事相关的几个地名，如：海子、分水岭、西湖村、望宝川。

昌平民间文学

吉祥的银鸽

施会泉

银山这个地方，很久以前是个不毛之地，山涧沟谷都是光秃秃的，可以说是寸草不生。这里没有人烟，也就更谈不上寺院庙宇。不知什么时候，有一对银白色的鸽子飞来了，在银山的落落洞里安了家，不管是风和日丽的春天，炽热如火的盛夏，还是金灿灿的金秋，皑皑白雪的隆冬，这对银白色的鸽子，总用美丽的歌喉，不停地歌唱着。也许是银鸽的虔诚感动了大地，后来这里便逐渐长出了绿草，长出了树木，迁来了住户，建起了庙宇，这里的人便渐渐兴旺起来，这里的土地也便富饶了起来。

一方水土养一方百姓，不过这里的人们都说家乡的草肥水美，是银鸽带来的福气。每逢中秋佳节或除夕元旦，这里的乡民都要带上供品，来到落落洞前礼拜祷告一番，祈求这对银鸽永远降福于银山。有个读书人还在洞的两侧贴了一副对联，上联是：天高自有生灵秀；下联为：地阔全靠五谷丰。虽算不上千古之佳句，却表达出当地父老乡亲对银鸽的感激之情。

银山自从有了寺庙，来这里朝圣者便络绎不绝，人们在欣赏这里的山清水秀的同时，总能看到一对银鸽飞旋在蓝天上，给这方净土带来了勃勃生机。谁知裹在朝圣者的人群里有个名叫朱贵的奸诈商人，听说银山的银鸽是无价之宝，于是，就翻山越岭来到这里，做起了一夜之间成为百万富翁的美梦。

这对银鸽住在什么地方呢？每天只是看见它们成双成对翱翔于蓝天白云之间，却看不到它们落脚的地方。于是这个贪心的朱贵早起晚归，从春看到夏，从夏看到秋，终于摸清楚了这对银鸽住在落落洞里。怎么才能抓住这对银鸽呢？他想出了他认为是最好的办法，于是在一个大雾迷漫的黑夜里，偷偷爬上了落落洞……

再说这对银鸽每次从落落洞里飞进飞出的时候，总发现不远的地方有个

145

人在鬼鬼祟祟地晃动。这对银鸽已经看出了这个人没怀好意，它们便一起商量了一个对付这个黑心朱贵的对策。

秋天的银山，满目金灿，五谷丰登，六畜兴旺，一派喜人景象。一心想抓住银鸽的朱贵再也等不及了，在一个茫茫的夜色里，摸上了落落洞。早有防备的这对银鸽一听见响声，就飞出了洞口，飞上了洞顶，但仍"咕咕"地呼叫，来引诱朱贵，当朱贵听到"咕咕"声，紧跟着爬上了洞顶，这对银鸽飞了几步远，又"咕咕"地叫，爱财心切的朱贵，就这样一步一步往前挪，但总差一步之遥。由于天黑，朱贵只能凭"咕咕"声引路，这一次朱贵几乎摸到了银鸽的翅膀，银鸽又往前飞了几步远，落在了一个悬崖绝壁上长出的树杈上，继续"咕咕"地叫。做着发财美梦的朱贵，猛地扑了上去……当然，朱贵没有想到前面是万丈深渊，这个贪财的朱贵就这样断送了性命。

昌平民间文学

太白金星托梦建庙

施会泉

　　各地的庙如何兴建，都有一个神奇的传说，银山中峰顶上所建的寺庙（如今只存有庙基）也不例外，相传是天上太白金星所为。

　　在银山的山后，有个叫望宝川的村子，由于村子大，贫富也不均。村中有个老财主外号叫"二哼哼"，家大业大，骡马成群。为什么给他起了个"二哼哼"的外号呢？原因是这样的：这个老财主仗着万贯家财，出门上街，迎来送往，都要摆个阔谱，每踱一步都要哼哼两声，意在引起他人的注意。久而久之，人们倒忘了他的真名实姓。一天夜里，二哼哼刚一合眼，便梦见一位仙风道骨的老者，求他办一件事。什么事呢？这位老者要在银山的中峰顶上建一座庙宇，来保佑四方乡邻，风调雨顺，人畜平安。他想借一下二哼哼的骡马用一用，将建庙用的砖瓦石片运上山去。二哼哼一听，要破费自己的家财，这怎么能行，便推说自己的骡马多一半年老体弱，无法承担此重任。当二哼哼抬头回绝时，老者不见了。二哼哼一睁眼，只见窗纸发白，天已破晓，原来是一个梦。

　　再说银山地界内还有一个叫海子的自然村，村里有个名叫刘喜的庄稼人，日子虽然不富裕，但为人处事有求必应，赢得了四邻众乡亲的夸赞。说来也巧，这刘喜也做了个梦，这梦和二哼哼的梦一样，一老者向他借骡马在中峰顶上建庙。刘喜一点没含糊说："你等一等，我家只有一头毛驴，我再到其他家借几头骡子……"刘喜恍恍惚惚，仿佛看到了金碧辉煌的庙宇气吹一般地就起来了。醒来后，觉得有些蹊跷，虽然是做梦，却像真的一样。

　　于是，起身来到牲口棚，只见他那头毛驴大汗淋漓，然后，他又一气爬上中峰顶，果见上面一座崭新的庙宇竟在一夜之间完工了。

　　日子虽然每天都无声无息地这样过去，可是刘喜的家诸事顺利。他家的田地与二哼哼的田地紧挨着，只隔了道坝阶。只见刘喜地里的谷子疯一般地往上长，树上的果子挂满枝头。二哼哼的地，不是受蝗灾就是受雹灾，成群的骡马得一种不知名的传染病，不几日就死光了。此后二哼哼家的日子一天不如一了天，家境很快就败落了。

"飞锡禅师"邓隐峰
与银山铁壁

廖罗长

唐朝著名高僧邓隐峰与咱昌平的银山铁壁还有着一段非同寻常的缘由呢。

唐朝中叶时（宪宗元和年间，806—820年），邓隐峰曾来银山的佛严寺讲经说法，当年讲经的地方今天仍叫做"说法台"。作为禅宗大师，佛教文献关于邓隐峰的故事很多，如《佛教奇人谭》中说：有一位"飞锡禅师"，本名叫邓隐峰，为什么称他为"飞锡禅师"呢？据说，有一次他看到两支军队打仗，弄得民不聊生，便劝双方放下干戈，不要再争战，可是刀兵无情，谁肯听一个出家人的话！不得已，邓隐峰禅师就把锡杖往空中一抛，自己也随之在天空中飞舞。鏖战激烈的兵士看到半空中有个和尚飞来飞去，都啧啧称奇，不觉停手看他飞舞，看得发愣了，竟忘了争战打仗。

邓隐峰，俗姓邓，福建人。初参马祖道一，后拜石头希迁为师，又折回马祖道一处契悟。一天，邓隐峰推土车时，恰逢马祖伸脚坐在路上。邓隐峰就对马祖说："请把脚收起来。"马祖说："已展不收。"邓隐峰也不让，就说："已进不退。"说完就推着车子从马祖脚上碾了过去。被碾伤了脚的马祖回法堂后，提着板斧对僧众说："刚才碾伤老僧脚的人，给我出来。"邓隐峰于是就走到大师跟前，伸长脖子，马大师却放下了斧头。邓隐峰圆寂之前，他对僧众说："各方禅师圆寂时，有坐着的，有躺着的，这我都见过，有没有站着去世的呢？"其中一人回答："也有。"邓隐峰说："有没有倒立着去世的呢？"众僧都异口同声地回答："没见过。"于是，邓隐峰就倒立而亡。奇怪的是，他的衣服居然整整齐齐地顺着身体，没有倒挂下来。后来，众人商量着把他的尸体抬到火化窑里火化，却发现无论怎么用力，他的身体都屹然不动地倒立在那里。远近前来看热闹的人，都惊叹不已。当时，邓隐峰禅师有个妹妹，是个比丘尼，也在场。她看到哥哥这个样子，于是上前拍着他的尸体，呵斥道：老兄啊，你平时不守戒律也就算了，死了还要在这里迷惑群众。

于是用手轻轻一推，隐峰禅师的身体才倒在地上。

真是搞笑，其实有好多禅师非常有趣且好玩的。他们不但生前风趣幽默，临死也要搞点花样。

对于一个常人来说，死是一个很痛苦的事，而对于一个修行有成就的禅者来说，死只是一个转折点。

哈哈，让我们记住这个邓隐峰吧。当我们遇到世间难事时想想他老人家，或许可以给你带来一丝笑意。

邓隐峰禅师临终前留下了一首偈子：

"独弦琴子为君弹，松柏长青不怕寒。

金矿相和性自别，任向君前试取看。"

据说，邓隐峰死后就葬于银山。银山塔林中现存的"转腰塔"就是众僧为纪念他而建的。"转腰塔"就位于原来的说法台山上，为石塔，高丈余。此后，在银山建寺之风盛行，特别是辽金时期，这里的寺院达百余座，著名的大延圣寺就是这个时期建成的。寺庙依山而建，殿宇巍峨，雄伟壮丽，因此，各地法师高僧等纷至沓来，云集于此。当时北方最负盛名的高僧，如佛觉、晦堂等五位大禅师都在此讲授佛法，因此，银山名声大噪，与南方镇江著名的金山寺齐名，故有"南金北银"之说。

跑道坡徐银乔装退朱棣

朱启

人们每逢说起银山铁壁这处名胜古迹来，总会记起寺庙的一位高僧徐银智退明成祖朱棣的故事。

话说明成祖朱棣从侄子朱允炆手中夺取了皇位后，心下总是难以摆脱篡位的阴影，同时也感觉自己死后无颜面对父亲开国皇帝朱元璋和兄长早夭的太子朱标以及侄子明惠帝朱允炆，于是便决定迁都北京，并派遣使臣在京北燕山一带选址修建皇陵。

陵墓的待选地址，除了昌平城北的黄土山（后来命名"天寿山"）之外，据说还有这气势非凡的银山。

一听到这个信息，首先着急的是银山当地的百姓，因为皇帝要是确定在此处修建陵墓，老百姓生者必定会背井离乡，死者也要坟墓迁徙。另一方心急的是银山的和尚们，如果皇陵建在银山，著名的佛教圣地要么就遭辱受压，要么被铲平消迹。

银山方丈急得就像热锅上的蚂蚁，终日苦思冥想总是不得破解之法，便只好找来几位年长和尚共谋图存大计。大部分的老和尚都唯唯诺诺，莫衷一是，只有一个名叫徐银的和尚说："皇帝选陵址，图的就是一个好风水，希望他的子孙后代能够坐稳江山。我们要是硬抗，必定会被扣上一个谋反的罪名加以铲除。如果智抗，找到一个让皇帝对银山风水忌讳的法子，则不仅能够维护佛家的尊严，同时也能够保全一方百姓。"

方丈说："这当然是个万全之策，但是用什么法子能够阻止皇上呢？"

徐银说："皇帝姓朱，我们就找狼，狼专吃朱（猪），这样他就不敢来了。"

方丈问："可又到哪里去找狼呢？"

徐银便对大家如此这般地一说，方丈眉开眼笑地击掌赞道："此计大妙，快快行施！"

于是，寺院的和尚们便分头来到银山的各村各户，一一作了安排。

一夜之间，银山的地域和村庄称谓就发生了翻天覆地的巨大变化。

过不多久的一天，明成祖朱棣便在大臣姚广孝的陪同下，来到了银山实地考察。

君臣们看到这银山明山秀水、风景如画，心下自然万般喜欢。尤其看到环山四围，大片的松树、柏树、橡树、梨树、栗子树、核桃树等等，真是物产丰裕，天然富庶。特别是那号称"三峰拥翠"的三大主峰，在延绵起伏的银山诸峰中直刺云天，就像三根擎天大柱一样支撑着蓝天大厦，令朱棣不禁心中大喜：这地方得天独厚，真乃人间仙境也，我与我的后代若能死后在此安寝，怎能不保帝王福祚的万世留传！

为了确保万无一失，朱棣便令姚广孝唤来地方土著老人，问询这银山的风水人情。

其中一位白须飘胸的百岁老人进言说："不知万岁爷可曾看到这银山三大主峰的一侧有一道豁口？"

朱棣再定睛仔细观望了一下说："不错，这三峰中的一侧倒是有一道豁口。"

老人便娓娓叙说道：

这银山的三座主峰，一个叫和尚头，一个叫中峰顶，一个叫歪嘴砣。在早年间，三峰唇齿相依，比肩侍立，就像三位好兄弟一样和平共处。

和尚头一向心平气和，从不狂言诈语；中峰顶位居中央，以大哥身份谦让二位小弟；歪嘴砣却不然，一有机会总想探下头冒个尖儿。

有一天早晨，歪嘴砣瞅见大雾弥漫在整个银山山脉，便趁另外两座山峰还正睡意朦胧，偷偷伸头长了起来。谁知被一位早起的农夫发现，便高声叫喊："大家都看哪——歪嘴砣长高了！"

歪嘴砣狠狠地瞪了农夫一眼，咧开大嘴就冲他喊道："谁要你多嘴！"

这一下惊醒了和尚头和中峰顶，他们鄙夷地看了偷出风头的歪嘴砣，并用膀子顶了它一下。

谁料想这一顶不打紧，一下子便把歪嘴砣的脑袋给顶歪了。这就是在目前的游人眼中为什么歪嘴砣的峰顶向东歪去的原因。

同时，在山顶东侧的斜坡上还有一条大沟，据说这条大沟就是由于歪嘴砣呵斥农夫用力过大造成的……

众所周知，这明成祖朱棣原本就有"篡位"的嫌疑，听了银山三峰这兄弟相残的传说故事，便对这银山有点兴致索然了。

然后，朱棣又指着山前一道狭长的山沟问道："此处叫什么名字？"

老人回答："这里名叫'花狼峪'，野狼经常出没，我们这一带连猪（朱）羊都不敢养了。"

朱棣又指着一条潺潺流水的清溪问："这条河叫什么名字？你们都在河里游泳洗衣吗？"

老人说："我们都称它是'鹅毛浸底鸭（压）儿河'，从来没人来此游泳洗衣。"

朱棣不禁双眉紧锁，继续问道："这附近几个村庄又叫什么名字？"

老人不慌不忙地回答说："正面的村名叫大沙（杀）子，背面的叫小沙（杀）子，西面的村名叫燕（淹）子峪，东面的……"

朱棣赶忙挥手让老人打住勿言，又转脸盯住他的宠臣姚广孝问："爱卿认为此处建陵合适吗？"

姚广孝早已被老人的话语吓得魂飞魄散，连忙把头摇得像个拨浪鼓……

于是，明成祖朱棣便放弃了选址银山建陵墓的最初念想，带上大臣一路西行，最终选定了在银山以西30公里的黄土山（天寿山），也就是现在十三陵的那片土地建设陵墓了。

百岁老人和被皇帝召见的那些土著村民，见到朱棣和姚广孝等君臣匆匆离去的身影，禁不住眉飞色舞哈哈大笑。更奇妙的是那位百岁老人顺手把脸上的胡子眉毛扯去，一下子露出了银山高僧徐银的真面孔相。

从此，银山人就把朱棣君臣仓皇离去的那道坡取名"跑道坡"，用以纪念银山高僧徐银机智吓退明成祖朱棣而保全塔林的故事。

席峪辉金

虎峪辉金

虎峪辉金

李国棣

"虎峪辉金"是在正午时分、阳光照射充足的特定情况下，人们才能观赏到的一处奇特的自然景观。

说到"虎峪辉金"，许多细心的读者会心生疑问：在近年的一些出版物上，关于"虎峪辉金"所在的地理位置说法不一致，景点的观赏效果自然也相去甚远，令人莫衷一是。纵览各种记述，可以将"虎峪辉金"的景点的地理位置归纳为虎峪村南和西山口内两种说法。究竟孰是孰非呢？

燕平八景源于隆庆《昌平州志》，因此，该书的记述应当是权威的、准确的。隆庆《昌平州志·地理志·八景》中写道："虎峪辉金：州（指今昌平卫星城）西十数里为虎峪，下有土冈，名小金山，在西山口之内。其山岗不甚大，日午，人过山下，衣面映如黄金色。亦系禁山，设有官军防守。"书中对景观特色、地理方位叙述简洁清楚，为什么在后人的著述中还会出现虎峪村南的说法？笔者以为有以下两个原因：

一是未曾读过隆庆《昌平州志》。隆庆《昌平州志》虽为区区一邑之志，但因原版印数较少，传世400多年后，现只知两部半，即北京图书馆收藏一部，美国国会图书馆收藏一部，浙江天一阁收藏半部（仅有五至八卷）。北京图书馆收藏的隆庆《昌平州志》现已被列为善本类书籍中的珍品，有些读者未读到此书，故而未识本源。

二是望文生义。"虎峪辉金"既然是以虎峪命名的，自然应与虎峪有关，但是此虎峪并非是指虎峪村，查阅《昌平县地名志》及有关典籍得知：昌平境内以"虎峪"二字命名的地方有三处，即大虎峪山、小虎峪山和虎峪村。大虎峪山、小虎峪山作为自然实体，往往不被人们重视，通常在地图上也没有明显的标识，只有在介绍十三陵的文字资料中，可以看到"左有蟒山为青龙，右有虎峪为白虎"的记载，否则，很难意识到大小虎峪山的存在，所以名声不甚响亮。虎峪村作为一个人文聚落，在人们心目中有着或大或小的影响：在社会生活中，它以行政村的面貌出现，在全区304个行政村中占有一席之地；在地图上它有明显的标识；在文化遗产上，虎峪战国时期的古城被列为县级文物保护单位；在自然资源上，1960年4月19日建成的虎峪水库在农业生产和人民生活中起着重要的局部调节作用。特别是1987年以来，虎峪村陆续建起了自然风景区和百仙神洞等旅游景点，名气响遍京城，甚至在全国也不陌生。恰巧在虎峪村南有一座小山，于是一些人未及细辨，又看到按照我国传统的"北为上，南为下"的定位习惯，正与州志中"下有土冈，名小金山"的记载相吻合，却忽略了"在西山口之内"的地理位置，于是便将"虎峪辉金"这顶风景桂冠向西移了4公里，戴在了这座小山上。

要纠正多年来出现在"虎峪辉金"景观上张冠李戴的错误，还其历史的本来面目，首先应搞清楚虎峪山与西山口、小金山的关系。

隆庆《昌平州志·地理志》记载："虎峪山：在州城西北数里，其形巍峨雄壮，有虎踞之势，居红门（即大宫门）右。"近年出版的《昌平县地名志》将昔日的虎峪山分为卧虎山、小虎峪山和大虎峪山，即：卧虎山在十三陵盆地出口西侧，北距大宫门0.5公里，海拔201米。西为小虎峪山，位于南口镇与十三陵镇交界处，西南距虎峪村2.5公里，距县城9公里，脊东南与翠屏山相接，西北与磨盘山相连，海拔531米。再西为大虎峪山，海拔731米。根据文献记载可知：从古到今，大宫门以西的南缘诸山都可称为虎峪山，在这十余里的范围内均可以"虎峪"二字冠名，虎峪村便是一个例证。

西山口是明十三陵一处重要的关口。明初选定天寿山为皇陵吉壤之后，就在陵域四周建起陵墙，既是地界以区别内外，同时也便于安全与管理。在40平方公里的陵域周边，除了大宫门、小宫门之外，还在10处山口，即中山口、东山口、老君堂口、灰岭口（今上口）、贤庄口（今下口）、锥石口、燕子口、德胜口、西山口、榨子口，修建关隘等军事防御设施，虽自清末以来即开始遭到不同程度的损毁，但遗迹依然可辨，今天堂别墅的北墙即坐落在陵墙的遗址上。这一段陵墙的走向，向东与大宫门相连，向西则沿着缓坡上到山顶，沿山脊向北与德胜口相接，即：西山口两侧的陵墙都位于小虎峪山地区。

小金山位于西山口村的西北，小宫门村西，太平庄村东，陵墙之内，小虎峪山的山脊之下，山体呈南北走向，海拔240米。因为山岗是由氧化铁或带氧化铁、氧化锰等的黏土构成，土壤表面主要呈暗棕色，局部呈土黄色或红色，在地表土层相对裸露的情况下，当正午的强烈阳光照射到山岗上，行人身着浅色的衣服由此经过，衣服才能被映成黄金色。现在，小金山的地表植被与数百年前相比发生了很大的变化：山上长着半旱生灌丛、杂草，还有人工林；山前为果园，种着苹果、柿子、桃等果树；阳光已不能直接照射到裸露的山岗上，从而使这一景观失去了当年必备的几个基本条件。因此，行人今天走过小金山难以领略到衣面映成黄金色的壮丽奇观，这也是真正的小金山近年来未能引起人们关注的一个重要原因。

虎峪地名的由来

曹学诗

古时候的南口一带，不但有狼，而且有虎，这些都可以根据当时的地名找到答案。一个地名的由来，都不是凭空随便叫出来的，都要有一定的来历和典故。比如南口的西大桥，原名叫狼窝桥，就是因为过去是野狼出没和居住的地方，所以叫了这样的名字；再比如说红泥沟，就是因为此地的土地是红的，被虎峪山上的洪水冲成沟，因此得了这样的名字。那么，虎峪的地名是因为什么而来的呢？这里面还有一段传奇的故事。

古时候的虎峪，没有村子，也没有人烟，完全是一块乱石纵横、杂草丛生的荒蛮之地。这里是地的尽头，山的边缘，是野狼出没，老虎觅食的理想之地。在五千多年以前，人类文明才刚刚开始，这里紧靠东南的雪山，就有了人类居住和活动。

那时候的雨水比现在大得多，天长日久，把山冲成了沟谷，把地冲成了沟壑，把土冲成了平原。现在虎峪、红泥沟、雪山的地形，都是在那时候日积月累形成的。当然，那时候虎峪并不叫虎峪，只是一条被大水冲成的山谷；红泥沟也不叫红泥沟，只是随着山水的冲击，山下的红土被冲成了一条深深的红沟；雪山也不叫雪山，而是被凶猛的洪水冲下的泥土带到山下，慢慢得到缓冲，形成了一块扇形的冲积平原。

那时候的虎峪野兽很多，山里山外到处是豺狼虎豹，野兔山羊，不知名的大鹏小鸟，就像原始的动物世界一样。白天，这里兔滚鹰翻，狗奔羊跑，百鸟齐鸣，老虎全部躲到树林里；夜晚，这里松涛阵阵，河谷鸣响，虎啸狼嚎，与在电视上看到的原始大森林无异，特别是老虎多得出奇。相对来说，那时候的人却少得可怜，就像是现在的稀有动物。因为这里背靠大山，面对平原，最适宜人类和动物繁衍生息和居住，慢慢地在现在雪山的地方，就有了人来

白虎报恩

刘瞬骊

古代的时候，虎峪这个地方根本就没有名字，更别说叫虎峪了，就是一条长约 20 多里的山沟，长满了草，长满了树。

山沟里很少有人家，只有一个姓赵的老汉，在山脚下种了几亩薄地，平常的时候，也采集草药，然后出山到很远的镇子里卖掉草药，换些油盐。

一年秋天傍晚的时候，赵老汉从山下用草药换了些油盐回来，还带回来半斤烧酒。今年风调雨顺，庄稼长得不错，一个冬天都不用为吃不饱发愁了，所以赵老汉心中高兴，就哼着小曲，顺着山路，高高兴兴地往家走。

拐过了山坳，眼看就到家了，他突然看见自己的家门口趴着一个白乎乎的东西。年纪大了，毕竟眼花，他心说这是个什么东西呢，一边琢磨，一边看，一边往前走，也就不到十步的样子，那个白乎乎的东西抬起了头，看着他，他这才大吃一惊！我的天哪，这是一只老虎！白色的老虎！

他顿时吓得魂飞魄散，双腿发软，一下就坐在了地上，心想，今天就是今天了，完了，完了！

谁知那白虎依然趴在原地，只是张着嘴看着他，喉咙里发出了像小猫那样温柔的声音，似乎有什么事情要求他。

赵老汉趴在地上，浑身哆嗦，不停地向白虎磕头作揖，而老虎，丝毫也没有伤害他的意思，反而学着他的样子，不停地向他作揖，张嘴……

猛地，赵老汉明白了过来——这只老虎有事要求他！于是他硬着胆子，问老虎："你有事儿求我吗？"

老虎点点头。

赵老汉："什么事儿啊？"

老虎张开嘴，让他看。

赵老汉看不清，说："我帮你忙，可你不能吃我，行不行？"

老虎连连点头。

看来这只老虎通人性！赵老汉这么想着，就不害怕了。他把老虎带回家，仔细地察看着，原来是老虎的上牙膛里，扎进了一根骨头！

赵老汉："我帮你拔出来，可有点儿疼，你可不能怨我！"

老虎点点头，同意了。

于是赵老汉拿出钳子，把手伸进了老虎的嘴里，一下就把那根骨头拔了下来！

他举着骨头告诉老虎："没事儿啦！"

谁知，白虎一下子就扑倒了他，不停地用下巴拱着他的脸，赵老汉吓得连魂儿都没有了，只好闭上眼睛等死，过了一会儿，他再次睁开眼睛的时候，发现那只白虎，早已经走了。

第二天傍晚的时候，他正准备做饭，发现那只白虎又来了，堵在了他的门口，那嘴里，竟然叼着一只狍子！

从此以后，隔三差五，白虎就给他送来兔子、野鸡、黄羊什么的。赵老汉的日子，真是越过越美了。有的时候，老虎就留下来，赵老汉吃肉，它吃煮熟的骨头。

冬天的一个下午，赵老汉去山上砍柴，把腿摔断了，就躺在山坡上动弹不得，这时候，白虎来了，白虎呜呜地哽咽着，把赵老汉驮在背上，出了山，送到了镇子里。镇子里的人们，看到了白虎驮着赵老汉就医的这一幕，无不惊骇！无不感慨！

后来，赵老汉的腿好了，能走了。可是从此之后，他就再也没有看见过白虎。他知道，这是他和白虎的缘分已尽了。

再后来，他到镇子里去，就说自己是从虎峪来的。日子久了，虎峪的这个地名，就这么流传下来了……

虎峪沟里的鱼

齐明亮

虎峪的得名，并非完全是因为"虎峪辉金"的美景，它的壮观还是因为它的整个风韵，其中虎峪沟里的水更是它的一大特色。

至今人们到虎峪，还能看到它沟里的一潭碧水，很绿很绿。最深处大约有二十多米深。而在当时，人们说在夏天水大的时候，虎峪沟里的水深有四十多米。整个沟里十几里都是水，到处都是流水声，景色很美很美。

而当时，虎峪沟里的鱼也是在当地最多的，因为它是在沟里生长的鱼，是冷水鱼，所以很好吃。只是在当时，虎峪一带人烟稀少，村庄散乱，人们很少到虎峪沟里去，这里的鱼也就很少被人发现，吃的人也很少。

真正发现虎峪沟有鱼，而且这鱼十分特别的，是一个逃犯。逃犯姓张，名叫张万林。他之所以做了逃犯是因为地主的儿子强奸了他的老婆。

在一天夜里，张万林做小生意从镇上回来，还没进院，就听到墙后面有女人的叫声和撕打声，张万林起初没有想到会是自己的老婆。

他慌乱中翻墙跳到后院，眼前正是自己的老婆，被地主的儿子按在地上，上衣已经扒去，露出白白的身子。地主的儿子还在拼命扒着自己老婆的裤子。张万林大叫一声：快滚开！他本想自己这一喊，地主的儿子就会吓跑，没想到地主的儿子喝了酒，不但不跑，回头看一眼张万林，反而让他滚开。说你快滚，要不然我玩了你老婆，再揍你一顿。

张万林气急了，搬起地上的一块石头，向地主的儿子头上砸去，谁想，地主的儿子连声也没吭一声，就歪脖倒在了地上，地主的儿子竟然就这么死了。

他见地主的儿子死了，忙叫自己的老婆赶紧离开家。老婆自然知道这是出了大事，当下收拾东西，投奔了远方的亲戚。剩下张万林准备和地主见官

【神奇的燕平八景】

理论。可村人却让张万林快跑，说你还理论什么，官府要不办了你才怪。

这样，张万林也当下离开了村子。就在张万林刚刚离开村子的时候，地主闻讯带人来到了张万林家，看到自己的儿子满脸是血倒在地上，地主把张万林家搜了个遍，然后一边派人去追张万林，一边去报官。

次日，县城的高墙上便贴出了捉拿杀人犯张万林的告示。此时的张万林没处可逃，就一头扎进了虎峪沟。这里山高壁陡，密林茂盛，山上又有许多山洞，官府要想在这里捉住张万林是件非常难的事。

张万林逃过一关，可虎峪山上虽然可以藏身，但却没有吃的东西，张万林几天没有吃东西了，仅靠山上的野果也难填饱肚子。张万林想打猎，可他手上又没有打猎的武器。他想，大概自己是要饿死在这虎峪山上了。

那时虎峪山上有两座小庙，一座叫关帝庙，一座叫娘娘庙，庙虽然小些，但是特别的灵，去烧香的人并不多，因为庙在两山的背后，离着村庄非常远。张万林起先并不知道这山上有庙，他只是去寻吃的东西，这才发现了这两座庙，庙里各有一个和尚看门。

张万林没有钱烧香，他买不起香火，为了敬自己的一点诚心，他就帮助和尚扫院子，每次进院子，他都要帮助把寺院打扫得干干净净。然后再跪在菩萨前拜一拜。

拜的时候，张万林心里总在想着到什么地方去找吃的东西填饱肚子。菩萨似乎听懂了他的心思，有一天，张万林拜着拜着，突然听到了木鱼声，他向四下去看，并没有人敲木鱼，庙里的和尚此时也不在庙里，他定了定神，又诚心地拜佛。

可是他的耳边又传来一阵木鱼的声音，他再向四处看看，还是没有人敲木鱼，他心生疑惑：这是怎么回？难道是自己的耳朵出了问题？

张万林就老在心里想，木鱼声代表什么呢，一个木，一个鱼，这叫什么呢，又是什么意思呢。他出了庙门，向他住的山洞走去。就在这时，他脚下的小路上突然出现了一堆小绳子，乱麻麻地堆在路上，这是什么呢？张万林很是奇怪。他走了过去，可衣角像是被人拽了一下，他下意识地回过头，走向那堆乱绳，将绳子捡了起来，抖拉了一下，他惊奇地发现，原来这是一张小渔网。

张万林突然又听到了那木鱼声，他心里顿时亮了。菩萨不是要让他去捕鱼吧，虎峪沟里可并不缺水，有水就该有鱼。对了，菩萨一定是要让自己去捕鱼填饱肚子。

张万林喜出望外，他冲下山去，在虎峪沟里正有一片潭，张万林还没撒网，就看到水里有许多的鱼在游动。张万林奇怪，自己以前怎么就没有在意过。这里会有这么多的鱼。张万林把网撒向潭水，一网竟然打上来十多条鱼。

张万林高兴坏了，他又想起那个木鱼声，他身边原来有的是木材，菩萨一定是让他用木材烤鱼吃。

虎峪沟里全长二十来里地，到处都是水，尤其在虎峪的进口处，更像是一座小水库，当时的水深有四十多米，美极了，水里的鱼一群又一群，不时

昌平民间文学

跳起来翻着水花。不但是美景，而且解决了张万林的吃喝。

　　张万林不但自己有了吃的，而且水里的鱼根本打不完。于是，张万林就打鱼卖钱，没想到，他的小日子过得红红火火。每次卖鱼，张万林就到虎峪的沟口，他不再往外走，以免被追捕他的官家捉去。

　　事情真是巧了，不久，虎峪沟里又来了一个逃犯，也是被人冤枉的，叫郭旺年，张万林从此有了做伴的。两人就在虎峪沟里打鱼卖鱼为生。过了一年，张万林对郭旺年说，咱都是有家的人，这样扔下家，自己在这沟里有吃有喝，心里也不踏实啊。郭旺年也说，这总不是长远之计。

　　于是，张万林就想出沟去找自己的女人。可是他又怕被官府抓了去，真不知怎么好。这一天郭旺年突然有了主意，说，张哥，咱可以化化妆啊。张万林听了大喜，道，谁说不是呢，于是两人都化了妆，一起走出了虎峪沟，去找自己的女人了。很快，俩人就都找到了自己的女人。他们可以远走高飞，到更好的地方去。

　　但是，俩人却一致地想虎峪，想虎峪美丽的风景，想虎峪沟里可爱的水，更想虎峪里的鱼。于是，俩人就带着女人，又回到了虎峪，在虎峪的沟口上盖了房子，以打鱼卖鱼为生。几年过去，官府早忘了他俩是逃犯的事，再也没人管他们是什么人物。俩人傍着虎峪美丽的风景，就成了地地道道的虎峪人。

　　据说，虎峪村的先人，就是这两个人，一个姓张，一个姓郭，都是打鱼人出身。

德化金辉映虎峪

李晨辰

很久很久以前，在虎峪山的山脚下，有个镇子，镇子里很繁华，各种店铺林立。其中有个开药材铺的，老板姓王，叫王守茂。王守茂四十来岁，为人精明，勤快能干，只用几年的工夫，就把药材铺做成了大买卖，在镇子里数一数二，连永安城里的显宦人家也跑到他这里来买药。

王守茂做生意是把好手，但是生性刻薄奸猾，碰见老实懦弱的乡民，有时会弄点儿小伎俩，施行欺诈。乡民们也没办法，王守茂的药铺品种最全，家里人有个头疼脑热，还是得找王守茂来买药。王守茂家财千两，娶了三个老婆，却有个很大的缺憾，就是没有儿子。为此，王守茂时不时就长吁短叹。

王守茂有个好朋友，就是药铺斜对面开绸缎庄子的方掌柜。王守茂经常和他一起下棋，喝茶。两个人来往密切，却不是一路人。方掌柜人厚道，做生意诚信，待人是一片赤诚之心。

有一次，王守茂到外地去进货，账上周转不开，就跟方掌柜借钱，还是一大笔，五十五两银子。方掌柜二话没说，就给王守茂去弄钱，东凑西凑，当天下午就把钱凑齐，亲自给王守茂送去。王守茂很高兴，要给他写个借条。

方掌柜却摆摆手，说："不用了，不用了，咱俩十多年的交情，还不值这么点儿银子？还用得着借条？你相信我老方，我也相信你老王。做人但凭一颗良心。"说得王守茂挺感动，也没多说，拿着银子就走了。一个月之后，王守茂跟几个伙计进货归来。由于所进药材都属上等，进价又低，王守茂狠狠赚了一笔。方掌柜找王守茂来下棋，王守茂笑脸相迎，却没提还钱的事，方掌柜也没催他。

又过了一个月，王守茂仍然没还钱。有一天早晨，一个小伙计突然跑进来，告诉王守茂，说方掌柜昨夜突发脑病，倒地不起了。王守茂赶紧跑出门，到

斜对面的绸缎庄子去看。只见方掌柜的两个老婆哭哭啼啼的，一问，才知道方掌柜人已经没了。又往里走，只见几个人忙碌着在布置灵堂。屋子中央放了一张竹床，方掌柜直挺挺地躺在上面，已经和王守茂阴阳两隔了。王守茂抹了几滴眼泪，走出屋子，对方掌柜的老婆说了几句安慰的话，见两个女人只顾悲泣，也没提还钱的事。王守茂的心中窃喜。

过了三天，并不见方掌柜的家人上门讨钱，王守茂放下心来。方掌柜下葬的那天，王守茂去随了礼，只送了二两银子，方掌柜的家人还是没提还钱的事。王守茂回到家，独自高兴，心中暗忖——看来这借钱的事，方掌柜并没告诉别人，这下更是死无对证，看来这银子自己永远不用还了。

又过了一段时间，王守茂发现三老婆怀了孕，高兴了好几天。几个月过去，王守茂的三老婆生下了一个胖小子。王守茂更是欣喜若狂。给孩子起名叫王聚宝。待孩子满月，王守茂请来亲朋好友吃酒席，又请来戏班子，狠狠热闹了三天。王聚宝一点点长大，王守茂待他如掌上明珠一般。

等到王聚宝长到十来岁，让王守茂头疼的事来了。王聚宝不爱读书，专爱斗鸡走狗，整天跟一帮流氓地痞厮混。王守茂去管教，儿子却顽劣异常，根本不听。王守茂也生气，越看这儿子越不顺眼，老觉得他像一个人。

又过了两年，王聚宝长得高高大大，仗着家里有钱，专爱打架。常常把别的孩子打得鼻青脸肿。那些被打孩子的人家就找王守茂来告状，还威胁说要去告官。王守茂只得赔笑脸，道歉。光道歉还不行，那些被打得重的，还得赔钱。一来二去，王守茂辛苦挣来的钱赔出去不少。王守茂办法使尽，王聚宝却没有一点儿改变，依然顽劣成性。

王聚宝二十岁那一年，跟了一群流氓去打架，对方也是个不好惹的主儿，纠集了一大帮恶棍，把王聚宝一伙人打得屁滚尿流。王聚宝伤得最重，被人抬到家里，没几个时辰，就咽气了。一家人大哭，唯有王守茂没有掉泪，只是心痛得厉害。五天之后，王守茂到王聚宝的屋子里收拾东西，忽然看见八仙桌下面，有一块啃了一半的桃酥，那是王聚宝生前吃剩的。当初王聚宝死的时候，王守茂没哭，现在看见这半块儿桃酥，王守茂哭了，越哭越伤心，最后竟趴在八仙桌上，昏了过去。

迷迷糊糊中，王守茂梦到了方掌柜，方掌柜去世也有二十多年了，却还像当年那样年轻。方掌柜说："咋样老王？现在你的债也还清了，咱俩下一盘？"王守茂一个激灵，就醒了过来。回想刚才的梦，忽然想起了什么，赶忙回自己屋去翻账簿。账簿上记着家里支出的每一笔账，王守茂一算，发现这么多年，自己在儿子身上赔的钱，恰恰是五十三两银子，再加上方掌柜下葬时自己出的二两，恰恰是五十五两。王守茂的后脊梁直冒凉气——莫非这个儿子，是来讨账的……看来这报应不爽啊。

从此，王守茂像变了一个人，待人和气，行事忠厚，专爱做善事。远近八方的人听说王守茂的药铺童叟无欺，宽厚待人，来买药的人越来越多。王守茂的生意也越来越大。后来，王守茂为了济世救人，惠泽乡亲，在虎峪山上种了许多药材。有一年闹瘟疫，全靠虎峪山上的药材，救了整个镇子的人。从此，虎峪地区就出现了一道奇观，每逢太阳西斜，一道道金辉洒满山岗，就像给大山披上了一件锦衣金甲，令观者如痴如醉。有人说，那道道金光是人的德行所化，也有人说，那是无数人智慧的光芒，来洞察古今。

虎峪的由来

李晨辰

在遥远的古代，昌平西边的一个山麓，住着姐弟两人，姐姐叫芳月，弟弟叫鹏浩。他们的父母先后害病去世了，临死时只留给姐弟俩两间破草房。姐弟俩为了糊口，就去租地主的田，种庄稼。地主欺负他们年幼，就租给他们两亩薄田。姐弟俩没白没黑地耕种着田地，可长出来的庄稼很少。到了收获的季节，财主就来收租。风调雨顺的时候，姐弟俩还能混个温饱；碰上不好的年景，地主一点儿也不留情面，交了租子，姐弟俩常常忍饥挨饿。喝汤吃粥是常有的事。

好在芳月心灵手巧，会刺绣，会一手漂亮的针线活儿，平时常常替人缝缝补补，赚来钱贴补家用。她觉得弟弟可怜，正是长身体的时候，吃不饱可不行，所以家里有了好吃的，都先紧着弟弟吃。

有一年过中秋节，有钱的财主家都吃上了鸡鸭鱼肉。芳月拿出自己绣了一个月的牡丹图，托人捎到集市上，换回了一块豆腐和十个鸡蛋。中秋节晚上，芳月就把鸡蛋炒了炒，又把豆腐煮了，撒了盐和辣椒，端上桌来，给弟弟鹏浩吃。鹏浩说："我还不饿呢，姐姐你吃吧！"芳月说："我不饿，你正是长身体的时候，你吃！"姐弟俩谦让了一会儿，才开始吃起来。

刚吃了没几口，外面下起了雨，雨里夹着冰雹，噼噼啪啪地砸着窗户和屋瓦，有些吓人。风雨声里，忽然传出一个人呻吟的声音。姐弟俩出门一看，只见屋外有个老头儿，正坐在房檐下避雨。老头很瘦，衣衫褴褛，头发胡子花白，旁边有根竹竿，还有个破碗，看样子是个乞丐。老乞丐也不知是哪里不舒服，坐在地上直哼哼。姐弟俩上去询问，老乞丐说："好心人啊，可怜可怜我这孤老头子。快给我吃的吧，我是饿坏了。"

鹏浩对芳月说："姐姐，你看他多可怜啊！"芳月说："是啊，这大过出来了。老虎转了一圈，发现有人在屋外偷看，就从窗户扑了出去，一下子把地主扑倒了，又抓又咬，痛得地主在地上翻滚，哀嚎求救。家人和壮丁们闻声赶来，见此情景都吓坏了，谁都不敢靠近。那老虎发了一阵威，又大吼一声，冲出院门跑了。家人将地主从地上扶起来，地主满脸是血，幸好只伤到皮肉，没有触及筋骨。事后，家人从地上捡到了两根金丝，地主啧啧称奇。

几天后，地主养好了伤，可老虎一直没有回来。地主又去找县官姐夫，要县官逼问那姐弟俩，说出老虎的下落。芳月和鹏浩当然不知道，县官以为他们是装的，就严刑逼供。姐弟俩挨了很多打，仍旧说不出老虎的去向。县官也没了办法。地主就给县官出坏主意，说："他们要是还不交代，就要他们的命。"县官为了难，说："草菅人命，要是让上峰知道，我这官位可难保哇。"地主眼珠一转说："咱们可以秘密处决。"又向县官耳语了几句。

一天深夜，县官带了两个心腹衙役，地主也带了两个家丁，一同把芳月和鹏浩带上了山。来到悬崖边，地主威胁姐弟俩说："你们要是还不说，我就把你们推下去。"芳月杏眼圆睁，骂道："你这狗官，你这狗财主，为了

区区金银，竟然残害人命。人们常说老虎狠毒，我看老虎比你们要强上十倍百倍，你们连禽兽都不如。"县官一听，惭愧地低下头；那地主却气急败坏，对家丁一使眼色，家丁心领神会，走上几步，就要下手。猛然间，从林子里蹿出一只斑斓大虎，老虎来到地主跟前，张开大口，一口叼住地主的身子，一甩头，便把地主从悬崖上抛了下去。县官吓得瘫软在地，不能动弹，那家丁和衙役早跑得没影了。

老虎又来到芳月和鹏浩跟前，伏下身子，嘴里发出"呼噜呼噜"的声音。姐弟俩似乎听懂了它的话，骑到了它的身上，老虎驮着他们跑向了大山深处。

第二天，事情就轰动了远近八方，人们纷纷来到山上，寻找那姐弟俩，可是没有一点收获。从此后，人们就把这个地方称作"虎峪"。又过了二十多年，昌平地区遭受旱灾，饿殍遍野，有一天，集市上突然来了一男一女，看样子不像夫妻，像姐弟，他们很有钱，连续开了三十天粥厂，又到处布施，救了很多人。没人知道他们的来历，只是有些老人，看他们很眼熟……

米仓和钱库的传说

施会泉

虎峪沟谷内，有个小地名，叫潘家营，过了潘家营再往里走，但见山峰峻秀，绿水长流，好一派世外桃源。多少年过去了，寻古访胜的人，每年踏青时节都要来这里寻找"米仓"和"钱库"的遗迹，来探个究竟，寻个乐趣。是的，这"米仓"和"钱库"的传说，吸引了一代又一代人，这到底是怎么回事呢？

相传，在很久很久以前，虎峪村附近住着一位叫吴为的好吃懒做的光棍汉，总想着天上掉馅饼，坐享其成，不劳而获。

春天到了，庄稼人都在忙着春耕、播种、拾掇青苗。农历的四五月间，也正是青黄不接的时候，上年收获的粮食吃光了，这一年还没到秋收季节，家家户户都需要拿钱去集市上买粮食，那些没钱的穷户，就只能是东家借点西家借点，等秋天打了粮食再还上。米粮就成了庄稼人的命根子。忽一日，有人传说，过了潘家营的山沟里有一处山崖，山崖前有一个小小的洞口，黄灿灿的小米正向外流呢，揭不开锅的庄稼户，就可以去那个洞口接米度日。

吴为听到了这个消息，高兴极了，这真是天上掉馅饼，我身不动膀不摇，也能吃饱喝足了。于是他就拿了一条裤子，急急忙忙跑到那一看，果不其然，金灿灿的小米正往外流呢。排队的人按着顺序，也都是拿条裤子当口袋用，把两个裤腿下口一捆，就是个米袋子，小米装满后就回去了。这吴为排在其中，装满了两裤腿小米，挎在肩上，摇摆着身子，一副洋洋得意的样子。回到家，把金灿灿的小米倒进缸内，贼眼珠子一挤，心想，这回我得拿条大口袋，多多益善！于是，他又返回第二趟，等到他挣开口袋接米的时候，那米不流了。这时就听到一个苍老的声音从云雾缭绕的山顶上传来："米粮是给勤劳的庄稼人，贪心的人是不配吃的！"排队领米的人听到这个声音，都把目光投向吴为，吴为只得灰溜溜离开了这里。他离开后，那洞口又哗哗地流出了小米。

吴为回到家里，并没有因为上天的惩罚而接受教训。他听说再往沟里走，一处悬崖下有个钱库，曾经有人在那里发现过好多银子。山沟里悬崖峭壁多，只要是崖壁下，他都要仔细察看一番，万一有一堆银子，后半辈子岂不过上花天酒地的神仙日子了！吴为正想着，突然脚下出现了一堆白花花的银子，吴为高兴得手舞足蹈，心说，谁说我没有好命，老天爷会照顾我！尽管他这样想，还是接受了上次接小米的教训，他没有立即把银子带走，打算先用土掩埋下，等天黑了，再神不知鬼不觉地把银子背走。

吴为好容易挨到天黑，从家里拿了条大口袋，来到了他埋藏银子的地方，他刚要弯腰去挖他的银子，就听一个苍老的声音从空中传下来："你不用挖了，钱库已经换地方了！"

吴为一听，心里害怕极了，他再也不敢找银子了，三步并作两步，连滚带爬，摸着黑逃回了家。

现在，"钱库"这个地方，游人还能看到乱石堆砌杂草丛生，像是埋着什么东西似的。

菩萨院里陈老道

施会泉

菩萨院是虎峪山崖北侧的一座寺庙，多少年过去了，由于风剥雨蚀，现在只剩下庙基了，还有一个缺角的石碑，碑文也看不清字迹了。古时候，多少庙宇都藏在深山老林清幽之地，一般游人很少能走到那里，因为路途遥远，山道崎岖，只好望而兴叹了。

菩萨庙当年规制完整、香火极盛，其实庙里只有两个道士。一个岁数大的，姓陈，香客们都称为陈老道。那个岁数小的，人们不知他的姓，都称他为小道士。庙里还养了一头小毛驴，因为山上没水，每天要用小毛驴去山下的泉水湖驮水。没有毛驴的时候，小道士每天下山去挑水，有了毛驴，小道士就赶着毛驴下山去驮水。就这样，十多天过去了。一天，陈老道就跟小道士说："你不用跟着毛驴去驮水了！"小道士不解："那怎么能行，小毛驴身上的水罐怎么能装上水呢？"陈老道说："你就听我的，给它装上水罐，你就让它自个儿去吧！"小道士没有再说什么，既然师傅说了，那就让毛驴自己去吧，驮不回来水跟自己也没关系。

小毛驴自顾自地下山了，来到泉水池边。这泉水池是附近村子吃水的唯一去处，来往不断的取水人，都认识这个小毛驴是菩萨院的，就七手八脚给这头小毛驴驮子上的水罐罐满水，水满了，小毛驴就自个儿上山了。

陈老道对小毛驴疼爱有加，白天小毛驴驮趟水，然后就在菩萨院周边吃青草，晚上还要对小毛驴加一些草料，以保证小毛驴膘肥体壮。有一天，天已经黑了，陈老道发现喂养小毛驴的草料没有了，要铡草，没有铡刀，陈老道就让小道士去山那边的沟沟崖大庙去借。小道士一听，有些犯怵，这里与沟沟崖还隔着一道大山，夜晚黑灯瞎火的，怎么去呢？陈老道看出小道士有些为难，也没言语，就从仓房里搬出一条板凳，让小道士骑上，并嘱咐他在路上要合紧眼，小道士刚一合眼，就感觉自己的身体像飘在空中的稻草人，同板凳一起飞了起来。不大一会儿，自己落在了一个地方。这时，他睁开眼，大院一片灯火明亮，原来自己已经到了沟沟崖大庙。小道士借了铡刀，按照陈老道的吩咐，把铡刀绑在板凳上，自己又骑上板凳飞回了菩萨院。

陈老道为人和善，人缘很好。陈老道晚上闲散的时候，就去虎峪村一个姓张的老头儿家串门聊天。菩萨院离虎峪村有十多里的山路，夜里走这段路最少也得一个多钟头。有一天，因为老哥俩聊得高兴，一看天上星辰，时辰已过了午夜，张家一再挽留陈老道住下明天再走。陈老道执意要走，他说："我还要按时按点敲钟呢！"张老头说："还有那个小道士呢！"陈老道说："小道士已经走了十多天了。"张老头送走陈老道后，回到屋里装了一袋旱烟，还没点着火，就传来了菩萨院的钟声。张老头诧异，黑夜里的十几里山路，怎么这么快就赶回去了呢？

菩萨院里发生的事和陈老道的故事，在虎峪村一代一代传下去，难道陈老道真的得道成仙了？猜归猜，这毕竟是个传说。

同时她们母子也明白了，所救的老人家是个大有来历的人，也许是个仙人下界来救他们的吧！小伙子拿着金元宝，就去附近的集镇上买来了吃的喝的用的，忙不迭地回了家。可奇怪的是，这镇上逢这等灾年还会有人做买卖？其实过去的灾年只有贫苦的老百姓才是苦不堪言，对于大户人家、大富户们来说，影响不太大，因为他们平时有的是从穷人身上剥削来的吃的喝的用的，他们的库里都是绰绰有余的，所以，只要你有钱，就能在这大灾年活命。

继此之后，小伙子隔三岔五地就拿着点成的金元宝，上镇上购买东西，久而久之，这事就被当地的大财主知道了，大财主找上门来非说这金棍是从他家里偷来的，硬是从小伙子手里夺走了，还以坐大牢为要挟骗得了使用方法，随后就把他们母子驱离了此地，不知去了哪里。这老财主贪得无厌，在尝试了变出几个金元宝后，他就想：如果我把这座小山也变成金山，那我这一辈子不就永享荣华富贵了吗？所以，他信手一挥，就把个光秃秃的小山变成了金山，并派手下家丁日夜严密看守着此山。人说得意不能忘形，老财主就在得意忘形醉酒后说走了嘴，漏了风声。就在一个漆黑的夜里，他全家都被打死了，家产也被洗劫一空，房子被一把大火烧了个精光。点金棍最后不

知落在了何人手里，可这金山在那个科学技术非常落后的年代谁能拿得走、砍得动呀，久而久之，人们就把这件事情给淡忘了，但金山的名字却留在了昌平地区的版图上，留在了人们茶余饭后的逸事趣闻里。

虎仙护子

席立娜

话说在昌平境内的虎峪村中，有一家姓马的猎户，男人叫马常有，三十有七，家中上有八十老母，下有一儿一女，妻子翠姑小他三岁。平日里，马常有除耕耕田之外，就会到虎峪山里放个笼套、下个夹子，打些猎物。

这一年初春雪未融净之时，马常有起了个大早，与往常一样去山里打猎。查看了几个笼套和夹子均无所获，走到最后一个笼套时，马常有眼前一亮：一只土黄色的小老虎前爪被套住了。马常有没有多想，举起木棒，当即把小老虎打死，兴高采烈地背回了家。

回到家中，进门就喊："娘，老婆，孩子们，你们看，我今天弄回啥来了？"他的八十老母看后，大为吃惊，面露慌色道："娘不是告诉你，不许抓老虎？你为啥不听，老天爷啊，倒霉的事要来了！"第一次抓到老虎的马常有，若无其事地说道："娘，没事，你看，这皮毛多好，很值钱的，回头卖了，我给你们几个添些新衣服和首饰！"

说着，马常有拿出刀具就剥下小老虎的皮，把肉扔进锅里煮。晚上，他喊来他的好友田友福。两人在马常有的家中，酒过三巡，略显醉意，便各自倒在炕头上睡着了。

夜半，窗外月明风轻，残雪银白。马常有酣然梦中，仿佛来到一座不知名的山中，山上云雾缭绕，林中静谧得可以听到呼吸和心跳。远处飘飘然飞来一黄衣男子，见到马常有就恼羞成怒，咬牙切齿地说："昨日我儿淘气玩耍，却被你惨杀。为了我儿性命，我要让你家三世必衰！除非……"话还没有说完，他便化做一道亮光，没了影踪。马常有猛然惊醒，擦了擦额头上的冷汗，看到身边熟睡的朋友和隔壁房间的亲人，觉得方才不过是个梦没有当回事情，喝了口酒，继续倒头睡了。

【神奇的燕平八景】

龙泉喷玉

李国棣

龙泉山又名神山、白浮山、龙山，位于昌平卫星城东南2公里，京密引水渠北侧，城南街道办事处化庄社区居委会南。它与驻跸山、天寿山、银山齐名，是昌平的四大名山之一。

龙泉山海拔118米，相对高度70米，属军都山山前平原上的侵蚀性孤丘，地势西高东低，山势和缓，山体岩石由中生界侏罗系火山沉积岩构成。地处山前洪积扇地下水溢出带。泉多流清，水量丰沛、水质极佳，可以直接饮用，自古就是北京地区的名泉之一。

龙泉山的显赫名声，来源于郭守敬引水济京。至元元年（1264年），元世祖忽必烈自上都（即开平，故址在今内蒙古自治区正兰旗闪电河北岸）迁都燕京，改称大都（即今北京城）；至元十六年（1279年）灭宋后，统一全国，大都就成了大元帝国的统治中心。由于人口迅速集中，数年间即超过了40万人，大都面临两大难题：一是用水紧张，偌大的京城只有太液池、莲花池、海子三处蓄水，可供饮用；二是运粮困难，从南方运往京城的粮食经过京杭大运河运到通州后，靠夫役从陆路运输到大都，每年需运官粮若干万石，新粮运到正值北方秋雨季节，人役劳苦，效率较低，牲畜淋雨病死不计其数，耗资巨大。朝廷对此十分焦虑。太史令郭守敬曾经担任过管理水利的官员，他经过仔细研究大都附近的自然地理情况，并对龙泉山下的白浮泉及西山进行了实地考察、勘测，于至元二十八年（1291年）向元世祖提出了兴办水利的11条建议，其中有一条重要建议，就是引白浮泉经西山，穿过大都城直抵通州，如此既可缓解城市用水紧张的状况，又可以解决运输粮食的问题。忽必烈看了奏章十分高兴，颁旨重新设立都水监，让郭守敬在担任太史令原职的同时，兼管都水监，亲自主持这项引水工程。经过一万多名士兵和民工一年多的辛勤劳动，修建了一条从白浮泉至通州的人工河，全长164里又140步，沿河设闸11处，共20座。这项工程缓解了大都的水荒，减轻了运粮夫役的劳动强度，节省了数量可观的脚费，南方各省进京的官员和商贾还可以沿河溯流而上，直抵大都城。当年，积水潭上舳舻蔽水，十分壮观。忽必烈从上都避暑归来，途经这里，见此情景，十分高兴，钦命这条河叫"通惠河"。白浮泉作为这条黄金水道的源头，顿时身价倍增，朝廷还拨款在龙泉山上修建了"敕赐都龙王祠"，供奉司水之神。地方官员及百姓每年夏天都到都龙王祠进香，到白浮泉边游玩，龙泉山遂成了远近闻名的一处名胜景观。

龙泉山的名胜古迹与自然景观主要有上寺、下寺、白浮泉、戏楼和古洞。上寺又名都龙王庙，位于西部山巅，肇建年代久远，元初奉敕扩建，明弘治八年（1495年）重修，清光绪四年（1878年）因"祈雨有灵"，御赐《祥征时若》匾额，重修殿宇。都龙王祠坐北朝南，寺前有石阶，逶迤向东直通山下；山门前有青砖砌成的影壁和旗杆基座。庙院50米见方，面积2500平方米。山门为三座，中门略高大，平时关闭，每逢重大佛事活动及高官、高僧莅临才开启；东、西二门略低小，每日善门常开，供男女香客自由进出。

庙内东南为钟楼。西南为鼓楼。正殿位于庙院正中，东、西各有配殿三间。正殿的建筑规格为三间三进，民间俗称"明三暗九"；因是皇家敕建寺庙，正殿顶皆用黄琉璃瓦。殿门两侧镶嵌着木刻楹联，上联是"九江八河天水总汇"，下联是"五湖四海饮水思源"，殿门上方正中，悬挂着蓝地金字的匾额，上写"都龙王祠"。殿内正中神台上，供奉的主神是木骨泥塑的人面龙王，端坐在幄帐的宝座上，前有供案，后有屏风。东、西神台上是水部四仙的泥塑站像，东为雷公、电母，西为风伯、云童。东、西两厢的墙壁上绘有"东游巡踪"的彩色壁画。绕过神台，有门通往后花园，园内有一眼清泉，四时不竭；环泉遍植奇花异木，争芳斗艳；花木间曲径蜿蜒，通幽达雅。

下寺又名龙泉寺、弥勒院，位于龙泉的东南麓，坐北朝南。山门前有石条铺砌的平台向东伸展绕过下寺的东山墙，向北再转西，有七十六级台阶直达都龙王庙。自山土前到下寺进香需登上三十二级台阶，方可到达山门前。进入山门，门廊两厢神台上站立着东方持国天王、南方增长天王、西方广目天王、北方多闻天王的泥塑神像，每位天王的每只脚下各踏着一个妖怪，俗称"四大天王，八大怪"。寺内正殿为三间，东、西配殿各三间，正殿东、西两侧各有僧房三间。正殿内供奉的主神为弥勒佛，护法神韦驮站立在弥勒佛的法帐后面，面对着后门，双手合掌，宝剑横搭在两臂的肘弯，圆睁法眼，注视着主神目力不及之处。旧时，两寺僧人均住在下寺，上寺只留值司钟鼓二楼及守侍正殿香烛的僧人。达官显贵到下寺进香，住持往往会请其到方丈室内用茶，如到上寺，住持也会陪同前往；普通百姓则很难受到此种礼遇。

白浮泉位于龙泉山的东北麓。这里原来是半山腰间的一块盆状洼地，清澈的泉水从山根处的碎石间奔涌而出，汇成一个直径约 30 米的池潭。经过池水千百年的冲刷，池边的块块山石已被磨洗得圆润光滑；池边石间顽强地生长着国槐、垂柳，绿树垂荫，枝条摇曳，气候清爽，景色宜人。池水从池潭的北沿溢出，形成一片数十丈宽的、放射型的巨大水面，流向东南，汇入东沙河（通惠河未废时则注入白浮堰，流向北京城）。明初，官府出资在泉眼处磊石成柜，修建了九个石刻龙头，泉水改由龙口中流出，因为有了九个龙头的装点，景色更加优美，人们称之为九龙口或九龙池。清道光十七年（1837年）二月初一，在池畔立一神龛，上刻"龙泉岛"三个大字，周边雕刻着花边纹饰，中间略向外突出，可放置香烛，敬奉神祇。从元、明、清、民国至解放初期，九龙池始终是昌平境内的一处名胜古迹，直至1958年修建十三陵水库之后，它的上游水源被阻断，渐渐失去了昔日的美妙景致。

龙泉山的戏楼位于下寺石阶下西南20米处，即今密引水渠的北侧堤岸上，与上寺遥遥相对，戏楼坐南朝北，10米见方，高5米，东、西、南三面用青砖垒严砌实，楼顶为单檐起脊的建筑风格。戏台为5米见方，前面有木制护栏，微向外倾。戏台东、西侧各有一门，供演职人员出入。20世纪50年代以前，每年的阴历六月十一至十三日举办龙山庙会时，才有戏班剧社在戏楼演出。演出的剧种主要有京剧、评剧（旧称"蹦蹦戏"）和河北梆子等。曲目除《哪吒闹海》外，均可演出。观看演出时，在戏楼至龙泉山之间的空场上，不论官民，前边的观众要席地而坐，中间的站立，后边的站在凳子上、大车上或土堆上，孩子或青年人也有爬到戏楼附近的树上看戏的。

龙泉山的古洞位于都龙王庙西的半山腰间，一百年前突然神秘地消失了，今天已经难辨遗迹。20世纪90年代以来，龙泉山古洞的消失之谜重新引起了人们的关注与好奇。龙泉山确有古洞不容置疑。在明隆庆二年（1568年）、清康熙十二年（1673年）、光绪十二年（1886年）出版的三部《昌平州志》中都有明确的记载："龙泉山，在州治（今昌平卫星城）东南五里，山之绝巅有敕建都龙王祠，祠之西山腰间一洞，尝有人梯石而下，初狭渐敞，行里许，水声汹涌，不敢前。"寥寥数语，将山洞的位置、形状、深度都记述得清清楚楚，明明白白。龙泉山古洞是什么时候消失的呢？根据清光绪十二年出版的《昌平州志》尚有记载，可以推断：此洞的消失应在1886年之后。笔者十年前曾访问过当地的几位八旬老翁，他们自幼就在龙泉山上放牧、玩耍，从未见过山上有洞；但却听家里老人们说：山上有一个古洞，庚子（清光绪二十六年，即 1900 年）之乱那年还到洞里去躲避过灾祸呢！后来，庙里的和尚把洞口给填上了。随着洞口附近的渣土逐年增多，日久天长，山洞的具体位置谁也说不准了。他们心里明白，和尚们移土填洞，肯定有不可告人的秘密。他们私下里问过庙里的小沙弥，谁知小沙弥竟被吓得面如土色，连连摇头摆手，仓皇逃回庙中。乡亲们似乎从中有所领悟，从此再也不提古洞这码事，唯恐殃及自己。和尚们为什么要填古洞呢？当地的老者与还俗的和尚众说纷纭，比较接近的主要说法是：清末光绪二十六年初冬（1900 年 11 月 15 日），八国联军之中的俄、意、美三国军队洗劫了皇家园林——颐和园。龙泉山都龙王祠中的几位和尚连夜套车赶到颐和园，冒着掉头的危险，在夜幕的掩护下，从兽兵手中抢出三大车珍贵的国宝，藏入庙中，躲过了兵灾。慈禧太后与光绪皇帝回銮后，善良的出家人们欣喜若狂，以为这些国宝可以重见天日了。不料，官府却贴出告示：官民人等，自庚子匪乱以来，凡藏匿皇宫禁苑珍宝者，一经查获，按大清律犯上之款论罪，斩立决。这张告示犹如一盆凉水，把和尚们的一腔爱国之心浇得冰凉。他们为了躲避灾祸，就在一个漆黑的夜晚，将这批珍贵的国宝转移到古洞之中，将洞口封好，做了令人难以辨认的伪装。如今，在数百平方米的龙泉山西坡上，绿树葱茏茂密，花草灌木纵横交错，使人难以看清楚地表的本来面目，更为龙泉山古洞增添了许多神秘的色彩。

旧时，龙泉山的主要活动是祈雨和庙会。解放前，昌平地区科学技术不发达，农村中封建迷信思想占据着统治地位，一旦出现旱情，多由地方官绅或耆老率领，抬着三牲厚礼，虔诚地排着长队，不顾路途遥远、天气炎热，专程到玉渊金井龙的穴居之地——都龙王庙，来上香祈雨。前去进香祈雨的人，通常每户都要出一男丁，身穿素色新衣或整洁衣裤，头上戴着柳条编的帽圈，鱼贯而行。一方首领手执祈雨的旗走在队前，鼓乐班子打着进香鼓紧随其后，后面是扛抬着供品的青壮年，然后是祈雨的乡亲们。来到龙泉山下，人们虔诚地垂首合掌，依次上山来到都龙王庙，摆好供品，点燃香烛，首领率众下跪参拜都龙王，报告一方旱情，请龙王早降甘霖；还有的当场许下宏愿，若三日之内降雨，将如何酬谢龙王等。烧香、上供、许愿后，人们出都龙王庙由西坡拐到九龙池边。在龙泉岛的神龛前上香后，首领从和尚的手中接过玉净瓶，手提瓶颈上的黄绳，将玉净瓶垂直放入九龙池中，待将瓶从水中提起后，众人齐声欢呼"龙王爷要下雨喽"。这时，一个装扮成"王八"的人，身上穿着水族的衣饰，为了形似"王八"，后背还绑着一个圆形的筐箩，来到祈雨的人群中。祈雨的人们拿起一切可以装水的器皿，如瓢、碗等，从九龙池中舀满水，泼浇到"王八"身上，表示自己的家乡将会水源充足，雨水丰沛。祈雨的仪式结束后，虔诚的人们敲起回香鼓列队返回家乡，准备好家中一切可以盛水的器皿，等候龙王爷早降甘霖。

　　龙泉山的庙会定在每年的农历六月十一日至十三日举办，以十三日为正日子，所以民间有"六月十三龙山庙"的口头禅。庙会的主要内容有戏曲、花会表演和购物等，老百姓最感兴趣的是看州官上香。在六月十二日，州官即斋戒，用香汤沐浴；十三日清晨换上新浆洗的衣服，在衙役的前后簇拥下，乘官轿至下寺石阶前下轿。先在下寺正殿的神案前焚香参拜，然后在方丈的陪侍下，穿过下寺正殿，进入上寺。在司香、司礼和尚的引导下，伴着鼓乐参拜都龙王，并恳请龙王"垂悯黎民苍生，多以躬耕为业，上界神祇有灵，适时普降甘霖，保佑下官境内，年年风调雨顺，岁岁五谷丰登"等。随后到龙泉岛上香，再返回下寺，上轿回衙视事。在封建社会，寻常百姓很难见到父母官，大多利用其到龙山上香的时机，争相尾随一睹官容，作为日后评头论足的谈资。州官走后，戏楼上才开锣唱戏，民间各档花会也打着各色会旗，在下寺前的空场上依次表演。花会表演有开路、小车会、高跷、五虎棍等，

情杀九龙口

刘瞬骊

武王伐纣的时候，昌平这个地方，还十分荒凉呢。蟒山的北边，是一片苦海。

苦海里有一只蛟，经常出来祸害百姓，只要它出来游荡，就浊浪翻滚，恶疾迭出。四周的人们，苦不堪言。

这只蛟还看上了西山的一只凤，这只凤叫鸣琪，与东海龙王敖广的第九子蛮吻相好。一天，当鸣琪从蟒山苦海飞过的时候，蛟从水里扑了出来，把鸣琪掳到了水中，逼她和自己成亲。鸣琪至死不从，一头扎到泥里自尽，化成了一座小山，日夜哀鸣，呼唤着蛮吻为自己报仇。

蛮吻久等鸣琪不来，便从东海飞了过来，刚到苦海上空，便听到了鸣琪灵魂的哭诉。蛮吻大怒，打入苦海，与蛟大战了一天一夜，终是不敌，只好躲在蟒山山头，掐诀念咒，邀来大哥囚牛等八兄弟，共战恶蛟。一时间，风云变色，电闪雷鸣，直杀得天昏地暗。直到后来，敖广亲自前来，口吐龙珠掷去，正砸在蛟的头上，蛟负痛难忍，向南狂奔七八里，终于毙命。

蛮吻追来，狠狠地坐在恶蛟身上不起，久而久之，也化作了一座小山，与鸣琪化作的山隔河而望。

敖广深感九子蛮吻对鸣琪的感情如此坚贞，放声大哭，但见大雨滂沱，碧浪滔天，大雨过后，风平浪静，原来苦海的水，已经越来越甜了！

为纪念蛮吻和鸣琪，当地人把蛮吻化作的山，称为龙山，鸣琪化作的山，称为凤山。

人们为感谢东海龙王苦海换水的大恩大德，遂在龙山顶上修起了龙王庙，起名都龙王庙，意为天下龙王庙虽多，然此处为龙王亲自播雨之处，是为最大。

山下，九口清泉喷射而出，奔流不息，取名九龙口。元代郭守敬为元大都供水，源头便在这里。几百年中，从未断流。

得东海龙王庇佑，昌平这个地方，自古以来就是风水宝地。不然的话，明朝的皇帝们，为什么死后都葬在了这里呢？如果你还不信的话，就好好地琢磨一下，这里为什么叫昌平，你就都明白了！

龙泉爱情

李晨辰

龙泉山有很多名字，如神山、白浮山、龙山等，它位于昌平东南两公里处，京密引水渠北侧，与驻跸山、天寿山、银山一起，被称作昌平的四大名山。泉水水质极佳，丰沛清莹，自古就是北京地区的名泉之一。在这里，还有一段美丽的传说，感动着世世代代的年轻人。

传说在元末明初的昌平地区，有位读书人，名叫李焕之。当时时局动荡，天下纷乱，李焕之学富五车，却无用武之地，心里很是郁闷。平时一有空，就踏足郊外，借山水佳色平抑心中块垒。

有一年夏天，李焕之来到一个地方，这里山清水秀，鸟语花香。穿过密林，李焕之发现一处清潭，潭水清莹，散发出淡淡的幽香，令人心醉。李焕之在潭边坐下，水面映出倒影，李焕之渐渐看得痴了。过了一会儿，水中游来一条鲤鱼。那鱼一尺来长，全身金光闪烁，熠熠夺目，煞是好看，好像全身穿着金色的盔甲。李焕之发现这鱼在潭水边来回梭巡，目光炯炯，好像在看守着什么东西。李焕之俯下身去，伸手去抓鱼，脚下一滑，不慎滑入了水潭。

到了潭水中，李焕之没有窒息的感觉，只感到一阵清凉从头到脚袭来。又看见那金色的鲤鱼在前面游动，李焕之又想抓鱼，却怎么也抓不到，便跟着鱼走，他双脚踏在潭底，走路就像在陆地上一样轻便。潭里的水草很密，有几处嶙峋的怪石。跟着那鱼，李焕之七拐八拐，越走越深。

走了大约一里地的路，忽然听见有一阵嬉闹声，李焕之躲在一块怪石后面，循着声音望去，见一个少女正坐在石墩上，跟另外站着的三位少女说笑。石墩前摆了一个石桌，石桌上摆着瓜、果、梨、桃，那坐着的少女容貌秀美，衣饰是富家小姐的打扮，站着的三位少女相貌平平，衣饰打扮要逊色一些，只听其中一个少女讲了个笑话，说有一次到陆地游玩，集市上，看见一个屠户，跟老婆打了起来，那悍妇凶狠异常，骑着屠户的脖子打，围观的人问怎恁地凶暴，旁边有人说，这妇人是屠户所杀的猪转世的。笑话讲完，众少女就笑。李焕之也"咻咻"笑起来。那坐着的少女听见李焕之的笑声，脸色骤变，拍着石桌喝道："是谁躲在石头后面？"

李焕之只好从石后转了出来，向那少女躬身一揖说："鄙人冒失来到此地，冲撞了小姐，鄙人并无恶意，还请小姐原谅。"

那坐着的少女看李焕之身着长衫，谈吐文雅，相貌端正，气就消了大半。旁边一个站立少女对李焕之说道："这是我们的龙骧公主。今天是我们公主生日，你要是把我们公主吓到了，就是有八条命也赔不起。"

李焕之赶紧上前一步，又行了个大礼。龙骧公主看他举止迂腐，不禁好笑。即刻又厉声道："把那个金甲武士给我传来。"一名少女领命而去。过了一会儿，又见那金色的鲤鱼款款游来，到了近处，鲤鱼把身一扭，化作了人形，全身穿着金甲，似一个武士模样，跪在龙骧公主面前。龙骧公主厉声说道："让你好好给我们看着，怎么把生人给放进来了？该当何罪！"金甲武士浑身乱抖，颤巍巍说道："小人疏于看守，还请公主恕罪。"李焕之十分过意不去，就帮金甲武士求情，说金甲武士在潭边来回梭巡，忠于职守，是自己冒失掉入潭中，才闯了进来。公主怒气渐消，就让金甲武士下去了。又对李焕之说道："你也奇怪，凡是掉入潭中的人，水性不好的早就溺水而亡，看来你还是与我们这潭中的龙宫有缘。"旁边一名少女对李焕之说道："我们说你有缘，这是留客的话，你还不谢过公主？"龙骧公主露出浅浅笑意，似乎是默认了这名少女的说法。

李焕之赶紧作揖道："贵处美轮美奂，叹为观止，只是家中还有老母需要侍奉，不敢久留。"那少女又说："这不打紧，我们这里一个月的光景，只相当于地上的一个时辰。我们到陆地上游玩，都要拿着'定时珠'去。"李焕之听少女如此说，只好说："那我就叨扰几日，还请公主见谅。"

　　龙骧公主命人给李焕之收拾了一处房子，李焕之住了下来。第二天，龙骧公主带李焕之参观了自己的书房。书房里有经史子集、诗书礼易等各种书籍。李焕之跟龙骧公主攀谈起来，两个人越聊越投机。公主说，自己是龙王的女儿，另外几个少女是自己的丫鬟。公主介绍完自己的身世，又和李焕之聊起了学问。李焕之发现公主不光容貌出众，而且博览群书，琴棋书画俱通。

　　第三天，龙骧公主又带着李焕之游览了潭中各处地方。李焕之看这里景致怡人，心胸渐渐开阔起来。

　　此后的日子里，龙骧公主一有空，就来找李焕之聊天。公主喜欢李焕之优雅的谈吐和过人的学问。日子一天天过去，交往过程中，两个人渐渐生出了情愫，而且随着时间的推移，两个人的感情越来越深。最终，在一个幽静的晚上，李焕之和龙骧公主互诉倾慕之情，紧紧靠在了一起……

　　大约过去了二十来天，有一天早上，潭中的丫鬟和卫士们都慌慌张张地跑来跑去，龙骧公主也一大早起来梳妆打扮。李焕之问发生了什么事，龙骧公主说，今天我父王要来，你赶紧准备准备。

　　过了半个时辰，只见水波荡得厉害，一个气势雄伟的老年男人来到潭中，后面跟着七八个随从。李焕之暗想，这大概就是龙王了。老年男子在高处落座，环顾四周。潭中众人东西列成两队，微弓着身，等待训示。龙骧公主款款走来，见过老年男子；又走到李焕之面前，低声说："这就是我父王。"李焕之赶紧上前施礼。那龙王微微点头，脸色有些不悦，说："我以前不是说过，不能放生人进潭中来吗？"李焕之说道："是小人误闯误撞来的，还请大王恕罪。"龙王的面色稍稍有些缓和。

　　李焕之头脑一热，又说："小人想娶龙骧公主为妻，还请大王应允。"龙王一听，勃然变色，指着李焕之说道："你好大胆，你不过是个凡人，胆敢污我仙族，你……"气得说不出话来。李焕之转头看龙骧公主，只见公主的脸色煞白。龙王倒了口气，又说："来呀，把这不知好歹的东西给我架了

【神奇的燕平八景】

出去！"旁边闪出两名高大武士，架起李焕之的胳膊就走。龙骧公主吓坏了，哭着向龙王求情，龙王却很坚决，丝毫不给情面。龙骧公主又过来拽李焕之的衣袖，却被武士隔开，公主摘下自己头上的玉簪，递到李焕之手中。李焕之看见公主脸上泪水涟涟，心如刀绞般难过。

两个武士架着李焕之，走到潭边，一把就将李焕之推到了岸上。李焕之又跳回水中，忽觉水冷刺骨，有强烈的窒息感。李焕之不得已，又爬上了岸，回头看了看，潭水如镜面般宁静。

李焕之回到自己的家中，却发现家人正围着什么东西在哭。李焕之上前一看，大惊失色，只见家人围着的正是自己的身体。那身体似乎有一种吸力，把李焕之紧紧吸了过去……

李焕之再睁眼醒来，发现自己正躺在桌子上，周围是自己的家人，一个个脸上都是悲戚之色。家人见李焕之醒来，又转悲为喜，告诉李焕之："你掉入潭水里，被人救回家中，一直昏了两个时辰，我们都以为你醒不过来了。"李焕之心中疑惑："才过了两个时辰？""是啊，要是过得再久，你恐怕就入土了。"李焕之就把自己在潭中所见所闻说了，家人纷纷笑起来，说那肯定是你被水呛糊涂了，做梦撒吆挣。李焕之摇摇头，说："不会，不会。"又张开手来看，家人看见他手中攥着一个玉簪……

说来也奇怪，从这一天开始，那片潭中就有清澈的泉水从碎石间奔涌而出，好像一个人绵绵不绝的思念之情。李焕之的奇遇，没过几天就在村人间传开了。当地百姓遂把这里称作"龙泉"。

龙泉庙遇仙

李晨辰

元朝末年，河北有个读书人，名叫张明冀，是河南省周口人。张明冀出生在富贵人家，拥有良田千亩，又官为中书省平章政事（副丞相），是汉人里面最大的官。可以说是福禄双全，富甲一方。但张明冀对这样的人生还不满足，心里总有种缺憾，想着人总有衰老死亡的那一天，要是能掌握些仙术，使自己能摆脱生老病死，那才是圆满的。

有一年春节，昌平龙王庙地区的老百姓举办庙会。因为这一年是甲子年，张明冀听说在甲子年的大年初五，天上神仙都要下凡巡游一番，察看人间烟火，尤其喜欢去的，就是庙会，神仙也喜欢热闹。张明冀就打算去逛逛庙会。

老百姓们也都知道这个说法，都想亲眼看一看传说中的神仙。大年初五这一天，各地的庙会都是人山人海、热闹非凡。可是谁也没见过真正的神仙，谁也不知道神仙究竟长什么样子，有人相信神仙就混迹在人潮人海中，老百姓中间流传一句话："只要沾仙气，肯定家有喜。"为此，老百姓逛庙会，不光图个热闹，还要图个吉利。张明冀也决定去逛逛庙会，体察民情，更主要的，是想沾上"仙气"。

这一年大年初三，张明冀便出了北京城，既没有骑马，也没有坐轿，只带了两个随从。张明冀来到昌平地界，先找了个旅店住下。第二天一早，便兴冲冲地带了两个随从，去赶庙会。龙王庙庙会是方圆几十里最大的庙会，只见一片大空场上，摆满了各式各样的货摊、杂耍摊。有卖帽子卖头巾的、卖点心卖小吃的、卖衣服卖竹筐的，还有舞枪弄棒卖膏药的、敲牛蒡卖莲蓬的。车水马龙川流不息，到处都是人。张明冀的眼睛都不够使了，一边看着各种摊子，一边观察过来过往的人，想找出与众不同的"仙人"。

张明冀走在前面，两个随从紧随其后。张明冀信步踱到了一个山坡

昌平民间文学

处，正想走上去，到龙王庙里看看。忽然觉得脚下一绊，打了一个趔趄。两个随从赶紧上来搀扶，张明冀回头一看，只见一个衣衫褴褛的醉鬼，正躺在地上打瞌睡，一条腿蜷着，另一条腿伸得老长。醉鬼的怀里还抱着个酒葫芦，上面刻了个"刘"字，酒葫芦敞着口，有隐隐的酒香飘过来。一个随从挺生气，想上去踹这个醉鬼，张明冀把随从拦住，告诉他不要莽撞。又盯着这个"醉鬼"看了一会儿，觉得这醉鬼的穿着和举止甚是奇怪。

不一会儿，张明冀忽然心头一亮，急忙上前，朝"醉鬼"恭恭敬敬地作了个揖。"醉鬼"睁开眼，站起身，连忙还礼，一脸惊愕说："我躺在这里许久，以大地作塌，苍天为被，不知人间岁月。今日却有你这个堂堂中书省丞相老爷来给我作揖，真是折煞我了。"张明冀一脸喜色，问："请问您可是醉仙刘伶？当年的竹林七贤之一？"

"醉鬼"说："你这话从何而来？"张明冀指指他怀里的酒葫芦，说："你看你这葫芦，上面刻了个'刘'字！你刚才躺在地上的姿势，又像个'伶'字，当年竹林七贤令人神往，你虽是晋朝人物，但早已羽化成仙，今日得见，还望指教一二。""醉鬼"哈哈大笑，举起酒葫芦说："算你聪明，来来，喝一口。"张明冀也不推辞，拿过酒葫芦就喝了一大口，只觉得酒味甘醇，芳馥浓滑。"醉鬼"说："看你的智慧，在一般凡人之上。刚才我和龙王一起喝酒，喝得醉了，才醉倒在这里。碰见你，也是造化使然，既然你我有缘，我就送几句诗给你。"说着就用手指，沾了葫芦中的酒，在地上写道：

又返人间上百年，无人识我酒中仙，
今日官来两张口，喝我仙酿结我缘，
只要勘破名和利，羽化登仙如所愿。
但行善事莫欺心，便在人间也是仙。

刘伶写毕，张明冀用心细细地看，默默记在心里。又抬起头，想再请教，却发现刘伶淹没在茫茫人海中，杳然无踪。此时，张明冀确信自己真的遇见

了"酒仙"刘伶。晚上，张明翼回到府中，细细回味刘伶所赠的诗，心中暗忖："只要勘破名和利……便是人间也是仙"，意思就是要放下名利，但行善事，就是人间里的神仙？自己这些年来，只顾在官场上钻营，却从未想过怎样过才是真正的人生。

从这以后，张明翼便听从酒仙刘伶劝诫，辞去朝中的官职，回到河南周口祖居，将大部分家产和田地赠与乡邻，自己则仆居陋室，著书立说，过着简单而快乐的生活，每逢灾年，张明翼都设置粥厂，赈济灾民，乡亲有了困难登门来访，张明翼总是竭力相助。四十年后，张明翼无疾而终，家人遵照他的遗嘱，将他葬在了昌平龙泉庙后山的一个山冈处。张明翼遗体离开家乡的时候，很多乡亲都来相送，送别的人群跟着灵柩，整整走了二十里路才返回。自从张明翼下葬以后，龙王庙地区就出现了清泉，水质极清，汩汩不停，形成了"龙泉喷玉"的奇观。清澈的泉水如同张明翼的高风亮节，启迪着一代又一代人。

青龙为妻复仇

席立娜

在昌平区卫星城东南两公里的昌平镇化庄村南，有一座神山，又名龙泉山，流传着一个关于青龙为妻复仇的神话传说。

话说龙泉山下的一个村子里，有一个叫玲儿的姑娘。她天生丽质，貌若天仙，贤惠懂事，非一般女子可比。但可怜玲儿，打小父母双亡，跟随外婆外公一起长大。

玲儿年满十八岁的时候，村子里久旱无雨，草木枯死，吃水都非常困难。眼看着外婆外公要被活活渴死，玲儿独自一个人上山找水，却不巧，在山路上，遇到了县官下村办案，一眼就看上了她，要收作偏房。宁死不从的玲儿，从半山腰的悬崖上一纵身跳了下去。

风呼呼从耳边穿过，玲儿在昏迷中感到，好像有人把她托了起来，轻飘飘地升上天空。她慢慢睁开眼睛一看，一位模样俊俏的后生挥动着双翅带着她飞在空中。飞了很远很久，二人来到一条江边。

江边有一间简陋的茅屋，会飞的后生说，这就是他的家，并告诉玲儿，他不是凡间人，是看守这条江的青龙。玲儿并没有感到吃惊，心想既然他是一条龙，就可以为家乡下场雨缓解了，于是，叩谢过青龙后，说出了心里话，并表示愿意以身相许。

青龙感到有些为难，但为了玲儿，即满口答应了。当天，他们茅屋作洞房，结成了夫妻。第

二天一早，青龙晃动身子，现出真身，直冲云霄，带乌云密布，来到了龙泉山，一口气下了两天两夜的雨，喜得百姓跪在雨中拜谢。

回到江边后，青龙告诉了玲儿家乡的情况。夫妻二人，便开始高高兴兴地在江边过日子。一年后，玲儿生了一个儿子，取名为福龙。生了孩子后，玲儿开始想念家中的外婆外公，与青龙商量后，她独自一人带孩子回到了村子里。

听说玲儿回来了，在山路上逼玲儿的县官立即派人来抢亲。只与外婆外公匆匆相见一面的玲儿将孩子托付给外婆外公照看，自己被县官的恶家奴绑上了花轿。当大家抬着她来到龙泉山下的湖边时，悲痛欲绝的玲儿又使出浑身力气，纵身跃入湖里。

玲儿的丈夫青龙得到消息时，玲儿已经香消玉殒。看着啼哭的儿子，青龙愤怒到了极点，他来到县官家中，把坐在太师椅上抽大烟的县官当场摔死。只见天空乌云密集，哗哗而降的大雨，将龙泉山的山顶冲洗得越来越低，湖水四溢，玲儿的尸身浮出了湖面，伤心欲绝的青龙抱着儿子福龙和玲儿冲进了云宵。此后，再也没有人敢胡作非为，强娶漂亮的女子。

昌平民间文学

龙泉山下米酒飘香

廖罗长

龙泉山的显赫名声不光来源于郭守敬引水济京，据说，此地还是当年燕平（昌平地界）有名的水稻产区。方圆几个村庄的百姓们都以种植水稻为主，开春时节，平整的水田里扶犁耙地一片繁忙的农耕景象；夏收时节稻浪翻滚、稻穗飘香，庄稼汉忙着收割，晾晒入仓……要说到咱燕平的水稻种植技艺的流入，还要说到当年的燕平郭县令，郭县令的家乡在江西的雩都（现江西省于都县），郭县令的家乡盛产水稻，一年四季习惯了吃大米，根本就适应不了北方的面食。他来到燕平上任后，看到这一带土地肥沃、水源充沛，正是种植水稻的好地方。于是，他从老家带来了几个种植水稻的高手和几马车的稻谷种子，并手把手地向当地的百姓们传授水稻的种植和管理技术，据史料记载，在很短的时间内，这一带的四乡八里就形成了较大规模的水稻种植区域。

郭县令不但大力发展水稻种植技术，还将家乡的米酒酿造技术也带了过来。话说那日，郭县令的父

亲郭老爷子从江西老家千里迢迢地来看望儿子，给他带来了一些制作米酒的"酒引子"，郭县令兴致勃勃地带了手下一行人直接来到白浮泉眼边，舀了几马车泉水；到家后，老爷子照着在老家制作米酒的法子，做出了两坛米酒，果不其然，一两个星期后，老爷子打开酒坛盖子，一股醇香的米酒味儿就弥漫在室内。而且这酒比老家做出的米酒还要香甜，还要醇厚，喝下一口甜在舌尖醉到了心里。从此，米酒制作技艺就一传十、十传百地在这一带流传开来。稻田里再也不单单盛产普通水稻，还种植了不少糯米，一时间，四乡八里家家米酒飘香……

每年的农历六月十一日至十三日是龙泉山的庙会。州官们都应邀出席庙会，而接待他们的就是这一带自产的米酒。六月十二日这天一清早，官员们换上新浆洗的衣服，在衙役的前后簇拥下，乘官轿至下寺石阶前下轿。先在下寺正殿的神案前焚香参拜，然后在方丈的陪侍下，穿过下寺正殿，进入上寺。在司香、司礼和尚的引导下，伴着鼓乐参拜都龙王，并恳请龙王"垂悯黎民苍生，多以躬耕为业，上界神祇有灵，适时普降甘霖，保佑下官境内，年年风调雨顺，岁岁五谷丰登"等。随后到龙泉岛上香，再返回下寺，然后，才享用佳肴米酒。庙会有各色花会表演，诸如开路、小车会、高跷、五虎棍等，大家伙玩累了，耍熊了就三五个相好找一路旁的酒楼，炒上几碟小菜，来上几升米酒，天南地北的海吃胡侃起来……

据说，昌平华都酒厂地的酿造制作工艺，就是源自于白浮泉这一带的民间米酒作坊。

九龙池中九个龙头之谜

冰之恋

九龙池上为何雕有九个龙头？据老辈人讲，是为了纪念东海龙王的九个龙子而建的。关于这九个龙子的故事流传了千古，至今仍旧余韵悠悠，感人肺腑，令人回味无穷。

传说元朝末年，政治腐败，国力衰微，天灾人祸，致使民不聊生，万物凋零，天怒人怨，玉皇大帝一道圣纸，一把斩仙剑，派下几路神仙除恶扬善还人间正道，这其中就包括东海龙王的九个龙子。他们的任务就是负责协助当时的能臣刘伯温。

至于这刘伯温可是个传奇人物，他为明朝的江山社稷立下了丰功伟绩，关于他的传说民间也颇具神奇，传说他的前身是天上的一位神仙，能前知五百年、后知五百载，还说他此次重返人间是玉帝派下来化作人形辅佐明君，以定天下，造福苍生，并赐斩仙剑，号令诸位神仙，等等，众说纷纭，神乎其神的。但他也确实有过人的本领，翻开明朝历史，就能清楚地看到他对明朝所做的贡献。

再说这九个龙子，个个法力无边，神通广大。他们跟随刘伯温征战多年，为朱元璋打下了大明江山，"靖难之变"又助朱棣夺得了最高皇权。可以说，他们出色地完成了玉帝交给的任务，可以漂漂亮亮地回天复命了，可就在他们向皇帝辞行的时候出了问题。所谓贪心不足蛇吞象，这话一点儿没错，这朱棣就是太贪心了，由于他建立政权时杀戮太重，总疑心有人想谋害他，所以他一心想把这九个龙子当作私有财产留在左右，给他看家护院。于是，他灵机一动，施诡计把刘伯温手中的斩仙剑骗了过来，他想用这剑胁迫九个龙子就范，他哪里晓得，这斩仙剑是认主人的，不是任谁都可以使唤的。他这一举动反而惹怒了九个龙子，他们顿时呼风唤雨，大发雷霆。朱棣见这招不

灵，也不敢再行造次，但他始终不甘心，耿耿于怀。这事被刘伯温看在眼里，急在心头，生怕九个龙子遭殃，你想，这皇上也是真龙天子，一旦斗起来，双方都急红了眼那还了得，恐怕又会天下大乱，百姓流离失所了，想到这里他不敢往下想了，越想越后怕。后来，为了避免双方的战争发生，他找到九个龙子，如此这般、这般如此地交待了他们一番。第二天，他们就像人间蒸发了一样，消失得无影无踪。朱棣早朝不见了九个龙子的身影，问谁谁都不知，立刻暴怒，把气全撒在了刘伯温身上，限他十日内找到九个龙子，不然杀头，又命刑部发下通缉令，全城搜捕，结果闹得城里和各州县都鸡飞狗跳，大人喊孩子叫，乱成了一锅粥，可结果连个龙鳞也没找到。你道这九个龙子藏哪儿了？原来刘伯温告诉他们一个安全的藏身之所，就是这个九龙池下面的龙潭。你别看现在这个龙潭的模样，它在古时候可神奇着呢。传说这龙潭深不见底，常人是到不了那里的，只有真龙才能游到底，还说底下的龙宫跟东海龙王的龙宫就像一个模子里刻出来的，可漂亮了，所以，当这九个龙子到了这里一看，都有一种似曾相识的感觉，都非常高兴，就在这里暂时安顿了下来。他们在这里居住的日子里也没有闲着，时常化作人形帮助五里三村的老百姓，例如，帮助他们盖房子、锄地种庄稼等，由于他们是神仙，力大无穷，所以他们总是比常人干得又快又好，乐得众乡亲合不拢嘴，对他们赞不绝口。另外，他们还稍带着行使龙的职责，视情况什么时候下雨，什么时候刮风，都拿捏得恰到好处，此事惊动了玉皇大帝，玉帝对他们的行为甚为满意，一道玉旨颁下，令他们不必返回天庭复命，就在此地任职，管理这方圆几百里的大小龙泽。接到玉旨，九个龙子欢天喜地，就此定居了下来，直到后来这里龙脉遭到破坏，潭水日渐干涸，才不得不离开此地，重返天庭复命。在他们任职的那些年里，这个地方年年风调雨顺，五谷丰登，百姓安居乐业，天下太平，所以，为了感谢和纪念他们的丰功伟绩，在后来修建九龙池的时候，就雕塑了九个龙头作为出水口，人们一看到龙头就会想到他们，讲起他们的事迹，代代相传，绵延不断。

至于这刘伯温，听说就在最后期限的夜里暴病身亡，留下了肉身，而真身返回了天庭，过他的神仙日子去了。

九龙惹祸守龙潭

冰之恋

　　白浮泉历史久远，位于龙泉山的东北麓，是元代通惠河的源头所在。因这里泉源众多，水流充沛，取之不尽，久而久之便形成了一片数十丈宽的、放射型的巨大水面，又由于这里地势低洼，遂形成了一个纵向很深的水潭，百姓们都称其为龙潭，潭里的水清澈甘甜，饮之沁人心脾，所以，百姓们就把这里的水称为福水，说这水是从东海龙宫里顺着龙脉流过来的，常喝能够长命百岁，百病不侵，因此，这水对于百姓们来说，就变得异常的珍贵。元朝皇帝进入北京城后，听说了这水的神奇，就命都水监郭守敬开渠筑堰，引此水进京。到了明朝初年，官府出资在泉眼处磊石成柜，修建了九个石刻龙头，泉水改由龙口中流出，因为有了九个龙头的妆点，景色更加优美，人们称之为九龙口或九龙池。

　　为什么在此处修建九个龙头，而不是八个或十个或是更多呢？传说很久以前，东海龙王生有九个儿子，他们是：长子囚牛，喜音乐，立于琴头；次子睚眦，样子像长了龙角的豺狼，怒目而视，双角向后紧贴背部，嗜杀喜斗，刻镂于刀环、剑柄等兵器或仪仗上起威慑之用；三子嘲风，样子像狗，平生好险，今殿角走兽是其遗像；四子蒲牢，形状像龙但比龙小，喜音乐和鸣叫，刻于钟钮上；五子狻猊，又称金猊、灵猊，形状像狮，喜烟好坐，倚立于香

炉足上或者雕刻于香炉炉体之上；六子赑屃，又名霸下，样子似龟，喜欢负重，碑下龟是也；七子狴犴，又名宪章，样子像虎，有威力，好狱讼，人们便将其刻铸在监狱门上，故民间有虎头牢的

说法；八子负屃，身似龙，雅好斯文，盘绕在石碑头顶或两侧；九子螭吻，又名鸱尾，鱼形的龙，喜四处眺望，遂位于殿脊两端。

这九个龙子岁数都相差不多，再加上老龙王和老王妃对他们百般溺爱，平时疏于管教，所以，他们从小就在龙宫里打打闹闹，一打就是九个一起上，直打得昏天黑地，扰得龙宫时不时地就像发生海底地震一样，摇摆不定，多亏有定海神针定着，不然的话，龙宫大概早已不知飘到哪里去了。这还不算，最让老龙王怕的是，这些龙子在龙宫里闹够了，就到外面去闹，到处惹事生非，弄得老龙王天天为他们担惊受怕，生怕他们闯下弥天大祸，殃及龙宫。日子就在老龙王的担惊受怕中慢慢流过，好不容易盼到他们都长大成年了，心想这下可以省心了，他们长大了，应该明事理了，没承想，个儿长大了，可胆子也更大了，就在老龙王携夫人上天庭参加蟠桃盛会的当口儿，这九个龙子惹下了滔天的大祸。

这天，老龙王收拾停当，临出门前千叮咛万嘱咐九个儿子，切莫出去惹是生非，好好看守龙宫洞府，这九个儿子表面上答应得干脆利落，可内心里另是一番光景，待老龙王前脚刚走，几个儿子后脚就出了龙宫，化做人形飘上云头，环游世界去了。眨眼间就行到了龙山上空，无意中俯首观看，不由得都被这里的青山秀水、绿树浓荫所感染，尤其是这里的龙潭水清而不见底，水面宽泛，他们都赞不绝口，齐刷刷落入深潭之中，游到潭底。到得龙潭深处，大家眼前一亮，只见一个石灰岩溶洞，洞中大量钟乳石，形态奇特，晶莹绚丽，石桌石床石凳样样俱全，珊瑚、藻类、浮游生物等五彩缤纷，这不就是一个龙宫的缩小版嘛。为此，大家决定暂时住在这里，玩儿够了再回龙宫。

天上一天，地下一年，转眼间就过了三年，这三年里他们倒也识趣，知道仙界与人间不一样，在人间必须守人间的规矩，同时还得谨记天庭的清规戒律，所以，这段说长不长、说短不短的时间里大事没有，鸡毛蒜皮的小事互相迁让、相互劝解着倒也算是相安无事。

人们常说：江山易改，本性难移。这是针对于人而言的，但对龙也同样适用。就在大家都觉得无所事事，闲得五脊六兽的时候，脾气暴躁、喜欢争斗的次子睚眦与脾气刻板、素喜威严的七子狴犴不知为了何事，争吵了起来，而且越吵越厉害，其他龙子怎么劝也不顶事，不但没劝住他俩，他们倒因为言语中互有冲撞，也跟着吵闹了起来，简直是乱成了一团，最后，吵着吵着竟动手打了起来，他们本是在龙潭底下，自然都是真身形态，可他们在盛怒之下失去了理智，从水底打到地上，继而又打到了天上，都忘了变身成人形，这在天庭里按规定是触犯天条的重罪。这九条真龙在空中直打得天昏地暗，电闪雷鸣，风雨交加，平日里一条龙发疯，就足以老百姓受的了，更何况九条龙一起发飙！顷刻间，山川大地上树木、房屋、桥梁等荡然无存，除了几个海拔高的大山尚存个小山头外，其余的便是一片汪洋，汪洋之上，到处飘着草木、人畜残缺不全的尸体……真是惨不忍睹，刚刚还是山清水秀、歌舞升平的人间仙境，刹那间便成了人间地狱。

待九条龙打够了，累了停下手往下看时，登时都被惊得目瞪口呆，方知他们闯了滔天大祸，但为时已晚，后悔也无济于事了，再看到彼此未及变形的真身，更是异常的懊悔与沮丧。此事惊动了天上的玉皇大帝，玉帝暴怒，责令老龙王跟随四大天神一起，前去擒拿这九个孽障，这老龙王听闻此事犹如五雷轰顶，一下跌进了万丈深渊，绝望到了极点。

不到一袋烟的工夫他们就到了目的地，这九个龙子也没有反抗，顺从地束手就擒，上了天庭。天庭之上，依据天规，数罪并罚，罚他们到事发地点服役，造福人间百姓，永不得返回仙界，除非龙脉断裂，水源枯竭才允许他们再返仙界。可怜这老龙王老了老了，还要受九个不孝子拖累，责他管教不严之罪，命其随同九个龙子一起来到龙泉山服役，九个龙子变成了九个龙头模样，日夜拼命地喷洒着甘泉，造福老百姓，这也就形成了我们所说的"燕平八景"之一的"龙泉喷玉"壮美景观了，而老龙王则坐镇于山上的都龙王庙里，勤恳地管理着这一方水土，以此来赎自己的罪过。

安济春流

安济春流

李国棣

安济春流是燕平八景中唯一受人青睐的河流景观。

昌平境内自古河流众多，其中水流量较大的是东沙河、南沙河和北沙河。东沙河发源于军都山，出山后奔流南下；南沙河发源于西山，北沙河发源于西北山地，诸源汇集后汹涌东进；三水汇流于区境南部的沃野之上。因为三条河都叫沙河，所以三河交汇的地方遂名沙河店。安济春流描绘的是南沙河流经沙河店河段时沿河两岸的旖旎风光。

"安济"一词，源于南沙河上的安济桥。在明朝永乐初年以前，沙河上没有桥，往来皆需木船摆渡过河；自永乐年间在黄土山前建造皇帝陵寝之后，始在沙河上架设木桥。因昔日的沙河河宽水大，架桥所需木料甚多，架桥、修路等事项都由昌平县出工出料，经办官员唯恐夏季山洪下泻，冲毁桥梁，县小民贫无力购买木料，因此，每年都是秋季架桥，春末拆桥，夏季人来物往，仍然依靠木船摆渡。正统十二年（1447年），刘思义出任昌平知县后，即上奏朝廷："沙河等处，当天寿山及居庸关道。旧桥用木，每岁秋架春拆，徒劳民力，况圣驾谒陵、官军经行皆不便。乞如清河，甃之以石，庶得坚久。"朝廷采纳了刘思义的建议，决定在南、北沙河上建造石桥。正统十三年九月初八（1448年10月5日），朝廷派遣工部尚书石璞祭司工之神；九月十九日（10月16日），命工部右侍郎王永寿督工建造南北沙河石桥。石桥竣工后，北沙河桥命名为朝宗桥，俗称"北大桥"，为七孔联拱结构，全长130米，宽13.3米，中间高7.5米，桥两旁有石栏柱53对。万历四年（1576年），在大桥北端东侧立螭首方座汉白玉石碑一座，通高4.08米，宽1.1米，厚0.39米，阴阳碑额俱篆书大明二字，碑身两面均刻有"朝宗桥"三个大字。南沙河桥命名为安济桥，俗称"南大桥"，为九孔联拱结构，全长114.7米，宽 13.8 米，中间高 7 米，全部用花岗岩建造而成，异常雄伟壮观。两座石桥相距 5 里，成为进出沙河店的门户；也使南北交通免受水患的困扰，一年四季成为平安的坦途。

安济、朝宗两座石桥落成之后，在沙河店建造行宫的计划又摆在了皇帝的面前。当时皇帝自京城赴天寿山谒陵需要两日行程，沙河店是中途歇宿的理想处所。嘉靖十六年三月二十八日（1537 年 5 月 7 日），皇帝朱厚熜驻跸沙河，查看了永乐年间的行宫遗址。此行宫建于永乐十九年（1421 年），历代皇帝北上谒陵及巡狩均在此安歇，正统初年被大水冲毁。随銮大臣、礼部尚书严嵩奏道："沙河为圣驾祀陵之路，南北道里适均。我文皇帝（即明成祖朱棣）肇建山陵之日，即建行宫于兹。正统时为水所坏，今遗址尚存，诚宜复修而不宜缓者。且居庸、白羊近在西北，若鼎建行宫于中，环以城池，设官戍守，宁独车驾驻跸为便，而封守慎固，南护神京，北卫陵寝，东可以蔽密云之冲，西可以扼居庸之险，联络控制，居然增一北门重镇矣。"嘉靖皇帝听了严嵩的奏议，正中下怀，便命工部尚书甘为霖筹工备料，提督工程。嘉靖十七年五月初一（1538 年 5 月 28 日），沙河行宫及环宫城池——巩华城破土动工。巩华城的建造，除城楼、城门、券城、桥座、牌坊是请内官监的官匠施工外，四面城墙则坐派八府钱粮，均分一面，由各府派官监造，如有损坏，仍令该府修补。嘉靖十九年六月二十九日（1540 年 8 月 1 日），皇帝御赐城名为巩华，并亲自为巩华城四城门命名：南曰扶京，北曰展思，

东曰镇辽，西曰威漠。同年十二月十八日（1541年1月14日），沙河行宫及巩华城竣工。巩华城为2里见方，城墙高3丈，设垛口3602个，内夯黄土，外砌青砖；城外6.5丈为浚池（俗称护城河），宽2丈，深1丈。四门浚池外设吊桥，四角设角楼，各门均建城楼，其中南门城楼与皇城午门的建筑规制相同，气势恢宏壮丽，扶京、展思二门各设千斤闸三座，镇辽、威漠二门各设千斤闸一座。各门匾额均以汉白玉制成，东、西、北三门的匾额置于主门的正门之上，南门的匾额置瓮城的城门上，南门的正门上置放的是"巩华城"的匾额，各门匾额均出自权倾一时的礼部尚书严嵩之手。沙河行宫建在巩华城内正中偏南的地方，49丈见方。与扶京门相对的南墙处辟为三座门，汉白玉石甬路自宫门前直铺至南城门下，东、西、北三面各辟宫门一座。行宫内正中建大殿一座，规制如长陵祾恩殿，为帝、后梓宫停放之所，东、西配殿为帝、后寝宫，周围官舍为随銮官员的安歇之处。行宫外东、西、北三面建营房500间及奠靖仓，为驻军、囤粮之处。起初，巩华城及行宫由勋臣镇守，嘉靖二十八年（1549年）改为副总兵，以后又改为守备，巩华营的士兵满额时为3000人。巩华城因为是行宫禁地、驻军要地和粮仓重地，落成之初仅是一座兵营，直至万历元年（1573年）才允许百姓进城盖屋居住。

巩华城及沙河行宫建成后，城中有了仓场，沙河的水路运输也有了恢复和发展。早在元代，朝廷就曾多次疏通南沙河河道，并在巩华城东南7丈处修建了临水泊岸（码头）和储粮仓台，以卸运、储存军粮，供应居庸、白羊等长城沿线关隘的军需。明朝永乐年间，成祖朱棣选定天寿山为皇陵宝地之后，建陵所需的砖、石、木材即由通州溯流而上，经北沙河、东沙河运抵东山口内的工部厂。隆庆六年（1572年），皇帝朱载垕采纳蓟辽总督刘应节、顺天巡抚杨兆的奏议，派遣3000名士兵疏通安济桥至通州渡口的河道，全长145里，以运长陵等8卫官兵每月所需的4万石军粮。万历元年（1573年），因沙河水浅，行船稍滞，再次疏浚温榆河，并在沙子营引来小清河的水，加大河流水量，使舟船运行更加通畅。从通州运来的粮食先入奠靖仓，再分发给居庸等仓及皇陵各卫官军。

明朝中期至清朝初年，是"安济春流"景致最美的时期。当时，南沙河河宽水深，西衔远山，烟波浩渺，九孔石桥横卧在碧波之上，既似青袍腰际扎束的白玉带，又像九天的彩虹垂落人间。巩华城雄踞北岸，城楼巍峨，墙堞庄严。泊岸上人来人往，搬粮运货，商旅队队，驼铃声声，一片繁忙景象。碧波上客舟点点，商帆片片，首尾相连，不见尽头。时有清客泛舟河上，或小酌吟诗，或谈笑风声；偶见小舟隐在芦苇深处，笠翁端坐船头，举竿垂钓。南岸风静水清，鱼翔浅底，鹅鸭戏水，荷艳稻香。岸上绿柳垂荫，含烟笼翠，芳草萋萋，争芳斗艳，莺鹊在枝头鸣啭，鸥雁在草间悄语。好一派南国水乡的秀丽景象！昔日，郡人、游子频频光顾，都以到此游玩观赏为乐。据《昌平州志》记载，南沙河中出产金翅鲤鱼，明初定为皇家贡品，曾在河边设有官捕户，将捕捞的符合标准的贡鱼每天送进皇宫内廷，供帝、后尝鲜。

"安济春流"经历了300余年的繁华秀丽，随着各种建筑设施的残毁而黯然失色。清康熙十六年（1677年），沙河行宫被武备院占用，设立"毡作局"，制作专供皇室及军队使用的毡子，俗称"沙河清水毡子"，在清代及民国时期曾全国闻名。乾隆八年（1743年），顺天府北路厅建在巩华城西门内城隍庙东，设捕盗同知一名，负责一州四县（即昌平州及顺义县、密云县、怀柔县、平谷县）的社会治安。光绪十二年（1886年）至十九年（1893年），沙河堤岸相继被水冲毁，光绪二十七年（1901年），沙河水路停航。1932年，沙河行宫被官府拆卖。1939年，巩华城曾使城内居民及逃入城中的灾民躲过了数百年一遇的特大洪水的浩劫。解放以后，巩华城的城墙被逐渐拆毁，现仅存四门。安济桥在1959年修建沙河水库时被拆除，部分石料用作水库的护坡。沙河明代四大古建筑只有朝宗桥硕果仅存，至今仍为国家建设和人民生活服务着。

【神奇的燕平八景】

沙河上的神鱼篓

王庆和

"安济春流"指得是沙河店一带的水域，因为这里是三河交汇的地方，即南沙河、北沙河和东沙河的三河交汇处。这里的风景最美，而且水域最宽。古时候，这一带聚集着许多渔民，他们靠打鱼为生，世世代代都生活在这沙河店上。因此，他们对这里的一草一木都很有感情。

打鱼人最喜欢的就是水，这里的水是昌平境内最大的水面，因此，也是鱼最多的地方，可在让人高兴欢喜的同时，沙河店这个地方也有让人痛恨的地方。那就是这片水域被一个叫作于得水的人霸占着。

整个沙河店就像是于得水他们家的一样，谁在这里打鱼，都要向他交租子。他养着许多打手，谁要是不按时交租子，他就带着打手烧你家的船，撕你家的网。据说于得水的父亲已经买下了整个沙河店的水域。

沙河店人痛恨于得水痛恨到了极点，但谁也拿他没有办法。曾有人暗中对他报复，想打断他的一条腿，可是，于家的打手们每天伴在于得水的左右，还是被他发现了。不但没有把他怎样，反而把报复他的人打了一顿。

还有人想烧了他家的房子，可他家养了许多大狗。不但没有烧了他的房子，反而被他发现了，报了官，让那个报复他的人倾家荡产。可见，这于得水并非好惹。平日里，人们真是敢怒不敢言。大家打的鱼，一多半都要给他交租子。人们有什么好事，更是不敢让他知道，否则他就借着这茬儿给你涨租子。

人们想了许多办法，要治一治这于得水，但于得水这人平日既小心又滑头，躲过了许多次就要临头的惩罚。

不过，有一段时间，沙河店上流传着一种传说，说有一种金色的鱼篓，只要放在河里，就会装满鱼，什么也不用做，鱼就会自动地游进这只金色的鱼篓里。

　　这段传说，在沙河店一带传得很疯，就像真事一样。不久，于得水也听说了，他听说，有这只鱼篓的人什么都不用干，每年的收入千千万万，河里的鱼都被这只篓子收了去。于得水将信将疑。开始，他只当成一个故事听。可是后来，他的手下告诉他，沙河店真的有人有这样一只金色的鱼篓。

　　于得水还是不相信。于是，他先让手下人去打听，看事情是不是真的。

　　有一天中午，他的一个手下慌慌张张地跑来，告诉他，上午时候，真的看到一条船在水里，然后放下一只鱼篓，没有动，就捞上来一篓子鱼，接着捞上来好几篓子鱼都是满满的。后来那条船飞快地划走了，没有看清船主是谁，像是外来人。

　　于得水听得痴迷，难道天下真的有这么神奇的事？真的有这样的鱼篓，那得获得多少鱼多少钱呢？一连几天，于得水让手下划着船在河上巡游，仔细察看这种神奇的鱼篓是不是还能出现。

　　手下人总能看到一条船，只要把鱼篓放进水里，便会提起一整篓鱼，但

这条船总是离他们很远。划得也飞快，他们总是追不上。事情看来是确有其事。但这是谁呢，谁又拥有这样神奇的鱼篓呢？

于得水觉得手下人太笨，他要亲自到河上去察看。于是，他把自己打扮了一番，也像一个打鱼的，划着一条小船，漂在河上，一天，二天，开始，他什么也没发现，可到了第三天，他终于发现一条神秘的船，从他的眼前划过，然后停在不远处的河边上。船上的老大拿着一个鱼篓，慢慢地将鱼篓放到水里，也就几分钟，那人又将鱼篓提了起来，里边竟然是满满的一篓子鱼。

于得水瞪大了眼睛，他一阵惊讶，天下原来真有这样的事。他又仔细地看了好一会儿，没错，只要船老大把鱼篓放进水里，只短短的几分钟，鱼篓里便是满满的一篓鱼。真是邪了。可是就在于得水要追上去看个究竟时，那船便飞也似地划走了。

于得水从河上回来，饭吃不下，觉睡不着，鱼篓从水里提出来的情景总在他的眼前晃。它真是一个聚宝盆啊，自己怎样才能找到这个船老大呢，又怎样才能把这个神奇的鱼篓弄到手呢。

从这天开始，于得水就中了病。他整天带着人漂在河上，寻找着这神奇的鱼篓。

这一天，他终于又见到那条船出现了，是在傍晚，人们都从河上收工的时候，从那条船上又放下鱼篓，然后提起来又是满满的一篓鱼。

于得水冲了过去，这一次他真的抓住了那条船。他站起身，一个箭步迈上了那条船。这时船老大回过头，于得水看清了，原来船老大是村里的老万，人叫郑老万。

哈哈哈，于得水笑了起来，郑老万，原来是你啊，你这神神秘秘的，原来是有宝贝在身啊。郑老万紧紧抓着那个神奇的鱼篓，就像是于得水要抢走一样。

于得水说，于老万，我不抢你的宝贝，我要花钱买，你说吧，多少钱能换你的宝贝。

郑老万说，多少钱都不换！

于得水说，这条河可是我的河，你还想不想在我的河打鱼？再说，我会给你好多钱，你说个数吧。

郑老万想了想说，好吧，我要你家的整座院子，和所有的土地，还要换成金子给我。于得水道，你说什么，这不可能。郑老万道，你不干就算了，我又没想卖你！

可于得水回到家，却怎么也不甘心。他算来算去，发现还是得到这个鱼篓最值，只要它是宝物，多少房子、多少土地挣不来呢。于得水终于想通了。第二天，他又找到郑老万，决定用自己的全部财产来换郑老万手里的宝贝。

郑老万说，可以，但要有证人。于得水也这样想。于是，他们找了村里人们最信得过的李福旺做为证人，还白纸黑字写下了协议，双方不管怎样，不得反悔。

于得水把房子、地全卖了，变成了金子给郑老万。郑老万把鱼篓给了于得水。双方成交。在一村人的面前，郑老万拥有了于得水家的全部财产，于得水拿走了郑老万的宝贝鱼篓。

可是，当天于得水拿着这神奇的宝贝到河里去试时，却怎么也不灵了。他发现上当了。他去找郑老万。郑老万早已跑得无影无踪。

原来，这是全村的鱼老大想出的办法，有人事先在船下准备好，盛满鱼的鱼篓挂在船下，郑老万放下一个空的鱼篓到水里，换成一个事先就装满鱼的鱼篓上来，就是要做给于得水看，知道他准会上当。

不久，一贫如洗的大地主于得水又气又恨，死在了河上，临死时，他的手上还攥着那只空鱼篓。

"安济春流"与安济桥

廖罗长

　　宋元时，沙河一片荒凉，当时南沙河北岸只有几户人家，以捕鱼为生，因常泅水，为求济水（渡河）安全，就以"安济"作为村名。在明朝永乐以前，沙河上都没有桥，往来皆需木船摆渡。自永乐年间在黄土山前建造皇帝陵寝之后，始在沙河上架设木桥。因昔日的沙河河宽水大，架桥所需木料甚多，架桥、修路等事项都由昌平县出工出料，经办官员唯恐夏季山洪下泄，冲毁桥梁，县小民贫无力购买木料，因此，每年都是秋季架桥，春末拆桥，夏季人来物往，仍然依靠木船摆渡。正统十二年（1447年），刘思义出任昌平知县后，即上奏朝廷："沙河等处，当天寿山及居庸关道。旧桥用木，每岁秋架春拆，徒劳民力，况圣驾谒陵、官军经行皆不便。乞如清河，甃之以石，庶得坚久。"朝廷采纳了刘思义的建议，决定在南、北沙河上建造石桥。正统十三年（1448年）命工部右侍郎王永寿督工建造南北沙河石桥。竣工后，南沙河桥借安济村名，命名为安济桥，是一座三孔花岗岩石桥。明嘉靖十七年（1538年），增接了六孔，变成九孔联拱结构。这座九孔桥全长114.7米，宽13.8米，高7米。那时候，南沙河河宽水深，西衔远山，烟波浩渺。安济桥下的绿柳芙蕖逐年增植，每届阳春，鸟啭枝头，渔舟穿行；桥上行人车马，辐辏穿梭，熙熙攘攘，头上雁鸣旋飞。文人墨客们曾为安济桥畔的美景留下不少诗句。昌平名士崔学履赞美道："沙河南去锦帆稠，春水偏宜估客舟。共指灵源通潞水，喜爱幽派即沧州。尽多沙河眠鸥鸟，俗傍星槎犯斗牛。畿辅名区多胜绝，楚云湘月共悠悠。"他在《隆庆昌平州志》中也有对"燕平八景"之一的"安济春流"景色的描述："沙河店有安济桥，桥跨河流，渔舟往来，春色可爱。""安济春流"可谓名噪一时。

　　在明陵建成之前，安济桥就已经在发挥它的作用了。为修明陵，从江南运来的木料和其他建筑材料都要通过南北大运河，在通州转入沙河，直至沙河镇码头卸下，再用车运到皇陵工地。安济桥下常聚满了由南方来的船只，至明陵修好以后仍是如此。明人蒋一葵在《长安客话》中写道："沙河东注与潞河合。每雨集水泛，商船往往从潞河直抵安济桥下贸易。"可见当时安济桥附近商船贸易之盛，沙河镇的繁荣也与此有关。

处于如此繁忙的交通道口，安济桥承载的任务十分艰巨。明陵建成以后，为了看管明陵，明王朝每年都要派七八万人驻守在那里，这些人所需的大量建筑和生活物资，都要从城里运送过去，安济桥作为必经之路，单是这一项，承载量就很大。

然而，安济桥的规模和体量却和它承担的任务很不相符。为了增大承载量，明嘉靖十七年（1538年），朝廷下令扩建安济桥，在桥南侧增接了六孔，使其从三孔小桥变成九孔大桥。但其长宽高和坚固程度仍难与其"兄弟"北大桥相比。在五百多年的历史中，北大桥岿然不动，而南大桥却是变了又变，不断整修。经历无数次的整修以后，如今南沙河上的这座桥不仅早已不是当年的那座桥，其位置也发生了变化，平移了百米左右。

位置的变动发生在1958年，那一年，安济老桥被炸毁了。对于炸桥的原因，老人们的回忆都很一致——为了修沙河水库。桥炸毁后的几天之内，一块块巨大的石头向水库方向运去，同时运走的还有巩华城的城墙砖。巩华城是今沙河镇的一部分，位于南北两大桥之间，是明帝为防卫京师和谒陵所建，战略位置十分重要，城内还曾设立行宫，明帝每次谒陵必在行宫内休息留宿。

遗憾的是，这番景色并未保持多久。至清初，"安济春流"的景色就开始失色了，其"八景"之一的位置也被"沟崖双瀑"所取代。如今住在桥畔的人家，只有从历史资料中寻找那种桥上赏景、桥下捉鱼的意境了。

割发救父

李晨辰

在遥远的上古时代，沙河地区有个部落，叫做"红雀"。红雀部落的首领叫付吉拓。他勤劳勇敢，公正无私，带领部落人民春种夏收，开荒拓野，创造了一个美好而殷实的家园。

付吉拓有两个妻子，都是善良贤惠的女人。第一个妻子没有生育，第二个妻子生下了一儿一女。大儿子名叫付轶群，生得白白净净，浓眉大眼；小女儿叫付艳厚，生得玉雪可爱，美丽动人。两个孩子如付吉拓的掌上明珠，从小就受到父亲母亲以及部落长辈的加倍疼爱。

付轶群长到十六岁时，出落得仪表堂堂，身材已经比父亲高了半头，又聪明伶俐，机警过人，付吉拓看在眼里，喜在心头，认为这孩子是理想的部落首领继承人，唯一觉得美中不足的，是这孩子脾气不好，从小就骄纵任性。

又过了两年，付吉拓发现付轶群越来越不对头，这孩子聪明是聪明，但聪明用的不是地方。付轶群发明了很多刑具，来惩治部落里那些作奸犯科的人，又私自制定了很多条文，限制部落百姓的自由。随着年龄的增长，付轶群的残暴本性越来越显露。到了十八九岁，付轶群最喜欢的游戏就是"扮演奴隶主"，他让仆人捉来很多小动物，由小动物们充当奴隶，小动物稍稍忤逆他的旨意，他就把小动物的头砍掉，最后站在鲜血和满地尸体中哈哈大笑；杀小动物杀腻了，付轶群就做了个弹弓，站在山岭处，弹射过往的老百姓，当老百姓被射中疼痛不堪抱头鼠窜时，付轶群爆发出一阵狂笑。部落人民看他是首领的儿子，都是敢怒不敢言。

付吉拓得知付轶群胡作非为，十分生气，经常教训他。教训完了，付轶群老实一阵，过段时间又旧态复萌，令付吉拓头疼不已。

付艳厚与哥哥的性格截然相反，她善良温柔，仁慈厚道，对父母很孝顺，屡屡劝诫哥哥不要伤害生灵，要善待老百姓。付艳厚还经常拿出自己的财物，周济部落里的穷人，疗救受伤的小动物，得到了很多人的爱戴，付艳厚走到哪里，哪里就有一群忠厚的拥戴者，连小动物们都追随她的脚印。

付艳厚不光长得漂亮，还生有一头美丽的长发，长发像瀑布一样直垂地面，黑亮柔顺，见过的人都啧啧称赞。不过，付艳厚听一位巫医忠告过，说这头长发是她的命门所系，一定要好好保护，如果失去长发，被剪掉或者割掉，那么她的生命也就不复存在。付艳厚没太在意，她认为人的寿命长短，完全是天意安排的。

日子如流水一般过去，付吉拓一天天老了，头发胡子都白了。付吉拓最大的心事，就是自己的继承人问题，如果部落交给付轶群这样残暴的人，那后果不可想象，可自己就这一个儿子，不选他选谁呢？付艳厚倒是很好的人选，可毕竟是个女孩子啊。

终于，部落里发生了一件大事，让付吉拓下定了决心。有一天，付轶群的大娘（付吉拓的第一个妻子）看见付轶群又拿弹弓弹射百姓，就上去说了两句，付轶群不服，两个人发生了争执，最后，付轶群竟然拿了石子，用弹弓向大娘射去，把大娘打得头破血流。付吉拓得知，怒不可遏，即刻吩咐仆人，把付轶群捉来，打了一顿板子。当天晚上，又召来部落长老和所有管事的人，聚集在一起。付吉拓当场宣布，让女儿付艳厚做自己的继承人，把不肖子付轶群幽禁三年。几乎所有人都赞同付吉拓的决定，只有付轶群的亲娘觉得对付轶群惩罚过重。付轶群当时也跪下来，痛哭流涕向父亲忏悔，说自己一定会改过自新。一看见儿子这样，付吉拓心软了，撤销了对付轶群幽禁的决定，只是让他痛改前非，以后要好好辅佐妹妹治理部落。

从那以后，付轶群收敛了许多，他把弹弓烧掉，又收养了很多受伤的小动物。付吉拓看见他的变化，心里很欣慰。同时又时常教导女儿付艳厚，教她怎么样领导部落，怎么样当一个好首领。付艳厚对首领的这个位置看得很淡，她的理想是嫁个如意郎君，到山清水秀的地方建一所大房子，养很多美丽的花鸟，过无忧无虑的生活……如果哥哥真的改好了，再把首领的位置让给哥哥。

儿子能痛改前非了，女儿也孝顺懂事，这让老迈的付吉拓很高兴。又过了一段时间，付吉拓六十岁了，在自己六十大寿的这一天，付吉拓请来了很多人为自己庆祝，其中有部落长老，有部落百姓的代表，还有其他部落的友人。这一天很热闹，很多美酒美食摆在木桌上，供大家享用。来庆贺的人，都带了生日礼物献给付吉拓，有兽皮木靴、弓箭宝刀，还有很多很多的珍馐美馔。儿子付轶群也带来了自己的礼物，是一罐自酿的美酒。付吉拓笑得合不拢嘴，把礼物一一收下，又让部落里的年轻女子为大家表演歌舞。

当天晚上，所有的客人都走了。付吉拓又摆开家宴，召集妻子和儿女们共同享用。付吉拓打开儿子所献的美酒，一股甘冽浓郁的清香扑面而来，付吉拓倒了一杯，一饮而尽，觉得这酒甘醇无比。又倒了一杯，喝下，付吉拓忽然觉得肚子里有些痒，好像有小虫子在爬，又过了一会儿，肚子开始疼起来，而且越来越厉害。付吉拓忍受不了，痛得在地上打滚儿。一家人都吓坏了，围住付吉拓，手足无措。有两个仆人跑去请巫医。付轶群趁着混乱，悄悄溜走了。

巫医到来时，付吉拓早已疼晕了过去。巫医探探他的鼻息，发现他尚存一息；又闻了闻那坛"美酒"，巫医惊呼："这哪是什么美酒啊，这里掺杂着一种毒药，已经失传多年了，它可以使人在三十天内死去。这坛酒是哪来的？"家人们面面相觑，都没有说话，只有付轶群的母亲哇的一声大哭起来。付艳厚对巫医说："你先别管那么多了。你就说到底怎么医治？"巫医叹了口气，说："倒是有法子治，可这解药难配啊。解药需要河中龙王的一个鳞片做药引，这上哪儿弄去？不配解药，首领的命恐怕……"付艳厚低头想了想，对众人说："我来想办法吧，我去找趟河龙王。你们准备配解药其他的材料！"

当晚趁着夜色，付艳厚就带了两个男仆人上路了。向北走了十多里山路，到了河边，天已经蒙蒙亮了。付艳厚让仆人点起七曲灯，漂在河面上。七曲灯把龙王召唤了出来。付艳厚见到龙王，行了个大礼，就把父亲遭人暗害的事对龙王说了，但没说害父亲的人是自己的哥哥。付艳厚央求龙王，取下身上一个鳞片送给自己，好去配解药，日后必报大恩。龙王说："送你鳞片可以，但你也要送我你身上的一样东西。"付艳厚问他是什么。龙王说："就是你这一头长发，要送给我。"付艳厚低头犹豫了一下，就对两个仆人说："你们拿到鳞片，一定要火速回去，配好解药救我父亲。"又对龙王说："送你长发可以，不过我还有一个请求——我们部落的人经常遭受旱灾，收成不好，请你让甘甜的河水滋润我的部落。"龙王点了点头。付艳厚便抽出身上的佩刀，解下盘在头上的长发。只用几下，就把头发齐刷刷割了下来，交到了龙王手里。不一会儿，付艳厚觉得头疼难忍，天旋地转，一下扑倒在地。等仆人再扶起她时，发现她已经气绝身亡了。仆人们边哭边把她的遗体运回部落，又找到巫医，献上龙鳞，配好解药，救活了老首领付吉拓……

龙王看付艳厚舍身救父，深受感动，便依照付艳厚生前的嘱托，让甘甜的河水向南流去，滋润了千家万户，形成一道美丽的景色，像极了一个姑娘柔美的长发。河水从古流到今天，这就是如今的南沙河，他流经沙河店河段时，两岸出现的旖旎风光令无数人陶醉。人们给这个奇景起了好听的名字，"安济春流"。

南沙河上的神鸟

刘加领

　　昌平地处燕山与太行山的交汇地带，鸟瞰昌平，两山形成的山脉，就像一个椅子背把昌平包在其中。这里除了南面是一望无垠的平原外，西面、北面、东面都是山，形成了一个藏金纳银的绝妙环境。

　　从风水学上来讲，山不但是天造的自然屏障，更是挡风遮雨的最好去处。大山在北，不但能遮住风雪雨水，更给这里的环境造成了得天独厚的自然条件。俗话说，天下最好的地方，就是背靠大山，面对大河；人生最好的家境，就是父做高官，儿子登科。而昌平背靠燕山、太行山，面对温榆河、大沙河，正是一块人杰地灵的风水宝地！

　　由于昌平地处椅背的下游，千万年来受到雨水的长期冲刷，这里形成了很多大大小小的自然河流，大沙河就是其中之一。严格上来说，大沙河是由东沙河、西沙河、北沙河组成的。东沙河发源于军都山，出山后汹涌南下；南沙河发源于西山，一路奔袭流向东南；北沙河发源于西北山地，一路狂奔如野马东进。由于这三条河都叫沙河，交汇后形成了一片很大的水地，俗称"沙河店"。

　　原来的雨水要比现在大得多，汹涌澎湃排山倒海，气势如虹一眼望不到边，沙河店就像大海一样，不但留下了"安济春流"的美誉，更留下了很多瑰丽神奇的民间传说。

　　相传在很久很久以前，也就是沙河店水源丰盛的时候，这里的水面就像湖一样辽阔。当时的昌平山清水秀，空气清新，山上有很多大树，水里有很多鱼虾，岸上有几户人家。当时这些居民，靠山吃山，靠水吃水，以种地和打鱼为生，倒也过得逍遥自在，自给自足，相安无事。

　　沙河的岸边住着一户姓崔的人家，父母因一场意外丧了性命，家里只有

【**神奇**的燕平八景】

两个儿子相依为命。大哥叫崔运来，小弟唤崔运库，哥俩起早贪黑，土里刨食，水里撒网，过得虽不是很富裕，但也能衣食无忧。

一天中午，大哥崔运来回家做饭，只留下弟弟崔运库一个人在水边撒网捕鱼。正当他辛辛苦苦在岸边劳作的时候，忽然听到了附近的草丛里小鸟的哀鸣声。崔运库仔细听听，不觉心生怜悯之情。他放下渔网，循着声音仔细找下去，不一会儿在草丛里发现了一只叫不上名字的水鸟。那只小水鸟长得非常漂亮，但是已经受了伤，而且伤得非常严重，如果不赶紧救治，恐怕就有性命之忧。那只小鸟蜷缩在草丛中，身上露着血淋淋的外伤，冲着天空凄惨地哀鸣着，真是可怜极了……

崔运库看到这一切，三步并作两步跑过去，二话不说脱下自己的衣服，小心翼翼地把小水鸟包了起来，带到了自己打鱼的岸边。他抱着水鸟，网也不收了，鱼也不打了，撕下自己的上衣，蘸着沙河店的湖水，一点一点地为小鸟涮洗带血的羽毛……开始，水鸟还有些害怕，扑棱着翅膀想飞走，但伤痕累累，哪里还飞得动。后来，水鸟看到崔运库没有一点伤害自己的样子，还为自己洗浴疗伤，不但不想跑了，还靠近他，主动地配合他的治疗。崔运库为水鸟刷洗完血迹，又拿出随身带着的草药，精心地给小鸟敷上，用身上的布包好，把它放在自己温暖的上衣里。崔运库把自己带着的干粮分给受伤的水鸟，还用嘴嚼碎，一口一口地喂给小鸟吃……

运库尽管喜欢小鸟，但不敢把它带回家中，只把它每天藏在草丛中精心饲养。因为他不知道哥哥崔运来看到水鸟后会是什么反应，是像他一样精心饲养呢，还是像对待河里的鱼一样一口一口地吃掉。

就这样一连过了十天，弟弟崔运库背着哥哥偷偷地养着水鸟，那只受伤的小鸟慢慢地痊愈了。它已经和崔运库非常熟悉，就像他的孩子一样嬉戏玩耍，非常亲切。

第十一天的中午，哥哥崔运来又去回家做饭。弟弟崔运库等哥哥走远后，赶紧找到藏小鸟的地方，给它喂食梳洗，还把它放出来，与自己一起在湖边玩耍。就在这时候，天空一只大鸟从他们头顶飞过。那只大鸟太大了，光翅膀就有三米多，舞动起来呼呼生风，把湖里的水都搅动得跳了起来。地上的小鸟看着天空的大鸟，感觉非常亲切，就像看到了亲娘一样，眼里流露出不舍的样子，激动得展翅欲动，想要飞上天空。但看看身边与自己玩耍的崔运库，又无奈地落下翅膀，好像等待着什么。

崔运库意识到了什么，知道那只在天空飞翔的大鸟，极有可能就是这只小鸟的母亲，它是来找自己的孩子的。小鸟不能永远和自己生活在一起。早晚有一天它是要飞上蓝天的，因为它不属于自己，应该属于辽阔的天空。崔云库想到这里，含着泪对小鸟说："想飞你就飞翔吧，回到母亲的怀抱，是每一个生灵的愿望。我知道这里太小，不是你长期生活的地方，跟着母亲飞吧，飞到你想去的地方。飞累了，闲暇时再来看看我……"小鸟听了崔运库的话，好像完全听懂了，一下子飞到他的手臂上，逗留了好长一段时间，才恋恋不舍地向着大鸟飞走的方向飞去……

小鸟飞走了，崔运库像丢了魂一样，无精打采的什么也不想干了。正在他坐在水边发呆的时候，不知什么时候一个白胡子老头站在了他的面前。

白胡子老头冲着他说："所有的一切我都看在了眼里，你的行动让我感激，真情让我感动。你是一个有着极大的同情心和爱心的人，是一个非常了不起的人。你救了我的孩子，不但收留了它，还给它治伤，我一定要报答你。待会儿，天空中会飞来一只大鸟，它的翅膀冲着沙河的水扇一扇，沙河里的水就会变干。河底有很多的宝贝，你可以到河底去捡拾。但是，河水只会干枯一袋烟的工夫，就会卷土重来……到时候我会在天空鸣叫三次，催你上来。

如果我鸣叫催促三次，你还上不来，你就会被河水冲走，葬身河底……你要抓紧时间，一定要记住我的话，千万不要太贪……"停留了一会儿，白胡子老人又说："我给你留下身上的一根羽毛，什么时候需要了，就到沙河水边去找我，只要你在水边拿出羽毛一叫，我就会马上飞来……"白胡子老头说完，早已不知去向。崔运库正在诧异，突然天空又飞来了那只硕大的神鸟。

神鸟飞到沙河的上空，展开三米多长的翅膀，冲着滚滚的河水只扇了三下，河水马上就干了！

崔运库往干枯的河底一看，马上就相信了。但见河底光彩夺目，到处都是宝贝：珍珠、玛瑙、玉石、元宝、金条……崔运库飞速跑到河底，只捡了一个元宝、一根金条，还没等神鸟鸣叫一次，就迅速上岸了。

弟弟崔运库拿着元宝、金条、羽毛，高高兴兴地回到家中，把宝贝交给了哥哥崔运来。崔运来一看宝贝眼睛就直了，千方百计地向弟弟打听出这些东西的来历。趁弟弟睡熟后，哥哥崔运来拿着羽毛，一个人连夜就奔了沙河边。

他的心里就像着了火，感觉自己发财的运气真的来了。他跑到沙河边，趁着皎洁的月色，迫不及待地插上羽毛，喊开了神鸟的名字，请求神鸟开恩，再给他扇开河水一次。

神鸟听到呼叫，又飞到了沙河的上空，展开翅膀扇开了河水。哥哥崔运来一见河底到处都是宝贝，马上就惊呆了！他喘着粗气，就像疯了一样四处奔跑，到处捡拾……手里拿不了了，就脱下上衣；上衣装不下了，又脱下裤子；双手、上衣、裤子都装满了，他还不罢休，又把宝贝塞进嘴里、鼻子里、耳朵里……

神鸟第一次鸣叫，崔运来没有听见；神鸟第二次鸣叫，崔运来还是没有听见；直到神鸟最后一次鸣叫，崔运来还是没有听见……崔运来疯了，眼里只有宝贝、金钱，连自己的性命都忘了，最后河水冲来时，他还在河底奔跑着，捡拾着沙河河底不计其数的宝贝……

【神奇的燕平八景】

居庸霁雪

李国棣

"居庸霁雪"是"燕平八景"之中的第二个银装素裹的冰雪景观,与"银山铁壁"似有雷同之嫌。但从景观的审美角度和自然色调来欣赏,虽然同是山峰雪景,银山铁壁黑白分明,对比强烈,展示的是嵯峨峥嵘,朴实凝重;居庸霁雪则是一片银白世界,浑然一体,展现的是雪覆关山,静谧圣洁。从人文设施的客观效果来审视,银山的皑皑白雪映衬的是峰峦间错落有致的气氛;居庸关周边的大雪下面,"隐藏"着纵深排列的五座城池,横向摆开的万里严阵,身历其境,顿觉如临战场,似闻刀兵之声,令人产生居安思危的警觉。两处雪景的神姿、气韵截然不同,可谓各有千秋。

居庸关位于昌平卫星城西北 15.5 公里处,因关城修建在"两山夹峙,一水中流"的深山峡谷之中,这条长约 20 公里的山谷遂被称为"关沟"。据文献记载:太行山纵向位于河北省、山西省、河南省和北京市地区,呈东北-西南走向,南北长 700 余公里,东西宽百余公里。在海拔 1000 至 2000 米的千里山地中,有 8 条东-西向相通的路径。古时称为"陉"。关沟是太行八陉中的第八陉,也是太行山脉与燕山山脉的天然分界线。

居庸关名称的由来,源于"徙居庸徒"一词,常见的解释主要有以下两种:一是秦始皇消灭了割据称雄的六国,建立了中国历史上第一个统一的中央集权的封建国家后,强征庸国的民夫到此来修筑长城。庸国是个古老的国家,在历史上曾派兵随同周武王推翻商朝。春秋时(前 722-前 481 年)是秦、楚、巴三国之间一个较大的国家,国都为上庸(今湖北省竹山县西南)。公元前 611 年为楚所灭,遂纳入楚国的版图。至公元前 233 年楚国灭亡,又经历近 400 年,即使强征该国民夫亦应称楚,不会称庸,故此说较难成立。二是在战国、秦、汉时期,"庸"与"佣"两字相通,当时称雇佣劳动者为"庸客"或"庸夫"。将没有生产资料的庸客有计划、成批量地迁徙到地广人稀的边塞上，建立村落，垦荒戍边，平时务农，闻警参战，是当时许多国家采取的一种保国御敌的策略。移民至此，并在这里定居下来的人中，以庸客占多数或全部，遂将这座关隘命名为居庸关，应该是合理、可信的。

"居庸"一词最早见于《吕氏春秋》一书中的《有始览·有始》篇："天有九野，地有九州，土有九山，山有九塞。""何为九塞？大汾（战国时属于魏国、冥（战国时属于楚国，在今河南省信阳市西南）、荆阮（战国时属于楚国）、方城（战国时属于楚国，在今河南省方城县北）、殽（战国时属于秦国，在今陕西省潼关以东至河南省新安县）、井陉（（战国时属于赵国，在今河北省井陉县北）、句注（战国时属于赵国，在今山西省代县西北之雁门关）、令疵（战国时属于燕国，以今河北省迁安县西）、居庸（战国时属于燕国）。"《吕氏春秋》是秦国的相国吕不韦集合门客共同编写的杂家著作。吕不韦（？－前235年），战国末年卫国濮阳（今河南省濮阳市西南）人。原为阳翟（今河南省禹县）的大商人，在赵国都城邯郸遇见在赵国做人质的秦国公子嬴异人（后改名子楚），认为"奇货可居"，游说于华阳夫人，立为太子。公元前249年，子楚即位，称庄襄王，吕不韦被任命为相国，封文信侯。三年后，庄襄王卒，其子嬴政年幼继位，吕不韦仍任相国，并被秦王尊称为"仲父"，封地有12个县，蓄养门客3000人，家童奴仆万余人。

吕不韦令门客编写的《吕氏春秋》，又名《吕览》，成书于公元前239年，是杂家的代表作。全书二十六卷，内分十二纪、八览、六论，共计160篇。内容以儒、道思想为主，兼及名、法、墨、农及阴阳家言，汇合先秦各派学说，为当时秦国统一天下、治理国家提供了思想武器。由此可知：《吕氏春秋》成书于秦统一六国之前，当时居庸关早已闻名遐迩。

居庸关究竟建于何年？尽管至今尚无确论，但许多学者认为：此地古时属燕国，燕国与北面的东胡接壤，公元前663年，齐国帮助燕国征伐东胡之后，燕国即在天然险隘之处设关戍守，并徙居大量没有后顾之忧的庸客来充实边防，以保卫国都及国家的安全。如此算来，居庸关应有2600余年的历史了。在漫长的岁月中，居庸关曾数易其名：三国时称西关，北齐时称纳款关，唐代称蓟门关、军都关，自辽、金以来始终称居庸关。

在春秋、战国时期，居庸初设为"塞"，并无军队驻守，只有地方官吏在此掘堑筑障，白天设卡盘查过往行人，晚上禁止人行货往，遇有战事才派军队驻守。到了汉朝，开始设关御敌，常年驻有军队，平时警戒，遇敌参战。在晋代以前，居庸关仅仅是控扼南北的一座孤关险隘。在南北朝时，北魏的太武帝拓跋涛于太平真君七年（446年）"发司、幽、定、冀四州十万人，筑塞上畿围，起于上谷，西至于河，广袤皆千里"，在此处建起了长城。北齐天保五年（554年）从山西汾阳到山海关的长城即横向穿越关沟，使居庸关成为千里长城防线上的一处军事重镇。次年（555年）文宣帝高洋"发夫一百八十万筑长城，自幽州北夏口（今南口）至恒州（今山西大同），九百余里"，居庸关在纵向保卫幽州的长城防御体系中，同样发挥着举足轻重的作用。元朝统一中国后，定都燕京，改称大都，每年夏天，皇帝都要从大都经关沟到上都（今内蒙古自治区正兰旗以东，闪电河北岸）去避暑，遂在关沟内建造一座行宫；为了保证皇帝的安全，在关沟的北口（今八达岭）和南口（今南口村）各建了一座大红门，晨启昏闭，以提高警卫能力。

　　明王朝建立后，为了防御元朝残余势力的军事反攻，保卫京师和皇帝陵寝的安全，在关沟大兴土木，建起一处处坚固的军事设施。洪武元年（1368年），大将军徐达建居庸关城。城跨翠屏（东山）、金柜（西山）两山，周长13里，城高4.2丈，墙厚2.5丈，南、北各建一门，两门相距650米，外有瓮城。城池原由块石所筑，宣德三年（1428年）重修，景泰元年（1450年）改为砖石结构。永乐二年（1404年），在居庸关城北8里处建上关城，周长185丈，上跨东西两山，下当两山之冲，设南北二门，建城楼2座，敌楼1座，护城墩2座，烽堠12座。同年，在关沟南口建南口城，城垣跨东西两山，周长200.5丈，设南北二门，建城楼2座，敌楼1座，护城墩4座，烽堠9座。弘治十八年（1505年），在关沟北口建八达岭关城，设东西二门，两门相距63.9米，城内为东窄西宽的梯形，面积为5000平方米。东门题额"居庸外镇"，刻于嘉靖十八年（1539年）；西门题额"北门锁钥"，刻于万历十年（1582年）。八达岭关城与东到山海关、西达嘉峪关的万里长城连为一体。隆庆五年（1571年），又在八达岭关城外建岔道城。在40华里内建起的这5座关城，或蜿蜒于山脊之上，或横亘在河谷之中，关依山势而愈觉险陡，山借关形则更显雄奇。人文建筑与自然造化融为一体，既是一夫当关万夫莫开的雄关险隘，又是美不胜收的天然佳境。

　　居庸关美丽迷人的自然风景早在金朝明昌年间（1190—1196年）即天下闻名。当年的章宗皇帝完颜璟深受汉族文化的影响，喜爱游历和文学，京师近在咫尺的居庸关是他经常光顾的地方。每当他自南口缓缓北行，山形、地势渐次升高，两边山峰崖层分明，互有进出，宛如层层石阶，错落有致，崖边、石上遍生松柏，枝繁叶茂，郁郁葱葱，层峦叠嶂，苍翠可爱。登上叠翠山（今居庸关城东南5里处）放眼望去，满目花山树海，阵阵山风吹过，耳听飒飒松涛，眼前花摇树摆，似碧海扬波，像美女翩翩起舞，柔美壮观。完颜璟就将此景命名为"居庸叠翠"，名列燕山八景（又称"燕台八景"，明朝称"北京八景"，清乾隆十六年（1751年）定名为"燕京八景"）之首。清朝乾隆年间，高宗皇帝爱新觉罗·弘历曾为燕京八景题名、立碑，"居庸叠翠"的御碑原立在关城东南，日本侵华战争期间修路时被拆毁，埋在了路基下面。

居庸关不但夏季景色宜人，而且冬季的雪景也独具特色。大雪过后，居庸关城犹如一颗硕大的珍珠，点缀在群山之间；座座山梁恰似游动的条条雪龙，其状宛若群龙戏珠，惟妙惟肖。瑞雪初歇，高耸的城楼、雉堞银装素裹，远远望去，酷似一位身披白袍、顶盔贯甲的勇猛武士，愈显关城巍峨，雄伟壮丽。雪后初霁，朔风卷起团团雪花，银雾弥空，飘飘洒洒，在太阳的照射下，飘舞的雪花被映成瑞彩千条，景致迷人。

居庸关自古作为兵家必争之地，数千年来多次遭受战火洗劫，至新中国建立后已呈残垣断壁，满目疮痍。1961年3月4日，国务院公布居庸关与云台为国家重点文物保护单位。云台，位于居庸关城内道路正中，创建于元朝至正二年（1342年），至正五年（1345年）建成。台上原建有3座喇嘛塔，元末明初相继被毁。明正统四年（1439年），英宗朱祁镇在台上建泰安寺，寺于清康熙四十一年（1702年）被焚毁，只有云台完整地保存下来。云台是一座长方形的汉白玉建筑，底宽上窄，下基长26.84米，南北宽17.57米，高9.5米，上顶长24.04米，南北宽14.73米。台顶四周挑出石平盘两层，上层刻云龙，下层刻兽面和缨络垂珠。台上四周有玉石栏杆，由55根火焰造型的望柱与护板相连组成，每根望柱之下与台顶四角都向外挑出龙头。台下的券门长17.57米，宽6.32米，高7.27米，券门及券顶呈六角形，在古代建筑中独具特色。门上正中刻着金翅鸟王，两侧刻着金刚、大象、猛龙、蟒神和曼陀罗花的图案。门洞内两侧刻着四大天王的浮雕坐像，和用梵文、藏文、八思巴文、维吾尔文、西夏文、汉文6种文字雕刻的《陀罗尼经咒》和《造塔功德记》，刻工端正精细，人物形象逼真，是研究我国古代文字与建筑的重要实物，具有极高的艺术观赏价值。1983年，国家文物局拨款35

万元，修缮了居庸关南瓮城。1993 年，十三陵特区办事处投资 1.2 亿元，历时 4 年，对居庸关进行大规模的修复。至 1997 年底，修复长城 4142 米，敌楼 15 座，铺房 4 座，烽燧 1 座，南北城楼及券城，祠庙仓署馆库 12 座；修建亭子 7 座，牌坊 2 座。使千年雄关古城焕然一新，重展英姿。1998 年 3 月 28 日，居庸关作为一个新的旅游景点对外开放，国内外游客可以登上城楼，向南俯瞰群山叠翠的秀美，向北感叹绵绵峰峦与座座关城共同构筑的雄奇。

作为千年古道，关沟始终以陡险闻名于世。在漫长的封建社会里，关沟的冬季朔风如虎啸，被商旅视为畏途；夏天河水漫溢，阻断了南来北往；只有春、秋两季人流货畅。日本侵华战争时期，在关沟西侧的半山腰上修了公路，但路窄弯急坡陡，经常出现交通事故。1997 年，京张高速公路建成后，千年古道变成了坦途，似乎也缩短了京城与关沟的距离。新朋故友到长城聚会，夏观居庸叠翠，冬赏居庸霁雪都已由难变易，使更多的游人有亲临其境的机会，领略居庸关的雄、奇、险、秀，怡情悦趣，大饱眼福。

北山雪立

曹学诗

北山，就是居庸关附近四桥子村正北的山；雪立，就是每逢冬天，大雪覆盖大山后层层陡立、高耸入云的样子。北山雪立和居庸霁雪一样，也是居庸关一带冬天下雪后，一处绝妙的自然风景。

"北山雪立"是关沟七十二景之一，在居庸关西北离"仙枕石"（穆桂英点将台）不远的地方。

站在居庸关四桥子村往北看，平地忽地拔起一座山峰。其山之高，其峰之峻，其岩石之齐整，其气势之陡峭，在四桥子村附近，无与伦比，独树一帜。此山高数百米，但轮廓却不大，所以更显得挺拔伟岸，气度不凡。特别是到了冬天，大雪纷飞，落满北山，岩石银装素裹，罩上一层银色的外衣，远远看去就像漫天的大雪集中到这里立起来一样，给人带来一种纯美的享受和很多的艺术遐想……

如果您有幸在冬天的雪后游览居庸雄关，在观看了"居庸霁雪"后，可一定要驱车再往北走走，千万别忘了看看"北山雪立"，这是一处不可不去的地方。您带着相机，携着友人或家人，领略一下那山的神韵、雪的气势，拍张彩照留个倩影，定会光彩照人，美不胜收。

正是：

雪是水冷就成冰，
山乃石高便成峰；
藤缠树有依则立，
人好奇美景天成。

252

白山月夜

曹学诗

诗：

"白山月夜"叠翠山，眼福欲饱夜难眠；

八月十五月圆夜，莲花石下有奇观。

昙花难现才显贵，灵芝难采花更鲜；

景愈难见愈迷人，体越运动身越健。

"白山月夜"是居庸关的独特自然景观，位于居庸关东南"六郎拴马桩"的对面。此处山峦叠翠，怪石丛生，在起伏逶迤的群山中有一呈莲花形的山峰，在月明风高的夜晚，月光透过石的缝隙照过来，形如月牙，当地人称此地叫"月牙石"。又因为此峰顶怪石色白如雪，与夜晚漆黑的山影形成鲜明的对比，越显得一黑一白，故得名"白山月夜"，形成了居庸关不可多得的奇妙夜景，上了关沟七十二景排名榜。

"白山月夜"非有福有缘之人难以看到，一般走马观花的游客，无法领略此一自然风光。这一是因为"白山月夜"只有在月朗星稀的夜晚，还得人、山、月的角度合适，才能一饱眼福。这就需要天、地、人、山、月诸多条件全部具备，就如同沧海观日出，去十次也难得见上一次。这二是因为一般游客皆远道而来，风尘仆仆，时间宝贵，不可能有太多的工夫静等这一奇景的出现。这三是因为居庸关景物传说太多，历史悠久绵长，来一次两次不可能领略她那奇、峻、险、峭的全部风貌，留点遗憾回味也在所难免。但正因为这诸多条件难以达到，才更显得参观"白山月夜"的珍贵和难得。

由此看来，居庸关不光有"居庸霁雪"可以上燕平八景的排行榜，"白山月夜"也是难得的又一奇观。

六郎影

曹学诗

六郎影就是六郎像，它坐落于居庸关西北靠近"棺材石"的地方。坐京包线火车从三堡隧道穿山而过，往西面乱石交错的石壁上看，便能看到一尊盘膝而坐的石像，石像上面还雕有人字型的屋顶，如果离近了，还能看到石像旁边有大小不等的排排枪眼，这就是居庸关有名的"六郎影"。

北宋年间，杨六郎为抗辽战死在边关，人们为了纪念这位民族英雄，纷纷上书要求为六郎塑像。宋朝皇帝为了安定民心、军心，也为了人们更好地维护他保卫他，便下了一道圣旨，要在居庸关北部为杨六郎雕一尊石像。宋朝皇帝令一位大臣，在全国选调能工巧匠，拿着六郎图像，限期到关沟前去雕塑。

说来也怪，能工巧匠们照着图像雕刻了很久，却怎么也刻不出六郎的眉眼和脸庞。原来，为国捐躯的杨六郎不愿留像在世突出自己，暗地里阻挡工匠们的动作。眼见皇帝给的期限越来越近，工匠们的锤子、凿子、钎子，却都不顶用了。大臣怕没法向皇帝交代，以为工匠们偷奸耍滑，便没日没夜地逼迫工匠们定期完工，否则，统统交皇帝发落治罪。工匠们昼夜苦干，但工程仍然进展缓慢。大臣和工匠们无计可施，整日愁得眉头不展。大臣急了，下了一道死命令：如十天之内完不成，统统杀头！众人一听，全部跪倒在地，哭告上天和六郎救他们身家性命。杨六郎在天上看了，暗自哀叹：想留名的不一定能留住名，不想留名的却一定得留下名。如果我再阻拦，大臣真把他们杀了，我岂不成了千古的罪人！想罢多时，长叹一声，潸然泪下。

就在这天夜里，忽然打起了响雷，刮起了狂风，下起了倾盆大雨……紧接着石壁旁愁云密布，电闪雷鸣，震得石头轰轰有声，滚滚而动……第二天早晨天晴了，石壁上出现了一尊盘膝而坐的六郎神像。工匠们一看，全都

【神奇的燕平八景】

惊呆了，知道是杨六郎显圣救了他们，全部跪倒在地，冲着石像磕响头。带工大臣更是喜出望外，奖给每位工匠一包碎银，高高兴兴地回朝复命去了。

民国年间，日本鬼子侵略中国，鬼子的军车经过六郎影附近时，经常翻车、出轨、爆炸。鬼子为了安全，一面四处搜索，一面抓人盘问，但火车到此出事依然如故。当鬼子得知石壁上的雕像，就是中国历史上的民族英雄杨六郎时，心里非常害怕，怀疑是六郎影显圣搞的，便暗地里派人拿着锤子、钎子，想把石像毁掉，但人还没走到近前，就摔死在山崖下。后来，日本鬼子又组织了一帮长枪队，当着老百姓的面，用机枪、三八大盖，向六郎影射击。说来也怪，也不知是日本兵害怕，还是六郎影真有神灵，子弹全部打在了石像旁边的石壁上，留下了一个个大小不等的深坑，给前来参观六郎影的人们，上了一堂生动的爱国主义教育课。

正是：

非是六郎有神灵，

人民意愿不可轻；

千秋万代传爱国，

巍巍青山留英名。

居庸霁雪祭冤魂

李晨辰

在明朝初年，山西大同有一对小夫妻，结婚已经五年多了。男的姓郑，叫郑天阳。女人叫作郑冯氏，未出阁时叫做冯雪儿。夫妻俩的日子过得还算殷实，每到月初，郑天阳就带了家里的大骡子，去太原贩布，再拿到大同集市上卖，那时太原盛产木簪，郑天阳每次去，都要给妻子带回一个，哄妻子开心。冯雪儿则替有钱人家缝补衣物，两个人都很勤快，又互敬互爱，唯一美中不足的，是还没有个孩子。

此时，天下初定，朱元璋已经在南京登基，做了皇帝，取年号洪武。为了防止北元政权再次南下，明朝官兵在北方各个关隘修建工事，这样一来，一方面为百姓的休养生息起到了重要作用，另一方面也给人民带来了沉重的负担。

这一天，冯雪儿守在家里，等着丈夫。天色已晚，却还是看不到丈夫的身影。早在五天前，郑天阳就动身去了太原。平时三天就能赶回来，而这已经是第五天了。冯雪儿正焦虑着，忽然听见院门响，有人进来。冯雪儿一阵惊喜，走出屋一看，却不是丈夫，是跟丈夫一起贩布的牛小勇。牛小勇二十来岁，看样子很焦急，一看见冯雪儿，牛小勇就说："嫂子，天阳哥让官兵给带走了。"冯雪儿忙问怎么回事，牛小勇说："我们回来时，到城门口，看见一队官兵正在招工匠去修工事。有个当官的，看见了天阳哥的大骡子，想要，说是用来拉砖。出的价格又低，天阳哥就不干了，说不卖。那当官的一急，索性连人带骡子都弄走了，说是去修居庸关。幸亏我腿快，要不也得让他们捉去。"

冯雪儿一听，身体晃了晃，差点昏倒。牛小勇上前搀扶，说："嫂子你别急，那当官的说了，这去修居庸关，也就是一年的时间，每天都给工钱，一年后，连人带骡子都放回来。"

冯雪儿就想出门去追丈夫，牛小勇在后面拽着，说："嫂子你别追了，他们都走远了，再说你一个妇人家出去多危险。"冯雪儿就问居庸关在哪儿，牛小勇说："离咱这儿不远，离京城也不远。嫂子，您在家耐心等着就行了。如果您出去再遇到什么事儿，天阳哥一回来，那多着急。"冯雪儿想想也是，此时天下初定，盗匪横行，自己一个妇人家，出去多有不便。于是就听了牛小勇的话，在家安心等，开始几天心里很是凄惶，后来才平静下来。

冬去春来，转眼就到一年了。冯雪儿数着日子，盼着丈夫平安回来。又是一个月过去，郑天阳仍然没有回来。冯雪儿的心就像下油锅般煎熬，天刚一亮，就坐在街门处，倚着门框，望着路口；太阳落山后，再回到屋里，有时连饭都忘了吃。又过了二十多天，还是不见郑天阳的踪影。冯雪儿煎熬不住了，决定动身去找丈夫。她叫来牛小勇，要牛小勇陪自己一起去。牛小勇看郑天阳迟迟不归，心里也焦急，以前又受过郑家的恩惠，这次碰到冯雪儿相求，便一口答应下来。

此时正是春末，两个人收拾了行装，第二天一早结伴上路。一路上，牛小勇照顾着冯雪儿的饮食起居。晚上住店时，分男女房间住，白天在一起赶脚程。冯雪儿把牛小勇当弟弟看待，并未感到有不便之处。晓行夜宿，两人一边打听着，一边往昌平方向走。不几日，就来到了军都山脚下。只见一条

大峡谷逶迤数里，在关隘处，一座雄关巍巍屹立，两边有城墙沿着山势攀岩而上，有的地方已经竣工，有的地方尚在修筑。山上山下人流如梭，其间有军士，也有民夫。

冯雪儿与牛小勇找到一个军官模样的人，问郑天阳在哪儿。军官就问郑天阳是干嘛的。牛小勇说，是一年前被你们拉来当民夫的。军官摇头，说："这里的民夫有几万个，走了的和死了的有几千，谁知道你们说的人在哪儿。"

　　冯雪儿急得落下泪来，军官看她可怜，用手一指高处的山峰，说："你去问问王总兵吧，他是我们的上司，也负责监工。"

　　冯雪儿谢过军官，就带上牛小勇，朝山上走去。快攀上山峰时，只见山顶平缓处有一座木屋，有个军官站在木屋外，黑塔一般，正俯瞰下面的民夫，嘴里时时呵斥着什么。此人长得满脸横肉，态度凶恶。经士兵指点，冯雪儿得知那人就是王总兵，便加快了脚步，走到王总兵跟前施礼，王总兵一脸诧异。冯雪儿问道："我夫君一年多前来到居庸关充当民夫，他叫郑天阳，大人可曾知道他的下落。"那王总兵正不耐烦，斥责冯雪儿："郑天阳？是有这么个人，调去修紫荆关了，上那边儿去找吧，走走，这儿不是你待的地方。"说着就命令身边士兵，把冯雪儿两个人轰下了山。冯雪儿急得直哭，拽着士兵衣角不肯走，士兵就劝她："你还是先走吧，到山下慢慢打听，我们这位大人脾气不好，急了能抽刀把你们杀了。"听到如此说，冯雪儿和牛小勇只得离开了这里。

　　两人到了山脚，太阳已经偏西。冯雪儿就决定找个农家，先住下来。走了二里地，才在山坳处看见一户农家，屋子上面正呼呼地冒炊烟。冯雪儿和牛小勇来到近前，进了院，看见院子里有一匹大黑骡子，瘦得不成样子，冯雪儿一眼就认出这正是自家的骡子。那骡子也认出了冯雪儿，张开嘴，想叫唤，却叫不出声，一副病恹恹的样子。冯雪儿像是见到了亲人，赶忙上去抱住它的脖子，眼泪扑簌簌掉下来。

　　此时，从屋里走出一个老太太，样子很和善。牛小勇说："我们是山西大同的，来此地寻亲，想在您家借宿。"老太太说："行，行，你们快进屋。老长时间也不来个人，你们来了正好跟我做做伴儿。"冯雪儿施过礼，忙问这骡子是哪来的。老太太说："是修关的部队淘汰下来的，被我老伴儿买了，便宜得很，这骡子被使得太狠了，伤了筋骨，也干不了重活儿了，权当做个善事，给它养老吧。"冯雪儿就告诉老人自己的遭遇，还说这骡子其实就是自家的，又向老人打听郑天阳的下落。

　　老太太说："告诉你你可别急，你这丈夫八成是没了，这修关啊，死的

昌平民间文学

人可多了，那些官兵也不给埋，就扔在东边的山坳子里，盖一层土了事。碰上家眷来找，他们就说是调走了。"冯雪儿心里一沉，像是被大石砸了一下。牛小勇央求老人，要她带路去那个山坳子找。老人看两人可怜，只得答应下来。三个人正要出院门时，那头黑骡嘶嘶地叫起来，似要跟着一起去。冯雪儿说："把它也带上吧。"老太太点点头，就去解了缰绳，那黑骡跟在了冯雪儿后面。

走了两炷香的工夫，终于到了那个山坳处。这里阴风习习、松木森森，还有野狼的嚎叫从大山深处传来。冯雪儿原本是胆小的人，此时又急又悲，已经顾不得害怕。此时的太阳将要落山了，老太太往一片树林处一指，说："就是那个地方。"冯雪儿走过去，就跪在地上刨土。老太太制止了她，说："你这么刨哪行啊？下面的死尸多了，这么刨会冲撞鬼神的。"老太太从怀里取出三根香，插在土里，先冲小树林磕了三个头，嘴里不停叨念着什么。只听那匹黑骡嘶嘶一叫，走入小树林，来到西侧的一棵大松树旁边，用前蹄刨土。冯雪儿和牛小勇赶忙走过去，也跟着一起刨。不一会儿，一具成年男性的尸体渐渐显露出来，尸体面容已经腐烂，身上的衣服也有些破碎。冯雪儿仔细辨认着，忽然发现尸体手中攥着什么东西。掰开一看，尸体手中是一个木簪，木簪上雕刻着梅兰竹菊四种花饰。冯雪儿想起来，一年多前，正是自己托了丈夫，去太原买这种木簪。又看看尸体身上的衣服，那正是丈夫一年多前出家门时所穿的，上面还有自己的针脚。冯雪儿抱住尸体嚎啕大哭。牛小勇和老太太也落下泪来……

从这以后，冯雪儿再也没回山西大同，而是在居庸关脚下建了个茅草屋，日日夜夜守护着丈夫。又过了四十多年，冯雪儿也去世了。临终前，冯雪儿托人把自己和丈夫郑天阳葬在一起。神奇的是，从此居庸关地区出现了一道奇观。冬天里，每逢下雪，居庸关关城犹如冰雕雪砌一般，点缀在群山之间；一条条山梁好像雪龙，跃动在冰天雪地之间。待雪后初霁，朔风一起，团团雪花漫空飞舞，飘飘洒洒，在阳光的辉映下，雪雾被映成瑞彩千条，令古今无数游人叹为观止。

奇泉穿山甲

曹学诗

　　穿山甲乃居庸关附近的一眼山泉，属于自然景观，是关沟七十二景之一。

　　它坐落在居庸关东北方向约三华里的群山之中，位于九仙庙村南的山腰之上。此处山势险峻，道路崎岖狭窄，杂草繁杂，灌木丛生，行人难于攀登，非胆大身健者难得一览胜景。

　　说来也怪，在万峰突起、乱石纵横的山腰上，突然窜出了一眼清泉。此泉的独特之处在于，山前山后均有一股泉水喷出，而且位置高低、大小粗细基本都相同，就像传说中的穿山甲给山掏了个洞一样，使山泉从洞中汩汩流出。由于长期的山泉流淌，山前山后早已冲成深沟，若站在此处一望，其沟之深，其山之险，其水之壮，其泉之声，其景之美……令人心惊胆颤，心旷神怡。

　　此泉如何形成？此水从何而来？至今仍是一个难解之谜。有人说这是无根泉，有人说这是天来水，也有人说这是山上的雨雪汇聚而成，还有人说这是古时的海眼喷涌而出……但究竟水从哪来，泉与何处相通，至今也无人给出一个圆满的答案。

饮马泉的传说

曹学诗

　　在居庸关，有一眼清澈透明的泉水，取之不尽用之不竭。提起这眼清泉，还有一段有趣的传说。

　　宋朝年间，辽国强盛，经常举兵进犯中原。宋天子为保江山安危，令大将杨六郎把守三关。据说有一次，杨六郎又与辽国大将大耳朵韩昌交战于居庸关附近。由于辽国兵精粮足，又全是骑兵，很快就把六郎围困在居庸关内，断了粮道水源。杨六郎虽然骁勇善战，但怎奈宋朝皇帝昏庸，离京又远，粮草接济不上，几月下来便人困马乏，兵无斗志。杨六郎看在眼里，急在心上，亲自领兵筹粮寻水。当时正值酷夏，红日高照，骄阳似火，炙烤得大地几乎冒烟，被困数月的军马粮绝草尽，饥腹难耐。杨六郎有匹战马，个儿大蹄大力大，善通人性。它看到这一切，急得鬃毛倒竖，咆哮嘶鸣，在乱石乱草丛中，东闻西嗅，四处寻觅。它找到一棵繁茂的大树下，展开四蹄，奋力蹬刨，不一会儿就刨出了一眼清泉。但见清泉如镜，汩汩流出，闻一闻心旷神怡，看一看透彻心脾；嗅一嗅耳聪目明，喝一口力量倍增……杨六郎大喜，令宋营兵马赶紧到此泉用水。

渴急了的军马见这清澈的泉水，蜂拥而至，掬起清泉狂饮而下……说来也怪，自从宋朝军马喝下这泉水，人长精神马长力气，一个个变得精神抖擞，力大无穷。

杨六郎一见大喜，传令宋军突围。刹那间，战鼓齐鸣，旌旗招展，军士们各举刀枪冲出居庸关，犹如猛虎下山出海蛟龙，冲向辽军大营。大耳朵韩昌一看，被困的宋兵竟有如此神勇，一下就乱了方寸。在几次阻击无力的情况下，被宋军杀得四散奔逃，溃不成军。杨六郎传令宋军乘胜追击，一直把辽兵赶回塞外老家。

杨六郎得胜回到居庸关，想起马刨清泉立功的事儿，就把此泉命名为"饮马泉"，以示纪念。

近年，居庸关人民根据传说，对"饮马泉"水进行了科学鉴定，发现此泉含有人体所需的多种维生素，便在"饮马泉"的基础上，开发出了"六郎"矿泉水，远销各地，受到人们的喜爱。

这正是：

> 延昭战马刨清泉，
> 救人救军解危难。
> 如今开采成"圣水"，[①]
> 远销各地创奇观。[②]

①"圣水"特指"六郎矿泉水"。②创奇观，指经济效益好。

婆婆庵的传说

曹学诗

明朝洪武年间，有一个和尚和一个尼姑在居庸关四桥子村附近的寺庙居住。和尚住上边名叫七珠，尼姑住下边名叫九皇。七珠和九皇名为出家的和尚尼姑，实则是无恶不作的盗匪贼寇。他俩住在这里，根本不守佛门清规，每日里花天酒地，尽干些佛门不耻的勾当。他俩每日吃在一起，住在一起，从不念经学道，更不普度众生。被当地人称为"花和尚"和"假尼姑"。

七珠和九皇不但自己不守规矩，时间长了，还以化缘为名出来寻觅俊男靓女。他们白天到处转，两眼不看别的，专门看哪个男的漂亮，哪个女的俊俏。到了夜晚便悄悄出动，施展夜行术，蹿房越脊，闪展腾挪，把熏香盒子插到住户的窗户里，将他们白天看好的俊男靓女熏昏，背到寺庙后用解药灌醒，供他俩玩乐……七珠和九皇把人抓来后，白天玩晚上玩，一直到把男的掏空，把女的玩腻才肯罢休。如果谁敢反抗不从，轻则被打骂，重则被杀戮。七珠九皇为了掩人耳目，把抓来的俊男靓女玩腻后就杀掉扔进山涧，时间长了弄得这一带居民惴惴不安，人人自危。

话说四桥村有一个姑娘名叫杨秀波，年方二八，长得眉清目秀，鼻直口方。她不但人长得好，而且聪明伶俐，智力过人，被父母和乡亲们亲昵地称为"波波"。她耳闻目睹这一带经常出现夜间丢人的事，便天天留心夜夜提防。这天晚上她正在屋内熟睡，猛然听到屋外有轻微的脚步之声，透过微弱的星光，她看见有人捅破窗户，伸进一个烟袋似的东西。说时迟那时快，还没等来人放毒，她早已躲到别的屋里观察动静。七珠九皇还像往常一样，用熏香盒子放毒后，便破门而入。他俩知道，人一旦被熏倒，不吃解药一时半会儿不会醒过来。七珠九皇进门后，大摇大摆点上油灯，把屋里被熏昏的人逐个检查了一遍，没有发现秀波。又把炕下墙角能藏人的地方找了一遍，也没有找到，第一次悻悻地空手而回。

秀波在里屋，看他俩走远，便蹑手蹑脚地穿好衣服，悄悄地跟出门外，远远地观察他俩去的方向，不顾一切地急急追赶，并在经过的路上划上路标。一会儿，便见两个人影进了寺庙。

天明了，屋里被熏昏的人也醒了，秀波便把昨夜家里发生的事儿跟父母说了一遍。父母听了叙述，验了窗眼，又气又怕又惊又喜。气的是七珠九皇身为出家人，干的却是男盗女娼的勾当；怕的是若不是女儿机灵，险些落入魔掌；惊的是静静安夜，竟有如此歹毒之人；喜的是桩桩失人案件，竟让女儿一朝看破。秀波的父母怀着复杂的心情，决心要为居庸关的黎民百姓伸张正义。他们托人写好状纸，来到当时镇守居庸关的大将徐达处告状。

朱元璋的大将军徐达看了状纸，问了情况，知道案情重大，便派下得力的人员悄悄埋伏在寺庙附近，以便掌握真凭实据后，人赃俱获，将这两个人面兽心的"花和尚"、"假尼姑"逮捕法办。

办案人员遵徐达指示，悄悄埋伏在寺庙附近，密切注视着寺庙里的情况。一连三天看到七珠九皇不遵寺规，行为苟且放荡，根本不像出家之人所为。便派人密报徐达。徐达听罢，怒不可遏，令手下大将前往寺庙捉拿衣冠禽兽七珠九皇。第四天的夜里，七珠九皇难耐寂寞，又乘夜色前去采花盗柳。由于徐达早有防备，让居庸关附近的青年男女全部藏匿了起来。致使七珠九皇转了几处，屡屡不能得手，最后不得已，只好背来了一个稍有姿色的婆婆。正待七珠九皇施展夜行术来到寺庙之时，早已等候多时的官兵一齐杀出。刹时间，寺庙周围亮起火把，把夜空照得如同白昼，七珠九皇这两个狗男女被围在核心。"花和尚"七珠"假尼姑"九皇，一看情形不妙，各执兵刃企图杀开一条血路逃命。徐达手下大将早有准备，待到七珠九皇杀近，从腰间掏出戒尺，使出全身解数，与两人战在一处。七珠九皇哪里是大将军的对手，战了几十个回合便被戒尺一一打翻在地，七珠断了胳膊，九皇折了腿，双双被官兵捉拿归案。人们救起了婆婆，惩办了恶人，从此四桥子一带人民安居乐业，过着幸福安宁的生活。

后来，人们为了纪念惩办恶魔的徐达将军，纪念跟踪恶人的秀波姑娘，让世世代代人们记住这血的教训，就把这座寺庙改名为"波波庵"，后来人们叫俗了，就叫成了"婆婆庵"，一直沿用至今。

这正是：

> 七珠九皇丧天良，
>
> 为非作歹害一方。
>
> 杨家少女多奇智，
>
> 夜探寺庙不寻常。
>
> 徐达巧布擒敌策，
>
> 岂容恶人逞凶狂。
>
> 四桥安居并乐业，
>
> 居庸又添新景象。

【神奇的燕平八景】

杨六郎吓疯萧天佐

刘瞬骊

　　韩昌死后，辽国的军事统帅就是萧天佐，这个人是个死心眼儿，没有一天不想进攻三关，占领大宋的地盘。所以就隔三岔五地向萧太后上奏，萧太后烦了，就准奏了，于是萧天佐便带着十万人马，杀气腾腾地直奔关沟而来。

　　当时，守卫三关的统帅正是杨六郎。他得知萧天佐向关沟杀来，便立刻命令宋军退兵二十里，一直退到了居庸关的这个地方，凭借山形险要，守住要隘。这里是宋军的最后一道防线，如果这里被冲破，接下来就是一马平川了，辽军的战马只需一日，就可杀到幽州，也就是现在的北京城。

　　孟良和焦赞十分不解，跑去问杨六郎，说六哥你是不是让萧天佐给吓怕了？怎么还没有打呢，你就一口气儿跑到这儿来啦？你这么做，对得起老令公和那几个死去的哥哥吗？

　　六郎没有发火，对他们如此这般一番吩咐，孟良焦赞遂连连点头称是，便立刻回去整顿兵马，准备一战。

　　萧天佐见宋军没有抵抗就退了回去，心中也是迟疑不决。想来想去还是横下一条心，命令部队火速前进，杀到居庸关，灭了杨六郎和宋军之后，再吃晚饭。

　　毕竟是一场大战，萧天佐望着关沟两侧的大山，心里十分发毛，所以急急命令部队，火速通过关沟。谁知就在这时，两侧的山岭上响起了宋军的号角，此起彼伏，宋军的战旗到处飘扬，在这密林之中，谁也不知道宋军在此埋伏了多少兵马。

　　路走了一半儿的时候，突然山中响起了三声号炮，紧接着，就是一阵滚木礌石从天而降，砸得辽军苦不堪言，紧接着，焦赞在关沟北口放起了大火，正是秋末，天干物燥，风借火势，再加上六郎事先撒好的硫磺烟硝一路狂烧，立刻就把萧天佐带来的十万辽兵，烧得七零八落，焦头烂额。萧天佐没有办法，只好跟着大火，一路向南，正在人困马乏之际，突然看见前面出现了一员大将，金盔金甲，来者不是别人，正是杨六郎！

六郎一声大喝："萧天佐！拿命来！"飞马杀来，萧天佐吓得魂飞魄散，调转马头，向北跑去，手下的平章、元帅也不是吃素的，纷纷打马向六郎杀来，六郎切瓜砍菜一般，很快就荡平了战场，再找萧天佐，却早已没有了踪影。

这时候天色已黑，萧天佐慌慌张张地骑马走着，又累又乏，就在这时，忽听山坡上一声大喝："萧天佐！拿命来！"萧天佐抬头一看，大吃一惊！只见夜色中杨六郎站在山坡上，正指着他大喝呢！

萧天佐心中直犯嘀咕，杨六郎明明在他身后，怎么会到了他前面呢？他急忙掂弓搭箭，一箭射去，正中杨六郎面门！太棒啦！射死了杨六郎，哪怕损失十万人马，也不亏啊！

谁知杨六郎哈哈大笑："萧天佐！吾乃天神转世，你能射死我吗？"

萧天佐唰唰又射了三箭，三箭都射中了杨六郎的面门，可杨六郎依然哈哈大笑，笑声在夜色的山谷中，十分瘆人！

萧天佐顿时吓得全身的汗毛都立了起来，"啊"的一声大叫，打马狂奔，经过焦赞的身旁，焦赞没有动手，却冲着他"啊"的一声大叫，顿时，萧天佐滚落到了马下，彻底地疯了！

居庸关一战，宋军没伤一兵一卒，就烧死了辽军十万兵马。主帅萧天佐被生擒，彻底疯了。杨六郎遣人把萧天佐装在笼子里，送到了北国，萧太后知道只要有杨六郎把守三关，这辈子就别想再打大宋了！

孟良和焦赞对六郎佩服得五体投地，说六哥只在崖壁上画了个自己的影子，就把萧天佐吓疯了。大宋朝有了六哥这样的天神降世，妥了！

八百多年过去了，在关沟的老道上，杨六郎的画像依然清晰，人称"六郎影"，杨家将忠勇报国的故事，将会世代流传！

京拱山洞

曹学诗

在居庸关的西面，有一个山洞，名"京拱山洞"。传说宋朝元帅杨六郎曾在此藏过兵。

宋朝年间，北方的辽国经常进犯中原。为防止辽兵入侵，大宋朝皇帝派元帅杨六郎把守三关。居庸关便是三关之一。

相传，杨六郎忠心耿耿，治军有方，深得军民爱戴。他在守关的同时，在居庸关内还建有练兵的操场、教场、火药局等，现遗址尚存。京拱山洞就是他令工兵开凿的。京拱山的洞口在居庸关西侧，里面很大，冬暖夏凉，一可屯粮，二可藏兵，三可当营房休息，在防止辽兵入侵中发挥过重要的作用，是居庸关的堡垒和屏障……

由于年久失修，现洞已坍塌。

真是：

> 居庸是名城，
> 山内好屯兵；
> 遗迹虽已去，
> 京拱洞有名。

五桂头的传说

曹学诗

在居庸关北部，有一原名叫"乱柴沟"的地方，此处有一个山洞，在洞口的岩壁上，现在还依稀可见"五桂头"三个字。

据传，明初燕王扫北，曾带几十万大兵，一路攻城破寨，所向披靡，拿下了几十座雄关大镇，唯有"乱柴沟"这道关口怎么也攻不破。燕王很焦急，也很恼火，但就是没有破城的办法。一晃数月过去了，几十万大军轮番进攻，坚城仍岿然不动。正在燕王苦思冥想、无计可施的时候，有一谋士建议说："居庸关附近的火家庄有火氏五兄弟，善射火炮，可派人请来助战。"燕王闻听大喜，派人带礼物前去聘请。可谁知只过了半天，派去的人便带着礼物独自而回。燕王问怎么回事儿，来人说："火氏五兄弟不愿参战，除非燕王亲自去请，并答应他们的要求。"燕王没有别的办法，只得亲自带上重金再请。

火氏兄弟说："我们都是种田的农民，本不愿卷入这场战争，除非燕王答应，坐了江山以后不来惩处我们，我们才能助战。"

燕王说："我还以为什么大事呢，原来就为这个。我得江山后决不杀戮功臣！"

火氏五兄弟听了，这才放下心来，带上火炮、炸药等工具到"乱柴沟"助战。

火氏兄弟果然是名不虚传，架上火炮，点上炸药，只半天工夫就把"乱柴沟"变成了一片废墟，使久困居庸关的几十万大军，迅速攻下"乱柴沟"，拿下八达岭，把元军赶出关外。

后来燕王真的坐了皇帝，他想起乱柴沟一战，觉得火氏五兄弟留不得。将来他们要造了反，用火炮攻打我大明怎么办？于是，便传下密令，把火氏五兄弟暗害了。

【神奇的燕平八景】

269

纸终究包不住火，这事不知道怎么就传了出来，立时就引起了全民的愤恨。人们说："燕王忘恩负义，过河拆桥，跟他干的人，最后绝没有一个是好下场……"燕王听了，非常害怕，赶紧拟了一道圣旨，封火氏五兄弟为火神，并在关沟令工匠建了一座"五鬼头财神庙"，以享世代香火。这才平息了民愤。

后来，人们觉得"鬼"字不好听，便改成了"桂"字，成了现在的"五桂头"。

真是：

火氏兄弟有奇能，
力助燕王破元兵。
不料功成遭暗害，
看来伴君多险凶。
虚情立座财神庙，
人去庙存有何用？

车辙

曹学诗

　　在居庸关云台的券门下，有四道深深的车辙。车辙纹路清晰，表面光滑，把坚硬的岩石磨下去足有七八寸深……

如果说历史是一辆车

岁月就是深深的辙

多少次兴衰成败

都从这坚硬的石上碾磨

有多少军车出关

有多少战马踏破

有多少商人进出

有多少使者走过……

深深的车辙

记下了将士的征战

记下了铁骑的奔波

记下了民族的交往

记下了南北的融合……

车辙，一面历史的镜子

摄下了荣辱功过

车辙，一道历史的印痕

把多少悲喜的故事诉说

望着这深深的车辙

我好像回到了远古

见到了战马金戈……

关沟的来历

冰之恋

在昌平西北部，有一条绵延20公里的大峡谷，这里两山夹峙，山形陡峭，两侧山峰巍峨耸立，虎虎生威，就像两条巨龙扼控在居庸关口。山上长城蜿蜒盘绕，山下城楼雄伟高耸，一水中流，中置一关，因此，自古这里便是西北、东北少数民族南下华北，逐鹿中原的必经之路。峡谷中因有居庸关的设置，所以，人们遂将此峡谷命名为关沟。关于这关沟的来历，还有一段惊心动魄的传说故事，至今流传于民间的街头巷尾，成为人们茶余饭后的谈资。

"天地玄黄，宇宙洪荒。" 相传在距今约4600年前的尧舜时代，此时正值冰河时代后期，气候骤然转暖，水不结冰，地不封冻，一年四季皆为春，这可乐坏了百姓。但好景不长，由于天气温度逐渐升高，大雪山上的长年层积冰雪迅速消融，继而雪水狂泻而下，与海湖大川中的水融为一体，刹那间波涛汹涌，巨浪涛天，大地山河，一片汪洋，人类的生命悬于一线，于是，舜就派大禹的父亲、时任治水官的鲧去治水，救天下苍生于危难，可没想到，鲧治水不得法，东堵西截地费了九牛二虎之力，不仅没把洪水治住，反而使沧海横流，海水倒灌，淮河淤积，洪水肆意泛滥，连续治了九年均不成功，而且在治水过程中，由于方法不得当，淹没了许多人的家园，他情急之下擅自将神庙里的青铜礼器铸成治水工具，犯下了弥天大罪，被舜帝诛杀于羽山之野。继他之后，没有人再敢担此重任，正在此时，鲧的儿子禹挺身而出接替了他的职务，治理天下水患，他总结了父亲失败的原因，采取了疏堵并用之法，结果好多地方的大水都被他驯服了，所以，人们都传说他是玉帝跟前的水神，专门管治天下的水患，他此次是受玉帝之差遣，下界来收服水患的，如此种种。但他具体是怎样治服水患的，没有人看到过，因为他从来也没在人前显露过。

【神奇的燕平八景】

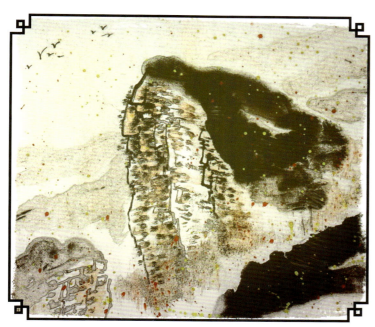

话说这一天他来到关沟这里，这里由于地势高，山峰连绵险峻，海水无法突破，被拦腰截堵在了一座硕大的山峰之下，海水像疯了似的猛烈撞击山峰，而山峰也像铁壁铜墙一样死死地横在前面，不肯让步，山水相撞发出隆隆巨响，震耳欲聋，水浪冲天而起，足有十八层楼那么高，大禹观罢作了难。心里嘀咕：这山如此之巨，非平常物件所能撼动，移动它更是不可能的事，如若不开山，水就会越聚越多，浪越打越大，如果造成倒灌，那以前的活儿就白干了，反而会惹来更大的麻烦，不如暂且这样试试。想至此，他双手合十举过头顶，转向东方，拜了三拜，口中还念念有词，念了些个什么，神才知道，他念完后，片刻功夫，从东边天际急行来了一丛祥云，近了才知道是东海龙王大驾光临。龙王看罢水情，告诉大禹他也只能试一试，没有把握治住海水，因为水势太大太凶猛。说罢，只见龙王站稳云头，摆好架势，猛地深吸一口气，只见海水顺着他的气流飞入他的口中，但没多大工夫，龙王便支撑不住了，他一松口，大水立即就落了下来，把个大禹浇成了落汤鸡。眼看东海龙王也没了辙，他们你看看我，我看看你，站在那想办法，忽然龙王出了个主意：咱们吸水不行，那咱就把山劈开，把水引过去不就行了？大禹听了，苦笑着说："龙王呀，我不是没有想过，可拿什么去劈呢？人间哪有此等能劈山的神物？"龙王一听也是，要从人间找个能劈柴的斧子还行，劈山的斧子哪找去呀。沉默了良久，他龙眼一瞪："有了！""什么有了？"

把大禹给弄了个丈二的和尚摸不着头脑。"我去禀明玉帝，请他让二郎神用他的神斧把山劈开！"大禹一想，"对呀，二郎神的斧子曾经劈过山呀！我怎么就没想到呢"。于是，他就拜托龙王往天庭走一遭，龙王随即跃上云头飞向天庭，约莫有一盏茶的工夫，老龙王和三只眼的二郎神便出现在了关沟上空，只见二郎神按下云头，举起手中神斧，用足全力劈下，只听"轰"的一声巨响，横着的巨大山峰应声从中间断为两半，足有几十丈宽，"唰"的一下，海水就像脱了缰的野马，顺着山沟急驰而过，只一会儿的工夫，一片汪洋就变成了山地丘陵与一马平川。大禹看后，乐开了花，千恩万谢之后，两位大仙即回天庭复命，而大禹则奔向了他下一段的征程。

自此之后，在大禹曾经治水的地方，就留下了这条狭长的大峡谷，两侧山峰之所以陡峭，是因为二郎神用巨斧劈开的缘故。后来，因军事防御的需要在峡谷中段建造了居庸关，所以，这段峡谷就被称为关沟了。

沟崖双瀑

沟崖双瀑

昌平民间文学

沟崖双瀑

李国棣

　　沟崖位于昌平卫星城西北 9 公里的崇山峻岭之中，沟口为十三陵镇的德胜口村，东距明十三陵的昭陵 1.5 公里。这里有 9 条山脉，8 道沟，25 座山峰，沟中有崖，崖下有沟，沟沟相通，崖崖相望，沟沟有清泉奔涌，崖崖有怪石峥嵘，因名沟沟崖，简称沟崖。

　　在历史上，沟崖曾是我国北方著名的道教胜地，元朝中期，这里方圆数十里，庵观相望，庙宇绵亘，曾有 72 处之多。此后渐次衰微，至明朝初期仅存瑞峰庵（又称下庙）、岫峰庵（又称盘道庵）、东峰庵、西峰庵和中峰庵（又称上庙）等五座庵宇。明清两朝再度复兴，庵、观、宫、殿中的道士均属全真派，香火旺盛时，道士曾多达 500 余众。

　　沟崖人文景观的精华荟萃在中峰的玉虚观。玉虚观距沟口 15 里，俗称上七下八，即从沟口至下庙（瑞峰庵）为 8 里，从下庙至上庙（玉虚观）长约 7 里。此处不仅山路崎岖，而且坡度很陡，落差较大，沟口海拔 140 米，走入沟谷就有步步登高之感，势若爬梯，至中峰顶则为海拔 963 米。进入沟谷沿山路经西南转向北，沟渐宽，可见三座高峰耸立于面前，中峰位于乾（即西北），东峰位于艮（即东北），西峰位于坤（即西南），三峰左右环拱的山峰共有 22 座，各峰皆有名，如仙人、玉女、将军、步虚、玻璃、五云、金华、紫极等，巍峨峥嵘，蔚为壮观。

　　瑞峰庵（下庙）位于沟谷中段，始建于元，重建于明。明万历十二

年（1584 年）九月，神宗朱翊钧奉两宫皇太后阅视寿宫，来到德胜口，见西面峰峦之间有庙宇，十分高兴，为庙宇赐额为"大慈瑞峰庵"，特赐《大藏经》一部，赐主持僧智光禅师紫袈裟一袭，嘱其为国祈福，奠安陵寝。慈圣皇太后还捐施善银，命天寿山守备尚文于万历十四年（1586 年）七月兴工，重建成佛殿三间，禅室两楹，东厨、西库及静室山门。此后改为道姑清修之所；新中国成立后，道姑相继离庵还俗，现仅存遗址，院内尚有万历年间重修瑞峰庵碑记及一株罗汉松。

岫峰庵，又名盘道庵，位于瑞峰庵之北。明代曾重修，有正殿三间，供奉着送子娘娘塑像。正殿前有一座庵门殿，檐下石匾额上刻有"盘道庵"三个字，殿内供奉着护法神韦驮的塑像。今只有遗址尚存，正殿前长着一株银杏树，高 30 米，周长 710 厘米，现为国家一级古树名木。

玉虚观位于中峰山腰的平台上，观前生长着一株银杏树，高 30 米，周长 560 厘米，现为国家一级古树名木。明朝中期，此处地势陡峭，平地之处"地仅十笏"，故只有茅舍三间。天启三年（1623 年）三月，太监马诚、赵进、赵之翰、汪良德等人捐银扩建，因山势险陡，道路崎岖不平，运料艰难，直至崇祯八年（1635 年）八月才建成，前后竟费时十二年零五个月。当时为三进院落，山门外的东、西两侧各置一碾、一磨代替雌雄二狮，观门为单檐歇山顶，门额是"护国中峰顶玉虚观"。山门内左右为钟鼓二楼，分别悬钟、架鼓。山门内正面为重门，门额为"洞天福地"。第一进院落有正殿三间，殿顶为硬山绿琉璃瓦剪边，殿内供奉真武大帝，东、西殿配各三间，为道士住所。正殿左侧的角门通第二进院落，正中后殿供奉太上老君。殿后有石梯可登望京台，是为第三进院落，台上建无上阁，阁后为莲花顶，山石形似莲花，石色或乳白，或米黄，石上天然生有深色黑线，使朵朵莲花惟妙惟肖，栩栩如生。登临无上阁向南远眺，可以望见京城中北海的白塔。清朝末年，直隶总督端方曾为玉虚观题写过"北武当山沟沟崖"的匾额。玉虚观的殿宇自民国以来年久失修，特别是经过"文化大革命"的人为破坏，正殿、后殿、配殿早已荡然无存，荒草丛中尚可辨认出殿基遗迹。无上阁为石材仿木结构，目前基本完好，不过因为近年来空气污染严重，站在阁上已无法看到北京城内北海公园覆钵式的白塔了；值得欣慰的是，二十余华里以外的十三陵水库却清晰可见，宛如镶嵌在翠绿锦缎上的一颗硕大的蓝宝石，在阳光下熠熠生辉。沟沟崖内的庙宇于1959年1月23日和1980年11月21日相继公布为区（县）级文物保护单位，受到政府有关部门和人民群众的管理与保护。1997年4月17日，北京市林业局森林旅游开发公司成立了沟沟崖自然风景区管理处，将绿化荒山、保护文物古迹与开发旅游有机地联结在一起，可减少人为损坏现有文物古迹，门上游人徜徉于山水之间，发思古之幽情，陶冶情操，是一件一举多得的好事。

中峰顶玉虚观因是沟沟崖中的第一大道观，所以玉虚观附近的崖畔、山腰、沟底及其附近地区，大小庙宇鳞次栉比，比较有名的庙宇参差错落，比比皆是，钟磬之声相闻，此起彼落，犹如众星捧月一般，景致十分壮观。其中比较有名的庙宇有碧霞宫、斗姥宫和五龙宫。碧霞宫位于玉虚观之东，依山而建，与玉虚观同时建立，清光绪二十四年（1898年）修葺。有正殿三间，内奉碧霞元君。左右配殿各三间，倒座殿三间，内奉王灵官塑像，现仅存遗址。斗姥宫在碧霞宫左侧东峰山腰处，正殿为三间，内奉斗姥神，左、右各有耳房一间，殿右有巨大山石与配殿相对，宫门为倒座殿，内奉观音菩萨及十八罗汉石像，现仅存遗址。五龙宫位于玉虚观之西，庙宇早已损毁，现仅存遗址。宫后靠石壁处有一眼龙泉，环泉凿成一个方池，泉水从泉眼中奔涌而出，也有泉水自岩壁缝隙中渗出，流入方池。泉水清澈甘美，四季喷涌不绝，夏日游人来到这里，无不痛饮几杯龙泉水消暑止渴。

沟崖不仅人文景观雄伟壮丽，自然景观也远近闻名。自元以来，沟崖以"无峰不奇，无崖不险，无石不怪，无泉不清，无林不秀"而名噪一时，许多王公贵族、达官显贵常来这里游览、避暑。昔日有飞瀑垂帘、寒泉漾玉、危峰夏雪、古洞春风、磴道穿云、松桥隐雾、南川午月、西寺子钟八处风景独特的地方，被称为"沟崖八景"。从德胜口进入幽谷，小道蜿蜒曲折，数处飞瀑遥挂在崖壁上，清泉奔涌于碎石之间，凉风习习，野花送香，即使是三伏酷暑，这里也毫无炎热之感。在太阳直射不到的地方，四五月份水面上还结着冰，隐约可见一股清流在冰层下淙淙远去。漫步峰林曲径之间，闲坐山溪怪石之侧，放眼野花盈径，峰峦竞秀，万木争春，静听林涛飒飒，百鸟啼啭，大有身临仙境，超脱尘世之感。沟崖双瀑是沟崖自然景观之冠。其景位于中峰玉虚观之东，峡谷因地壳变动形成断崖，两股瀑布从断崖上飞流而下，其落差在枯水期为 15 米，在夏季盛水期可达 30 米。飞瀑坠入崖下的深潭，激起团团雪浪花，声震山谷，十分壮观。

从 20 世纪 70 年代起，许多旅游者到沟崖游玩之余，都在认真寻找第四纪冰川擦痕。第四纪为地质历史上的最后一个纪，约从距今二百五十万年前至今。当时，在许多高纬度地区广泛地发生了多次冰川作用，由冰川所夹带的块石在运动时相互间或与冰川槽谷基岩间摩擦形成擦痕。保护在冰碛石表面和冰川槽谷两侧与底部的冰川摩擦痕迹，多呈"钉子"形，是珍贵的自然遗产。在二百五十万年间，由于自然运动和人类生产劳动的破坏，冰川遗迹已变得屈指可数。自从有人在《文化宫》杂志上撰文说在沟崖峡谷间可见到冰川擦痕，即吸引了成千上万的游客来到沟崖，想亲眼目睹北京地区罕见的冰川擦痕。为了搞清沟崖中是否有第四纪冰川擦痕、位于什么地方，2000 年 9 月 27 日，笔者与《昌平县地名志》副主编孙宝来、昌平区地矿局的高级工程师姚银启一行，赴沟崖进行实地考察。由于当时地表植被较厚，影响了考察效果，未能如愿。我们相信，在众多有识之士的共同努力下，沟崖是否有冰川擦痕，很快就会得出结论。

沟崖山上的枣树

王庆和

沟崖双瀑以"无峰不奇，无崖不险，无石不怪，无泉不清，无林不秀"而闻名于天下，其实，沟崖里还有一样有名的东西，这样东西在清代时期也是无人不知，那就是枣树。

当时沟崖里的枣树成山遍野，大大小小，粗粗细细有的是，树上的枣儿也是有大有小，但都甜得可口，红得可爱。每到秋天，秋风吹黄了满山的叶子时，山上的枣儿便成熟了。

当地人们就会仨一群、俩一伙地上山去摘枣子，摘得大盆小盆。

清代末期，当时村里有个叫吴家三的人，他得了一种怪病，从十多岁就治，结果花光了家里所有的钱，房子卖了，地也卖了，直到他三十多岁，仍然没有治好。这时他的双亲也因病先后离开了他。

吴家三房无一间地无一垄，又拖着一身的病，他不想活了。于是，他就决定一死，死的方法他也想好了，就是找根绳子上吊。他想，自己不如在山上找一棵树，吊死在那里得了。那时正是秋天，山上的枣子快熟了，他寻思，过几天，满山的枣就都熟了，自己死后便会被上山来摘枣子的人发现，如果遇到好心人，也许会把他埋了。别的他都不求了。

在死前，他没忘了到山上的地王庙去拜一拜。这天早上，他把身上仅有的几个小钱买了几炷香，然后走进地王庙，点燃香，诚心诚意地给菩萨磕了几个头，他是求自己下辈子能够做个健健康康的人，让他的来生能够好活一些。

拜了佛，吴家三便提着绳子上山了，这是早上，他走到半山腰时停了下来，选择了一棵合适的树，树有碗口粗，吊上去正合适。他想，自己就在这里了结了生命得了。于是，他将绳子系在了树杈上，只要他把脖子伸进去，一蹬腿，他苦难的一生便结束了。

吴家三搬了块石头，踩了上去，然后将脖子伸进了绳子套。他想，只要自己将石头踢开，一分钟过后，他便可以去到另一个世界了。

可就在这时，突然有个什么东西砸了一下他的脑袋。他吓了一跳，心想这是谁啊。他闭着眼睛不理睬，只想着一蹬腿完事，谁知，他的头顶又被东西砸了几下。接着他听到一阵的响动，噼哩叭啦的，像是下雨了，可比下雨的声音还大。

他心里一阵奇怪，没有办法，终于睁开了眼睛，看究竟是怎么一回事。他低头一看，原来是满地的枣子。枣子又大又红。他更奇怪了，这时满山的枣子还没熟透，怎么这棵树上会有这么红的枣子呢？而且刚才系绳子时，他也没仔细看看这是棵什么树，怎么会是棵枣树呢？

于是，他把脖子从绳套中伸出来，此刻，他的肚子正饿着。他拣起地上的一棵枣子放在嘴里，感到很惊讶，这枣子又脆又甜，是他一生中从没有吃到过的最好吃的枣子。他想，自己不如做个撑死鬼吧，怎么也得吃饱了再死。

于是，吴家三便坐在地上吃起枣来。一会儿工夫，他便把地上的枣子都吃干净了，他起身要去上吊，谁想，这时树上又开始掉枣子了，一阵噼叭响声过后，地上又是一层枣子，他觉得奇怪，于是又吃起来。等他吃完了，树上又开始掉枣子了。这回他更惊讶了。

吴家三抬头仔细看这树。树上的枣子并不多，可怎么老是有枣子往下掉呢？他把地上的枣子收到一堆儿，这时树上又开始掉枣子了。掉完了，树上又生出一层枣子。

吴家三惊奇地认识到，这是一棵神树，一棵摇钱树！吴家三那天没有死。他回到家中，拿个口袋又上山了，那天他捡了一大口袋枣子，可那棵树上还是有同样多的枣子，一点也没减少。吴家三明白了，这是老天给他的恩赐，是不让他死呀。

昌平民间文学

从那天开始，吴家三每隔两日就上一回山，每次都能背回一大口袋枣子，然后卖掉，再来捡枣子。到了后来，吴家三只要站在树下，树上就会掉下枣来。

吴家三这年秋天不但没死，他还一下子有了钱，他不但治好了自己的病，还置了地，买了房。他又活了过来。他感谢这棵神奇的树，隔三岔五就来给这棵树烧烧香。吴家三守着这个秘密，他想，自己活了一生，这是老天爷恩赐他的福分，他一定要好好守候着。

但不久，吴家三的秘密还是被人知道了，村里的大地主宋有才一直对吴家三感到好奇，都深秋了，怎么吴家三还能从山上背回枣子？而且总是能背回一大袋子枣子？宋有才就跟踪了吴家三几次。当发现了这个秘密后，他大吃一惊，这不就是棵摇钱树吗？

于是，每次吴家三走后，他便站在树下，希望树上照样能掉下枣子来，可真是怪了，他站了几次，树上都不掉枣子，难道是有什么"芝麻开门"的话才管用吗？可他并没有听到吴家三说什么呀。后来他又跟踪了吴家三两次。知道吴家三并没有什么话，只是站在枣树下，树上就掉枣子。

宋有才想啊想的，他终于想明白了，原来这棵树只认识吴家三，不认识别人。于是，他向吴家三张口了。这一天，正当吴家三站在树下，望着头上的枣子下落时，旁边蹿出了宋有才。吴家三吓了一跳，宋有才嘿嘿一笑道："吴老兄，原来你有一棵摇钱树啊。怎么样，每次算我一份，咱俩平分，不然我会把这个秘密告诉全天下的人！"

吴家三知道，宋有才是村里最坏的人，他欺压百姓，霸占民女，放高利贷。人们都恨死了他，不管怎样，也不能将这神奇的枣树分给他。

吴家三从此再不来山上摘枣子了，而宋有才想尽了办法，可枣树就是不再掉一棵枣，宋有才气急了，一把火将这神奇的枣树点着了。点着树时，树上突然开始下起了石头，宋有才想跑，但是晚了，他被石头砸死了。

至今，人们在沟崖的深处，还能看到这棵被烧死的枣树。

蓝狐

王焕方

在昌平城的西北方向，有一处地方名叫"沟崖"，沟口为十三陵镇的德胜口村。这里到处是崇山峻岭，因"无峰不奇、无崖不险、无石不怪、无泉不清、无林不秀"的独特景色而闻名遐迩。在中峰玉虚观之东，有两股瀑布从断崖上飞流而下，坠入深潭，声震山谷，蔚为壮观，世人称之为"沟崖双瀑"。现在，这独特的景色已经消失，但"沟崖双瀑"所留下的传说故事，却经久不衰。

在很久以前，沟崖地区住着一对老夫妻。老头子姓张，老婆子叫作张刘氏。这对老夫妻勤劳本分，心地善良，平日里以种地为生，农闲时就去山上打柴，卖给大户人家。他们无儿无女，全部家产只有三亩薄田和两间茅草屋，虽然贫瘠，但二人相亲相爱，日子过得快乐而踏实。

有一年冬季，下了一场大雪。沟崖地区被白雪覆盖，到处如冰雕玉砌一般。天气寒冷，不少人家需要生火取暖。老张顾不上天气恶劣，一大早就上山砍柴，希望砍来的柴禾能卖个好价钱。

还不到中午，老张就砍了两大捆柴禾，用扁担挑了，喜滋滋地往山下走。到了一个山坳处，老张忽然听见一种声音，细细的，断断续续，好像是一个人在呻吟。老张循着声音找去，走到西边的密林深处，在一棵松树下，发现一个蓝色的东西在蠕动；走上前细看，才看清是一只蓝色的狐狸。老张以前见过狐狸，但浑身长着蓝毛的，还是第一次见到。蓝狐瘫在雪地里，用前腿支撑着身体，哀哀地看着老张，低声呻吟，两条后腿软塌塌的，一片血肉模糊。周围的白雪上还有斑斑血迹。老张蹲下身子，试探性地抚摸蓝狐，蓝狐并不恼，也不躲，把头垂了下去；老张又看了看蓝狐的后腿，好像是被什么猛兽咬伤的。老张看蓝狐实在可怜，就把它抱在怀里，挑上柴禾，往山下走。

　　老张把蓝狐带回了家，把老伴吓了一跳。老伴也是菩萨心肠，看蓝狐乖巧哀怨的样子，很是怜爱，先是给蓝狐清洗伤口，喂了些肉汤，第二天又去给蓝狐买药、上药、准备饮食。从这天起，老张夫妻精心为蓝狐疗伤。外面天冷，老张就在屋里给蓝狐搭了个窝，里面铺上棉被和稻草，尽量让蓝狐待得舒服些。

　　过了两个月的工夫，蓝狐基本上痊愈了，已经能行走自如。这时候已经开春，天地一片祥和，到处是柳绿莺啼。可老张一筹莫展，眼看就要播种了，却还没有钱买种子，去年的收成不好，家里没挣到什么钱。仅有的一点儿积蓄，也用在了给蓝狐疗伤治病上。

　　有一天早上，老张和老伴睁眼醒来，忽然发现屋里有个年轻女子，正坐在椅子上，笑吟吟地看着他们，女子穿着一身蓝袍，模样很是俊俏。女子旁边的桌子上，还放着几叠丝绸布料。老张和老伴吓了一跳，赶紧披上衣服，坐了起来。老张问那女子是何人。女子说："恩人，休怪我唐突，我就是你救回来的蓝狐啊。"

　　老张不信，说："人是人，狐是狐，你是个美貌女子，怎么可能是狐狸呢？"

　　女子说："我原本是只狐狸，但经过多年修炼，可以幻化成人形，还请恩人不要见怪。那天我和黑虎精斗法，被它咬伤，还多亏了恩人相救。"

　　老张还是不信。女子就撩起蓝袍下摆，露出白皙的小腿。只见腿上有一道扭曲的伤痕，跟蓝狐腿上的伤痕一模一样。老张这才相信了七八分。那女子指着桌子上的丝绸布料，又说："我知道你们现在很是贫窘，这些锦缎都是我织成的，你们拿到外边去卖，或许能解一时之困。"

老张下床看那布料，只见那上面纹理细腻，图案雍容华美；又用手摸摸，只感觉温润顺滑，如镏金软玉。女子说："恩人，您就放心吧，这绝对是上等佳品，能卖个好价钱。"老张看了看女子，见她一脸赤诚，便点了点头。

日上三竿，老张拿了锦缎布料，来到县城的一家绸缎铺子。绸缎铺的老板姓赵，他一见老张拿出的布料，两眼就放了光，一边摩挲布料一边说："真是好东西啊，已经很多年没见过这样的手艺了。"又让老张开个价钱。老张不懂行市，让赵老板看着给。赵老板就给了老张三百文钱，把锦缎布料全收了下来。

老张手上有了钱，喜滋滋地去买了种子、农具，又买了一只肥鸡，要款待那"蓝狐女子"。回到家，老伴儿和女子看见老张满载而归，都很高兴。当晚，老张夫妻和蓝狐女子美美吃了一顿。饭桌上，张刘氏问起蓝狐女子的来历，又问了很多修炼的事情。那女子支支吾吾的，似乎有很多避讳的地方。老张看了出来，让老伴儿少说两句。张刘氏似有所悟，不敢再多问，只低头吃东西。

过了一会儿，那蓝狐女子说："你们对我的大恩大德，我终身难忘，跟你们在一起，我生活得十分快乐踏实，比在狐界生活好多了。如果你们不嫌弃，我就做你们的女儿，给你们养老送终。"

张刘氏听了，喜不自胜，连连叫好。老张也笑眯眯地点头。

那蓝狐女子又说："我没有别的长处，只会织布。你们就拿着我织的布去卖，大富大贵我不敢说，但肯定能够丰衣足食。"

老张踌躇了起来，说："这样做合适吗？我们有手有脚还能干活儿，却靠你一个女娃娃，你织布也很辛苦吧。我们种地砍柴的钱就够用了。"

女子说："你们要是把我当女儿，就别见外。你们操劳了一辈子，也该享享清福了。只是有一点，你们千万记住，每天未时到申时，我会到屋子里织布，那时，你们千万不要偷看我，也别管这锦缎是怎么织成的。"

老张连连答应。张刘氏犹疑了一会儿，也点了点头。

自此，蓝狐女子每天下午都在茅草屋里织布。每隔七八天，蓝狐女子都会拿出几匹锦缎布料，交给老张，让他拿到集市上或绸缎铺去卖。老张每次都能卖上个好价钱。渐渐地，老张的锦缎出了名，成了抢手货，很多有钱人家都争相购买，用老张的布料来做衣服，做床单被子。老张的日子也因此而富足起来。

有一天，老张又拿了几匹布料，去集市上售卖。半路上，碰到了东村的恶霸孙不二和他的三个家丁。孙不二看见老张手里的布料，上去就拿起两匹，左看右看。老张心里厌恶他，却无可奈何。孙不二看过布料，恶狠狠地对老张说："这布料明明是我家的啊。我家昨天晚上刚刚失窃。肯定是你偷的。"

老张很委屈，说："我都这么大岁数了，怎么可能偷你家的东西？"

孙不二说："不是你偷的，也是你销的赃。你从实招来，这布料是哪儿来的？要不咱们就见官去。"三个家丁在一旁撸胳膊卷袖子。

老张有点胆怯，说："这是我闺女织的布啊。"孙不二说："胡说，远近八方都知道，你老张头无儿无女。"老张说："这闺女是我远方表哥家的，刚刚过继给我的。"孙不二说："那你有什么东西可以证明？"老张想了想，就对孙不二说，可以带他到家里看看。孙不二早就听说老张新过继的闺女美艳无比，当即欣然答应。

日头过午，到了未时，老张带了孙不二和家丁，来到自己家。此时天气炎热，老张家的茅草屋却紧紧关闭着。孙不二要踹门进去，被老张阻拦；老张在窗户纸上挖了两个小洞，请孙不二一同向内探看。两个人把眼睛凑上去，不由得大吃一惊。只见屋里有一只蓝毛狐狸，正从嘴里往外吐丝，丝落到地

昌平民间文学

上，自成经纬，不一会儿就化成了一块锦缎。孙不二惊得"哦"了一声，那蓝狐往窗户这里看，一双狐眼血红血红的，如同鬼魅；发现有人偷看，蓝狐也惊得蹿起来，一下子撞开门，绝尘而去。

自此，蓝狐再也没有回到老张家。老张夫妇又恢复了孤寂的日子。有时候，老张独自一人上山去找，却哪里见蓝狐的影子。老张很后悔，平日里也没少落老伴的埋怨，怪老张不该带人偷看蓝狐。

三年后，昌平地区大旱。田地里苗草不生，饿殍遍野，许多人家已开始到外地逃荒。老张夫妇也饿得整日里头昏眼花。一天深夜，老张忽然听见叩门声，便披衣下床，扶着墙把门打开。只见那蓝狐女子跪在门外，向老张拜了三拜，说："恩人的大恩大德，我没齿难忘。请原谅我那次不辞而别。请把这蓝锦从断崖垂下，定会解你们的口腹之忧。"老张赶忙上去，想把女子搀起来，一眨眼的工夫，那女子已不见踪影，地上只有两大卷锦缎，在月光下泛着幽幽的蓝光。

第二天，老张带着人，按女子的说法做了。从断崖上分两处把蓝锦垂了下去。到了正午时分，日光愈强，那蓝锦化作了两条瀑布，从断崖上飞流而下，把一股股甘霖送到了人间。自此，旱情缓解，此地的乡亲们也因此逃过了一劫。

硝烟弥漫德胜口

廖罗长

　　沟崖位于十三陵镇德胜口村，地处燕山山脉南北交通要道的咽喉地段，自古即为军事要塞。辽代形成村落。远在唐代，此处就建有幽州城北部的前哨关卡——得胜口（今德胜口）边城，其位置在今德胜口村及其以东、以北地区；是内地与外蕃互市交易的场所，商业繁荣，街市长达3里。后来街市为水所毁，不复兴旺，此处关卡也就隐没在深山老峪之中，不为外人所知。直至北宋太平天国四年（即辽乾亨元年，公元979年）七月初六（8月1日），辽宋大战幽州城时，在宋军步步进攻、辽军节节败退的关键时刻，耶律斜轸与耶律休哥率领驻守在得胜口的辽军精锐部队，通过在南沙河的正面阻击与迂回清河渡口的后方袭扰，打得宋兵溃不成军，取得辽宋作战史上前所未有的大捷。

　　战后，二将统率所部返回驻地，朝廷大臣频频前往兵营祝捷劳军；得胜口才重新引起兵家的重视，不论平时、战时，均在这里布防重兵。

　　从辽末至明末的五百多年间，得胜口这条隐蔽在崇山峻岭中的军事要道屡受军事家的青睐、金灭辽，李自成农民起义军推翻明王朝等改朝换代的社会巨变，军队都是从得胜口这条秘密通道避开敌军的重兵防守，攻占敌方首都的。

　　辽保大二年（金天辅六年，1123年）十二月，金太祖完颜阿骨打率领铁骑兵分两路，从居庸关和得胜口齐头并进，占领昌平，攻陷辽国的南京（今北京城），从而建立金王朝。此后，得胜口曾数易其名：金代称大安口，元代称翠屏口，明代称德胜口。明成化十年（1474年）八月，也先率蒙古瓦剌部落骑兵从德胜口奇袭昌平城和明朝皇陵，朝野震惊，及时在这条山间通道的北口修建了柳沟城，封锁其入口。

【神奇的燕平八景】

明嘉靖十年（1531 年），明廷在德胜口村西北一里处修建隘口，在 25 米宽的山口及两侧坡岭上，建"正城一道，水门一空，拦马墙一道"，东、西两侧各建山墩一座，常年驻扎守军 24 名，由驻灰岭口（今长陵镇上口村）把总管辖。

崇祯十七年三月十五日（1644 年 4 月 21 日），农民起义军领袖李自成率精锐部队从宣府出发，绕过八达岭外的岔道城，直取柳沟城，进入峡谷后，一路人马沿河谷向西翻山越岭攻打居庸关，李自成亲统大军向南攻打德胜口。居庸关总兵唐通、监军杜之秩见起义军突至关前，以为岔道城、八达岭已经失守，遂献关投降；德胜口守军因实力悬殊，弃守溃散。李自成率部兵不血刃，连取居庸关和德胜口两处军事要隘，乘势挥师攻占昌平州城和巩华城，于三月十八日（4 月 24 日）攻进北京城，推翻了明王朝 277 年的统治。德胜口因此再度引起世人的关注，著名学者顾炎武、李因笃等人都曾到德胜口进行实地考察，并将德胜口写入他们的传世之作。

清朝建都北京以后，德胜口遂被弃用，逐渐颓废。1959 年在村北修建德胜口水库时，将关隘的垣墙拆除，现仅在南侧山崖下尚存一段残墙。1982 年 10 月，从北京经张家口、呼和浩特至银川的 110 国道建成，从村北穿过，为发展经济和百姓出行创造了便利条件，也使久负胜名的德胜口以崭新的面貌展现在世人面前。

奇观妙景属沟崖

马德清

沟崖，又叫沟沟崖。位于明十三陵西北，距昭陵约20里。此处因沟中有崖，崖下有沟，沟沟相通，崖崖相望，故名沟崖。

早在元代（1206-1368年）沟崖丛山就已盛名，清初又称北武当山。沟崖一带有高低山峰22座，九道山脉八道沟，故有九龙叠水之称。山峰中最著名的有东、南、西、北、中五峰。

北京郊区的高峰有西山的鬼见愁，高650米，门头沟的九龙山高870米，妙峰山1330米。这些山峰虽说比较高，但都高不过沟崖的中峰。中峰高达1670多米，比著名的泰山还高170多米。

沟崖不仅山高，而且庙宇众多。据史料记载，元代时有72处之多，不过到了明代只存5处。五大峰巅原来都建有大庙。其中最著名的有真阳观、三观殿、盘道庵、龙一庙、幻境庙等。不过，这些庙宇均已坍塌，只剩残余基石。即使不怎么著名的玉虚观、娘娘殿、斗姥宫也毁在十年浩劫中。

玉虚观建筑在悬崖峭壁的中峰顶端，此处三面为悬崖，十分险峻，远远望去，风景如画。如站在此处往南眺望，天气晴朗时可以隐隐约约看到北海公园的白塔。玉虚观西侧有座小庙，名曰五龙宫，宫后边有一眼龙泉，泉水清澈，四季喷流不绝。由玉虚观东下，到东岸，有斗姥宫和了了宫，也建筑在峭崖上。建筑虽小，但布局雅致，形态精巧。

玉虚观所处的中峰顶上的面积，原来只有篮球场面积大小。明代天启年间（1612年），武当山道士王海池云游至此，在峰顶洞内住下，命名此山为"北武当山"。第二年三月，朝中当权太监马诚、赵进等见沟崖地势险要，又紧傍明皇陵，也出于军事和政治考虑，集重资在中峰顶上大兴土木，历时十三年，于崇祯八年八月（1635年）建成玉虚观，观中供奉玄武大帝。

玉虚观建得玲珑小巧，尤其与众不同的是，山门外左右两侧的一碾一磨，代替了传统上的石狮子。一碾一磨，十分精致，既装饰了门面又实用。山门内左右是钟、鼓二楼，飞檐翼然，内悬巨钟、巨鼓，传说铁钟声传遐迩，可传到北京。层层殿堂之后，一座玲珑剔透的砖塔挺然而立。塔后洞穴，据说是道士羽化之所。玉虚观四周有齐肩矮墙。

玉虚观建成后，道士代代相传，香火年年不断。抗日战争年代，附近乡亲不少人都到观中躲避日寇蹂躏。那位名叫张信荣的道姑，本是邻县延庆人，因丈夫沈考参加了抗日队伍，她在家日夜不得安宁，经常被敌伪搜查。于是，她只好带着五岁的女儿躲避到玉虚观。后来，丈夫牺牲，女儿病亡。无奈，她只好当了个半路出家的道姑。

飞瀑垂帘、寒泉漾玉、危峰夏雪、古洞春风、蹬道穿云、松桥隐雾、南川午月和西寺子钟，为沟崖原来的八景。松桥隐雾、西寺子钟两景已毁，不复存在。现在只剩下天然六景。

由德胜口村往上走约四里，就到了建于元代、明代重修、现在仅剩遗址的瑞峰庵，由这里直上，渐入八胜景，沿途可以见到大小瀑布十余处。有的地方见不到阳光，四五月份水面仍结着冰，远远望去，好像山崖上铺着一条白色的长带，别有一种景色。但在冰雪下面，仍能听到淙淙的流水声。

沟崖因山峭、崖悬、泉水充沛，形成了许多飞瀑。其中最著名的为沟崖双瀑，十分壮观。双瀑依山巅三峰层峦直泻而下，如飞瀑垂帘，似白幔蔽崖，十分壮观与美妙，堪如神境。游人自山麓寻阶而上，至中盘道庵再前行，如果遇到云雾天气，似仙人穿云驾雾。爬上中峰顶，可看到古刹玉虚观和西王母祠遗址。

祠左边池中有下泻形成瀑布的泉水，泉涌之声响如松飚。泉水清澈晶莹，暑热之时，掬而饮之，顿感周身清爽，暑热消退。清代康熙年间，这里的沟崖双瀑，取代了明代时形成的燕平八景之一的安济春流。

从清初到21世纪初的二三百年间，到沟崖的游人日渐增多，一些显要官员、文人墨客纷纷撰文赞颂美景，有不少以碑刻形式留存下来。当时，每年春秋两季，来此焚香祈祷、顶礼膜拜者甚多。

今日沟崖，地面建筑的人文景观虽然不见，但自然景色并未改观。不仅山林茂密，留在崖上的双瀑遗痕仍清晰可见，而且有不少直径两米有余的参天古松。

有人说，沟崖景色虽好，就是路难走。其实难走的路，也是耐人寻味的一道风景线。

疯狂的野猪

刘瞬骊

古代的时候，沟崖的这个地方，有很多大树，树下是无边无际的灌木。山沟里，是常年流淌的泉水。有些地方很深，清澈的泉水，养育了很多条大鱼。那个时候，这里就是动物的天堂，树林里飞着很多美丽的鸟，树林里还有很多的动物，山鸡、野兔、狍子、野鹿……

那个时候，沟崖几十里的山沟就是这样的景象。然而有一天，这里突然变成了屠场，从不知道什么地方来了一群野猪，领头儿的大公野猪，比黑熊都高大。

这些野猪就是天生的祸害，什么都吃，看见什么吃什么。山里的草，树上的皮，洞里的獾，河里的鱼。它们生性凶残，生猛，所以在沟崖这里，它们没有天敌，不到一年，这里便除了野猪，再也看不到其他动物的影子了。而且，成片的大树，由于没有了树皮，也大片大片地死光了。草木繁茂的山坡，也被它们的猪嘴，拱得只剩下一片片山石。

这些野猪，见这里再也没有油水了，就准备第二天迁移，也就是这个时候，它们的末日来了！

从北边的山里，忽然来了一群草原狼，足有二十几只，就在这天早上，包围了野猪。

几只狼守住了东去的路口，几只狼堵住了西去的路口，从容不迫地包围了野猪。头狼一声呼啸，几十头狼一起呼啸，在沟崖的山谷里，发出了阵阵惊心动魄的回响。

老野猪看着这些狼，也十分兴奋地哼哼了起来。它从来没有看见过狼，所以就天真地以为这些狼一定就是它的口中肉。于是，它向着头狼狠狠地扑了过去，跑到了半山腰就筋疲力尽，呼哧带喘了，谁知道，头狼却向山上跑了几步，扭回头，向着它狠狠地露出了牙齿！同时，向着狼群，发出了一声长长的呼啸。

于是，狼们立刻向山下扑去，立刻，野猪群里就发出了一阵阵惨叫。没有片刻，这些野猪就都死了，成了狼们的早餐。

老野猪气坏了，眼看自己的爱妃和孩子都成了别人的美餐，这还了得，看来今天一定要和眼前的这只狼拼个你死我活！想到这儿，它又向山上扑去，没跑几步，就因为精疲力竭摔了一个跟头，从山坡上滚了下来，与此同时，那只头狼，几步就蹿到了它的身边，一口就咬到了它的脖子！

这一口真是痛彻心扉！老野猪立刻拼命地叫了起来，拼命挣扎，乱蹬乱踹，仗着力气大，挣脱了头狼的撕咬，玩儿命地在山上狂奔了起来，头狼也不追赶，群狼们也站在那里，开心地看着老野猪最后的疯狂表演。

终于，老野猪跑不动了，头狼扑了过去，一口，就咬死了那头看上去十分凶悍的老野猪。

如果，野猪不在这里赶尽杀绝，它们生存的机会就一定比这个结局多出了十几倍。它们不但杀绝了其他的动物，也毁灭了自己赖以藏身的树木和野草，所以，这样的开始就决定了它们最后必然的下场。可惜的是，这样的道理，野猪们不懂，更多的时候，比它们聪明一万倍的人类，也同样不懂！

双瀑传说

李晨辰

　　沟崖位于昌平西北部的崇山峻岭之中，沟口为十三陵镇的德胜口村，沟中有崖，崖下有沟，沟与沟相接，崖与崖相望，所以这里被称为沟崖。沟崖双瀑是沟崖中最为壮丽的自然景观。在中峰玉虚观之东，有两股瀑布从断崖上飞流而下，坠入崖下的深潭，激起团团雪浪花，声震山谷，令观者啧啧称奇。关于沟崖双瀑的来历，还有一段美丽的传说，感动着一代代人。

　　相传，在很久很久以前，沟崖的沟口处住着一户人家。男主人叫蔡金祥，女人叫蔡张氏，两个人只有一个独生女儿，叫蔡香香。蔡金祥平时给王财主家打柴，挣些家用，女人蔡张氏则为人浆洗衣物。生活虽然清苦，但也其乐融融，蔡香香从小就漂亮可爱、聪明懂事，是父母的掌上明珠。

　　蔡香香十岁那一年，王财主家要办酒席，需要大量柴禾，就让蔡金祥去山上砍。山腰上的柴都被人砍光了，蔡金祥为了交差，只得去险峻的地方。结果，一个不小心，蔡金祥掉下崖去，摔死了。蔡张氏和蔡香香哭得死去活来，有的乡亲看她们可怜，就去找王财主，想替蔡家要点安葬费和抚恤金，没想到王财主一口回绝，说："人是自己打柴不小心摔死的，关我什么事！"乡亲们没有办法，只好拿了草席，把蔡金祥一裹，埋葬在了山脚处。蔡张氏看丈夫死得这么惨，连个尸首都要受委屈潦草下葬，更加悲痛，日日夜夜哭泣，最后把眼睛都哭坏了，差一点失明。

　　自此，母女俩全靠着乡亲们的接济过日子。又过了几年，蔡香香长到十八岁，已经出落成一个漂亮的大女孩。她长着水灵灵的大眼睛，柳叶眉，细细的腰，红红的嘴唇，牙齿像珍珠般晶莹洁白，尤其是长长的秀发，又黑又亮，简直长得比西施还俊。蔡香香不光模样好，还心地善良、孝顺懂事，蔡香香会纺线织布，也会刺绣，平时凭自己的手艺去找活儿干，一挣到钱，

295

就给老娘买好吃的。远近的乡亲邻居，都夸蔡香香人好、模样俊。附近好几个村的年轻男子，都喜欢蔡香香，都想把蔡香香追到手。

可蔡香香不愿意嫁出去。老娘年纪大了，一双眼睛又不好，要是嫁了出去，老娘让谁照顾呢？蔡香香的心里，倒是喜欢上一个人。这人就是住在山上的赵二虎。赵二虎身强力壮、心地善良，父母早已不在人世，赵二虎就以上山采药为生。有一次，蔡张氏得了伤寒，还多亏赵二虎送来的草药，蔡张氏才得以康复。平时，要是家里有啥力气活儿，赵二虎就来帮忙，一来二去，蔡香香暗暗喜欢上了赵二虎，赵二虎也中意蔡香香，两人定了终身，跟蔡张氏一说，蔡张氏也很乐意，就准备过了年，给两个年轻人成亲。

可是，命运并没有垂青这对儿年轻人。有一天，蔡香香去集镇上买纺布用的梭子，回来的路上，被王财主的儿子撞见了。王财主的儿子叫王福德，已经三十多岁了，是个花花公子，家里已经有一妻三妾，但王福德仍在外面

寻花问柳，斗鸡走狗。他正带了两个家丁，要去集镇上逛妓院，半路上遇见了蔡香香。见蔡香香窈窕貌美，王福德起了邪念，想把蔡香香娶回家去做妾，就派家丁上去说。蔡香香哪里肯嫁这样的人？当即就把家丁和王福德痛骂了一顿。

王福德气急败坏，就在当天晚上，带领一伙人去抢蔡香香，蔡张氏上来阻拦，王福德上去，一脚就踹在蔡张氏的胸口处。蔡张氏受了重伤，又心火上攻，没几个时辰就咽了气。蔡香香被抢到王家，听说

老娘死去，又哭又闹，王福德来逼她成亲，她誓死不从，以绝食来抗争。过了两天，蔡香香饿得奄奄一息，王福德又来相劝，蔡香香说："成亲也行，不过，你得让我把母亲安葬了。"

王福德大喜，给了一大笔钱，让蔡香香厚葬母亲。蔡香香用钱给母亲买了一口好棺材，把母亲葬在了父亲身边。就在回王家的路上，经过山崖时，蔡香香纵身从崖上跳了下去，香消玉殒。

那个赵二虎得到了消息，大哭了一场。安葬蔡香香之后，赵二虎拿出所有的积蓄，到集市上买了一把好刀。埋伏在半路上，等到王福德出来游玩时，赵二虎从草丛里跃出，用刀把王福德和家丁杀了个干净。接着，又来到蔡香香的坟前，叫着心上人的名字，挥刀自刎……

一对儿情投意合的年轻人就这样死了，十里八乡的乡亲们听说此事，无不唏嘘感慨，人们纷纷出钱，在蔡香香的跳崖处修了一座庙。奇妙的是，就在蔡香香和赵二虎死后三个月，崖上出现了两条瀑布，一开始还是涓涓细流，随着岁月荏苒，瀑布的水量渐渐增大，形成了一道奇观，壮丽雄美，就像蔡香香那长长的秀发……

五十年前游沟崖散记

马德清

我在昌平电台工作20多年，经常下基层采访，几乎走遍了昌平山山水水，但我最喜欢的、印象最深刻的当属沟崖。

我第一次进沟崖是五十年前的1964年五一假日。

那时，德胜口村是去沟崖的必经之地，在村里向一位老人问路时，老人说，上七下八，十五里山道难走啊。从老人那里得知，去沟崖的路上有一座小庙，当地人将小庙叫做下庙，将建在山顶上的玉虚观叫做上庙。老人所说的上七下八，是指从德胜口村西小山口到下庙八里，下庙到上庙七里。

下庙名曰瑞峰庵，传说明代万历皇帝的母亲到此捐款重修。当年我所见到的已是重修后留下的遗址，旁边建起了造林队的砖瓦房。在遗址不远的地方，看见了进沟后的第一棵古松，树身硕壮，高数丈，树冠如伞，虽已六百年有余，仍然郁郁葱葱，生机勃勃。松下有一座明代石碑，上刻瑞峰庵重修碑文。

在瑞峰庵小憩之后，继续向上庙玉虚观攀登。越往上走路越艰险，但景色更加幽深俊秀，只见林木葱茏，流泉淙淙，水花四溅，重峦叠嶂，怪石嶙峋。我想，每个踏游沟崖风景区的人，恐怕与我一样，在不知不觉中，仿佛置身于另一个世界了。

沟崖风景区面积6000多亩，内有8道沟谷，9道山脉，22座山峰，主峰紫极峰高1670米，此处，沟中有崖，崖下有沟，沟沟相通，崖崖相望。好像这时我才明白为什么叫沟崖或沟沟崖，真是名不虚传啊！

迷人的自然风光，使我们忘记了旅途的疲劳。当我们刚刚拐过一座山崖时，忽闻从前边的悬崖传来如千军万马奔腾的声浪，震撼人心。举目望去，只见双瀑顺山巅三峰层峦直泻而下，似飞瀑垂帘，如白幔蔽崖，好不壮哉！伟哉！原来这就是遐迩闻名的燕平八景之一的沟崖双瀑。

告别了沟崖双瀑，继续沿着羊肠小道，如登梯般地向前爬行。当我们累得上气不接下气的时候，不得不停下来大口喘气。神气稍定，回首观望我们走过来的那山那水那石那林，此时才真正体验到了古人对沟崖自然景色的赞美："无峰不奇，无崖不险，无石不怪，无林不秀。"真乃大自然鬼斧神工的一部杰作，令人叹为观止。

就在我们神凝气定的时候，忽闻人语，隐隐约约，时断时续，好像从空中传来，不由得仰首张望。这时我们才发现，我们已经站在玉虚观山门的石崖前面了。那人语是从山门处传来的。于是沿石阶向那里走去。山门台阶上站着一位童颜鹤发、长髯飘逸，一副仙风道骨之范的老道士。他身后站着一位年四十有余的道姑。二人非常友好地与我们打招呼，并引导我们走进玉虚观。

玉虚观坐落在中峰顶。据说建观前峰顶很狭窄，由于位置难得，不惜代价，自元代起开始不断垒石、垫土，扩展地盘，而后开始动工，历经十三年在峰顶建起了玉虚观。

因山峭路险，往山上运送砖瓦是最大难题，仅凭人力是不行的，便用大群大群的山羊往山顶上驮砖瓦。所以民间素有"羊驮砖瓦"的传说，还说累死的山羊比砖瓦还多。

玉虚观有四层殿堂，一层由山门、钟、鼓二楼组成。山门上书"护国中峰顶玉虚观"。二层由大殿、厨房和东西厢房组成。三层最为壮观，依山用方石垒起一方10多米的高台，上建一殿，前有玉石栏杆。四层为建在中峰顶偏西、临渊的一巨型石坨上的无上阁。

此处，一直是明、清时达官显贵的避暑游览胜地。清朝直隶总督端方在此避暑时，为观宇题额："北武当山沟沟崖"。令人扼腕痛惜的是，浸透着古代劳动人民血汗与智慧的玉虚观，在"文革"的十年动乱中未能幸免，变成一片残垣断壁。

此前，我们从德胜口村老人那里得知，在20世纪50年代初那场破除迷信运动中，玉虚观断了香火，神像被推倒，于是众道士各走他乡了。1964年时候，我们看见观里只有两个道士，一个道姑。三人转为德胜口村民，并组成个集体户。那个年代的各种生活票证均由德胜口村代发。

当时留下的三个人，主要为看守观宇。因为没了香客，断了香火，也断了生活来源，于是那个年轻力壮的道士下山，到德胜口村参加集体劳动，为他们三人挣些口粮。留在观里的两人，在看守观宇之余种菜，自食之用。当时我还看见他们养的那头猪了。

从交谈中得知，老道士姓郭（名字不详），道姑叫张信荣。二人对我们几个不速之客很热情，并领着我们观看了山门、重门、钟楼、鼓楼、正殿、后殿、东西配殿，当时观宇保存得非常完好，宏伟如故。还领我们登上了"无上阁"，这是建在中峰顶上的小石阁，为最高点，可以看出，整个玉虚观只不过建在只有篮球场大的崖峰上，三面为悬崖峭壁，一条小石板路通向山门，多走一步就会有掉到深不见底的崖下的危险。

站在无上阁上，极目远眺，云遮、雾漫、鸣泉、飞瀑、山峦起伏。而且还能清晰看到20多里之外的十三陵水库，那水面犹如镶嵌在大地上一块巨大的镜子，银光闪烁，气象万千，美不胜收。

自解放初期破除迷信以后，昔日香烟缭绕的情景再也不见了。但是，由于这里交通不便，人迹罕至，原始森林、厚厚的植被、奇花异草、野果山珍、飞禽走兽、名木古树都得到保护。

沟崖中有很多千年古树，但最值得一提的还是那两棵千年古银杏树。

在郭老道的指点下，我们从玉虚观走下来，特地绕道去观看古银杏树。传说此处银杏树一雌一雄，我们首先观看了雌银杏树，在它的周围长满了杂树棵子，形成了独木成林的独特景观。其主干粗得我们几个张开双臂也没围过来，更高不见顶。每到秋天，银杏叶一片金黄，硕果累累。虽历经千年，枝叶依然繁茂，生机勃勃。

雄银杏树在东峰半山的山洼里盘道庵遗址前，树干胸围六人方可合围，据说是北京地区最粗的银杏树之一，胸围七米有余。高数丈，深秋树上金黄，地下洒满金黄的叶片，将附近映照得一片金光，十分壮丽。

当我们正兴致勃勃地要去朝阳洞时，无奈，已红日西沉，只得做罢。

五十年前走进沟崖，流连忘返。

五十年后仍难以忘怀。

沟崖，是一部绝妙的永远读不完的经典古籍，里面有永远看不完的奇景，有永远讲不完的故事，有永远无法猜透的谜，有永远开采不尽的宝藏。

神岭千峰

神岭千峰

神岭千峰

李国棣

神岭千峰位于昌平卫星城西南 12.5 公里，阳坊镇西 1 公里处。这里是太行山脉往东伸向华北平原的突出余脉，两条山脉分别自北、自西逶迤而来，交汇于此。山尽处，山峰从高处骤然跌落，仅高十余丈，几乎与地平，这些山石皆独自壁立，底部漆黑似铁，顶端洁白如雪。有的突兀若杵，有的浑圆似球，奇形怪状，参差叠垒，峰岭纵横，妙趣天成。古人思忖，此处石笋状的山峰形成的万笏朝天的独特景致绝非人力所能企及，必是天公神仙所造设，故名神山或神岭山；山上数步即有一峰，何况向西、向北又绵延数十里，应有上千之数，故称此景为神岭千峰。神岭千峰的主要景观，是奇峰怪石天然造型、名人胜迹和摩崖石刻。

远在北魏孝昌年间（525-527 年），这里神奇怪异的山峰景观就吸引了过往商队和旅行家，他们发现这些嶙峋怪石造型酷似人物、动物和各种器物，走上几步或变换一个角度，物状就会发生变化，而且千变万化，层出不穷；于是，人们将此山命名为观石山。自古以来，这里是幽州（今北京城）通往居庸关外的必经之路，南来北往的客商由此经过，无不放缓脚步，欣赏观石山的美妙神奇。许多官员、文人还在附近借住下来，流连数日，临行之时，总要酬谢主人。这些商机的出现，引导当地人建屋设肆，接待游人。隋朝大业年间（605—616 年），已经形成了一定规模的村落，因位于观石山下，就叫观石村。由于经商比务农既轻闲，收入又多，一些家庭过起了半农半商的生活。辽太平六年（1026 年），这里形成了规模较大的集市，村名也就改名叫观市了。

神岭山的名人胜迹，大多与金朝章宗皇帝完颜璟有关。他在位期间（1190-1208 年），频频到此游玩，并在山下背风处设立"帐殿"，一住数日，

302

尽兴而返。因为古时候称皇帝出宫在外居住为"驻跸"，所以，观石山也叫驻跸山。在山南朝阳处，章宗建了一座玉石高台，自题"栖云啸台"，高约二丈，台上建有石亭，是皇帝饮宴群臣的地方。台北筑有石梯可供上下，台下有石床、石釜和神仙下棋的棋盘，据说棋子可以移动而不能取下。当年，章宗皇帝对两个地方流连忘返，百玩不烦，百看不厌。一是在驻跸山脚下有一石隙，宽约三尺，隙东的石壁上有几个小坑，用石敲击，其声如鼓；隙西的石壁上有几个鼓起的小包，以石击之，其声似锣；当地人称之为"锣鼓峡"。二是在驻跸山的最东端，有数百块巨石天然组合成一个造型，远望像一个巨人伏在地上，侧看又似金鸡独立，引颈长鸣，当地人称之为"黑山头"或"石鹰头"，初看只觉形似，久而久之，则觉得栩栩如生，令人不禁感叹大自然的造化之工。

关于神岭千峰的山石皆上白下黑的原因，相传与金章宗完颜璟有关。蒋一葵先生在《长安客话》中写道：有一天，章宗在这里打球，一时打得兴起，却无人喝彩，不禁叹道：我的球打得这么漂亮，谁能欣赏呢？话音刚落，就听见身后众人齐声高喊：好球！真棒！章宗回头一看，四周的平地上忽然涌出无数石峰，皆似人形。章宗大喜，命从人赏以奶酪，石人无口，就从石头上灌下，自此，石顶皆白，至今犹有遗存。山

下的村庄也因此改叫灌石。元朝在关沟的两端——八达岭和南口建有红门，晨启昏闭，限制商旅夜间通行；到了明、清两朝，关沟是保卫京师安全的军事重地，商旅只能在关沟以外歇宿，即八达岭以北的岔道城和南口以南的灌石村；明朝物资交易的货币单位是贯，灌石村又早已形成了发达的市场，遂将村名改叫贯市，这个村名一直沿用至今。

由于封建帝王和达官显贵、文人墨客频频光顾神山，他们兴致所至，除了赋诗填词之外，还摩崖刻石，留下了许多珍贵的石刻精品。距今年代久远的石刻是金章宗的遗墨"驻跸"两个大字，其次是明代的"神山拱佑"和"神岭千峰"。"神岭千峰"石刻旁有小字题款，因山的石质为花岗岩，年长日久，风化严重，字迹已经模糊难辨，经查麻兆庆先生的《昌平外志》得知，这行小字是：万历（明神宗皇帝年号）癸卯（三十一年，即1603年）仲春（二月），锦衣卫（即锦衣亲军都指挥使司，简称锦衣卫，是明朝官署的名称）戚昌国、左车营（明军兵种机构名称）游击（即游击将军，明代无固定品级和员额的官职）永平（即明朝的永平府，治所在今河北卢龙）李逢时。从这一行题款小注，使我们知道了出资凿刻"神岭千峰"四个大字者的姓名、官职和年代。锣鼓峡旁的石刻为清朝康熙皇帝的御笔"石鼓传声"。民国时期的石刻"灵秀独钟"是驻跸山石刻中年代最近的，距今尚不足百年。

1997年5月1日，阳坊镇人民政府为了再现"神岭千峰"的神奇景观，建起了白虎涧自然风景区，将山峰奇石天然造型的英姿重新展现在世人面前。风景区内有大小景点40余处。仰佛岭长达300米，山体平缓，犹如一个佛爷躺在山巅，其头枕西，其脚向东，凝神静卧，仰观天象。玉佛顶上的一块巨石酷似一个身披袈裟的高僧，面向西方，静心参禅；在其山下的小路上有一块巨石，很像一个忠于职守的小沙弥，仰望着师傅，为他守更。许多象形巨石不仅酷似实物，而且造型美观，如降魔杵、盘龙石、卧虎石、望天犼、番天印、玉柱擎天、鲸鱼出海、悟空受戒、金蛙迎宾、天河飞瀑等，惟妙惟

归正，才能修成正果。"宝云寺方丈智慧点化郝占，要他顺着神岭千峰一直往前走，并指着前面的路说："你要遇林莫入，遇石左转，遇水即止，那里自有你修炼的好地方。"郝占经老和尚指点后，一直往前走，走着走着，峰回路转，重重复重重。不知走了多久，正当又渴又累又饿之时，突然眼前一亮，不远处，一潭清清的池水碧波荡漾。

郝占喜出望外，这不就是老方丈说的遇水即止吗？他忙快步走向池边，用双手捧着池水喝个没够。说来也怪，明明乏累至极，但喝了池水后，就觉得神清气爽，劳顿全消。那汪池水清凉无比，入口甘甜，饮后有如醉如痴之妙。老方丈说："此池乃如天之瑶池，上采日月之光，下通海之龙泉，常喝能脱胎换骨，洗心革面。"

从此以后，郝占傍池而居。他天天饮池中之水，心中一片光明，慢慢变得唯有善念，恶意全无，与先前判若两人。郝占住在池边，后来又拜了宝云寺老方丈智慧为师，取名"施舍"，出家修行。由于他意真心诚，拜佛参禅，后来竟修成有道高僧，在神岭千峰传为佳话。

因为这段传说，后人把此池取名"洗心池"，一直流传至今。

正是：

> 昔有郝占坏透顶，智慧方丈有神通。
>
> 武功服人降狂徒，文能洗心获新生。
>
> 峰回路转绝妙处，神岭千峰一美景。

原来洗心池水面很大，周边绿树葱葱，青草依依，景色十分诱人。经过年代久远的雨水冲刷，泥土使水面渐渐缩减。为了发扬宝云寺方丈善良的美德，激发大家旅游观景的兴趣，近年已经开始重修洗心池，欲现当时的景色。他们在洗心池上架起了连心桥，连心桥旁挂同心锁，寓意情侣相亲相爱，同心同德；他们还将洗心池作为放生池，让游客在这里放生鱼、龟等水生动物，了却积德行善的美好愿望。

骷髅石与望天吼

曹学诗

在神岭千峰的万千峰峦中，有两座山峰长得非常奇特。这两座山峰离得不是太远，在诸多的山峰中遥遥相望，好像在诉说着什么不幸的遭遇……

这两座山峰，一座生得面目狰狞，形似人死后的头骨，当地人称"骷髅石"；另一座也很像人的头颅，但张着大嘴仰天长啸，好像有什么悲愤的事郁积于胸，要向苍天倾诉……因此，人们就给此峰起名叫"望天吼"。提起这两座山峰，当地的老人打开了话匣子——

在很久很久以前，宇宙是一个混沌的世界，到处是一片黑暗。自从盘古大帝开天辟地之后，宇宙才有了日月星辰，世间才有了山水万物。女娲娘娘采土造人，才有了我们人类的祖先。当时，女娲造的人是不分男女的，更没有性别的差异，所有的人全是一样的，都是两只胳膊两条腿，非常独立地迎着风雨站立。据说，那时候的天气比现在要险恶得多，刮风、下雨、雷电、冰雹经常发生。女娲捏的泥人，常常被狂风刮倒，被雨水冲跑，被冰雹砸瘫……为了能把造的泥人留住，女娲想了一个办法，就是把两个泥人靠在一起，在他们的中间再插上一根木棍，这样两个泥人四条腿，相互依靠支撑，再加上中间有木棍的支撑，就可以站得很牢，不再怕风雨和冰雪的袭击了。天长日久，泥人汲取了日月的精华，慢慢变得有了血肉，有了灵性，有了欲望，有了感情……

在一个风景秀丽的春天，女娲娘娘离开了泥人，上天到如来佛祖那里去复命，不想泥人们没有了约束，互相推搡着争斗了起来。他们都不愿受对方的束缚，都想有一个自由之身，于是就都想摆脱对方去自由活动。他们首先争夺的是插在他们身体中间的木棍，因为只有将木棍拔出来才能自由行动。女娲捏的泥人，有的个大，有的个小；有的漂亮，有的丑陋；有的力大无穷，有的瘦小枯干……可以这么说吧，什么样的都有。他们在相互的争夺当中，个大的站了便宜，把木棍从对方的身体里拔出，带在了自己的身上，给对方留下了一个深坑。这下，那些个小的泥人可就不干了，纷纷上来要抢回属于自己的东西……

就在这时，女娲娘娘从天宫回来了，个小的泥人便向女娲娘娘告状，要个大的泥人归还属于自己的木棍。女娲娘娘听着哭诉，看到满地的泥人都在为木棍的归属问题发生争斗时，不觉犯难了。究竟把木棍给谁呢？给个大的，个小的不干；给个小的，个大的不依。她思前想后，终于又想出了一个办法："你们两条腿两只手是不能抵御世间风雨的，只有你们相互依靠，相互扶持才能生存。从今以后，你们每两个泥人合为一家，大个的叫男人，小个的叫女人。白天木棍让男的带在身上，夜晚两个人共同使用……这样，你们以后就能生儿育女，世世代代繁衍下去了……"

从那儿以后，人类就有了男女之分，世间也就有了爱情和家庭。

开始的人类是没有高低贵贱之分的，也没有贫富之间的差距。大家都是一样的，日出而作，日落而息，有物同吃，有水同喝，过着平等平均的生活。可是，随着时间的慢慢推移，人们有了财产和积累，开始出现了等级分化，开始出现了贫富差距。等级分化出现后，人们越来越注重追求物质，越来越注重门第观念，于是，就出现了门当户对，出现了等级婚姻和爱情悲剧。

在神岭千峰附近的一个村落，当时有一个富商子弟名叫海虎。他出身豪门，无论是地位和财富都在当时的燕山是出了名的。因为他家富有，他就成了姑娘们追求的对象，也成了各方权贵笼络的中心。但是，海虎对众多名门淑媛的爱慕熟视无睹，偏偏喜欢上了一个出身贫贱、没有地位的小家碧玉石兰。海虎和石兰是一起玩大的发小儿，石兰的母亲是海虎的奶妈，两个人不但吃一个母亲的奶水长大，还在朝夕相处中产生了感情。开始，他们只是一起玩耍，相互结伴；后来，到了六七岁的时候，石兰的母亲在海虎家当佣人，石兰就陪海虎上学读书。石兰不但聪明伶俐，而且还善解人意，深得海虎一家人的喜爱。随着岁月的流逝，转眼之间十多年过去了，海虎长成了风流倜傥的棒小伙，石兰长成了美丽俊俏的大姑娘。凡是见过他俩的人，都说这是天生的一对，地造的一双，不结成连理都愧对世界和苍天。

其实，海虎的父母也非常喜欢石兰，知道她是世间难寻的绝女子，但就是跳不出门第、等级这个关口，一想到贫富悬殊，一想到地位差距，心里就凉了半截。正在这时，地方的县老爷看上了海虎，托人上门为女儿提亲。一边是穷得掉渣的佣人的闺女，一边是富得流油的县太爷的千金；一边是青梅竹马的发小玩伴，一边是不知根底的陌路小姐。该怎样为自己的孩子选择婚姻，是一道摆在海虎父母面前的难题。思前想后，考虑再三，海虎的父母还是倒向了金钱和地位，选择了县太爷的千金小姐。人活这一辈子，不就是图的荣华富贵、仕途辉煌吗？有了金钱、地位、名誉、前程，世间的一切不就都有了吗？海虎父母选择得有什么错。可是，他们就是没考虑到人的感情和好恶。

海虎知道消息后不干了，一向听话温顺的他，第一次发出了悲愤的呼喊。他哭着找到父母，跪在地上要求二老收回成命，允许他自己找心上人，一怒之下，还说出了非石兰不娶的狠话。海虎的父母一听急了，不但训斥了自己的儿子，还在事后忍痛辞退了石兰的母亲，把母女二人撵出了自己的庄园。

石兰母女哭着离开了海虎的家，为了躲避是非，石兰的父母强带着女儿，背井离乡来到了神岭千峰的山上居住。

海虎见不到石兰，就像疯了一样到处寻找。他找遍了附近的村落，找遍了远近的田野，找遍了昌平城的角角落落，但就是找不见石兰一家人的影子。一天，村里的一个老人，不忍看到风华正茂的海虎就这样毁了，偷着告诉了他石兰一家的去向，说他们一家就住在神岭千峰的大山深处。

海虎听到这个消息，再也坐不住了，当即离开了家园，跑到山上去寻找。

可是，这里千坡百岭，沟壑纵横，峰峦叠嶂，涧瀑涌流，河湖挡道……又到哪里去寻找呢？一直找到天黑，石兰一家人也踪迹全无。

为了能够和心爱的人生活在一起，海虎不顾家里的反对，不怕世俗的眼光，不惧山上飓风的狂吹和恶浪的袭击，在神岭千峰的每个山头上，不停地狂喊着石兰的名字，诉说着对爱情的渴望，对心上人的追求……

再说石兰，自从被父母强制弄到山上后，无时无刻不在思念着心中的海虎。她自从来到山上后，茶饭不思，无心干任何事情，终日以泪洗面，本来就枯瘦的身体，如今更加消瘦枯干。父母看在眼里，疼在心上，意识到这样强迫拆散他们，会造成不可挽回的损失和后果，不觉有些悔意和不安。但是，在世俗和压力面前，他们一点办法都没有，一想起那天被东家撵出家门的情景，她们就不寒而栗……他们受不了东家的奚落、嘲讽和白眼，承受不了人们的偏见、冷落和瞧不起，在不平等的门第观念中，做了俘虏，当了逃兵。

这天夜里，石兰卷缩在漆黑的山洞里，听着外面的狂风、恶浪、暴雨，不觉又想起了与海虎在一起的很多往事……朦胧中，她好像听到山洞的外面，有人在喊她的名字。是海虎？！她的身体就像装上了弹簧，一骨碌爬起来，跑出洞外，冲着万千的山头呼喊："海虎，我在这里！我在这里！你快来吧！……"

黑暗中，海虎和石兰冲破了家庭的阻挠，冲破了风雨的袭击，两个年轻人终于走到了一起。他俩在山头上相拥，他俩在风浪中相吻，让天地见证了他们的爱情。两人在这个陌生的环境里，过了几天艰苦却恩爱无比的日子。谁知，海虎的父母知道了这件事，感到非常难为情和下不来台。自己的儿子这是怎么了，竟被一个穷家的姑娘迷成了这样，难道他就不向往父母给他指的光明大路吗？在家丁和父母的胁迫下，海虎被五花大绑，准备押回家中严加管束。临行前，海虎声泪俱下，奋起反抗，脸哭得都变了形，跪着请求父母能答应他和石兰的婚事。父母在家丁的围观下，觉得很没面子，就发狠话说："要想我们答应你俩的婚事也不难，那除非是海变枯石变烂，你俩变成一对骷髅！否则，就是天翻地覆都不可能！"

石兰听到这里，再也控制不住自己的感情，挣脱开父母的束缚，绝望地对海虎说："此生能够与你相识，与你相伴，是我这辈子最大的幸福、最大的快乐。今生不能与你结合，来生我要当个富人，做你的妻子。"石兰说完，伤心地看了看海虎，然后自己纵身跳向了大湖深处……海虎见状大喊："不……不……不要……"顷刻，湖水淹没了石兰，再也见不到心上人的影子。海虎就像疯了一样，哭喊着跑到湖边，伤心地打捞着石兰的身体，发誓今生今世就算是死了，也要与石兰在一起。

海虎没日没夜地打捞，无论父母怎么求他劝他都不住手。不知过了多少个日夜，最终，海虎终于打捞到了石兰的尸体，但已变得面目全非，没有了先前的灵气和生机。海虎对着石兰的尸体，不停地哭，最后终于把泪水哭干了。就在这时，大海干了，石头烂了，忽然间天翻地覆，日月顿失颜色……大风把海虎和石兰的尸体吹到了相邻不远的山头上，时间久了，就慢慢变成了现在的"骷髅石"和"望天吼"。

石兰化身为骷髅石，两眼干涩，含泪凝望，充满了无尽的恨意；海虎化身成了望天吼，仰天长啸，满脸充满了不甘和不屈。

白虎涧印象

廖罗长

　　白虎涧是此次编写"燕平八景"的最后一个景点。车子一进阳坊地界，我们就被路边奇丽的山峰所吸引。远远望去山势蜿蜒起伏，山体灰白。车子沿着一条迤逦的小路往里走，就进入了白虎涧自然风景区了。白虎涧自然风景区属太行山余脉，总面积460万平方米，最高峰850米，景区山峰错落林立，山体绵延宏伟，有"神岭千峰"之称。千峰之魂"驻跸山"因（金）章宗皇帝幸游于此并亲自题记"驻跸"二字得名。远在北魏孝昌年间（525-527年），这里神奇怪异的山峰景观就吸引了过往商队和旅行家，他们发现这些嶙峋怪石，造型酷似人物、动物和各种器物，走上几步或变换一个角度，物状就会发生变化，而且千变万化，层出不穷，于是，人们将此山命名为观石山。　景区内，山峰高耸，山体灰白，犹如莲花瓣。据史料记载，这里的名人胜迹，大多与金朝章宗皇帝有关。他在位期间（1190-1208年）频频到此游玩，并在山下背风处设立"帐殿"，一住数日，尽兴而返。因为古时候称皇帝出宫在外居住为"驻跸"，所以，观石山也叫驻跸山。神岭千峰的山石皆上白下黑，相传，这也与章宗皇帝有关。蒋一葵先生在《长安客话》中写道："有一天，章宗在这里打球，一时打得兴起，却无人喝彩，不禁叹道，我的球打

得这么漂亮，谁能欣赏呢？话音刚落，就听见身后众人齐声高喊：好球！真棒！章宗回头一看，四周的平地上忽然涌出无数石峰，皆似人形。章宗大喜，命从人赏以奶酪，石人无口，就从石头上灌下，自此，石顶皆白，至今犹有遗存。"这虽是一则民间传说，不足为奇，但当地人对此却深信不疑。

白虎涧风景区有 500 余处自然景观组成。这里有碧浪滔天的林海，刀削斧劈的悬崖，鬼斧神工的火焰山，奇特的"虎峪辉金"，腾云驾雾的"神岭千峰"，迷人的十八神潭，波光荡漾的九龙湖，八十一个险峻相连的通天洞，自然天成的或佛或伟人石山，成为"西游记"中的悟空、八戒、唐僧原创天然场景；山石千奇百态、巧夺天工。白虎涧景区也被称为北京的后花园，曾是历代帝王巡游的圣地，让多位帝王心旷神怡、流连忘返。大明英宗皇帝赐龙碑，并重修过至今有 1400 余年历史的宝云寺；康熙御笔亲题"石鼓传声"；乾隆皇帝御赐龙鼓、龙幡等来后花园祈雨，由此留传下了许多历代帝王、名人墨客的手迹和令人神往的传说。

白虎涧景区山道平缓，有山有水，山花烂漫，葱葱郁郁，有茅草屋、茅草亭、辗磙子，新鲜新奇，还有山下的延安式的窑洞和建造在俊俏的山峰上的别墅。不但适合老年人悠闲，还让年轻人玩得开心。

值得一提的是处在白虎涧景区半山腰的洗心池，如一汪清泉，能洗涤您心中的烦恼，除去您内心久积的尘埃。

宝云寺方丈与藏宝洞

施会泉

　　神岭千峰中有一山，山路蜿蜒曲折，山势险峻挺拔。往前走山穷无路，穿山洞才通幽径。高丈余，宽约 4 米，"∩"形洞后有一石门将洞口紧紧封闭，门缝活动间隔约 20 厘米。用石块敲击石门，里面传来嗡嗡回音，洞内秘密无人知晓，神奇莫测。

　　相传很久以前，在黑道上有一独脚大盗，名叫鲍金彪。他武功高强，万人莫敌，轻功尤佳，飞檐走壁，如履平地。昌平自古就是京都西北门户，关外入京者的必经之路，入京客商从八达岭到南口，经阳坊后入京，鲍金彪专门在此打劫往来客商，频频得手，官府也奈何他不得。

　　几年过去，鲍金彪不知劫了多少金银珠宝，他把劫来的全部宝藏埋藏在白虎涧深山老林一秘密山洞内，洞中设置机关，洞门靠一块天然千斤巨石打磨而成，石门一关，天衣无缝，外人难入。

　　鲍金彪贪得无厌，贼性难改。在一个风高月黑之夜，他到后山千年古寺宝云寺，把寺中的镇寺之宝——纯金如来佛像盗走，藏到洞中，人不知、鬼不觉。

　　哪知宝云寺方丈深藏不露，不但武功高超，而且还是一位法术通玄的得

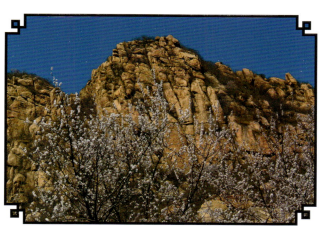

道高僧。见金佛被盗，他运用神功，演绎天算法，便知金佛被鲍金彪盗走，宝云寺方丈心想那鲍金彪乃黑道巨魁，武功高强，且神出鬼没，不宜强讨，只有巧取。便等待机会收回金佛，并相机除去贼魁。

不久，鲍金彪闲来无事，心血来潮，随众香客到宝云寺求佛，探听虚实。

方丈得知他来到寺中，专门在禅房会他。方丈慈悲为怀，见鲍金彪便开门见山规劝他不要作恶太多、贪心太重，更不要贪恋佛门之宝，应速速将金佛送回。但鲍金彪执迷不悟，死不悔改，矢口否认，不肯归还金佛。

方丈点化说："要得人不知，除非己莫为，今天不承认，到时莫后悔，你敢对佛发誓么？"鲍金彪没法，只有硬着头皮到菩萨面前发誓："菩萨在上，弟子鲍金彪，没拿金佛，如有虚言，必将困黑洞之中，永不见天日。"

他心虚意乱，不敢发重誓，心想随便说说应付过去。

有一天，鲍金彪开启机关进洞视查，只见满洞金银珠宝琳琅满目，光彩照人，看得他神昏心迷，沉醉在一片金山银海之中。正在这时，异相突现，只见金佛通体发光，金光闪闪，而且光圈越来越大，惊得鲍金彪目瞪口呆，感觉如梦似幻。

一会儿工夫，光收佛渺，待鲍金彪回过神来，哪里还有金佛的影子。他乃武功高强之人，一看便知道是高手用隔空取物的绝妙手法凭空摄取金佛，心想除了方丈别无他人。顿时怒气冲天，杀气腾腾，回转身来，赶忙过去开启石门机关，欲出去找方丈一决高下。谁知洞内机关已被方丈提前破坏，机关全部失灵，不管他怎样操纵，洞门总是不能开启。情急之下发动太极神功，掌击拳打，只打得洞口响声如雷，碎石纷飞，但石门太厚，非人力可破，只累得他筋疲力尽，奈何不得。

就在这时，洞外传来了宝云寺方丈用千里传音神功传来的威严声音："鲍金彪，你作恶多端，恶贯满盈，执迷不悟，后果自负。今天是你应誓的日子，金佛我已收回，你就守着洞内的金银珠宝，好自为之吧！"

鲍金彪终于应验了自己在菩萨面前所发的誓言，心中忏悔，但为时已晚。他被关在洞中，守着金银珠宝，永不见天日，一直到死。

从此以后，藏宝洞就成了千古之谜。

骆驼岭的传说

施会泉

神岭千峰广阔的山地内，每座山都有着神奇美妙的传说，骆驼岭便是其中之一。沿着小溪石板路前行，就可见一头仿佛正在原野驰骋的大骆驼，这便是"骆驼岭"了。它是由四座石峰组成，头、躯、脊、尾，错落有致，比例精确，形象逼真。

关于骆驼岭流传着一个美丽的传说，说是在元朝初年，天下归一，各部落民族都争相进京（北京做为元朝首都）朝拜天子，西域到京都必须经八达岭，过神岭千峰才能到达京城。这条路，人来人往，有达官贵人、部落首长，也有商旅驼队的生意人。这一年，有一位西域商人带着他心爱的女儿和长长的驼队经过神岭千峰，不料，商人女儿的美貌被一伙强盗得知，劫财劫色，一向是强盗的目标，何况又是西域美人！于是，这伙强盗便埋伏在白虎涧山这地的隐蔽处来袭击驼队。毫无防范的西域客商哪里想到厄运当头，被这突然袭击吓傻了眼，驼队立刻被冲散，商人的女儿和财宝被洗劫一空。眼前的情景被打猎归来的一位壮汉看了个正着，在这光天化日之下，强抢民女，掠夺货物，分明是一伙盗贼。壮汉不容分说，拔出刀就向盗贼砍去，只可惜这伙强盗骑的是快马，夺路而去……

再说这壮汉，名叫虎三，孑然一身，是白虎涧一位武艺高强的猎人，好打抱不平，虽抱有驱暴除孽之心，但双腿怎能追得上快马？

虎三来到年过花甲的西域客商面前，自报家门，并安慰老伯，此事需从长计议。这位西域客商瘫坐在一块山石上瑟瑟发抖，半晌才反过神来，向虎三说明了原委，并央求虎三救回他心爱的女儿，还许诺说，如果虎三能救回他的女儿，将许给虎三为妻。"救人一命，胜造七级浮屠"，有着慈悲心肠的虎三爽快地答应了这件事。但是，那伙强盗骑着快马，又不知匪窝在哪儿，

昌平民间文学

若凭虎三的两条腿，恐怕是难以追上强盗的。虎三把这个为难的问题告诉了客商。客商说："这个事好办，驼队里有我家自小养大的一匹骆驼，灵性通人，脚力不凡，有了它，你肯定能追上强盗。"说毕，从驼队中牵出一匹白骆驼来，神骏异常，果然不同一般。说来也怪，白骆驼好像知道强盗去了哪个方向，于是驮着虎三，跳涧过壕，翻山越岭，经过三天三夜不停的追赶，终于在一条险峻的山峡里追上了强盗。经过一番激烈的拼杀，虎三终于从强盗的手里救下了客商的女儿，二人双双返回，由于路途劳累，白骆驼死在归来的路上，最后化作了一座石山，紧紧依偎在白虎涧的土地上。显然，白骆驼念念不忘故乡的黄沙、绿洲，多少个雨雪风霜，四季轮回，至今它还一直望着西北辽阔的土地，似乎在诉说着什么……

赵二愣打鬼

刘瞬骊

白虎涧这个地方，山川秀丽，草木葱茏，是一个风景优美的好地方。

这个地方，还出一种梨，叫京白梨，水甜味美，远远近近都十分出名。

这天早上，赵二愣挑着一担梨，刚出村口，就被四个人拦住了，要买梨，却一个人只要一个，接着就每个人给了赵二愣一个铜钱，一边吃一边欢天喜地地走了。

还有一个小个子蹲在路边，眼巴巴地看着赵二愣，接着他说自己没钱，买不起。赵二愣可怜他，就给了他两个梨，小个子吃着梨，也欢天喜地地走了。

晚上回到家里，赵二愣数钱，才发现钱袋子多出了四张纸钱，他恍然大悟，原来早上那四个买梨的，都是鬼！

其实这几个鬼，就住在不远处的一个野地里，回去后他们不停地对鬼头儿说赵二愣的梨有多么甜，多么香，多么好吃，馋得鬼头儿直流哈喇子，说他明天早上也去拿几个纸钱，去找赵二愣换梨吃。

那个小个子，也是个鬼。他急忙连夜跑去告诉赵二愣。赵二愣说我知道啦，于是第二天早上，当鬼头儿来到的时候，赵二愣给了他三个梨。

鬼头儿回到野地里，高高兴兴地当着其他的鬼就开始吃梨，谁知道，第一个梨里面塞着一个石头子儿，崩掉了他的一颗牙。第二个里头，装着几只马蜂，把他蜇得浑身是包。第三个里面，全是羊粪蛋儿！把鬼头儿气得哇哇大叫，说明天一定去找赵二愣算账，一口吃了他！

小个子鬼又急忙跑去告诉了赵二愣，并说鬼头儿生前是个大烟鬼。赵二愣说我知道啦，给小个子鬼拿了两个梨，小个子鬼高高兴兴地回去了。

第二天一早，鬼头儿就来了，一进大门就对着赵二愣不依不饶。赵二愣说你嚷什么呀，看，该准备的都给你准备好了。鬼头儿一看，乐了，原来，院子的地上铺着一张席，上面还有一只大烟枪！

鬼头儿连连说好，心里说我抽完烟再吃你不迟，这么想着，就一下滚到了席上，谁知"噗通"一声，他和席都掉进了赵二愣事先准备好的粪坑里！

鬼头儿气得哇哇大叫，刚想爬出粪坑，就被赵二愣当头一棒，打得他脑浆崩裂，当场就死了。赵二愣也真够愣的，碗口粗的大棒子，当时也断成了两截！

那四个鬼听说赵二愣如此了得，都吓得魂飞魄散，跑得不知踪影了。小个子鬼因为诚实，后来托生了，据说给一个姓赵的有钱人家当了师爷。

冯雨田开山

李晨辰

在很久以前，昌平阳坊地区连年干旱，庄稼无水灌溉，人和牲畜喝水都很困难，许多人远投他乡，还有人因为困苦交加，死在了家中。那时，靠近山脚的一个村子里，有个青年男子，名叫冯雨田，他高大健壮，力大如牛，有一副侠肝义胆。冯雨田尤其擅长使唤牲口，能轻而易举地召唤牲口，帮自己干活儿。此时，冯雨田看到乡亲们贫苦，心中难过，决心要改变现状，找到水源来灌溉庄稼，让人们都能过上丰衣足食的日子。于是，冯雨田翻山越岭，到处找水源。可是找了许多天，依然没有找到。

冯雨田又向北走了一天一夜，翻过一道山梁，终于发现了一条大河，河水清亮，在阳光下鳞光闪闪，好看极了。可脚下的山梁像恶虎一样，把河水阻住，使得这条河并不向南流，而是流向东方。

冯雨田兴冲冲地跑下山梁，向南奔去。一回到自己的村子，他就把这件事告诉了乡亲们，并把临近几个村的人也叫过来，让大家共同想办法。最后，在众人的商议下，拿出了一个办法，就是把山梁挖出一道沟渠，把河水引过来。

　　冯雨田说干就干，他领着男女老少几百个乡亲，经过几天的准备，就开始行动，向北方进发。几百人走了一天一夜，才找到那道山梁和那条河。冯雨田带着几个壮年男子和几个有经验的老人，先观察了一阵，制定出方案，才开始动工挖渠。山梁格外难挖，土层下面都是石头，坚硬得很。开工的第三天，又刮起了大风，一直不停歇，把人们刮得心烦意乱，乡亲们失去了信心，纷纷唉声叹气，有的人就扛着工具回去了。又过了几天，进展依旧很慢，罢工返乡的人越来越多。最后，只剩下冯雨田一人，他也累得筋疲力尽了，但有一种信念支撑着他。

　　有一天晚上，冯雨田刚要睡着，见从河里走来一个女子，那女子长得很端庄，就像仙女一样漂亮。女子走到跟前问："你是想要引河水到南面，为自己的乡亲造福吗？"冯雨田态度坚定地说："是的，我一定要完成。"女子又问："你能冒着危险，不怕猛兽和海怪吗？"冯雨田说："只要能挖开沟渠，引河水造福家乡，莫说是猛兽海怪，就是上刀山下油锅我也不怕！"女子说："那就好，我告诉你一个办法，不过，搞不好会丧命的。在西边的半山腰有一棵大松树，树下有一人多高的蒿草，草后面是个大石洞，洞里有神锄和神铲，你只要拿到它们，就可以事半功倍，一个人干的，顶一百个人。但要记住，必须等天黑以后才能去取那两件宝贝，使用它们只有一天的时间，一天内必须把两件宝贝送还洞里，否则你将变为石头。"说着，女子又从头上拿下一根玉簪，从怀中掏出一瓶药，说："你把这根玉簪插进石门的缝里，石门就开了。这瓶药送给你，这是我们水族的疗伤圣药。"说完，女子转身又回到河中，杳然不见踪影。

　　冯雨田正要跟着女子而去，下到河水中，被河水呛了一口，猛然醒来，才发现原来是个梦，天色已经大亮了。他翻身想坐起来，又觉得怀里有什么东西硌得慌，一掏，原来是一根玉簪和一瓶药。冯雨田很惊喜，知道刚才所见的女子并不是梦。冯雨田便收拾好行装，拿了弓箭、佩刀，要去寻找那个大石洞。

冯雨田来到西边的半山腰处，正寻找那棵大松树，忽然从树丛里蹿出一只猛虎，怒吼着向他扑来。冯雨田忙取下佩刀与猛虎格斗，整整拼杀了一个时辰，猛虎才落败而逃。冯雨田的肩膀上被猛虎抓出了两道深沟，呼呼向外冒血，冯雨田拿出女子送的那瓶药，打开，里面是白色的粉末，冯雨田把药撒在伤口上，血登时就止住了，疼痛感也大为减轻。

冯雨田歇了一会儿，吃了些面饼，又开始在山上搜寻，最后在一个开阔处，终于找到了那棵大松树，他朝着树下的蒿草走去，拨开草丛，果然发现了一个石门。冯雨田还记着那个女子的叮嘱，天没有黑，还不能去打开石门。冯雨田坐在树下，等待太阳落山。

又过了一个多时辰，天色完全黑了，冯雨田来到石门前，取出玉簪。插进石门缝中。只听见一声"嘎啦啦"的巨响，石门自动打开了。只见洞里金光闪烁，悦人眼目，跟白昼一样亮。冯雨田跑进去，急忙寻找神锄和神铲，他发现洞里有很多石雕，什么石羊、石虎、石马……转着转着，冯雨田在一个犄角处，发现了一把铲子和一个锄头，与自己的农具毫无二致，只是大了些。冯雨田把两件宝物拿到手，扛在肩上，跑出了洞，向着那道山梁走去。

还没走出多远，冯雨田就感觉两件宝物十分沉重，又走了一会儿，冯雨田浑身困乏，再也走不动了。他倒在路边一块大石上，很快就睡着了。

一觉醒来，冯雨田揉了揉眼睛，看见天色蒙蒙亮。他还惦记挖山开渠，想起一天内要送还神铲和神锄，心里着急，便一骨碌翻起身，整理了一下衣服，又继续赶路，来到那道山梁跟前，冯雨田先用神锄锄地，只挥了两下锄头，山梁便轰轰隆隆响了起来，土层下面的石头自动拱了出来。冯雨田又挥起神铲，要把石头铲走，只见一个个大石头向着山梁两边滚动。冯雨田越干越起劲，觉得这些石头很奇妙，自己不用费力，就把沟挖得越来越大。他想

昌平民间文学

昌平大地上的传说

总 策 划　刘全新

策　　划　刘庆华

总　　编　周　浩

执行主编　星　竹

策划：北京市昌平区文化委员会

主编：北京市昌平区文化馆

图书在版编目（ＣＩＰ）数据

昌平大地上的传说 / 北京市昌平区文化馆主编 . -- 北京 ： 北京燕山出版社，
2014.11

（昌平民间文学）

ISBN 978-7-5402-3693-9

Ⅰ . ①昌… Ⅱ . ①北… Ⅲ . ①民间故事－作品集－昌平区 Ⅳ . ① T277.3

中国版本图书馆 CIP 数据核字（2014）第 254722 号

总　策　划：刘全新
策　　　划：刘庆华
总　　　编：周　浩
执行主编：星　竹
组稿编辑：曹学诗　李晨辰
责任编辑：陈赫男　金贝伦
插　　　图：白小龙
摄　　　影：张宇英
排版设计：杨国银
印　　　刷：北京彩利得印刷科技有限公司
出版发行：北京燕山出版社
地　　　址：北京市西城区陶然亭路 53 号
电　　　话：010-65240430
开本字数：889×1194　1/16　印张：65　字数：861 千字　印数：2200 册
版次印次：2014 年 12 月第 1 版　　2014 年 12 月第 1 次印刷
定　　　价：398.00 元（全三册）

前　言

　　远古，燕山脚下全是波涛汹涌的大海，这里就是人类居住的岸边。这里不但有一亿年前形成的钟乳石，更有盘古开天时遗留下的汤泉、汤山，域内六千年前的雪山文化遗址，包括了仰韶、龙山、夏家店三个时期的文化底蕴。夏、商时期，这里先后隶属冀州、幽州，西周属燕国，春秋战国设军都县，秦统一六国后，昌平又属上谷郡；昌平建制始于西汉，经历多个朝代，一直延续至今……

　　昌平位于北京西北部，温榆河上游，西扼太行，北控燕山，三面椅背状的山脉，形成了天然的屏障，是一块得天独厚、人杰地灵的风水宝地。这里历史悠久，文物古迹众多，文化底蕴丰厚。

　　昌平古称"军都""永安"，著名的明朝皇家陵寝十三陵、长城雄关居庸关、佛教圣地银山塔林、神奇景观"燕平八景"、母亲河温榆河……均位居其中。昌平到处都是神奇美丽的传说。随处可见的文物古迹、人文景观，无不承载着昌平悠久的历史，道出昌平灿烂的文化。

　　民间文学，顾名思义就是流传在民间的文学作品。在刀耕火种的蛮荒年代，人们在白天劳作了一天之后，夜晚看着头顶那轮皎洁的明月，遥望着天上颗颗闪烁的繁星，幻想着天上的样子，陷入了深深的沉思……于是，民间就有了嫦娥奔月、牛郎织女的神话传说；在没有文字、只有记忆的远古，人们仰望着头顶美丽的蓝天，凝视着远处如黛的青山，陷入了无尽的遐想……于是，民间就有了盘古开天、后羿射日、女娲造人等民间传说。这些流传在民间的优美传说，爷爷讲给父亲，父亲讲给儿子，儿子又讲给孙子，一辈辈口口相传，一直流传到今天……这些民间的口头文学，是中华民族优秀的文化遗产，具有传承历史、扬善抑恶、教育后人的重要作用。

　　一段《白蛇传》的民间故事，只有几千字，一下子让人们记住了杭州、西湖；

一首《枫桥夜泊》，仅有 28 个字，却使人们永远记住了苏州、枫桥、寒山寺；居庸关沟的《六郎影》，让人们永远记住了永安、昌平……文学的价值不是用语言可以衡量的，而民间文学正是文学最原始最精华的部分，其价值更是不可估量。

昌平地域面积 1352 平方公里，这里的一山一水、一草一木、一村一寨都是富有灵性的。砖砌的夹缝里藏着故事，大山的皱褶里隐着传说。今天我们把它们搜集整理出来，其意义和价值是不言自明的。

人们都知道"燕平八景"在昌平，都知道温榆河是北京的母亲河，而且发源地就在昌平，但"燕平八景"究竟是什么样子，美丽的温榆河又是怎么回事儿，多少年来，没有人系统地写过，更没有人出过厚厚的大书。此次编纂的《神奇的燕平八景》《美丽的温榆河》，均是独家首次出版，相信会给您带来不一样的精神享受。昌平的大地会有什么神奇的传说呢？相信您看了《昌平大地上的传说》，会得到一个满意的答案！在这三本书里，我们要一一向您说明白。

悠悠天地史，代代昌平情。多情的大地、神奇的景色、温润的河水，不但记录了军都的远古、燕平的过去，更映衬着昌平的今天，形成了现在位居北京上风上水、得天独厚的自然景观。

《昌平民间文学》是北京市昌平区文化委员会系统工程的一部分，仅收集整理了昌平区域内部分传说故事和人文景观，这些深厚的文化积淀、独特的风土人情，还需要今后下大力气挖掘、整理、出版，以献给勤劳勇敢的昌平人民。

编　者

目　录

传奇人物故事

居庸桃花别样红

曹学诗

每年春天桃花盛开，都有很多游客到昌平居庸关来看桃花。据说，居庸关的桃花与别处的桃花不同，不但开得鲜艳，而且开得长久，白瓣洁白如玉，红瓣晶莹如血，粉瓣凝脂如肌，黄瓣赛金如肤……常看得游客如醉如痴，常迷得情人神魂颠倒，常惹得姑娘想入非非，常招得小伙健步难移……要问居庸关桃花何以这样迷人，这里有一段动人的传说，如泣如诉。

相传在秦始皇修长城的年代，北方有一陶姓夫妇。夫妻俩恩恩爱爱，专门靠种桃树为生。他俩早出晚归，年复一年，日复一日地在荒山劳作，把整个荒山野岭开垦成了一片美丽的桃园。陶姓夫妇育有一子二女，儿子排行在大，取名陶林；长女排行在二，取名陶园；二女排行在三，取名陶花。儿子年方十九岁，生得眉清目秀，膀阔腰圆，一看就是一位身强力壮的棒小伙儿；大女儿陶园年方十七岁，因受桃园的影响，生得如花似玉，肤如凝脂；二女儿陶花年方十五，不但继承了父母的遗传基因，还秉承了哥姐的全部优点，出落得如莲藕般娇嫩，似桃花样鲜艳，成了北方数百里远近闻名的美女。

陶氏一家五口，男耕女织，辛勤劳作，天亮即起，日落回家，一年三百六十五天过着忙忙碌碌、幸福安静的生活。春天他们育苗栽树，翻地种花；夏天他们灭虫锄草，护果浇园；秋天他们摘桃销售，换回米面油盐；冬天他们仓储剪枝，做完一年的针线活。日子过得虽不很富裕，但也有吃有烧、有花有穿。

可谁知，天有不测风云，在大哥陶林二十岁那年的冬天，含辛茹苦的父母相继离开了人世，给陶氏三兄妹留下了三间土屋和一片桃园。陶林、陶园、陶花眼含热泪，踏着漫天大雪，把父母安葬在他们终生劳作的桃树下，回到土屋准备挑起来年生活的重担。不想这一年又赶上秦始皇征夫修边（长城），全国上下郡县村落无一幸免。陶林正当青年，身强力壮，自然也在被征之列。在临走的那天晚上，陶林把陶园、陶花两个妹妹叫到身旁，嘱咐她俩早出晚归，嘱咐她俩相互照看；嘱咐她俩夜晚闩门，嘱咐她俩白日看园；嘱咐她俩油盐柴米，嘱咐她俩加衣御寒；嘱咐她俩忌日烧纸，嘱咐她俩少生惦念……说不尽的千言万语，道不尽的亲情恩缘，兄妹仨哭成了泪人，直说到雄鸡破晓、日上三竿。直到征夫的人拿出官府的公文，陶氏兄妹才挥泪而别。

临走前，陶林手拿一棵家乡的桃树苗，对陶园、陶花说："妹妹们，不管哥哥走到哪里，我一定要把这棵树苗栽活。看到它，我就像看到了妹妹的笑脸和咱家乡的容颜。"说完登程远去……

陶园、陶花目送着哥哥远去的背影，喉咙哽咽，发出一声声撕心裂肺的呼喊："哥哥保重——"便失去知觉，摔倒在送哥的大道边……

没了父母，走了哥哥，姐妹俩顿感生活无依无靠，家里冷清孤单。起初，姐俩无心生产，整日面对土屋，面对桃园，以泪洗面。后来，她们想起哥哥临走时的嘱托，才慢慢振作起来，下地重整桃园。她俩遵照哥哥的嘱咐，早出晚归，相互照看，白天下地搞生产，晚上闩门做针线。一年下来桃园丰收，吃穿未愁，倒也没出什么大的事端。眼看冬天又到，掐指一算，哥哥已经走

了两年了。姐妹俩想起哥哥临走时穿的单衣，看着窗外飘飞的漫天大雪，不禁心头发冷，泪水涟涟。陶园说："妹妹，你看这雪有多大，天有多冷，地有多寒？咱哥走了整整两年了，也不知到哪里去修长城。我有意咱俩抢做棉衣，给哥哥送到边关御寒，不知你意下如何？"妹妹陶花听姐姐一说，正中下怀："姐姐说得对。这两年桃园丰收，现在又正是冬闲，你我何不趁此机会，买来棉花棉布，赶制寒衣，然后给哥哥送去挡风御寒。"

第二天，姐俩赶到集市，扯来布，称来棉，买来扣，背来线，夜晚在温热的土炕上，铺上布，用上剪，纫上针，传上线，就着昏暗的油灯，精心地缝呀缝，连呀连。那一针针结得好像兄妹情谊，那一线线连得好像兄妹情感。姐妹俩越缝越心切，越连越心焦，她们恨不得变成缝纫的机器，马上做好寒衣，亲手送到哥哥身边。

经过几天几夜的辛劳赶制，姐妹俩终于把哥哥的棉衣做成了。这天早晨，她俩吃罢早饭，女扮男装，锁好门户，带上干粮盘缠，捡了一兜储存好的仙桃，踏着茫茫大雪，急匆匆来到了北方的边关。

因为不知道哥哥究竟在哪里修筑长城，她们便打听着来到了长城的最东端——老龙头的渤海湾。姐妹俩想，长城逶迤达万里，东西纵横地连天，虽然不知道哥哥在哪里，但只要有信心，有毅力，不怕苦，不怕难，不怕风，不怕寒，一站一站地找，一处一处地寻，就一定有找到哥哥的那一天。再说，临走哥哥带着家乡的桃树苗，发誓要在他修长城的地方，栽活家乡的桃树苗。只要能找到桃树，就能见到哥哥。

陶园、陶花姐妹俩忍饥挨饿，从老龙头开始，经过山海关、古崖居、慕田峪、古北口、八达岭……翻越几十座关口关隘，走过千万道沟沟坎坎，询问了数万个征夫村民，经历了无数艰险，经过了数月的颠沛流离，终于在第二年的春天找到了居庸关。

她俩一路所见：民夫筑城五更起，城边黎民受饥寒；荒山万里，累死多少好儿郎；长城心里，填着多少好儿男……狗监工，挥皮鞭，如狼似虎把人残；贼贪官，食鱼肉，肥头大耳诈民钱……她俩恨死了暴君秦始皇，恨死了沿途众贪官……

她俩身背寒衣、仙桃，来到居庸关下，举目远望，感到此处与众不同：北看群山连绵，南望平川无垠，西观银蛇狂舞，东瞧良田万顷……特别是居庸关的山城上，有一棵枝繁叶茂的桃树，迎风摇动，桃花正艳！

陶园、陶花姐妹俩一看到桃树，立时就来了精神，就像见到了哥哥一样，欣喜若狂地欢呼着，跑到了桃树下。姐妹俩抚摸着桃树，认真瞧仔细看，那枝那杈与哥哥带走的那棵一模一样，只是更显得粗壮茂盛了；那花那朵的颜色形状，与家乡桃园的桃树，一样鲜一样艳。哥哥准在这里！哥哥就在这里！陶园、陶花姐妹俩，看到桃树，就像看到了亲人一样，早忘了女扮男装的事儿，脱掉穿了几个月的男衣，换上艳丽夺目的女装，呼喊着哥哥的名字，奔跑着来到了居庸关工地。

可谁知，还没等陶园、陶花爬上居庸关，就被一胖一瘦两个官差截住了。俩官差身穿官服，手悬皮鞭，一副凶神恶煞杀气腾腾的样子。诸位，你道这俩是谁？就是居庸关的监工，两个活阎王。那胖的叫"地滚猪"，那瘦的叫"麻秆狼"。你别看这俩小子长相不济，却是杀人的魔鬼，霸女的色狼。

这天，他俩刚巡完工地，正准备找地方嫖赌，不想迎面跑来了两个貌若天仙的大姑娘。"地滚猪"和"麻秆狼"看到陶园、陶花粉嫩的面颊，艳丽的服装，不觉两眼都看直了，口水流到了腮帮。"地滚猪""麻秆狼"觉得这是天赐的美女，地给的奖赏，赶紧快步迎了上去，嬉皮笑脸地拦住了姑娘。

"哎哟，小妹妹，你们想到哪里去？干吗如此惊慌。"俩色鬼口吐白沫，伸手拦挡。

陶园、陶花一看这两个无赖，赶紧搪塞，准备上关："我们关上去找人，寻找哥哥叫陶林。"

"找什么哥哥陶林，不如跟老爷走人，逍遥自在快活，结亲配对成双。"俩色狼说着，上前拉住了陶园、陶花。

姐妹俩哪见过这等阵势，吓得拼命挣扎，冲着工地大喊："救人呀，陶林哥！陶林哥，快救人！！"

再说陶林，这会儿正在关上砌砖垒墙，听到喊声下意识地四处张望。怎么好像有人喊我，这声音怎么既亲切又凄凉？是不是在梦中，莫非是走了神？那陶林四下张望，正在疑惑，却见离这不远，"地滚猪"、"麻秆狼"，正在对两个姑娘纠缠脱装。那陶林仔细听听，俩姑娘叫喊声撕心裂肺；那陶林认真看看，俩姑娘好像就是自己日夜思念的胞妹陶园、陶花！陶林虽然离家两年，但妹妹的音容他哪里能忘。他本来从心里就恨这两个欺压民夫的狗监工，他本来就恨这两个采花盗柳的老色狼。如今，自己的妹妹就要遭毒手，哥哥怒发冲冠。看陶林，大吼一声冲上去，手举瓦刀力劈华山斩恶狼。三刀卸下"猪滚头"，一脚踢飞"麻秆狼"，举起石头砸过去，脑浆迸溅见阎王……你想，这陶林本来力气就大，再加上早就对这两个小子恨之入骨，下起手来还能轻的了？可怜这两个无恶不作的色鬼，只哼了几声，就到他姥姥那儿报到去了。

"地滚猪""麻秆狼"两个无赖被打死了，陶园、陶花两姐妹被解救了。但官府里死了人，岂能善罢甘休。居庸关的总管派人把陶林捉住，在离关不远的山坡上就地正法了。陶林的鲜血就洒在了居庸关的山坡上……

在哥哥的尸体旁，陶园、陶花伏地大哭，然后把带来的寒衣，给哥哥盖在身上，又把吃食、仙桃摆在哥哥尸前祭奠，嘴里喃喃着："是妹妹对不起哥哥，是妹妹对不起兄长；是妹妹不该得意忘形，脱去男装；是妹妹不该来看哥哥，给哥哥带来祸殃……"说完，又哭、又骂，又喊、又嚷。哭一声亲爹，哭一声亲娘，哭一声屈死的陶林兄长……骂一声欺民的狗官，骂一声万恶的色狼，骂一声无道的昏君秦始皇……喊一声无情的苍天，喊一声无助的大地，喊一声无辜的人民……直哭得天昏地暗，日月无光，百鸟悲鸣，百花心伤……直骂得狗官丧胆，色狼心惊，暴君心慌……直喊得苍天震怒，大地回响，民心沸腾……

就这样，姐俩哭了三天三夜，把嗓子喊哑了，把眼泪哭干了。最后，陶园、陶花对着哥哥的尸体双膝跪下，向哥哥行三拜九叩大礼，然后，姐妹双双撞死在居庸关的山石上，鲜血染红了山冈……

说来也怪，从这以后，在三兄妹死亡的地方，长出了许多桃树，开出了许多桃花。居庸关的人都说，那桃花是陶氏三兄妹的魂灵。

如今，每到春天桃花盛开的季节，都有很多游客到居庸关游览祭奠，缅怀陶氏三兄妹不畏艰险，千里寻兄，勇斗色狼，为民除害的壮举。

这正是：

居庸桃花别样红，

殷红鲜血在其中。

一根枝杈一段事，

一朵桃花一片情。

姑赵烟正全身赤裸，洗得痛快，墙头上的王亮就看得傻了眼，一时间呆住。

年轻的尼姑赵烟突然发现墙头上有一双眼睛正在偷看自己，她吓得一惊，慌忙扭过身去。但一瞬间，她感到了这双眼睛正是每日来庵里为他们种地打柴的那个青年的。尼姑赵烟不知怎的，不再掩盖自己的身子，而是大胆地扭过身去，对着那双偷看的眼睛。

当夜，尼姑赵烟对尼姑小芳说："我破戒了，是再也守不住了，明天我要跟他去，过凡人的日子。"

第二天早上，王亮来到庵的院外种地，这时尼姑赵烟出现在他的眼前。王亮昨晚上偷看了赵烟，很是不好意思。他低下头，不敢看尼姑赵烟，赵烟却对他笑着不动。

王亮抬起头来，这才发现，尼姑赵烟的肩上挎着一个大大的包袱。王亮心中一惊，问："你要出远门吗？"

赵烟说："是的，我要出远门，离开庵。"

王亮心中一紧，他想不到尼姑赵烟还会走。他的心一下子凉了，像有谁往他心里扔了一块冷石头。"你要上哪儿呢？"王亮呆呆地问。

尼姑赵烟又笑了一下，道："难道你还没有看出来吗？"

王亮傻着："看出什么？"

尼姑赵烟道："我是要和你一起走啊！"

王亮完全愣住了。他怎么也想不到事情会是这样。

这一天，尼姑赵烟走了，离开了庵，是和光棍王亮一起去过日子。

一年过后，另一个尼姑小芳也走了，是跟了那另一个光棍。她们都又入世做了凡人。山上的庵成了一座空庵。若干年后，风吹日晒，年久失修，终于倒塌了。秦城山上的这座庵也就成了人们传说中的一个故事。至今人们到了山上，还会寻找猜测那庵的遗址是在什么地方。

讲礼村神厨

陈卫河

小汤山镇有个讲礼村，明朝时称能俭里，这里风光秀美，乡风淳朴，尤其是讲礼村的美食，从明代起就享誉四方。

明朝末年，官府腐败贪婪，百姓贫穷困苦。在能俭里地区，出了一位神厨，叫丁保三。丁保三胖，黑矮，四方脸，浓眉大眼，从八岁起就跟着一位老师傅学厨艺，十八岁时出师。丁保三不但做菜是一绝，人品也好，忠厚仗义，古道热肠。在镇子上，丁保三经营着一个小餐馆，每天都红红火火。平时老百姓家里有个婚丧嫁娶，来请丁保三，丁保三就把大勺交给徒弟，自己去给乡亲帮忙，每回都尽心尽力，工钱给多给少却不在乎。

那时候社会动荡，民生多艰。平常老百姓家里，都吃不起鸡鸭鱼肉。而丁保三做菜有一绝，普普通通的素菜，他能做出鸡鸭鱼味、牛羊肉味，甚至比真的荤菜还好吃。老百姓一吃，都赞不绝口。

有人问过丁保三做菜的诀窍，丁保三只是笑着说："这做菜的门道，也和做人一样，都得凭良心，才能做好。"

丁保三四十岁这一年，有个财主家的仆人来请丁保三。这财主姓赵，人称赵员外，就住在昌平城里。赵员外家财万贯，心地却不好，经常盘剥长工和佃户。最近，赵员外得了厌食症，吃啥都不香。看了郎中，吃了药，不管用。家里人都犯愁。财主的大姨太就派了仆人来请丁保三。

丁保三开出了条件，说："去做饭可以，但必须得听我的，尤其是赵员外吃饭前的一个时辰内，我让赵员外干啥，他就得干啥，不能有二话。"仆人回去，跟赵员外一说，赵员外咬咬牙，同意了丁保三的条件。

其实，赵员外有自己的鬼心思，他的确是得了厌食症，但除了想吃丁保三做的饭，他还想得到丁保三做菜的诀窍，以后自己好开个餐馆，挣大钱。

赵员外吩咐两个精明的家丁，说等丁保三过来后，要家丁躲在厨房外，好好监视丁保三做菜的过程，记住每一个步骤。

丁保三带着一个小伙计，来到了赵家。看到赵员外很胖，身体稍微动动就冒出一头一脸的汗。丁保三就说："我保证能治好赵员外的厌食症，但吃饭之前，赵员外必须去干活儿，得跟着佃户去下地犁田，还要把家里水缸挑满。"赵员外一听，心里老大不乐意——这都是下人干的活儿啊。但也没办法，谁叫自己事先答应人家的条件呢。

这样，丁保三在厨房里做饭，赵员外就按照丁保三说的，去犁田挑水。丁保三吩咐自己的小伙计，要监视赵员外，一旦赵员外偷懒，就要回来报告，自己就撂挑子不干了。

第一天，赵员外累了个贼死，到中午时分，都快要虚脱了。回到家，赵员外呼哧带喘，坐上了餐桌，抹着满头满脸的汗。丁保三把饭菜摆上，就是些白菜豆腐之类。赵员外一吃，却格外香，比平时那些鸡鸭鱼肉好吃多了。赵员外风卷残云，吃了个干净，心想这丁厨子果然是名不虚传。晚上，等丁保三一走，赵员外就叫来那两个家丁，问发现了什么特殊的诀窍。两个家丁说，丁保三做饭步骤，跟常人一样，也没啥特殊的，就是等饭快做好时，丁保三从怀里掏出一个手绢，手绢里包着粉末，丁保三捏出一点儿，往菜里撒了撒。赵员外一拍大腿，说："就是这个，诀窍就在这儿。"

一天天过去，赵员外吃着丁保三做的饭，每顿都吃得特别香，但就是觉得饭前干活儿太累，不干还不行，丁保三脾气很大，说不做饭就不做饭。二十天后，赵员外就想把丁保三那特殊的作料买过来。他找到丁保三，把这事儿一说，要丁保三开个价。

丁保三说："我不要钱，只要你开个粥厂施粥五天，赈济城里城外的难民，我就把那作料的配方给你。"赵员外一听，觉得这也不是什么难事，就照做了。此时明军正跟后金军打得热闹，山海关外，拥入了许多难民。赵员外的粥厂像及时雨，救了很多人的命。几天之后，丁保三就按照约定，把自己的作料献给了赵员外。赵员外一看，是一种淡黄色的粉末，凑上去闻闻，一股子稻香味。

赵员外就问："这是啥？"丁保三道出了实话，说："这是五谷磨成的粉末。我做菜，并没什么诀窍，但凭一颗良心，火候和配料运用得恰到好处，就能出好菜，做人也一样。您得厌食症，就是太养尊处优了。我让您干活，也是对症下药。饿了吃糠甜如蜜，这是最浅显的道理。"赵员外听了，似有所悟。从此，赵员外像变了一个人，不光勤快厚道，还与佃户和长工们同甘共苦。

几年后，李自成率军占领昌平城。起义军里都是贫苦百姓，特别痛恨地主和有钱人。赵员外作为大财主，被揪了出来，就要被杀头。幸亏有好些难民求情，赵员外才保住了一条命。那丁保三教了很多徒弟，帮了很多乡亲，到了六十多岁时，据说还进宫给康熙皇帝做过菜，八十岁时寿终正寝。徒弟和子孙们把丁保三的厨艺和做人的道理一代代延续下去，直到今天，讲礼村的美食还享誉八方。

朱棣身世与迁都的传说

曹学诗

长陵是建在昌平十三陵的第一座明陵，明成祖朱棣是明朝迁都到北京的第一个皇帝，他为什么要从南京迁都到北京，又为什么不与朱元璋埋在一起呢？关于这里边的故事，民间有这样一段离奇的传说。

凡是读过明史的人都知道，明朝早期建都在南京，开国皇帝朱元璋及其皇孙惠帝朱允炆都是在南京做皇帝，只有到了明朝第三代皇帝明成祖朱棣，才把都城迁到了北京，他死后埋在了昌平北面的黄土山（十三陵的山，原名叫"黄土山"，建陵后才改名叫"天寿山"）下。朱棣为什么要迁都北上？朱元璋既然有那么多儿子，为什么死后偏偏让孙子继位？关于这些谜团，史学界和民间有很多猜测和传说。

据说，朱元璋幼时家境贫寒，小时候曾经沿街要过饭，为了糊口还当过和尚，在困苦和磨难中度过了自己的童年和少年时代。长大成人后，为了混口饭吃，他投军到郭子仪门下，当起了军士。由于他作战勇敢，又有谋略，逐渐得到提升，慢慢掌握了起义军的兵权。最后成了与另一支农民起义军北汉王陈友谅相抗衡的力量，在元朝末年的中国独霸一方。朱陈征战，北汉王陈友谅最终兵败，不但丢了江山，还丢了自己最心爱的老婆碽氏。朱元璋看其年轻貌美，颇有姿色，早已心旌摇荡，强逼与其成婚，后将其封为贵妃。碽氏在与朱元璋成亲后，七个月便早产一子，取名朱棣，也就是后来的明成祖。

朱元璋的原配马秀英，因为是贫苦农民出身，经常下地劳动，四肢强健，长就了一双大足，后被人称为"马大脚"。她与朱元璋结婚后，生长子朱标，后在征战中被敌军射死，留下长孙朱允炆，也就是后来明朝的第二个皇帝——惠帝。

朱元璋建立明朝，把马秀英封为皇后，让她统领三宫六院。马皇后虽出身农家，但颇有心计。她怕朱元璋百年后大权旁落，便千方百计想立自己的长孙朱允炆为储。由于自己的亲生儿子朱标早丧，朱允炆是孙子，与别的皇子差了一辈，所以她必须抛开众皇子，才能称心如意。为了让众皇子心服口服，她撺掇一些亲信大臣给皇帝写奏折，言说朱允炆虽不是皇子，但他是长子长孙，属于同脉嫡传，符合传承规矩，皇储非他莫属。

朱元璋与马皇后本来就是患难夫妻，再加上长子朱标早逝，在感情上总觉得对不起她，便想从精神到物质给她多些补偿，因此，便依从了众大臣的意见，立皇孙朱允炆为皇储。

为了防止众皇子反对，马秀英又撺掇众大臣写奏折，把各个皇子分封到全国的许多地方为王，没有皇帝亲调不准擅自回京。这样就疏远了朱元璋与众皇子之间的关系，达到了她独揽大权的目的。因为马秀英对硕贵妃非常嫉妒，再加上硕氏跟朱元璋七个月就生下了朱棣，所以四皇子一直是马皇后的一块心病。于是，她在朱元璋面前力荐朱棣，假惺惺地诉说朱棣如何雄才大略，具有经天纬地之才。她建议把朱棣派到当时全国最贫穷落后、最残酷危险的燕地。其实，朱元璋早有此意。燕地是全国的战略要地，只有燕地无事，全国才能稳定。他遍观朝中诸子，也只有四皇子才可担此大任。于是，朱元璋欣然同意了马皇后的建议，让朱棣到那里去镇守边疆。

当时，元朝刚灭，元顺帝带着残余势力逃到了长城以北。他得到了喘息的机会后，大量招兵买马，伺机报复中原。那会儿，元顺帝虽被赶出长城，但还有很强的实力，经常在燕山一带起兵骚扰。

马皇后心想，朱棣年幼无知，从小生活在皇宫里，没有经过人生的磨难和艰苦的摔打，再加上一没带过兵，二没打过仗，三没去过那荒凉偏僻的地方，到那里不被元兵打死，也得被生活逼死。到那时，不但除了心头大患，还不会留下害人的话柄。

可谁知，马皇后的如意算盘打错了，她不但小看了朱棣，还为自己的后来埋下了祸根。

朱棣从繁华的南京来到萧瑟的北国，感到的不是寂寞，不是孤独，更不是荒凉，他感到的是一种从未有过的空旷，是一种海阔凭鱼跃，天高任鸟飞的振奋。他看到这里峰峦叠嶂，看到这里沟壑纵横，看到这里千里荒原，看到这里民风淳朴……感到自己有了用武之地，感到从未有过的开心快乐，他感到施展自己雄才伟略的时机到了。

上任后，他以皇子燕王的身份发号施令，一面招兵买马，加强城防；一面开垦荒田，囤积粮草；一面颁布新法，实行新政；一面清匪除霸，整顿治安；一面开科考试，招募人才……把这个北方的不毛之地，搞得万民拥戴，红红火火。在军事上，他依靠谋士武将，平定了北方，打败了元顺帝的多次进犯，巩固了自己的权势和地位；在政治上，他依靠大谋士刘伯温的计策，假意与马皇后和好，尊称她为嫡娘，骗取了马皇后的信任。由于朱棣的知人善任和雄才大略，几年下来，他把燕山一带治理得井井有条，富庶有余，兵强马壮，粮草充盈。

再说马皇后，自从把几个皇子用计撺出南京，自己的亲孙子朱允炆当上了皇储后，心中非常高兴，认为自己已经大功告成，从此以后可以高枕无忧，安享太平了。

据说，朱棣平定北方后，非常想念自己的亲娘，便差人把生母硕贵妃接到燕王府居住。一天夜里，朱棣一觉醒来，忽然听到母亲失声痛哭。他慌忙披衣起来，来到母亲床前。但见母亲手捧一颗金印，痛不欲生，哭得如泪人一般……朱棣抢前一步，拿过金印一看，只见上面刻着"北汉王玉玺"几个字，不觉大惊失色，原来这是农民起义领袖陈友谅的一颗金印！硕贵妃抬起泪眼，看着儿子惊慌的样子，自己不觉也慌乱了起来："你别……你别……"朱棣手拿金印，逼视着母亲问："娘呀，这到底是怎么一回事儿？你怎么藏有仇人的金印？""这……这……"硕贵妃欲言又止，禁不住更加失声地痛哭起来。她伤心欲绝，哭得令人肝肠欲碎，把朱棣弄得越发迷茫。约莫过了半个时辰，硕贵妃才止住了悲声，把牙一咬，说出了下面的实情。

原来，硕贵妃在朱陈大战之前，就与陈友谅怀有身孕。陈友谅兵败时，面对国破家亡，她本想一死了之，但想到腹中胎儿，想到陈友谅出征前的嘱托："万一我征战失利，不管遇到多大困难，不管受到多大屈辱，你也要把咱们的孩子生下来，将他（她）抚养成人，长大后为陈家报仇雪恨……"硕氏想到这里，这才含悲忍泪活了下来，做了朱元璋的妃子。在与朱元璋成亲时，她的心里滴着血，表面上还要强装欢笑，用鸡血当月经，骗取了朱元璋的信任。待到十月怀胎期满，硕贵妃谎称早产，生下一名男婴，取名朱棣。就这样，陈友谅的亲儿子成了朱元璋的四皇子……

这枚金印，就是陈友谅出征前亲手交给她的，意思是说一旦失利让她好好保留，等将来孩子长大后作为信物。但万万没想到的是，现在硕氏做了朱元璋的妃子，骨血成了朱元璋的儿子，不但血海深仇不能报，还把仇人当父亲，为他镇边守国。硕贵妃自从来到北国，看到朱棣整日奔劳，就闷闷不乐，愁眉不展。她看朱棣已经长大成人，想把事情的真相告诉他，又怕朱棣没成熟，惹来杀身之祸；她有心再等几年，又怕耽误时日，错过时机，以后再也没有这么好的机会。她正左右为难，食不甘味，忽然做得一梦。梦见陈友谅浑身是血，遍体鳞伤，手指着硕氏，破口大骂，口中喷出血来……硕贵妃一觉惊醒，梦境历历在目，心惊胆战，吓得大哭不止……

朱棣听完母亲的哭诉，先是震惊，后是愤怒，他怎么也不能想象，自己口口声声叫爹的那个人，竟是自己的杀父仇人……他的肺都要气炸了，人格和尊严受到了极大的侮辱，非要亲自领兵杀上南京，手刃仇人……硕贵妃听罢，吓得魂飞魄散，急忙阻拦："儿呀，不可，不可，千万不可！现在朱元璋已拥有天下，而你只不过是一方小王，岂能与他抗衡？弄不好身败名裂不说，还会毁了我俩多年的心血。为今之计，只有暂时忍气吞声，表面顺从，暗地里发展生产，壮大经济，招兵买马，等兵精粮足之后，找一个适当的机会和借口，杀到南京，夺回皇位，方才不负你爹和我对你的骨肉之情。"

十四世纪末叶，朱元璋病入膏肓，皇孙朱允炆在马皇后的扶持下登基。由于她崇尚亲信，笼络党羽，拉帮结派，遭到了举国上下的抵制和反对。朱棣一看时机成熟，便扯起了"靖难"的大旗，起兵讨伐南京。朱棣谎说南京的皇朝大权已经旁落到马皇后这些奸党手里，他作为皇帝的四子要讨伐这些奸党，还大明朝一个清白和公道。由于他出师有名，又能征善战，再加上一些文武大臣的辅佐，一路上势如破竹，很快就逼到了南京城下。

马皇后一看慌了，在组织了几次无力的反击后，南京城被朱棣的大军攻破，在走投无路的情况下，她令手下人一把大火烧毁了皇宫。马皇后也抱着幼小的孙子朱允炆葬身火海，烧得体无完肤……另有一说，朱允炆在亲信的保护下逃出了南京城，远避他乡，最后无为而终。

朱棣怀着复仇的心态，在南京城大开杀戒，杀戮了明朝的很多达官贵人，功臣宿将，得罪了南京城的不少人。最为不该的是，朱棣一气之下，杀了当时的大儒方孝孺，还灭了他的十族，留下了暴君的骂名。如果长期留在南京，政治上对他极为不利。

再说硕贵妃，看儿子以"靖难"之名，重新夺回"陈氏天下"，心中非常高兴。但她当时已是朱元璋的贵妃子，为避免继续受辱，便在一天夜里找到朱棣，与儿子说了一夜的知心话，并把刻有"北汉王玉玺"的金印亲手交给他，然后沐浴更衣，把自己的身体洗了很久很久，第二天，就不知去向了。后来有人听说，硕氏只身一人，扮成村妇模样，走到埋有北汉王的坟地，无疾而终，被附近村民埋在了北汉王陈友谅的坟旁，用灵魂追随先王而去。所以，明朝正史没有硕贵妃的记载。

朱棣从马皇后手中夺得天下，做了明朝的第三个皇帝，但他却没在南京做更多的停留，便迁都到了自己的封地燕地，在原来元大都的基础上，让谋士刘伯温重新规划、设计、督造，建成了规模宏大的北京都城。

关于明成祖朱棣迁都的原因，后人有很多种猜测：有的说是因为朱棣在南京杀人太多，在那里不得人心，如果把都城建在南京，不但政权不会稳定，就是他的人身也不会安全；有的说朱棣的封地在燕山，他在那里经营治理多年，群众基础好，政权非常稳固，不会出现大的灾难；有的说当时元朝残存势力仍在，并不时侵犯中原，如果把都城建在南京，对稳定北方和控制中原不利；有的说朱棣很迷信，他曾请风水先生算过命，风水先生说他只宜在北方称帝，不能在南方为皇，因此便把都城选在了北京……其实，如果传说属实，最根本的原因只有两条：一是北京地区是他的发祥地，这里西控太行，北扼元胡，东临沧海，南依中原，战略地位非常重要，是建立皇都最理想的地方；二是朱棣原本是陈友谅的儿子，朱元璋是他的杀父仇人，他怎么能把都城建在南京呢？更不会死后与朱元璋埋在一起，永远受他的节制，被后人耻笑。朱棣姓朱是不得已而为之，又怎么会把都城和陵墓建在那里呢？

他决心与南京彻底脱开，便把自己称为"成祖"，意思不言自明，是想独树一帜，成为祖宗。

他把北京建成皇都，把陵墓建在昌平的天寿山下，虽然由于政治的需要始终没有改姓，但早已从心理上与南京的明朝划清了界限。

据说朱棣迁都北京后，一生再也没有去过南京，更没有去祭奠过南京的朱元璋孝陵，反而偷偷到过北汉王陈友谅的墓地，虔诚祭拜。

据说，朱棣死后葬在天寿山下的长陵，陵墓的一角就安放着亲生母亲硕贵妃临终前留给他的"北汉王玉玺"。他是让最亲近的人安放的，意思就是

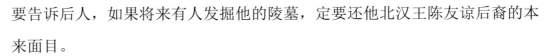

要告诉后人，如果将来有人发掘他的陵墓，定要还他北汉王陈友谅后裔的本来面目。

　　这真是：

千秋历史尽传说，
谜团重重难道破。
始皇姓秦还是吕，
乾隆南巡究为何？
多少迷离多少雾，
多少悲泪多少歌。
历史长河千重浪，
是非功过后人说。

蛤蟆李三娘

刘瞬骊

李三娘是马池口乡某村人，生得小巧玲珑。不到五十岁，就被人冠以官称李三娘。李三娘姓李不假，为何叫李三娘，无人知晓。

李三娘伶牙俐齿，能说会道，经常走东家串西家。貌似串来串去无所事事，但李三娘从不空手而归，借两毛钱，拿几头蒜。谁家杀鸡吃肉，李三娘必定闻风而动，站在人家桌子旁，拿着筷子，对准大块儿的肉，瞄准，叼住，一下夹起，送进自己的嘴里，说是尝尝。这个时候，主家必定凝神闭气，谁也不敢出声。只要有一个人出于客气，说一块儿吃吧，李三娘便顺势坐下，大快朵颐。

讨厌的是，李三娘从来只会占别人的便宜，她的便宜，谁也别想占。她家的一草一木，都金贵得不得了。平日门紧关，别说人，就是一条狗，也钻不进去。

而且她还是个著名的烟婆儿，走到谁家，在炕沿儿上坐下，就顺手从烟笸箩里撕下一块报纸，然后撒上烟末儿，卷起一根儿大炮，接着便吞云吐雾，一根儿，两根儿，三根儿方休，过足了瘾，然后下地，拍拍屁股，走人。

没有大事儿，都是小事儿。可就是这鸡零狗碎、鸡毛蒜皮的事儿，能把人气得炸了肺。于是就有人算计怎么收拾李三娘，可思来想去，轻的没有用，重的下不去手。李三娘依然是李三娘，来得潇洒，走得得意，一张红通通的小脸儿，光彩照人。

一个叫梁天的中学生，不知道从哪儿听来的法子，于是立刻纠集了几个好友，如此这般，决定好好惩罚一下李三娘。

他们提来了一只硕大的疥蛤子，又拿来几张烟叶铺在地上，接着让疥蛤子趴在上面，之后，扣上了一只大碗，紧接着，拿起一块石头，啪的一下砸碎了大碗，然后一起蹲下，把疥蛤子扔了出去。仔细观看，哈哈大笑——成啦！

原来，据说疥蛤子受了惊吓，撒的尿洒在烟叶上，人便不能抽这个烟叶，如果抽了，便最怕听见咳嗽！

第二天中午，梁天守在门口，果然看见李三娘出来串门，便拉着李三娘去家里抽烟。李三娘烟瘾正浓，便眉开眼笑地跟着梁天进屋，梁天手脚麻利，立刻用沾满了疥蛤子尿的烟叶，卷了一只超大的大炮，递给了李三娘。

李三娘接过，待梁天点上之后就使劲地抽了起来。刚抽了一口，就觉得不对味儿，她说："你们家这烟是不是捂着了，怎么有一股子发霉的味儿啊？"梁天说："是有点儿捂着了，可不抽白不抽，您说是吧？"

李三娘听出梁天话里有话，但看他是个孩子，也就没有计较。过了一会儿，那参加捉疥蛤子的几个孩子都来了，鬼鬼祟祟地看着李三娘，等待着奇迹的发生。

李三娘心里发毛，心说这家里没有大人，要是真的被这几个生瓜蛋子扒了裤子，那可就没脸见人了。想到此，她便紧抽几口，站了起来，要回家，就在这时，梁天突然咳嗽了一声！

奇迹就这么发生了！只见李三娘，如同受了惊吓一般，哗的一下，就尿了裤子！

那几个孩子，见疥蛤子尿如此神奇，便一齐追着李三娘咳嗽了起来，李三娘顾不得唾骂，提着圆规一样的两只小脚，一边尿一边往家跑，只见地上，哩哩啦啦，湿了一路！

当天晚上，李三娘站在梁天家门口破声大骂，梁天的家长和邻居都出来了。就在梁天爹发誓一定要打折了梁天双腿的时候，梁天站在墙头上，又是一声咳嗽！李三娘照例当着众人，又尿了一裤子！

从此，李三娘长了志气，无论有什么样的香味儿从梁天家飘出来，她都没有再迈进梁天家一步，直到老死。

剪纸王刘秀

王庆和

昌平北七家镇的八仙庄村建成于明代，也有人说建成于元代。村南有东西长、南北窄的一座土岗，很有特点，村人起名叫八仙台。村子西北角有一座八仙庙。据说，村名由此得来。八仙庄村气候宜人，大部分土地是沙质土，历史上主要种的是玉米和小麦等农作物。

在村子的西北角有一块纯沙地，生长着一大片约四百亩的百年梨树，很有名的，所生产的梨曾上过人民大会堂的国宴，被许多人认可。八仙庄村的梨至今享誉京郊。

但据说，八仙庄村的梨树不是种出来的，而是一个叫刘秀的村民用纸剪出来的。

明代初期，八仙庄村是一个穷村，每年不是旱就是涝，村人大都十分饥苦。要饭的人特别多，街头常见有卖儿卖女的现象。

这么穷的村子，村里居然有搞艺术的人，就是一个名叫刘秀的女人。刘秀当年三十来岁，长得眉清目秀，在家和丈夫两人种地。除此之外，自己还喜欢剪纸。在那个年代里，这就算是搞艺术的了。

刘秀开始主要是喜欢剪"喜"字，也是出于生活所迫。因为她想，天下人再穷，也是要结婚办喜事的，天下的男婚女嫁总是不可少的。于是，刘秀就动了脑子，剪几个"喜"字卖钱，也好换俩小钱度日。

当时的人办婚事，再办不起的，也要在门窗上贴两个"喜"字。因此，刘秀的剪纸"喜"字还是能换俩钱的。

刘秀剪"喜"字，剪得时间长了，也就特别让人喜欢。没事的时候，她还剪点别的东西，剪小狗、小猫、春花之类。

刘秀的手很巧，剪出来的动物花草都活灵活现的，人们看了都说好。逢

昌平民间文学

年过节，人们喜欢在窗子上贴个春花啥的，也让刘秀给剪。有人也给俩钱。

一来二去，求刘秀剪纸的人就多了起来。有钱的人家便会多给点钱，让刘秀多剪一点。这样，刘秀家的日子就过得比别人好一些。

刘秀的心很细，她剪什么，事先总爱观察，希望自己剪的东西和真的一模一样。有一段时间，她喜欢剪大公鸡，白天总是追着街上的公鸡仔细看，然后先把公鸡画下来，晚上没事时，照着画好的公鸡开始剪。

刘秀剪的公鸡有模有样，村人都说像是真的，就差打鸣了。

有一年，是过年前，村人都管刘秀要大公鸡，都为贴在窗户上图个喜庆好看。几天时间，刘秀剪了十几只大公鸡准备送给村里人。刘秀剪完公鸡，就把它们放在了窗台上，等着年到了时，再一起送给村人。

谁想，这一天奇迹出现了。那是早上，天蒙蒙亮时，刘秀和丈夫两人还在睡梦中。刘秀突然听到有公鸡跳到了外屋的窗台上，接着就打起鸣来，一声比一声高。刘秀一下子惊醒了。

这时刘秀的丈夫也醒了，俩人同时向窗户上望去，只见几只大公鸡正站在窗台上伸着脖子打鸣，公鸡全是纸公鸡，全是刘秀这几天的剪纸，他们全都立了起来。这情景把两人吓坏了。

刘秀的丈夫忙爬起来，挨个摁倒了窗台上的纸公鸡。纸公鸡一个个倒下了，事情才算完。接着丈夫将纸公鸡全都用绳子捆起来，撂在了箱子里。是怕它们再活了，这可了不得。

后来，刘秀就将这些剪纸公鸡留在了家里，再不敢送人了，她又新剪了一些送了人。

可村人却说，自从把剪纸公鸡贴到窗户上，就老能听到公鸡在打鸣。有人还说见到过剪纸公鸡活了起来，就像真的公鸡，在窗台上来回走动。

打那之后，刘秀就不敢再把剪纸轻易送给别人了，还是卖她的"喜"字。她觉得剪个"喜"字还是保险的，字又不是活物。

谁想，有一天，一家办喜事的外村人跑来告诉刘秀。说她剪的"喜"字竟然活了，本来是贴在院门上的，"喜"字却从门上跳下来，在院里跳舞。

刘秀听了也吓了一跳。这可怎么办，她的剪纸竟然全都变成了活物。从那之后，刘秀再不敢卖她的剪纸了。她只能自己在家偷偷地剪，然后自己和丈夫两人欣赏。

可从这之后，刘秀的剪纸越来越多地变成了活物。如果小狗剪得好，小狗就会站立起来，一张小狗剪纸自己就会在地上蹦，还会汪汪地叫。一只小猫也是这样，会从剪纸变成活猫，在地上走来走去。

这种情况让刘秀放下了剪纸，不敢再剪了。她自己也不明白这是怎么一回事。

有一天，刘秀的丈夫提醒了刘秀，说："既然这样，你不如剪点什么，让咱的生活改变一下。"

刘秀也觉得对，说："剪什么能改变生活呢？"

丈夫说："你先剪几斤玉米看看能不能变成真的，要是能变成真的，咱家的日子不就好过了？"

于是，刘秀就剪了一堆老玉米，剪得就跟真的一样。可是剪纸放在那里，一天两天都没有变化，不像公鸡、小狗、小猫那样一下子就活了起来。这是怎么一回事呢？刘秀和丈夫都不明白。

有一天，刘秀无意中将剪纸的老玉米放在了窗台上，太阳一照，剪纸动了动，太阳又照了一会儿，剪纸就变成了真的老玉米。

刘秀和丈夫高兴坏了。从那天开始，刘秀的剪纸就变成了真的粮食，剪纸很快就让刘秀家的日子好过起来。

可是自己富了，村人怎么办，八仙庄村人太穷了啊。刘秀和丈夫就想帮助村人，也让大家富起来，至少不要再挨饿了。

可剪什么能使村人都富起来呢？剪老玉米，剪豆子，都太慢了，而且剪

【昌平大地上的传说】

一次，只能管一年。两人想啊想，刘秀说："我剪的梨树最像了，不然我就剪梨树给大家吧。"丈夫说："行，你就先剪些梨树看。"

于是，刘秀就剪了一堆的梨树剪纸。她剪的梨树真是太像了。刘秀一下就剪了几百张。俩人在夜里，拿着这些梨树剪纸来到村外的地里，将这些梨树剪纸撒在各家各户的空地上。

几天之后，这些剪纸梨树变成了真的小梨树，长出了苗苗。一两年之后，就都成了大树。八仙庄村到处都是梨树了，树上结的梨也特别好吃，远近很有名。

这个故事流传至今，八仙庄村的梨确实特别好吃。

而剪纸刘秀也在当地出了名，成了当地的经典传说。

石老大抬车

刘瞬骊

石老大，马池口乡某村人，身高八尺，细腰乍背，地里农活无一不精，尤善赶车，不论如何烈性之马，到他手里，都如家犬一般，服服帖帖。

1948 年冬天，他赶着一辆马车到斋堂去拉煤，待回转至聂各庄时，天已昏暗。车上拉着一吨多煤，走得又是土路，拉车的两匹马又累又乏，跟车的小伙计早就饿得前心贴后背了。石老大眼看天色昏暗，知道这里经常有土匪出没，不觉心急如焚，眼看就要上坡了，他猛地打了一个响鞭，催促着两匹马加劲上坡。

就在这时，忽听几声呼哨，几个土匪跳跃而出，手拿片刀、斧子、铁锹、三齿等农具一拥而上，拦住了石老大的去路！

坐在车上的小伙计，见状吓得够呛，一下从车上滚了下来，被一个土匪顺势踩住，动弹不得。

事情来得突然，石老大也吓得够呛，他定睛望去，看见这几个家伙高的高，矮的矮，虽然都是乡村笨汉，但如果真的动手，肯定没有胜算，况且人家手里都拿着家伙，真打起来，自己肯定吃亏。想到这里，他放下鞭子，双手抱拳："各位，都是穷人，借路而过，兄弟我在这里谢过了！"

为首的一摆手："去你妈的！穷人有两匹马的马车吗？要想活命，马车留下。你，滚蛋！"

石老大赔着笑脸："各位，各位，我就是靠这个养家糊口呢，改日，改日请各位到我家喝酒，我叫石老大……"

为首的火了，一挥手："上！打死这个王八蛋。回家卖马吃肉！"

呼啦一下，那几个一下围住了石老大，就要动手！

石老大喊了一声："慢！你们是一个一个上，还是一群都上？"

为首的笑了："还一个个地上……给我上！"

那几个立刻喊了起来："杀！……"

石老大："行啊！等我脱下大衣，跟你们过几招儿！"说着，脱下身上穿的白茬羊皮大衣，抓在左手，弯下腰，右手扳住车轱辘的轴头，大喊一声，竟把半个马车掀了起来，接着，顺手把大衣塞在了车轱辘底下，复而放下车轱辘，站起身来大喝："来吧！"

谁知，四周空空荡荡，刚才那几个气势汹汹的土匪，早就跑得无影无踪了！

老和尚庙情事

施会泉

在羊台子沟的最北端，有个地名叫老和尚庙，传说早先在这里确实有座庙，但不是和尚庙而是尼姑庵，可是后来怎么又成了和尚庙了呢？原来是这样，拐过山脚，倒是有座和尚庙，但这和尚庙庙小名气小，可僧多势头大，竟把尼姑撵走霸占了寺庙。后人渐渐把尼姑庵忘却了，只知道这里曾有个老和尚庙，但庙址踪迹全无。山风阵阵，荒草萋萋，留给后人的只是一段凄婉的爱情故事。

大概距老和尚庙五十里开外的地方，有个依山傍水的小村庄，有户人家出了个俊俏姑娘名叫紫云，这紫云年方十七岁，正是待嫁的年龄，说媒拉纤的往来如梭，但紫云就是不点头。其实，紫云爹妈的心里明镜一般，这紫云与本村的建玉小伙子早已私订终身。他们是从小一起过家家长大的，可谓青梅竹马两小无猜，也可称得上郎才女貌。这建玉，从小聪明伶俐，酷爱读书，诗词歌赋样样通晓，只可惜家境贫寒，父母膝下还有哥嫂小侄，一家六口人靠山坡上的几亩薄田养家度日。再仁慈善良的父母也难为这缺衣少穿的"无米之炊"。

紫云妈是个嫌贫爱富的主儿，一心要把花容月貌的女儿当个摇钱树，嫁个有钱人家，日后坐享其成，岂不优哉游哉。紫云跟妈妈挑明说，除了建玉不嫁。紫云妈说："你嫁给他，他们家人口多，靠几亩薄田，一年三百六十日吃啥喝啥，建玉虽好，你是吃他嚼他？"妈妈想不通，紫云只好暂且作罢。

有一天，一个提亲的又来到紫云家。这次说的是一个大户人家，家有房产数十间，京城里开有首饰楼、油盐店，虽说不上家财万贯，却是一方富豪，就凭积蓄足可以过一辈子花天酒地的日子。只是这小子已年过三旬，为什么这般年龄婚事还未妥当，原因有二：一是腿脚有些跛，走起路来"地不平"；

二是此人专爱寻花问柳。谁家的闺女愿意找这样的人做女婿呢！于是拖来拖去，拖到如今。

当然媒人提亲是专拣好听的说，实底儿丝毫没有透露。但镇上离这小山村咫尺之遥，紫云妈和紫云都有所耳闻。紫云心里说，不用说这种人，就是再好我也不去，我生是建玉的人，死是建玉的鬼。而紫云妈却认为这是千载难逢的机会，过了这村儿没这店儿，便跟媒人一锤定音："就这样定了，哪天下定礼，就听男方的话了。"

紫云知道妈妈已横下这条心。虽是一个弱女子，但紫云心肠刚烈，当妈的既然如此狠心，做女儿的也就不客气了。她偷偷地来到建玉家，将上述情况说给了建玉。建玉说："那咱们就逃走吧，靠我卖些字画，绝对能养活你。"紫云说："我们逃到哪里是一站，这世道没有什么公理，只有天罗地网！我有一个主意，就是削发为尼，逃离凡世，与世无争，既保住了性命，又保住了身子，岂不两全其美？"建玉心里很不是滋味："那，我们的事……"紫云说："先顾眼前，走一步说一步，留得青山在，不愁没柴烧。"

好一个刚烈女子，当下紫云背着母亲，收拾行囊，离开了家门，走向了清净之地——大山深处的尼姑庵。

这尼姑庵内加上她只有三人。紫云谎称父母去世早，被叔婶收养后，没想到叔婶虎狼心肠，虐待她，不给她吃穿，挨冷受冻不说，还要将她卖到妓院，这才跑了出来，寻个安身清净之处，修行来世。

再说这紫云妈，发现女儿没了，便左找右找，却连个人影都没有，于是怀疑是建玉将紫云藏了起来。这一天，紫云妈便来建玉家大吵大闹一番，弄得建玉家鸡犬不宁。哥嫂也埋怨建玉何必要一棵树吊死，天涯何处无芳草。这下倒好，鸡飞蛋打。紫云妈折腾了半天，没个结果，只好快快而回。

一个大闺女失踪，总是不能踏下心来，毕竟是爹妈的心头肉啊，到第七天头上，终于打听到紫云出家的下落。紫云妈不顾山高路滑，终于来到这座尼姑庵前，敲开了庵门，见到了女儿。女儿紫云与母亲相对无言，母亲只好自个儿饮泣，此时当妈的才感觉到自己的言行有些过分，于是，对女儿说了些认错的话，但为时已晚，紫云已铁了心肠。母亲只好作罢，退一步想，能看到女儿还活着，也算是最大的幸事了。

自从紫云削发为尼，建玉也像丢了魂似的，人生如果失去了知己，那真是天昏地暗、日月无光、饮食无味、黯然神伤。建玉便跟爹妈兄嫂说："我这般大了，紫云也已出家，今后，成家之事我也便没了心思。我打听到，有个叫羊台子的山沟，山沟里有座庙，我思来想去，那里是个好去处。爹妈兄嫂，你们也不要说什么了。爹妈岁数一年比一年大，有劳兄嫂多费些心思，照顾好二老，我也就无所顾忌了。"

父母兄嫂一看建玉主意已定，便不再说什么了，用了两天时间，为建玉这次离家出走准备些冬暖夏凉的衣物和路途上所用的干粮、水壶等。第三天一早，大雾沉沉，建玉便告别父母兄嫂众乡亲，背包握伞踏上行程。

且说这尼姑庵，尼姑虽少院落却大，前后大殿各五间，香火经久不衰。紫云整日里除了打坐诵经、清扫前后大殿，便是傍晚时分到院外的清泉提水。作为新来的她，这些活计自然要由她来做。累是累了些，但借提水的机会，还可以洗些换洗的衣服，看一看周围的景色。紫云环顾左右，真个是群峰竞秀、青藤倒垂、泉水叮咚、鸟儿歌唱，没有了凡尘世俗名利的烦恼，好一个清净之地。

建玉所在的和尚庙，是庙小和尚多。此庙离紫云所在的尼姑庵只有百步之遥，只是因为拐了个山弯，互相谁也看不见谁，但庙庵吃水都要靠这眼泉。说来也巧，同样，和尚庙里打柴提水的活，也要由新来的建玉干。

这天，建玉背着一捆柴，从山上下来，而下山的道，正好要路过这眼泉。建玉在泉边歇息的时候，看一尼姑提只水桶蹒跚而来。近前一看，这不是紫云吗？紫云也同时看见了建玉，双方着实一愣。他们一千个也没想到在这里碰上。因为天下的寺庙实在太多了，哪个寺庙不留人？他们真想紧紧地拥抱在一起，痛痛快快地哭他一场……但他们不能，他们是出家之人，是绝了凡

尘之人，何况又都穿着僧服，两寺又有多少双眼睛在盯着自己。就这样，他们第一次见面，只能用眼神交换了各自的心思，便各回自己的寺院。

紫云回到房内，思忖起来，那真是应了一句话：踏破铁鞋无觅处，得来全不费功夫。难道我真的就在这深山老林了此一生吗？像那山崖上的老树经风吹雨打最后干枯败落？……不，决不！

建玉同样有这个想法，一个热血男儿，就在这香火缭绕暮鼓晨钟中过一辈子？……很显然，那不属于建玉！

又一个傍晚，建玉又背柴下山在泉边歇息，紫云又来到泉边提水，时辰不前不后，似乎他们有一种心灵感应。

这次他们俩再也顾不得教规了，建玉甩掉了绳子，紫云扔掉了水桶，他们紧紧地拥抱在一起，俩人的泪水流淌在一起……泉水和往常一样潺潺地流着，鸟儿和往常一样喳喳地叫着，松涛和往常一样沉沉地吼着……一切都没有变。

三天后，一个大雾弥漫的清晨，紫云和建玉甩掉了僧衣，双双离开了寺庙庵，逃到了一个什么地方，谁也不知道。

寺里缺了人，这是明摆着的事，何况那天早起一个和尚上山找他昨天丢失的一颗念珠，看见建玉与尼姑双双下山的影子，已料定是私奔无疑。

和尚庙的住持知道此事后，没有加强对本寺庙规的整顿和严查，却怨尼姑庵管教不严，勾引和尚有伤教规，长此下去，还如何进行佛事。于是，在一个黄昏，寺里和尚全部出动，冲进尼姑庵，把剩下的两个尼姑赶走了，强行占领了尼姑庵。从此，这里就变成了和尚庙，香火一年一年地延续下去。老和尚庙的地名也便流传至今。

棋盘山与铁娘娘

施会泉

昌平流村镇内，有个瓦窑村，该村村西有座棋盘山，山顶平整，且长宽比例恰如一张放大了的棋盘。据传说，众仙家曾在这里举行每年一次的棋艺大赛，故得其名。

棋盘山有座娘娘庙，从残缺的碑文上看，该庙始建于明代嘉靖（世宗朱厚熜）四十二年（1563）四月初八。旧历的每年四月十五日至四月二十日，这里的庙会热闹非凡，到20世纪30年代中期的300多年间，棋盘山香火极盛，朝圣者从方圆百余里赶来，有达官贵人，但更多的是布衣百姓。庙会作为民间百姓祈求神佛保佑来年风调雨顺万事如意的一种精神寄托，火爆而隆重。而旧历的四月，又是春末夏初的农闲时节，即播种后的短暂的空闲时间，长空一碧，春和景明，山野青青，气候宜人，乡间少有的娱乐便都集中于此。鼓乐喧天，戏词撩人，少男少女游戏其间，上了年纪的则清茶一杯，谈天说地，营造出一种古老农耕文化的喜庆氛围。后来庙宇遭到侵华日军的破坏，庙会也便从此衰落了。

据说，那是在建庙前的一年夏天，这里发生了百年罕见的洪水。有个叫石良的读书人，回乡探望老母。这石良心眼好，一向以积德行善为本。自父亲去世后，他每十天半月都要回家看望老母。这天，正好赶上大雨滂沱，洪水猛涨，村前这条河有如脱缰的野马，奔腾咆哮。

石良只好等雨住云开洪水回落之时，再过河回家。挨到这天的后半晌，雨过天晴，洪水渐渐回落。浅水的地方，裸露出被水冲刷下来的石块树木砖头烂瓦，忙着过河的人踩踏着这些杂物，深一脚浅一脚地蹚过河去。这时石良却发现在河床上躺着一尊雕像。石良费了好大的劲儿，才将其竖立起来。待清除掉缠绕的树根乱草，看清这个塑像是个铁铸的娘娘神像。除了有些地儿被石块冲撞掉了油漆，面部能分辨出那弯眉细眼粉腮，给人以慈眉善目美好心肠的感觉。石良想，如此绝伦的塑像，怎么能放在这里让千人踩万人踏呢？他想把它挪上岸，找个安身之处，尽管他使足力气，却怎么也挪不动。他就招呼路上的行人，求大家帮个忙。于是过来五六个小伙子，喊了一二三，那铁娘娘就是纹丝不动。就在这一筹莫展的节骨眼上，不知从哪里走过来一位长须白发的牧牛老人，看大家为难的样子，他随手将自己的赶牛棍立在河上说："你们看这根木棍倒向哪个方向，哪个地儿就是娘娘的安身之处。"话毕，只见这根赶牛棍倒向了棋盘山方向。这时，人们再抬铁娘娘，就不那么重了。人们七手八脚把铁娘娘抬上岸，给她擦洗干净，这个铁娘娘越发活灵活现、栩栩如生。这时，人们想起出主意的牧牛老人，老人却不见了踪影。石良只好跟大家伙商量说："既然铁娘娘的安身之处在这个方向，咱们就在棋盘山上修座娘娘庙，别让她遭受风吹雪压、日晒雨淋之苦。"大家一致说："这个主意好"。于是，在石良的倡导下，人们便走家串户行动起来。待凑足钱粮后，便在这年的秋天，择日破土动工，不到一个月，棋盘山娘娘庙便大功告成。为了保护好这个铁娘娘，在它的两侧又塑了两个泥娘娘为伴。

这座棋盘山娘娘庙，正殿为三间，坐北朝南，正殿东侧与正殿一条直线上建有回香亭三间。正殿前面的东西两厢为茶棚，西茶棚五间，东茶棚三间，山门外两侧，仍有茶棚各三间，茶棚内皆石桌石凳。

山门外正前方，顺坡造27级台阶，有戏楼五间，皆为雕梁画栋，巍峨壮观。

年复一年的庙会，焚香朝拜的人愈来愈多，不免有些心怀不轨之人混在其中，看那铁娘娘油头粉腮，面若桃花，遂起淫心杂念，做出亵渎的举动。石良看在眼里记在心头，棋盘山娘娘庙乃一方净土，岂能有妄动之理。石良想，能否在去棋盘山焚香的必经之路上，再修一座殿宇，塑一个凶神恶煞的神像，用来警示焚香人。石良把这一想法和母亲说了，母亲说："好啊，这是善举。"于是，石良到五里乡村亲自化缘，然后请来工匠，建起了保护娘娘的灵宫殿。殿内灵宫爷，手持木棍，目光犀利逼人。因为上棋盘山只此一条路线，一路辛苦免不了在此喝水打歇。灵宫爷的塑像，于无形中为世人敲响了警钟，净化了朝圣者的心灵。

据说，石良母子俩乐善好施，皆百岁而终。

郭婆婆怒藏婚宴

刘瞬骊

崔胡同村有个郭婆婆，据说她顶着黄大仙，有仙气儿，远近闻名。

奇怪的是，人们都信，唯有她男人李宝库不信。李宝库长得膀大腰圆，郭婆婆生得小巧玲珑，动起手来，郭婆婆当然不是对手，经常被她男人打得鼻青脸肿。

李宝库嗜赌如命，把家里的地都输光了。郭婆婆苦劝不听，一日，李宝库照例出门，刚走到院门外，郭婆婆在屋里做法，一下就把李宝库的两个脚尖儿拧到了脚后，李宝库疼痛不已，一下趴在地上，饶是这样，他还大骂不止，不肯认输。

还有一次，李宝库也是去赌，刚出门，就迎面扑来了一只一丈多高的大公鸡，一嘴就啄到了他的脑门上，顿时血流满面。照例，事过之后，他会把郭婆婆打得鼻青脸肿。

有一年春节，李宝库的哥哥娶儿媳妇，商量着怎么办喜事。郭婆婆说最好能请请黄大仙，此言一出，家里就炸了营，纷纷说请他干吗，他能出多少钱的份子呀。说说也就罢了，李宝库觉得老婆丢了他的脸，竟然当着众人狠狠地给了郭婆婆一个大嘴巴，当时就满嘴流血。郭婆婆一声没吭，走了。

接着就是结婚喜宴，新媳妇都来了，也没有人来请郭婆婆。

奇怪的是，端上来的菜，还没有动筷子呢，就见盘子里的菜，转眼就没了。灶房准备的熟肉、豆腐，一眨眼的工夫，都没了！

这还了得！顿时炸了锅。特别是新娘子的娘家人不干了，气得掀翻了桌子。老李家娶媳妇，这次真是丢人现眼到家了！

到了这个时候，他们才想起来，这肯定是郭婆婆做法，请黄大仙干的。于是带着重礼，带着李宝库，来给郭婆婆赔罪，直到把额头都磕出血，郭婆婆才告诉他们，说他们家的东西一件也不少，回去给黄大仙烧香赔罪，然后，到墙角立着的玉米秸里面去找，东西都在那里面呢。

李宝库等人急忙回家，依言而行，果然，婚宴的菜，都在玉米秸下面的筐篓里呢，什么都不少！

聂侃拘风

刘瞬骊

聂侃，昌平马池口乡某村人。无儿无女，光棍一条。小时候碰到过异人，遂拜异人为师，据说可以拘风、拘鼠，不管冬夏，手到拈来。

村人一直想看看他的神通或手艺如何，但这厮从来不露，所以村人一直以为这厮吹牛。有好事者甚至直骂此厮疯癫，以此来迫使聂侃露出本相。谁知聂侃装聋作哑，对于有异能之事，既不承认，也不否认，故村人只能胡猜乱想，于是聂侃在村中，平添了许多神秘色彩。

1954年冬至，家中无事，庄稼已秋收冬藏。聂侃突然心血来潮，一个人顺着铁路北上，来到虎峪游玩。中午的时候，坐在悬崖之畔，闲极无聊，遂盘腿打坐，掐诀念咒，拘得两朵风前来打架。

但见那风，初始极小，一黑一白，忽上忽下，左右盘旋，继而渐大，相互攀扑，不一刻，便呜呜作响，枯草沙石漫卷，从崖上直扑百丈崖下。两股恶风，时而林中缠斗，时而空中相撞，怒气冲天，飞沙走石，嘶鸣恶号，足有两个时辰！

山中村民，见状者无不骇然，起初还觉奇异，后来越看越觉得恐怖，纷纷逃回家中，掩门闭户，瑟瑟发抖，跪地作揖，乞告上苍，多做保全。

山崖上狂风呼号，冷气袭人，唯聂侃满脸流汗，如同水洗，至收功之时，竟然汗透棉衣棉裤！

至家时已是夜里12点，这厮并未回家，喊起隔壁堂兄，如此这般，把白天拘风之事，绘声绘色讲了一遍，说到得意之处，哈哈大笑……堂兄大怒，说："你他娘的大晚上不睡觉，跟我吹牛来，有种你现在就给我来一遍！不能？不能就滚！"

聂侃讨个没趣，悻悻回家，一进家中，不禁大惊失色，原来收好的几麻

梁殿臣过阴

刘瞬骊

昌平百善乡某村，有一奇人，名叫梁殿臣。据说此人上知天文，下识地理，并可入地狱行走，替人查看生死簿，名曰过阴。

但凡村里有人病危，病人家属必拿着厚礼前来问询。过阴者，泄天机，损阳寿，故梁殿臣极少答应，只是说个大概而已，含糊其词，让病人家属自己去揣摩。

某日，梁殿臣胞弟梁殿功病危，家人急得火上房，纷纷央求梁殿臣过阴，求阎王慈悲为怀，假以梁殿功十年阳寿。如梁殿功真的死了，剩下孤儿寡母，实在无法生活。

梁殿臣无奈，只好答应过阴。谁知他的孙子外号叫"茶盘子"的，当年十岁，一听爷爷能去地府游玩儿，一定缠着爷爷带他同去，且撒泼打滚，吵闹不休。梁殿臣对长孙"茶盘子"向来溺爱，无奈之余，只好答应，并千叮咛万嘱咐，不许乱跑。"茶盘子"一口答应，于是梁殿臣给"茶盘子"的手腕上系上红绳，紧紧拉着他躺在自家炕上，三天三夜，昏昏沉沉，不吃不喝，至第三日傍晚，终于醒来，说阎王爷答应了，给梁殿功十年阳寿。

这真是天大的喜事啊！正在高兴之极，梁殿臣却发现"茶盘子"昏昏不醒，

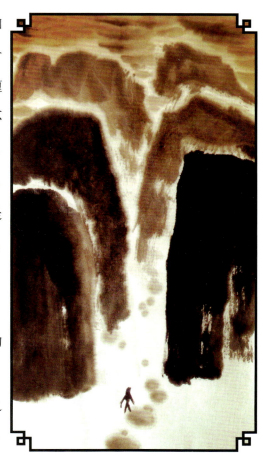

手脚冰凉。梁殿臣一下慌了，说"茶盘子"一点儿不听话，还没有走到奈何桥就失了踪影，跟着一群光腚的女人走了。本来一天一夜就能回来，之所以又耽误了两天，就是一直在找他呢！

这么说，"茶盘子"肯定是回不来了！家人立刻围着"茶盘子"大哭。正在这时，院子里母猪开始叫唤，下了十只小崽。梁殿臣急忙出门，来到猪圈外查看，一眼就看见了一只小猪的左前爪上有一圈红色的印记。梁殿臣当即拿起一把铁锹，拍死了这只小猪。

过了一会，屋里传来了"茶盘子"的大哭声！没事儿了。梁殿臣终于松了一口气！

第三天，梁殿功竟然好了，好得跟没事儿人似的。没过几天，就是除夕，那天全家聚在一起大吃大喝，好不热闹，却见梁殿臣突然仰面大叫了一声，喷出了一口血，当场身亡！

秦晓明与黄花女

施会泉

记不清是哪朝哪代了，老峪沟山那边住着一户姓秦的穷苦人家。这家娘儿两个，儿子二十出头，名叫秦晓明，靠放牛打柴为生。

晓明这孩子不但是个打柴能手，还弹得一手好琴。他五六岁时就极聪明，后来又勤学苦练。有一天，他赶着一头黄牛去山上打柴，他弹了一曲"高山流水"，不知怎么招来了山中的百鸟，百鸟一同婉转歌唱，使他的曲子更加动听了。

且说一天，晓明放牛来到一处柴草繁茂的山坡上，他打好了柴，就坐在那块巨大的探进园子的牛头石上抚琴。那琴声一会儿像春风飘过溪流，一会儿似彩蝶穿梭花径。谁知，一曲终了，惊动了一位小姐。

这山下有家员外姓黄，他有个独生女，年方十八，长得像花一样美丽，人称她黄花女。这天，黄花女正在绣楼独坐，忽听一缕琴声不绝于耳，不禁动了少女的一颗春心。她自幼也喜弹琴，终因没人指点，不得要领，所以进步不大，和秦晓明的琴声一比，真乃天壤之别。黄花女此时灵机一动，立刻把丫鬟唤到身边，说："你去看一看是何人在山上弹琴。"丫鬟不多时回来报与小姐："是一放牛砍柴的英俊少年。"

黄花女便吩咐："禀报老爷一声，唤弹琴少年来楼上一叙。"

丫鬟报知黄员外，黄员外立时怒上眉梢："一个砍柴的穷小子，也配给我家小姐弹琴说曲，真真乱了家法门第！"黄员外没能允许。黄花女想了个主意，附丫鬟耳根说了几句话，丫鬟点头称是。

原来这黄员外家后院是个花园，花园靠山的一边有座假山，假山上有座亭子，名叫怡然亭。只要坐在这亭子里，便与花园外面的牛头石近在咫尺，秦晓明只要坐在牛头石上，就可教黄花女习琴。

昌平民间文学

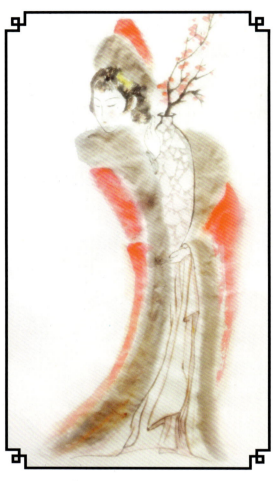

丫鬟扮作一书生模样，与秦晓明说黄花女学琴一事。开始秦晓明不肯，觉得自己是个穷苦人家孩子，哪有资格教员外家千金习琴之理。多亏丫鬟千般花言万般巧语死说活说，秦晓明看小姐习琴情真意切，才算动了心，相约在第二天旭日临窗的时候教习弹琴。

这一天，天气格外晴朗。秦晓明把牛儿放在一处有草的地方，就爬上了这块牛头石。此时，他果真见那怡然亭上丫鬟扶着一位小姐已在那里静候。晓明一愣，他从来没见过这样清秀的女子。也许是前世有缘，两人相见，都觉得如久别重逢一般。两人互相点了一下头，晓明抚了一段曲子，黄花女按照晓明的姿势学了一遍。就这样，你一遍我一遍，你一曲我一曲，快到晌午了，秦晓明要去打柴，他跟黄花女说："明天再练吧，家里有老母在堂，还得打柴换米度日。"

黄花女似乎没有听见。她在想，世界上那多才多艺之人，全被那"富贵""门第"等字眼拒之门外，派不上用场，也可怜多少黄花女子，虚度芳华而寻不到知音。这真是，琴声流露知心曲，善良缔结陌路缘。黄花女沉浸在一片温馨之中。

秦晓明看黄花女若有所思，没有听清他说的是什么，于是就又说了一遍。黄花女依然恋恋不舍又让秦晓明弹了一支曲子，他把自己人贫志坚、与人为善的美好心性都融汇在这支曲子里面，给人以刚柔并济娓娓动听之感。说来也巧，不知是感动了上天，还是惊动了生灵，只见天空飞来一群喜鹊，每只喜鹊嘴里都衔着一根干树枝，还有两只喜鹊衔着两根藤条，转眼之间，两捆干柴捆好了。秦晓明好生奇怪，他顾不得多想，看看天色将晚，便将那柴搭在牛背上，辞别了黄花女，踏着落日的余晖，上路回家了。

此后，天天如此，这琴曲做媒人，慢慢地，他们萌发了爱慕之情。不料时间一长，黄花女在怡然亭与秦晓明隔园习琴之事，终于传到黄员外耳朵里，便派两个老婆子看住黄花女，再不允许她去后花园了。

打这儿以后，秦晓明再也没见到黄花女。当他思念黄花女坐立不安的时候，就登上这牛头石，对着空落落的怡然亭抚上一阵琴。弹到兴奋时，仿佛彩蝶纷飞，清泉流潺；弹到激烈时，犹如急风暴雨，天低云暗。

不几日，秦晓明患了病，茶不思饭不想，日渐严重。一天，他对妈妈说："我的病好不了了，您现在趁我活着，把我的心取出来，估计您以后还用多少钱，就卖多少钱。从咱家往东二十里有个集市，那里有买活人心的，您快打开我的肚子吧，不然等我死了，心也就没有用了。"妈妈含着眼泪摇着头不肯下手。秦晓明就想了个主意，他对妈妈说："现在我有点饿，您给我做点饭好吗？"妈妈赶紧起身去做饭。晓明趁妈妈不留意，用剪刀挑开肚子，取下了跳动的心，然后把妈妈唤出来，说："妈妈，我把心取出来了，您快收起来……"妈妈一见血淋淋的心，一时昏厥在地上。

黄花女自从被父亲看管起来，整日间闷闷不乐。黄员外挑选了一富贵人家公子，逼黄花女成亲，黄花女无法违抗父命，便应允了。对于秦晓明剖腹摘心之事，她从不知晓，只是每天心中不住默念，若能在完婚之前见上秦晓明一面，也算是好过一场。

转眼到了开集之日，秦晓明的妈妈来到集市上，果然有一人过来问价："老太太，您这活人心打算要多少钱？"老太太估计一下说："反正得够我这辈子用的，就给五百两银子吧！"买心人一惊，说："原来您孤身一人啊！"

老太太说："是啊，我家什么人都没有了，这是我唯一儿子的活人心。"买主很同情老人，给了五百两银子。

　　且说，买活人心的人是为了做酒。这次他用活人心做的酒芳香无比，名声远扬，买主络绎不绝。事也凑巧，此时正值黄员外逼黄花女完婚之时，于是慕名买了这家的酒。这一天，黄家大摆筵宴，众宾客取杯欲饮时，发现酒里有一人夹一琴立在青石之上，旁卧一牛。大家好生纳闷，纷纷议论开来。黄花女似乎觉得有什么不祥之兆，赶紧跑来一看，禁不住泪如雨注，自知秦晓明已不在人世了。当黄花女泪下之时，那人那牛都不见了，酒面上浮现出两行诗：黄花女不见秦晓明不落泪，秦晓明不见黄花女不死心。

水鬼王三

刘瞬骊

詹天佑奉清政府之命，担任总工程师，修建京张铁路。修到下念头村一道河南河湾的时候，詹天佑犯了愁。

河宽十三丈，水流湍急，深不见底，两岸陡峭丈余。本来这都并非难事，难的是手下有人来报，河中有一条大鱼，极其凶猛，已经吃了两个潜水探路的工人。工人们用炸药轰炸，却毫无作用。显然，在水下，有一个不知道多深多长的大洞供其藏身。

据侥幸逃命的工人说，这条鱼不知道有多大，可是他看见了那鱼的眼睛，足有一个海碗那么大！照此推算，这条鱼至少头宽五尺，丈二长短，如此说来，这家伙足有两头牛那么大，且在水中，至少有五头牛那么大的力气！

詹天佑正在帐篷中冥思苦想，手下来报，有一村民，号称水鬼王三，前来献计。詹天佑大喜，几步迎出帐外，但见水鬼王三，身高六尺，极瘦，且一脸麻子。詹天佑不禁有些狐疑，但还是命令手下，好酒好菜伺候，待为上宾。

王三说："这条鱼极其狡猾，自己好几次都差点命丧其口。他自己靠捕鱼为生，就因为这个畜生，河中大鱼渐少，生计也越来越难。本欲早日除之，无奈村民畏惧，无人帮忙。今大人手下众多，只要大人听我的，明日定把这个畜生钓上来！"

詹天佑大喜，当场就给了王三二十块大洋作为定金，让他回家准备，并许诺，如果成功，再奖三十块大洋！

果然第二天一早，王三就赶着大车

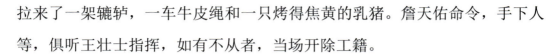

拉来了一架辘轳，一车牛皮绳和一只烤得焦黄的乳猪。詹天佑命令，手下人等，俱听王壮士指挥，如有不从者，当场开除工籍。

于是，手下人人争先，把辘轳紧紧绑在北岸的一棵大柳树上，王三亲自动手，把一个锋利的四角抓钩埋在乳猪的肚子里，然后抓起乳猪，瞄准南岸，使劲扔了过去。但见连接着抓钩和辘轳的牛皮绳子，突突变短，转眼就成了一条直线。

王三对詹天佑说："大人，至少得两袋烟！"说着便坐到地上，掏出烟袋锅子，抽烟。

果然，不到三袋烟的工夫，水中的那根绳子便开始拉直，摇晃起来了！王三急忙站了起来，喊着："退后！退后！不要命啦！"谁知那些看热闹的工人和村民，没有一个人听他的！

就在这时，只听北岸轰的一声巨响，崩岸了！吓得那些看热闹的人，连滚带爬，逃到了远处！紧接着，南岸也塌了一片！再接着，那条鱼叼着牛皮绳子呼的一下蹿出了水面，足有一丈多高！落下去的时候，飞溅的河水，如瀑布一般，泼在了河的两岸！

王三指挥着几个身强力壮的汉子，死死地把着那架辘轳，若不是绑在了树上，那几个人和辘轳，早就被拽到河里去了！

折腾了一个多时辰，那鱼才筋疲力尽。王三指挥众人，喊着号子，把那足有一吨多重的黑鱼拉上了岸！但见这鱼，光是牙齿，就有人的大拇指那么粗！

詹天佑大喜，当场就奖了王三八十块大洋！当天晚上，修路的工人和村民，喝酒吃肉，直到三更！

詹天佑修的这座桥，至今尚在。百年以来，无数的客车、货车、军车日夜奔跑，桥上承载的重量，累计何止上万万亿吨！但桥墩和桥身至今也无一丝裂痕，安稳如山。

偷鸡不是贼

唐宇轩

　　很久以前，在昌平东部，有个大村庄，全村有几百户人家。村里人除了种地，还把养鸡作为副业，鸡蛋可以卖给昌平城内护陵的官兵，鸡肉可以卖给昌平城里的大餐馆。村里有两个偷鸡贼，住在村东头儿的叫张狗子，住在村西头儿的叫王二皮。

　　张狗子有三十出头，很小就学会了偷鸡，他技术很高，基本上没有失手过，为了掩人耳目，家里也养鸡，有十几只；王二皮比张狗子大一岁，偷鸡的本领与张狗子不相上下，家里不但养了鸡，还养了狗。狗能看家护院。张狗子是条光棍儿，王二皮却有个漂亮老婆。

　　两个偷鸡贼是同行，却不是冤家。他们从小就在一块儿玩儿，又先后学会了偷鸡，感情很不错，还时常在一起喝酒，称兄道弟，交流偷窃心得。两人经常互相串门儿，做客时也贼性不改，俩眼贼溜溜，盯着院子里跑的鸡看。尤其是张狗子，一去王二皮家，不光看鸡，目光还在人家那漂亮老婆身上乱转。

　　这一年，到了腊月，每逢年关时，都是两个偷鸡贼事业的上升期。昌平城里的鸡价也水涨船高。有时北京城里还会过来鸡贩子，到乡下来收购。张狗子就约了王二皮，一起到邻村偷鸡。两人干了这么多年，都揣摩出一套经验，觉得两人合作，比一人单干好，事事有个照应。

　　月黑风高夜，张狗子、王二皮如黄鼠狼一般，在村子里转悠，张狗子寻找下手对象，王二皮警惕地左顾右盼，防备着四周。转悠到村北，张狗子相中了一家，这家高房大瓦，一看就是阔主儿。王二皮在外面站岗望风，张狗子便翻墙而入，悄没声息地走到鸡笼前，从怀里掏出几根橡皮箍子，双手伸进鸡笼，鸡还没来得及叫，鸡嘴就被橡皮箍子套得紧紧的，而后一只一只被拎出来，塞进袋里。张狗子得了手，翻墙出来，与王二皮溜达到场院处。场院一侧，有高高的麦秸垛，两人准备在这里歇歇脚。刚要坐下，麦秸垛后面就传出一个声音："你这个坏蛋，看你干得好事儿！"

两个贼的汗毛都竖了起来，身体僵住了，拔腿想跑，可腿不听使唤，软塌塌的像面条。两人心想，这下完蛋了。可麦秸垛后面又没了动静。张狗子冲王二皮一使眼色，刚想溜，麦秸垛后面又传来男女细碎的调笑声。二贼悄悄转到后面，一看，原来是一对少男少女在约会，都松了一口气。二贼没有声张，伏在地上观察。只听那对男女在小声嘀咕，好像在商量什么私奔的事，男的又在女的身上乱摸，女的还骂他讨厌。

王二皮嘿嘿暗笑，正看得起劲。张狗子站起身来，冲男女厉声道："好哇你们，在这里干好事儿！走，跟我见族长去，再让你们父母来领人。"一对男女被吓得不轻，尤其那男的，哆嗦成一团，女的嘤嘤地哭起来，苦苦哀求放过他们。王二皮也厉声厉色说："不行，跟我们走。"男的从身上摸出了一点儿碎银，给了张狗子，又哀求了一番，并请求不要声张。张狗子左手把碎银攥得紧紧的，右手一挥说："走吧走吧，这次饶了你们。"那对男女谢了谢，就急忙走了。王二皮嘿嘿乱笑，还趁机在女的身上摸了两把。

张狗子与王二皮回到村里，平分了碎银，都很惊喜——就是偷十次鸡，也挣不来这些钱。两人纳过闷来，觉得逮这男女之事，比偷鸡划算多了。于是两个人改弦更张，一到夜晚，就结伴出行，到各村的犄角旮旯转悠，专逮那偷情男女，偷鸡倒成了副业。

转悠了三月，俩贼算开了眼，碰到了各种各样的稀奇事儿，什么男女私通、小老婆越轨、老公公爬灰儿，有一回，还逮到两个大男人在马厩里乱亲……凡是被逮到的人，无不苦苦哀求不要声张，并掏出身上所有的钱。张狗子和王二皮的腰包迅速鼓了起来，就在心中感慨，这年头，偷鸡不叫贼，偷人才是真正的贼啊。

时光荏苒，转眼就到了夏收，地里的麦子该割了。张狗子和王二皮就准备歇两天，先料理一下家里的地；又约好，等夏收过去，再一起行动。张狗子一待在家里，就浑身不对劲儿，吃饭都不香，看来是干那事干上了瘾。媳妇又回娘家帮着收麦子了。张狗子闲得发慌，夜里睡不着觉，就想自己单独行动，再去赚两笔钱。

张狗子出了院门，就奔村南边儿的小河沟去。河沟旁有几处乱草，最爱藏人。张狗子到了那里，果然听见草丛里有响动。张狗子即刻兴奋起来，拨开乱草，大喝了一声。那草丛里的男女探出了头。张狗子一下傻了眼，原来眼前这男女，正是自己的媳妇和王二皮。张狗子如五雷轰顶，怪叫一声就向王二皮扑去。两个贼扭打作一团……

廖均卿与十三陵

李晨辰

说起明十三陵，其始建时间与北京紫禁城相当。据《明实录》等资料记载，十三陵的勘择与一个江西术士有关，这个人叫廖均卿，在陵址的选择上，起到了至关重要的作用。

中国人的观念，上要尊奉祖宗，下要启荫子孙。所以，中国人十分注重生前身后事，早在春秋时代，就形成了一套隆重复杂的祭祀礼仪制度和墓葬制度。这是对逝者的尊敬，也是对父母和祖辈尽孝，更可以增加活在当下的人的责任感。再者，风水理论认为，为死者选择好的墓址，会影响后人的命运。而作为一国之君，其陵墓的择址，被认为会影响整个国家的命运。历代皇室都十分重视选择陵穴，以图江山永固。

因此，民间就诞生了一种职业，堪舆家。专门给人看风水，尤以阴宅为主。

皇陵位置一般选在京师附近。一是便于管理，二是为了后世子孙拜谒祖先方便。明永乐五年，皇后徐氏（明朝开国元勋徐达之女）在南京病逝。按照常理，应该葬在南京附近。但朱棣早就有迁都北京的设想。他想将自己和皇后的陵墓建在北京一带。为了能找到一块吉壤，他下旨，全国各地区推荐风水术士。这一下，礼部就忙活开了，在全国"海选"。各地风水大师踊跃报名、积极参与，最后，廖均卿等人脱颖而出。

廖均卿字兆保，号玉峰，江西省赣州府兴国县三僚村人。他家是堪舆世家，其祖上廖三传得唐代风水大师杨筠松的真传。

第二年年初，在南京皇宫，廖均卿、曾从政、王侃、巫涯四位堪舆家得到了永乐皇帝的亲切接见。廖均卿献上了自己绘制的南京风水图及龙穴砂水四论等"学术论文"。永乐帝观后大喜。过了几天，廖均卿又参观了南京城和南京孝陵等地，并把这些地方风水上的利弊向皇帝做了汇报。对他的理论，永乐帝大为赞赏，不但赐了黄金，还送了几部风水方面的书籍。不久后，就派廖均卿等人到北京一带卜选吉地，陪同人员有礼部尚书赵羽工。

廖均卿一行在北京周边走了一圈儿，最后，来到了昌平的黄土山。那时，这里叫作康家庄楼子营，青山环抱，林木苍翠。北面有三座主峰，中峰海拔750余米，挺拔高耸，是这一带最高的山峰。山北群山巍峨，层峦叠嶂，遥接太行。山南则一马平川，地形开阔，河溪潆洄。山左有蟒山逶迤，山右则是虎峪、军都雄峙。整个区域以黄土山为主山，东有龙砂，西有虎砂。四象俱全，正所谓风水理论中的"山川大聚"之势，真正的形胜宝地。

廖均卿等人一眼就相中了这里，立即绘制成地图，回南京献给了永乐皇帝。看了地图，皇帝十分高兴。永乐七年（1409年）闰四月二日，永乐帝朱棣驾临黄土山，也是非常满意，即刻降旨，将黄土山更名天寿山，定为皇家陵园。同时，廖均卿一行各授钦天监官职。

关于勘择陵址的过程，还有一段传说，这里也不妨说一说。最初，先是选在口外的屠家营，因皇帝姓朱，"朱"与"猪"同音，进了屠家，那还有

个好儿？这是犯地讳，不行。又选在昌平西南的羊山脚下，这里有个村，叫"狼儿峪"，"猪"在狼旁边，吃不香睡不着的，也不行。后来选了京西的"燕家台"，"燕家"与"晏驾"谐音，不吉利；京西的潭柘寺呢，景色好是好，但地方狭窄，没有子孙发展的余地，更不行。

陵域定在了昌平天寿山，还要点穴，挖金井，取精华中之精华。到了这时，几位风水大师产生了分歧，王侃、巫涯认为天寿山是铜锣形，廖均卿却说天寿山是铜盘响穴形，吉穴应该位于中心区域。永乐皇帝采纳了廖的意见，并赐给他黄金宝剑一把，重十四两，白银锄头一张，重二十两，用以开点吉穴。永乐七年（1409 年）八月九日巳时，廖均卿前往天寿山点穴，开挖金井。明十三陵的第一陵正式破土动工，是为长陵。永乐十一年（1413 年）正月，长陵玄宫建成，徐皇后正式在此安葬。永乐十四年（1416 年）三月初一，长陵棱恩殿建成。宣德二年（1427 年）三月，长陵主体建筑大体告竣。

廖均卿后来被授予钦天监灵台博士。此外，曾从政、王侃、马文素、刘玉渊、和尚吴永等人，因卜选长陵吉地有功，也都被升授官职。长陵初具规模后，廖均卿就告别皇帝，告老还乡。朱棣当然舍不得，据说，临别时，还赠了廖一首诗。后来，廖均卿刚走到半路，朱棣又反悔了，派人把他追了回来。又是升职，又是加薪，目的是让他发挥余热，监理北京城的建设。永乐十一年五月初二，廖均卿在北京逝世，享年 64 岁。

十三陵的确是好地方。风水一说，究竟有没有科学根据，这里不做讨论。不过，一个国家能否长治久安，是看其体制、制度是否顺应时代潮流，是否适合生产力发展，是否符合人民的意愿。一个人能否流芳百世，是看其生前的努力。孔夫子说得好，"未知生，焉知死"。

石人九不知

李福臣

在昌平居庸关四桥村南面的山坡上，有一尊石人佛像。此佛像依山而凿，与山融为一体，行人就是从那儿路过，也很少有人发现，故得名"石人九不知"。它是关沟的七十二景之一。

相传，此佛像是镇山之宝，南保百姓平安，北镇匈奴入侵，西佑果林茂盛，东佑五谷丰登，是居庸关一带的吉祥之物。据传说，自从有了这尊佛像，这一带就很少遭受天灾人祸，盗贼骚扰。百姓们感其镇山有功，经常到此焚香祷告。古时，这里香火鼎盛。

民国期间，有一个名叫刘玉的盗贼，流窜到居庸关一带作案。谁知，他刚一露头，就被当地的百姓抓获。人们义愤填膺，把刘玉押到县衙。县老爷问明案情，朱笔一挥，判刘玉服劳役半年。出狱后，刘玉越想越觉得不对头："我在别处做案屡屡得手，为什么在居庸关一次就露了馅，莫非此处有我的什么克星？"刘玉想到这里，就找同宗"刘半仙"为他破解。"刘半仙"煞有介事地算了半天，又掐指头又念词，最后一拍脑门说："居庸关四桥子村南的山坡上，有一石佛，是那一带的镇山之宝。只要有它在，你'做事儿'就休想得逞。只有把它推到山根下，你以后才能畅通无阻。"盗贼刘玉

听了，信以为真，对石佛恨之入骨，总想找机会推倒石佛。

一个没有人迹的冬夜，天上飘着雪花，地上刮着寒风，刘玉一个人拿着工具悄悄上了山。他摸着黑找到石佛，动用钎子、棍子、绳子，对石佛就下了毒手。弄到半夜时分，他终于把石佛撬动了。刘玉怀着仇恨，脱掉上衣，用撬棍狠命地撬起石佛，由于用力过猛，连人带佛一起摔下了山崖。石佛的头掉了，刘玉盗贼也摔死在了山脚下……

接着日本鬼子侵略中国，在那儿修路，把石佛垫了路基，石佛被埋在了路下……

正是：

佳景乃天成，

非人能撼动。

盗贼执迷去，

摔死情理中。

石碎人心碎，

空留山悲鸣。

可惜一美景，

人去楼亦空。

老太婆与豆腐少年

凡卉

传说有个少年叫明成，在昌平县城外的大路旁开了个豆腐坊，每日都挑着担子，到县城里去叫卖。一天，他正要挑起担子去卖豆腐，见一位白发苍苍、衣衫褴褛的老太太提着个讨饭篮子，向这间小屋走来。老太太来到跟前说："大侄子，有没有吃的？"明成见老太太怪可怜的，就说："您就在我这儿住下吧，只要有我吃的就有您吃的。"老太太说："你一个小孩家，我怎能连累你啊！"明成说："如果您不嫌弃，这就是我的福气，我每天去县城里卖豆腐，您帮我看看家就行了。"老太太见明成说得恳切，也就留下了。

老太太除了照看家里，还帮明成做些零活，每天直到明成挑担子上路。老太太闲下来时，便到路边折些柳条，回来把皮一剥，编了一个漂亮的小船，接着又编了一个捞东西用的笊篱。编好后，就把这两个物件挂在屋檐下。一天，明成卖豆腐回来，老太太坐下来没事，便和明成说："县城里衙门口有对石头狮子，是吧？"明成答道："是。"老太太又说："你天天去县城卖豆腐，千万要留神看那石狮子。"明成不解："为什么？"老太太把实底掏给了明成："世上万宗事，只怕留心人，多少年了，只要那石狮子眼睛一红，这一带就要发大水。"老太太指指这屋檐下挂着的两个物件说："到那时，你就坐在我给你编的那只小船里，拿上这把笊篱。"明成心里说："那用柳条编的船，一坐上人还不沉下去？"老太太停了停又说："还有一点要告诉你的，发大水后，河面上就会漂着人和各种牲畜，要记住，救人要救好人，救牲畜不分大小。"明成问："坏人什么样呀？"老太太说："只要你看他头顶上少一绺头发，那就是坏人。"明成又问："畜牲大小，又怎么区分呀？"老太太说："大牛大马要救，蛐蛐蝼蚁也要救。"

自此，明成仍是每天去县城卖豆腐。不过，每次他都要去衙门口转一转，

顺便看看石狮子眼睛红没红。一天，他又到衙门口转悠。一看，石狮子眼睛红了。他扭头挑起担子一路小跑回了家。果然见水已漫进了屋子。老太太也不见了。屋檐下只剩下老太太给编的小船和笊篱。眼看水越涨越高，明成顾不得多想，摘下小船和笊篱，便踏上了这条船。没想到，当他踏上这条船后，船就变成了硬帮硬底，如铁打一般。此时风浪越来越大，河面上漂来好多被水冲下来的树木和杂草。在浑浊的水面上还漂浮着很多蚂蚁、蜜蜂、耗子等小生灵。明成看到它们在痛苦地挣扎，就用老太太编的柳条笊篱，把这些小生命捞了上来，放在船舱里。这时，水面又漂过来一个人。只见那人头裹蓝头巾，在水里呼救。明成可怜他，用笊篱把他打捞上来。那人自称怀通，说是去苏州城看一位朋友，不料连日大雨，河水猛涨，被冲到这里的。怀通把头巾解下来，拧着水，明成才发现那人头顶上少了一绺头发，才知是个坏人，后悔当初不该救他。

不几日，这条船漂到了苏州城。靠岸后，明成把那些小生灵放到岸上，让它们自谋生路去了。万万没有料到，这风雨同舟的怀通，背着明成把这只船卖了。原来这只船是用金子铸造的，怀通得了一笔巨款，并用这笔钱打通官府，买了个七品知县。怀通怕明成日后告发他，便依仗权势，把明成捉拿了起来，并将七条装满黄土的口袋压在明成的身上。怀通心想，这种刑罚不出三天，不把明成活活压死也得饿死。没想到第七天头上，明成仍然活着。

是怎么回事呢？原来是耗子给他运食吃，蛤蟆鼓肚子给他支撑着。怀通见此刑罚不奏效，便给明成出了一道难题，要他用一天一夜的时间将混在一起的两石芝麻、小麦分开，否则便处极刑。当天晚上，怀通偷偷察看，没料到只一天工夫，芝麻、小麦各一石分得一清二楚。是怎么回事呢？原来是一群蚂蚁帮他分捡的，大蚂蚁叼小麦，小蚂蚁叼芝麻。怀通一看，还是没有难住，就又想了个鬼点子，明日清晨有三乘轿子从里面出来，要明成分清哪乘轿子里坐着他。晚上，小蜜蜂飞到明成耳边，轻轻地告诉他，看哪乘轿子的轿帘上落着蜜蜂，你就指哪乘。翌日天明，三乘轿子从明成眼前依次而过，明成一眼看见中间那乘轿子的轿帘上有只小蜜蜂，还在嗡嗡叫。于是明成指着中间这乘轿子说："就是这乘。"

忘恩负义的怀通，三道难关想置明成于死地，未成，这晚躺在床上一筹莫展，不知不觉做了一个梦。他躺在一个荒滩上，周围有很多蝎子、毒蛇向他奔来，耗子咬他的耳朵和鼻子，蚂蚁钻进他的脑袋里吃他的脑子，又钻进肚子里吃他的肠子，最后他成了空壳。醒来后，他用手一摸，耳朵、鼻子真的没了，以前的事情什么都想不起来了，成了一个废物。不几日，这怀通便被朝廷收了印罢了官。

陈友谅寨与康茂才寨

李福臣

在居庸关四桥子村北，有东西两山相对。古时候，这里谷深林密，草木茂盛，道路难行，易守难攻，是占山称王的好地方。在元朝之时，据说东山占的是陈友谅，西山占的是康茂才，两人各据一方，招兵买马，扎营建盘。此二山，被后人称为陈友谅寨和康茂才寨。

传说这两人是表兄弟，还曾八拜结交。亲戚加朋友，各占一山，有了事互相帮忙，关系处得相当不错。他俩都是打家劫舍、杀富济贫的英雄，再加上文韬武略，兵书战策，十八般武艺无所不通，很快就发展到了数千人。声势浩大，官府奈何不得。陈友谅看官府腐败，民不聊生，就想到外面去发展，以求得将来光宗耀祖，封妻荫子。可康茂才目光短浅，胸无大志，只想保住自己这一亩三分地，不赞成陈友谅打出去的主张。在谈了几次均无结果的情况下，陈友谅下山，康茂才守寨。从此，表兄弟分开，各谋出路。

单说陈友谅，自从出山后，一路招兵买马，攻城掠寨，所向披靡，几年时间便发展得有雄兵数十万，战将数百员，地盘数省市，令官府和各路英雄都刮目相看。

再说这康茂才，自从陈友谅走后，自己不思进取，没有什么大的发展。当他得知陈友谅占据数省，名声大噪，各路人马望风而归之后，心里老大不舒服。他想："陈友谅有什么能耐，这会儿就了不得了，我的人马有的也跟了他去，拆我的台，犯到我的手上，教他尝尝我的厉害。"他等呀等，盼呀盼，机会终于来了。原来，此时陈友谅和朱元璋为了争夺江山，正在兴兵大战。朱陈之战，可说是棋逢对手，将遇良才。双方各施良谋，征战数月，损兵折将，两败俱伤，相持不下。

这天，朱元璋召集部下，商讨挫败陈友谅的对策。军师刘伯温说："主公，现在敌我双方势均力敌，急切之中很难取胜。只有联合北方康茂才和我们一同破陈，才能最后取胜。"朱元璋说："军师之言甚是，但我听说陈友谅和康茂才是表兄弟，且感情甚好，这岂能联合？"刘伯温说："俗话说，'小人喻以利'。虽然他俩是表兄加盟兄，但我观康茂才胸无大志，是个见小利而忘大义的人。对这样的小人，只要我们施以好处，送其金银，康茂才就一定会围着我们转。"朱元璋听了，非常高兴，当即应允，让刘伯温差人去办。

刘伯温领了将令，从自己门下选了一个能说会道、善于察言观色之人，拿着金银财宝和朱元璋的亲笔书信，星夜兼程，来到了康茂才寨。康茂才接过厚礼，打开书信，见上面写着："……如康王兄能设法捉住陈友谅，解来我处，我朱元璋愿把陈友谅所占土地、财物与康王兄平分……"康茂才看罢书信，两眼都直了。他想："陈友谅几年打下的江山，我康茂才几天就能得到，这岂不是天赐良机！"当下，他写了一封密信，交给传书人，许诺一定照朱元璋的意思行事。

再说陈友谅，也想联合康茂才一起破朱元璋。他自恃与康茂才有多年的交情，又是亲戚和盟友的关系，不听军师张定边的劝阻，仅带两名侍卫，来找康茂才商讨联合破朱之事。

康茂才正想动身去"请"陈友谅，了却自己的许诺，不想小军来报，陈友谅上山来了。当他听说陈友谅只带了两个人时，不由得心中大喜，心想真是天助我也！他嘱咐自己的亲信如此如此，亲自下山迎接陈友谅进寨。兄弟见面，各怀心事，寒暄一阵后，康茂才便高呼设盛宴款待。他们把美味佳肴摆到仙枕石上，大谈友情和亲情，一会儿吹，一会儿拍，一会儿就把陈友谅灌得酩酊大醉。陈友谅连年征战，如今幸遇故人，根本没有一点防备。放开肚皮吃，张开嘴巴喝，直到第二天早晨才醒过酒来。他醒来后，一见自己被捆绑着，这才知道中计。他悔恨交加，大骂康茂才不讲亲情友情，是势利小人，将来不得好死，同时又后悔自己未听军师之言，才酿成今日之祸。

康茂才为了金钱和利益，昧着良心，把陈友谅解给朱元璋，使表兄弟惨遭毒手，成了杀害陈友谅的罪人，给后人留下了深深的思索。

朱元璋兵不血刃，在康茂才的帮助下，一举打败陈友谅，并夺下了陈友谅的压寨夫人硕氏，把她占为己有。不到十月，硕氏生下一子，风传就是后来夺了朱允炆天下的燕王朱棣。人们传说，硕氏在跟陈友谅时已怀有身孕，朱棣的根是陈家后代。要真是那样，那明朝的江山早就是陈家的了……

这真是：

从来宫廷是非多，

千古之谜多少个？

玉环原是夫儿媳[1]，

则天也曾把礼脱[2]

……

非是我谈风流事，

史书有载影视说。

（1）唐朝贵妃杨玉环，在跟李隆基之前，曾是李隆基的儿媳妇。

（2）大周女皇武则天，在未当皇帝之前，曾先跟李世民，后跟李世民之子李治。

建云台的传说

曹学诗

居庸关的云台闻名遐迩，不但中国人知道，就连东南亚一些国家对云台也仰慕不已。据老辈人讲，年岁大的日本人几乎没有不知道云台的，到昌平旅游不看看云台的也很少。云台何以有这么大的吸引力，它又是一座什么样的建筑呢？

传说，云台始建于 1342 年的元朝，南北卷门的雕刻非常著名。佛祖如来端坐正中，旁有大鹏金翅鸟护驾，两边的大象、九头蛇、摩力青、摩力红、摩力海、摩力兽等群雕，形象生动，刀法精妙，世所罕见……

这么宏伟形象的建筑出自何人之手？这些栩栩如生的群雕又是何人所做？在居庸关一带流传着这样一个动听的传说。

元朝年间，居庸关有一对孪生兄妹，非常聪明能干。哥哥善建塔，妹妹好针线。哥哥建的塔造型奇特，精妙绝伦；塑的像形象逼真，别具一格；雕的兽神态各异，几能乱真。妹妹做的衣，尺寸合适，好看耐用；绣的花龙飞凤舞，似能飞腾；纳的底针脚细密，花样常新。妹妹喜欢哥哥建的塔，总想让哥哥在居庸关家乡给建上一座；哥哥喜欢妹妹纳的底儿，总想让妹妹给纳上几双。

这天正好是三月二十八日，是哥哥妹妹的共同生日，兄妹都想在这一天施展出自己的全部本领，给对方献一份厚礼，给对方带一个惊喜，同时也了却自己的一桩心愿。哥哥说："妹妹，我知道你喜欢我建的塔，可是这么多年，为了生活，我到处给人家建塔，到现在也没给咱家乡建上一座。今天晚上，趁着你我生日，无论多晚多累，我也要给你，给咱家乡建上一座宝塔。"妹妹听了，非常感动地说："谢谢哥哥，我替家乡人谢谢哥哥。为了报答哥哥的厚意，今天晚上，我也要拿出自己的全部本领，给哥哥绣十双又结实又

右侧竖排标题：【昌平大地上的传说】

耐用又好看的绣花鞋，让哥哥穿着它走遍天南海北，去给人们建更多更漂亮的塔。"

就这样，兄妹俩约好，哥哥一晚建一座塔，妹妹一宿纳十双鞋，以雄鸡啼鸣为限。

兄妹俩吃罢晚饭，各自施展本领忙碌开了。妹妹点上油灯，拿出针线，展开想象的翅膀，一针一线地绣了起来；哥哥吃饱喝足，带上工具，乘着夜色，在居庸关上甩开膀子，精雕细刻地干了起来……妹妹飞金针穿银线，在后半夜，终于把图案不同、风格各异的十双绣花鞋做好了。她拖着疲惫的身躯，看着十双绣花鞋，想着哥哥建塔的事儿，不觉动了恻隐之心："我一宿纳十双鞋都累成这样，哥哥一夜建一座塔，说不定累成什么样了呢？！要是把哥哥累坏累死，以后哥哥还怎么出外建塔？我还能到哪里去找这样的好哥哥？……"妹妹越想越着急，越想越后怕，终于想起与哥哥以雄鸡啼鸣为限的约定，妹妹赶紧端起针线笸箩，走到鸡窝前，对准鸡窝门便敲了起来。雄鸡听到动静，对着沉沉的夜空鸣叫了起来……

再说哥哥，经过半夜苦战，此时已把塔身建好，如来佛祖、四大天王等群像也已雕刻完毕，只差一座塔尖正在搬运之中，忽然鸡就叫了。哥哥没有办法，只得把塔尖放在了搬运途中的——河北省张家口市西南下花园的鸡鸣驿。据说，此处的塔尖与居庸关的塔座（云台）尺寸、规格等完全一样。

就这样，由于妹妹心疼哥哥，使鸡早鸣，居庸关宝塔未完工，只建成了塔座，成了如今闻名遐迩的云台，留给了后世一段美丽动人的传说。哥哥和妹妹虽然没有留下姓名，但据传是居庸关人，是居庸关人的祖先。

1998 年 3 月 28 日，是居庸关对外开放的日子，据说，这一天正是那对孪生兄妹的生日，为什么千挑万选，要在这一天对外开放，就是为了纪念这对没有留下姓名的孪生兄妹。

这正是：

> 一道云台基座，
>
> 给人多少思索。
>
> 并非景物迷人，
>
> 而是人脑难测。
>
> 只要心存善念，
>
> 山水均能诉说
>
> ……

【昌平大地上的**传说**】

朝宗桥里的冤假错案

李复国

漫漫历史长河，可以说哪个朝代都有冤假错案。朝宗桥风雨剥蚀的斑斑印迹，如同历史老人留下的泪痕，讲述着这里曾发生的一切……

传说明代以前，古城沙河镇地面上没有桥。明朝皇帝在昌平修筑陵墓以后，感到来来往往交通极不方便，就派了两个大臣在沙河修桥，一个是忠臣郑朝宗，另一个是奸臣赵阿四。郑朝宗主修北大桥，赵阿四主修南大桥。

郑朝宗全身心扑在修桥的事业上，清淤泥，选石料，与民工一道风餐露宿，竭诚尽力，每一道工序、每一个环节都严格把关，精益求精。而赵阿四在主修南大桥过程中偷工减料，以次充好，搜刮民脂民膏，竟还抢在前头，用"豆腐渣工程"向皇帝报喜邀功。

皇帝见有人"报捷"，喜上眉梢，并随意问起北大桥的进展情况，赵阿四信口雌黄，说了一大堆郑朝宗的不是。皇帝十分生气，便派衙役去北大桥查看。衙役到了北大桥工地，工程完工在即。郑朝宗听说南大桥完工了，急得火烧火燎，只顾忙于工程的扫尾，因而冷落了衙役。这个平时颐指气使的衙役，没有得到高规格的礼遇，肺都气炸了，他回到皇帝身边，能说郑朝宗的好话才怪哩。这时，郑朝宗上朝禀报北大桥完工了。

皇帝正想找他算账，没想到自己送上门儿来了。"你

怎么才来？人家南大桥早完工了！"

郑朝宗答道："禀告皇上，臣只顾努力建北大桥，不知南大桥为何完成如此之快。"

皇帝："北大桥花了多少钱？"

郑朝宗便呈上建桥资金账目簿。皇帝一看，比南大桥用银多出三分之一，脸色立刻变得铁青，厉声质问："这是怎么回事？"

郑朝宗："禀告皇上，臣只知努力建桥，不知南大桥用银为何如此之少。"

这时查看建桥情况的衙役突然跳出来："人家南大桥花钱不多，却提前完工，你比人家多花那么多钱，完工却那么晚，是不是把银子揣进自己腰包了？"

"你……你……血口喷人。"郑朝宗气得浑身哆嗦，脸色煞白，真的应了那么句话："众口难辩，真理也会成为谬误。"皇帝架不住众口一词地火上浇油，信以为真，一气之下，便把郑朝宗推出斩首，为赵阿四封官嘉赏。

纸，最终是包不住火的！过了没几年，昌平地区连降暴雨，沙河水位急剧暴涨。北大桥风雨中岿然屹立，风雨飘摇的南大桥轰然垮塌，"豆腐渣工程"终于露出了真实面目。

接到禀告，皇上方从梦中清醒，为了挽回面子，找回昔日所谓的"尊严"，便派人将赵阿四捆绑起来，在北大桥上敲锣示众，当众将赵阿四斩首。老百姓欢呼雀跃，拍手称快，终于使郑朝宗的冤屈之魂得到些许慰藉。为了警示后人，纪念这个当年求真务实、秉性耿直的忠臣，皇上派人在北大桥上竖石碑一座，石碑上"朝宗桥"三个字至今风骨依然，令人肃然起敬。

宋青与宋兰

凡卉

在燕山脚下有个叫宋进包的，自幼父母娇惯，可身体总像个小赖瓜，经常闹病闹灾的，挑个猪尿脬，都得累一身汗。俗话说，武大郎卖豆腐，人怂货软。宋进包在街面上免不了要受人家欺负。所以，父母就给他起了这样一个古怪名字，意思是长大了像包公一样当大官，就不会再受人家欺负了。可是，到了二十四五岁上，他也没弄到一官半职，仍是在家种田。成家后，一应事务由媳妇料理。

宋进包膝下有两个女儿，一个叫宋青，一个叫宋兰，眼下都长到十七八岁。这宋氏姐妹模样长得出众，又有心计，成了宋家的两个台柱子。

且说，这村里有个土霸王，他有两个儿子，也都是十七八岁的年龄。这哥俩仗着老子的势力，无恶不作。有次宋进包去挑水，这哥俩往宋进包的水桶里撒尿，宋进包气不过，就找到土霸王说理。土霸王脑瓜一转，心想："你家两个闺女长得漂亮，正好给我儿子做媳妇。"于是，土霸王就给了宋进包二十吊钱，并说了些客气话，又让儿子给挑了几趟水，然后又说："你家两个闺女，正值婚配年龄，咱们就做门亲戚吧！"宋进包见土霸王有钱有势，也不敢说些别的，钱又不敢不收，只得承认了这门婚事。宋青、宋兰从外面回来了，问爸爸这钱是怎么回事，谁这么好心眼儿。宋进包没有说什么，此时离年关近了，怕一家子过不好年。过了年，宋进包才把实情和老伴儿、闺女说了。宋青、宋兰问："应了吗？"宋进包说："摇头不算点头算，谁敢说别的。"母女三人也没了主意，都埋怨宋进包是个怂蛋包。过了几天，土霸王家就派人接宋氏姐妹先过门，下婚帖聘礼等一切规矩以后再说。土霸王人多势众，宋氏姐妹只好来到他家，但决心已下，说出大天儿来都不能嫁给那两个畜生。土霸王见这姐俩不从，就罚她们做苦工，天天要她们给他家磨麦子，由土霸王老婆做监工。就这样，宋氏姐妹早起晚睡，在磨房里走着那永远走不完的无穷尽的路。宋青、宋兰实在熬不下去了，一天，宋青跟妹妹说："咱们把这刁婆子扔井里得了，也算给爹爹出口气。"这姐妹俩趁着土霸王过生日喝得烂醉如泥之机，就把土霸王老婆投进井里。姐俩跑回了家，将来龙去脉和父母说了。宋进包说："你们又惹事了不是，这如何是好？"妈妈说："让她们躲起来吧！"可是这两个闺女，谁也不肯走，都说要死也死在家里。妈妈想了个主意，跟宋进包说："明天你带着她们姐俩就说去谷地里拔草，她们找不到家了，也就免了这灾星。"第二天，宋进包就使出了这个不是办法的办法，把姐俩带到一个很远很远的谷地里。宋进包就跟两个闺女说："山那边还有个地块，我在那边等你们，以铃响为号，只要铃一响，你们就过去吃饭。"父亲说罢，就去了山那边。姐俩就蹲在这边谷地里拔草。天快黑了，也不见父亲影子，也听不到铃响。宋兰就说："怎么还听不到铃响，该让咱们吃饭了。"这姐俩儿就翻过了山，饭放在那里，却不见父亲。她们吃完了饭，月亮就升起来了，四周山石弄影，扑朔迷离，姐俩忘了归路，更不知东南西北，于是就爬坡上岭胡乱地走着，走着……突然，前面出现一

处宅院，院墙老高老高，大门没有关，姐妹俩就悄悄地溜了进去。里面十分阔气，不像个平常人家。她们穿堂过室，一个人也没有。宋青说："咱们走吧！"宋兰说："实在太累了，咱们就住下吧！"怕生出事来，她们没有住上房，却钻进了仓房的粮食囤。不一会儿，就听有脚步声，说话的像个老头："怎么有生人味？"另一个是老太太的声音："走吧，走吧，你是喝多了，快睡觉吧！"老头、老太太就进了上房，睡在一铺隔山烧火的大炕上。

原来，这宅子早先是个财主家的。一天，夜里来了两只修炼多年的狼，把全家大小十口都给吃了，便霸占了这所宅子。这老头、老太太正是这两只老狼所变。这天，他们回来晚了，是到山那边老狐狸那里喝酒去了。他们在那里折腾了一天，还边喝边唱曲："野鸡野鸭，美酒佳肴；精灵世界，自在逍遥。"酒过三巡，两只老狼精便喝得烂醉，歪歪斜斜回了家。

却说这宋氏姐妹，等那老头、老太太睡熟之后，偷偷一瞧，炕上躺着的是两只老狼。宋青、宋兰就抱了些柴草，隔着山墙在灶膛里点着了火，把炕烧得滚烫。因为老狼喝醉了酒，睡得像死了一般，直到火炕把两只老狼烙成了两张狼皮。天明，两个姑娘就把这两张狼皮钉在街门口的门楼上。自此，山里的野兽、庄上的坏人，一看见门楼上挂着狼皮，谁也不敢进院子里来，宋氏姐妹就在这里过着安稳的日子。

忽一日，两个讨饭的小伙子来到这里。宋氏姐妹看这两个小伙儿心地善良，长得又清秀，就不让他们走了，各自配了夫妻，在荒山上又开了些田地，过上了美满日子。

再说土霸王来宋进包家，找不到宋青、宋兰，一气之下得了绝症，死了。没过多久，两个儿子一个瞎了眼，一个瘸了腿。三年后，一切都平息了。这时，老伴儿跟宋进包说："咱们该找一找女儿了，说不定她们姐俩还在世上。"选了一个好天气，老两口首先去那很远很远的谷子地，一看，那饭盒还在。就顺着那羊肠小道，爬坡上岭，曲曲弯弯，终于找到了那所宅院，见到了宋青、宋兰。

负心的木匠

凡卉

　　从前，昌平城内有个手艺很好的木匠，因为上了年纪，干起活来总是力不从心。他心里想，祖传的手艺不能把它烂在肚子里啊，总该让它一代一代传下去。可是，身边又没儿没女，于是，他就打算带个徒弟，并事先讲好，徒弟除了干好木匠活外，还要给师傅养老。事也凑巧，这时正好有个叫陈富的小伙子自荐上门，当着师傅信誓旦旦地说："师傅，您放心，徒儿我就是您的儿子，我一定给您养老送终。"

　　师傅很高兴，认为自己收了个好徒弟。像拉大锯这活计，一人不好干，自陈富来了后，徒弟拉下锯，师傅拉上锯，累活都是陈富的，木匠活干得顺手多了。这陈富倒也勤快，每天天不亮就起床担水扫院子做饭，样样想得周全。晚上，师傅睡熟了自己才睡。俗话说，人心换人心。师傅耐心教，徒弟用心学，就这样，一晃三年过去了，再有几个月就出师了。近来师傅却发现陈富越来越不听话了，时不时还顶撞师傅。这陈富认为自己的手艺学得差不多了，用不着师傅了，拜师时铁嘴钢牙的保证早已忘到九霄云外。终于有一天，陈富向师傅说："师傅，您教我三年，我觉得也差不多了，我想，是不是我先干一段试试看。"师傅知道，陈富是想把自己甩掉。为人忠厚的

师傅，只可叹还没容把所有的手艺都传授给陈富，只好说："好吧，既然你想单独干活，我也就不拦挡你了，在外面如有什么不会干的活，回来还可以问我。"陈富离开了师傅自己揽活做了，东家的房梁西家的嫁妆，大小活

计他都承揽。可是当锯木头破板时，一个人怎么也拉不动锯子，该两个人合干的活，一人总不好干。他只好求师傅帮忙。一天，他走到师傅门口，却停住脚步不敢进去。陈富心想，是自己甩了师傅，怎好开口！他扭头要往回走，却听到院里拉大锯的哧啦哧啦声。是谁和师傅拉大锯呢，他偷偷地往里一看，原来是个木头人和师傅一来一去地扯大锯。陈富顿时感到这倒是个好办法，我何不也做个木头人！可他又一想，师傅没有教过自己呀！这时他灵机一动，自己只要量一量尺码不就可以了吗！这天黑夜，陈富偷偷摸进了师傅的工具房，找到了放在一旁的木头人，掏出尺子量了木头人的胳膊、腿及各个部位的尺寸。回来后，自己也做了个木头人。谁知，他做好的木头人不会动弹，跟死人没什么两样。怎么办呢？他忽然想起，在临别前，师傅不是说过，哪些活不会做，还可以去问他。一天，陈富找到师傅说了原委。师傅问："尺码你都量了吗？"陈富说："我都量了。"师傅又问："你量心了吗？"陈富说："我没量心。"师傅重复着陈富的话说："你看，你看，你没良（量）心怎么成。"陈富听出了师傅的弦外之音，脸一红一白，低着头走了。

这陈富走后并没有接受教训，心想："有师傅在此，我陈富在家乡一带不好混了，但凭我的手艺，我可以远走他乡。"于是，有一天，他就离开了家，翻山越岭，越岭翻山，不巧，前面有一条河拦住了去路。他走得口干难忍，便趴到河边喝了口水，用河水洗了把脸。没想到，一摸脸，变成一张驴脸；一摸耳朵，耳朵也长了，成了驴身子。陈富想喊，喊不出。这时，河边来了个老头，见河边有头毛驴，便把它拉回家去，用这头毛驴拉磨。日复一日，这头毛驴在磨房里走着永远走不完的路。人变成驴怎能吃得消，过了不久，这头驴就死去了。老头把这头驴的皮剥了，然后开膛破肚，把五脏六腑都掏了出来。老头特意把驴心摘下来，预备做下酒菜，却发现心梗处发了霉，原来，这颗心早就坏了。

小汤山温泉行宫与曾国藩

张丽娟

小汤山温泉因其富含多种矿物质，对于皮肤病、关节病、神经炎等多种疾病都有较好的医疗作用，所以，自古就备受皇家的青睐，成了皇帝修身养性、疗疾治伤的最佳之所。尤其是清代，由于满族人生活的东北地区温泉资源比较丰富，自古他们就有温泉洗浴疗法。满族人习惯上把温泉叫"汤泉"，把利用汤泉洗浴治疗关节炎、皮肤病及其他慢性病的方法称为"坐汤"。清兵入关后建立大清王朝，由于其古老的习俗，又由于小汤山地区有温泉，是离京城最近的最佳去处，所以小汤山温泉就顺理成章地受到了皇家的青睐。

据史料记载：清康熙三年（1664年）春二月命工部修大汤泉。又据《大清一统志》载：康熙五年（1666年）对汤山温泉四溢加以疏引，在泉源处砌长方形八角琼形池两座，以盛两泉之水，后又于康熙五十四年（1715年）修建了汤泉行宫，并成为皇家禁地，由此烙上了皇家独有的烙印。

乾隆年间，又得到进一步发展，从疗养保健的单一功能增加到了保健兼办公的职能。皇家大兴土木，对原规模加以扩建，称原行宫为前宫，并向北拓建起一座清幽的园林，称为后宫。将龙王庙移出宫外，迁至汤山东麓。前宫是温泉喷突之地，修建了沐浴池堂，并修建了许多富丽堂皇的殿宇楼阁，供皇帝处理政务、饮宴大臣和安寝；后宫分为东、西、南、北、中所和东西两跨所，较主要的有：瞻睇烟云殿、石髓苓芬殿、澜碧殿、对时育物殿、漱玉飞云亭、汜涟晖殿、开襟楼、惠泽阁、澄怀观道殿、水镜秋霜殿、罗香逕殿、渊清玉洁殿等建筑。同时，又对行宫内部进行了全面绿化，栽种了许多奇花异草，其佼佼者是当时远近闻名的金边莲和白花藕。金边莲生长在后宫掬泉亭畔的池塘中，也就是现在的荷花池遗址。初夏时节，盛开的荷花边上生长着一圈金线，十分富丽妖艳，此处生长的鲜藕则比别处早几个节令成熟，名为"五月鲜",是供奉皇宫内廷的佳品。

行宫自建成后,小汤山地区便成了皇帝宸游的胜地,据《钦定日下旧闻考》记载,康熙和乾隆两位皇帝曾多次来过这里,并留下了名篇皇家墨宝。自此以后,不少皇帝都或多或少地来过这里,这都不足为奇,最让人感到奇异的是,一位大臣竟破天荒地来到了这个皇家禁地治病疗伤,这在当时那个等级森严的社会是件大事。他就是同治年间赫赫有名的大臣曾国藩。提起这曾国藩,他在整个清朝历史上可是个传奇人物。

曾国藩,湖南长沙府湘乡县杨树坪(现属湖南省娄底市双峰县荷叶镇)人,初名子城,字伯涵,号涤生,他于1811年出生于晚清一个地主家庭,自幼勤奋好学,6岁入塾读书。最后升至总督,官居一品,后于1872年去世。他一生奉行居官以耐烦为第一要义,主张凡事要勤俭廉劳,不可为官自傲。他修身律己,以德求官,礼治为先,以忠谋政,在官场上获得了巨大的成功。曾国藩的崛起,对清王朝的政治、军事、文化、经济等方面都产生了深远的影响。在曾国藩的倡议下,建造了中国第一艘轮船,建立了第一所兵工学堂,印刷翻译了第一批西方书籍,安排了第一批赴美留学生。可以说,曾国藩是中国近代化建设的开拓者。

然而,这位典范式的人物身上却有一种难以治愈的怪病,他全身患有牛皮癣,发作起来奇痒无比,非常痛苦,更可怕的是,真像人们传说的那样,全身脱皮,就像蛇应季蜕皮一样,所以大家都说他是蟒蛇转世,还说就在曾母将要临盆的时候,其曾祖父曾竟希梦见一条体形粗大、通身鳞光闪闪、身体两边各长了一只飞爪的巨蟒从天上风驰电掣般飞入庭院,并迟迟绕廊盘旋不走,忽听得一声婴儿洪亮的啼声,曾老爷子猛然从梦中惊醒,却原来是黄梁一梦。正当他忐忑不安,惊魂未定之时,下人飞身来报,说孙媳江氏生了个男婴。曾老爷子喜出望外,遂给孙子取名曾国藩,意思是希望将来他能成为国家的栋梁之材。

【昌平大地上的**传说**】

对于曾国藩，还有一更为离奇的说法，说他出生当日，曾家屋后原本已经枯死的老树，上绕苍藤，藤亦已奄奄一息，可非常神奇的是，自他出生后，树死而藤日益苍翠繁茂，垂荫一亩，为世罕见，其形状与曾竟希所梦巨蟒十分相似。说来也怪，此藤在曾国藩得志时，便繁茂勃发，而当他失意时，便萎衰不盛。这是意外的巧合，还是冥冥中自有天意，不得而知，但自此后，各种猜疑与不同版本的传闻却屡见不鲜。

据说他常以怪病发作不能上朝为由，缺席早朝，可身为朝廷重臣，好多国家大事还要仰仗于他，总不上朝也不行呀，所以，有时他就咬牙坚持来上朝。可惜呀，一个堂堂威武之躯，让病痛折磨得坚持不了多会儿就痛苦不堪，抓挠又不合朝堂礼仪，有失体统，那个难受劲儿，真是用言语无法形容的，所以，同治皇帝为了稳固自家的江山社稷，彰显皇家的大恩大德，让大臣们都知道皇上是宽厚仁慈的，是体恤下属的，另外，也由于他对曾国藩的过分倚重，所以，同治龙口大开，破先朝旧例，特恩准他到皇家禁苑——小汤山行宫坐汤疗疾。因此，在那段时间里，曾国藩经常光顾小汤山泡温泉，成为清建国以来为数不多的享受皇家待遇而非皇族身份的汉族官吏，并被传为佳话，长久地流传于民间。

后来还听说小汤山温泉行宫里有他曾经住过的两层小楼，大概就在行宫的中间位置，前有温泉水可坐汤，后有竹竿山可游玩儿，情况是否属实，有待今后更进一步考证。

恶有恶报家毁人亡

张丽娟

昌平这个地界儿，由于西部和北部有太行山山脉和燕山山脉像一堵硕大的弧形墙围挡在昌平边界处，又由于地壳运动，所以造成了昌平地区西北高、东南低的地势，又因其地理的纬度和经度，形成了典型的亚温带湿润大陆季风气候，四季分明，降水量大且相对集中。地形和气候双重作用，使得昌平历史上经常发生水灾、旱灾、雹灾、风灾等自然灾害。

话说这一年，龙王爷不知为何事震怒，发了疯似的往下喷，这下可苦了老百姓，原来豆腐渣一样的房子立时散了架，大人哭，孩子叫，那叫一个惨呀。好多的家庭由此流离失所，加入了难民的队伍，远赴他乡，寻找安居之所。

所幸的是，这回皇帝老儿不知是哪根神经错了位还是脑子里灌进了洪水，竟然没有坐视不理，一张圣旨，救灾银立马就进了受灾的州县。就在运送来昌平的途中，上孟祖村的富人们竟然鬼迷心窍、鬼使神差地劫了"皇杠"，也就是救灾的银两。众人有所不知，古时候这劫"皇杠"可是天大的罪啊，那可是要杀头的呀！所以说，这些人当真是脑子被洪水冲坏了，竟做出这种伤天害理、大逆不道的事！他们自以为当时蒙了面、毁了迹，就没有人能发现是他们干的，岂知天网恢恢，疏而不漏，正当他们得意扬扬地做着发财梦，安享他们阳世最后的快乐时，朝廷兵符到，官兵按令锁拿贼人。他们闻风逃窜，听说大部分都被缉拿归案正了法，只有个别人逃了出去，藏进了军都山深处。他们的富贵窝后来在一场天火中毁于一旦。听老辈讲，这场大火烧得那叫个邪，一直烧了两天两夜才算罢了。上孟祖村从此结束了罪恶，消失在了人们的唾弃和祖祖辈辈茶余饭后的传说故事里。

上孟祖恃富欺压良善

张丽娟

　　孟祖村位于昌平区东南部，明代曾在这里驻军屯田，亦称孟祖屯，后改今称，距今有六百余年的历史了。听村里老人讲，古时候孟祖村有两个，在山底下的那个叫上孟祖，现在位置的这个叫下孟祖。上孟祖富，下孟祖穷，下孟祖村（现为孟祖村）的老百姓经常受上孟祖村富人的剥削与压迫。

　　传说很久很久以前，美丽的孟祖山下有一大片漂亮别致的大瓦房，家家雕梁画栋，气宇轩昂，门前石狮昂首挺立，威严肃穆，成群的丫鬟、侍女、婆子往来穿梭，骡马无数，仓多粮丰……由此可以断定，此地居住的非官即绅，他们的生活非常富有。但他们的心地并不像外在包装那么漂亮，在奢华的背后隐藏着罪恶与堕落。他们平日里仰仗权势，横行乡里，欺压良善，草菅人命，又私通官府，做尽了坏事，老百姓都非常恨他们！

　　这一年，天大旱，连续好多天滴雨未下，老百姓天天盼啊盼，盼着龙王爷发发慈悲，降下救命的甘霖。

　　下孟祖村东有一条小河，老百姓称之为"东河"。逢此大旱之年，它就成了人们赖以生存的救命稻草，可那条河却被狠毒的老财们霸占着，日夜有壮丁和大黄狗看守，不许村人靠近一步。老百姓对他们恨之入骨，却又无可奈何。

　　话说，下孟祖村中有个叫二愣子的壮年人，真是人如其名，又憨又愣，胆子贼大。他家中有白发苍苍的七旬老母，还有体弱多病的结发之妻和一个四五岁的孩子，由于缺水、缺粮，已经有好几天未动烟火了，光靠摘些树叶，剥些树皮勉强充饥，艰难度日。

　　这一天，二愣子蹲在灶台旁，嘴里吧嗒着旱烟袋，独自抽闷烟儿，他望望土炕上躺着的年迈老母，又看看病恹恹的妻子和瘦得皮包骨的幼子，心里顿时一阵抽搐，痛如刀绞。自古道，男儿有泪不轻弹，只是未到伤心处。两行混浊而咸涩的眼泪悄悄流下面颊。他怕被家人发现，赶忙扭头凝视门外，

默默沉思着。片刻后，只见他用力猛吸了两口烟，磕掉烟灰，然后，站起身径自走出了家门，不知去了哪里，天擦黑时才回来。

夜幕懒洋洋地降临了，天空没有月亮，没有星星，人们便早早地上了床，苦熬这漫漫长夜。约莫后半夜时分，忽然一个黑影从二愣子家蹑手蹑脚地走了出来，手里还拎着两样东西，毫不犹豫地往东而去。依其体态、身形判断，此人应该是二愣子。这黑灯瞎火的他要去哪儿？去干什么？只见他按事先踩好的路径，深一脚、浅一脚地来到东河边，他停下来先观察了一下周围的动静，见壮丁和大黄狗都已睡熟，这才大着胆子溜下了河坡，弯下腰悄无声息地打了两桶水，由于天太黑，再加上心里紧张，往回走时，一不留神，脚底下一滑，险些摔倒，水洒了一半，踩落的鹅卵石骨碌碌滚落河里，发出"咚咚"的声音。这下可糟糕了，水声惊醒了灵敏的大黄狗，它迅速立起身，拼命地狂吠起来。说时迟，那时快，二愣子扔下水桶拔腿就跑，无奈由于长期腹内空空，体力不支，哪儿跑得过成天大鱼大肉、膘肥体壮的畜生，可怜他没跑多远就被追上了，大黄狗"呼"的一声将他扑倒在地，而那被扰了好梦的壮丁此时也气势汹汹地冲了过来，恶狠狠地命令大黄狗："咬！使劲咬！咬死这个贱骨头！"大黄狗听命行事，疯狂地撕咬起来，那场面叫人惨不忍睹。狗在撕咬，人在挣扎，壮丁在狞笑，不消片刻的功夫，活生生的一个大活人就没有了声息。

　　第二天，天刚蒙蒙亮，下孟祖村的村民便听见街上有敲锣声，夹杂着有人高声叫喊："穷鬼们听着！昨夜有人到河里偷水，被大黄狗咬死了，要是谁还再敢和东家作对，就和他同样下场！"乡亲们听了是既惊奇又疑惑，为了弄清事情真相，就都匆匆忙忙往河边跑去。二愣子妈居然也不顾年老体弱、腿脚不灵便，在儿媳妇的搀扶下，几步一跌地往河边赶，不知怎的，这心里头总有点惴惴不安的感觉，总觉得有事要发生。当人们赶到河边，看到地上被大黄狗咬得血肉模糊、七零八落的尸体时，都不禁潸然泪下。由于这人的脸上伤痕累累，使得众人一时半会儿还真猜不出这人是谁，正在众人胡思乱想、云里雾里的时候，从人群中传出一个男中音："你们看，这人的面相、身段像不像咱村的二愣子？"经他这么一提醒，众人顿觉眼前一亮，仔细回想二愣子生前的模样，再端详一下死者，"像，像是他""十有八九是他"。正在大家你一言我一语、七嘴八舌的当口儿，二愣子妈在儿媳妇的搀扶下，气喘吁吁地拨开人群，走近前仔细查看，这一看不打紧，惊得婆媳俩共同跌坐到地上。果不出众人所料，此人真是二愣子！二愣子妈一时半会儿没有醒过闷儿来，泥塑般呆呆地动也不动，眼睛直勾勾地盯着尸体。估摸着有半袋烟的工夫，只见二愣子妈抬起瘦骨嶙峋的双手，颤抖着抚摸着苦命的儿子，两行混浊的泪水从老人那干涩的眼眶里流了出来，无力地吸附在老人满是沟壑的脸上……乡亲们看着这风烛残年的老人无不为之动情，都陪着默默地流眼泪，片刻的宁静过后，忽然老人嚅动着干裂的嘴唇，从内心深处声嘶力竭地大声哭喊着："愣子！娘的儿啊！你死得好惨呀！老天爷啊，你睁睁眼吧！愣子！儿啊……"哭喊声戛然而止，老人一下就倒在了儿子身边，众人慌忙上前，一探鼻息，人已经断了气。

　　"妈！愣子！你们醒醒！醒醒啊！别撇下我们娘儿俩不管呀！"母子俩的突然离去吓坏了一直在旁悲泣的愣子媳妇，这一变故使她从阳间一下跌到了无底的深渊，绝望地哭叫着，好半天才在乡亲们的劝解下止住了悲声。大伙儿一合计，一同帮她埋葬了屈死的两位亲人，并把她送回了家，说了些劝

昌平民间文学

慰的话。

　　后来听说这苦命的女人在绝望中寻了短见，至于她留下的孤儿，听说在善良的乡亲们的照顾下，吃着百家饭，穿着百家衣，长大后参了军，上了战场。

风物景物传说

马刨泉村的"悔过槐"

李越文

在昌平流村镇的马刨泉村有一棵古槐，已有一千多年的树龄，树干粗壮，树冠宏阔，已成为当地独特的景观。在遥远的古代，关于这棵树，还发生过一件有趣的事情。

天地玄黄，已记不清是哪朝哪代，马刨泉村地区有这么一户人家，姓刘，以种地为生。这家男人叫刘平义，老婆是刘张氏，两人有一个可爱的儿子，叫刘元基。刘元基四岁那年，刘平义得了肺病，死了。老婆刘张氏一直没有改嫁，一个人含辛茹苦把儿子带大，平时就下地种田，农闲的时候帮人家浆洗衣物。

日子一天天过去，刘元基慢慢长大，终于长成了七尺高的大小伙子。刘元基挺孝顺，怕母亲累着，把地里的活儿都包了，只让母亲在家里享清福。刘张氏闲不住，就帮人家缝缝补补，赚点儿零花钱，有时也接浆洗衣物的活儿。刘元基时常出去打短工，弄着啥好吃的，都先尽着母亲吃。刘张氏很欣慰，日子虽然穷一点，但母子俩过得平安快乐。街坊四邻也都夸这一家母慈子孝。

时间一晃，刘元基二十多岁了，还没有娶媳妇。刘张氏很着急，就捉了家里最会下蛋的一只母鸡，去求村东头的李媒婆。没过两天，李媒婆就给说成了一门亲事，对方是邻村孙家的二闺女，比刘元基小三岁，家境挺殷实，人也好。刘张氏点点头，说让双方先见见。

李媒婆就挑了个好日子，让双方见了面。刘元基一看对方，是个白白净净、双眼皮的大姑娘，长得水灵，身材也好，孙家二闺女看刘元基高高大大，浓眉大眼，心里也愿意，双方人家就"下了定"。挑了个黄道吉日，孙家二闺女便嫁了过来。

【昌平大地上的传说】

夫妻俩过起了小日子，刘元基很疼媳妇，两个人如胶似漆。母亲刘张氏笑得合不拢嘴，只盼儿子儿媳妇能一直和和美美，自己抱个大胖孙子。可三个月过去，事情起了变化。刘张氏发现，原本孝顺听话的儿子，对自己的态度有些转变：有时说话不听，还犟起嘴来，顶撞自己；有时下地回来，大概是累得不轻，到家里冷着脸，摔摔打打的；有时埋怨自己做的饭不好吃，甚至骂脏话。刘张氏的心越来越寒。好在儿媳妇对自己还行，平时不多言不多语的，虽然有点懒，但很顺着自己，说话时总是带着笑脸，一口一个"妈"叫着，很甜。

三口人住着一个小院，原本是母亲住北屋，儿子儿媳住东屋。但有一天，儿子刘元基忽然提出，他想住北屋，让母亲搬到东屋来。刘张氏就来了气，说："咱这街坊四邻，都是老人住最好的屋子，哪有给老人住东屋的？"刘元基辩解，说自己下地干活儿太累，落下了腰酸的毛病，不能受冻，天马上就入冬了，东屋太冷了。刘张氏听他这么一说，心疼儿子，立刻就同意了。一家人就这么换了屋子。同村的人听说了这件事，都说刘元基做得不对，太不孝了。刘元基只当是没听见。

从这以后，刘元基更是变本加厉，对母亲越来越不好，天天动不动就发脾气，张嘴就骂。刘元基嫌母亲老了，干不动了，在家里白吃白喝。刘张氏寒透了心，经常以泪洗面。儿媳妇倒是很和顺，笑着脸，有时还替刘张氏擦眼泪。

有一次，刘张氏去刷碗，不小心打碎了一个。刘元基一看，被打碎的正是家里最好的兰花碗，便心头火起，扬手打了母亲一巴掌。刘张氏没有哭，心早已经碎了。她当晚就收拾了行李，翻了两座山梁，去了自己的弟弟家。

同村人知道了这件事，都骂刘元基猪狗不如，动手打老家儿是要遭天打五雷轰的。刘元基不在乎，任凭村人戳脊梁骨。转眼，夏天就来了。在一个风和日丽的晌午，刘元基在地里干活，媳妇刘孙氏来送饭。刘元基吃过饭，又继续干。刘孙氏收拾了碗筷，就去田边的一棵大树下乘凉。她刚走到树下，还没有一袋烟的工夫，天上就打了一个霹雷，直劈到大树上。树没有被霹坏，倒是劈中了刘孙氏，把刘孙氏的左臂劈得焦黑，刘孙氏号啕大哭。

晚上，刘孙氏疼得钻心，好久都没睡着。过了三更，刘孙氏好不容易睡着了，迷迷糊糊中，梦见一个天神从天而降。天神高大威猛，说话像炸雷一般，训斥刘孙氏："今天霹雷没要你命，是给你个教训，看你以后还敢不敢虐待老人！"

刘孙氏心里不服，梗着脖子说："虐待老人的是他刘元基啊，该遭霹雷的也是他，不该是我呀！"

天神说："天理昭昭，并无冤屈。教唆作恶的人，比作恶的人更加可恨，所以霹雷首先劈你。"说罢伸过大手，就要捉拿刘孙氏……

刘孙氏一下子惊醒了，想起自己的所作所为，羞愧难当。第二天一早，刘孙氏就去村中的老槐树下上了吊。幸亏刘元基跑来相救，刘孙氏才没有死成。刘孙氏把夜里的梦说了一遍，又劝刘元基改过自新，刘元基也是羞愧交加，想起母亲辛苦把自己拉扯大，自己却这样对待她，真是连畜生都不如。

两个人当天就去了舅舅家，向母亲下跪认错，把母亲接了回来。从此，夫妻二人一心一意侍奉老母，一家人过起了幸福的日子。那棵上吊未成的树也成为著名的"悔过槐"。

昌平民间文学

石头狗

赵富友

昌平南邵镇的何营村始建立于明代，那时人们称村子为北邵村，清代以后由于姓何的人家较多，改为了何营村。

明代时候村子不大，几十户人家，却出了一件怪事。村南口是刘万财家，刘家门口不知什么时候，有了一块石头，这块石头很像是一只狗，村人过来过去都说："这不是一只狗吗，你们看，多像一只狗。"时间长了，甚至有人说，到了夜里，还听到过石头狗在叫。这怎么可能呢，那是一块石头啊！

但刘万财也说，他在夜里也听到过门外有狗叫声，他曾多次出去看过，门外并没有狗，就是这块石头，就像是这块石头在叫。村人听了都觉得奇怪。也有人半夜出来看虚实，确实听到了石头狗在叫。

事情让一村人觉得怪。

可有一天，刘家门外的石头狗突然不见了，竟然消失了。有人就问刘万财："你家门外的石头狗呢？"刘万财跑出来看，石头狗果然不见了。他也奇怪，难道是谁搬走了这块石头？

村人谁也不知道，是谁搬走了这块石头，要这块石头干什么。只是自从这块石头狗失踪以后，就又出了一件怪事。刘万财家的门口，时常会出现一只小黄狗，趴在那叫个不停。小狗也就刚刚满月的样子，很可爱，但却没有主人。

开始，刘家人并没有理会，刘万财以为这狗一定有主人。可一连几天，小狗总是出现在刘家的门口，对着刘家门里叫个不停，刘家人很奇怪。刘万财问遍了村人，这到底是谁家的狗，村人都说不知道。

开始，刘家人给小狗喂点饭和水，后来看没人要，刘万财就收留了小狗。

小狗很听话，也很懂事。刘万财说它总得有个名字吧，一家人都不知道该叫它什么名字。村里有大大小小的狗，叫什么的都有，不好起。最后刘万财说："咱们就叫它石头狗吧，说不定它就是那块石头变的。"家人都说这名好，就叫它石头狗吧。

石头狗很快就长成了一只大狗。不到一年的工夫，竟然长成了村里最大的一只狗。村人都觉得奇怪，说，这狗不会真是那块石头变的吧，怎么长得这样大。后来人们发现，这狗不但长得大，还灵得很，一般的狗远远比不上它的智力。它竟然能领会人的意思。

一天，街上走过一个背着包袱的人，此人就要走出村子时，刘家的石头狗突然狂叫了几声，接着就从后面追了上去，猛地咬住了背包人的裤腿，并且死命不放。这情景让村人惊呆了，不知发生了什么事。人们叫出刘万财，说他家的狗疯了，乱咬人。

刘万财闻声跑出来，石头狗还咬着那人的裤腿。刘万财正要上去打狗，背包人身上的大包突然从肩上掉了下来，里边的东西散落一地。

这时村人才发现，原来这人是个贼，包里不是张家的衣服，就是刘家的财物，竟然是刚刚偷了村里人的东西。于是，人们一下子明白过来，石头狗为什么咬住他的裤腿。人们一拥而上，将贼抓住，送到了镇上的衙门。

事后，人们才觉得石头狗是神狗。事情让村人传得神乎其神。从那天之后，村里再没有发生过贼来偷东西的事，因为远远近近的贼都听说，村里有一只神狗，看你一眼，就知道你是好人坏人。谁还敢来何营村偷东西呢，不

是来找死吗！一只石头狗，让何营村人平平安安，过得安详。一村人都感激这只狗。

一年夏天，是七月中旬，天气正热的时候，人们都在睡午觉。石头狗原本也在院里睡觉，谁想，它不知听到了什么，突然立起身子，冲着门外狂叫不止。刘万财不知道外面发生了什么事，忙从屋里跑出来，将院门打开，院门外空空荡荡，什么也没有。

石头狗却一下子蹿了出去，直奔村外的鱼塘跑去。

原来此时村外塘里正有一落水小孩在挣扎。石头狗一下跳进水里，将小孩拖上了岸。原来石头狗是去救落水的小孩了。

谁也不知道石头狗是怎么知道村外鱼塘里有落水小孩的。有人说，它有千里耳，听到了落水小孩的呼声。有人说，它有千里眼，看到了小孩子掉到水里的情景。总之，人们再次以为它是一只神狗。

事情让人们惊奇，从那以后，远远近近的人，都知道何营村有只石头狗，一只神狗。人们来何营村，都要看看村前刘万财家的石头狗。很快，石头狗就在方圆百里出了名。

有一年，石头狗突然出现在镇上白大夫家的药房里，咬住白大夫的裤腿不放，吓得白大夫叫了起来。人们闻声跑来，有人认识这只狗，说这不是何营村刘万财家的那只神狗吗？

白大夫这才明白，一定是刘家有事了。于是，白大夫跟着石头狗到了何营村刘万财家。果真，原来是刘万财病了。刘万财并没有叫石头狗去找大夫，不知道石头大狗怎么就这么灵，自己跑去为他找来了大夫，刘万财抱着石头狗流下眼泪。

石头狗的事被人越传越广，越传越神，就有人打算买下这只狗。来买狗的人一开始只有一两个，后来开始多起来，花多少钱的人都有。刘万财舍不得卖，于是便得罪了那些有钱有势的人。

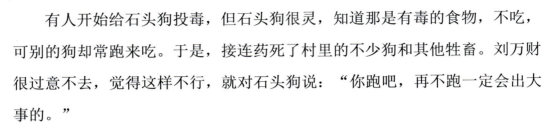

有人开始给石头狗投毒，但石头狗很灵，知道那是有毒的食物，不吃，可别的狗却常跑来吃。于是，接连药死了村里的不少狗和其他牲畜。刘万财很过意不去，觉得这样不行，就对石头狗说："你跑吧，再不跑一定会出大事的。"

石头狗听罢就落了泪，打那之后，石头狗就不见了，但关于石头狗的故事，却流传了下来。

后来，人们为了纪念这个传说，又在何营村头用石头做了一只石头狗，这成了何营村的标记。据说，石头狗在明代、清代都立于何营村的村头，但却毁于民国。

神水井

刘大伟

昌平崔村镇的东崔村建于唐代初年，是昌平地界上最早的村子之一，地处山前暖地带，水资源相当丰富，有庙五座，据说很灵，求什么有什么，香火一直很旺，后被毁坏。因村人多为崔姓，而得名东崔村。民国年间也被人称为东五巷，后被改名为东崔村。

明朝初年，昌平崔村镇的东崔村外有一口老井，没人知道这口老井是谁家打的，好像自从有了村子，就有了这口老井。

井在村外，村头上只住着一户姓刘的人家，所以平日也就是刘家用这口井，别人很少用。那时村里的地下水很充足，家家都有水井。不过，每年到了春天，村里人浇地时，也会暂时用用这口井。

这井从表面上看很一般，没有什么稀奇，井深有十二米，井口有一米大小。整体和村里其他的井并没有什么区别。

但奇怪的是，无论是旱季，还是涝灾，无论什么天气，井里的水深都不受影响，井水总在水井六米处的地方。就是缺水的年份，水也是这么深，多雨的年份，水也不往上涨，仍然是在井深六米处。这就有些不寻常了。不过，如此的现象并没有人注意过。

但除此之外，也找不到什么别的。世上有的水井也这样，这和地下的水位充足有关系。

只是有一年的八月，刘家男人刘顺山，从河里打了几条鱼回来，天热，他回到家里，几条鱼都翻了白，大半已经死了。刘顺山便到井边上打了一桶水回来，然后把死鱼倒进了桶里。

没想到，奇迹发生了，几分钟过后，死鱼全都活了过来，一条条在水里游来游去，很是欢畅。

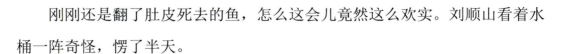

昌平民间文学

刚刚还是翻了肚皮死去的鱼，怎么这会儿竟然这么欢实。刘顺山看着水桶一阵奇怪，愣了半天。

他对着水桶里的鱼，怎么想也想不出这是怎么一回事。于是，他把经过告诉了妻子。妻子过来看了一会儿，也觉得事情有些怪。

接着，妻子说了一句话似乎提醒了刘顺山。妻子说："老赵家前几天也打了几条鱼，也都死得差不多了，后来也是把鱼放在桶里活了，也是从村外咱这口井里打回去的水，会不会是这井里的水闹的？"

刘顺山心里"咚"的一声，他点点头，也觉得这大概是井水的事，问题兴许就是出在这水井上。

这事过去，刘顺山也没太注意。隔了几天，刘顺山又去打鱼，打回来的鱼又死得差不多了。刘顺山就将死鱼放在盆里，盆里是从村里的另一口井里打上来的水，死鱼半天都没活过来。刘顺山就又到村外那口井里打了一桶水回来。

他将死鱼放在这桶水里，一会儿工夫，鱼又都活了过来。刘顺山心里很惊奇，他心说，莫非这是一口神奇的井？

刘顺山激动了。他跑到井边上，往里看啊看的，然后想啊想的。在后来的日子里，刘顺山就在村外这口井的边上，挖了一座鱼塘，开始在塘里养鱼。结果，刘家的鱼塘第一年就是大丰收。而且鱼的味道美极了。刘家人把鱼拿到集市上去卖，人都抢，说好吃，日子一长，大家都认刘家的鱼。

很快，关于这口井的秘密全村人就都知道了。原来这口井的水可以使一些生命死而复生，更特别适合养鱼。

于是，东崔村一村的人都开始养鱼了，用的都是村外这口水井里的水。这口井果然是一口神井，无论怎么用，水都用不完。水位也总是保持在井里六米深的地方，真是神了。从此，东崔村的人都叫这口井为神井。

东崔村的人养鱼不用费力，只要投下鱼苗，放进食，鱼就会自己长大，而且能卖好价钱。

明朝初期，东崔村村外就有一片鱼塘了，大大小小的鱼塘有百十个。鱼塘养的鱼，肉质十分鲜美，远近闻名，无论是官家，还是百姓，那时都到东崔村来买鱼。

关于神水井的事，也越传越远。时间一长，就有人动了邪念，开始打这口神井的主意。有一个姓吴的财主就很想霸占这口井。

一天，吴财主带着很多钱来到了东崔村，他要把这口井买下，顺便也要买下全村，让全村的人都搬出村子。

村人不答应，争执之中，便和吴财主的手下打了起来。吴财主事先已经收买了当地的官员。几天后，官家派兵来降服村民，谁想，就在这时候，神井的水位开始降低了，接着井水干涸了，后来再没有一滴水。吴财主只好收回了主意，离开了东崔村。

这虽然是个传说，但东崔村人至今还在造鱼塘，还有养鱼的习惯。而且鱼也生长得很不错，不断给东崔村人带来好收成。

断愁桥

赵富友

昌平上苑东新城村是元代成村，最早叫军都村。清末年间，村东有一条河，河水清清，日夜流淌，深约两米，村人出村，大都要绕道数千米，很不方便。于是当地的财主就集资做善事，开始在河上建桥。

开始是要建一座石桥，但石桥成本太高，最终因没那么多钱而放弃了，后来造了一座木桥，很是漂亮。

从此，村人出村进村都要走这座木桥。大家也很爱护这座木桥。按说这不是什么稀奇的事，但随着时间的推移，人们就发现，还是有些事发生了。

比如张家丢了猪，几天找不到，但过了桥去找，竟然就看到了丢失的猪；比如李家的老人走失了，也是几天不归，可过了几天，人们却在桥的一头发现了走失的老人。还有一次，一个母亲外出干活，回家后发现三岁的孩子没了。母亲急得团团转，找遍村里各家，没人发现这个孩子。孩子一夜未归，家人也一夜未眠。次日早上，有人突然对孩子的母亲说："你去桥那边看看，孩子是不是会在那里。"木桥离村子虽然很近，但一个三岁小孩子要想出村也是不太可能的，怎么会在桥那边呢？

母亲寻子心切，顾不了许多，急忙跑到桥上，只见自家的孩子就坐在桥的另一头。母亲简直惊呆了。

这件事出了以后，村里人都说，谁家丢了东西，就到桥东去找，大活人都能找到。以后村里人真的丢了什么东西，确实会跨过桥去，到桥东去找。许多东西果然就能找到。事情真是邪了。

时间一长，人们不光是找东西到桥东，有什么烦恼的事，也要跨过桥去，到桥东散散心，走上一圈，果然心情就好多了。生气的人，气消了；心里不痛快的人，心里也会痛快许多。

　　人们也就越加喜欢这座桥，甚至许个愿，也到桥上去。说在桥上许愿灵，管用。而来这座桥上走一走的人，也就不只是东新城的人了。远远近近村子里的人都愿意来这座桥上走走。

　　渐渐地，人们发现，这是一座神桥，到桥上走一走，许多事都会发生改变或是发生奇迹。比如，有一个失恋的女子本是想来自杀的，是想从桥上跳下去，结束自己的生命。谁想，她在桥上走了一遍，竟然丢掉了要死的念头，突然间想开了，于是，她的生命又重新开始。不久，她又找到了新的情侣。她还拉着情侣，来东新城的桥上走了一圈，之后两人欢欢喜喜结成了一家。

　　还有一位中年人，因家里太穷，四处欠债，走投无路之时，就想弃家而走。这天他真的从家里跑出来，决定一人流落街头，走到哪儿，活到哪儿，一人一身轻了。当然，想到老婆孩子，他也是满心痛苦。但经过东新城这座桥时，他不知怎的，就突然转变了念头。就像有谁拉住了他的脚步，他不能往前。在桥上，他愣了许久，还是回了头，向家里走去。

　　像这样的事，不止一件两件。

　　于是，有事没事，人们都愿意到东新城的桥上去走一圈。时间长了，更多的外村人也听到了关于这座桥的故事。于是，人们会特意来，特意到这座桥上去走一走。甚至希望桥能给自己带来平安、幸福、好运。

　　那些年代，上苑东新城的这座桥上，天天都有来求福的人，后来就有到桥边烧香的人了。家里有了什么事，人们都爱来桥上拜一拜，烧炷香，求个好运。

　　据说在桥上走一走，人的心情马上就会变好，许多烦事也会烟消云散。于是，人们就管这桥叫做"断愁桥"。什么愁事烦事，来桥上走一走，看一看，一定就会了断。所以，人都说这桥很灵。

　　只是，天长日久，随着来拜桥的人越来越多，供香火的人也越来越多。在秋天的一个大风天里，有人在桥上点起了香火，谁想，大风卷着火星竟然把桥给点燃了。在那场大火里，"断愁桥"不复存在。

　　但关于"断愁桥"的故事，人们还记忆至今。

金色的苹果树

王继超

　　昌平崔村镇的东崔村，自古就有种苹果树的习惯。那时的村人很穷，老天也不给力，不是旱，就是涝，地里的庄稼总也长不好。每天都有人逃往外乡，当时村里尽是穷人。不过，最穷的要属一个叫刘大贵的人。

　　刘大贵家只有一间草房，家徒四壁，到处露风，他人又残疾，眼不好使，还是瘸子，三十多岁了还是一个光棍。女人们见他这种样子，真是没人愿意跟他。但刘大贵这人心眼却善，平日待人很好，也很爱帮助人。

　　有一年冬天，刘大贵往地里送冬粪，走到地中央时，发现地里有一只大雁，大雁冻得哆哆嗦嗦，快要死了。刘大贵一查发现，原来是大雁受了伤。刘大贵十分心疼，当天就把大雁抱回了家。他给大雁包扎了伤口，上了药，又把屋里的火点燃，让屋子暖和起来，还喂了大雁水和吃的。

　　大雁渐渐地缓了过来，没有死。整整一个冬天，大雁都是在刘大贵的家里度过的。直到春天，天气暖和了，大雁才彻底好了。好了的大雁要离开刘大贵，到远方去了。

　　大雁告别刘大贵的那一天，突然张口说话了，刘大贵吓了一跳。大雁问刘大贵，想要些什么。刘大贵很吃惊，大雁怎么能开口说话呢？

　　大雁说："我想办法给你找一个女人吧，有了女人的家才像是一个家，你愿意吗？愿意的话你明天就会得

昌平民间文学

到一个漂亮女人。"

刘大贵想了想说："我不要女人，我这样穷，连自己都养活不起，怎么还能要女人呢？"

大雁说："那我给你金子吧，有了金子，你就有了一切，生活一定会好起来。"

刘大贵想想说："我们村子太穷了。我想让全村人都富起来，地里能长出像点样子的东西，让大伙的日子都好起来。"

大雁说："那好吧，我会给你的。"大雁说完就飞走了，离开了刘大贵。

刘大贵等啊等啊，秋天的时候，大雁终于又飞了回来，在刘大贵家的地上飞了好几圈。刘大贵还能认出这只大雁，他高兴极了，问大雁能给他什么。这时大雁从嘴里吐出一粒种子。种子就落在刘大贵的地中央。刘大贵不认识这是什么东西，像是一粒种子，闪着金光。

种子落在地里就不见了，刘大贵天天跑到地里去看，但却什么也没有发现。刘大贵等啊等啊，直到第二年的春天，刘大贵家的地里长出一棵金色的小树苗，这到底是什么，谁也不认识。

转眼到了秋天，小苗苗就长成了一棵树。树的样子是金黄色的。村人都跑来看，大家谁也没见过，都问这是什么。刘大贵心里想，这棵小树能给村里人带来什么呢？它真是太小了呀。

到了第三年，秋天的时候，这棵金黄色的树上结出了红红大大的苹果。全村人都很惊讶，苹果树要几年才结果，而这棵金色的苹果树第三年就结出了果子，而且又大又甜，又红又好看。

刘大贵自然很高兴，可他暗地里也想，他要的是全村人都能把日子过好，怎么大雁只给他一棵苹果树呢？难道是大雁听错了。他这样想的时候，随手就摇了摇这棵苹果树，谁想，奇迹出现了。

只见苹果树的叶子闪着片片金光，从树上落下来，一时间飞遍了整个村子。

村子里到处都是一片金色，好看极了。接着，各家各户的地里都长出了苹果树的小苗苗。

又一年，整个村子就成了苹果园，家家的地里都长出了苹果。苹果结得又大又圆。就是这一年，东崔村人将自己的地改种成了苹果园。

由于东崔村的苹果长得出众，远远近近的人都来东崔村买苹果，所以出了名。

就连皇上也听说了，也派人到东崔村来买苹果。东崔村的苹果也就成了贡品。

东崔村因为苹果树而改变了生活。至今东崔人还爱种苹果，而且同样种得很好很出色，村人都说，这大概和村里的那个传说有关系。

菩萨殿与绣画

施会泉

据说在菩萨鹿村菩萨殿内的正殿墙上，挂着一幅用针刺绣成的巨画。故事还得从头说起。

村里墨家有三个儿子，靠母亲给人家拆洗衣服挣些钱，供他们上学读书，日子过得挺紧巴。一天，墨母来到街上，看见个卖画的，觉得这行当倒能多赚些钱，于是回到家里琢磨，人家用笔作画，我如果用针线绣在一块布上，既经久又好看，不就更值钱了吗！墨母心灵手巧，便拿出一块白布，在上面圈圈点点，标出了哪里该画山，哪里该画水，还有田地、高楼、凉亭。布局好了，墨母就用五颜六色的线开始绣了，除了白天给人家拆洗些衣服，便把所有的空闲和心思都用在这张画上。冬去春来，星转斗移，就这样用了整整三年时间，把这幅画绣好了。

那上面有青青的山，有碧绿的水，水中还有鱼。水的一边有座高楼，高楼的那边有百亩良田……母亲正在房檐底下看着这幅画，不巧这时刮来一阵风，把这幅画给卷上了天，刮向了东南方向。

三年的心血付之东流，三个儿子都为母亲惋惜。怎么办呢？大儿子说："我去追！"墨母点着头说："一定要早去早回。"于是老大背上母亲打点好的行装就起程了。老大晓行夜宿，不知走了多少日，这天晌午，见前面大路旁有间小屋，小屋前有尊石马。老大大步流星到了小屋前，一个老太太迎了出来，问老大为何到此，老大把母亲怎样用三年的心血绣得一幅画，却被大风卷走了说了一遍。老太太说："那要走很远很远的路，还要过刀山火海，我给你点钱，回去混日子吧！"老大听老太太这么一说，不免有些后怕，接了老太太给的钱就自己游荡去了，把母亲和两个弟弟都忘在了脑后。

自老大走后，母亲日夜思念，谁知这老大一去就没有了音信。于是老

二就跟母亲说："我去吧，我一定把那幅画追赶回来。"说罢老二就上路了，不知走了多少天，又来到了这位老太太的小屋前。老太太又问："干什么去？"老二如此这般说了一遍。老太太说："前面要过河过海，我给你些钱去混日子吧！"老二接了钱，也把母亲和弟弟忘在脑后了，自己没有回家，四处游荡去了。

老大、老二一去不回，母亲自是挂念在心。这时老三说："我去追这幅画吧！"母亲又嘱咐儿子说："要早去早归，切不可耽搁。"于是老三又上路了。不知走了多少天，也来到了这座小屋前。老太太又问："干什么来啦？"老三也如实地说了一遍。老太太说："你这小小年纪能行吗？要知道，前面是一条大河，过了大河还有一片火海，再说这路途遥远，凶多吉少，不如我给你几个钱，回去吧！"老三听罢，说："就是一死，我也要去。我母亲为了供养我们念书，辛辛苦苦用了三年时间绣的画，我不追回来怎么对得起母亲呢！"老太太很佩服老三的志气，就说："读书之人，知情达理本该如此。"老太太停顿一下又说："我照直说吧，你要是真有这份良心，我就助你一臂之力。"老太太指着屋前的石马："你看我门前有个石头马，你可以骑上它去追你母亲这幅画。"老三不解："这石马怎么能跑？"老太太说："只要你肯把你的两个门牙打掉，给这石马安上，这石马就活了。"老三按照老太太的指教，忍痛打掉自己的门牙给石马安上，这石马四条腿真的活动起来了。老三毫不迟疑，骑上马，辞别了老太太，便朝东南方向飞奔而去。走不远，前面果然出现了一条波涛汹涌的大河，只见这石马一纵身，便飞过了这条河。

马不停蹄，又翻过了几座大山，前面便出现一片火海，只见火光熊熊，黑烟滚滚，这石马长鸣一声，腾空而起，像驾了云雾一般，眨眼工夫便飞过了这火海。又行了不远，有座庙宇拦住了去路。老三下了马，走进山门进入正殿，只见"菩萨殿"三个大字映入眼帘，庙宇雄伟壮观，大殿里香烟缭绕，却不见人。老三在殿里四面观看，果见一张巨画挂在山墙上，正是母亲绣的那幅画。这时，从外面走进一尼姑，问老三姓甚名谁，来此有何贵干。老三说："我姓墨，来这里寻我母亲绣的画。"于是老三就把母亲怎样用三年时间绣好这幅画，这幅画又怎样被一阵风卷去，两个哥哥又怎样寻不着画远走他乡而不归的事说了一遍。这尼姑很受感动，指着这画说："这就是你说的那张画。那是三年前一阵狂风卷进院内的，拾起一看，是一幅画，我们便把它悬挂在大殿里。既然你千里迢迢来到这里寻画，我们就还给你了。"老三揣了画，谢了尼姑，便策马而回。路过老太太的小屋，老三便下马。老太太看老三真的把画寻了回来，便赞叹不已。又说，世上的事本无难事，只要心诚志坚，就没有不成功的。老三还了石马，老太太从石马嘴里摘掉那两颗门牙给老三安上，那石马又立在老太太小屋前不动了。然后老太太给老三一双草鞋说："穿上这双鞋你就能在草上飞，三天的路程一天就赶到了。"老三穿上这双草鞋，果然是脚底生风，不知不觉就到家了。老三把这幅画掏出来给母亲看，母亲甭提多高兴了。一点不假，正是三年前绣的那幅画。母亲怕这张三年没有见到天日的画发霉，在一个天高气爽艳阳高照的晌午，把这画小心翼翼在太阳底下晾晒。没想到这幅画经日头一晒，那画上的景物便成了真的，真的山真的水，真的田舍真的游鱼，鸟语花香，美不胜收。再寻那破房子早无了踪影。从此，墨家母子便在如画的美景中生活。娘儿俩早出晚归耕耘播种，撒网打鱼，辛勤劳作。处处与人为善，不管是讨饭的，化缘的，还是哪里的灾民，只要走到这里，好心的墨家母子，都要把好吃的好穿的给他们，愿意留在这里繁衍生息的，就给他们房子给他们田地。

小汤山温泉

王继超

小汤山镇的小汤山村，于辽代建村。小汤山村得名于村内的两座小山。山底常有温泉流淌而出。古人称热水为"汤"，所以此山得名为"汤山"。村子因温泉而被人所知。

很早的时候，汤山村里有个姓齐的人家，名叫齐树宝。传说齐树宝的一生很不幸，后来菩萨赏他一眼泉。

开始，齐树宝的父亲得了一种怪病，就是全身的皮肤长红点，红点越长越大，然后掉皮、掉肉，全身又痒又疼，难以忍受。自从父亲得了这种怪病，儿子齐树宝就带着老父亲到处求医问药。开始，大夫们都以为这不算什么大病，但开了许多药后却不管用。

于是，齐树宝又带着父亲四处奔走，到更远的地方去找更高明的大夫。这一天，齐树宝听说北京城内的德胜门，有个专门看皮肤病的大夫，有些神法子，专治天下的皮肤怪病。于是，齐树宝便带着父亲，坐着马车来到了德胜门内，找到了这位姓田的大夫。

田大夫看了齐树宝父亲的病，一脸为难的表情。齐树宝心里一下就凉了，问说："田大夫，我父亲这到底得的是什么病，这病有救吗？"

田大夫半天才说，有救是有救，就是要花好多的钱，这种药全是上等的名贵好药，以毒攻毒，光稀有的虫子这里就有好几种。齐树宝说："没关系，我这次带的钱多，就全用上吧。"大夫问齐树宝带了多少钱，齐树宝就把身上的钱全拿了出来。

田大夫看后摇了摇头，说："这连个零头也不够，你们还是回去吧。"

齐树宝惊呆了。他问田大夫，到底要用多少钱。田大夫道："我直接说吧，你不卖房子卖地，大概是不行了。"齐树宝一听当时就没了话，他想不

到会用这么多钱。

　　齐树宝只好带着老父亲又回到了村里。这一晚他和妻子商量，到底怎么办。妻子说："真的卖了房，咱们住哪呢？"齐树宝说："先借村里人的房子住些日子，有什么事往后再说。"妻子说："这要借到什么时候呢？"

　　齐树宝不吭声，但他还是决定卖房为父亲治病。妻子说："就由你拿主意吧，还是你父亲的病要紧。"

　　几天之后，齐树宝真的把三间瓦房卖了。卖了房后，他又带着父亲来到了德胜门，找到了田大夫。田大夫看到齐树宝带来了钱，就给拿了药，让他父亲按时吃，说这药如果管用，一个月就差不多了，如果不管用，他就没有办法了。原来田大夫的药，也不是百分之百都管用。

　　齐树宝和父亲抱着希望回了家。每天就按田大夫说的，按时吃药，一天两顿，可眼见二十天过去了，齐树宝父亲的病却没有什么起色。一个月过去了，齐树宝父亲的病还是一点没有见好。齐树宝焦急地再到德胜门找田大夫。田大夫说："我已经尽力了，这药不能治好你父亲的病，恐怕你父亲的病真的很难治了。"齐树宝失望地回到家。

　　这时齐树宝父亲的病情更严重了，身上坏死的皮肤开始扩大。据当地有经验的大夫说，齐树宝父亲的病，不只是在身体外面的表皮上，恐怕内脏里也长了这种红点点，里面的肠子也在脱落。齐树宝听了这些，心里更害怕了，他也彻底失望了。

齐树宝的父亲知道自己已经无药可治，就再不吃药了，而是一日日地等死。齐树宝和妻子都急得要命，怎么也不能看着老人就这样等死啊。就在这时，他们忽然听人说，离汤山村不远的地方，住着一个江湖郎中，天下什么怪病都能治。

齐树宝听了，心里又燃起了一丝希望。这一天，他去找这位郎中了，去时他没敢惊动父亲，他想好了，要先想和这位郎中说说父亲的病情，看看他是不是曾经治过，有没有希望。

齐树宝见到这位神奇的郎中后，将父亲的怪病详详细细地说了一遍。郎中听后便笑了，说："你找到我算是对了，我只一服药，你父亲的病就能好，再不用为此东奔西走乱投医。"

齐树宝听了大喜，父亲这回总算是有救了。没想到这位郎中这么有把握。这时郎中又开口了，说："不过这药的价钱太贵了，不知你是否拿得起？"

齐树宝听了又愣住了，问多少钱。

郎中给了一个数，齐树宝听了心里又七上八下的说不出话。郎中说的数字真是太大了。齐树宝回到家里，妻子问父亲的病可有救。齐树宝说："这位郎中拍了胸脯，说只要吃了他的药，一服便能管用。不管用当场退钱。"

妻子说："什么药，你带回来没有？"

齐树宝说："我拿什么带回来呢，这药比上次德胜门田大夫开的药还要贵。"妻子一听也傻了，她也不再吭气了。

这一晚上，齐树宝一夜没有睡，他想啊想的，不知该怎么办。

第二天早晨，齐树宝对妻子说："我想好了，就横下一条心，准备卖咱家的那三亩地了。我不能不给我父亲治病。要么你和我离婚，要么今后你和我受罪吃苦，你选吧。"

　　齐树宝的妻子没想到，卖了房子，齐树宝又要卖地了。但她看出了齐树宝的坚决，当场道："好吧，那咱就卖地，拿钱给你父亲治病。"

　　就这样，齐树宝又将自家的地卖了。

　　卖了地后，齐树宝便拿着钱来找这个神奇的江湖郎中了。江湖郎中收了钱，当场便拿出了一服药，是一包黄土粉，说："你回去给病人吃吧。吃的第一天没有反应，第二天也没有反应，但是到了第三天，病人的病准好，就跟好人一个样。"

　　齐树宝拿着神奇的药回了家，进门就给父亲喂上了。

　　第一天过去，父亲果然没有反应；第二天过去，父亲也没有反应。到了第三天，齐树宝和妻子都等着奇迹发生。可第三天也过去了，父亲还是没有反应。这下齐树宝急了，这是怎么回事，不是说只要吃了这服药，到了第三天准会好吗？

　　齐树宝急急忙忙地去十里外找那个江湖郎中去了。可是到了那家后，院门却是开着的，齐树宝叫了几声，院里没有人回应。

　　齐树宝走了进去，屋里空空的，没有人。齐树宝急忙跑出来，到街上问村人，江湖郎中哪去了。村人说，他三天前就离开了这里。齐树宝又问，他看过多少病人。村人说，什么病人，根本没有多少病人，都说他医术一般，甚至有人说他是个骗子。

　　齐树宝这下傻了，一下想到，此人就是一个骗子。齐树宝被人骗了。他回来后，没敢把实情告诉父亲。父亲似乎猜到了什么，病更加重了。后来父亲又知道他把家里的地也卖了，是又气又恨，没两天就离开了人世。

　　父亲走了，家里因给父亲治病而穷得叮当响。不过既然父亲走了，按说事情也就算是到了一站，谁想，事情还没完，更大的灾难似乎刚刚开始。齐树宝的父亲去世不足一个月，齐树宝和妻子就发现，他们的儿子身上也长出了那可怕的小红点，儿子也开始嚷疼。到了晚上，浑身痒得睡不着觉。

昌平民间文学

齐树宝和妻子都陷在极度的恐慌中。这可怎么办，现在家里再也拿不出钱来给儿子看病了。但不管怎么样，也不能让儿子的病这样发展下去啊。他们就又带着儿子四处投医。但天底下还是没有能治这种病的良方。

眼看着儿子的病一天天加重，身上大面积红肿起来，两口子一点办法也没有，都陷在焦虑中。

这一天，齐树宝的妻子脸色十分难看，老像是有什么事要发生。齐树宝一看到妻子这种脸色时，就知道要出事了。他和妻子一辈子，从妻子的脸上能看出一切。他心里慌慌的，不知妻子怎么了，可妻子就是不开口。齐树宝实在憋不住，这天就问妻子，是不是心里有什么事。妻子说："我再想想，等我想好了就告诉你。"

齐树宝的心里七上八下的，不知妻子有什么事。到了这天晚上，妻子终于张嘴了。妻子对齐树宝说："我和你商量件事，你要同意就点点头，你要不同意就什么也别说。"

齐树宝说："行，我听你的，你快说吧。"

妻子说："我有一个办法救咱儿子，也是最后的办法了，你听听行不行。反正全是为了救咱孩子。咱现在房子卖了，地也卖了，你说还有什么可卖的吗？"

齐树宝说："没有可卖的了，能卖的咱都卖了。"

妻子说："还有一样可以卖，你想想。"

齐树宝想了想说，我想不出来，没有能卖的了。

妻子说："还有一样能卖？"

齐树宝实在想不出来，说："卖什么？"

妻子说："卖活人啊，你把我卖了，救咱孩子吧。"

齐树宝听到这儿，就愣住了。他万万没有想到，妻子会想到这个，会有这样的决定。齐树宝跟妻子这些年，他了解妻子，妻子绝不是瞎说，她是准

要拉秀姑的衣袖。

伟业开始还忍耐着，为了做生意多赚几个钱，有时什么难听的话都得听，但还没有遇到过动手动脚的。当看到伍自皇动起手来，便立时火起："客官，我们是做小本生意的，为的是混口饭吃，您看中了哪个，您可以挑可以选，您嘴里糟践人不说，还拉拉扯扯，有点欺人太甚了吧！"

伍自皇是有备而来，哪里听得进这些话，便趾高气扬地说："你知道我是谁吗？告诉你，本县有名的伍大财主，伍自皇！不用说你这无名鼠辈，就是当今县太爷都让我三分，你说我拉拉扯扯，明跟你说，今天我就是抢人来的。"说罢，伍自皇指挥着两个家丁："给我上！"

这两个家丁先是掀翻了摊子，然后便将秀姑围了起来。这时，伟业抄起了支撑布帐的木棍子，没有理会这两个家丁，直奔伍自皇而去。伍自皇见事不妙，扭头就跑，且不知已经晚了，伟业的大棍子直朝伍自皇的后背打去，一下子将其打趴在地上。纠缠秀姑的那两个家丁，一见主子被打倒在地，丢了秀姑，直奔伍自皇，赶紧将其搀扶起来，一人背着，一人扶着，仓皇逃去。

伍自皇一伙灰溜溜逃去之后，旁边的铺子都拍手称快，夸伟业为他们出了气。待伟业静下心来之后，便对秀姑说："咱们收摊吧，今儿个生意做不成了。"天真的秀姑问："为什么？他们走了，咱们太平了，怎么倒不做了？"伟业没有多做解释，怕秀姑担惊受怕。伟业知道，他给伍自皇这一棍子，可是不轻啊，不死也得落个残废。

伟业与秀姑匆匆收了摊儿，挑着担子赶回了家。秀姑看伟业脸色不好，便托过路人捎个口信儿，告诉婶娘，她晚些回家。

果不出所料，这伍自皇在家丁的护卫下，回到家后躺在床上，随后吐了两口鲜血，便呜呼哀哉了。人命关天，伍家立马派人告知县衙，县衙当即立案，贴出告示，捉拿凶手。

消息传出，伟业便对秀姑说："你赶紧回家吧，这事跟你没关系。"秀姑说："你是为了我，就是死，咱们也死在一块儿。"伟业说："别说傻话了，有我一个就够了。"秀姑说："你不是看过好多书吗？三十六计走为上，咱们先躲藏起来，然后走得远远的。"伟业说："咱们往哪里躲呀？"秀姑说："咱们生在山里长在山里，大山就是咱们的家，走，咱们藏在山洞里，吃野果，喝泉水，照样活他三年五载，等躲过这场劫难，咱们就把这生意做强做大，在镇子上租个门脸儿，大大气气红红火火干一场。"

伟业听秀姑说的不无道理。眼下只有出逃一条路了，伟业怕父母急出病来，便瞒着二老，谎称去山里收购一批干葫芦，要出去几日，便立即打点行囊，借着傍晚时分朦胧的月色，与秀姑一起逃进了大山的怀抱。两人刚刚走了二里许，就听身后有人吆三喝四地追赶上来。他们知道，这是县衙来捉人了，慌忙之中，他们攀上了一条小路。谁知这条路是一条绝路——路的尽头是悬崖峭壁。当他们发现时，为时已晚，后面衙役已经摸了上来。

前面已是刀切斧砍般的绝壁了，伟业拥着秀姑，秀姑紧紧抱着伟业。突然，伟业推开秀姑说："你往回走吧，他们怎么不了你，我左右都是死，但绝不死在县衙的屠刀下，悬崖下边便是我的归宿。"秀姑又一次抱紧伟业，这时，伟业怎么也推不开秀姑。秀姑说："我们好过一场，我也就心满意足了，我这一生也就没有白来，今生今世，我们死也死在一块儿，没了你，我活着又有什么意思。"不知是一阵风，还是老天成全了他们生不如愿、死后要团圆的愿望，还是他们共同使了一股劲……他们就这样飘飘荡荡驾着风飘下了悬崖，飘向一个爱的永恒。

衙役爬到山顶，看到的是一堆行囊，知道凶手已跳崖自尽了。于是，便将其衣物作为物证，带回县衙。

光阴默默地流逝，雨雪风霜，花开花落。千百年来，这里的乡民沉浸在秀姑与伟业纯洁而凄美的爱情故事中，秀女峰便和秀姑紧紧联系在一起，说那秀女峰越发像美丽清纯的秀姑，秀女峰就是秀姑的魂魄所现。

药王坟

刘大伟

百善镇狮子营村往西三里地，有一座很大的坟，据说能顶平常人家的坟五个大，所以很不一般。坟的边上还长着六棵高大的松柏树。此坟很有气势，远远近近的人，都知道这座坟，很多人都到这座坟前来过，拜过。此坟很长时间不像是坟，倒像是一座庙。

此坟直到新中国成立初期才因故被人移平。许多老人至今还记得这座坟。说起这座坟时，还能讲出许多传奇故事。

据说，你有什么病，或身体不好，你就来百善镇的狮子营村，围着这座大坟走上几圈，心里恭敬着，便会有效果。你不用打针，不用吃药，病便能好，身体便会康复。所以人们管这座坟叫药王坟。

事情是从多少年前村里的一个病人开始的。那时狮子营村曾有一户姓张的人家，儿子得了重病，谁也看不好。三年时间里，张家人带着儿子，看了许多地方，吃了许多名医的药，直到倾家荡产卖了房子，儿子的病也没好。又过了半年，儿子终于断了气，闭了眼。

于是，张家人便为儿子打了棺材，准备下葬。

说来奇怪，张家人这一天，正为儿子办丧事，将儿子抬出村时，天上突然刮起一阵大风。风从南到北，刮得让人害怕，刮得眼前什么也看不见。然而只一刻工夫，风又突然停了。这时只见一位道长立在众人面前，道长见张家人哭得凄惨，问是怎么一回事，张家人便把儿子的来去说了一遍。

道长点点头，跟着掏出一包白色的粉末，往张家孩子身上一撒，只见一道白烟升起，接着那孩子竟然动了一下，道士跟着又吹了一口气，孩子竟然从木板上坐了起来，睁开了眼睛，要水喝。张家儿子竟活了过来。

众人大惊，纷纷往后退去，不敢碰这孩子。

道士说，众人不必惊慌，这孩子并没有真死，他只是得了一种怪病。

张家的孩子竟然被道士救活了。张家人拉着道士的手不知怎么感谢。一时间，神道的法术让人信服。旁人就想到自己家的病人，于是，一会儿工夫，有人飞跑回村，领来自家的病人让道士看。

更多村人听到消息，都跑来求道士。不到一会儿工夫，全村人都围住了道士。路过此地的人也不走了。都排着队让道士看病。

道士见如此多的人求他，也有些惊慌，手一抖，一阵风又刮走了。张家人不见了救命之人，便跪在了地上，不住向天磕头。于是众人也跪在了地上，大意是向道士感恩。

道士在天上，看到众人不起来，就又飞了回来。他说："我就在村里待三天，给大家看看病吧。"于是，道士就在狮子营村里给人看起了病。

三天过去了，道士还是没走了，因为远远近近的人听说这村来了一位神医，便来了更多看病的人。道士三天没走了，三十天还没走了。于是，他就在狮子营村扎下了根。

村人不知怎么感谢道士，问道士需要什么。道士说："我死了，就把我埋在村边上吧，只是坟要大些，因为我虽死了，但还有灵气，有病的人，围着我的坟走上几圈，病也能见好，但这种现象只能维持几年。"

村人听了都点头，表示一定照办。打那之后，来狮子营村看病的人更多了，有百里外的，也有千里外的，都说道士灵。

道士后来真的老死在了狮子营村。于是，人们就按照道士生前所说的，在村外给道士建了一座大大的坟。人们叫它药王坟。谁的身体不适了，有了病，便去道士的坟上转转，管用。

奇人种粜枣

李越文

在昌平十三陵地区的黄泉寺村，盛产一种甜枣，非常出名。这种枣两头儿小，中间大，吃起来香甜可口，当地人就叫它"粜枣"，曾经是皇家贡品。关于它的来历，在十三陵地区还流传着一段美丽的传说。

在清朝初年，有个商人，常常贩了外地的枣子，到黄泉寺村附近的集市上来卖。他的枣又圆又大，还甜，仗着自己的枣子好吃，商人很是奸诈，做生意不是缺斤短两，就是欺负童叟。有一天，商人拉了一车枣，又到街上卖。众人一问价格，纷纷咋舌。商人说："咋着，嫌贵？看看这皮儿，这个儿大溜圆的，我这是物有所值啊！……"

商人说得嘴边起了白沫，一些有钱人，就掏钱买了一些。穷人没钱，只得眼巴巴在旁边看。商人正忙，旁边过来一个中年男子，脑袋尖，腿脚细，肚子却挺大，穿得衣衫褴褛。走到车前，中年男子开口要两个枣，想尝尝。商人挺诧异，问他："你身上带钱了吗？我这枣子可贵啊。"中年男子回答："我身上没钱。"

商人看他不傻不疯，登时来了火儿，大声呵斥起来："咋着啊你，想白吃我的枣？知道这枣有多贵吗？你装疯卖傻也不看看地方。"中年男子不愠不火，说："你这一车大枣，没有几千也有好几百个，你行个好，送我两个，对你也没有什么损失吧，何必发这么大火儿呢。"围观的人就劝那商人，说随便挑俩蔫枣，送给中年男子，将他打发走算了。商人坚决不干。说自己见过讨饭的，但没见讨枣吃还这么嚣张的。有个好心的老太太看不过了，走过来，扔给商人两文钱，拿了两个枣送给中年男子。

中年男子接过枣，谢了又谢。转过身对大家说："没想到，这商人这么吝啬，现在到处人情如纸，今天我就不信这个邪，我这儿有好枣，请大家吃。"

人群中有人说道："你既然有枣，干吗不吃自己的？"中年男子说："万事有缘，我得需要这个枣核做种子。"

说罢，将枣子递到嘴里，三口两口吃完，剩了个枣核在手中。又从背包里取出一个铲子，在地上刨了一个坑，深不过一尺；把枣核扔进坑里，盖上土；随后向旁边的人要热水。有好事者，向街边一家面条铺子要来了开水，还冒着热气，有满满一小盆。中年男子接过来，就向坑里浇进去。围观的人越聚越多，众目之下，只见一棵小芽破土而出，渐渐长大，俄顷便成了一棵树，枝叶伸展开来，郁郁葱葱的。众人眨眼的工夫，树上已开满白色的枣花；再眨眨眼，树上已是果实累累。硕大的枣子肥美红嫩，挂满了枝头。

中年男子就把枣一个个摘下来，送给围观的人吃。满树的枣子顷刻就分了个干净。大家见这枣两头小，中间大，形状挺奇特，吃在嘴里，觉得特别香甜。接下来，中年男子就用铲子砍树，噼噼啪啪砍了好一会儿，才把树砍断。最后，又把带着枝叶的断树扛在肩头，徐徐迈着步子，从容地消失在众人的视野中。众人都看得呆了……

一开始，中年男子变出枣树时，那卖枣的商人就夹在人群中，伸直脖子，瞪眼睛看，竟忘了自己是干吗的。待中年男子走了，回转身时，才发现整整一车枣，已经空空如也。商人身体晃了晃，差点晕过去，又发现货车的木头挡板被人砍断了，一半留在车里，茬口还是新的，另一半已不知去向。商人气不打一处来，急忙去追那中年男子。

商人循着踪迹，转过一条胡同。没有找到中年男子，却发现另一半挡板被扔在地下，这才知道，那砍断的枣树，原来就是这挡板变的。围观的人都哄笑起来。

商人垂头丧气地离开了此地，以后再也没来过。当天一些吃了枣的老百姓，就把枣核留下，种到了地里，一天天过去，枣树慢慢长大，到秋天，结了一树的枣子，个个都是中间大，两头小，滋味很香甜。当地人就叫它"枣"。至于那位种枣的中年男人，此后谁也没见过，人们为了纪念他，就叫他"枣仙"。如今，昌平的枣已经驰名海内外了。

昌平民间文学

瓦匠村

王继超

昌平沙河镇的白各庄村，成立于清代，北靠温榆河。村前有座娘娘庙，后街有座老爷庙，都兴建于清代。尤其是娘娘庙，是很有名的，远近的人都来拜。后来毁于"文化大革命"。

白各庄村一直很穷，而且村里男多女少。有一段时间，可成家的年轻女人只有一个。而村里的年轻男人则都到了成年的岁数。村里唯一的姑娘叫王秀秀，那年十九。于是，年轻男人们都把眼睛盯在了王秀秀的身上。

上门给王秀秀提亲的人自然就不少。王秀秀家却不愿意女儿嫁给本村的男人。因为白各庄村真是太穷了，没有出头之日。以往的姑娘也是都嫁到了村外边那些较富的地方。

于是，王家面对前来提亲的人就不知怎么办了，都是一个村的，确实不好回绝人家。有一天，王秀秀的父亲对上门的媒人随口说了一句，说我们家秀秀想找一个有手艺的人，一辈子两人得靠手艺吃饭呀。

王家父亲这一说，可难坏了上门提亲的人，白各庄村人除了种地，哪有什么手艺。看来王秀秀又只能被外来的手艺人娶走了。

前来给王秀秀提亲的媒人们都泄了气，知道王家这是借口，要把王秀秀嫁给外村人这是肯定的了。不过，此时，村里还有一个人不甘心，那就是王秀秀自己在暗中找的相好刘大权。

王秀秀原来是有相好的，她和刘大权相处有一年多了。只是刘大权家里太穷，在白各庄村穷得挂了名。王秀秀自知父母不会同意。所以王秀秀自己也很痛苦，眼见这么多提亲的媒人上门，她心里更是焦急。

刘大权听说王秀秀父母要给王秀秀找个有手艺的人，知道自己没有戏，心里也是急得吃不下，喝不香。

这天刘大权又和王秀秀在村外的地里偷偷会了面。王秀秀对刘大权说：

"我恨不得你现在就能变个什么混饭吃的手艺出来，要不然咱俩可咋办，你真看着我被别人娶走吗？"

刘大权说："我当然不乐意，可我真没有什么手艺啊，再说，手艺是慢慢学来的，谁能一夜之间变出来呢？"

白各庄村前面有座娘娘庙，刘大权急得就天天去庙里烧香，请王母娘娘显灵，把王秀秀嫁给他。王秀秀也同样去娘娘庙里烧香，也是希望她能嫁给刘大权。

庙里的泥菩萨将这两个年轻人看在眼里，感到了他俩的诚心，也很同情他们，就暗中同意了他俩的婚事。

这一天，刘大权又来到庙里烧香进贡，完事后，他走出门，手上突然就多了一把和泥的瓦刀。刘大权很奇怪，自己手里怎么多了这么个家伙。

正奇怪的时候，前边突然有人叫他，说刘大权，原来你会瓦匠啊，我家要砌个鸡窝，你帮帮忙行吗？刘大权就被村人拉去，给人家砌了个鸡窝。第二天出门时候，刘大权不知怎么又带上了这把瓦刀。

路上果然又有人叫住他，问刘大权，你给我家砌道院墙怎样，刘大权就被人拉去，帮着人家砌了院墙。只几天功夫，刘大权会瓦匠的事就传遍了全村。他竟然成了一个地道的手艺人。刘大权既高兴，又奇怪，自己怎么突然就有了这门手艺。

刘大权会瓦匠的事很快就传到了外村，虽然只是几天工夫，可他的手艺却天天长，胜过了许多一般的瓦匠。

王秀秀看在眼里，喜在心里，她对父母说："你们不是要我找个有手艺的人吗？这话可算话？"

王秀秀的父亲说："当然算话。"

王秀秀说："好，咱村的刘大权就是一个手艺人，他对我不错，我也对他有意，你们看行吗？"刘大权会有什么手艺？王秀秀的父母将信将疑。他们怕是女儿找茬儿要跟刘大权。王秀秀父亲便道："刘大权得亲自来咱家试手艺。

如果他真的行，就把秀秀嫁给他，如果他是吹牛，就得包赔咱家的损失。"

王秀秀父亲是让刘大权在他们家院子里砌一间小房。

刘大权知道后，心里一阵恐慌，但却只能从命。

石料备好后，刘大权提着瓦刀来了。事情神了，只两天功夫，刘大权就给王家砌了一间漂漂亮亮的小房子。王家人惊奇，全村人都惊奇，连刘大权自己都惊奇，这是白各庄村最漂亮的一间房。刘大权暗想，我怎么会有这么高的手艺呢？

几天之后，刘大权手艺如何高深的传闻不胫而走，远远近近的人都来王秀秀家看那间漂亮的小房。有需要盖房子的人家排着队来请他。

王秀秀的父母看着这一切，自然不肯放过如此手艺的女婿。恨不得女儿赶紧就被他娶走。

这年秋天的时候，王秀秀和刘大权成了婚。刘大权娶回王秀秀后，两人一同去娘娘庙里拜，感谢娘娘显灵，让刘大权一夜之间成了瓦匠。

谁想，刘大权和王秀秀成亲之后，刘大权的手艺消失了。他的那把瓦刀也不见了。他一点不会瓦匠了。刘大权和王秀秀都吓得够呛，两人没想到菩萨又把刘大权的手艺给收了回去。

刘大权想了几天，他突然想通了，对王秀秀说："菩萨已经让我得到了你，我们已经如愿了，是该知足了。娘娘把我的手艺收回去是应该的，我本来也不会什么瓦匠。不过，我可以从头来学。"

从那时开始，刘大权就开始学习上了瓦匠。很快，他就靠着自己的勤奋，真的成了一名出色的瓦匠。

那之后，他还体会到，这也是菩萨给予的，不然，他不会想到学瓦匠。那么他还应当感谢报答菩萨。

于是，他便把瓦匠的手艺传给了白各庄全村的男人。让全村的男人都有饭吃，都能娶上老婆。不久，白各庄村就成了一个瓦匠村，远近闻名。男人们也因为自己的手艺娶上了老婆。

康陵村的"咬春"传说

李越文

在昌平的北部，有个康陵村。那里自清代成村，至今还流传着"咬春"的传统。关于这个传统的来历，还流传着一个动人的故事。

清初时，顺治帝在24岁时早逝。临终前任命索尼、遏必隆、苏克萨哈、鳌拜四人为顾命大臣，辅佐新皇帝治理国家。顺治帝的幼子爱新觉罗·玄烨即位，称为康熙帝。此后，鳌拜大权独揽，根本不把小皇帝放在眼里。鳌拜又圈地虐民，大兴文字狱，弄得天怒人怨。

有一次，一个恶少带着一帮家丁，出了北京城，来到昌平地界游玩寻乐。恶少身长七尺，长得五大三粗，脸上布满横肉，胸前还长了一撮儿黑毛。

此人名叫吉尔图琅，是权臣鳌拜的外甥，他所带的家丁也都是一脸凶相。一伙人一路上飞扬跋扈，欺负乡民，连官府的人都拿他们没办法。这一天，吉尔图琅等人在永安城（昌平县城）里喝醉了酒，醉醺醺地出来，向十三陵地区走，半路上，吉尔图琅看到一个龙王庙，就钻了进去，撒起酒疯。村民们站得远远的，伸头张望，却没有一个人上前制止。吉尔图琅在龙王庙里胡闹，把供案上的香炉打破了，扬长而去。

龙王大怒，晚上就托梦给当地村民，怪责村民保护庙宇不利，决定三年内不向这里降雨，以示惩戒。

这么一来，百姓可受了苦，天上不下雨，就长不出庄稼。老百姓饿着肚子，人心惶惶。一年以后，康熙皇帝在紫禁城里智擒鳌拜，那个恶少吉尔图琅也因为坏事做了太多，锒铛入狱，天下百姓无不拍手叫好。

有一天，十三陵地区的村民发现，从远处飞来一朵祥云，那云彩越来越大，没多久就遮住了整个天空。一阵风吹过，"哗、哗、哗"，天上落了一阵倾盆大雨。久旱逢甘露，百姓们大喜，纷纷跪地向空中拜谢。可是，三个月过去了，又是一滴雨没下。百姓们又忧郁起来。几个村的村民还联合起来，一起到龙王庙求雨。

一天夜里，几位村民同时做了这么个梦，一个白衣秀才，过来给村民作揖，说自己是龙王的儿子，前一阵降雨，是庆祝鳌拜被擒，但龙王庙香炉被砸那件事，还没有过去，父王的气还没有消，又说父王现在的胃口不好，如果有哪个村民能让父王胃口大开，就能保证此地年年风调雨顺，白衣秀才说罢，转身，化作一条小白龙飞走了。

第二天天一亮，这个梦就传遍了四里八乡。各村的村民分别拿了好吃的，每逢初一、十五，轮流到龙王庙去上供。有送猪头羊头的，送点心水果的，送鸡鸭鱼肉的……可这些龙王都不爱吃。又是三个月过去，天上还是没有下雨。

康陵村的一位老奶奶对龙王很虔诚。老奶奶的家境一般，吃不起猪羊鱼虾，老奶奶去龙王庙的时候，就常常进贡一些家常便饭。这一年隆冬时节，眼看就要过年了。老奶奶想去龙王庙拜拜，家里却没有什么好吃的可以上供，老奶奶正在发愁，儿媳妇为她找来了几斤杂合面。老奶奶就拿了这些面，烙了几张饼，又去街坊四邻要了一些菜，就是些白菜萝卜粉丝之类的菜；用饼把菜一裹，老奶奶就用它去上供，放在了龙王庙的供桌上。

当天晚上，村民们又做了一个奇怪的梦。梦见那个白衣秀才又来了，白衣秀才笑呵呵地说："你们进贡的卷菜饼非常好吃，父王很高兴，答应给你们降水。"

第二天，村民们都去找那个老奶奶，想去见识一下卷了菜的饼；一尝，果然特别好吃。过了几天，到了立春，天上纷纷扬扬下起了大雪，后来又降了雨。老百姓大喜，都说这是老奶奶立下了功劳，又把老奶奶做的饼起名为"春饼"。

此后，十三陵地区一直风调雨顺。康陵村家家户户留下了立春吃春饼的习俗。这个习俗便是"咬春"。

西山的"金锅金镐"

曹学诗

在昌平西山，流传着这样一段歌谣：

九口金锅露着沿

九把金镐露着祥

满山遍野全是宝

寻常人等不得见

待到灵山古刹兴

便会自动露出面

凡是家住昌平西山的老人，都知道这首代代相传的民谣，但这首民谣究竟又意味着什么呢？这里面还有一段很有趣的传说。

据说在修建佛岩寺的时候，正是中国历史上最崇尚佛教的时代，皇帝选定寺址后，又拨了很多黄金白银。如果按正常情况修建，佛岩寺山高路陡，工程浩大，再加上有很多石料体积大，份量重，运到山顶需要很多人力物力，这些黄金白银恐怕不够用。但奇怪的是佛岩寺修完了，却省下了很多金银财宝。这是怎么回事呢？因为他们感动了神仙。

原来在建佛岩寺时，正赶上八仙之一的张果老，倒骑着毛驴从此处经过。他看见民工们运石料很不方便，不但累得气喘吁吁，碰得伤痕累累，有的还落下病根，影响了日后的生活……张果老看在眼里，疼在心上，不觉动了恻隐之心，决定施展法力，帮帮这些受苦受难的民工。

晚上，他趁民工们熟睡之机，把自己骑的神驴赶出来，又点化了许多只神羊，帮助建造佛岩寺的民工驮石材运木料。小块的石头小羊驮，大块的石料大羊背，那些特别重的由张果老的神驴驮……一夜之间，神不知鬼不觉地把所有建造佛岩寺的材料，全都运到了灵云山。

第二天，民工们起来上山一看，全都惊呆了。但见各种修建佛岩寺的材料，全部运到了山上的指定位置，而且码放得整整齐齐。这些材料不但一点也没有损坏，还把关键部位的石料、木料按要求加工完毕，只要稍稍一安装就行了……

这究竟是哪位神仙帮着干的，民工们非常感激，决定要找到这位神人。

他们经过仔细寻找，认真辨认，看到一路上满地都是驴蹄印、羊蹄印，知道是八仙之一张果老前来相助。民工们赶紧全部跪倒在地，向南磕头，感谢神力相助。

这样一来，工期大大提前了，工费大大缩减了，节省下了很多黄金白银。那带工的是个清官，余下这么多金银，反倒使他为了难。退回去吧，怕皇上怪罪，说建佛岩寺偷了工减了料；揣起来吧，又非清官所为；发给民工，大家觉得自己没干那么多，不能贪张果老及神驴、灵羊的功……带工的清官没办法，最后把部分黄金白银分给了民工，而把剩下的大量黄金白银，全部藏在了昌平西山的灵云山上，并写下了歌谣，留作后世重修佛岩寺之资。

这正是：

神驴灵羊逞奇能，星夜之间功告成；

清官感恩财散尽，金锅金镐遍山中；

不是真人梦白做，贪心小丑莫多情；

何日珍宝始得见，只待古寺要重兴。

羊台子的"九子树"

曹学诗

"九子树"是昌平南口镇羊台子村的一棵奇特本槐。

槐树分本槐与洋槐两种，本槐又名国槐，是赤县神州的国树；黄龙又称神龙，是中华民族的象征。而把国槐和龙树联系在一起的，是羊台子的有一株奇树。在这株世所罕见的奇树里，不但有"神龟探头"的奇景，还有"龙生九子，子子不同"的奇观……

这棵千年奇槐，奇就奇在它只是一棵槐树，后来母槐衰老后，又在其周围长出了大小不同的九棵槐树！而这九棵槐树，本是在一个母本上长出来的，完全是一个根系所孕育，同一个母亲所生！它们就像兄弟一样有大有小，个头有高有低，长相有丑有俊，脾气也有弯有直……九棵树长了九种摸样。正应了"一龙生九子，九子各不同"的谚语，被人们尊称为"龙树"。

龙是吉祥图腾的象征，在我国的封建社会里，只有皇帝才能御用，就连王公大臣也不能享用。

这棵树虽然由大小不同的九棵树构成，但根却只有一个，根本就没办法把它们分开。它们合起来粗细足有十几米，仔细看底部全是空的，根本就没长在土上。更为奇怪的是，这么大的九棵树，既然悬空生长，为什么不倒不塌呢？着实令人百思不得其解。

"九子树"紧挨公路，长在一个叫弯子的自然村头（羊台子由十多个小自然村组成）。据说，这个村一共才有二十余户人家，四十多口人，但长寿的人却很多，近二三十年来，七十岁以上的人有二十多个，八十岁以上的人有十多个，最长的一个竟活了九十九岁，被人们誉为"长寿村"。

这里的人为什么能够长寿呢？这除了空气好，粮食新，山清水秀之外，还有一个重要的原因，就是因为有这"九子树"。原来这九棵树的底部有一

块奇石，是从树根里"吐"出来的。它面向东南，就在路的西侧，怎么看怎么像一个乌龟头，就像刚从龙宫里爬出来，正探头向外张望呢……

谁都知道，乌龟是长寿的动物，而何况它还是只神龟。据当地的老人讲，不管是谁摸了神龟的头，有病的可以祛病，没病的可以免灾，年老的可以增寿，年轻的可以健身，小孩可以身强体壮……你想，这弯子村的人世世代代在这里住着，从小就抚摸神龟的头，不长寿才怪呢。

这正是：

> 九子龙树生深山
> 神龟探头欲向前
> 弯子村民抚奇石
> 健身祛病寿延年
> 非是人力成美景
> 天造地设有洞天
> 万象朝圣西游路
> 惊叹锦绣大自然

昌平民间文学

"巨石吐柏"迎远客

曹学诗

羊台子沟深林密，由大小十几个自然村落组成，在清幽的山谷中，蜿蜒曲折，纵向延伸二十余里，是古树名木生长的理想家园，人们避暑休闲的风水宝地。除"三槐抱一柏"、"奇观九子树"、"雌雄银杏树"之外，在灵云山深处，佛岩寺上端，还有一株千年古柏，被人们形象地称为"巨石吐柏"，构成了羊台子的又一奇树景观。

此树生长在一块巨大的岩石上，乍一看就像是巨石吐出来的一样，给人们带来很多奇妙的联想。难道柏树没土也能生长？难道柏树没水也能存活？难道柏树真能从巨石里"吐"出来，而且还百年不老、千年不衰、枝繁叶茂、郁郁葱葱吗？

站在这棵柏树下，你不但会感到生命力的顽强，还会感到天地的神奇造化，从而更觉得灵云山的不凡，佛岩寺的不朽，羊台子古树的别具一格。

黄山的一棵松树，因为长得与众不同，令多少游人流连忘返，立此存照，后被人称为"迎客松"，被画在了人民大会堂的迎宾大厅里，成了人与人交往友谊的象征。灵云山的这棵柏树，因为长得奇特，也越来越多地受到人们的喜欢和爱护，它与众多游人合影留念，成了外面游人来羊台子不得不去的一处胜景。

"巨石吐柏"附近没有什么

昌平民间文学

太大太像样的树，因此愈显得它高大俊美，它也如迎客松一样，把主干倾力伸向一边，好像要与你倾诉，要与你握手，要与你拥抱……

　　这真是：

巨石吐柏灵云山

群峰古树有仙颜

一枝独秀孤芳远

二木双栖比翼欢

佛岩寺下同聚首

举臂拥抱大自然

康陵村的义槐

峰月

在昌平康陵村的北侧，有两棵大槐树，又粗又高，树龄有几百年了。传说两棵槐树来自远方，它们的故事很是动人悱恻。

清朝康熙年间，有个昌平人，名叫刘一江。家境殷实，旁人称他为"树痴"。刘一江特别喜爱树木，平时养树、种树，只要得知哪里有珍贵的树种，不惜血本也要给弄来。据说，昌平城里的好多银杏树就是刘一江从南方引进的。

有一次，刘一江去南方采购树苗。回来的路上，碰到了劫匪，幸亏一位少年出手相救，才逃过一劫。少年说自己叫潘义怀，也很爱养树。又和刘一江切磋了培育苗木的技艺和经验，越说越投机。

刘一江很高兴，邀请潘义怀到自己家住两天。潘义怀说："我还有个姐姐一起相依为命。"刘一江就邀请姐弟俩一块去。潘义怀想了想，就带着刘一江，回家去问姐姐。潘义怀的姐姐很漂亮，答应了刘一江的邀请。于是，姐弟俩就跟着刘一江，来到了昌平。

刘一江在昌平城里有个门脸，专卖苗木。在康陵村还买了一处宅子，几亩地，用作苗木培育基地。平时，刘一江的妹妹和妻子住在康陵村，料理树苗，刘一江则带着伙计，在昌平城里看门脸，晚上再骑快马回家。潘姓姐弟不愿住在城里，刘一江就让他们住在了康陵村。潘义怀很勤快，每天在地里侍弄树苗。有的树苗已经枯萎，潘义怀将其连根拔起，重新栽下，无不成活。刘一江对潘义怀种树的技术啧啧称奇。

刘一江的妹妹叫刘彩香，跟潘姓姐姐相处得很好，三天两头的，总要去送些粮食和水果。潘姓姐姐告诉刘彩香，自己名叫"潘阿凤"，以后，叫她"阿凤"就行了。

刘一江很喜欢这对儿潘家姐弟，尤其钦佩潘义怀培育苗木的技术，就经常请潘义怀喝酒。喝酒也不去别处，就在自家的田地边，一般是潘阿凤和刘彩香准备菜肴。喝酒时，两个人的话题还是种树，潘义怀去过的地方很多，见过很多珍稀树木，讲起来头头是道。

在潘家姐弟的料理下，刘家田地里的苗木越长越好。第二年春天，潘义怀就雇了几辆骡车，拉了很多苗木，到外省去卖。一年之后，潘义怀又载着不少珍稀品种回来，一来二去，挣的钱越来越多。有一次，潘义怀照旧到外省去贩苗木。过了一年多，却不见潘义怀回来。潘阿凤倒不怎么着急，自己孑然一身，过着宁静的生活。

又过了些日子，刘一江的妻子得了重病，撒手人寰。刘一江悲伤了一阵，也过起了形单影只的日子。有时候，潘阿凤就过来，帮刘一江料理家务，做饭洗衣。日子长了，刘一江就活泛了心眼儿，有心要娶潘阿凤进门。跟对方一说，潘阿凤倒也没拒绝，只是说，要等弟弟回来才能办事。刘一江想想也是，心里又有个打算，如果潘义怀能娶了妹妹刘彩香，亲上加亲，岂不是更好。

第二年春天。刘一江去南方办事。在一个苗木市场上，正好碰到了潘义怀。刘一江喜极，与他相认，两人寒暄一番，倾诉别后的情况。刘一江拉着潘义怀回了昌平。

潘阿凤看到弟弟回来，遵守当初的承诺，嫁给了刘一江。夫妻俩过起了和和美美的生活。刘一江还想把妹妹和潘义怀撮合，跟两人一说，刘彩香很乐意，潘义怀婉转拒绝，说自己是异种，配不上那么好的姑娘。刘一江以为他是看不上妹妹，故意找借口，就只好作罢。

潘义怀这次回来，变得特别爱喝酒。刘一江经常陪着他喝。中秋节，潘阿凤和刘彩香炒了几个好菜。刘一江和潘义怀都喝了不少酒。酒足饭饱，潘义怀起身，要回房睡。出了门，脚底下拌蒜，打个趔趄摔倒了。刘一江要过去扶。却见潘义怀的衣服都委顿作一堆，身体变成了一棵槐树，直挺挺立着，有房顶那么高，枝繁叶茂。刘一江吓坏了，跑去告诉潘阿凤。潘阿凤疾步走来探看，却不惊。将那棵树推倒，说："怎么醉成这样？"又用衣服盖在上面。然后拉着刘一江一起回屋，告诫他夜里不要出来看。

第二天一早，刘一江又去看，潘义怀卧在原处，睡得香甜。刘一江哆里哆嗦问潘阿凤："是你弟弟成精变成了槐树；还是槐树成精变成了你弟弟？"潘阿凤说："你甭问太多，对你没好处。总之，我们不会害你。"刘一江点点头，从这一天起，愈加敬爱潘家姐弟。

自暴露原形，潘义怀喝酒更没了拘束。有一回，刘彩云去山上的菩萨庙里上香，让一个恶霸看上，被掳走了。刘一江急得团团转，潘义怀却劝他不要急，自己有办法。潘义怀让姐姐炒了几个好菜，又把家里所藏之酒全拿出来，喝了个罄尽。潘义怀向刘一江抱抱拳说："以前多受你的恩惠，今日是报答的时候了。"一抹嘴，就拿起柴刀，奔恶霸的老窝而去，与恶霸一伙人血战了一番，临近黄昏，才救出了刘彩香。刘彩香毫发无损，潘义怀却中了两刀，回到家里，虚弱得厉害。半个时辰后，潘义怀又变作了一棵槐树。刘一江还以为他又能变回人形，就在一边守着。过了两个时辰，也没见他变过来，却发现枝叶渐渐蔫了。刘一江害怕了，把潘阿凤叫来，潘阿凤一看这情形，大哭起来："弟弟已经死了，变不回来了。"就把弟弟移植到了院外，浇了些酒，枝叶又恢复了生机。几十年后，潘阿凤也死了，变做了一棵槐树，刘一江把她栽到了弟弟的旁边。

从此，这两棵槐树生长在康陵村的北侧，日日夜夜守护着村民。

石头扇子

王庆和

黑山寨村每到夏天都比其他地方要凉快。开始，人们以为山里的气候就这样，其实不然，这是因为山里的一块大石头。

最早的时候，黑山寨村一到夏天，也是酷热难耐的，热得很。尤其到了每年的七月，太阳像一个大火球，挂在天上不走，晒得每块石头都发烫，整个大山都像在吐火，比平原更加闷热，简直没有办法。

一些村人就是因为山里太热而搬走离开了黑山寨。如果再这样热下去，大概黑山寨的人都要走光了。

但后来山里起了变化。人们说是上天搬来了一面扇子，给黑山寨村带来了清凉的风。

那一年，皇上带着两个人微服私访，走到黑山寨村时，与另外两个人走散了。时间正值七月，山里热得冒着火，当时的皇上又饥又渴，可身上还没带钱。皇上心里十分焦急，坐在村头的树下等那两个人，左等不来，右等不来。皇上实在饿极了。于是，皇上就拿出随身带的一件宝物，想找一家小馆子，先换一顿饭菜充饥。

谁想，整个黑山寨就没有一家小馆子。那时黑山寨的人口还不足几十位，人家也就二三十户，哪有什么饭馆。

饿得要命的皇上，只好叫开一户人家，向村民讨要一碗水喝，问有没有什么能吃的。黑山寨人都善良，不知道这是皇上，但看这人饿得不行，于是不但给皇上端来了水，让皇上喝了，还给皇上做了饭。

皇上肚子饱了，人也精神起来，掏出身上的宝物要送给村人。村人看是一件上等的玉镯，知道这东西很贵，哪里敢要。说一顿简单的饭菜，哪值这些钱呢，让皇上快收起来。

皇上看村人执意不收，只好作罢。当然村人也不知此人就是皇上。

皇上很是感激，临走时问这位村民，是否可需要些什么东西？村民爽快地说，什么也不需要，不必这么客气。而后笑着说："如果谁有办法，能让这天气凉快凉快就好了，黑山寨的天气真是太热了。"

皇上刚才是又饥又渴，没顾得理会天气有多热，这会儿经村人一说，皇上才觉得身上不舒服，原来是热的，此刻他才发现，自己浑身都是汗，才察觉到这里的天气真是热过了头，人走在路上，脚下像是在冒火。

村人随便的一句话，皇上却记在了心里。皇上回去后，一直想着这事。有一天他就问一个见多识广的下属，有什么办法能使山里的气温降下来？还说了在黑山寨的经历。手下人说，这可能和地势风水有关。

皇上问："风水先生们能解决吗？快去找找问问。"

于是，大臣们就为皇上请来了几位灵验的风水先生。让皇上问问他们可有什么灵验的办法。

几位风水先生听了皇上的发问，不敢怠慢，赶紧来到黑山寨亲自考察。几天之后，他们回去对皇上说："黑山寨的北面山上缺一把扇子，只要有一把扇子，就能挡住山上的热浪。热浪主要是从北面的山上的来。"

皇上听了认为事情很可笑，问："山上这么热，用什么样的扇子，用多大的扇子才能管用呢？"

风水先生们都答不上来。皇上也知道没有什么好办法。但皇上为了表示自己对黑山寨人的感激之情，还是命人为黑山寨村做了一块巨大的石头扇子。石头扇子就安放在北山坡上。

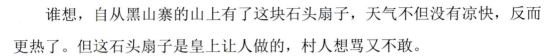

昌平民间文学

谁想，自从黑山寨的山上有了这块石头扇子，天气不但没有凉快，反而更热了。但这石头扇子是皇上让人做的，村人想骂又不敢。

一日日过去，村里人实在受不了，就想把石头扇子搬走。这一天，全村人都集中在了一起，来山上搬石头扇子，是要把石头扇子推到山下去。

谁想，石头扇子一动，突然刮来一阵凉风，村人一惊。黑山寨的夏天从没有过这样凉爽的清风。石头扇子再一动，又一阵凉风吹过来，真是太凉爽了。

黑山寨人这才明白过来，石头扇子如果扇动起来，才会有风。可谁能老去推动石扇呢。人们想啊想，有人就想到了咒，于是就念开了咒，念着念着，石头扇子真的动了起来，一阵阵凉风顿时吹遍了整个村子。

黑山寨的那一年，终于凉快了下来。热浪终于被吹走了。

据说，从那时起，每晚山上的石头扇子都会自己扇动，山里也就有了凉风。从此，每到夏天，黑山寨比哪里都要凉快。来黑山寨居住的人家也多了起来。

后来，外人也听说了黑山寨的这块神奇的石头扇子，就来黑山寨找石头扇子。至于石头扇子到底是哪块石头，人们找遍了黑山寨，有人看哪块都像，有人看哪块都不像。但不管像不像，现在黑山寨的夏天还是比较凉快的。

史各庄村老槐树的传说

席立娜

在昌平区回龙观镇史各庄村，村子内长有一棵几百年的老槐树。

据传说，在这棵老槐树下告白的情侣，会得到老槐树的祝福。

相传，明初时，天下大乱，各地方战争四起。有许多人为了躲避战乱，跑到了史各庄村的附近山里。当时，在山之间还有一条隐蔽的山谷。村民们在这幽谷的深处，又重新组建了一个小小的村落，与世隔绝。

在村子里，有个叫阿真的姑娘，家里很贫苦。每天，她都会走出村子，到山坡处找一些食物来填饱一家人的肚子。

这一天，正走在回村路上的阿真，听到不远处传来马蹄声。她躲进草丛一看，原来几个穿着铠甲的士兵转到了这里。其中一个面带恶气的人看着幽谷深处飘出的缕缕炊烟说："奇怪了，这大山深处怎么还冒烟呢？"另一个满面胡子的人说："我看呀，一定是深山里住有人家，而且还不少呢！""嗯，会不会是叛军的残余呢？""嘿嘿，大哥放心，明天，小弟就带些人来，把这些人一网打尽！""好，这事就交给你办了！等回来跟大将军说奖赏你！""谢将军！"……

听着这些话，阿真脑袋当时就呆住了。大家好不容易找了个世外桃源，谁想，竟还是被发现了。村子里少说也有五百来人，这可怎么办呀？阿真急得一头大汗。"看来，这事要赶快告诉村长！"阿真边跑边想着往回赶，一个不小心，顺着山坡滑了下去。幸有一棵小树苗，把她挡在了悬崖边上。等她费力地爬到安全位置时，发现那棵小树苗已经断了！"哎，救我一命的小树苗，我要把它带回家。"善良的阿真不忍心这棵小树苗就这样折了。于是，她又小心地爬回崖边，将折断的小树苗带回村子。

回到村子，阿真把在路上听到的一切告诉了村长。村长一听，急得满头是汗，不知如何是好。突然，有个声音说："爹，我有办法！"来的正是村长的儿子阿辉。阿辉和阿真青梅竹马，两小无猜。"阿真，爹，你们别急。虽然只有一个晚上的时间，但是我们可以分两个队。一队是阿真和爹，你们带着村子里的妇女、老人和孩子进山躲起来。另一队是我和村子里的男人，待在村子里，等他们。这里到处都是山，我们把他们转到绝命地去……"望着阿辉自信的脸庞，老村长点点头。

太阳慢慢下山。阿真要带妇女、老人和孩子出发了。临走前，阿真恋恋不舍地对阿辉说："阿辉，一定要平安归来啊！""放心，我会回来的！"告别就这样结束了，虽然短暂，但是那深深的不舍溢于言表。

第二天清晨，阿辉听到了马蹄声由远及近，约三百人的军队包围了他们。阿辉拿起棍子，高喊："兄弟们，今天拼了！"所有的男人手里拿着平时干农活用的家伙为了保护家园而拼命。一头枣红马上坐有一个男子，凶狠地说："一个都不留……"

阿真整整两天没睡觉了。她心里隐隐地预感到了什么。晚上，她和村长一起溜回了村。整个村庄像夕阳一样暗红一片……阿真流着泪，一个一个地查看躺在地上的男人们。她没有看到阿辉的尸骨。阿辉去了哪里，没有一个人知道……

后来，老村长去世了，阿真当上了村长。她一直记得阿辉的那句话"我会回来的！"在史各庄原村头，阿真把救她一命的小树枝栽了起来。没有想到，第二天春天，居然成活了。小树苗越长越高，长成了一棵参天的槐树。人们发现，那棵大槐树生长的方向一直是弯向村子的，就好像一个人般，守卫着史各庄村……

后来，人们就把这棵树定为是村子里最神圣的地方。只有真心相爱的情侣，才可以在这棵树下告白、祈福、繁衍后代……

回龙观村影碑的传说

席立娜

在回龙观村，传说有一块影碑，不但能照人影，还可以照出人心的善、恶、美、丑，来惩罚那些内心黑暗的人。

很多年前，住在回龙观村里有一户沈家，很是富裕，只是沈老爷和夫人已近不惑之年，虽膝下有一个女儿沈娟和一个过继的儿子沈展，但仍觉日子过得无味。

沈展 16 岁跟人学了坏，背地里赌钱。一开始玩得小，输个几十两银子，老爷和夫人并不知晓。渐渐地，沈展几天里竟输掉了家里几千两银子。沈夫人还是比较疼爱这个继子，偷偷地把自己的手饰当了给他还赌账。

赌博就是一个毒瘾，沈展越来越把持不住自己。最后，沈老爷终于知道了沈展干的好事。一气之下，断了他的钱路，并扬言，如果再看到他要钱，和他断了父子关系。

沈展记恨在心。他天天琢磨："如果老头子不在了，这个家就是我当了，就不用这么受气了，输几个钱都受管制。"

几天后，沈展看见沈娟端着一碗素面，往老爷屋里走。他假惺惺地关心道："阿娟，这是爹吃的东西？""是呀，最近爹很想尝尝我做的素面，正好今天我做了一点，就端来了。"沈展笑着说："我正好找爹有事，你把这碗面给我，我给爹送去！""也行，那就由你送了！"沈娟无疑，放心地把面交给了沈展。沈展阴笑着一抖袖，一团白粉落进了面汤里，瞬间又化为乌有。然后，沈展满面堆笑地给老爷送了过去。

"不好了，老爷中毒了！"侍候的下人惊惶失措地高喊道。

正在假装陪沈娟的沈展，趁沈娟惊魂之际，将剩余的毒药藏进了沈娟的衣内。然后装作惊恐的样子大叫："快来人啊，小姐晕过去了！"

　　一切如沈展的意愿，他终于当上了沈家主事的人。他擅自做主，偷偷安排手下人将沈老爷的尸骨焚烧，然后，埋到地下几十米深的地方。

　　做贼心虚的沈展，做了这一切，还是心里觉得不踏实。过了一段时间，他又请了一个烧砖的手艺人，将埋有沈老人的泥土全部挖出来，做成一块块的砖，然后在村南的庙前，硬硬地盖了一堵墙。

　　墙刚建好，沈展到那里转了转，只围着走了一圈，就突然倒地身亡了。周围随从的人们，都说，他们在墙里晃动的影子上看到了沈老爷的面孔。

　　从此，这些影碑成了村子的一个照妖镜，好人走过，什么事也没有，坏人走到那里，几乎都断命。

校军场

李福臣

校军场是古时居庸关的一处军训基地，位于关城北门外路东约一公里的地方。此处对狭窄的四十里关沟来说，地势较为开阔平坦，是古代守关士兵操练习武的地方。

据说，古时候，凡是在居庸关一带居住的适龄青年，年满二十岁以上的男性，都要在春冬两闲之时，前来校军场习武，夏秋农忙季节，则在家耕种收割。

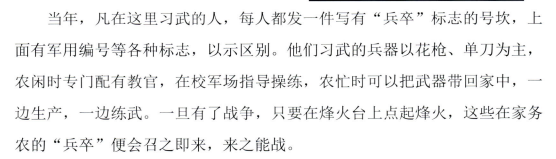

当年，凡在这里习武的人，每人都发一件写有"兵卒"标志的号坎，上面有军用编号等各种标志，以示区别。他们习武的兵器以花枪、单刀为主，农闲时专门配有教官，在校军场指导操练，农忙时可以把武器带回家中，一边生产，一边练武。一旦有了战争，只要在烽火台上点起烽火，这些在家务农的"兵卒"便会召之即来，来之能战。

他们每人每年仅获得为数不多的军饷作为训练补贴之用，既不误农时耕种，又不误战时拼杀；既节省国库开支，又能补充居庸关兵员。充分显示了我国古代人民的聪明才智和用兵之道，可以算是我国古代最早的民兵组织和预备役部队了。

这正是：

自古华夏有奇人，忙时耕种闲练军；

农业国防两不误，安家为国保乾坤。

居庸古道四十里，一步一景好迷君；

传说故事有几许？多少古树多少春。

浇花峪的故事

施会泉

在八达岭长城脚下，十一公里长的羊台子自然风景区，可以说是一步一景，一景就有一个传说故事。浇花峪便是其中之一。

据说在很久以前，浇花峪沟口住着一户三口之家。当家的叫花自强，年近五旬膝下一女，年方十七岁，名叫爱菊。花自强三十岁得女，于是，老两口对爱菊视如掌上明珠。说起这花家，就靠浇花峪沟内三亩薄田为生。年复一年种些谷黍瓜豆之类，一年下来，交完赋税，所剩无几，勉强度日。日子虽是苦了些，但花自强却苦中求乐，对山里的野花野草情有独钟。就在他四十岁上，他三亩薄田的周边，居然生长出三三两两的野菊花。这野菊花一般是在中秋时节谷子上场它才吐苞，当凉飕飕的秋风袭来，那野菊花便竞相绽放了。即便是小雪初至，它也毫不畏惧，给人一种倔强、刚直不阿的性格特征。花自强之所以喜欢野菊花，自然包含了这些含义。他说："穷人嘛，就要有穷人的骨气，就应像菊花那样能顶风雪抗严寒。"小爱菊自不必说，在父亲的影响下，对野菊花犹如对自己的亲姐妹。

花自强的三亩薄田，距他家所住的沟口有三里之遥。沟内没水，只在他家院墙外的石缝里有眼山泉。每年的干旱季节，他就从这里担水上山，除了浇他的瓜豆，他都要把他田地周边的野菊花浇上一遍。一晃十年过去了，他年年如此。每当金风送爽的时候，那野菊花开得金灿灿，浇花峪便像撒落了金元宝，满沟谷金光闪闪。已经出落成大姑娘的花爱菊，穿梭于花丛中，与蝴蝶游戏翩翩，似乎在和野菊花比美。

忽一日，花家来了两位客人。年岁大一点的自称是镇上黄员外的大小姐黄英，小的便是丫鬟小翠，来此游山逛景。听说这里野菊花漫山遍野，格外壮观。又听说花老伯十年如一日浇花不止，姐妹俩深感佩服，云云。自强老汉听罢心里乐滋滋的，只是嘴里轻描淡写地说："自家有三亩薄田在山上，干旱时给瓜豆浇水，自然就顺手浇一浇那野菊花。人世间，不管是小猫小狗，野花野草，都是个命性儿，能来到世间，也是一种缘分吧，互相关照，也是情理之中的事。"

自强老汉的一席话，倒说得黄小姐眼泪汪汪止不住簌簌落下。非常感动地说："老伯，您不要见外，小女子也是个爱花如命的胚子，小时候，谁要掐了我的花，我就哭得死去活来甚至要和他拼命，看来，咱们是遇上了知音。"于是，黄小姐就央求自强老汉携她们去山上赏一赏野菊花。自强老汉自然应允，于是，带了女儿爱菊同行。他们一行四人爬坡上岭，来到浇花峪沟内。看山沟两侧金黄一片，秋风添色，大雁成行，长空一碧，好一幅"秋风野菊"图。黄英、爱菊、小翠在花丛中穿来穿去，自强老汉看着晚辈无忧无虑的样子，打心眼儿里高兴，就像他用水瓢一瓢一瓢浇灌的菊花，通过辛勤的培育，终于使群芳吐艳，享受到了秋天的美妙。黄英、小翠二人在花家一连住了三天，与爱菊就像亲姐妹一般。整日里，说的是菊花，唱的是菊花，读的是关于菊花的诗词文章，好不快活。在临别的头天晚上，黄英对自强老汉毕恭毕敬地说："我们在您这儿打扰了三天，给您留下一些银两，您万万不可推辞。"自强老汉说什么也不收，并语重心长地说："闺女，你们能来我这儿游山逛景，是看得起咱，也是我的福分，我请还请不到呢，我怎能收你们的银两。"黄英坚持要留下，自强老汉再三推辞，就这样你推我让，僵持不下。最后还是黄英作了让步，说："这样吧，老伯，我给您留下三张画，您万万不能再拒绝。"自强老汉欣然接受："这我一定收下。"于是，小翠打开行囊，从里面找出笔墨纸砚，小翠铺纸，爱菊研墨，黄英轻舒彩袖，不大一会儿，一张"秋风野菊"图便活脱脱地挂在花家墙壁上。黄英又让小翠铺开两张纸，浓墨重彩、酣畅淋漓，一幅"野菊傲雪"、一幅"采菊东篱"便一挥而就——可以说是两幅绝世之珍品。

第二天天明，黄英与小翠便打点好行装，在告别时，黄英难舍难分地说："老伯，我知道您的为人和您对野菊花的情感，晚辈在此替满山遍野的野菊花下拜了。"说罢，黄英跪在自强老汉面前深深地道个万福，然后说："老伯，我知道您家的日子不宽裕，万一出现青黄不接时，你可以卖掉后两张画作为接济，只留下'秋风野菊'，如遇危难时刻，不妨您拿出这张画，在画前备个水碗，然后您用手指蘸着水向画上轻弹几下，或许大灾大难就能化险为夷。"

说罢，黄英、小翠与自强老汉洒泪而别。

自从黄英、小翠走后，不知怎的，这浇花峪便名声大振。一些文人墨客不远百里千里翻山越岭慕名而来。每次自强老汉都奉陪到底，并耐心地介绍浇花峪野菊花的特性及药用价值。来到这里的客人都要住上两三宿，聊些有关菊花的诗文佳话。花家点灯熬油自不必说，还要赔些酒菜。但自强老汉仍是分文不收。这些文人墨客都是知书达理之人，只好为花家留下一些墨宝，权作酬谢。

有了观光客，老伴儿在家洗衣做饭，自强老汉和女儿爱菊，便把整个心思扑在了浇养野菊花上。春天到来的时候，爷儿俩就在野菊花的周围清除杂草，耕耘暄土。干旱季节，从山下泉里挑水上山，一棵一棵地浇灌。野菊花经过悉心呵护，梗粗叶壮，秋天一到，那花朵就显得十分肥硕、敦厚、鲜艳，远远胜过其他地方的野菊花。生活拮据了，就用字画换些柴米油盐。五里乡村的父老乡亲，除了佩服花家心眼儿好之外，不免对花家生出不解之意，说这一家中了邪，走火入魔，整个一个"花痴"。

不管旁人怎么说，花自强仍不改初衷。他说，那野菊花就如同咱们的穷哥们穷姐们，人活着，就活个筋骨，活个志气，活个有滋有味。

这小小浇花峪，竟吸引了众多山外来客，观花赏景。这消息很快传到詹善虎的耳朵里。这詹善虎是方圆百里无人不晓的大财主。四十上下年纪，家里骡马成群，妻妾成群，上勾结官府，下欺压百姓，无恶不作。镇子周边的山林小寨，只要一发现风水宝地，便强占过去，只要一听说谁家的闺女漂亮，便抢过来霸占。久而久之，由于这种霸道行径，人们便给他改了姓名，都叫他"占山虎"。这"占山虎"敢于一方称霸，全凭他的表姐夫——一县之长做后台。当他听到浇花峪这样的好山好景，又听说老花家还有个如花似玉的大闺女，便生出邪念。他想把这山水霸占过来，在那里建些亭台楼阁，学那皇帝老子，在风水宝地建行宫别墅，再选些美女陪伴左右，夏天纳凉，冬天避寒，岂不逍遥。

当下，"占山虎"便叫来管家张怀，说："你明天跟我去趟浇花峪，看那里景色如何？"

这张怀对浇花峪野菊花成片早有耳闻，但不知有爱菊那美丽女子。便说："您又想跑马占地了，我劝您一句，您靠财大气粗，表姐夫做后台，那终不是长法，必定后患无穷啊！"

这"占山虎"还没出行，便受到了管家张怀的一席冷语，一脸的不高兴，便没好气地说："少废话，跟我走！"

这"占山虎"又带了两个家丁，一行四人，骑四匹快马，直奔浇花峪而来。

一路上，小溪潺潺，峰回路转，各色各样的野菊花争相开放。不到两个时辰，便来到了浇花峪。这"占山虎"从来都是目中无人，他连招呼都不打，直奔浇花峪野菊花盛开的地方。

为首的"占山虎"下了马，站在山石上，看那沟谷山静花香，风轻天碧，果然是个好地方。又转了转周边地势，四人便策马而回。路过沟口花家门旁，也没有告别的话语，反而快马加鞭，扬长而去。

花自强和女儿爱菊站在家门口，对"占山虎"凶神恶煞般的神气，看得真真切切，心里已经犯了嘀咕，这不是什么好兆头。

再说这"占山虎"回到府上，擦洗完毕，落座后翘起二郎腿，一脸的灿

【昌平大地上的**传说**】

烂，对着管家张怀说："真没料到，山旮旯的小妮子，真水灵，哈哈。"

张怀已跟"占山虎"多年，有些话倒也无所顾忌："您家妻妾已经有十五个了，您不想想您这身子骨？"

"占山虎"不以为然："人生一世，草木一秋，该行乐时且行乐，少管闲事！"

张怀仍劝说不止："我话前是话，您要三思而行。"

此时"占山虎"已思量了张怀的话语不无道理，这次他要做到师出有因，言之有理……

第二天，"占山虎"带着随从去了县衙，送去五百两白银，并跟他表姐夫耳语一番。

没过三天，在浇花峪贴出了县衙告示，大意说，花自强一家擅自经营浇花峪菊花沟多年，未经许可，偷逃税款，按逐年累计，需补交白银四百两，限七天内交齐，逾期者按抗税论处，并将其所有财产家当及山场收回。

告示一出，"占山虎"还放出话来说，如若将花爱菊嫁到詹家，詹某人可以为此案周旋云云。

自强一家见此情形，心里早已明白了八九分，这明明是"占山虎"搞的鬼把戏，以官府的名义贴出告示，以势压人。爱菊说："用咱们的书画做抵押还不行吗？"

经历太多风雨的自强老汉，自然知道"占山虎"的用意。即便是凑足银两，他还会生出别的伎俩。

女儿说："不行咱们找来众乡亲，来个兵对兵，枪对枪。"

自强老汉说："咱们的人再多，你还能抗得过官府，最后吃亏的还是咱们。"

老伴儿在一旁唉声叹气："想当初，都是你老头子多事，受苦受累浇那花啊朵的，你看倒浇出祸来了，这年头，好心哪有好报呀！"

就这样，三口人一夜没睡好觉。天刚蒙蒙亮，外面已经起了风。花自强正要披衣服下地，突然想起了一件事，忙问女儿："菊儿，我记得三年前，那个黄英小姐说过什么来着？"

爱菊一时也记不起，拍着自己脑袋冥思苦想了一阵子，终于想起来了："她临走时告诉咱们，如果万一有什么危难之事，就拿出她那张'秋风野菊'图，挂在墙上，前面放一碗清水，然后用手指蘸着水，向画轻轻弹上几下。"

自强老汉想起来了："对、对，就是这么说的，菊儿，你去找找看。"

爱菊很快就找到了，就在她盛衣服的箱子底下。因为她很喜欢这张画，就是那两张也没舍得卖掉，都折叠在一起，收藏至今。

自强老汉把这张画恭恭敬敬地挂在墙上，将画前面的桌子擦了又擦，然后从泉眼里舀上一碗清澈甘甜没落过地儿的水，放在"秋风野菊"前，双手在清水里洗了又洗，而后用毛巾擦干净，这才用拇指和食指蘸着水，向这张画轻轻弹了三下……

这些做完之后，自强老汉有一种预感，是否黄英和小翠要来呀！真的不出所料，傍晚时分，黄英和小翠来了。自强老汉立时感到有了主心骨，有一种强大的力量在支持着他。自强老汉什么也没提，赶紧让老伴儿和小菊生火做饭，好好酬谢三年前这两位小姐吟诗作画，指点迷津。

【昌平大地上的传说】

　　黄英和小翠看自强老汉没有谈及危难之事，很是感动。便说："老伯，您不说，我们也全知道了，您不要担惊受怕……我给您说了吧，我们姐妹俩，就是您老浇出来的两朵菊花，我们代表山上的所有菊花姐妹向您表示谢意，感谢您的养育之恩。这样吧，您和爱菊小妹照常去浇花峪，该锄草锄草，该浇水浇水，您不要管乡亲们议论什么，官府的事，我们姐妹俩自有办法。"黄英并支使小翠："你马上将告示揭下，我们当下回去，明早去县城。"

　　说罢，黄英、小翠拜别了花自强一家，踏上了去路。

　　自强老汉和女儿小菊，面对黄英、小翠的一篇话深信不疑。但又有些担心两个小女子靠什么办法摆平这件事呢？当今世道是，有钱人家用银两贿赂官府，强盗恶霸沆瀣一气，满世间结成张关系网，怎么能捅得破呢？……

　　这一夜自强老汉脑中旋转着好多无法解释的问号，在这数不清的问号中迷迷糊糊进入了梦乡……说是有一个长得很像黄英的州府巡察官，但这个巡察官是个男的，来到县衙后，立即升堂判案，小县令早已面如土色，跪在大堂之上，脑袋捣蒜般磕着响头。巡察官"啪"的一声，一拍惊堂木："你收詹善虎五百两银子有无此事？"小县令说："有、有。""银子现在何处，把它抬上来！"两个差役立马抬上两只箱子。巡查官又一拍惊堂木："你收受贿赂，以官府名义，为詹善虎侵占花自强民宅张贴告示，有无此事？"小县令忙道："有、有。"巡察官开始宣判："本官根据供词和物证，确凿无误，但考虑你是初犯，退回赃款，既往不咎。现在传詹善虎！"这詹善虎做贼心虚，早已哆嗦成一团。巡察官问道："詹善虎你知罪吗？"詹善虎浑身筛着糠似的说："小的知罪。"巡察官立即判道："詹善虎诬告花农花自强，贿赂官府，两罪并罚，判处三年徒刑，押进大牢……"

　　自强老汉做的这个梦，好像真的一般，心里痛快极了，待清醒后，总觉得不过是一场梦而已。

　　早晨起来，自强老汉把夜里的梦和老伴儿、小菊说了，她们说也做了这样一个梦，一模一样分毫不差，好生奇怪。

自强老汉吃罢早饭，跟母女俩说："我到县城看个究竟，如果没这回事，咱们再另作打算。"

这日中午，花自强来到县城中心大街的十字路口，高高的墙上贴着告示，告示下面挤满了人，那告示上白纸黑字分明写着詹善虎诬告花自强，贿赂官府判刑三年，告示下款盖着官府大印。

事情原来是这样，黄英、小翠回去后，立即召集菊花仙子众姐妹，商议此事。大家一致同意点化成州府巡察官及众衙役，审查此案。只是对县令没有做免职处理，原因是假戏真做，事后州府知道，露出马脚，反帮倒忙。但对詹善虎的处理，县令的苦水只好往肚里倒，因为他必定贪赃枉法，所以其只能顺水推舟，不会声张，以保住自己的乌纱帽为重。

花自强在回家的路上又拐弯到镇上，确实听到人们在议论詹善虎欺人太甚罪有应得。自强老汉回家后，将自己所见所闻向母女俩诉说一遍，一颗悬着的心落了地，由衷地感谢黄英和小翠为他们一家除了害。

浇花峪又恢复了往日的宁静。花自强一家三口仍然履行"护花"的职责，做不被人理解的"花痴"，甘心情愿地接待四方游客。

【昌平大地上的传说】

东三旗的燕子

赵富友

北七家镇的东三旗村建于元代后期，初建村时，村里大约有百十来人，三十几户，在元代时期，这就算是大村了。村中有大户人家一户，姓田，粮田百十来亩，院子三套，瓦房五间，草房十六间。后来败落为穷人。

自古东三旗村多种木苗和玉米，民国以前，村人都较穷。然而这中间有一段时间，村里人的生活却变得普遍较富裕。听说这和一只燕子有关。

由于没有钱，那时东三旗村人的房子大都盖得比较低矮。这样就很招燕子喜欢。每年春天到了，燕子都会从南方飞到这里，在村里人家的房檐下做窝。多数的人都愿意让燕子在自家做窝，也有人不愿意让燕子在自家做窝，当然是嫌燕子脏。

而村里的刘旺利一家，是特别地喜欢燕子。春天到了，刘旺利会主动把房子的一扇窗子打开，不仅让燕子在屋檐下做窝，还让燕子到屋里来做窝。

所以，刘旺利家不但院里的房檐下有燕子窝，屋子里的房顶上也有燕子窝。每年他家最少要招三四窝燕子。一到春天，南来的燕子就会在他家飞来飞去，满院子啾啾叫着，景象很是壮观。

每年秋天时候，大燕子都会带着一窝小燕子飞向南方，第二年，大了的小燕子又会飞回刘旺利家。情景十分得热闹。

这一年春天，刘旺利家又飞回来几窝燕子。刘家人看着燕子都很高兴。这时发生了一件事，邻居老李家的孩子，却捅坏了自己家的燕子窝。

那天刘旺利正好到邻居老李家串门，一进院门就看见燕子窝被捅掉了，落在地上摔碎了。几只刚出生的小燕子还在破碎的窝里啾啾叫着来回爬，大燕子急得在天上飞来飞去，团团转。

刘旺利一看这情景，二话没说，赶紧就把一窝小燕子抱到了自己的家。

他先用棉被给小燕子做了一个窝，然后又喂了小燕子一些米汤。这时大燕子也从打开的窗子上飞了进来。

这一窝子燕子无法再重新做窝了，整个春天，大燕子带着这窝小燕子就在刘旺利做的小棉被里生长起来。大燕子感动得几次落下泪，可惜刘旺利一家却没有看到。

刘旺利一家人对这窝不幸的小燕子都非常关心，到了疼爱的地步，家里人每天从外边干活回来，都要围着这些小燕子看上半天。这一窝燕子和他们家的每个人都很亲，都熟悉他们的面孔。

小燕子终于从棉被里长大了，这时他们才重新做了自己的窝，窝就建在刘旺利家的房顶上。刘旺利为他们留着窗户，任他们每天自由地飞进飞出。

秋天到了，大燕子带着一窝也已经长大的小燕子飞向了南方，离开了刘旺利的家。刘旺利知道，他们明年春天还会飞回来的。

第二年的春天，几窝燕子自然又飞回了刘旺利的家，其中就有这窝特别的燕子。刘旺利家又热闹起来，他们欢迎燕子回来。

当这窝特别的燕子飞回来的时候，那只大燕子从嘴里吐出一粒金色的种子，丢在了刘旺利家的院子里。当时谁也没注意。可半个月过后，刘旺利家的院子里，便长出了一棵金色的小苗苗，原来是一棵枣树。

枣树都要几年才结果，可刘旺利家的这棵枣树，当年就结了果，而且树长得又大又高。

村人都奇怪，刘旺利家怎么会突然长出一棵这么大的枣树，而树上的枣子更是长得特别，个头大不说，而且还红得放光。秋天，枣子熟了，刘旺利请大家来吃枣子，人们发现这棵树上的枣子格外得甜。

到了第二年，刘旺利的院子里又长出一棵苹果树，也是当年就结了果子。果子也是又大又甜。第三年，刘旺利家又长出一棵梨树。然后，刘旺利家的院子外面也长满了各种果树。

这时刘旺利终于发现，这些奇怪的树种，都是燕子叼来的，是燕子为了感谢他，从很远的地方为他叼来了这些金色的种子。刘旺利家富了起来。刘旺利更加喜爱这些燕子。秋天，他把这些果树的果实分给全村的每一个人，于是，人人都会得到一份。

村人知道是燕子给刘旺利家带来了这一切，在惊奇的同时，也喜欢上了这些燕子。于是，更多的燕子像是知道东三旗村人喜欢他们似的，一群群都飞到东三旗村来做窝安家。

刘旺利也希望全村人都能富起来，就对那只给他叼来各种金树种的燕子说，你把种子分给全村人吧，让大家都富起来才好。

燕子似乎听懂了。这一年的春天，许多燕子都从很远的地方叼来了各色不同的种子，有果树的种子，也有粮食的种子，如玉米、小麦什么的。这些种子都无比的奇特，长得十分旺盛。那几年，每到秋天，东三旗人的地里总是大丰收。

明代时候，人们还在东三旗的村头发现过有关燕子的石碑，上面刻着一些诗文，说的是东三旗村人是多么喜欢燕子，而村子又因为燕子而出名。

龙门喷雪

李福臣

"龙门喷雪"说的是居庸关西南的一大奇景。

古时的居庸关，在万峰耸立的群山中，有一山在夕阳的光照下，宛如一条巨大的红龙，便被取名"红龙山"。此处千峰耸立，万刃凌空，在万山丛中有众多的泉水汇成激流，波涛滚滚，湍急流淌。水从

山中流出，如同白雪一样喷涌而出，煞是美丽壮观，因此得名"龙门喷雪"。

原来，在此处的石壁上，刻有"龙门喷雪"四个美术大字，据传是明朝大家手笔。只可惜后来凿山开石，被不知名姓的采石人给毁掉了，使数百年的古迹毁于一旦，成了千古憾事。

由于时代的变迁，原来的名胜古迹已不复存在。如今，这里已修成水库，因水冲山石发出悦耳的声响，被取名"响潭水库"成了新景观。

这正是：

红龙山口有龙门，喷出白练雪纷纷；
疑是蛟龙在播雨，洒向青山万木林。
星移斗转人亦老，山改水变有几春？
丽景尊颜不再有，沧海桑田不慕人。

【昌平大地上的传说】

昌平民间文学

皇上。皇上一看，连称："妙哉，妙哉！"定要亲眼见一见这画画人。于是就派人到处寻找。钦差走到刘庄，碰上刘小三正卖画。这钦差一看，果然跟捡到的那张画一模一样，就问："画画的是你什么人？"小三答："是我媳妇。"钦差说："领我见一见，皇上要买你的画。"小三领着钦差回了家。白云见皇上的钦差找上门来，脸上掠过一丝不易被人察觉的奸笑，然后端茶递水，并不时抛与媚眼，施以女人的魅力。何况这白云长得像天仙一般。早把那钦差给迷住了。心想，何不奏与皇上，选入宫去，也好为自己高官厚禄铺条路子，错此良机，更待何时！钦差把这意思说了，小三却哭哭啼啼，不忍白云离去。白云却高兴地说："你别哭了，我给你画的画足够你吃一辈子。"两天后，皇上就派一乘轿子，把白云抬进宫去。后来者居上，白云一进宫，这倾国倾城之貌，压倒了三千粉黛，皇上只宠在她一人身上。吃的，山珍海味之外，只怕是天上的星星没有摘下来；穿的，绫罗绸缎之外，只怕是天上的五彩云霞没有剪裁。时间如流水，转眼过了半年，这白云就装起病来，皇上把所有的名医都请来为她诊脉，把所有的奇缺珍贵之药都买来为她煎熬，这白云就是不吃。皇上问她到底想吃什么？白云说："我想吃人心。"皇上

说："这还不好办，朕是一国之君，想吃谁的心，一道圣旨便到。"白云说："我想吃山西大昼县县官的心。"

话分两头。大昼县这边，自胡生上任捉了白兔精后，衙门里呈现出从未有过的太平景象。门别棍却时常提醒他，万不可粗心大意。一天门别棍对胡生说："后殿的大柁上藏着一张画，历经好几个朝代了，

无人知晓，你把他取下来，但不要打开看，皇上传你时，进宫后，见到一个红眼睛白衣裙美丽无比的妃子，你就把这张画打开。"胡生把门别棍的话记在心里。没过几日，果然圣旨到，要胡生立即进京议事。胡生随差役来到京城，进入皇宫，果然见一妃子姿色艳丽无比，只是眼睛红红的。这时，胡生从袖口里拽出来早已藏好的纸卷儿，哗啦一下子打开这张画，只见一只老鹰从这张画上飞出，一下子就把这妃子抓了起来，腾上了天空，然后又将其摔下来，落到地上现出原形，原来是一只小白兔。皇宫上下都惊呆了，皇上大怒，以为是胡生使的什么法术。本想召见胡生是打算将他的心挖出来给白云吃，反而将爱妃变成一只白兔，不容分说，便招呼左右刀斧手欲将胡生推出午门斩首。胡生说："慢，我死倒不可怕，可怕的是陛下必遭爱妃毒手，反倒以为她是好人。恕我直言，此妃并非真人，她是兔精所变。"胡生一说，皇上不免一愣，便问："口说无凭，有物为证。"胡生从口袋里掏出门别棍，将其放在案子上，说："此物是个宝贝，名叫门别棍，它会说话，陛下听听它是怎样说的。"皇上大惊，世上真有这般奇物？这时，胡生把一块红布轻轻盖在门别棍身上。门别棍把大昼县几任县官怎样遭兔精杀害，胡生怎样考取功名派往大昼县就任，半路上如何住店，门别棍怎样随胡生来到大昼县，如何追杀兔子精，其中一个怎样跑掉，又怎样点化成一个化名白云的姑娘与刘庄刘小三成亲。至此，皇上方才醒悟过来，即刻传旨将白云带进宫的那个钦差斩了，多谢胡生捉了精灵救他一命。对胡生不但免于死罪，反而加官进爵，大摆筵宴三日。门别棍见此状对皇上说："我也是有功之臣，该给我封什么官啊？"皇上想了想说："你是门别棍，为千家万户守更护夜，就封你为门插官吧！"从此，家家门上的别棍，就都改叫门插官了，后来人们叫俗了，同时也是为了科学起见，把"官"改成了"关"。考察门插关的来历，如果引经据典，还应从这个故事说起。

远古白塔寺

李福臣

相传在很久很久以前，昌平南口以上全是大海，居庸关是海边。那时候，海龙王横行，稍不如意就涨潮淹没田野村庄，弄得附近人们提心吊胆，民不聊生。为了避灾避祸，附近居民每年都要忍痛杀猪宰羊，向龙王烧香上供祈求平安。

相传，居庸关附近有一村姑名叫金娥，长得如花似玉，清纯动人，深得父母和村民们的喜爱。一天，她到海边玩耍，一眼被巡海的夜叉看见。夜叉看得眼都直了，急忙回去向龙王添枝加叶地禀告，说村姑如何美如何俊，如何娇如何柔，把龙王说得垂涎欲滴、心花怒放。它立即令鲤鱼精变化成人形，前去索要村姑金娥。鲤鱼精变成一个老婆婆，找到金娥家，说明来意，限金娥父母三日之内，把金娥送到海边，否则将大灾降临。

鲤鱼精走后，金娥一家急得像热锅上的蚂蚁一样团团转，眼看如花似玉的女儿就要被龙王掳走，愣是想不出办法，一家人急得号啕大哭起来。这一哭，引来了附近不少的居民，待问明原委，居庸关人肺都气炸了，大骂龙王缺德，早晚要遭天报。集思广益使他们想起了南海的观音菩萨。于是，决定派人去请大慈大悲的观世音，来惩治恶龙王。待冷静之后，人们的心又凉了半截。菩萨是神仙，远在南海，凡人又怎么能请来。再说南海距居庸关千山万水，三天之内又怎么能走得到。正当大家为此事愁眉不展的时候，忽然有人说了一句话，使大家茅塞顿开："我们不如全部烧香，向菩萨诉说事情，求她保佑。她既然是神仙，肯定知道我们的请求。"村民一听，觉得有道理。于是，各自回自己的家，摆上最好的供品，点上最好的香烛，在同一个时间，同一个地点，同时向南海磕头，诉说着同一件事情……

南海观音闻见香火，向北观望，但见居庸关村民悲悲切切，向她诉说着什么事情。她赶紧召来千里眼、顺风耳，让他俩仔细听认真看，听人们诉说什么，看居庸关发生了什么事情。一会儿，千里眼和顺风耳，便看了个明明白白，听了个清清楚楚，他俩赶紧向南海观音，禀告了居庸关发生的一切……

观音菩萨听了诉说，非常气愤，她亲驾云头，飞到居庸关海边，惩治了恶龙和鲤鱼精，拯救了金娥一家。

为了永远镇住恶龙，南海观音还在居庸关的海眼上，建起了一座白塔，使海水永远也不能再犯居庸关。

这正是：

<blockquote>
白塔寺边话雄关，
悠悠往事数万年。
无垠平川皆沧海，
不知何日成良田。
</blockquote>

"驼山晓雾"胜景

李福臣

在居庸关西南的金柜山上，有一条起伏的山岭，岭脊上有三座小山峰，远远看去就像一只昂首的骆驼在歇息，因此得名"驼山"。

驼山夏日的早晨，也不知什么原因，常有云雾缭绕于此，把驼山掩映得就像仙境一样朦胧多姿……也不知是哪朝哪代的文人，见此丽景，突发灵感，给她起了这么个美丽动听的名字——"驼山晓雾"，并一直流传了下来。

此景一般要在早晨阳光不强的时候才能看到。过了八点以后，雾已散尽，就难见尊容了。所以，要想看此景，最好选夏日，在居庸关住一晚上，第二天趁早雾未散时，才能领略那迷人的自然景观。"驼山晓雾"是气候、山峰、时间和游人相结合产生的景物，如果您有眼福，一饱这美景，定会陶醉其中的……

正是：

驼山晓雾好风光，
昂首举目正远望，
似要腾云远飞去，
游人陶醉在山乡。

老七孔桥的传说

马德清

十三陵面积一百二十多平方公里，四面环山，中间为十三陵盆地，各皇陵均建在盆地边缘，古七孔桥则建在盆地最低处，此处也是十三陵盆地南北最为狭窄之处。

十三陵盆地上游有四条山沟：德胜口沟、锥石口沟、上口沟及老君堂沟，每年一到雨季，昌平西北部广袤山场的暴雨洪流，沿着四条山沟，放荡不羁、奔腾咆哮，直泻十三陵盆地，因山高谷低，落差悬殊的地理条件，山洪越发桀骜不训、凶猛肆虐。

历史上，黄土山植被很差，洪水挟裹着大量泥沙而下。因水势凶猛，很多辗盘大的石头从上游滚下来，湍急的洪流倾注十三陵盆地，洪流很快变缓，泥沙碎石便沉积下来，盆地渐渐变高。水面宽，水流急，地形多变，这是古代在十三陵盆地上造桥之最大难题。所以，一遇山洪，古七孔桥不是被淹没，就是被冲毁。据史料记载，第一次冲毁于明万历年间，第二次被冲毁于天启年间。因皇上祭祖必经之路，所以，每次冲毁都及时修复。第三次被冲毁则发生在民国十五年（1926年）。千年古桥，只给后人留下一片遗址。

古桥被冲毁，成千古憾事，是古桥所处恶劣的地理位置造成的。但民间却传说，水患是巨鼋和小青龙两个怪物造成的。于是，便产生一个正义与邪恶较量的神话故事。

明朝第三个皇帝朱棣迁都北京后，不久就在黄土山前（后改称天寿山）选定了陵址，很快从全国征来成千上万个能工巧匠大兴土木。

谁知就在紧张建陵的一个后半夜，黄土山前突然电闪雷鸣，风雨大作，洪水暴涨，巨浪滔天，霎时，建陵工地变成了汪洋大海，被洪水冲走的工匠不计其数。

主管建陵的大臣急忙觐见朱棣，面奏水患灾情，朱棣闻之大吃一惊，不知如何是好，思虑之余，他忽然想起选陵址时姚广孝曾说过的话："要想建陵顺利，必须斩十龙，慑九龙。"

有一年，黄土山前的大河里来了九条龙，原来他们是专管刮风降雨。有一次，他们聚会饮酒，把降雨的差事抛到了脑后，被玉皇大帝发配到了黄土山前的大河里戴罪立功，所以自从来了九龙之后，黄土山一带连年风调雨顺，五谷丰登，水果飘香，于是，老百姓把黄土山前的大河称作福海。

但是，好景不长，这一年的端午节的半夜，不知从何处来了一个带着个十来岁孩子的女人，面黑如炭，带着褐色的斑纹，还不停地秃噜秃噜地吐着舌头，面目极为丑陋凶恶，两眼也是凶光毕露，这母子俩一到黄土山，便呼风唤雨，兴风作浪，弄得河水涨满，被冲走的建陵工匠，就是这俩家伙干的。

过后人们才知道，那女人是一条巨鼋变的，十来岁的孩子是一条青龙变的。他俩道行不浅，竟战败了驻守在这里的九条龙，那九条龙只得忍气吞声地潜入上游的德胜口沟内躲起来。这里的百姓从此也没有好日子过了。

再说那朱棣，听了主管建陵大臣的面奏，立即派出一支御林军，颁旨限期抄斩巨鼋和青龙，御林军奉旨来到了黄土山前，只见风急浪高，波涛汹涌，却不见巨鼋和青龙的一点踪影。半个月过去了，仍寻找不到两个妖孽，眼看朱棣的谕旨期限即到，非常焦急，便恳求朱棣再延期数日。朱棣大怒，下死令，若三天内捉不到两个妖孽，定斩不赦。

眼看两天过去了，到了第三天，仍不见妖孽的踪迹，御林军感到死期将至，近乎绝望了。

就在太阳刚刚落山的时候，御林军准备回去受死的时候，当他们走到大峪山前翠屏岭下，忽然发现一个小孩儿在水边玩耍，那孩子穿一件小肚兜，全身上下都是黑紫色，两个鼓出来的眼珠子一闪一闪地露出凶光，面目丑陋，十分可憎。大伙都觉得奇怪，便上前问话。这孩子竟然你问东他答西，你说打狗他骂鸡，其实他是装聋。

此时，忽然半山腰里传来几声破锣似的呼唤声："石聋，天黑了，快回来吧！"这孩子听到招呼声，惊恐地看着御林军，想逃走又不敢动的样子。

聪明的御林军士兵们心中咯噔的一下，莫非这个奇怪的孩子就是"十龙"？士兵们正在猜疑之余，半山腰那边又传来了呼叫声。被呼叫的孩子脸上青筋突起，立刻屈背仰首，双臂直伸，两脚正要离地腾起，夺路而逃。御林军们不约而同地挥起镇妖宝剑，将小孩子斩为数段，摔在地上。此时山腰上，那个作恶多端的巨鼋见御林军斩杀了青龙，顿时化作一缕青烟，顺着山腰向西北方向逃窜。从此，黄土山前太平无事，这里又恢复了往日的平静，建陵工匠又开始忙碌起来。九龙也从德胜口沟回到黄土山前的大河里，便小心翼翼的坚守岗位，按时行风降雨。可时间一长，九龙又散漫起来，满世界去游荡。在建陵的当口，不但不帮忙还添乱，不是下过头了雨，就是刮风不止。

为了制服九龙，术士姚广孝奏请皇上朱棣："只要建个龙池便可束缚之！"朱棣便下旨建池。几天之后，在昭陵西侧翠屏山下一个十丈见方的池塘建成了，这就是九龙池（现存遗址）。九龙在池内开始安分守己、闭门思过。可时间一长，又开始惹事生非，把发洪水当作儿戏，曾多次冲毁七孔桥。

但是，老百姓却埋怨古人粗心大意，明知上游有九条龙，干嘛只造七个孔的桥，这不是存心叫他们打架吗？

1958年十三陵水库修建后期，开始修建新七孔桥。有位总工程师，在造桥动员大会上铿然有力地说："我们就是不信邪！现在我们还造七孔桥，看九龙还打不打架？"

新七孔桥建在了老七孔桥北侧30米的位置上，桥长112米，七个桥孔均高9米，宽10米，其规模比老七孔桥扩大近一倍。

九条龙没少一条，新七孔桥也没多一孔，但新七孔桥落成50多年来，特别是二十世纪六七十年代，暴雨连连，洪峰频发，九条龙再也没有撒过野。据《昌平县水利志》记载：1958年7月15日，全县普降大到暴雨，十三陵水库上游山洪暴发，河水猛涨，洪峰以600立方米/秒的速度从新七孔桥下咆哮奔腾而过，新七孔桥则安然无恙，这是新七孔桥建成之后经受的第一次考验。

雄伟壮观的新七孔桥飞架南北，如十三陵上空的一条彩虹，光艳夺目。常有游人驻足桥头，凭栏远眺，那霞举云飞的重峦叠嶂，掩映在苍松翠柏中的皇陵，尽收眼底，另有一番情趣。

新七孔桥已成为十三陵神路上风光独特的一景。

白马坡的传说

施会泉

距八达岭二十公里的高崖口村背后的南山梁，当地人管它叫白马坡。那山梁上视野开阔，平坦如毯。每当秋天来临的时候，一种像马鬃一样的白色山草，经过春夏两季的阳光雨露，变得非常茂密和厚实，被风一吹，滚着白色的波浪。无疑，这是个放牛牧马的好去处，称之为白马坡。更为重要的一点是，有人看到在这道山梁上，有一匹雪白的野马经常出没在草丛中，但谁也没有抓住过它，久而久之，便传说它是一匹神马。

很久以前，村里有个姓马的人家，老太太年过五旬，老伴早已去世，靠着独生子马驰打柴为生。

这马驰年方二十，每天早出晚归，在周围的坡坡岭岭上，都留下了他的脚印和身影。但他去得最多的地方，还是白马坡这道山梁。因为他总想目睹一次这匹神马的雄姿。

终于有一天，他等到了。

那是一个春天的傍晚，马驰打了一背柴，正准备下山回家。忽然看见一匹雪白的高头大马，从夕阳的光芒里走来，那马身上的毛，像白绸缎一般，夕阳将这匹白马罩上了一轮暗红色的光环，马在草丛中起伏跳跃。离他很近了，愈来愈清晰，谁知这马突然拐了个弯儿，不见了。天，很快就黑下来了。马驰在心里使劲地记下了这个拐弯的地点，待明日再寻马的踪迹。

马驰回到家里，把他遇到神马的事儿跟母亲说了。母亲说，有福气的人，才能见到这匹神马。并嘱咐儿子，要好生待它，那马是通灵性的，人生一世难免有个大灾小难的，说不定就能用得上。娘儿俩沉浸在幸福之中。马驰从小就喜欢马，更喜欢听那关于马的故事。但是这一切只能停留在渴望与想象中，一个穷苦人家，不可能买得起马。

【昌平大地上的传说】

　　马驰第二天又来到白马坡这道山梁上打柴。晌午了，他吃完了带着的干粮，便去寻找那匹神马拐弯的地方。他走了约莫一箭之地，便发现了马蹄印。又走了二三十步，便见一尊探着头的巨石，巨石下有一盆状石坑，坑里有雨季积存下来的水，当地人称为石盆。马驰想，这匹神马来这里一定是为了喝水。

　　为了欣赏到这马的雄姿，他又想到关于马的神话，他对马便有了"他乡遇故知"的感觉，他把马人格化了。一连几日，每当他打完柴，便卧在草丛中，观看他的神马，如果有几天没来这个地方，他就像缺了点什么。

　　转眼间到了火一般的夏季，本该是下雨的季节，但这一年却滴水未见。马驰看到石盆里的水愈来愈少，他想，一旦水喝光了，那马不就渴死了吗？就算是神马，神通广大，这里没了水源，它可以到另一个地方去寻找水源，可这样一来，他就永远也见不到这匹马了。马驰想到这里，他决定把自己带的水倒在这石盆里，让这匹马永远留在这山梁上，享受家乡的山水风光。

　　马驰的想法和做法都得到了母亲的支持，马驰用大水壶替代了原来的小水壶，哪怕是他自己渴着点，也要将石盆水补满。

　　日复一日，很快冬天来到了。马驰大多时候，仍是去白马坡打柴看马。这天，马驰爬上山的时候，还是朗朗晴日，不一会儿便乌云密布。马驰加快了打柴的速度，怕下起雪来，山陡路滑，不好回家。说来也巧，马驰的念头刚刚冒出，那雪便飘飘扬扬地下了起来。不到半个时辰，雪便填满了路径。马驰赶紧将砍下的柴禾捆好，用绳子扎在梯架上（一种背柴的工具）下山。那简直如坐滑梯，一步一滑，马驰有些气恼。天冷不说，这山上还经常有虎狼出没。马驰眼睛微微合上，便有了似睡非睡、忽忽悠悠之感。再一睁眼，不知自己怎么下了山，到了离家不远的村西头。他振作起精神，顾不得多想，眼前就是家了，他快走几步，到了家门口，只见母亲正在往山上张望。

　　饭桌上，马驰说了刚才的情形，母亲说，那一定是神马在暗地里助你。马驰也觉得有些奇怪，那山道十八弯的路径，怎么一眨眼的工夫就到家了呢？

年节过后，山上的积雪逐渐融化了。马驰又来到白马坡打柴。这天傍晚，他又趴在草丛中，看这匹白马慢慢来到石盆边，喝完水迟迟不肯离去，似乎在等待什么。马驰想，我应该走上前去，和它打个招呼。于是，马驰爬起来，很谦和地走向石盆，走向白马。白马见是马驰向它走来，像是见了老朋友一般，抬了抬右前蹄，又点了点头，大概这就是在向马驰表示寒暄的意思。马驰用手摸摸白马的脑门子，并亲了亲马的前额，算是马驰对白马友善的表示。然后，马驰就对白马说："我是非常喜欢和马做朋友的，只因家里贫穷，现在只能看人家的马匹，想不到在这里能见到你，也算是我的福分，你同意我的说法吗？"

当马驰向白马发出这个信号后，白马不住地点头，并张了张嘴，似乎在说："感谢你为我带来清凉之水，使我能够在这块芳草地永久地留下，今后，你有用到我的时候，尽管说话。"

他们就这样相持了一个时辰。白马才转身离去，向那白马坡的最高处跑去。

马驰与白马结下了友情，马驰格外神清气爽。他每天打回的柴禾，只要不是雨雪天，他都要挑到集市上去卖，换回油盐酱醋、针头线脑。

又一年的夏天来临了。这一天下起了滂沱大雨，打来的干树枝只好等第二天雨停了，再担到集市上出售。果然，第二天晌午时分，雨停了，天晴了，他便挑起柴禾担子，走上通往镇子的大路，又见得村头围了一群人，有一对老年夫妇痛哭流涕、悲痛欲绝。马驰放下柴禾担子，问到："大叔大婶，有什么为难事，使二老这般伤心？"老妇说："都愿我们疏忽，竟忘了恶虎山有一群贼人落草，今天一大早，有两个蒙面恶人来到咱们村，把正在推碾子的闺女抢了去，说是做什么压寨夫人，我们老两口死活拽住闺女不放，这两个贼人都带有刀枪，骑有两匹快马，把我们踢到一边，急死了我们啊！"说罢，老两口又号哭起来。马驰听到此处，不禁义愤填膺。他知道这个姑娘名叫穆芳，年方十七，是村里数一数二的俊俏姑娘，心地善良而贤惠，很讨人喜欢。马驰扶起二老问："他们走了多长时间？"二老说："走了两个时辰了。"马驰又问："咱们这儿离恶虎山有多远？"二老说："出村往北再往西，二十里平道二十里山路。"马驰说："好吧，我试试看，万一能搭救回来，也是二老的福星高照，您二老先回去，光着急没用，得想个办法。"

马驰说完这些话，便将柴禾担子又挑了回去，围着的人都用羡慕的眼光看着马驰，佩服他侠肝义胆之举，且又不卖弄张扬。

马驰回到家里，母亲一看儿子又回来了，好生纳闷。马驰说了在村头的所见所闻，并说了自己的想法："我想求助于白马坡上的神马，把穆芳搭救回来，不知能否如愿。"母亲一听是这等事，便说："这是积德行善之事，神马会相助的。"

马驰带了把砍柴的斧子，便爬上白马坡，来到石盆旁，等着白马的到来。似乎白马也有一种预感，这天，太阳离山顶还有一竿子高，白马就向石盆走来。走到跟前，马驰先让白马喝足了水，便捋捋它的鬃毛，然后对着马的耳朵说："你能帮我去趟恶虎山把穆芳姑娘救出火坑吗？她是被恶人抢走做压寨夫人的，一个良家女孩，怎能受这般欺辱。"

白马点了点头，表示愿意。马驰很高兴。白马做压腰状，示意让马驰骑上去。马驰明白，一腿跨上马背，白马便像插了翅膀，顺着马驰指点的路径，踏过二十里坦路，然后就是沟壑纵横的山路，只见马蹄刹那间腾了空，耳边只听得"嗖嗖"的风声。不大一会儿，见前方模模糊糊有三个人影：两个大汉各牵一匹马，一女子被反捆着双手，三人蹒跚而行。白马抢在前面，四蹄落了地。马驰认出那女子就是穆芳姑娘。穆芳此时也认出了马驰，便声嘶力竭地喊着："马驰哥，快来救我！"两个贼人一看，事情不妙，便从腰间"唰"的一声，抽出刀来，说时迟，那时快，没等马驰把板斧抡圆，只见白马用马尾一扫，便将其中的一个贼人甩出两丈多远，滚下山崖；另一个贼人还没反应过来，就被马尾巴勒住了脖颈，不大一会儿便呜呼哀哉了。

穆芳得救了，马驰下马给穆芳松绑，穆芳跪在马驰的脚下，泣不成声地说："马驰哥，多亏你救了小妹一命，只要你不嫌弃的话，穆芳从此就是你的人了。"

马驰扶起穆芳说："你要谢，应该谢这匹神马，是它助我救了你。"

穆芳走到白马身边，用手捋一捋鬃毛，然后亲了亲马的脑门儿，白马点了点头，打了两个响鼻，算是做了回应。

马驰救回了穆芳，穆芳向父母家人叙说了经过，穆家的大人小孩、亲朋好友，把马驰奉为上宾，设宴三天。穆芳父母认准要将穆芳嫁给马驰。马驰说："我不是推辞，实在是不敢担当您二老的盛情，要不是这匹神马，我马驰再大的本事，也追不上贼人。"马驰停了停，思索片刻后说："这样吧，咱们先把谈婚论嫁的事撂在一边，我有这样一个想法——"穆芳二老及家人异口同声地说："你说吧，我们听你的。"马驰说："能救回穆芳小妹，神马功不可没，咱们两家捐些银两给神马修座庙，树一块公德碑，让后人记住，做人要积德行善。"

穆家大人小孩、亲朋好友都说这主意好，让这匹神马保佑乡邻四季平安、人泰年丰。

如今，这座马神庙和庙前的公德碑，已踪迹全无，但人们仍陶醉在白马坡神奇的故事里。

关沟的"乌龟石"

李福臣

在居庸关西北的上关附近，有一块形似乌龟的巨石。这块巨石横卧在公路西侧的沟谷上，大有奋力一蹿便堵死关沟的气势。关于这块巨石，有很多有趣的传说，我仅选取一个，以飨读者和游客。

据说明朝末年，闯王李自成的大军逼近了上关，由于起义军宣传不力，再加上关内百姓，受封建统治者的蛊惑，居庸关的百姓纷纷拿起刀枪，协同明朝守军奋起反抗，竟把闯王大军挡在了关外。这下可把闯王李自成气坏了。他愤恨地说："此地百姓实在是厉害可恶，待我打进关后，定杀他个人仰马翻，鸡犬不留……"谁知，他话刚说到此，便听得山顶"隆隆"作响，紧接着飞沙走石，有一形似乌龟的东西，急急向山下爬去，眼看就要堵死通往关内的道路！

闯王大惊，知道此物若落下来，就打不进居庸关，打不进北京城了。众兵将见了，也心惊肉跳，吓得脸都变了颜色……李自成自知刚才的话违了天意，便赶紧改口道："若我打过关后，只杀鸡犬慰劳大军，决不伤一个百姓。"说来也怪，就他这么一说，正在下爬的乌龟突然停住了，站在了现在这个地方。要是再晚一会儿，它就会堵住关道了……

闯王一见大喜，赶紧传下命令：进关后不许伤害一个百姓。

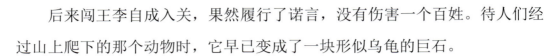

后来闯王李自成入关，果然履行了诺言，没有伤害一个百姓。待人们经过山上爬下的那个动物时，它早已变成了一块形似乌龟的巨石。

这正是：

> 飞来巨石卧道边，
>
> 形似乌龟欲向前。
>
> 百姓富有创造力，
>
> 留下故事代代传。

又据当地人讲，新中国成立初期的1954年，有人想把"乌龟石"凿碎，去建北京城的展览馆。幸亏那天周恩来总理陪外宾游览到此，发现这一情况，回去就让人打来紧急电话，通知说要保护好乌龟石。后来，又把欲凿乌龟石的人，带到昌平县里办学习班，使他们认识到保护文物的重要意义。

从此，再也没人敢破坏它了，就是"文化大革命"时期，"大破四旧，大立四新"，也没人敢打这"乌龟石"的主意。

杨五郎卸甲洞

李福臣

"杨五郎卸甲洞"是关沟七十二景之一，在居庸关西北约八华里的西山沟里，据传，是杨五郎卸甲出家的地方。

宋朝时，金沙滩一场血战，忠烈一门杨家将，死的死，伤的伤，没死没伤的被害被关，只落得个血流成河、尸骨堆山、东逃西散、四处逃亡的悲惨下场……

杨五郎被打散后，流落到北方。他目睹朝廷腐败、奸臣当道、全家险些灭门的境遇后，心灰意冷，无心再战。他走走停停想想，翻过一道山梁，见前面有一个山洞，便钻了进去。怀着极度复杂的心情，狠了狠心，卸下盔甲，脱去战袍，把东西存放在山洞里，削发出家当了和尚。

从此，他空遁佛门，潜心修行，不问政事。

后来，人们把他存放盔甲的这个山洞，称为"杨五郎卸甲洞"，成了这里的一道风景。

正是：

五郎伤心脱铠甲，
藏在洞中出了家；
非是延德不保国，
只因天子太腐化。

【昌平大地上的传说】

佛岩寺"三槐抱一柏"

曹学诗

昌平区南口镇羊台子村有一座佛岩寺，佛岩寺上寺有一个奇景，那就是有名的奇树"三槐抱一柏"。

羊台子靠近昌平的最西边，与河北省接壤，是一个山清水秀、风景如画的地方。这里民风淳朴，名木古树众多，传说故事比比皆是。

也可能是苍天的造化，也可能是大地的多情，也可能是古代羊台子村人特意的栽培，在佛岩寺遗址南侧的平台上，突兀间长出了四株非常罕见的大树。这四棵奇树，外围三棵是国槐，中间一棵是柏树，无意间形成了"三槐抱一柏"的绝妙奇景！

从树的年龄看，四棵树都在百年以上，外围的三棵古槐粗细差不多，中间的一棵古柏更粗一些，两人合抱都不能合拢。这四棵树均系国家二级保护古树，每棵树上都钉有标牌和编号，是现今佛岩寺最吸引人的地方之一。

四棵树的根系全部缠绕在一起，占地也就在几平方米之间，不但没有相互排斥之意，相反却和平共处，历经数百年而不衰。中间的古柏苍然而立，树身不但粗实壮硕，而且树冠如盖，枝繁叶茂，郁郁葱葱；三棵国槐分三足鼎立，分别长在古柏的周围，就像三个忠诚的卫士，保护着古柏的安全，守卫着一个古老悠长的梦……

据传说，在很久很久以前，天宫的玉皇大帝做了一个奇怪的梦，梦见有奇山秀水比天上的仙境还美，令玉皇大帝乐不思归。他在那里尽情地玩耍、享乐、畅游，不但觉得非常美妙，而且还有神清气爽、心旷神怡的感觉，比在天宫还要舒服痛快……正在他玩得高兴时，不想托塔天王李靖，带着金吒、木吒、哪吒三个儿子进宫朝圣，搅了玉皇大帝的美梦。

玉皇大帝正沉浸在梦中，突然被李天王唤醒，心中非常不快，责怪李天王不该这个时候叫醒他。让他再也回不了当时的梦境。李天王见他沮丧的样子，也觉得对不住玉帝，便问他所梦何事？自己能不能做些补偿。玉帝说："我梦到一个地方，那里群山竞秀，溪水潺潺，苍松翠柏，百鸟啾鸣，最奇特的是那里还有一眼佛泉，听说是如来佛祖点化的，喝了可以长生不老，益寿延年。我才喝了一口，就感觉身轻如燕，力量倍增，正要喝第二口，就被你吵醒了……"

李天王和三个儿子听玉皇大帝说完，更觉得心中有愧，从天宫回来后经过商量，决定同下凡间，给玉皇大帝找到那个地方，以了却他的未完之梦。

托塔天王带着金吒、木吒、哪吒，驾着七彩祥云，从江南寻到江北，从河东找到河西，怎么也找不到那眼佛泉。无奈之下，他们只得去西天询问如来佛祖，请求他指点迷津。如来听罢，禁不住哈哈大笑，说："你们找的那地方，就是北方幽州太行山东麓，一个叫羊台子的地方。那里有我亲手点的一眼佛泉。"

四人听了，喜出望外，遵从如来佛祖的指点，重驾祥云，很快找到了位于群峰之中的羊台子。他们登上山顶一看，哎呀！比玉皇大帝说的还要美上

十倍。怪不得我们搅了他的美梦，玉帝那么不高兴呢，原来这里确实胜过仙境！

他们四个人比玉帝更执着，竟没有一个人愿意离开这里了。最后他们决定在这里安家！于是，三太子哪吒施展法术，在山的最好位置建造了一座山

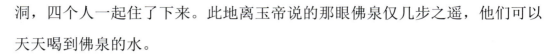

洞，四个人一起住了下来。此地离玉帝说的那眼佛泉仅几步之遥，他们可以天天喝到佛泉的水。

过了一段时间，他们私自下凡的事让玉帝知道了，"这还了得，天宫的神仙私下凡间，而且还在那里安了家，这成何体统？"这次，他没派天兵天将前去捉拿，而是亲下凡间，亲自审问。其实，明眼人一看就知道，玉帝哪是想捉拿他四人，而是想借此机会重温旧梦，看看那里的明山秀水，喝足那里的佛祖圣泉……

据传说，这里的四棵树就是金吒、木吒、哪吒和托塔李天王的化身。外面的三棵槐树是金吒、木吒和哪吒，中间的一棵柏树是托塔李天王。原来，玉皇大帝喝足了佛泉水，看遍了佛山景，想请他们回天宫，结果他们谁也不愿走。玉帝无奈，只得把他们每人的一个魂灵变成树，留在了羊台子，而把他们的真身带回了天宫。

"三槐抱一柏"旁边的山洞，就是他们下凡居住的地方，而佛岩寺，是后人为了追随他们建起的寺庙。

据当地老人说，这地方许愿可灵验了，不管有什么心事、灾难、凶祸，只要来这里上炷香，就会逢凶化吉，一帆风顺。

这正是：

名木古树奇闻多

传说一抓就一箩

佛岩古刹有佳话

庙前石洞费思索

佛泉一眼何人造

古树四棵谁栽活

千古之谜我来解

秀笔一杆说仙国

地名村落由来传说

红泥沟的传说

李越文

在昌平的南口镇，有一个红泥沟村。红泥沟村有一水沟，附近的土为红胶泥土，很是奇特。关于红色泥土的来历，这里的乡民还流传着一段美丽的传说。

在北宋年间，穆桂英挂帅，大破辽军。昌平是平原和山区的交会处，有很多地方是宋辽两军厮杀的古战场。

话说这一年，穆桂英在行军途中，忽然听见军队前面吵吵嚷嚷，穆桂英策马疾行，跑到前面一看，几个军士正围着什么东西议论纷纷。穆桂英下了马，军士们一看是主帅前来，都躬身行礼，闪在一旁。草丛里，一只小狼闯入了穆桂英的视野。小狼"呜呜"地叫，它前腿受了伤，不断渗出殷红的血。旁边兵士建议道，应该把这只狼打死，狼的心都像辽兵，是十分歹毒的。穆桂英却不同意，决定收养这只小狼。穆桂英命贴身卫士给小狼疗伤，并用马奶和羊奶好生喂养。

从此，小狼在穆桂英的精心关照下，一天天长大，越来越强壮，直到长成一条威猛健硕的大狼，比一般的狗都大，品性却与狗毫无二致，很聪明，很通人性，对穆桂英忠心耿耿。穆桂英给它起名为"峻岭"。有时与辽军厮杀，"峻岭"还能传递情报、咬伤对方将帅，屡建奇功。

过了两年，在行军途中，穆桂英生下一个男婴，这男婴便是后来威震漠北的杨文广。穆桂英爱子心切，就一边征战，一边抚养孩子。"峻岭"也像一个保姆，对小文广百般呵护，减轻了穆桂英很多负担。在一次战斗中，穆桂英的军队被打散，小文广也给弄丢了，多亏了"峻岭"帮忙，才把孩子找回来。所以那个孩子失而复得的地方，就被叫作"狼儿峪"。

有一次，穆桂英率部队行军到红泥沟村附近，天色已经黑透，全军扎好了帐篷，正准备休息。此时探马来报，说友军一支部队在南口中了埋伏，被辽军团团包围，如果不救，这支部队就有被全歼的危险。穆桂英心急如焚，命令全体兵士驰援南口，只留下两个亲兵和"峻岭"照看小文广。

一番厮杀后，穆桂英杀退辽兵，解了友军的围，因为惦念着孩子，穆桂英就骑了一匹快马，抢先奔回营帐。快到红泥沟附近的营地时，忽然发现地上有斑斑血迹。穆桂英心头一惊，加快了脚步。走到自己的帐篷外面，发现两个亲兵倒在地上，已经气绝身亡，脖颈处兀自冒着鲜血。穆桂英的腿一阵发颤，又走进了帐篷，帐篷里到处是血渍，小文广已不见踪影。穆桂英急得直哆嗦，来到帐外，四处看了看，一无所获。

正焦急时，只见"峻岭"跑了过来，呜呜叫着，似乎在说着什么。穆桂英发现它的身上到处是鲜血，嘴边的更多，后背上还粘着一条布。穆桂英看那条布时，认出正是小文广襁褓所用的布。登时大怒，心里猜到了八九分——肯定是这畜生把亲兵杀死，又把孩子吃了！遂抽出腰中宝剑，向"峻岭"砍去。

穆桂英武功好，又是盛怒，所以出剑极快、极狠。"峻岭"还没来得及反应，就惨嚎一声，狼身被劈作两段。"峻岭"瘫软在地上，喘了几口粗气，才慢慢死去，眼角涌出了浑浊的泪珠。

穆桂英狠狠瞪着"峻岭"的尸体，正擦拭宝剑时，远处传来了婴儿的啼哭声。穆桂英循声走去。只看到一路上血渍斑斑，走出四五丈地，穆桂英忽然发现一个辽兵的尸体；走了七八尺，又发现了三个尸体，横七竖八躺着，都是辽兵，致命处在咽喉，像是被什么利齿咬过，伤口很深。那婴儿的哭声更大了。穆桂英又走了几步，终于在草丛里找到了一个婴儿，那正是自己的孩子杨文广。穆桂英大喜，抱住孩子亲了又亲；继而大悲，心里明白了一切——原来是辽兵奸细过来偷袭，杀了亲兵，又想抢走孩子，"峻岭"跟他们血战，才把孩子保全下来。

　　穆桂英痛悔不已，把"峻岭"葬在了一条水沟旁边。说来也怪，第二天天明，兵士来报，说那埋葬"峻岭"处，泥土都变作了红色。穆桂英去看，果然跟兵士说的一样，心想这是"峻岭"的冤屈太大，死得过于悲惨啊。穆桂英当即跪下，又给"峻岭"的坟墓磕了三个头，方才离去。从这以后，穆桂英处事更加谨慎，严戒鲁莽的毛病，在军事谋略上，也更加出神入化了。而那片泥土，象征着"忠勇"，一直红到今天。

望宝川的宝贝

陈卫河

　　昌平北部，有个望宝川村，自古风光秀美，人杰地灵。传说在古时，那里有一户人家，姓冯，冯老爷子辛辛苦苦一辈子，挣下一大片家业。同时，家里还世代留传着一件十分神奇的宝贝。十里八村的人，都知道他家有宝，但不知是啥，都说，这冯家不用干活儿，光是卖那件宝贝，就够吃几辈子的了。

　　就是在冯家，除了老爷子，别人也不知这家传之宝是个啥。冯老爷子的老伴儿已经过世，有三个儿子，都已长大成人。他们长得人高马大，却都不成器，看家境富裕，家里又有个宝，都不愿下地干活儿，也不愿读书。冯老大懒惰，冯老二花钱大手大脚，冯老三爱耍钱赌博。冯老爷子奋斗了一辈子，事事顺心，唯有这三个儿子不如意，"子不教，父之过"，都怪自己太溺爱孩子，没教育好。

　　有一次，冯老爷子偶感风寒，开始时没太在意，后来发展成了重病。请来郎中看，也不管用，眼看就不行了。冯老爷子自感大限已到，就把三个儿子和老管家叫到跟前，又让仆人把村东头的族长叫过来。

　　人聚齐了，冯老爷子躺在炕上，靠着被垛，对仨儿子说："我就要去见你们的娘了。我创下这一片家业，又生了你们，已经很欣慰了。唯一遗憾的是，没教育好你们。希望你们以后好自为之。现在我把家产一分为三，你们哥仨一人一份。但我死以后，还不能马上归你们，你们要去历练一番。"

　　冯老爷子顿了一顿，吩咐仆人，从房梁上取下了一个布包。老爷子把布包抱在怀里，打开，里面是一个精致的紫檀木盒，上面刻着梅兰竹菊的图案，极为精美。三个儿子向前凑了凑，紧盯着盒子，呼吸都凝重了。

　　冯老爷子摩挲着木盒，却不打开，说："这就是咱们的家传之宝，你们都是我的儿子。给谁不给谁，由你们自己来决定。我一碗水端平，你们谁能

得着这宝，就看你们自己的造化了。咱们这样，这件宝，先由族长替我保存，这木盒的钥匙呢，就放在咱们老管家的手里。你们哥仨下山去。谁能半年内挣到两千文钱，谁就从族长那儿拿走这宝，再继承他自己应得的家业。记住，这两千文钱只能凭双手挣来，不能跟人借，更不能偷、抢、骗，不能干伤天害理的事儿，更不能犯法。如果谁不听我的，我在那边儿会与历代祖宗一起，惩罚他。"

说完，冯老爷子把眼一闭，就过世了。

三个儿子大哭了一场。安葬了老父，就都跑下山去，按着老父的嘱托去挣钱，都想第一个挣到两千文钱，把家传之宝拿到手，从此就可以衣食无忧、享受富贵了。冯老大给人打短工，因为懒，换了好几户人家都被辞了，冯老大就尽量克服自己的毛病，三个月过去后，终于有了些起色，但因无一技之长，钱来得很慢；冯老二在市场上做生意，经常倒腾一些家具，因为精明，钱也来得快，可冯老二大手大脚，刚挣来些钱，就被花了；冯老三在县衙里给人帮忙，碰到诉讼，冯老三就捞一把，吃了原告吃被告。过了五个多月，冯老三挣了一千九百多文钱，眼看就攒够了。冯老三又想让钱越来越多，就去赌局子耍钱，结果一下子输了多一半，冯老三又气又悔。

半年期限眼看就到了，哥仨谁都没攒够钱，都聚到山梁上，眼巴巴地望着自己的家，望着家传的宝。个个长吁短叹，纷纷痛悔自己身上的毛病，如果当初听爹的话，不懒、不赌、不大手大脚，现在钱早就攒够了，如今家传之宝恐怕就要落到外人之手了。哥仨越想越心堵，急得要跺脚。冯老二一拍脑袋，想出来一个绝妙的主意。

冯老二说："当初爹让咱们攒够两千文钱，只说不能搞歪的邪的，没说别的呀，现在，咱们把三个人的钱聚在一起，不就够两千文了吗？拿到宝贝，咱们哥仨再平分，总比落到外人手里好。"

老大、老三一听，都夸这个主意好，还是老二聪明。于是三人就凑钱，很容易就凑够了两千文。钱都交到冯老大手里，等冯老大把家传之宝领来，哥仨再分。

第二天，冯老大就去了族长家里，把两千文钱让族长看，接着拿回了紫檀木盒。跟老管家要了钥匙，哥仨就聚在一起，把紫檀木盒打开。只见木盒里并没什么金银珠宝，只有一张纸，上面写了十分娟秀的三个大字，"勤、俭、和"。

三兄弟面面相觑，继而都大笑起来，一瞬间，他们都成熟了，明白了父亲的良苦用心。从此，三兄弟齐心合力，克服自己的缺点，共创家业。那件传家宝，冯家依然一代代往下传着。

白虎涧的传说

陈卫河

昌平的阳坊镇，有个白虎涧，那里山青水美。附近的居民形成了前白虎涧和后白虎涧两个村落。传说这里曾出现过一条硕大的白虎，演绎了一段传奇故事。

很久很久以前，有个少年，名叫方大虎，从小就善良懂事，可惜十岁时母亲就去世了。方大虎的父亲又娶了个寡妇，寡妇进方家门时，还带来一个小儿子，只有四岁。方大虎对后娘和弟弟都很好，有活儿抢着干，手里得了好吃的，先尽着弟弟吃。可后娘是尖酸刻薄的人，对方大虎看不顺眼，平时非打即骂，有时父亲看不过去，也说两句，为方大虎鸣不平。可后娘依然不改，父亲也没办法，他觉得自己快老了，讨来个老婆不容易，就让方大虎忍着点儿。

过了六年，父亲有一次上山砍柴，掉入山谷摔死了，留下一大份家业。后娘就想独占财产，把方大虎赶出了门。只分给他两只羊，和一个看田用的破草屋。村人看不过去，要方大虎去告官。方大虎却很厚道，说跟后娘和弟弟打官司，父亲在九泉之下知道了，肯定不乐意，还是算了吧。

方大虎就守着那两只羊过日子。冬去春来，两只羊在方大虎的照料下，长得很肥，还下了两只小羊。方大虎挺高兴，更加精心地照料它们，还想着羊一多，就可以卖钱了。可是好景不长，有一天，从山上来了一只白虎，趁方大虎睡觉的工夫，一口气吃了三只羊。方大虎醒来，看见羊圈里只剩一只羊了，十分焦急，就四处找，结果在树下找到了羊皮和羊骨头，还有一只正在打盹的白虎，白虎嘴边还有血迹。

方大虎一下子明白了，也是急过了头，看见白虎并不害怕，还叫醒它，问它："是不是你吃了我的羊？"

　　没想到白虎说起了人话："猫吃耗子，人吃粮食，虎吃羊，天经地义呀。我有什么错？"

　　方大虎又急又气，大哭起来："你干脆吃了我吧，我只有这点儿羊可以谋生了。"

　　白虎说："我怎么可以吃人呢？我原本是一个天神，因触犯天条，被玉帝罚下凡间做虎。五百年后才可以重返天庭。"白虎又觉得这孩子可怜，就说要带方大虎去一个地方，让方大虎骑上了它的背。

　　一炷香的工夫，方大虎被带到了一个山洞，只见山洞里有三棵奇特的树，树不高，树冠却很大，上面长满金叶金果，树下还铺满了珠玉宝石。白虎站在洞口说："你随便取吧，但是要记住，日落前必须要跟我出来。"方大虎答应了，就进洞随便取了几样，揣进了怀里。跟白虎出来，下了山。方大虎用这些财宝换了很多钱，就翻盖了自己的房子，还买了两头牛。

　　后娘听说方大虎发了财，就过来问。方大虎如实相告。后娘觉得太过神奇，不信，疑心方大虎是做了啥歹事。但看着这孩子忠厚老实的样子，又觉得他不会撒谎，就决定试一试，把家里的羊、鸡也栓在树下，等着白虎来吃。

　　中午时分，天正热，果然来了一只白虎，把树下的鸡、羊都吃了。白虎刚吃完，方大虎的后娘就去找白虎问罪，要白虎赔。白虎没办法，就答应带后娘去一个地方。后娘连忙跑回家去，拿了两个麻袋。白虎便驮着她，也去了那个山洞。后娘一见满树满地都是珠宝，眼睛冒出绿光，神态比虎还要凶狠。

　　白虎说："你可以随便取，但日落前必须跟我出来。"后娘答应一声，就扑了过去，往麻袋里狠命地装财宝。麻袋快装满的时候，太阳已经偏西，白虎催促后娘走，后娘不肯。麻袋装不下了，又解下衣服，做成口袋，继续装。太阳就要落山了，白虎又催，后娘还是不肯走。白虎只好自己走了。太阳落下山去，山洞里刮来一阵黑风。后娘惨叫了一声，就被卷走了，一命呜呼了。

　　方大虎听白虎说了后娘的遭遇，感慨了一番。又可怜弟弟幼小，就自愿抚养弟弟，后来又拿钱，供弟弟念书。兄弟俩相依为命，感情很好，弟弟长大后，去参加科举考试，先是考中秀才，后来又考中了举人。方大虎也成为享誉一方的大善人。人们知道了方大虎的传奇故事，都称这个地方为"白虎涧"。

半壁店村的神玉

唐宇轩

昌平有个半壁店村，这个村名很奇特，传说是来自一块除恶扬善的神玉。

很久以前，有个少年叫周小宝。很小的时候，父母就死了。周小宝跟着哥哥生活。哥哥娶了亲后，嫂子对周小宝很不好。给了周小宝一把破柴刀，要周小宝天天去上山砍柴，如果砍不够数，就不给饭吃。周小宝只好按照嫂子的吩咐去做。无论刮风下雨，天天不间断，砍的柴常常不够数，周小宝就忍饥挨饿。

有一天，周小宝上山砍柴，因为刀口卷了，只砍了一小捆。眼看天就快黑了，要是砍不够数，又该挨饿了。周小宝饥肠辘辘，想起了爹娘，又想起自己的悲惨身世，就大哭起来。眼泪落到一棵草的根处，那棵草忽然长大了。变成一个慈祥的老奶奶。

老奶奶说："孩子呀，这么晚了，你怎么还在山上？"周小宝泪眼婆娑，诉说了自己的遭遇，又叹口气说："唉！要是我有一把好柴刀多好，砍够了柴，我就能吃饱饭了。老奶奶，您是不是走不动了？要不我背您下山吧？"老奶奶听后，十分怜悯这孩子，又看他心地善良，就说："孩子，我送你一样东西。"老奶奶拿出一块又圆又扁的石头，说："这可不是一般的石头，再旧再破的刀，只要经它一磨，就可以变得锋利无比。"周小宝双手接过石头，脱下衣服把它包好，又抬起头，发现老奶奶已经不见了。

下山到家，回了自己的破茅草屋，周小宝就拿出柴刀和石头，想试试。只磨了两三下，刀口果真锋利起来。周小宝很高兴，用布把磨石包好，藏在了床下。

第二天，周小宝上山打柴，因为刀快，砍了好多柴。回到家，嫂子也有了笑脸，就让周小宝吃饱了饭。从此，周小宝天天磨刀，天天都砍很多柴，石头也越磨越光。两个月过去，石头竟磨成了一块碧玉。一天，磨刀时，周小宝看到碧玉光亮可爱，就上去舔了一口，很香很甜，而且口也不渴了，肚子也不饿了。周小宝很惊喜，打这以后，嫂子要是再刁难他，不给饭吃，他也不怕了。

一年年过去，周小宝长成了小伙子。有一天，周小宝看到邻居家娶媳妇，心里暗暗羡慕，也盼着娶亲，可哥哥嫂子并不给他张罗。磨刀时，周小宝就独自叨唠这事，说要有个人做伴多好啊。正想着，只见手下碧玉忽然放出金光，裂作两半，其中一半，变成了一个端庄秀丽的姑娘。周小宝惊得张大了嘴。姑娘羞答答地说："以后，我就是你的媳妇了。"

周小宝很高兴，就叫她玉姑娘。从这天开始，小两口相亲相爱，甜甜蜜蜜。哥哥嫂子很奇怪，小宝屋子里怎么凭空变出一个大姑娘。嫂子就把这事到处宣扬，说自己家出妖精了。

当地一位有钱有势的财主听说了这事，又看见玉姑娘长得天姿国色，就想夺过来，做小老婆，也不管啥妖精不妖精。恰好有一次，周小宝去打柴，误上了财主家的山。被财主的家奴逮到。周小宝就被带到了财主跟前。财主说："你上了我的山砍柴，得赔偿我损失。"周小宝问要赔多少钱。财主转了转眼睛，说："这损失可大啦，你坏了我家的风水，拿金山银山赔也不成。这样吧，我这风水可以用老虎来补救，三天内，你给我捉一只老虎来。捉不来，你就把你的老婆赔给我。"

周小宝回到家里一说，妻子说："你不必担心，明天你去买只猫，给财主送去，然后你就这么说……"玉姑娘交代了一番。

翌日，周小宝按照吩咐，买了只猫。装在笼子里，去了财主家。财主看见，气不打一出来，嚷道："大胆，我叫捉老虎，你为什么拿猫糊弄我。"周小宝分辩："老爷，不是猫，是老虎呀！因为老虎太大，不好拿，我把它变小了。"财主气愤地说："你要是不能把猫变成大老虎，我不光要你老婆，还送你去见官，好好收拾你！要是变成了老虎，我就送二十亩地给你。"周小宝说："你说这话当真？谁做证呢？"财主说："十里八村的乡亲都能做证！"小宝说："那好，我明天就给你变。"就把猫留在了财主家，走了。财主狞笑，吩咐家奴另找了只相似的猫，把笼子里的猫换了。周小宝到家，把财主的话说了。玉姑娘就拿了那半块玉石，在鱼汤里泡了一宿。

第二天，乡亲们都知道了此事。挤在财主家院子里看热闹，树上房上，也都是人。人群里还有周小宝的哥嫂。财主对众乡亲说道："今天请乡亲们做个证，以免有人耍赖。"不少人心中叫苦，都怕小宝吃亏。只见周小宝从容地走到猫笼边，把猫放出来，叫道："猫儿快长大，猫儿快长大。"又从怀里掏出那半块碧玉，小猫闻到上面有鱼汤味，就舔了好几口。半盏茶工夫，小猫渐渐变大，成了一只老虎，围观的人都惊呆了。

财主见自己输了，翻脸不认帐，说是周小宝耍诈，吩咐家奴，把周小宝捆了，送到县衙去。老虎一怒，大吼一声，扑向财主，把财主咬死了，又向周小宝的嫂子奔去，周小宝的嫂子浑身瘫软，跪在地上，痛哭流涕地给周小宝道歉。老虎这才饶了她，向山里跑去。财主的家人把二十亩地给了小宝。可周小宝不要，把地统统分给了乡亲们。自己回到家里，和玉姑娘过起了幸福的生活。

象房村传说

唐宇轩

在昌平的东南部，有个象房村。在明代，这里是给皇家饲养大象（大型典礼时用作仪仗）的地方，故名"象房"。但在民间，这里还流传着一个动人的故事。

元末时期，吏治腐败，社会动荡。这里的一户人家有两兄弟，哥哥叫元虎，弟弟叫元豹。俩人并不是亲兄弟，元豹是随母亲改嫁过来的。但兄弟俩自幼一起长大，感情很深，比亲兄弟还要好。兄弟俩一天天长大，种田砍柴，侍奉着爹娘，家境不太富裕，倒也其乐融融。元虎、元豹眼看就长成了大小伙子。

元虎喜欢邻村的一个姑娘。姑娘姓秦，叫秦晓凤，很漂亮。俩人小时候在一起玩过，感情很好。元虎二十岁那年，央求母亲去秦家求亲。母亲就去了。没想到，秦家太势利，不大乐意。本村王财主的公子也看上了秦晓凤，出的彩礼很多，秦家就倾向于王公子。可细打听才知道，这王公子有老婆，娶秦晓凤过去，是做妾。晓凤坚决不愿嫁到王家，说自己还是喜欢元虎。晓凤爹娘只好答应了元虎这一边，但说了一个条件——这彩礼不能少。元家没法子，东拼西凑，拿出彩礼，把秦晓凤娶进门。元虎和晓凤过起了和和美美的小日子。

王公子那边可生了气，认为是元虎挖了自己的墙角。有一天，元虎去山上砍柴，正巧碰到了王公子。王公子对元虎破口大骂。元虎血气方刚，不示弱，回了两句。王公子便招呼虎狼一般的家丁，把元虎狠揍了一顿。元虎被打成重伤，几乎是爬到家里的，当天晚上就死了。

元虎的家人悲愤不已。尤其是元豹，看到哥哥死得这么惨，这么冤，胸中撕心裂肺地痛。把元虎安葬了。元豹就托人写了状纸，到县衙去告状。那县官却是个贪官，早就被王家给喂饱了，县衙的师爷、捕快、衙役也收了王家的好处。一打官司，元豹自然是输了。县官反倒判元虎寻衅滋事，咎由自取。元豹还想到北京去告，村里人就劝，说一没人证，二没物证，告也是无用的。

元豹气不过，就想自己给哥哥报仇。王公子有个嗜好，爱赌钱，每天都要去县城里的赌局耍一番。来回的路上，沟深草茂。元豹就想埋伏在半路，来个出其不意，劫杀王公子。王公子知道元豹不会善罢甘休，就请了两位会武艺、力气大的人，当自己的保镖。元豹远不是保镖的对手。但他不肯放弃，继续埋伏在路上，寻找机会。没想到那两个保镖与王公子寸步不离，连解个手都跟着。

元豹一连在草丛里埋伏了几天，身体很虚弱。忽然天上阴云密布，又下起了暴雨，还夹杂着冰雹。元豹无遮无挡，被淋了个透湿，身上发起烧来。恍恍惚惚中，元豹挣扎着起身，想去找些吃的。跑到山上，忽然看到了一座古庙，元豹进去，发现里面有个白胡子老头，正在烤火。元豹唱了个喏，也

凑上去烤火。白胡子老头冲他笑，从怀里掏出了一个烧饼，递给他。元豹接过来，三两口就咽下了肚，顿时觉得神清气爽，精力充沛。衣服烤干了，元豹看外面雨过天晴，惦记着报仇，便谢过老头，走了出来；又觉得口渴，发现路边有一口井，想喝井里的

水，却没有辘轳，没有桶。正发愁，忽然就觉得身体膨大起来。四肢变粗，耳朵变大，鼻子变长。元豹将鼻子伸进井内，轻易就喝到了水。

元豹又想埋伏下来报仇，回到原处，突然看见自己的身体昏在路边，浑身尽湿，气息奄奄。这才明白原来是自己的元神出窍了。这时，元豹隐约听见有人说笑，循声望去，只见王公子带了保镖和家丁，嘻嘻哈哈走过来。元豹怒从心起，走上去想报仇。那伙人看见他，全都吓呆了，有人喊"怪物，怪物"，有人喊"大象，大象"。元豹越走越近，其他人都跑了，只有王公子吓得瘫软，跑不动。元豹抬起腿，一脚踏去，正踩中王公子的后心，王公子一命呜呼了。

那两个保镖见状，都跑回来，一个举钢叉，一个举大刀，刺入了元豹的肚子……元豹一痛，惊醒了过来，原来是自己做了一个梦。正迷糊着，嫂子秦晓凤和爹娘走进屋来，每个人脸上都喜滋滋的。秦晓凤告诉元豹，说那个王公子，刚才被一头大象踩死了。元豹说："那个大象就是我啊。"又说了事情的细节，跟真实发生的毫无二致。这件事即刻传遍了四野八方，乡民们觉得太过神奇，有人信，有人不信，但都钦佩元豹为兄复仇的执拗性情。

此后，人们为了纪念元豹，就把这个村子叫作"象房村"。

巩华春秋

李晨辰

步入沙河，从公共汽车站向东走，穿过喧闹嘈杂的胡同，一座古朴残旧的建筑赫然映入眼帘，这便是明代的巩华城遗址，它突兀在历史的苍茫中，与北面的十三陵遥遥相映。

其城南有南沙河，古称"高粱河"，河上建桥曰"安济"，燕平八景之一"安济春流"就依傍在它的旁侧；城北有北沙河，古称"易荆水"，有朝宗桥一座。两条河如母亲的臂弯，将古城紧紧揽入怀中。

明永乐十九年，刚刚移都北京的明王朝在沙河建行宫。正统初年，行宫被大水冲毁。嘉靖十六年三月，明世宗朱厚熜驻跸沙河，查看行宫遗址。

那时的嘉靖帝大概三十出头，由于长期笃信道教，清癯的面庞显出一副仙风道骨之态。他茫然地望着天寿山，嘴里悠悠地叹气。旁边的大臣不知皇上又练起了哪门子功法，俱屏气静待。只有严嵩之子严世蕃最会揣摩圣意，用手捅一捅父亲。严嵩时任礼部尚书，当即奏请，此地应该再起行宫，外筑坚城，将行宫护佑其中。嘉靖一听，龙颜大悦——其意与己暗合，自京城赴天寿山谒陵，需要两日行程，沙河是中途歇宿的理想处所，行宫建成，自己也好在此修道。

历史的瞬间就这样在恍惚中过去了，留下一座"巩华城"，与之在黯然中契合。嘉靖十七年五月初一，沙河行宫及巩华城破土动工，历时三年建成。城长宽各两华里，城墙结构呈方形夯土包砖，高十米。东西南北，有四座城门，皆带瓮城，南门曰"扶京"，北门曰"展思"，东曰"镇辽"，西曰"威漠"。各门匾额以汉白玉制成，题字俱为严嵩所书，这位权倾一时的奸相、饱读诗书的文豪、极受恩宠的"青词"创作家，字写得的确漂亮，近五百年的风蚀雨浊，苍劲端庄的笔体依旧熠熠夺目。

自此，巩华城雄立于京师北部。除了供皇帝祭祖谒陵驻跸以外，皇帝、皇后驾崩，出殡行至此地，也必在行宫内停放灵柩。另外，明帝陵寝的祭祀活动频繁，每年有三大祭，四小祭，再加上皇帝、皇后的生辰、忌日，都要上陵祭祀。因此文武百官来往于此，每年不下数十次。巩华城也就成了官方招待所。

今天，城墙已被拆毁，唯剩四座城门。瓮城中盖满了民房，嘉靖帝的仙风道骨，已化作鸡犬相闻中的袅袅炊烟。

嘉靖一朝，最著名的事件应该是"大礼议"。1521年，前任皇帝明武宗驾崩，无儿继位，朝廷便选了藩国在湖北的兴献王之子朱厚熜入继大统，朱厚熜是孝宗皇帝的侄子，武宗皇帝的堂弟，刚刚十四岁，人不大，却个性张扬，性情执拗。本来大臣给他拟好了年号——"绍治"，他却不用，执意改为"嘉靖"。

明王朝的主体意识形态是儒教，普通人为人立事，名分是最重要的，更甭提九五之尊的皇帝，所谓"名不正则言不顺，言不顺则事不成"。嘉靖继位，大臣们说，入继皇家大统，按照礼法，小皇帝应该称已故的孝宗皇帝为"皇考"（皇爸爸），称自己的亲爸爸兴献王为"叔叔"。嘉靖在感情上当然接受不了——什么乱七八糟的，当皇上就当皇上呗，怎么好好的爸爸成叔叔了。但那些以杨廷和为首的大臣寸步不让，像吃了秤砣，动不动还来个集体辞职。小皇帝羽翼未丰，也不敢得罪大臣们。只好委曲求全，心里却不甘心。随着岁月推移，嘉靖在皇位上渐渐坐稳，又有了个别大臣的支持，便把这件事又搬出来，非要坚持称自己的亲爸爸为"爸爸"，称孝宗皇帝为"皇伯考"。于是，君臣之间对立起来，都钻在故纸堆里，翻阅经史典籍，要为自己的说法找出更多的理论依据，满堂朝臣分出了支持皇帝的"议礼派"和反对的"护礼派"，争来争去，喋喋不休。嘉靖三年三月，君臣之间达成和解，嘉靖尊亲生父亲为"本生皇考恭穆献皇帝"。然而事情还没完，小皇帝觉得自己是

一把手，爸爸就是爸爸，大爷就是大爷，遂把"本生"两个字去掉。这下大臣们不干了，发生了"左顺门"事件。嘉靖三年七月十五日，杨慎——杨廷和之子，就是那位《三国演义》开首词的作者，慷慨激昂地说："国家养士一百五十年，仗义死节，正在今日。"于是，二百余位中央和省部级高官跪伏在左顺门，大呼："太祖高皇帝！孝宗皇帝！"从早晨八九点一直跪到中午。嘉靖也恼了，派锦衣卫抓人。大臣们不惧，哭天抢地，最后有一百九十三人下狱，杨慎等人挨了板子（廷杖），充军边疆，还有十七人被杖死。过了两个月，定大礼，皇帝取得了最终胜利，称孝宗为"皇伯考"，称亲生父亲为"皇考"。

我们不应奢望一个人逾越其所处的历史阶段，但干啥得吃喝啥。嘉靖一朝，君臣为了名号争得死去活来，却不多想想怎样解决百姓的饭碗，怎样使工资低得可怜的明朝官吏不再贪污横暴。嘉靖在位四十五年，却有二十多年不上朝。历史果报从来不爽，几十年后，陕西农民中就出了两位闯王。

巩华城南可护京师，北可卫帝陵，东可蔽古北口之冲，西可扼居庸之险，是通向四方的咽喉要道，因此一开始便修得十分坚固，本为了军事防御，到了明末，却成了起义军的军事指挥所，李自成在里面运筹帷幄，指挥军队北烧皇陵，南攻北京城。葬在昌平永陵的嘉靖如果地下有知，一定痛心疾首。

"旧时王谢堂前燕，飞入寻常百姓家。"旧时的巩华行宫，如今已是学校，只有门口的几块柱石是当年的痕迹。

【昌平大地上的传说】

燕子口奇女

李晨辰

在古代的昌平城，有一位读书人，名叫周子服，他家境殷实，为人忠厚善良，行事仗义洒脱。这一年清明，周子服十九岁，他去黄土山上的祖父坟茔扫墓。

回来的路上，周子服路过一座古庙时，隐约听见里面有哭泣声。周子服走进古庙，只见一位黄衣少女，正抱着一个青年男子哭泣。那男子气息奄奄，头上、脸上都是汗珠，有黄豆大小，嘴唇发青，衣襟上是斑斑血迹。周子服一时有些害怕，但走开又于心不忍，便俯下身，询问少女是怎么回事。少女一边哭一边说，哥哥被人打伤，自己也不知怎么办才好。周子服说，那还愣着干嘛，赶紧去看郎中啊。说罢抱起男子，出庙就奔昌平城走，少女跟在后面。走到半路，那重病男子就咽气了。

少女大哭了一场。周子服看她可怜，便拿出身上全部银两，在附近的村庄买了一口棺材，做了一个墓碑，把男子掩埋了。又焚香拜了三拜。少女悲伤之余，又很感动，就和周子服说起自己的身世。原来少女名叫王雁，父母双亡后，就和哥哥到这里来投奔舅舅，没想到舅舅一家已搬到南方。兄妹俩就在此地卖艺，却碰上了一个恶霸，恶霸见王雁美貌，想霸占王雁，哥哥出手相救，被恶霸家奴打成了重伤，兄妹俩逃入了古庙，就碰上了周子服。

周子服感叹不已，拿出干粮给王雁吃。又看王雁孤苦伶仃，无亲无靠，就邀请她到自己家小住几日。王雁感觉这周子服是个正派人，便答应了。两人又向坟墓拜了拜，就一同向昌平城走去。

周子服的父母看王雁端庄秀丽，都挺高兴，就用好饭好菜招待王雁，还收拾了一间偏房，给王雁居住。王雁也很懂事，举止说话无不讨老人喜爱。王雁住在周家，看周子服儒雅英俊，孝顺父母，心中的好感与日俱增。一天，王雁找到周子服，谈了一番话。王雁很害羞，说了快一个时辰，周子服才隐约听出她的意思。王雁是想和周子服结为连理。周子服一口拒绝，那读书人的迂腐劲又上来了，说自己援手相助，完全是出于道义，怎可趁人之危，逼人以身相许？王雁说，哪里是趁人之危，是自己真心喜欢周子服。周子服还是摆手说，要不，咱们就结为兄妹吧。王雁想了想，也只好答应了。

周子服的父亲，以前当过御史，后来遭奸臣陷害，退隐此地。周父见惯了官场的险恶，定下规矩——周家子孙只准读书，不准参加科举做官。因此周家只在此地经商，维持生计。

有一次，周子服要到南方去谈一笔生意，要王雁在家里好生侍候二老。嘱托了一番，周子服就上路了。一路上昼行夜宿，观景赋诗，慢慢到了河南地界。一天，周子服上街闲逛，在街角发现一个卖艺的，围了一大群人，发出阵阵喝彩叫好声。周子服凑上去看，只见那卖艺的，正是王雁，王雁正挥舞长袖，跳着一种奇怪的舞蹈，那袖子跟随动作，竟能发出声音，一会儿似大雁北归，一会儿又如风声鹤唳，跳着跳着，女子双脚离地，竟腾在空中。人们看得痴了，眼前仿佛出现了一片苍莽的原野……

一支舞跳完，人群爆发出喝彩声，纷纷向场地中央投去铜钱、碎银。周子服叫了一声王雁。那王雁正要低头拾钱，听到叫声，看见了周子服，满脸显露出惊诧的神色。周子服又叫了声妹妹，上前与她相认，王雁紧紧抱住了他。

两人收拾了摊子，就找了一家小酒馆坐下。王雁说自周子服走后，突然来了一伙儿衙役，说周子服在路上题写反诗，已经惊动了皇帝。官府捉拿了周子服，还要来抄家。周父上前要与他们分辩，那伙儿衙役不由分说，就把周父打了一顿，锁上铁链，捉进了京城的大牢。随后又把家抄了，把值钱的东西全部取走。周母急火攻心，一下子命归黄泉。王雁大哭了一场，葬了周母，就出来一面卖艺，一面打探消息。

周子服听了这番话，又急又悲，即刻与王雁北上，去了北京城。周子服找到父亲以前的同僚，才弄清了是怎么回事。原来，周父以前做官时，得罪过一位张侍郎，张侍郎的儿子横行不法，殴伤人命，周父就向皇帝参了一本，皇帝发怒，就把张侍郎的儿子给斩了。张侍郎一直怀恨在心，这两年又升了官，当了工部尚书，便想报仇。打听出了周父的退隐之处，张尚书便设下毒计，说周子服题写反诗，抄了周家，又把周父捉了。

周子服急得直搓手，不知怎么办。周父的同僚又说，目前那张尚书权大势大，咱们只有告御状了。周子服苦笑说，皇帝在深宫大院，告御状谈何容易。王雁却在一边说，没关系，我有办法。

冬至这一天，皇帝从皇宫出来祭天。从头一天开始，京城就戒严了。皇帝坐在龙辇中，缓缓驶向祭天地点。周围刀戟林立，卫士如云。忽然，远处传来了嘈杂声，只见一女子在空中翩翩起舞，如同一只大雁，舞姿极为优美，宫女太监们都看得痴了，有人还发出惊呼。皇帝走下龙辇，也看得入了迷。那女子越舞越近，卫士们以为是刺客，纷纷举弓箭射去。那女子用长袖格挡，终于还是中了一箭，摔在地上。皇帝在侍卫的保护下，走上前去想看个究竟。那女子面貌秀丽，脸色煞白如纸。一支箭正中在胸口处，鲜血汩汩涌出。女子虚弱极了，却还强撑着，向皇帝讲述了周家父子的冤情。皇帝感慨良久，命令身旁的宰相要严格查办此事，又让随行太医疗救这个女子，可太医也无力回天。皇帝的车辇刚走，女子就咽了气。

那女子正是王雁。戒严解除后，周子服找到了王雁的尸体。痛哭了一场，把王雁葬在了她哥哥身边。不久，宰相弄清了周家的冤情，将张尚书绳之于法。周父被释放回家。父子二人一同去祭奠了王雁。王雁的事迹感动了附近乡民，就把王雁所葬之处称为"雁子口"，后来又变为"燕子口"，名称一直流传至今。

一盘没有终了的棋局

朱启

在昌平区北七家镇，有一个被温榆河水由北到东环抱着的古老久远的村子，叫八仙庄。在村子的东南面，有一个东西长、南北窄的土岗，村民们管它叫老龙背。在这老龙背的正中，有一个八仙桌大小的土台，平平整整的，硬是从不长草。

相传若干年前的一个上午，村里有个姓季的年轻樵夫，肩挑一担木柴路经此处，但见土岗两旁树荫浓郁，四围一派鸟语花香。土台的东西两侧，各有一位老者盘腿而坐，正在兴致勃勃地下棋。棋盘的一侧有个果盘，里面盛满了香味四溢的水果。

两位老者给人的感觉是身着道袍，飘摇若仙。东面那位发系白巾，精神矍铄；西面这位脑门油亮，目光炯炯。他们一边聚精会神地下棋，一边不时伸手拿起果盘中的水果来吃。

不料想这位年轻樵夫也是一位在四邻八疃小有名气的棋手，耐不住心里的好奇，他把担子一撂，就凑近向前看了起来。

谁料想这一看不打紧，在这八仙庄村与周边四邻，倒引发出了一段流传久远的美丽传说。

原来那两位博弈的老者正可谓棋逢对手、将遇良才。但见他们据楚河、窥汉界，布疑兵、遣飞将，你来我往，好一番厮杀。从日升直到日暮，还是平分秋色，难决输赢。

年轻樵夫观看久了，居然不知不觉地身临其境。他的心志伴随棋势的起落而翻飞，情绪也伴随棋局的精妙而叹息。感觉到饿了渴了，就如同老者那样伸手到盘子里取食水果。老者不仅全无责怪他的意思，果盘里的水果无论怎样吃也不见少。

昌平民间文学

看到关节上，年轻樵夫已然忘却那句"观棋不语真君子，举手勿悔大丈夫"的棋局格言，忍不住击掌大喊一声："拱卒！"

就在这一刻，土台上的棋盘和那两位老者倏忽不见了踪影。

惊愕中的樵夫，转身一看，更是让他惊讶万分。原来他的那担木柴，早已经生长成一片茂密的树林，而他的那把斧头，也已落地生根，长成了一棵参天大树！

当他回到村里时，见到自己的家人和左邻右舍全无一副熟悉的面孔。与人交谈方知，从他担柴路经老龙背到现今，岁月的年轮已经划过了七八十载，而他已然成为一名百岁老人了！

这真是仙界大半日，人间近百年呀！

这件事，很快就传遍了全村和四邻八疃。人们推想那两位下棋的老者，一定是"八仙"中的张果老和铁拐李。

那位姓季的年轻樵夫身体倒是越来越健壮，又活了上百年才无疾而终，人们由此称他为"季半仙"。为此，村民还专门集资，修建了一座"八仙"大庙世代供奉，祈求张果老、铁拐李等八位仙人保佑百姓吉祥平安。

村子的名字也改称"八仙庄"，一直沿用到现在呢。

海鹃鸟儿的追思

朱启

在北京上风上水的昌平区东南面，有一个数十亩地规模的人工湖，名字叫作海鹃落湖。湖畔有一个美丽的村子叫海鹃落村。

出于对湖名和村名的好奇，我便留心访听村民和翻找《辞海》，才发现这"鹃"字本该读作"京"音，而本地人通常都念"青"音。

由此看来，海鹃就是一种叫作"海青"的鸟儿，通常又称"海东青"，学名"矛隼"，鹰科。

此鸟动作矫捷，性情凶猛，不仅能够捕获在蓝天上振翼高翔的大雁，还能够潜入水底，擒获飞速游走的鱼儿，因此被称为著名的猎鹰。

海东青鸟儿的颜色通常分为白色与黑色两种，而市面上则以纯白色或纯黑色为上品进行交易。

有关"海鹃落"名字的来历，当地的村民大多信奉以下这则内容不尽相同的传说：

相传在元朝末年，这里有个名唤"风火屯"的村子。

一天，有位蒙古族的王爷像往常一样，带上护卫与海东青，走出元大都北京城，前往北面郊区军都山一带射猎。

不料想，那一次王爷的运气特差，折腾大半日居然一无所获。眼看着红日西坠，天色已晚，王爷一干人就只好打点行囊，败兴而归。

然而，当王爷和随从们在归还途中，路经一个名叫风火屯的村子时。从庄稼地旁边的小道上，居然蹿出一只肥硕胖大的野兔来。

王爷与随从们喜不自禁，一个个正欲弯弓搭箭，射向那飞奔中的野兔，却见携带的海东青突然脱鞘飞起，箭一般地朝那野兔追去。

王爷甚为高兴，指派两名侍卫快马紧随。

昌平民间文学

等到那两名侍卫来到风火屯村西时，却见那海东青停歇在一座土地庙前的松树上，并不再去追赶野兔。

任凭侍卫们大声呵斥，那海东青却站立枝头，纹丝未动。

稍候王爷来到近前，呼唤鸟儿，那海东青则离开松树，顺着来路，徐徐飞行至野兔蹿出的田边停住，悲切鸣叫，凄厉之声划破长空。

王爷和随从们近前看那情景，只见在庄稼地里有一个野兔扒出的窝巢，几只刚出世不久的小野兔儿正探头探脑，嗷嗷待哺……

此情此景，让王爷和随从们感悟颇深。王爷便折箭为誓，从今往后不再狩猎。

顷刻之间，只见那海东青疾飞直下，触地而亡！

王爷悲痛不已，怀抱起自己的爱鸟，把它埋葬在土地庙前的松树之下。

从此，他果然信守诺言，终生不再出行射猎，以免伤及无辜生灵。

海东青鸟儿壮烈地自戕，从此免除了京郊蒙古贵族狩猎造成的劳民伤财。风火屯的村民们心存感激，便将那松树边的土地庙改称海鹘庙，村名也改作"海鹘落"了。

而那个海鹘落湖呢？这不过是由村民们使用过的几个废弃鱼塘连成一片罢了。近年来社会上搞开发，海鹘落村原先的房舍、田地、庙宇和树木已经荡然无存，只看见一幢幢的摩天高楼矗立其间了。

平西王府的今与昔

朱启

昌平城东南四十里，有一个闻名遐迩的村子叫郑各庄。这个村子富庶古朴，历史悠久。根据光绪《顺天府志》卷二十记载："昌平城东南四十里有平西府，初名郑家庄。"

由此可见，目前由故宫、安定门和立水桥为中轴线，往北直到温榆河畔的昌平区北七家镇郑各庄村，就是一条至少自清代以来的交通要道了。

平西府村名的最初由来，是因为明末叛臣吴三桂率领清兵入关并镇压李自成农民起义有功，被封作"平西王"。平西府也就以平西王吴三桂的府邸而得名。

然而，又据有关专家考证，降清名将吴三桂未曾在平西府建过府邸，平西府乃是康熙皇帝兴建的行宫与王府，在历史记载中被称为"郑家庄行宫"。

在台北故宫博物院有一份《康熙满文朱批奏折》，当中记载着上驷院郎中尚之勋等呈报康熙帝的平西府行宫建造奏文："行宫大小房屋二百九十间、游廊九十六间、王府之大小房屋一百八十九间，南极庙大小房屋三十间、城楼十间、城门二座、城墙五百九十丈九尺五寸、流水之大沟四条、大小石桥十座、滚水坝一个、井十五眼，修葺土城五百二十四丈，挑挖护城河长六百六十七丈六尺，饭茶房、兵丁住房、铺子房共一千九百七十三间，夯筑土墙五千三百五十丈七尺一寸。"

同时在中国第一历史档案馆的满文奏折中，专家们也查到了康熙五十七年关于在郑家庄兴建行宫王府的开工奏折。

而在郑各庄村平西府遗址一带，的确发现了一眼"铜井"，以及城墙和护城河的遗址，与历史记载十分吻合。

当初，在郑各庄行宫修建成功之后，康熙并未来此居住。原来是因为对外用兵频繁和朝廷内部权力纷争，导致康熙缺乏心思出宫游览逗留了。

胤礽从康熙在位时已被册立为太子，可是他当皇帝过于心切了，过早地暴露了黄袍加身、取康熙而代之的心迹。因而失去了康熙的信任，被废掉了太子地位，囚禁在京城咸安宫内。

1723年，雍正继康熙当了皇帝以后，觉得天下已定，就没有必要继续囚禁胤礽了。当然也是为了收买人心，便下令在城外为其建立王府，而王府所在地，就在昌平东南四十里的郑家庄。

不料在次年，胤礽就患病一命呜呼了。雍正皇帝便下诏追封他为理密亲王，并封胤礽的儿子弘晰为理郡王，六年后，再晋封为理亲王。这说明，郑家庄王府虽为废太子胤礽所建，实为理亲王弘晰所有，因而被称为理亲王府。

到了乾隆四年（1739年）弘晰不甘寂寞，与庄亲王弘禄勾结，密谋反对朝廷。事情败露，弘晰被削去封号，圈禁至景山东果园。由胤礽第十子弘为承袭郡王，王府迁回京师，原理王府废弃不用。

理亲王府修建至今，不过二百八九十年光景。据村中老人讲，王府原在郑各庄村北，有围墙，东西长一里，南北一里有余，呈长方形。而现如今的平西府中学，就是原王府的东南角，校门即王府的南墙。抗日战争前，尚有大门石墩等遗物，而今天连遗址也看不到了。

这平西府还有一个当地老百姓津津乐道的传说版本，也挺有意思。说的是太子胤礽因被康熙皇帝废立，惧怕自身性命难保，就隐姓埋名，携带亲眷逃出京城，来到京北的平西府村匿居下来。

雍正皇帝即位之后，打探到了废太子胤礽的藏身之地，就命令胤礽及家人来宫中相见。

不料想这胤礽闻讯后又惊又吓，接着就一命呜呼了。他的儿子弘晰只好携带妻子来到宫中晋见皇帝。

这雍正本来怀有处死弘晰，以绝后患的打算。但看见弘晰的妻子十分美

貌，忍不住动了淫心，便把她留在宫中做了妃子，而册封弘晰为平西王，并为其在平西府建立了王府。弘晰尽管失去了爱妻，却获得了自己与儿孙的后世安宁。

不管如何，改革开放使郑各庄这个历史悠久的村子旧貌换了新颜。而由村里投资上亿元新近开发的北京皇城康熙行宫，在前不久举行了气派盛大的"开城典礼"，身着古装、操着古韵的青年演员在尽兴表演着多姿多彩的宫廷乐舞。昔日这个见证了封建王朝宫廷倾轧悲剧的京郊农村，已经建设成为一个富有深厚历史文化底蕴的旅游休闲场所。

【昌平大地上的传说】

两村共饮一塔水

朱启

昌平区北七家镇的东二旗村，位于北京亚运村北立汤路与定泗路的交会处。这个村子历史悠久，村名由来与明代的卫所制度有关。

明代军制是于要害之地设置卫所，以保家卫国。通常，一卫有5600人，一个千户所有1120人，一个百户所有112人。每个所统领两个总旗，十个小旗。每个总旗有50名兵卒，每个小旗有10名兵卒。

为了防御退居漠北的蒙古势力卷土重来，明廷大规模修筑长城，并在长城沿线设置九个边防重镇，也称"九边"。九镇统领大批卫所官兵，守护边防。为了供给边防驻军所需的战马，朝廷便在长城以内设立许多牧马草场和马房，抽调部分官兵专门养马，部分百姓也承担养马的重任。京城附近的牧马草场和马房很多，到处是青草茂盛之地。于此养马的官兵，按照小旗编制散布其间牧马。东二旗就是牧马的某小旗官兵的驻地，后来逐渐演变成村落，并以当时小旗的编号和所处方位命名为东二旗村。

在东二旗村子北面原先有个头旗（一旗），到了清朝年间，因为此处劫夺了给皇上进献的贡品，而遭到朝廷的封杀。当时皇帝的诏令是"杀头旗、灭二旗"，朝廷军队铲平头旗后，接着就向二旗方向挺进。但转瞬间突然狂风骤起，黄沙席卷，铺天盖地而来，军队竟然无法辨识方向，东二旗村才逃过此劫得以保存下来。

在东二旗村东的羊各庄村，同样隶属昌平区北七家镇。羊各庄村紧邻温榆河畔，民风淳朴，风景秀丽，地理位置十分优越。

羊各庄村的名称也是由来于明朝年间，河北任丘的李姓兄弟携带着羊群逃难，路经羊各庄，见到此处的小河湾草肥水美，羊群便停下吃草，不再前行。兄弟俩干脆开灶起火，定居于此。后来，到此牧羊的人日渐增多，逐步形成了村落，因而定名为羊各庄。

后来，一个特殊的事件造成了这两个相邻村子的百年历史恩怨。

事情起因于清朝后期，东二旗村修建庙宇，根据村里的一位大姓家族的族长提议，在庙前雕刻一只老虎，嘴叼一只羊，朝向羊各庄村方向，意在抢占上风，压制对方。

由此引发了两村之间势不两立的重大矛盾，两村在每年的正月十五期间都要争斗三天。明里以闹花灯来一决输赢，暗里便以劫掠甚至纵火来骚扰对方。平素日，要是你家丢上只鸭，他家却走失只鹅，便一定来到村边，朝着对方破口大骂……

新中国成立以来，在各级政府的引导与帮助下，东二旗和羊各庄这两个相邻的村子才逐步打破了你刚我强、水火难容的坚冰。

20世纪50年代，地方政府在羊各庄村建立小学，东二旗村的适龄儿童被安置到羊各庄小学就读。两个村子在每年正月十五闹花灯时，便开始相互示好，或者说只要"文争"，而不要"武斗"了。

到了1982年，公社号召农民使用自来水，东二旗和羊各庄修建水塔，干脆就选址在两个村子的交界处，平均摊派费用和劳力，共同修建一处水塔。

其后，两村共饮一塔水，自然就前嫌尽释，和平共处了。

这正是：

名利得失一念间，
恩怨情仇逾百年。
两村共饮一塔水，
新旧社会两重天。

梁庄"金人头"传说

席立娜

在回龙观镇，原有一个村子叫梁庄村。现在这个村子已被拆迁，不复存在了，但一直有一个"金人头"被埋在村子的某个角落的古老传说，引得从古至今，许多人到那儿打探虚实。

说起"金人头"的故事，还要从一个明末大太监魏忠贤说起。当年，这人正是春风得意时，收了一个远房的亲戚叫梁炳子为义子。

梁炳子私下生有两个儿子。大儿子梁甲在城里开酒楼，因有关系照顾，生意极其兴隆。二儿子梁乙喜爱乡野生活，和老婆孩子到城外种地收租子。

本来，一切日子都过得顺顺当当的梁乙，不曾想到，他的漂亮老婆跟一个下人偷了情。不仅如此，还像老鼠般偷走了家里所有值钱的家当。

当梁乙这个不管账目的大爷发现时，他的父亲，和他的干爷爷势力全无。他也顷刻成为了一个普通的老百姓。他身无分文，只得把供有祖宗牌位的几间破房子收拾出来，独自一人凑合着住到里面。

后来，听人说，他饿死在祖宗牌位前。他死时，有人看到他的老婆偷偷回来了，还找了一些穿黑衣的大汉，给他专门打制了一个纯金人头像埋在他的坟边。

怕人盗这个金人头，他还算念有旧情的老婆，居然真真假假地给他立了三个坟头。后来，听人说，也不是他老婆念情，是怕钱多没有地方放，所以想出了这个主意。自有了这个故事之后，前赴后继的，就有许多人在这个梁乙住的地方聚集。慢慢的，这个地方就开始叫成了梁庄村。

昌平民间文学

南站地名的由来

李福臣

在居庸关南面约一公里的地方，有一个村庄名叫"南站"。其实，此处既没有铁路，又没有站牌，更没有一点与车站沾边的景物与痕迹。那为什么这地方会留下这样一个地名呢？原来还有一段这样的传说。

据长期居住在居庸关的老人讲，南站地名在明朝以前曾叫南驿，是古代传信放马的地方，就跟现在张家口市下花园附近的鸡鸣驿遗址差不多。在没有现代交通工具的远古，通信非常落后，官府的一切重要信息传递，全靠快马和驿站。据说，在通往皇城四面八方的官道上，每一百华里就设有一处驿站。驿站里派有重兵专门把守，备有快马随时伺候官方的信使，一旦遇有战争等紧急情况，为了便于迅速地把情报传递到京城，信使就不分昼夜，一站一站地换马飞奔，使皇帝尽早地得到消息，早作决断……南驿明朝以前就属于这样一个驿站。

后来到了明朝末年，北方的游牧民族逐渐强盛了起来，开始向南扩张，进犯中原。他们占地的方式是以跑马插旗为标志，哪里插了他们的旗帜，哪里就成了他们的地盘。他们一路闯关夺驿，势如破竹，很快把旗插到了南驿。

但是，令他们万万没有料到的是，具有爱国保

昌平民间文学

家光荣传统的居庸关人，没有被外族的强悍吓倒，而是组织起来，奋起反抗，每天夜晚都把他们插的旗拔掉……就这样，一直坚持了很久，他们都无法把旗在南驿插牢。他们绞尽脑汁，怎么也征服不了居庸关人，无可奈何地把南驿起名为"南占"，并一至延续了下来。

后来，清兵入主中原，建立了中国历史上最后一个封建王朝——清朝。他们觉得叫这种名字有损祖宗荣耀，就把"南占"改成了"南站"，并一直沿用至今。

这正是：

自古关沟故事多，
船载斗量有几车？
雨雪当墨山作纸，
研不尽呀写不挫。
秦皇汉武到如今，
多少征战泪成河。
如今民族大团结，
沧桑化作春雨播。

将军石的传说

王宗忠

在昌平途经十三陵之首——长陵到怀柔的路途中，过老君堂，有一处叫将军石的地方，两侧山势陡峭，灌木丛生，将军石赫然矗立在山沟中间，让人感到有些突兀。

将军石高约丈许，自然天成，向着公路的一面是个平面，被今天的人用红漆醒目地写上了"将军石"三个大字，其实，将军石的名字由来已久，有关将军石的传说，在黑山寨一条川里也众说纷纭，异彩纷呈，这就给将军石，这块石头，平添了几许神秘的色彩。

沿将军石背后的山沟小路向上走，是沙岭村，翻过村边的一个山梁，就是黑山寨、辛庄、北庄这些村庄了。

过了将军石，为什么有个黑山寨呢？

沙岭村边的山梁叫作沙岭梁，是一座通往黑山寨地区的天然屏障，将军石又是到达、穿越天然屏障的必经之路，那么，将军石和黑山寨就有了必然的联系了。

相传，北宋年间，杨家将一部是抵御北方游牧民族入侵中原的主要军事力量。当时，皇帝年少无知，昏庸无能，主战派和主和派们便各行其事。杨家将首领杨老令公在当朝宰相寇准的暗中支持下，和众儿孙副将商议、勘察，在主战场南口金沙滩东西两侧整饬军备，各建一个大寨，就是黑寨和黑山寨（黑寨在流村地区，黑山寨在长陵以东），黑寨主要屯兵、屯粮草，且与主战场接近，以备战时接应。黑山寨远离战场，地处山区，主要颐养将士眷属，妇孺老幼，兼垦荒屯粮，以备不时之需。

由于大辽国觊觎北宋燕云十六州的富足和中原的广阔，自诩自己的铁骑风卷残云，骁勇善战，又有北宋朝廷中奸细利诱，遂起南下之心。当大军攻

昌平民间文学

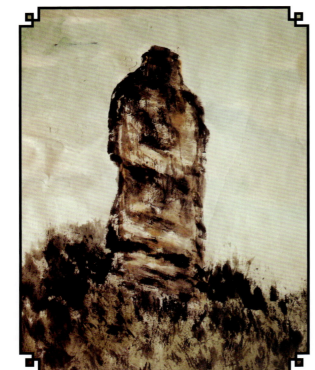

杀到南口地区时，却遇到了杨家将顽强不屈的抵抗，并在这一地区留下了很多感人的故事。其中"朱二苟持枪杀蛮将，杨延昭妙计退顽敌"就是流传在黑山寨地区的一个传说。

当宋、辽两军在南口金沙滩一带对峙、征杀时期，大宋朝廷中主和派的代表潘仁美，派亲信给辽军将领萧天佐送去一个机密情报，告知黑山寨的偷袭路线、功能作用、防守情况等，并提议如若偷袭，尽杀戮宋军眷属，定能坏宋军斗志，可助大辽成就大业云云，萧天佐闻知此事，心内大喜却装作无事，吩咐手下，款待奸细，赐以银两，遣其还朝，不表。

且说奸细酒足饭饱，怀揣银两，得意之余，哼着汴梁的市井小曲，赶路间，忽然一队女兵把他围住，捆了起来，送到一座军营中。

毫无疑问，他知道捉他的人是杨门女将，他来到的地方是杨延昭的中军大帐，他本能地把自己此行的一切勾当全盘供出。杨延昭略一沉吟，吩咐军卒，把奸细押入大牢，严加看管，以便日后班师还朝，对簿公堂，揭露奸人。随后令焦赞速回黑山大寨，传令所有男丁制作弓箭、火把，保卫黑山寨，并动员附近村庄男性农民到将军石，听候杨宗保调遣。又令杨宗保、朱二苟带五百军士，携火铳三门，旗幡千面，连夜出发，到将军石布阵，如此这般，杨宗保依计而行。

萧天佐得到奸细的情报，沉思一夜。第二天中午，令副将耶律忽达率一千人马，轻装简丛，突袭黑山寨。

耶律忽达率军快马加鞭，不消一个时辰便过了老君堂，在离将军石不远的地方，只见一面横幅挂在两棵大树中间，上面写着：辽寇，拿命来。耶律忽达勒马观看，见两侧山势险峻，山色阴沉，山风呼啸。正纳闷间，只见将军石上站着一员宋军大将，身后沟中、坡上旌旗招展，枪戟林立，又有杀声震天，战鼓雷鸣，不绝于耳。辽军惊愕之际，对面将军石上的宋将杨宗保一挥手，呐喊声、战鼓声戛然而止，杨宗保朗声喝问：辽寇，你们犯我疆界，侵我国土，天理不容。今天又想偷袭大寨，大举杀戮，办不到！今天，叫你们有来无回。朱二苟听令，取辽将人头，记你大功。朱二苟应到：得令。他跃马出击，来到耶律忽达面前，挺枪便刺，不几个回合就取了他的人头，回到将军石下，杨宗保一挥手，点了火的三门火铳露出炮身，正对着辽军大队，一声巨响，炮弹在辽军中炸开，辽军人马死伤一片。杨宗保令朱二苟带领五百军卒追杀残敌，大胜而归。

这就是老人们讲得最多的一个故事，这就是黑山寨的来历，这就是将军石的来历。

如今，将军石后面的崎岖小路很少有人走了，代替它的是将军石前面的盘山公路，蜿蜒宽阔。柏油路面上，承载着交通的便利，也承载着黑山寨地区很多人的希望。

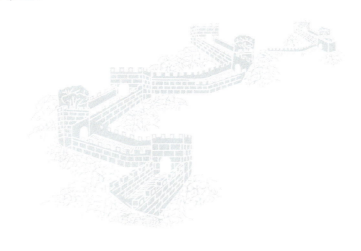

大闹白羊城

李复国

在昌平西部山区，有个村子叫白羊城。很多年以前，这个村子是个十分繁华的小镇。因为，这座小镇是生意人南来北往的必经之路，渐渐地这个村子成了昌平西部一个重要的商业和交通中心。随后，当地政府又在这里设立关卡，向来往的大小商人征集税收。这些收税官员，当地人称之为"拔岁"。这些个被称之为"拔岁"的家伙，无恶不作，时常趁火打劫，欺凌压榨百姓。

有一天，管理税卡的"拔岁"头儿来到街上转悠。忽然，看到一头白羊与一头黑羊正在打架。两只羊各自用犄角死命地顶撞、角斗，直打得鲜血淋漓。"拔岁"头儿装出一副上前拉架的样子，不知是心虚还是胆怯，反被两头猛烈争斗的羊顶出老远，跟跟跄跄栽了个"嘴啃泥"。

这天晚上，"拔岁"头儿睡梦中又见到了打架的两只羊。当那只白羊见到"拔岁"头儿时，忽然开口说起话来："我是住在山里湖畔的一条白龙，那里还住着一条黑龙。我们整天打架已经有些日子了，只为争夺从湖边到穿山甲的泉水。那里的水要是被黑龙夺去，那老百姓可就要遭难了！我看你好像为我们拉架，你这样做没有任何用处。如果我身小力亏，希望你能帮助我，打败黑龙。"拔岁"头儿问："怎么个帮法呢？"白龙说："明天一早，我变成白羊，还与变成黑羊的黑龙在镇子里打架。你备好弓箭，到那儿找我们，设法把黑羊射倒，我就有办法取胜了。自此，当地百姓就会有风调雨顺，庄稼就会有个好收成。"说完，白羊转眼就不见了。

"拔岁"头儿第二天一早醒来，想起了晚上白羊和自己说的话，不觉有点奇怪，便似信非信带着弓箭来到镇上。果然，他真的看见一头白羊和一头黑羊又在拼打。只见白羊身上已多处受伤，气力渐渐不支。"拔岁"头儿见到此情景，相信白羊夜里托梦给自己的事确是真的。于是，眼珠子"骨碌"

【昌平大地上的**传说**】

一转打起了坏主意。他想：我怎么能帮白龙的忙，让这里的穷小子们过上舒坦日子呢？黑龙胜了，我不正好趁机捞上一把么？想着想着，他不由得抄起弓箭，使足劲拉开满弓，对准白羊的脑袋，"嗖"的一声就把箭射了出去。说时迟，那时快，正巧白羊猛一转身，这支箭射在了白羊的腿上，顿时鲜血直流。这时，白羊才明白，自己完完全全看错了人，求他帮忙只能是自找灾祸。白羊不再恋战，带着箭伤，且战且退急忙离去了。

白龙誓报这一箭之仇，当天就实施法术，发了一场大水。这场大水白浪滔天，来得十分凶猛又十分奇怪。它不仅把税卡局子和"拔岁"头儿全给卷走了，而且凡是平日作恶多端、残害百姓的恶霸、地痞，也都在大水中丧了命。他们用不义之财盖起的幢幢新房全部被冲垮。而对这穷苦善良的平民百姓，却小心避开则另走一条水路，一个没有伤害。然后，白龙就到离小镇以北几十里路远的白龙潭找它的朋友，一起修行、练功、积蓄力量，准备与黑龙决一死战！

打那以后，这个小镇再也没有以前那样热闹繁忙了，当年曾经是昌平西北山区的商业和交通重镇，一下子成了穷乡僻壤的小山村。当地百姓为了不忘白羊对他们的一片好心和恩德，便给这个山村取名为"白羊城"，以表示对白羊的永久怀念。

百善村的来历

李复国

昌平卫星城东南十五公里处，有两座清幽葱郁的小山，一座叫青蛇山，另一座叫白蛇山，山脚下有一个恬静秀美的村庄——百善村。一支美丽动听的歌谣至今还在村里大人小孩中间流传着：

> 白蛇山，青蛇山
> 素贞许仙住里边
> 家家户户来行善
> 一碗热茶捧上前
> 你一碗，我一碗
> 喝了茶水能成仙
> ……

传说在很久以前，青蛇、白蛇两座山上到处是蛇，当地人与这些青蛇、白蛇朝夕相处，从不伤害它们，特别是那些天灵盖留着一撮头发的小坏小子们，以玩蛇为乐，而且还成了青蛇、白蛇的好朋友。

一天，有个系着"羊肚手巾"的年轻货郎，一边吆喝着担上的货物，一边在找寻着什么。当他担着颤悠悠的货担走到南山的时候，忽然看见三个放牛的孩子，手里攥着一条蛇，在与蛇做着游戏，只见孩子们站在各自的方位，把蛇放在地上，喊着：白蛇，白蛇，往我这儿爬，往我这儿爬！那美丽的白蛇蠕动着，扬起头，吐了吐舌头，然后快乐地爬向一个孩子；一会儿另一个孩子叫着蛇的名字，白蛇蠕动着又舞着身子，爬向另一个孩子，还亲昵地用身子蹭着孩子的手，这一切被细心的年轻货郎看在眼里——呀，这里的蛇这么有灵性，将来一定能成仙。于是，货郎放下担子，走到三个子孩跟前。

"小朋友，咱们商量个事儿怎么样？"

"货郎叔叔，什么事儿呀？"

于是，货郎从货筐里拿出令孩子们馋涎欲滴的糖葫芦："怎么样？把白蛇送给我吧。"接着，他又捧出圆鼓鼓的"关中糖"分给孩子们，孩子们咬着糖葫芦，吃着"关中糖"可高兴啦！一会儿，孩子们好像意识到什么，就是不肯把白蛇交给货郎。

"给你，你要伤害它怎么办呢？"

"请你们放心，这么有灵性的白蛇，我怎么可能会伤害它呢？"说着，就把蓝布粗褂脱了下来，轻轻地将白蛇的身体包裹起来，而且还细心地将蛇的头部露在外面，生怕白蛇闷在衣服里出气儿困难。有趣的是头部露在外边的白蛇，温顺得像个小姑娘，那么踏实地趴在货筐里，一动不动，仿佛找到了幸福的臂弯。后来，货郎经过长途跋涉，一直把白蛇挑到风景秀丽的西子湖畔，白蛇终于为货郎的精神所感化，成仙变成一位多情美丽的姑娘；而货郎也被白蛇一路上与自己相依为命、休戚与共的真诚深深打动，于是敞开有力的臂膀，把美丽的白蛇姑娘拥入怀中。为了表达深深的爱意，货郎为自己心爱的白蛇姑娘起了名字，名字包含着对白蛇姑娘的赞美，而且也充分体现了中国传统道德文化的美德，曰：素贞。

百善村名就是根据许仙与白蛇姑娘的爱情故事演绎而来的。据说，民国初年，政府下令修路便民，路修到百善，百善村的父老乡亲纷纷将飘着清香且冒着热气儿的茶水捧给修路的民工。一些老大娘还愣是将热乎乎的煮鸡蛋往修路民工的手里塞，父老乡亲敲锣打鼓盛情欢迎修路民工，农家大嫂还浓妆艳抹、载歌载舞扭起了秧歌。因为百善村父老乡亲待人诚恳善良，加之两座蛇山横亘在百善大地，因此当时的村庄由"白蛇村"、"白石村"，慢慢演绎成今天的"百善村"了。

马蹄刨出的传奇

李复国

神奇古老的昌平，有许多美丽动人的传说。可有一段美妙动人的传说，却是一匹高头骏马用马蹄子刨出来的，不信，请您细听我慢慢道来。

话说在高崖口地面上有个村庄叫韩家台，相传那里是辽代将领韩延寿的家乡，同时也是韩大将领屯兵守营的地方。而在古时候的阳坊地面，却是杨六郎所率领的宋朝兵马安营扎寨的地方。这两支人马经常在山上山下相互厮杀，那气势如排山倒海，那场面似席卷长空，双方谁胜谁负难决雌雄。

这天，杨六郎在战斗中不幸身负重伤，于是便带领队伍来到大觉寺西南深山丛中的大工村。在大工村西边的山顶上，高高耸立着一座神奇的宝塔，宝塔共有十三层，被当地百姓称为"玲珑宝塔"。相传，玲珑宝塔下有一座古庙，庙宇的北房是三间正殿，其正殿被称为"养身殿"。据说，当年杨六郎带领的队伍就在这里养伤和休整。当时，他们要从距离十六里路远的水井担水喝，后来水井被辽兵占领，杨六郎和他的队伍五天五夜滴水未进，人人嘴唇干裂，嗓子冒烟儿。杨六郎拖着伤痛且疲惫的身子，步履维艰地在"养身殿"前踟蹰着。

正当杨六郎愁眉不展之际，忽然，他看见一个白须老翁手握荆条鞭，赶着驮水的毛驴从山外信步而来。杨六郎赶忙上前问安。"白须"见到杨六郎，紧紧拉住六郎的手，历数辽兵欺压百姓、霸占水井的罪证，老翁仰天长啸：将军，你看我们黎民百姓今后该如何生活呀！

白须老人声泪俱下的倾诉，如同一把刀子扎在六郎的心上，他的心在流泪、流血……他恨不得立即奔赴战场，早日收复宋朝大好河山！老人看到杨六郎拖着重伤的身体和那焦渴难耐的样子，连忙用铁勺舀水递给六郎喝。

六郎贪婪地喝着老人艰辛驮来的"救命水"，内心的感激无法用语言表

昌平民间文学

达。他看到与自己生死患难的战马低头摆尾，乞求饮水，可他深深体味百姓驮水的艰难，不由得向着天空长长地叹息。他那心爱的战马，似乎读懂六郎眼神里的焦灼与不安，急得引颈长啸，四只马蹄在地上拼命地乱刨，马蹄刨出的碎土飞溅四野。突然，刨出的碎土变成了飞溅的水花，马蹄下喷涌出一股清泉来，战士们捧起清凉的泉水，如同饮到了来自仙境里的圣水，那清冽甘甜、沁人肺腑的甘泉水，如同醇美的琼浆玉液，让战士们格外清爽，分外舒心。从此，六郎和他的队伍获得了充足的水源，战斗力倍增，收复了不少失地，打了一个又一个大胜仗。打那以后，黎民百姓再也不受无水带来的焦渴之苦了。

饮水思源，望井感怀。人们为纪念杨六郎保家为民的伟业丰功和战马掘水的恩情，便把这个美丽的村庄起名为"马刨泉"。

这正是：

战马刨清泉扬名千古，

六郎为人民永世传扬。

白娘子挥泪别人间

张丽娟

传说，白娘子来到百善村，跟乡亲们和睦相处，互敬互爱，互相帮助，处得跟家人似的，难舍难分。可天下没有不散的筵席，就在有一年秋天的一个夜里，乡亲们最不愿看到的一件事终于发生了。

这天夜里，月特别的圆，特别的亮，亮得让人睡不着觉，冥冥中平添了几分烦恼。忽然间窗外有一束强光闪过，就像地震前发出的那种光一样，异常的晃眼、吓人。警觉的人立刻叫醒家人，跑出屋外，在大街上叫喊："要地震了！大家快出来呀！"经他们这么一折腾，大家都跑到了街上，等了一会儿，什么事儿也没有发生，正当人们想回去睡觉的时候，有人无意间往西边一看，立即大喊："大家快看呀！那是什么？"大家顺着他说的方向看去，都如同大白天见了鬼，着实吓了一跳。只见西边天上有四个巨大的天神，手持圣旨、令牌，就像寺院里墙壁上的雕塑一样贴在天上。大伙儿谁都猜不出这是怎么档子事儿，有胆儿大的和好事的拔腿就往西面跑，想前去看个究竟，这么一来，胆儿小的也像喝了半斤酒似的，一溜烟儿地跟在后面向西跑去。约莫离西面小山还有五十来米的时候，大家不约而同地停了下来，只见白娘子跪在地上，一位天神手捧玉帝圣旨朗声读道："查白善乃千年蛇精，私闯人间，触犯天条，又私降大雨，四海龙王告上天庭，玉帝震怒，命我等押尔速回天庭，听候发落！还不快快现出原形！"话音未落，从腰间抽出一条金晃晃的袋子，敞开口，霎时间，万道霞光喷射而出，罩住跪在地上的白娘子，顷刻间，一位美若天仙的女子一下变成了一条硕大的白蛇，痛苦地蜷缩在霞光里。众人见到这突然的变故一阵惊呼！自然而然地往后躲闪，胆儿小的吓得立马浑身哆嗦。心道：我的妈呀，原来成天和大家朝夕共处的是条蛇精呀！多亏没有开罪于它，不然的话可要倒大霉了。由此，人们也明白了村

昌平民间文学

中二赖子为何死前一直叨念着"蛇！蛇！"的，原来是被吓死的。此时，任凭白娘子怎样告饶、请求，就是打动不了天神，冷血天神硬是要把白娘子锁拿回去。一旁愣怔的乡亲们猛然醒悟过来，不知是谁带头，所有人齐刷刷地跪在了地上，大家异口同声地替白娘子向天神求情，求他们放过白娘子，并把白娘子在村中的善行一一道给天神听，只听得那冷血的天神也不禁恻然，脸上的表情也温和了许多，但天命难违，他只得告诉众乡亲，到了天庭，他一定把百姓的话讲给玉帝听，请求玉帝念在白娘子积德行善的行为上从轻发落。乡亲们见再也无法将白娘子留下，只得向白娘子洒泪道别，痛哭失声。此情此景感动得月中嫦娥为之掩面而泣，耀眼的星辰为之黯然神伤，大地山川变得无精打采，万物生灵为之饮泪送行……无奈何人妖不同界，乡亲们只得眼睁睁看着白娘子徐徐上升，飞进了金口袋，临进袋子，她奋力将腹中的闪光红球吐向人间，小球随即化作一道吉祥的红霞，飞入了村中一位身怀六甲的孕妇腹中，到月分娩时，产下一个相貌酷似白娘子的女婴，这个女婴像白娘子一样美，一样善良，她给百善村的父老乡亲带来了千年的吉祥，永久的和平。从那以后，百善村几乎年年都会出生一个貌美如花的女孩子，所以，便有了"百善村年年出美女"的说法，一直流传至今。村里人为了纪念白娘子的大恩大德，把她居住的地方改名叫了白蛇山，村子改为白蛇村，后因村名不雅，于1932年用谐音将其改为"百善"，取其村民善良多做善事之意。

贾房子的由来

凡卉

羊台子村里有个叫贾房子的地名，说起这个奇怪的地名，不能不提到一个知恩图报的叫绿女的好心姑娘，要讲清这个故事，首先要从饥寒、饱暖两个人物说起。

提起饥寒和饱暖，人们都觉得他们的名字起得很古怪。顾名思义，饥寒应该是贫穷的意思，饱暖则和富足安乐近似。事实也正是这样。饥寒家境穷困，年过三旬还未娶妻，一年三百六十日，靠打柴养活孤寡老母，勉强度日。饱暖则是个大财主，深宅大院，妻妾成群。

一天，饥寒背着柴从山上下来，正好碰上饱暖在山坡上玩鹰，眼见得饱暖从草丛中拾起一条草绿色花蛇，正要将其喂鹰。饥寒忙上前拦挡说："饱暖大哥，这蛇可是伤害不得的，它也是个性命，无缘无故怎能将它喂鹰？"饱暖说："我这鹰也是个性命，饿死你去偿命？"饥寒说："我愿将这背柴来换这条蛇，你看怎样？"饱暖一盘算，觉得一背柴折合起来，要比一条蛇值得多。就笑嘻嘻地说："兄弟，要是这样的话，那就依你了，我把蛇给你，你把柴背到我家去！"饥寒小心翼翼地接过蛇，背着柴下山了。到了山脚下，他把这条绿花蛇放在路边的草丛里，让它自由自在地去了。

虽然白白送给饱暖一背柴，但饥寒心里却十分坦然，觉得自己做了一件好事。天地间的生灵也和人世间一样，它们也有老有小，也有喜怒，也有远忧近虑，也有水复山重。怎可无故伤害它们呢？饥寒回到家里跟母亲说了，母亲也说饥寒做了一件积德的事。这天，母子俩虽然饿着肚子忍了一夜，但他们觉得心安理得，无怨无悔。

又过了几日，天忽然下起雨来，饥寒只好陪着母亲挨在这风雨飘摇的小屋里。不能上山打柴，换不来买米的钱，家里也就断了炊。这一日，天色渐渐暗了下来，雨还下个不停，娘儿俩只好忍饥挨饿地睡下了。半夜里，忽然有敲门声，就听有个女子的声音："大妈，行行好，开开门吧！"饥寒母亲心地善良，深更半夜有人叫门，一定有什么难处，就让儿子快点把门打开，让她进来。饥寒开了门，原来是一位年轻貌美的女子。这女子身材窈窕，眉目清秀，一身绿纱裙流光溢彩。这母子俩都说遇上了天仙。这女子自我介绍说："我叫绿女，家乡一带发了大水，父母不幸双亡，只逃出我一个，望大妈大哥可怜可怜我吧，暂住一宿，明日再做打算。"说着就跪在了这母子面前，饥寒母亲扶起绿女说："留你住下，这是应该的，谁没有山穷水尽的时候，只是要忍得饥饿。你知道，这几日，连绵阴雨，打不得柴禾换不得米粮，我们的晚饭也都没有吃呢！"这绿女说："您不要愁，我口袋里还有几粒米，大妈，您去往锅里添些水吧！"饥寒母亲心想，几粒米能做多少饭，因此，只添了一点水。绿女说："不行，您得添一锅水。"老太太只得添了满满一锅。绿女左翻右翻，才从内衣兜里翻出五六个米粒，将其放在锅里，盖上了锅盖，然后就在灶膛里烧起火来。

约莫过了一个时辰，饭熟了，饥寒母亲把锅盖一揭，呵！满满的一锅香喷喷的饭。这母子俩甭提多高兴了，都夸绿女是仙人下界、菩萨再现，这母子俩和绿女三人美餐一顿。吃罢饭，绿女说："大妈，我已是无家可归了，说得冒昧一点，您不嫌弃的话，您就收下我做您的儿媳妇吧！"饥寒母亲一听，可乐坏了。一个黄花闺女找上门来，这还有什么

可说的。饥寒母亲说："只要你不嫌我们的家境贫寒，我们打着灯笼还找不到呢，哪有推辞之理？"饥寒更不用说，人过三十，虽提过几门亲事，都因家贫而告吹，找上门来的大姑娘，就要成为自己的爱妻，怎不喜上眉梢呢？

夜深了，娘儿三个叙罢衷肠。绿女说："你们先睡吧，我的裙子由于天黑路滑撕破了，我用针线缝一缝。"待他们母子睡熟后，绿女从衣袋里掏出个红葫芦，口中念念有词。一会儿，这小屋不见了，他们睡在一个帏帐低垂、馨香华贵的卧室里，东西厢房也都是雕梁画栋、古色古香，跨院则是碧池清波、曲径幽廊、杨柳低垂、百花争艳。偌大一个园子，比饱暖家不知要阔气多少倍。母子俩醒来后，很是惊讶。绿女说："你们不要问这是怎么来的，到头来你们就知道了。"并指着饥寒说："从今往后，你也不要再去打柴了，只需要管理好这份家业就可以了。"只要不再忍饥挨饿，饥寒母子早已心满意足了，夸赞之余，羡慕绿女的法术，感谢绿女的恩德。这一天，饥寒与绿女双双拜了天地，从此过起了幸福美满的生活。

这雨一连下了半个多月，才开了天。街坊四邻才出来串门。饱暖这一日出来闲逛，发现饥寒家变了样，富贵豪华的程度远远超过了自己，不觉眼红起来。一个穷小子，只半个月的工夫，竟盖了房子娶了老婆，和自己平起平坐了。饱暖的心里怎么也不平衡，想打通官府，给饥寒强加罪名，自己又没有那么多银两，只好耐着性子等待时机，就这样，一晃快三年了，饱暖再也耐不住了，他不但发现饥寒家气派、排场高出自己一头，就连他家的媳妇也比自己的一群妻妾不知要漂亮多少倍……日复一日，妒忌之火有增无减。俗话说恶人自有恶人法儿。饱暖终于想了个主意，一日，把饥寒请到自己家里来，备了一桌丰盛的酒席，兄弟长兄弟短地说："我跟你商量个事。"饥寒老实厚道，就说："你说吧，只要兄弟能帮忙的。"饱暖终于说出口了："兄弟肯定能帮忙，咱们村就咱们两家是财主，如能联合起来，在咱这块地面上，谁还敢犯刺儿、说个不是！怎样联合呢，我想咱们把媳妇对换一下，只要内当家的没有了二心，将来的事情就好办了……"饥寒听到这儿，一气之下走了，回到家里跟绿女说了。绿女不但没有生气，反倒说："可以。但有一点，两家的财产都不许动，这一点必须要说清楚，只是让饱暖一个人过来，你过去，就可以了。"饥寒仍气不打一处来："这怎么能行，难道你跟俺凉了心？"这时，绿女才语重心长地说了实情："我和你结合还差五天，就整整三个年头了，我跟你说实话吧，我本是你救的那条绿蛇所变，为了报答你的救命之恩，所以才和你夫妻一场，这亭台楼阁，也都是虚幻的。眼下，期限已到，如果我不离开你，我就会遭天打雷劈，所有的一切也就不复存在了。还有一条，要跟饱暖讲定，你要把他的房地契拿过来，有真凭实据，免得日后反悔。"饥寒不忍绿女离去，但岂能违抗上天旨意，饥寒只得又来到饱暖家，把这意思和饱暖说了。饱暖高兴极了，立马把房地契交与饥寒，并说："君子协定，永世不得反悔。"于是，选了良辰吉日，两家张灯结彩，宴请宾朋，举行了一场隆重的交接仪式。这天晚上，饱暖如愿以偿地来到饥寒这边，成了这里的主人。待客人散尽，绿女对饱暖说："你先睡吧，我要把屋子先收拾一下。"饱暖说："有佣人，何必要你操劳。"绿女说："不，这第一夜，还是要我亲自动手，这意味着我们百年和好如初。"饱暖一想，也对，就说："还是娘子想得周到。"由于酒劲发作，饱暖倒在床上就呼呼地睡着了。这时，绿女从衣兜里掏出红葫芦，口中念了句："收。"刹时间，亭台楼阁，娇花翠柳……一切的一切都了无踪影，绿女离开了这里，回到了属于她的世界。饱暖躺在这风雨飘摇的小屋，做着他的黄粱美梦……

饥寒来到了饱暖家，那是一个实实在在的世界，有房产、有妻室、有仆从……而存心不良的饱暖得到的却是一座假房子，假（贾）房子的地名便流传至今。

红龙醉酒成千古恨

张丽娟

俗话说：天上一天地下一年，这一天，又到了一年一度的蟠桃圣会，王母娘娘拿着花名册，根据每个人的业绩择优挑选参会人员，一下就挑上了温文尔雅、待人谦和的龙潭执政官青龙。这下惹恼了红龙，原本就脾气暴躁的他冲着青龙吹胡子瞪眼地大发了一顿脾气，可没办法，这是玉帝的旨意，谁也违抗不了，青龙安慰了他几句，并再三叮嘱他守好家，等他回来再说。嘴上这么说，可他这心里总有点儿七上八下的，担心他走后，红龙会做出什么混账事儿来，因为他太了解红龙的脾气秉性了。待青龙走后，红龙越想越气愤，越想越觉得窝囊，这回他可真是钻进了牛角尖里，越使劲拔陷得越深，最后想得头都要炸了，索性不想了，在屋子里来回走溜，不经意间，忽然看到了放在石桌上的酒，他曾听凡人说过，酒能解世间一切的烦恼，于是，他上去把酒瓶打开，咕咚咕咚就往下灌，一瓶酒不消片刻的工夫就被他喝了个精光，他岂不知酒入愁肠愁更愁，龙借酒势，酒助龙威，一会儿的光景他就醉了，头晕晕的，脚底下没跟东倒西歪的，浑身燥热，胸口那里就像有一个大火球在燃烧，憋闷得就快要窒息了，他扯掉身上的衣服，跌跌撞撞地冲出了龙宫，腾身一跃就飞上了天空，可他真是醉得不轻，腾空前忘了变身，竟以龙的真身悬在了半空。按照天庭规定这是犯天条的，而且还是重罪。况且现在还是大白天，这个时辰正是凡间劳作耕种、经商务工的时间，所以，好多人都看到了悬在半空中的红色龙身，猛然间大家都惊愕地呆在了原地，目不转睛地注视着半空中的真龙，不知是谁大喊一声："快跑呀！妖精来啦！要吃人啦！"只这一声犹如晴天霹雳，把大家硬生生给震醒了，大家奔跑着、喊叫着，争先恐后地往家跑，唯恐落在后面被妖精吃了。一时间，地上乱成了一锅粥，杂七杂八的，可就是这样居然都没有把红龙吵醒，它还在上面晕晕糊糊、迷迷瞪瞪地潇洒着呢，一阵冷风吹过，红龙顿觉胸口处如翻江倒海般往上涌，一张口，"哇"地一声，乱七八糟的东西混合着潭水喷射而出。人们常说龙口莫开，一旦开了，想止是一时半会儿止不住的，刹时间，乌云翻滚，电闪雷鸣，瓢泼一样的大雨扑天盖地而来，一下就是两个时辰，等红龙发泄够了，累了，才罢了手，晕晕沉沉地飞回了龙潭。至此，他都不知道他这么一折腾给凡间带来了什么样的严重后果，躺在龙床上呼呼大睡。

第二天，青龙赴完宴往回走，心里还在盘算着见到红龙如何跟他讲话时，不经意间往下一看，登时惊得一身冷汗，一个立足不稳，差点从云头上跌下来，他简直不相信自己的眼睛，被眼前的情景吓呆了。只见下面哪还是人间呀，简直是汪洋大海，房倒屋塌，木料轻飘飘地飘在水上，大树连根拔起顺流而下，最惨不忍睹的还是人了，男男女女、老老少少的尸体七零八落地漂在水上，无一幸免……青龙看到这里心里立时明白了八九分，心想：坏了，这回弟弟可闯下了天大的祸事！说时迟，那时快，他风驰电掣般飞回了龙潭，把还在睡梦中的红龙一下提了起来，一跃飞上了云端，愤怒地喝斥红龙："你睁眼看看！看看你做的好事！"红龙从来没有见到过哥哥发这么大的火儿，也没有听过他声嘶力竭的喊声，他一下就清醒了过来，顺着哥哥说的方向往下一看，连他自己都惊得目瞪口呆，半晌说不出话来，站在那儿痴痴地发呆，他不相信自己眼睛看到的，更不相信这是他自己亲手做的，而一边的青龙变得手足无措、局促不安，嘴里不停地叨念着："这可如何是好，这可如何是好！"就在他俩踟蹰着不知所措时，天兵天将疾速飞来，其中一个将官手托玉旨，朗声读道："查东海龙王之子红龙明知故犯，私现真身触犯天条，又查其私降大雨，倒毁人间，使下界生灵涂炭，天帝震怒，决不姑息，二罪并罚，责令押往天界论罪惩处！青龙还不速速动手，更待何时！"此时的青龙已是悲痛欲绝、心如刀绞，流着泪从腰间抽出上任时玉帝给的黄色袋子，哆哆嗦嗦地拿在手里，好像有千斤的重量压在手上，几乎拿捏不住，在旁的将官看罢非常理解青龙的心情，接过黄袋子敞开口等待红龙进入。此时的红龙悲恨交加，追悔莫及，他恨自己的没出息，恨自己的暴躁脾气，他只深深地看了一眼青龙，哽咽着叫了一声"哥哥"。两行悔恨的眼泪立时夺眶而出，一扭身钻进了口袋，天兵天将押解着红龙回天庭复命；这边的青龙再也撑不住了，一头栽进了龙潭里，一直昏睡了三天三夜才醒来，悲痛和悔恨就像虫噬一样吸附在他的心里，挥之不去。从此，他就像变了个人似的，变得郁郁寡欢。后来，又传说青龙和东海龙王都受到了红龙的连累，东海龙王因教子无方、管束不力被罚一年不许出龙宫半步，幽禁在宫内闭门思过；而青龙由于监督不力导致此次人间大祸而被罚，永世不得变成人形，就在龙潭里接受处罚。从此以后，南口这个龙潭就以青龙的名义被大家叫成了青龙潭，村子也因此潭而命名成了龙潭村。

地方爱情传说

昌平民间文学

的小屋，抱着姑娘的尸体捶胸顿足……

竹马把青梅埋在下寺寺院旁，往南走了没几步也一命呜呼了。

第二年春天，在埋青梅和竹马的地方，分别长出了两棵雌雄银杏树！一棵美丽丰满，一棵挺拔俊秀，就像他俩

活着的时候一样。每年银杏树开花的季节，这两棵银杏树上都要结满很多的花粉、花蕊，随着和煦的春风，会有很多雄性的花粉飘落到雌性的花蕊上……人们说：那是青梅和竹马正在婚配呢，用不了多久就会生出他们的孩子……

后来，果然在雌雄银杏树的旁边，又长出了几棵小银杏树苗。人们说：那就是青梅和竹马孕育的儿女……

青梅和竹马并没有死，他们纯真的爱情已化作两棵雌雄银杏树，在羊台子这块美丽的土地上流传了千百年，最后，"青梅竹马"的故事，演变成了一个典故，被载入了中华大词典。

这正是：

灵山景秀奇树多，枝繁叶茂尽传说。
雌雄银杏山前立，青梅竹马广传播。
自古红颜多薄命，从来好事受折磨。
不要强图人前贵，留得真情伴春歌。

白凤冢

李晨辰

在居庸关的西南，有个地方叫白凤冢，是关沟七十二景之一。这一带风景秀美，春夏两季，漫山遍野郁郁葱葱，满目青翠，唯有白凤冢长出的草全是白色的，煞是扎眼。传说中，这里埋葬着一个不寻常的女人——李凤姐。她生在明代，本是山西人，是品貌端正的良家女子，为何会葬身于此？又为何会出现这奇异的景色？要说起来，都是"正德"惹的祸。

朱厚照者，就是著名的正德皇帝。史书上说他荒淫好色、逞强斗勇、贪婪奢侈，亲小人，远贤臣。其实，人家也并非桀纣。他喜欢的，大多数男孩子都喜欢，无非就是美女与野兽、军事与游戏。此外，他还喜欢音乐、戏剧、旅游……凡是能找乐子的，都干。可谓能文善武、活力迸射。

明孝宗朱祐樘老实巴交了一辈子，老婆也只有一个。生两子，一个早夭，另一个就是这位大顽主，朱厚照。朱厚照聪颖过人，从小就显出顽劣本性，时常带着太监撒鹰打猎、骑马射箭，明孝宗看见，还认为这孩子虽小，就知道搞"军事演习"，这是居安思危呀。所以，就一直放任。等朱厚照十五岁登基，就开始由着性儿地闹，建豹房、宠八虎……在他身边，前有刘瑾，后有江彬、钱宁，都是名噪一时的小人。

话说正德十二年八月，一班大臣上早朝，左等右等，也不见皇上出来。等了半日，才得知皇帝带了群小，已经出了德胜门，听说是要去山西巡察边境。此时怕是已经到了昌平。这还得了！——英宗皇帝被俘的事，大臣们还记忆犹新。于是，大学士蒋冕、梁储率领群臣，撒丫子就追。这帮老头体力不错，追到沙河，还真赶上了。苦苦相劝，不听。正德又继续北行。到了居庸关，被巡关御史张钦撞上了。张钦跟那班文臣可不一样，苦劝不行，"唰"的一下就亮出宝剑。硬是将皇帝给挡了回去。正德的小脸气得煞白，想宰了张钦，但他玩是玩，还是知道好歹的。回到皇宫，老实了几天。一天夜里，趁着夜黑风高，又一次开溜。这次张钦正巡视白羊口，不在居庸关。正德顺顺当当就出去了，还留下亲信谷大用守关，守关不是防蒙古人，是防着那帮大臣来追。

到了山西宣府，正德乐不可支。在当地，佞臣江彬给他造了一座府邸，又找来美女、乐工，供他玩乐。顺便说一句，当时，正德到哪儿，哪儿就会官愁民怨，唯有光棍们欢迎。正德对少女强取豪夺，对已婚的，还客气一些。所以，一些地方就出现了壮观的"拉郎配"现象。有闺女的人家，在大街上一见单身男性。有模样的，没模样的，都往家枪。

一日，正德和江彬在大同游逛。走到一个叫梅龙镇的地方，正值中午，进了一家酒店吃饭。正德的眼睛滴溜溜乱转，吃着吃着，就看中了酒店的女老板。酒足饭饱，他使了个眼色，江彬等人明白，皇上这是要劫个色，便去把好门口。正德走上前，与女老板搭讪，对方是个豆蔻年华的少女，不谙世事，正德问什么，她就答什么。谈得入港，正德开始动手动脚。小姑娘有些嗔怒，就骂。正德脸皮极厚，不但不生气，还把小姑娘往里屋拖。遭到强烈反抗后，正德亮出了皇帝身份。小姑娘知道，这是天下最尊贵的人，只好屈从。在绝对的权力面前，女人的贞洁算不得什么。两人缱绻后，正德打听她的名字，得知她叫李凤姐。还有个哥哥，叫李龙。正德马上把他的哥哥叫来，又是封官，又是赏银，还答应封李凤姐为贵妃。

正德在大同待了一阵子，天天与李凤姐黏在一起。李凤姐读书不多，但她知道，天下不可一日无君，皇上要以苍生社稷为重，便劝正德回京。正德舍不得，就带了她一同回去。

一行人走走停停，到了居庸关。李凤姐在路上着了些风寒，游览居庸关的庙宇时，看到四大天王的雕塑太过狰狞，又被吓到。遂一病不起。正德天天守在床边，嫌身边的御医不够，就派人去昌平请最好的郎中。尽了一切努

力，可李凤姐的病还是没有好转。虚弱中，李凤姐劝皇帝先回京，自己留下来养病。正德不肯。李凤姐说："如果你因我耽误在此，我就死给你看。"正德看她决绝的样子，只好答应，并许诺过些日子再来接她。

正德走后，没几天，李凤姐就香消玉殒了。当地官员把她葬在了居庸关的西南。后来正德有没有回来接凤姐呢？有人说回来过，也有人说没有，不过，这已经不重要了。第二年，李凤姐的坟茔上长出白草，如失意人的白发，随风飘摇。当地人称这里为白凤冢。其上有峰，峰顶是圆平的，人称"望京台"。据说，直到现在，每逢月明之夜，总会有一云朵飘于其上，形状像极了一个女子，她眼望京城，凄苦悱恻。经历五百年风雨，求爱的人儿早已远去，在康陵中化作了一堆朽骨，那云却依然痴心不改……

关于白凤冢，虽是传说。但它来源于正德皇帝真实的性格、做派。即便那是真实发生过的，也不过是一粒微尘，入不了史家的眼。煌煌二十四史，从来都是帝王的家谱，哪有小民的血泪？

和家沟男女情

王庆和

兴寿镇象房村属于半山区，建于元代，是一个老村子。山上生长着不少草药，最早就是因为山上的这些草药而引来了采药人落户在山角下，才有了最早的象房村的。不过元代的时候，象房村的后山上还有一座庙和一座庵，也是很有名的。庙是一座小庙，但有灵气。庵也是一座小庵，但同样香火很旺盛。

庙建在后山东边的山坡上，庵建在后山西边的山坡上，中间有一条沟隔着。庙和庵正好相互对望。

庙里的和尚不多，只有三个，一个老和尚，一个中年和尚，还有一个年轻的小和尚。庵里的尼姑也不多，也是有三个，也是一个老尼姑，一个中年尼姑和一个年轻的小尼姑。

庙里的和尚每天都要下山，到沟里去取水喝。庵里的尼姑每天也要到沟里去取水喝。

这样，和尚和尼姑便要天天在沟里见面了。天天见面自然也就熟悉了，彼此除了打个招呼，还要说说话。尼姑做不了的事情，有时候和尚们就去帮着做。比如砍柴、背柴，尼姑们做着吃力，和尚们就帮着把柴砍好，背到庵里去。

比如和尚们的鞋子，衣服破了，尼姑便拿去洗净，然后帮着缝缝补补。

时间长了，一来一往，就很像一家子。一来二去，那个年轻的小和尚就看中了那个年轻的小尼姑。年轻的小尼姑对年轻的小和尚也有了好感。但两人都绷着劲，守着戒律，谁也不肯捅破这层窗户纸。那还了得，了不得！

两人都是心里默默地动劲，表面上是看不出什么来，一切都平静、平常着，并不破坏什么。

办，没钱，人再好，我父亲也不会答应。

此刻万草草手里正玩弄着一只手镯。小木匠说，你这手镯真好看，一定很值钱吧。万草草说，这是我家最值钱的一件玉器，能顶我家三座大院子，三百亩大田，也是我家的传家宝。父亲让我保管，就是让我能知道他有多疼我。

小木匠听到这儿，眼睛突然一亮儿，说有了，如果我有一只同样的宝物，也是价值连城，不就是有钱人了吗？

万草草说那是当然，没有钱，有价值连城的宝物也成。你有什么好主意吗？

小木匠的眼睛闪闪发光，他凑近万草草，对万草草说了他的想法。万草草开始听得吃惊，觉得事情不妥，可想了一会儿却觉得，要想与心爱的人走到一起，成为一家，也只有这么试一试了。

小木匠走了。这一次，万家姑娘的心里七上八下的。苦等着小木匠再次来。一天两天，事情过去了小一个月。

小木匠借故终于回来了，自然又是来为万家修木匠活儿的。万家姑娘房里的家具又坏了。如此这般，父亲万田山，也多少看出了一点女儿和这小木匠的关系，猜出是女儿喜欢上了这个小木匠。

但万田山并不捅破这层窗户纸，因为他坚信，这是不可能的事。自己决不会把女儿嫁给这么一个小木匠。

谁想，这天晚上，女儿却走进了父母的房间，问父母，如果男方家里有价值连城的宝物，算是有钱人吗？

　　万田山听了这话，说当然算，宝物就是钱，甚至比钱还叫钱，因为还能升值。谁手里有价值连城的宝物，你就可以嫁给他。

　　这时，万草草回身推开房门，门外站着小木匠，万草草让小木匠走进来，拿出手里的宝物给父亲看。

　　万田山惊讶无比，他万万想不到，这小木匠会有什么价值连城的宝物。小木匠笑着，一步步走进来，客客气气地叫了声万老板、万师母。然后就将一只手打开，展现出了手里的宝物。原来是一只手镯。

　　万田山看后傻了眼，小木匠怎么会有这么漂亮的手镯呢？这手镯怎么那么像自己家的那只呢。难道是女儿把家里的宝物给了小木匠？但他不相信自己的女儿会这么傻。

　　他对女儿说，咱家的那只手镯呢？怎么这只手镯那么像咱家的那一只？你快去把咱家的那只拿来比比看。万草草走出去，一会儿工夫回来了，把自家的手镯递给父亲看。

　　万田山却看不出来有什么不同，两只几乎一样。但他不放心。他要亲自跟小木匠到县城检验小木匠拿来的这只手镯。如果真是价值连城，他就把女儿嫁给他。事情出乎他的意料，到了县城珠宝店，懂行的人看了这只手镯后，十分惊讶，说这只手镯，世上罕见，确实价值连城。

　　万田山和小木匠回去的路上，万田山向小木匠提出，如果小木匠肯把这只价值连城的手镯给他，他就把女儿嫁给他。

　　小木匠同意。于是万田山便把女儿嫁给了他。

　　万田山不知，这只手镯本来就是他的，只是小木匠事先用了一个月时间，找了一只十分相似的手镯给了万家女儿，把这只价值连城的手镯说成自己的。这是小木匠和万家女儿为了爱情使的计策。

　　万田山自然不知。等他多少年后发现事情的真相时，早已是生米做成了熟饭。再说，他也没有损失。这只价值连城的手镯还是他的，并没有变化。

　　后来有钱的万家因为战乱，搬出了前白虎涧村，但万家的事，人们还记着，关于这个价值连城的手镯，人们一直还在传说。

凄美凤凰情

施会泉

在天龙潭的深山老林里，住着一家猎户，老两口有一个儿子，起名叫二没。一年小二年大，眼看二没就到了十六七岁。这天，父亲上山打猎，二没随父去采蘑菇，他来到一棵大树下，看见树根上有一簇如盆如盖的蘑菇，他刚要伸手，就见一条大蛇扬着头，吐着芯子在觅食。他抬头看看树上，见有一只美丽的小鸟在低低地盘旋。二没从来没见过这么好看的鸟，那鸟的羽毛像五彩的锦缎，把周围的一切都映成了玫瑰色。鸟儿也是生灵，何况是这么好看的鸟，决不能让这条毒蛇把它吞掉。二没这样想着，赶紧喊来了爹，他爹一枪把这毒蛇打死了，鸟儿得救了，拍拍翅膀飞走了。

自打爹打死那条毒蛇，就得了一场重病离开了人世。母亲思念爹害了病，没多少日子也去世了，就这样剩下个孤零零的二没。乡亲们都埋怨他父母给他起了个不好的名字，二没，二没，二老双亲都没了。二没无依无靠孤苦伶仃，只得天天去山中打柴，换些米面度日。一天晌午，他吃完干粮，躺在草地上睡着了，不知什么时候起了一阵黄风，把二没卷上了天空，过了一会儿风又把他送了下来。醒来后，天已经黑了，看不清回家的路。这时，只见不远处有一线光亮，他就向前走去。到跟前一看，四周院墙很高，没有门。这时，他感到又饥又渴又乏，便提高了嗓门喊："大叔大婶行行好，开开门吧！"院内没有人言语。他又说："大姑大姐开开门吧！"就听里面有个女子答了话："你是二没吧，进来吧！"话音刚落，墙角处闪出一道缝。二没进来后，墙又恢复了原状。一女子举着蜡烛从屋里迎了出来。看上去那女子不过十六岁，身着五彩衣裙，真个是流光异彩、楚楚动人。二没好生奇怪，她怎么会知道我的名字？这女子自我介绍说："我叫金凤，父母出门了，我这里有饭有水，你也该歇歇了。"二没耐不住饥肠辘辘，便不客气地吃了起来。吃罢饭，二没说："我该回去了，也免得父母回来说你什么。"金凤说："我父母今晚不回来，你就别走了。"二没也实在太累了，躺下就睡着了。第二天一早，二没还要走，金凤说："你看，这么大个院子，就我一个女孩子，怪害怕的，你就和我做伴吧，我父母得一个月才能回来。"这二没心眼好，就听了金凤的话住下了。月缺月圆，转眼一个月到了，二没要走了，金凤又拦住说："我根本没有爹娘，就跟我过日子吧！"又说："我去集市上买点东西，明天咱们就拜天地。"二没是个孤儿，在这里多亏金凤照应，心中只有感激之情，还有什么不应之理，何况也到了娶妻的年龄。金凤临走嘱咐二没说："你千万别出院子。"金凤走了，门也封上了。二没想，这么多日子也不让我出院子，实在太憋闷了，他想那曾经打过柴的大山，想那山中的奇花异草、飞瀑流泉。他搭了个梯子，就爬上了墙头。往外一看，附近有一所宅院。但见画栋雕梁金匾生辉，很阔气。二没翻墙而过，刚走到门口，只见一个穿裙子的小姑娘，端着一盆脏水就朝他泼来。二没说："你怎么这样不懂事！"说罢就追进了院子。小姑娘到屋里还说："我就泼你了，怎么样？"这时从里屋走出一位娘子，像是小女孩的母亲。就指着小女孩说："这还是你姨父呢，怎得这般无礼！"并让二没进屋坐。既然和金凤是亲戚，二没就随这娘子进得屋来，略坐片刻，便觉浑身不适，起身告辞。这娘子说："明天过来吃早饭吧！"二没回来后，躺在床上就病了。金凤回来，早已知道八九分，埋怨二没不听话。金凤说："从今后，你要听我的话，不然，我就不给你治了。"二没下了保证。金凤拿了一把小刷子，从头到脚用清水给他刷了一遍，病马上就好了。两个人高高兴兴入睡了。

东方渐渐泛白，天亮了。就听墙外有个女人喊："她姨父，你出来！"金凤说了声"不要动"提着宝剑出了屋。到了院里，就将那贴身宝剑掷了出去，只听惨叫一声，宝剑带着血又回来了。金凤知道那女人已被斩了，方收了宝剑，回到屋里，告诉二没说："那娘子是蝎子精，昨日你被泼的一身

【昌平大地上的**传说**】

水，是蝎子的毒水，今儿个你若再出去，她会把你吃掉的。"

这一天，二没和金凤双双拜了天地。尽管金凤对二没百依百顺，可二没总受不了小院的约束，一心想看一看外面的世界。一天，二没爬上梯子，往外看，只见大道上人来人往，热闹非常。金凤告诉他，那是去集市上看戏的。二没从小就爱看戏，一听说唱戏，更着了迷。金凤心想，倒也是，一个大活人，一年三百六十日，在小院里是闷得慌，可外面的世界并不平静啊！……想来想去，金凤还是依了他。为了化险为夷，把那把贴身宝剑让二没带了去，并告诉二没说："这把宝剑始终不能松手，路上万一遇上什么妖魔鬼怪，只要用这把宝剑一指，就可以了。"上路后，金凤还千叮咛万嘱咐，时间不能长，只能是吃三个烧饼的工夫。谁知这戏演得好，不觉已是半天过去了，二没见天色已晚，匆匆往回赶路。路上已经没了行人。正走时，二没一回头，见身后有个三尺半高四尺粗没头没尾的怪物正紧紧地跟着他。这时，他想起金凤告诉他的话，拔出宝剑一指，那怪物就不动了。

日月交辉，寒来暑往。一年夏天，集市上又唱大戏，听说这回比上回唱得更好，看戏的人可多了，连当朝的达官贵人、龙子龙孙都来了。二没又央求金凤，说这回一定早点回来。金凤又把宝剑交给了他。这场戏，果然不同上次，叫好的喝彩的此起彼伏。二没也看得认真，唱到精彩处，二没一拍手叫好，那宝剑就飞了出去，左刺右杀，将那看戏的人全给杀了。而后，那宝剑径自飞回去。金凤收了宝剑一看还带着血迹，知道是惹了事。这时二没也风风火火地跑回来了。金凤对二没说："你怎么不拿牢宝剑，闯了祸。你知道，这把宝剑把龙子龙孙都给杀了，当今皇上是真龙转世，上天岂能饶我？

我已算出，不出明日，雷公爷会将把我劈成两半儿。"金凤说到此处便潸然泪下。二没也后悔不该不听金凤的话。此时，金凤拉着二没的手，缠绵凄婉、语重心长地说："十月怀胎，我于明日该分娩了，你要记住，那雷把我劈在哪，小孩就生在哪，你要好生照看孩子，把孩子扶养成人。还有，我一直没有告诉你，我是凤凰所变，就是那一年有条毒蛇要吃我，你把你父亲叫来，把那毒蛇打死了，我得救了，你是我的救命恩人啊。这次上天要惩罚我，将把我打发到人间受磨难。可是，你要记住，当雷劈我后，你千万把我的羽毛梳理好，带在身边，还有用得着的时候。"

生离死别，金凤、二没抱头痛哭，挥泪不止，挨到第二天，就见西北天空乌云压了过来，闪电划破天空，像把利剑朝金凤刺来，只听一声霹雳，小院的空地上留下一堆绚丽的羽毛，羽毛底下红布裹着一个小男孩。霎时间，房子院子全不见了。二没把羽毛一根一根梳理好揣在怀里，抱上这孩子就四处乞讨游荡去了。雨雪风霜，一晃十六个年头过去了，这孩子已经十六岁了。一天，爷儿俩走到一个叫麻庄的村子，孩子突然病了。前面大树下有几位老太太在乘凉，二没前去打听此处有没有看病的先生。一位老太太说："我们这儿没有先生，倒有一个麻丫头，她什么都会，什么捉邪啦，给人看病啦，谁家办事造厨啦，就是模样长得丑，一脸麻子。"老太太说罢，这麻丫头从对面走来了。一见到二没的孩子就说："这是我的孩子，病马上就会好的。"说完，用嘴给这孩子吹了三口气，这孩子的病果然好了。几位老太太好生奇怪，心里说，这麻丫头才十六岁，未出阁，怎么这十六岁的孩子成了你的孩子，大姑娘家家说这话也不嫌寒碜！二没也不解。这时，麻丫头劈头就指着二没问："我的衣服给我带来了吗？"二没还是丈二和尚摸不着头脑。麻丫头又补充说："你忘了，就是那堆羽毛。"这时，二没才恍然大悟。想起十六年前，金凤临死前的那番话，莫非是她？二没把十多年来揣在怀里的羽毛拿了出来，麻丫头一见这羽毛，马上变成了一个俊美的大姑娘，她正是当年的金凤。从此，一家三口人又过上了快乐幸福的日子。

上错花轿嫁对郎

李晨辰

　　传说在很久以前，在昌平的下念头村附近，住着这样一户人家。男人叫董大壮，生了个女儿，起名董芳。董家家境殷实，世代务农，董大壮还时常做些小生意。董芳从小就聪明可爱，九岁那年，母亲董王氏得病去世了，董大壮又续了弦，给董芳找了个后母，后母带过来一个女儿，叫张翠香，跟董芳同岁，只相差四个月。

　　董芳十二岁那年，父亲也去世了。董芳就跟着后母和张翠香一起生活。后母为人精明刻薄，心里当然是喜爱亲生女儿，但表面上并无偏袒，有张翠香一口吃的，就有董芳一口。一是怕村人说三道四，二是怕婆家人挑理。

　　两个女孩感情还好，一起玩，一起学女红。一天天长大，都出落得很漂亮，大概是整天耳鬓厮磨的缘故，两个女孩的容貌还有几分相似。这一年，董芳十八岁了，到了出嫁年龄。以前，董大壮给她定过一门亲，做小生意时，董大壮认识了开粮店的周茂才，周茂才有个儿子叫周友桥，周茂才就提议两家结亲，董大壮也同意了，定亲时，周家还不怎么富，到了董芳十八岁时，周家富得流油，粮店还开了几家分号，周友桥今年也十九了，周家就上门来提亲。张翠芳儿时也订过亲，对方的家境比周家可差远了，张翠芳的未婚夫叫吴厚贤，是个穷酸秀才，在私塾里教书，恰好在此时，这个吴厚贤也登门来提亲了。

　　对于两份婚事，董芳的后母满口答应，还说两份婚事要在一起办，一是省钱，二是显得热闹，心里却动了歪心眼——董芳凭啥运气这么好，自己的女儿却要嫁给穷小子。后母就想出了一个计策，决定把两个女儿掉包，让张翠香嫁给周家，让董芳委身于穷小子。

　　成亲这一天，周家和吴家都吹吹打打，过来接新娘子。后母给两个女儿都带上了红盖头，又故意弄错，让张翠香上了周家的花轿，让董芳上了吴家的花轿。周家和吴家吹吹打打回去，拜了天地、父母，吃过酒席，待到洞房花烛夜，两个新郎才知道娶错了媳妇，可生米已经煮成熟饭，传出去又不好听，两家人只好将错就错。

人算不如天算。两年之后，周家的老掌柜得病身亡，周友桥不成器，整天吃喝玩乐，坐吃山空，周家一点点败落下去，在一次赌博中，周友桥不仅输掉了粮店，还输了全部房产，周家人都搬到了茅草屋。而那个穷酸的吴秀才考中了举人，做了一个州的州官，吴家也跟着日渐富裕，显赫乡里，董芳时常来探看后母，后母看着她身上的绫罗绸缎，肠子都悔青了。

当初上错花轿，董芳也知道是后母故意所为，却不记恨，还经常接济后母和妹妹张翠芳，贤德的美名远播四方。后来董芳的郎君官至吏部侍郎（副部级），董芳被皇帝封为"五品诰命夫人"。董芳就把后母、妹妹及妹夫都接到京里去住了。在此地留下了一段美丽的传说。

奇闻故事传说

昌平松园的药王泉

王庆和

　　早在昌平镇建立之前，昌平城东关就有一眼泉，常年不断，泉水不大，虽然常年流着，但面积也就一亩左右的地方，像个水池子。水很清，很凉。能看到水下的砂石。这泉水就在中国政法大学后院的家属楼前。

　　当年，这里是一片庄稼地，不过就因为这眼泉的关系，在这里种庄稼总是涝。于是，当地的农夫把泉眼附近都改成了菜地。用这眼泉水浇灌自己的菜地，倒也何乐不为。当时菜地的主人姓孙，名叫孙士进。

　　那时昌平东关一带不缺水，到处都是小河沟，所以，人们并不把一眼泉当回事。

　　只是有一年，牲畜们闹病，闹得很厉害。昌平一带的牛马、猪羊病死得很多，人们闹不清怎么回事。那时也没有药治，只能任牲畜们自己扛着了。扛不了的，也只能死。没有一家的牲畜不闹病，不死的。

　　孙家也养着牛羊，却没有事，一头都没事。而邻居家的牛马、猪羊却是死的死，病的病。人们偶然中发现了这个情况，都很奇怪。这孙家的牲畜也是牲畜，怎么就一点也没事呢。

　　那一年，孙家人自己也很奇怪，甚至也是一天到晚提心吊胆的，生怕自家的牲畜也染上病。可眼看着附近一家家牲畜都躺下了，唯独自己家的牲畜没事。心里也闹不清是怎么回事。孙家人甚至想，一定是自己祖上积了什么德，让自己逢凶化吉吧。

　　尽管孙家人这样想，可还是很注意牲畜的情况。一天两天，邻居们也开始注意孙家的牲畜为什么不病。有人来打探孙家人喂什么饲料给牲畜吃，查看的结果，是孙家人并没有什么特别的。

　　再往下打探，人家终于发现，孙家的牲畜每天喝的都是自己家菜园里的

那眼泉水，别的水不喝。人们轰动了，是不是孙家的水质好啊。孙家人经邻居这么一提醒，也注意到牲畜如此不病，可能是和自己家的这眼泉水有关。孙家更不敢让牲畜喝别的水了。

于是，邻居家也不让自己家的牲畜喝别的水，专门来孙家这里打水，或赶着牲畜来喝孙家的泉水。一来二去。牲畜们真的也不再发病了，甚至有的病牲畜因为喝了孙家的泉水，居然好了起来。

人们大喜，事情开始不一般了。一传十，十传百，孙家菜地的泉眼一时间成了宝贝，每天都被牲畜围着。

事情也开始进一步发展，孙家的泉水既然能治牲畜的病，那么人的病是不是也能治呢？人们开始这样想。于是，有些疑难杂症，怎么也看不好的病人，也就跑到孙家来喝这泉水。孙家人是善心肠，也不当事，喝就喝吧，谁知道这泉水能不能治病呢。

随着日子不断的推进，有些病人竟然说，孙家菜地的这眼泉水真的治好了自己的病。随着这种说法，前来取孙家菜地泉水的人越来越多。每天都有几十个，热热闹闹的。

孙家人心善，谁来都是无偿的，一分不取，能治病自然也是好事情。

谁想，没过多少日子，孙家门前却来个要买地的。一个财主那天走进孙家的门，对孙家人说，老孙啊，我要用二百两银子买下你家的这块菜地。这可是你发财的机会啊。的

确，孙家人一年种菜也没有多少钱，来人竟然花二百两银子买一块菜地，孙家人当下接受，双方成交。

谁想，财主买下孙家这块菜地，也就买下了那眼泉。这之后，财主便向前来喝泉水的人开始收钱，每次一人最少一两银子。

本来孙家的泉眼对于有病的百姓是免费的，这下穷苦的百姓又喝不起了。但远远近近还是有不少有钱人，这些人得了病，还是花得起钱喝泉水的，这眼泉水也就成了富人们的泉眼，在富人间越传越广。

谁想，就在财主以为自己是买下了聚宝盆时，这眼泉水却一点点的干涸了，一年之后，终于变成了一口死泉。

如今，这地方虽然已经成了大学，泉眼早消失了，但松园村的这眼药王泉，还是被一些老人们记着。

瘦七的传说

李福臣

小汤山这地方，自古就人杰地灵，民间出现过很多行侠仗义之人，瘦七就是其中之一。

相传瘦七长得其貌不扬，因为弟兄多，他排行老七而得名。据说瘦七奇瘦无比，就跟一根干柴棒似的，若从外表上看，三级风就能把他吹上天。浑身几乎没肉，一张松弛的皮肉包着一堆骨头。但是，正中了那句话，人不可貌相，海水不可斗量。你可别看瘦七外表长得瘦弱，但内里却强壮无比，力大无穷。场院里几百斤的碌碡砣子，他抠着脐眼一只手就能搬起来，那姿势与他的身段极不相称，就像机器人似的，看着根本不可能的事儿，他却轻而易举地做到了。庙门前的石狮子，少说也有千八百斤，几个人抬都抬不动，瘦七一个人却能搬动自如。据说有人曾经亲眼看见过，他把石狮子举过头顶，还抛起来一丈多高，双手轻轻接住，又放回了原处。那样子，就跟蚂蚁举着比自己身体重几倍的东西一样，让人看着就觉得惊奇。

别看瘦七力大无穷，但他从来不仗势欺人，伤害百姓，相反却对贪官污吏、村霸恶少屡屡出手，在小汤山一带被人们尊称为"七爷"。

这一年的庙会，小汤山来了许多人，把很宽的街道挤得熙熙攘攘、水泄不通，挑担的、赶骡子的、挎着大篮小篮的、背着褡裢、推着小车的，更有那些有钱人，骑着高头大马、坐着小轿子的。这个平时有些冷落的小镇顿时热闹了起来。

就跟米饭里有粒沙子一样，那个地方也有不和谐的音符，在这赶庙会的人群里边，有一个外乡的地痞恶少。因为他专事寻花问柳，得了个"花匠"的绰号。他自恃跟寺庙里的和尚学过几年武艺，懂得一些枪棒功夫，又是名门大户，没人敢惹，经常欺压百姓，糟蹋良家少女。这一天，"花匠"带了

昌平民间文学

十几个打手，骑马几十里来到小汤山庙会。在人山人海的大街上，"花匠"一不看街景，二不看货物，专看那些赶庙会的大姑娘小媳妇，看哪个漂亮，看哪个有姿色，看哪个身段好，看哪个丰满靓丽。

"花匠"从街东头走到街西头，又从街南头走到街中央，他终于瞄上了一个"猎物"。那是一个十六七岁的小姑娘。她长得丰乳肥臀，窈窕之林，身材修长，面似桃花，明眸皓齿，柳眉悬鼻，秀发如瀑，天生丽质……"花匠"一看眼就直了，不错眼珠地围着人家上下打量。这时候，那姑娘正挑选一块花布，见有人围着自己左一眼右一眼地打量。姑娘抬头一看，并不认识，怕招惹是非，便想赶紧离开。谁知，"花匠"上前一步，一把拉住了姑娘的玉手："走什么呀，那花布我给你买。只要伺候好本大爷，你要什么就有什么。"说着就要上前搂抱。姑娘气急了，吓得眼泪都流出来了，她奋力挣脱自己的手，抬手就给了"花匠"一耳光。"花匠"摸着自己火辣辣的脸，不但不发火，反而哈哈大笑："我就喜欢这样的野味，你打得越响我越痛快。"说吧，一把抱起姑娘，亲了一下，扔在了马背上，随后自己也跳了上去。姑娘在马背上，又急又羞又怒，拼命挣扎。但无奈被"花匠"紧紧地抱着，怎么也挣脱不开……看到这情景，赶庙会的人们一下就乱了，叫叫嚷嚷着散开了……

就在这万分危急的时刻，只见一人飞身上前，他一个饿虎扑食把那匹马扑倒，推倒"花匠"，救起姑娘，站在了空地中央。人们一看，不约而同地惊呼："这下好了，七爷来了！姑

娘有救了！"那"花匠"并不认识瘦七，见来人是个干瘦干瘦的老头，根本就没拿他当回事。他令手下十几个体壮如牛的打手把老头抓起来。可谁知，那十几个人还没靠近瘦七的身体，便一个个扑倒在地。"花匠"一看，他们伤的全都是脚面，一个个抱着脚丫子在地上打滚。"花匠"令他们一起上，把老头先抱住再说。可谁知，瘦七只来了一个"野马分鬃"，就把那几个人打得鼻孔出血，抱着脑袋哭爹喊娘……"花匠"知道遇上了高手，只得硬着头皮上前比试。他们走了只几个照面，"花匠"就被瘦七踢中裤裆，一头栽倒，成了终身"残废"，再也不能采花盗柳了。瘦七当着所有围观的人，狠狠地教训了"花匠"一顿，最后怕出人命，才把他放了。

百姓拍手称快，姑娘感激涕零，"花匠"狼狈而逃。后来，姑娘在父母的陪同下，认了瘦七为干爹，从此再也没人敢欺负她了。

"花匠"被瘦七痛打之后，找到他的和尚师傅，添枝加叶地哭诉了受辱的经过，并祈求师傅给他报仇。"花匠"说："我在小汤山庙会打着您的旗号耍场子，想给您扬扬名，不想给一个叫瘦七的人给踢了，打伤了徒弟还不算，还说有一天一定要找您理论，非给您点颜色看看……"

老和尚本是个高人，也是个正人君子，平时除了喜欢使枪弄棒外，就是喜欢结交天下英雄豪杰。他原来对瘦七早有耳闻，只是天各一方，无缘相见，这次听徒弟这么一说，也想拜会拜会，一来了却一桩心愿，二来也辨辨真假，看看瘦七到底有多大能耐。他亲笔给瘦七写了一封邀请函，差庙里的人骑快马送到小汤山，请七爷于七月十五日赴宴，他自己也做了一些准备。

转眼之间，七月十五到了，瘦七提前一天来到了这座寺庙。宾主相见，免不了一阵寒暄，握手之时两个人就较上了劲。他们把浑身的力气都运在手上，胳膊上都是青筋暴突。这要是没有强大内功的人，肯定是手断骨折，疼得哭爹喊娘，可他俩却谈笑风生，一点事都没有。他们把腰里的牛皮带都绷断了，却没有分出胜负输赢。他俩要经过三间庙堂的地面，才能进到老和尚的屋内。这三间屋子的地面，可不是普通的地面：第一间是豆腐地面；第二间的地面，上层是豆腐，下层是钢板；第三间的地面，是摇摆不定的铁球。他们握着手，同时走过豆腐地面，不但没把松软的豆腐踩碎，反而经过的地方豆腐还长高了一分！可见俩人轻功之高超。第二间屋子的地面，他俩分头而过。和尚轻轻地走过去，上层的豆腐没被踩坏，下层的钢板却被踩碎了；而瘦七也轻轻地走过去，上面的豆腐一点事儿都没有，下面的钢板却成了碎末！由此可见，七爷的内功深厚。第三间屋子的地面，由瘦七先行，凡他踩过的地方，铁球全部成了两半；而和尚走过的地方，铁球却成了四半！那和尚正想发笑，不想七爷踩过的铁球，又慢慢裂成了八半，而且不声不响！

三间庙堂的地面过了，七爷和老和尚来到了寝室。寝室里没有床，只有三根被细线吊着的竹竿。老和尚指着两根吊着的竹竿说："七爷远道而来，就睡'软床'吧。"他又指着吊了一根的竹竿说："这里是我的家，由我来睡'硬床'。"说完，老和尚纵身跳到了一根竹竿上，顺着身子躺在了竹竿上；瘦七见他如此，也不推辞，照着老和尚说的，一跃跳到两根竹竿上，一根竹竿搭着脚，一根竹竿枕着头，横着躺在了两根竹竿上……就这样，两人一个睡"软床"，一个睡"硬床"，在庙堂的寝室里"睡"了一宿。

第二天早晨，正是七月十五，洗漱已毕，吃罢早饭，瘦七便与老和尚开始比试。老和尚说："这样吧，我庙前有两块青石碑，咱俩一人一块，每人躺在上面让对方打三掌，谁受不了就算输。您看怎样？"七爷说："悉听尊便，就这样吧。"

他俩来到庙前，果见有两块一尺来厚的青石碑。瘦七靠在一块青石碑上，让老和尚先打。老和尚运足丹田气，向后退了两步，劈手向七爷前胸就是一掌。这一掌下去，要是碰上别人，不死也得骨断筋折，没想到碰上七爷，不但一点事都没有，反而把老和尚震得倒退了三四步，手脚酸麻……第二掌、第三掌均是如此。打完后，和尚知道自己遇到了世间的高人、奇人，便硬着头皮靠在另一块石碑上让七爷击打。瘦七运足力气，抢步上前，只轻轻一掌，隔着老和尚的肚皮，就把后面的青石碑击得粉碎，而老和尚却安然无恙……这一掌叫"隔山打牛"，没有真本事的人是绝对做不到的。老和尚是习武之人，知道这其中的厉害，更感谢七爷手下留情，于是，纳头便拜，口称"师父"，心甘情愿，从此以后拜倒在七爷手下学艺练武，侍候左右。

瘦七看老和尚心诚，又有一些道行，就收了这个徒弟。时间长了，瘦七知道了老和尚就是"花匠"的师父，便把"花匠"在小汤山庙会上如何调戏良家少女的事说了一遍。老和尚不听则已，一听直气得七窍生烟，不但把"花匠"废了武功，还解除了师徒之约。"花匠"偷鸡不成蚀把米，不但没有达到为自己报仇出气的目的，反而让自己的师父成了人家的弟子，搬起石头砸了自己的脚。这正依了"善有善报，恶有恶报"的古训。

这正是：

> 七爷浑身有奇能，抑强怜弱万民拥。
> 汤山脚下传佳话，救人危难水火中。
> 其貌不扬有神力，匡扶正义保太平。
> 从来人杰多磨难，不凡经历留英名。
> 莫道汤泉君行早，写下传奇励后生。

二人下棋一人看

李福臣

二人下棋一人看，不但是昌平区南口镇关沟里的一个景物，更有一段神奇的传说。

关沟四十里，胜景七十二处，景中有山，山中有景，是一块绝妙的风水宝地。"二人下棋一人看"在居庸关东南，坐落在离杨六郎"拴马桩"不远的地方。它是由三座自然形成的小山峰组成的，远远看去就像两个人在低头下棋，一个人在旁边观战一样。形象生动逼真，栩栩如生。

据当地人讲，此景是一个老和尚、一个云游僧和一个小徒弟幻化而成的。

相传说，沟崖那边有个老和尚，不但神通广大，还爱好下棋。论神通，他上知一千年，下知一千年；能断人生死，解人困惑，降人祸福；还能测天有多高，地有多厚，人有几斤几两。论下棋，他棋道精通，颇有远见胆识，几百里之内没有对手。

老和尚还有两件宝贝：一眼山泉，一口铁锅。山泉不大，水却永不断流；铁锅不深，人却吃不见底。不管有多少人烧香许愿，拜佛求经，那口铁锅的饭总也吃不清，那眼泉里的水总也喝不净。因为老和尚法术高，为人又好，方圆数百里的善男信女都愿找他解疑答惑。不生孩子的找他，娶不上媳妇的求他，老天天旱了拜他，地上发水了请他……总之，百姓们有个大事小情、天灾人祸都离不开他。老和尚为人们办了好事，人们就感激他，给他烧香修庙传名，他成了这一带人们心目中的神仙。

再说关沟这边有一位云游僧，常带着一个小徒弟在这一带传经诵道，吃斋化缘，寻访高人。云游僧也喜好下棋，且悟性极高，在棋林高手中，从未遇着过对手。云游僧从百姓嘴里得知了这位老和尚后，非常高兴，就带着小徒弟翻山越岭去找他。这一天两人终于见了面，谈起诵经下棋，特别投机，真是相见恨晚，有惺惺相惜之意。就这样，云游僧在这里住了下来，除诵经传道外，二人就是下棋对弈，果然是棋逢对手，将遇良才，难分伯仲。

不知过了多少年，他俩都老了，身体一天不如一天。在谈起平生之志时，他俩都想找一个风景秀丽的好地方，摆上棋盘，痛痛快快地下上一盘棋，以解相识之意。他俩带上徒弟，走呀走，找呀找，去了好多地方都不满意。后来他们来到居庸关的叠翠山下，一看这里的美丽风光，一下就被迷住了。他们觉得真是太高兴了，感到这里简直就是人间仙境！于是，他们选了一块宝地，铺上棋盘，摆上棋子，让徒弟在旁边伺候着，对弈起来……

他们三人太认真了，两个人下，一个人看，下到酣畅时，竟忘记了吃饭和睡觉。就这样，树叶一青一黄、一青一黄……不知过了多久，三个人都幻化成了石头，成了如今"二人下棋一人看"的胜景，给游人带来了美丽的遐想和思索……

这正是：

千山万岭乃天成，

有情人看均不同；

心存美好景自有，

一山一石有生命；

投身锦绣大自然，

敢比青山不老松！

麒 麟

刘瞬骊

1953年的时候，大东流乡的某村，成立了初级社。初级社由十二家组成。大牲口很少，就有一头驴，还有一头瘦的皮包骨头的老母牛。

老母牛什么也干不了，肚子却越来越大。说是怀孕了吧，可没有人知道它什么时候配过种。所以有人提议，说这家伙天天白吃白喝，还得有人伺候它，趁早，杀了吃肉。

村里的中农王登怀，粗通中医，觉得这只老母牛肚子里肯定是有了牛黄了，如果到时候杀牛吃肉，再把牛黄卖给同仁堂，卖牛黄的钱，至少也能买两头骡子。

怎么琢磨都是一笔合算的买卖，于是他找到初级社社长赵长有商量，愿意用家里的那头五岁口的骡子，换这头牛。

赵长有一听大喜，这太合算了，急忙和那些社员商量。社员们虽然谁都知道王登怀是个出了名的铁公鸡，这里头肯定有猫儿腻，但眼下正是三夏时节，正是用牲口的时候，所以一致同意，用母牛换骡子。

王登怀的大儿子尽管反对，可是拧不过老爹。从此，王登怀起大早睡半夜，像伺候祖宗一样伺候着老母牛，就等着老母牛肚子里的牛黄长大一点儿，再长大一点儿，一两牛黄一两金啊！就会土里刨食儿的傻儿子，懂个屁呀！

谁知世事难料，有一天王登怀的外甥娶媳妇儿，他和老婆一大早就去了十里地以外的酸枣岭去出份子喝酒。刚走了一个多小时，那母牛便开始凄厉地叫唤不已，气得王登怀的大儿子出来进去地大骂母牛，一个是老爹吃饭没有带着他，还有就是自从家里没有了骡子，他爹，简直就拿他当骡子使了！

那母牛叫了一个多小时之后，终于产下了一头小"牛"！王登怀的大儿子一看就傻了眼，这到底是个什么东西呀，除了脑袋，全身都有鳞甲，小短

腿儿，头上还长着两个犄角！他当时就吓得头皮发紧，怒气冲天，老头子天天说有牛黄，有牛黄，结果就下出来了这么个鬼东西！这时候他脑袋里一片空白，拿起一把镐头，就对着小"牛"的脑袋砸了下去！

没有多会儿，村里的人听说王登怀家的母牛下牛了，都跑来看，一看死在地上的小"牛"，也都傻了眼。初级社的人有的幸灾乐祸，说这头牛换骡子可值了！要是真等着生出来这么个东西，那可真是倒了八辈子的霉！

村里教过私塾、八十多岁的二先生也来了，他一看见死了的小"牛"，顿时脸色发白，连连追问是谁打死的小"牛"，王登怀的大儿子理直气壮地说：是我，怎么了？二先生气得浑身哆嗦，说你这个天杀的杂种，你打死的不是牛，是一只麒麟啊！麒麟！那是神兽！

直到今天，也没有人说得清，王登怀的大儿子打死的，到底是不是一只麒麟！

公鸡

刘瞬骊

昌平西山，老山老峪里，散落着十几户人家。大家日出而作，日落而息。过着山里人的日子。

明朝初年，这里的张姓人家，出了大事。没有出阁的大闺女小翠，竟然怀孕了！

这还了得！这里代代民风淳朴，循规蹈矩，出了这样大的事，不但败坏了家里的门风，还给全村人丢了脸。于是小翠的父亲老张头，一怒之下，把女儿吊在了房梁上，严刑拷打，非要她招出奸夫是谁。小翠开始死也不招，后来受刑不过，只好招出，那个奸夫不是别人，就是家里的那只大公鸡！

此言一出，大家无不惊异，没有人相信，一个黄花大闺女，怎么会和那只公鸡搞在一起。再说了，那只公鸡，怎么也不可能让人受孕啊！

老张头家的这只公鸡，说来已有八岁。比一般的公鸡都大出了一倍，红红的冠子，脖子上长满了金红色的羽毛，翅膀深蓝，尾巴上红色、蓝色的尾

羽，高高的扬着，甚是威武，一看就让人喜欢。不但如此，这公鸡还有着一只锋利的喙，有一天夜里，黄鼠狼前来偷鸡，那只大公鸡一口就把它给啄死了。自从有了这只公鸡，黄鼠狼就再也没有来过。也正是这个原因，老张头才一直把它留到了今天。

杂种！莫非它真的成了精了？老张头满腹狐疑，放下了女儿。叮嘱村里的几个壮汉，如此这般，单等夜色

降临，把这只成了精的公鸡，乱棍打死。

果然，子时刚过，那只公鸡便出了窝，走到门口，摇身一变，变成了一个风度翩翩的青年，推门而进，走进了小翠的房间。

老张头在窗内看得清清楚楚，不由血灌瞳仁，猛地发一声喊，提着菜刀跟着冲了进去，事先埋伏着的那几个壮汉，也举着火把，拿着农具冲到了院子里，大声喊着，给老张头助威壮胆。

话说那公鸡变成的公子，看见老张头拿着菜刀冲了进来，十分惊慌，连忙变回本相，张开翅膀，从老张头的头上飞了过去，出门，来到了院子里，正迎头撞上那几个壮汉，那几个壮汉对着公鸡一阵捶打，累得气喘吁吁，最后才发现，哪里还有公鸡的影子呢，连一根羽毛都没有留下！

第二天，公鸡给老张头托梦说，我本是天上的一只神鸟，因触犯天条，被贬下天界，转世为鸡。幸蒙主人不杀之恩，无以为报，才使小翠有孕。今罪业已满，已回天庭。此子将来定成大业，至诚至孝，望岳父岳母千万保全，以使张家耀祖光宗。

老张头怒气冲天，至孩子生下，虽不信公鸡所托之梦，但善心使然，终是不忍下手将其杀害。果然，此子长大后力大无穷，从军后屡立战功，官至总督，对母亲小翠和老张头夫妇极其孝顺。

石狮子断案

峰月

昌平历史悠久，文物古迹众多，从汉朝时，中央政府就在这里设立郡县。明代中期以前，昌平的县城在旧县。据说，唐朝时，狄仁杰还在昌平当过县令，断案如神，留下了许许多多有趣的故事。

武则天时期，人民安居乐业，商业发达。山西有个商人，名叫马有才，四十多岁，瘦高，皮肤白净，做起生意来精明得很，为人却吝啬，一文钱能掰成两半儿花，有时还特别马虎，喜欢喝酒。

这一年，马有才告别家人，要去东北贩人参。家人劝马有才带上一个伙计，路上好有个照应。马有才却不同意，说独来独往多好，多带一个人，就得多出一个人的差旅费。这趟生意本小利薄，还是一个人去好。家人也劝不动马有才，只好依他。马有才挑了个好天气，就独自上路了。

这一天，路过昌平。眼看天色已晚，马有才决定找个旅店，先住一宿。走进昌平县城内，看见这里大大小小的旅店有十几家。马有才带了满满一包银子，却不舍得花，打算找个便宜的旅店住一晚。问了几家，都觉得贵。马有才转了半个城，才发现有一家大车店最便宜。店里有马厩、茅厕、伙房……还有东西两个大屋。凡是男顾客，都住东边的屋子。屋里是一张大通铺，土炕，炕上有草席，草席上有厚厚的棉褥，一溜儿可以躺二十多个人。三文钱一晚，但不提供伙食。马有才就决定在这里住下。

店伙计把马有才带进来，找了个中间偏西的位置。马有才看看床铺还干净，就把店钱交了。接着又出去吃饭。从大车店出来，拐个弯儿，有个羊肉拉面馆，马有才进去点了碗拉面，要了盘羊杂碎，又喝了半斤烧酒。吃完喝完，马有才醉醺醺地回到店里，上了大通铺。找到自己的位置，倒头就睡，把那包银子抱得紧紧的。一宿睡得死沉死沉。

第二天一早，马有才醒来，忽然发现怀里的银子不见了。把店老板叫来，说了此事。店老板也为难，昨晚跟马有才睡在一屋的，有十四个人，有胖有瘦，有老有少，谁是贼谁不是贼，实在不好判断。店老板抓耳挠腮，马有才心急火燎，这时，就有人要走，说还要赶路。

马有才急了，挡在门口处，摆出拼命的架势，说："没抓到贼，谁都不许走。"

又指着店老板叫道："你要是敢放走一个，你就赔我的银子。"

店老板无奈，只好让小伙计赶紧把县衙的捕快叫来，先控制住局势。县衙离得不远，一会儿捕快就来了。捕快听马有才诉说了经过，又把大车店里里外外看了一圈，就把马有才、店老板，和同屋那十四个人一块儿带到了县衙。

当时，担任昌平县令的，正是狄仁杰。店里十多个人都聚到县衙大堂上，每个人都喊冤枉。狄仁杰了解了案件经过，又把大堂上的人审视了一番，眉头紧锁。一盏茶的工夫，狄仁杰想出了计策，悄悄跟一个小衙役嘱咐了一番，小衙役领命而去。

狄仁杰不慌不忙地喝了几口茶，过了一会儿，对众人说："我不能冤枉好人，也不能放过坏人。这样吧，我这县衙门口，有两个石狮子，其中西边那个石狮子可是神兽，可以辨别忠奸。若是有坏人摸它的屁股，石狮子就会大吼。既然大家都说自己不是贼，那就都去摸摸石狮子屁股，让它来断案吧。"众人一听，叽叽喳喳议论开了。马有才差点儿气晕了，这个糊涂县令啊，哪有石狮子会叫唤的？

别人也都觉得这办法荒唐。可县令发了话，不能不听。十四个人，就排成一队，纷纷去摸石狮子屁股。店老板和马有才也去摸了。大家摸完，石狮子毫无动静。众人回到大堂，狄仁杰让每个人都举起双手，只见十多个人的手上脏兮兮的，或多或少都沾了些炉灰。只有一个尖嘴猴腮的人，手上干干净净。狄仁杰便指着这人，大喝一声："偷银子的贼就是你，还不从实招来，免得大刑伺候。"

这人一下子委顿在地，说："大人断案如神，小人服了。"

原来，狄仁杰事先吩咐小衙役，要他拿了炉灰，抹在西边石狮子的屁股上，等众人去摸。偷了银子的人心怀鬼胎，自然不敢去摸，手就比其他人干净。狄仁杰打的是心理战，自以为精明的马有才佩服得五体投地。

虎峪山的大头狐狸

唐宇轩

虎峪地区山高林深，有很多野生动物出没。古代的虎峪山上，住着一个农夫，三十多岁，长得身强力壮，有一次，农夫在山下田间耕作，他老婆用篮子给他送饭。农夫吃饱后，还剩了些，就把篮子放在田埂边。等干完活儿，到傍晚一看，剩下的饭全没了，篮子空空如也。第二天、第三天……又是这样。农夫受不了了，自己家境也不富裕，本来剩饭还能留到晚上吃。农夫就想调查清楚。

这一天，老婆又把饭送来，伙食很好，是烙饼卷鸡蛋。农夫只吃了一半，就假装吃饱了。把盛饭的篮子放下，扛着锄头去了地里。绕了一圈，农夫又转回来，躲在树后看着。过了一会儿，从草丛里跑出了一只大头狐狸，把硕大的脑袋伸进篮子里。农夫倒拿着锄头，蹑手蹑脚走上前，用锄头的木柄用力打狐狸，狐狸一惊，急缩头，想逃。大脑袋又被篮子的把儿卡住。狐狸就把头猛摆，挣巴了半天，脑袋终于从篮子里挣脱。狐狸扬起大头，睁着小眼睛看了农夫一会儿，撒腿就逃，一溜烟儿翻过了山冈，没影儿了。农夫看它的样子憨态可掬，倒也并不怎么生气。

几年后，虎峪山下的邻村，有个富贵人家的闺女，被一个大头莽汉看上了。女孩儿看他头大，不愿意跟他，那汉子却对女孩一往情深，整天死缠烂打。女孩儿说："天下的女子千千万，你怎么就看上我了呢？"

莽汉说："俗话说，嫁汉嫁汉，穿衣吃饭。我长得高高大大，能干活儿，又能保护你，你有什么不愿意的呢？实话跟你说，我原是狐狸，修行了好多年，才变成人身。我还有些道术，你跟着我不会吃亏的。"

女孩心里一惊，有些害怕，但又觉得这个莽汉实诚得有些可爱。女孩说："你说你能保护我？你高高大大又有道术，那你平生有没有害怕的人？"

昌平民间文学

莽汉昂起大头想了一会儿，瞪起小眼儿说："我没什么害怕的。但十年前，在虎峪山下，曾经在田边偷一个农夫的饭吃。被那个农夫发现了，差一点被他打死，那农夫戴了大草帽，穿了蓝褂子，现在一想起这事，心里还砰砰乱跳呢。"

莽汉也不客气，干脆住到了女孩的家里。倒也不伤人，就是吃得多，有时也帮女孩家干干活儿。莽汉想跟女孩好，并不是图女孩美貌，是图她家富，吃饭能管够。可女孩怎么也喜欢不上他，就告诉了父亲。她父亲姓郑，人称郑员外。郑员外想用莽汉害怕的人来治它，但不知道那个农夫是谁，住在哪儿，也无处打听。刚好他邻村的亲戚来借种子，听说了这件事儿，觉得挺新鲜，就回去跟本村人说。

其中一个人听了，吃惊地说："这和我从前遇到的事恰好相同，难道这个莽汉，就是以前偷我饭吃的大头狐狸？"

郑员外的亲戚感到奇怪，就跑去告诉了郑员外。郑员外很高兴，就要亲戚把农夫请来，用酒饭款待。酒至半酣，郑员外恭敬地告诉农夫自己的想法。

农夫笑着说："我从前确实碰到过一只狐狸，只是未必就是这一只。再说它既然会道术，哪里还怕我一个种地的呢？"

郑员外给他倒满了酒，说："不管行不行，咱先试试。"并要求他穿戴得和当年一样。农夫抹抹嘴，只好答应了。酒足饭饱之后，农夫戴了大草帽，穿了蓝褂子，站在郑员外家的院子里，把锄头往地上一杵，大声吼道："我每天找你找不到，你竟逃到这里。今天总算找到了，这回咱们新账老账一块儿算。"农夫话音刚落，就听到莽汉在房里哀叫。农夫更加装出威严大怒的样子。莽汉哀声乞求饶命。

农夫呵斥道："赶快离开这儿，我就饶了你。"那莽汉捧着大头，逃窜而去，从此这个郑员外家里就安宁了。

井水也犯河水

朱启

昌平区东南方向有个村子叫南七家，南七家村东有座关帝庙。关帝庙坐东朝西，在大殿从北到南，依次供奉着刘备、关羽、张飞的塑像。与《三国演义》中不同的是，三人的座次排序有所改变，关羽居中，刘备在右，张飞在左。

在大殿坐像的两侧，右侧有雷公、电母和风伯侍立，左侧有周仓、关平和关兴护卫。

庙前有一眼井，井虽不是很深，但却很是神奇。据说早些年间，这里的井水很甜，还经常溢出井口，流经村子东面的一个大坑，然后流进村北的九道沟，汇入北京的母亲河——温榆河。

在温榆河发水的季节，泛滥的河水又顺着来路，流回到关帝庙前的井内。有的年景，河水泛滥得十分厉害，但水势却从未漫过关老爷的供桌。因此，村民们对关帝庙的供奉便也从未间断过。

常言道，井水不犯河水。但关帝庙前的井水确实是犯了河水，这是南七家的村民亲眼所见。

说起来，这眼井的来历也很奇特。相传那是在很早很早以前的一个夏天，京郊大旱，禾田干裂，庄稼枯萎。村民们都说关帝庙灵验，就扎堆儿来到这里祈雨。在虔诚地跪拜之后，却抽得了在庙前掘井的灵签。

村民们便筹集费用，组织人力来到庙前掘井取水。不料想一连掘了三个整天，把那伙子民工一个个都累得精疲力竭，硬是连水星也没见到一个。

其时正逢艳阳高照的日中时分，民工们都收工吃饭歇晌去了，工地四围观望期盼的人们也都扫兴地先后离开，唯独有个放牛娃王四还在庙宇旁边的树荫下打着盹儿。

这时候，从关帝庙内走出一员身着绿袍的大将，手持大刀来到井口，将刀锋伸到井下，双臂用力，不断地搅挠。稍后，绿袍大将便提刀返回了庙宇。

不一会儿，就见井水汩汩地溢出了井口。

放牛娃对这一切感觉就像是在梦中一般，他赶忙掐把自己的大腿，怪疼的；揉揉自己的眼睛再看，那井水确实是在哗哗地往外流淌……

他顿时急得连牛也不管了，赶紧跑回村里去给大伙儿报告喜讯。

这时候，村民们也接二连三地发现了怪异，村子周边干裂的土地不仅获得了滋润，就连大街小巷也都是沟满壕平。并且，街道上也都水没足踝，水势正不断上涨着呢！

村民们扶老携幼赶到关帝庙内给关老爷磕头，却发现庙前的井水正翻着浪头往外喷发呢。而供桌上的关羽坐像有豆大的汗珠溢出，身上的绿袍也都全部湿透……

大伙儿你看看我，我看看你，正不知道如何才好呢。忽听得半空里一声大喊："快请磨盘来！"

村民们赶忙七手八脚抬来了一个旧磨盘，又把它沉到了井底。

说也奇怪，那井口的浪花便在骤然间止息，只留下余水在溢满井口后缓缓地往外流淌着。

从此，南七家的村民们就依仗关老爷，常年不断地喝上了这犯了河水的甜甜的关帝庙井水。

奇怪的虫子

颂松

朋友被派往非洲工作，临行前几天朋友小聚，为他送行道别，有人问：不是明年才走马上任吗？怎么提前了。朋友摇摇头，唉！前任病了，疑难杂症，经多名专家会诊，说是有类似中国蚂蟥的一种虫子，先是进入人体后很快到处乱窜，人总觉得难受，可心肝肺都查不出问题。

据当地人说，刚进入人体后在入口处放一块红烧肉，虫子就能退出来。

听朋友这么一说，不由想起老人们讲的一个真实故事，清朝乾隆年间，在北京昌平回龙观村儿发生了一件奇怪的事。村儿里有一对夫妻，从小青梅竹马、郎才女貌，小夫妻双方父母都留了一些家业，又加之俩人勤劳肯干，丈夫经常外出做买卖，回家时都给媳妇买回一些胭脂粉饼、丝绸花布和一些装饰品。媳妇打扮得漂漂亮亮，也把家里收拾得井井有条。天总有不遂人愿，转眼小两口成家七八年了，媳妇也没生下一男半女，两口子开始到处寻医问药，后来有一从河北延庆来的姓潘的郎中，打他家门前经过，郎中摇着拨浪鼓喊着：看病了，治病救人了。夫妻俩把潘郎中请进家，经过望、闻、问、切。郎中很有把握地说：没问题，只要按我说的去做，按时服药，不久就会有的。随即开了一些中草药，每天一服睡前服用。谢过了郎中，小两口小心谨慎，每天都按潘郎中吩咐的按时服用。就在丈夫40岁那年，他们喜得一千金，高兴地含在嘴里怕化了，顶在头上怕掉了。丈夫更有

奔头了，买卖做到了北京城里、南京甚至做到了南洋。再辛苦再累，回来女儿叫一声爸爸，一切疲劳烦恼被抛到九霄云外。心情好，买卖做得也很顺利。在回龙观一带也是数得上的富户了，也成了有头有脸的人物，他本人也很绅士，这时有人劝他纳妾再生个儿子，可他总是摇摇头说：我女儿就是我的希望，我的命根子。女儿慢慢在长大，出落得像一朵出水芙蓉，人见人爱，家里又请来先生教女儿琴棋书画，小姑娘天生丽质，聪明伶俐，天天在后花园抚琴作画，夫妻俩看在眼里甜在心里，想象着谁家的儿子才配得上我们的女儿。就在女儿十六岁那年，上门提亲的来了，男方都是一些名门贵族，有当地大地主的儿子，有城里富商的儿子。

天有不测风云，突然他们发现女儿有病了，面黄肌瘦，不思饮食，肚子也渐渐地鼓起来了，像是有四五个月的身孕，夫妻俩感觉天要塌了，问女儿怎么回事，她也说不出个所以然，一口咬定没有被人欺负过，他们老泪纵横，捶胸顿足，实在是没脸见人了，女人一咬牙说：先把她弄死，咱俩再一块儿死。老夫妻商量好，只有这唯一的办法了。母亲还是心疼女儿，临死前给她做了一些好吃的。于是，做了一张烙饼多放油；还炖了肉夹在烙饼里，让女儿吃。女儿不知父母的用意，本来身体不爽也吃不下，又怕被母亲责怪，趁母亲不注意，把夹了肉的烙饼坐在了屁股底下，藏了起来。不一会儿她觉着有虫子在腿上爬，赶紧叫母亲看。把她裤子脱下来寻找，母亲惊叫起来，从她下身爬出好多像蜈蚣一样的虫子，足足往外爬了半个时辰，而后肚子随之也瘪下去了，也想吃东西了。女儿随手抓起屁股底下的大饼夹肉，狼吞虎咽地吃了下去。夫妻俩恍然大悟，原来女儿是被虫子污染了，苍天有眼，没有酿成大祸。

病根解除了，女儿渐渐恢复了健康，又经过母亲的精心照顾，又恢复了如花似玉的模样，后来嫁到了北京城里一富豪家，生育两儿两女，全家人享受着荣华富贵。

扁嘴鸡

颂松

　　很久以前，位于昌平的东三旗村（现如今天通苑西三区），住着一姓胡人家，胡家有两个儿子，老大胡杏，老二胡力。父亲在世时置买了一些土地，母亲带着两个儿子过日子，母亲属于那种聪慧的女人，教育得两个儿子勤劳朴实。哥俩在这块土地上，日出而作、日落而息辛勤劳作着，日子过得还算殷实。转眼间胡杏到了娶媳妇的年龄，老太太找媒婆为儿子张罗了一门亲事。姑娘是邻村李家的老姑娘，听说姑娘聪明、漂亮瘦高个。等过门儿那天，姑娘一下轿，老太太不由心中嘀咕：哇！老大媳妇就这么高，足足有 165 公分。常言道：媳妇越娶越高，日子越过越好，我小儿子在哪去找这么高的媳妇啊！于是老太太与媒婆商量好，努力为小儿子寻找比大媳妇高的姑娘。功夫不负有心人，就在本村南头，老刘家的大姑娘，不但个高、心灵手巧，还心地善良。媒婆给撮合成了，老太太也着急把这姑娘娶进家门，选择良辰吉日，大宴宾朋。

　　两个儿子都成家了，老太太宣布，只要她在世，谁也不能提分家，人多力量大，争取再多置办一些土地，再盖一些大房子，为子孙后代造福。两个儿子都很孝顺，也是由于母亲从小管教有方，兄弟俩、妯娌俩以及婆媳关系很是和睦。大家仍然是日出而作、日落而息，全家其乐融融。老大娶媳妇三年后，为老太太生了一大胖孙子，老太太更是喜上眉梢，为了孙子也得把家业做大。有一年，风调雨顺，粮食大丰收，他们种的棉花空前高产，采摘回来的棉花堆成了小山。二媳妇建议把这些棉花织成布再拿到集市去卖，经过讨论大家一致同意，都夸她聪明有眼光。转眼又犯愁了，种地很有经验，织布的技术没有啊。二媳妇说她有一远房姑姑嫁到河北饶阳去了，那里是产棉区，家家户户织小土布，不妨到那里去学习织布技术，老太太决定让大儿子

去饶阳学织布。

大媳妇给丈夫打点好行囊，被褥和一些换洗的衣服，母亲叮嘱儿子：目前正值农闲，在那儿就踏踏实实学手艺吧，家里就不用惦记了，有你弟呢。老大高高兴兴上路了，到饶阳找到了姑姑，说明来意，姑父找了一大户人家把他安顿下来，说好在人家吃住不付钱，一方面帮人家干活，一方面学织布，也不要工钱，真是两全其美。说来还是大户人家，设备齐全，从轧棉花（去棉籽）到弹棉花、纺线，把弹好的棉花发给村儿里妇女们，纺好后按线的重量付工钱，把收回来的线整理好，然后就直接上机织布了，织出来的布幅宽一尺多，长十五尺。成品出来就拿到集市上去卖。轧棉花、弹棉花都是力气活，技术含量不是很高，织布就凭技术了。一是手脚要配合好，脚踩机子踏板，力要均匀；二是手眼要配合好。老大平时帮主家担水、扫院子、抬棉花，尽力多干一些体力活，很受主家赏识，所以对他也没有丝毫隐瞒，手把手地教他织布，加之老大聪明好学，短短的冬仨月，就把织布的技术学会了，织出来的布又平又整，主家都舍不得他了，想让他留下来长期干。他婉言谢绝了，背起行囊回到北京昌平东三旗村，要大干一场。眼看开春儿就是农忙了，老二主管地里的活儿，请了几个短工种了好多棉花。老大把家里的闲房收拾好，置办了织布的一切设备，两个媳妇也紧着忙活，没几天就开工了。因为老大织的布质量好很受欢迎，拿到集市很快就卖光了。别人也发现这生意不错，纷纷效仿，不久附近村儿里都有织布的了。天亮拿到集市去卖别人都交易完了，他就走街串巷去卖。后来发现走街串巷太费时了，还是早点儿起床到集市去卖，起早的时间也掌握不好，有时到了集市等好长时间天才亮，有时睡不醒又去晚了，有一次到集市没把布卖完，就到沙河一带去卖了。把布卖出去后天色已晚，正好碰上一个卖鸡雏的。鸡雏还剩两只，那人说：大哥，最后两只了，便宜些你拿走吧。老大也正想买两只大公鸡，让它报晓，也好赶集时间合适。他把两只小鸡拿回家，生怕被什么东西给糟蹋了，就把它们放在一个高高的架子上。第二天发现两只小鸡掉在了地上，嘴被摔扁了，乡亲们也纷纷来看热闹，议论着。这时有个南方人从这里经过，见此情景笑弯了腰，说："我从浙江老家带来一筐小鸭子，昨天晚上卖出最后两只，我正准备回老家再去弄。"人们这才恍然大悟，都笑着离开了。

这件事流传至今：东三旗的鸡，从鸡架上掉下来，把嘴摔扁了。别村的人，至今也用来调侃这村的人。每当说到这些大家都很开心。

小汤山汤泉

李福臣

提起小汤山，最出名的就是汤泉了，因为水的温度很高，古时候人们把热水称为"汤"，所以就叫成了"汤泉"。在小汤山这地方，关于汤泉的来历流传很多，我今天所讲的，只是其中一种。

据说在盘古开天时，天上一共有十个太阳。这十个太阳不分黑天白昼，永不休止地围着地球转，大地上根本没有黑夜，不但庄稼树木受不了，就是人累死热死的也不计其数，可以说是尸横遍野，草木焦黄，大地生烟，生灵涂炭……

神人后羿为了救天下苍生，用宝雕弓一连射下了九个太阳，剩下的一个太阳，因为惧怕遭到与同伙同样的厄运，便胆战心惊地躲到了燕山脚下的一棵野菜底下，哀求土地爷把它埋进土里，因此幸免逃过了劫难，侥幸存活了下来。埋它的地方，就在现在的昌平境内。保护它活命的，就是现在菜园子里经常见的马齿菜。如今的马齿菜，无论天多旱都不会被晒死，其主要原因就是它对太阳曾有过救命之恩。

由过去的十个太阳围着地球转，到现在天上一个太阳都没有了，人类和万物又受不了了。因为这会儿大地又变成了一片黑暗，不但什么都看不见，而且冰冷刺骨，万物枯萎，人们又冻死饿死了很多……天上的玉皇大帝见了，很是着急，便命天神二郎真君杨戬下凡寻找太阳，普度众生。

这二郎神原是西天圣母私下凡间与凡人生的孩子，后来被圣母带到天上入了仙班，由于屡立战功，被玉帝封为二郎神。因为他的身材一半是仙，一半是人，成了半仙之体，对人间颇有好感。二郎神奉玉帝之命，手持三尖两刃枪，领着啸天犬，驾祥云来到凡间，睁开脑门上的天目一看，见太阳正心神不定地躲在马齿菜下面的土层里，便令啸天犬从土里把太阳刨了出来。那太阳一见二郎神和啸天犬，知道他们的厉害，早已吓得热汗直流。那热汗深深地渗进泥土里，温热了这片土地……

二郎神见太阳被吓成这样，便小声地对它说："你不要如此害怕，我不是来捉你的，而是奉玉帝之命，请你回天上主事的。"太阳见二郎神和颜悦色的样子，心神慢慢地安定了下来。它对二郎神说："玉皇大帝召我有什么事儿？不会把我关起来杀掉吧？"二郎神忙说："不会，不会。玉帝不但不杀你，还要委以重任呢。"于是，二郎神便把后羿自从射死天上的九个太阳以后，人间变得一片漆黑，寒冷异常，动植物冻死枯死很多的事告诉了太阳，要它重新出山，拯救黎民百姓，为大地与人间照明，给动物和植物带来阳光和温暖的事说了一遍……太阳听了二郎神的诉说，感到自己不但命保住了，还能为人类和万物造福，心中非常高兴，决心听从玉帝的安排，恪尽职守，时时刻刻为大地发光放热。

从那以后，太阳每天从东方升起，在西方坠落，一直忙碌了千年万年……

再说太阳躲避的那块地方，就是现在的小汤山。它流下的热汗，就是今天的汤泉。保护它的野菜，就成了它的救命恩人。据说，小汤山的土地，由于保护过太阳，一年四季都是热的，不但夏天、秋天能种庄稼，就是春天和冬天，也照样能长植被和蔬菜。据说小汤山的温泉，千百年来，无休无止，喷涌而出，不但能游泳洗澡，还能治病健身，强筋健骨，所以历朝历代都是皇家的御园禁地。

小汤山的温泉，是佛泉，是圣水，是太阳流下的热汗。据传说，二郎神的母亲西天圣母曾在此洗过澡，董永的妻子七仙女曾在此沐浴，朱棣的妃子曾在此净身，清朝的慈禧老佛爷曾在此嬉戏……

这正是：

> 盘古开天十日骄，　大地生灵遭炙烤。
>
> 后羿神弓射九日，　一日受惊躲燕郊。
>
> 二郎神君下凡界，　名回天宫做值曹。
>
> 从此汤山得温泉，　千年万载乐逍遥。

暴峪泉

王庆和

暴峪泉位于昌平兴寿镇的暴峪泉村，位置属于半山区，北面紧靠着燕山山脉，南面紧靠着京密引水渠。是明代成村，早先人称"抱榆泉"或"暴雨泉"。整个村子也是因泉水而得名。

最早的时候，人们以靠水为福。所以泉水附近便有了人家。后来者越来越多，于是就成立了村，住户都是因为泉水来的。由于这里风水好，地势好，人们又在泉的附近修了庙，于是这里便有了名。

暴峪泉地势北高南低。北部丘陵占村域面积的三分之二，最高点的海拔为三百六十米。暴峪泉水冬暖夏凉，长流不断。周边几个村子的村民都喜欢到暴峪泉来取水，说这里的水醇而且甜，平日来这里洗衣服的人也不少。泉的下游几十米外有一座石桥，名叫二龙桥。

此桥是由两块几吨重的扇形石块组成的，一块为浅红色，一块为浅白色。有一定的历史价值。村西北面，原有一座老爷庙和一座关公庙，庙中墙上绘画着"桃源三结义"、"过五关斩六将"等重要的历史事件。

庙中有古树古柏，很是气派。村东南原有一座火神庙。庙院内有松、柏各一棵，很壮观。庙门外有大杨树两棵，树高近二十米，周长五米多。一九八零年后这些庙被拆为平地。人们都很遗憾。

据说当年的老爷庙里供着几尊菩萨。菩萨特别灵，求啥有啥。所以来敬香火的人也特别多，终日不断，远远近近，越远的人越信。没有孩子的人家来庙里求孩子，没有女人的男人，来庙里求女人，穷人来求转运，富人来求钱更多。总之，各式各样的人都来老爷庙里求福分。

但据说最灵的是求雨、求水。那时一到干旱的天气，暴峪泉眼就会干。有时就成了一眼干泉，暴峪泉一带的庄稼也总是旱，甚至颗粒无收。人们就来庙里烧香求雨。

由于本地人来烧香的最多，所以菩萨就灵，是因为听到的声音大。

据说有一天，菩萨终于听清了暴峪泉人的请求，于是从那时开始，暴峪泉就成了多雨的地带。传说，相隔一条小路，路的这边暴峪泉就下雨，路的那边就一滴雨也没有。事情非常的奇怪。

从那时起，暴峪泉的庄稼就长得特别好了，尤其是到了夏天，只要山顶上飘过一片云彩，跟着就会落下雨点来。这是暴峪泉人的福分。

但自从暴峪泉的老爷庙被毁后，这种福分就减少了。山顶上就是飘过云彩，也不一定就下雨。干旱的年月，庄稼同样会大面积遭灾。

如今，老人们还会提起村北的老爷庙，说有庙的时候，暴峪泉的庄稼都长得好，庙里的菩萨特别灵。

【昌平大地上的传说】

扁担挑出的神奇故事

李复国

温泉古镇小汤山以其闻名遐迩的温泉水享誉海内外。然而，其内涵和丰厚的文化底蕴或许您还不知道，那就请您顺着一条颤悠悠的扁担，与我一同去探寻这源远流长的神奇故事吧。

相传地球上的人们能看到九颗太阳，有史书说是后羿用弓箭射下八颗，人类才得以生存。笔者通过多年的民间采风，对"九颗太阳"一说又有了新的求证，来自小汤山地区的民间传说，为其涂上了神秘色彩，那就是二郎神扁担挑山埋太阳的故事。

相传古时候天上九颗太阳，让人间炙热难耐。遍地的草根、树皮已被啃光吃净，度日如年的百姓只得在宛如"火炉"的困境中挣扎。这一切，被天上的二郎神看在眼里，他一心想把困境中挣扎的乡亲们救出火坑，于是，他找到孙悟空居住的花果山，用花果山上的竹子做了一根扁担。二郎神的扁担一头担着虎山，一头挑着龙山，扁担悠悠颤颤，颤颤悠悠，叙不完世间苦难，道不尽人间悲凉。二郎神拯救百姓心切，他拼命追赶着太阳，打算留下一颗太阳，把其余的太阳埋在山下。

打那以后，二郎神不分白天黑夜，跋山涉水，暗下决心，不达目的决不罢休。这天，他来到古金平地面（今天的昌平），这里南面是苦海，北边是陆地，海里有一个龙潭。二郎神千里迢迢从南方赶到这里，觉得有点疲惫，随即把担子前后掉了个"过"，这样便成了龙山在前，虎山在后。不知怎的那么"寸劲儿"，二郎神肩上的扁担"咔嚓"一声折了两截，结果前头的龙山掉在陆地上，生生被"渴"死了。后边的虎山落进龙潭里，活活被"淹"死了。"渴"死的龙山就是如今的九里山，它宛如巨龙，绵延起伏在大辛峰村北。"淹"死的虎山就是现在的大汤山，静静地观赏着它，它难道不像凶猛的老虎，昂首伏地活灵活现呈现在你的面前么？

二郎神没能把龙山、虎山担走，便叹了口气，盘腿坐下休息。他随手把脚上的鞋子脱下来，只听"轰隆"一声，鞋里的"土坷垃"倒在地上，变成了今天的小汤山。二郎神脱掉上衣，抖掉衣上的汗水，哗啦哗啦，汗水渗入山脚，竟冒着热气儿顺流而下，且源源不断，因而形成了闻名于世的小汤山温泉水。春季正是桃花盛开的季节，二郎神选在这个季节化汗水为温泉，就是让人们通过洗浴桃花水消灾祛病，如今不少中外游客慕名而来，洗浴温泉古镇小汤山便成了旅游休闲、陶冶性情的首选圣地了。

南口镇的典当铺

王庆和

明朝时候，南口镇的南口村，有个长相漂亮的姑娘叫李芳，相貌特别的出众，个子又高，说话又甜。于是，想娶李芳的男人自然就很多。李芳十七岁这年，便开始有人上门为她提亲了。

但李芳的父亲这时却病重卧床，李芳没有这份心情相亲，也就把事情搁下了。但李芳长得实在动人，仍有不甘心的男人不顾一切，上李家来提亲。

于是，李芳便放出话来，谁要有办法治好父亲的病，她便嫁给谁。这条件倒也简单了。

李芳一放出这话，男人们便又来了劲，为李家父亲满世界投医问药的人不下七八个。不久，有人便拿来一个方子，说此方正对李家父亲的病情，吃了准好。只是那方子上的药贵得要命，对方不肯再往下掏钱。事情到此打住了。

而李家更掏不出这么多钱来。但李芳却要为父亲一试。

李家父亲的病情已不是一年两年了，家里为此早已穷得分文不剩，哪还能拿出什么钱来。除了房子，李家唯一的家产，便是一只老旧的瓷瓶。

没有办法，李芳便将瓷瓶拿出来，摆在家门口，对过来过去的村人说，我家只有这个了，不知道谁施施善心，拿去换些钱来救我父亲。我一生感激不尽。

那个年代，一村人的家里都有些瓷瓶，就像现在人们家里都有的瓷碗儿一样。这能值什么钱，不值什么钱。所以，没人肯拿出钱来给李家。再说，李家穷成这样，将来拿什么还呢。要是把女儿许配给人家还行，可李芳又不肯。再说，村人就是有这份心，也没有这份力啊，谁家能一下子拿出这么多钱。

不过，当时南口村还真有一家人有钱，就是吕家，男人叫吕宝田。原来

吕宝田的女人去年死了，剩下吕宝田无依无靠一人。他自己一个院子，女人家里当初也给他们一套院子，眼下他剩下光棍一人，要两套院子干嘛？于是，他便卖了女人的那套院子，是准备离开村子，到县城去谋点事做。

就在吕宝田要离开村子的那天，李芳突然出现在吕宝田的家门口，手提着那只瓷瓶。她对吕宝田说：李大哥，我爹病得厉害，快要不行了。全村人现在就你能拿出钱来，你能不能先换我点钱，等我爹病好了，我一定想法还你。说着李芳就掉下泪来。

吕宝田是个善心肠，很好的人。他拿起那只瓷瓶看了看，虽然知道不值钱，但竟然还是收下了瓷瓶，然后拿出卖房子所有的钱给了李芳。说先给你爹治病吧，人命关天，这个最重要。

李芳就给吕宝田跪下了。

两天过后，李芳的父亲死了。李芳借吕宝田的钱几乎没动，李芳将钱如数还了吕宝田。吕宝田将那只不值钱的瓷瓶也还给了李芳。尽管如此，但李芳还是很感激吕宝田。

因为吕宝田是她家的救命恩人，尽管父亲去世了，但这世上，危难关头，谁肯救她一家呢？只有吕宝田肯拿出钱来给她。她不知怎样报答吕宝田，有空就给单身的吕宝田缝缝洗洗，时间一长，两人就有了感情。李芳常往吕宝田家里跑，村人看到也都议论，说一个大姑娘，这叫什么事，整天跟一个光棍男人混，真是不正经！

想不到的是，漂亮的李芳并不是不正经，这年秋天的时候，她竟然宣布，要嫁给吕宝田，村人大惊，在那个年代，一个姑娘嫁给一个二婚男人，是有很大阻力的。李芳竟然不管人们的看法，更不管人们的议论，真的跟丧妻的二婚吕宝田成了一家。她是看中了吕宝田的善。

更让人想不到的是，村人看到当初李芳能从吕宝田那里借来钱，就又有人找到吕宝田来借钱，说家里如何如何急用，也是拿了东西来抵押的，就像当初李芳拿着瓷瓶来找吕宝田，而且还说给利息。

吕宝田和李芳商量，两人都是善心。于是就善人做到底，就拿出钱来借了对方，后来还真的得了利息。

再后来，人们知道能从吕宝田那里借出钱来，来找吕宝田押东西，借钱的人就更多了。

时间一长，吕宝田和李芳家就有点像典当铺子了。后来经人一指点，两人就真的成立了一家典当铺，开得红红火火的。两人怎么也没想到，一来二去，会做起这个生意。后来典当铺子越办越像样，越办越大，便成了当时南口地区，甚至是昌平境内最大的一家典当行。就叫"李吕典当"。

"李吕典当"在南口开了有二十年，后来吕宝田去世，李芳人已老年，便关了典当铺子。

石人石兽会唱歌

李复国

有一个美丽的传说，精美的石头会唱歌。相传，很早以前，十三陵入口的三十六座石人石兽不仅能说话，而且还能唱歌，用歌声表达心中的喜怒哀乐。

相传，早年修十三陵时，雕刻石人石兽的汉白玉石都是从云南苍山大理运来的。为了把雕刻好的石人石马运到北京昌平，一路上民工们受尽了洋罪，不知有多少人冻死、饿死、累死在路上，有灵性的石人石兽就是最好的见证。

这三十六座石人石兽如何摆放呢？修陵的工头可是费了一番心思，倘若摆放的位置不合皇帝的心愿，轻者对皇帝不忠，关进大牢，重者杀头不说，而且还要灭门九族。可恨的工头在修陵工程中，克扣民工工钱，打骂民工，可以说"头顶生疮，脚底生脓"，简直坏透了！石人石兽对此更是心知肚明。

一天，工头走到一尊石人像前，自言自语地说：石人啊，石人，怎么摆放你，皇帝才满意啊！这时，石人慢慢睁开眼睛，咳嗽了一声，咳了咳嗓子，竟然唱起歌来：我是石人志不衰，岂能任人随意摆，心里自有一杆秤，正义邪恶辨清白。歌声未落，其他的石人石兽也随之唱起来，歌声此起彼伏，那真是一波未平一波又起，声音粗犷豪放，气势震天。可恶的工头简直被石人石兽的歌声吓得两腿哆嗦，全身筛糠，连忙跪地求饶：别唱了，

别唱了……听说从云南运来的石人石兽会唱歌，皇帝很奇怪：让民工把石人石兽摆成直线，鸡毛蒜皮的什么大事，愣办不成，今天我倒要看一看石人石兽如何唱歌气人？于是，马匹、护兵前呼后拥，锣鼓开道，黎民百姓不得靠前：皇帝来了，皇帝发怒了，倒看看石人石兽怎么唱歌，倒看看石人石兽有多犟！皇帝从"圣车"上缓缓下来，看见横七竖八的石人石兽，心中的无名火就不打一处来：给我挪！挪！挪！仿佛大地都在震颤，民工们一拥而上，绳子拉，棍子撬，绳子拉断了，棍子两截了，而石人石兽纹丝未动，皇帝暴跳如雷，当着众人的面，在石人石兽面前彻底地"栽"了，于是卧病不起，不久便驾鹤西归了。

后来，一个贫苦出身的石匠，天天为石人石兽精雕细琢，打扮梳妆，石匠用真心真情打动了石人石兽，石人石兽动情地唱道：石匠真情暖胸怀，风餐露宿好感慨，我为石匠挪一挪，铁骨铮铮永不改。于是，石人石兽便缓缓挪动起来，有规矩地站在进入十三陵路口的两旁，然而，它们并没有排列成一条直线，而是从石人开始拐了一个弯，记载着有灵性的石人石兽爱憎分明、匡正驱邪的精神。

如今，十三陵路口的三十六尊石人石兽，历经岁月的风风雨雨，岿然不动，风雨剥蚀的斑斑痕迹述说着中华民族不屈的历史。这正是：

石人石兽意志钢，铁骨铮铮力量强。

匡正驱邪持正义，悠久历史美名扬。

兴寿的金狐狸

赵富友

很早时候，在昌平兴寿一带出现过两只金色的狐狸，据说，金狐狸非常好看漂亮，有时全身都会发出金色的蓝光。在太阳底下非常的耀眼。这两只金狐狸是一对儿，一公一母，感情非常好，整天都是在一起。

有一次，一只狐狸受了伤，另一只狐狸跑到村边一个叫李祥的人家的院子外面，不停地叫唤，声音十分悲凉，农民李祥打开门，开始不知所云，见是一只狐狸，便把狐狸赶走了。

李祥虽然是个农民，但却懂得医术，尤其是外伤。是个远近闻名的兽医。自己除了种庄稼，平日还为附近的家畜治病。

李祥轰走了狐狸，想不到，一会儿工夫，狐狸又回来了，又蹲在李祥家院门外悲哀地叫个不停，李祥听到声音，出来见又是狐狸，于是又赶狐狸走，狐狸却走走停停，一直把李祥引到村外庄稼地的边上。

李祥这才醒悟，原来这只狐狸是有事。

正这时候，李祥发现了另一只狐狸，是一只受伤的狐狸，正躺在地边上。李祥这下明白了，狐狸是世上最聪明的动物，那只狐狸把他引到这里，意思是让他救救这只受了伤的狐狸。

李祥被狐狸的行为感动了。他是个善良的人，心眼儿很好，狐狸似乎也早就看了出来，这才把他这个善良人引到这里。

李祥不再说什么，而是察看了受伤的狐狸，狐狸是被人打伤的，伤很重，很危险。李祥赶紧回去拿来药，给受伤的狐狸上药包扎好，完事李祥就走了。第二天，狐狸又来了，又把李祥引到村外的庄稼地边上。李祥又为受伤的狐狸换了一次药。这样两三次之后，狐狸再没来过。

转眼秋天到了，李祥去地里收获庄稼，没想到，他在地里拣到了几颗闪闪发光的金豆子。

李祥想啊想，想不起来这金豆子是怎么来的，反正是自己家地里的，李祥把金豆子拿到县里去买，一颗金豆子换回了李祥家一年的收获。李祥高兴坏了。这不是天下掉馅饼吗？

想不到第二年，李祥又在自家的地里拣到了几颗金豆子。他正奇怪，却看到了那两只金狐狸。两只狐狸在阳光下闪着金色的光芒，十分的动人，就像秋天大地上的一幅美丽的画。

李祥明白了，原来是金狐狸给他丢下的金豆子。他很感谢金狐狸。

从那之后，李祥家越来越富有了。事情先是让村人有所猜测，后来自然也就让村人有所耳闻。村人都说，是两只金狐狸专在李祥家的地里拉金豆子，是为了报答李祥。

于是，有人就起了贪念，是想捕捉这两只金狐狸发财。这一天，有人便带上猎枪，在村外，守候在李祥家的地边上等着金狐狸。村人告诉李祥，有带枪的人正在他家的地里转悠。

李祥听说就慌了，知道是有人打起了金狐狸的主意。李祥知道，金狐狸最爱在晚上出现，而此时，正是傍晚。李祥看看快落山的日头，急出一身汗，他跑着去通知这两只金狐狸，是希望他们快跑。

谁想，李祥出现在自己家的地边上时，来杀狐狸的人已经举起了枪，李祥赶到时，捕猎者的枪声已经响了，原来捕猎者早在那里等候了。

跑过去的李祥，不偏不斜，正好挡住了捕猎者的子弹，狐狸保住

道士，道士竟然不见了身影，只剩下光秃秃的一块石头。

村人纷纷相告，说这是一个神道士，能让石头飞起来。而这道士来自哪里，又有什么名气，大家却说不出来。这时岁数大的人就认为，村里一定是出了什么怪事，不然，道士不会这么神秘地出现，又神秘地离开。总之这是一个谜，到底是怎么回事，谁也解不开这个谜。

只是从这天开始，村里出现了许多奇事，村里有个身残的五岁孩子，腿脚一直有毛病，从小走道就吃力，这天早上，残疾孩子来到石头边，像其他孩子那样，爬上了这块大石头，谁想，他再下来时，腿脚突然好了，和正常的孩子一样，再也看不出有任何毛病。

人们惊讶，这到底是怎么回事。孩子的父母又惊又喜，赶紧给石头烧香。

村里有一个病了多年的老人，姓李，叫李文山。他这天下午，靠在石头上待了小半天，温暖的太阳一直照着他和石头，他全身暖洋洋的。觉得浑身少有的舒服。

想不到回到家里，他多年的病痛竟然一下子好了，他就和一个年轻小伙子一样。他高兴得满村跑，逢人便让人看他的身体多么健康。村人简直不敢相信这是真的。

从这天开始，村人都去大石头上坐坐，或是去摸一摸大石头。许多在石头上坐过的人，往后的日子竟然都顺了很多。不生孩子的人家，竟然也有了孩子。两口子老打架的人家，居然也不打架了，和和气气，快快乐乐的。一切都变了一个样。

更奇怪的是，山上人家的果树从这一年开始，也格外的爱结果子，果树比哪一年结得都多。人们终于认识到，这一切的变化都是这块神奇的石头带来的。于是，前来烧香火的人一天比一天多起来。先是本村的，后是外村的。黑山寨那几年的香火特别旺盛，年年庄稼都是丰收。

大家都说，这福气是因为这块石头，自从那个神通的道士来过，石头就有了灵气。村人就有了好运。

可事情传来传去，就有人打起了石头的主意，不断有外面的财主来黑山寨，要把石头弄走，归为己有。村人自然不答应，给多少钱都不干。

谁想，有钱的财主，见不能买走石头，就来抢。一天夜里，一个贪心的财主，驾着马车，带着十几个人，趁黑夜，来黑山寨偷石头了。谁想，石头被搬动后，向左一歪，不偏不斜正砸在财主的身上，财主当场便被砸死了。财主的手下一看不好，全都吓跑了。

第二天早上，村人看见贪心的财主被压在石头下。一个财主死了，第二个财主又来了，第二个财主又被压死在了石头下。可人心总是贪的，世上很多有钱人比穷人更无止境。

在短短的几年时间里，来偷石头的人从没间断过，在又一次贪心人被石头压死后，石头自己飘了起来，在黑夜里越飘越远，终于消失在茫茫夜空里。从此，黑山寨的这块石头消失得无影无踪。

但是这个传说，人们至今却还记得。

穆桂英和"望儿坨"

施会泉

西峰山村南，有座异峰突起、沙滩包围的孤山，这就是有名的穆桂英遥望杨文广的"望儿坨"。

相传，大破洪州之后，由于战事紧急，穆桂英虽然身怀有孕，也只好再次出征。这天，激战几十回合后，忽然腹内一阵疼痛，她料到婴儿就要出世了。可当时，刀枪晃动，战鼓雷鸣，何况山高谷深，朔风阵阵，哪里是孩子降生的地方呢？穆桂英眉头一皱，计上心来，只见她虚晃一枪，拨马便走，翻过一道山梁，将婴儿生在一个三面环山一面是谷的平台上。后来，人们称这个地方为"撂子台"。穆桂英把孩子撂在这个台子上，又跃马挺枪杀入敌阵。一战结束后，已离撂子台东去三十里，来到一座孤山脚下。这时是战斗的间隙，穆桂英想看一看她的孩子，于是，手搭凉棚朝西望去，但见层峦叠嶂，树木葱茏，远远掠过几只苍鹰，哪里有小文广的身影呢？此时，孩儿是冷还是饿？穆桂英恨不得立即飞马前去抱一抱她的孩子。但她不能走，保卫大宋江山重任在肩，怎能擅离战场呢！姑且看上儿子一眼吧。她环顾左右，终于发现不远的地方有三块四面见方的大石头，穆桂英如获至宝，轻轻一举，将这三块大石头撂了起来。穆桂英爬上这高有丈余的"撂撂石"向西眺望，仍然看不见撂子台，看不见

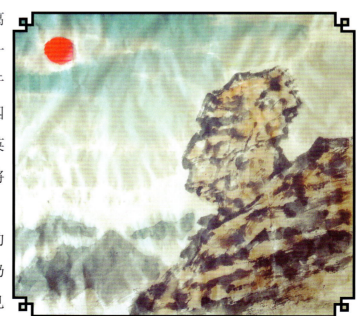

小文广。穆桂英望子心切，决心要登上这座孤山。

这座孤山拔地而起。由于坡陡路滑，穆桂英爬到半山腰，乳房忽然隐隐作痛。没有婴儿吸吮，穆桂英只好解开铠甲，把洁白的乳浆挤在山坡上，点点滴滴渗入野草覆盖的泥土。从此，被穆桂英奶汁滋润的土地竟变成了漫山坡的白土。据说这里的白土比别处的白净，并且还能掺在白面里当面粉吃，因为这是穆桂英奶水变的。穆桂英挤完奶水继续朝山顶攀登，好不容易爬到山顶，登高远望，这回该看到了吧，可万万没想到，尽管她伸长了脖子，踮起了脚尖，还是看不见撂子台。她只好下得山来，从山脚下的河床上撮了一包土，二次上山，将这包土倒在山顶，然后登上土堆，这才看见她的娇儿小文广。从此，这孤山就叫"望儿坨"了。

如今登上望儿坨，还能看到穆桂英撮的那包土，土堆高出山顶七八尺，方圆足有十五六丈。如果在风清日朗的中秋，从望儿坨真可以看见三十里之遥的撂子台，以及那里松柏掩映的庙宇飞檐。

两匹神马

赵富友

昌平沙河镇的南一村成立于元代，是昌平地区最早的村落之一，整个村子很有特点，风水也好。南一村曾被叫作安济村、沙河南店。民国年间也被称作南会。1948年改称南一村至今。

传说很早的时候，南一村的村头有两匹石马，石马是天神赐给的。那时南一村里有一位八十多岁的慈善老太太，是个菩萨心肠。

有一年，南一村前的小沙河河水泛滥，淹了整个村子，整个村子一片汪洋。大水中，慈善老太太划着一块木板，救出了许多村人，然而自己的三个儿子却被大水冲走了，从此再也没有回来。

慈善老太太的事迹感动了上苍，在方圆百里传为佳话。天神就派土地爷来奖赏慈善老太太。一天夜里，土地爷出现在了慈善老太太的眼前，慈善老太太吓了一跳。土地爷说，我是长得丑点儿，但心也很善良，你不用怕。我是天神派来的，是来奖赏你的。

土地爷问慈善老太太要什么，有金银也有珠宝，要地有地，要房有房。慈善老太太想了想说，我什么也不想要，只想全村人过得好些，平安无事。

土地爷犯了难，给什么才能让全村人都幸福平安呢？土地爷想啊想，也想不出什么好法子来。临走前说，这样吧，我给你两匹石头马，帮着你们村人干活吧。也能帮你们做些好事。说完，土地爷便消失了。

当天夜里，南一村刮起了一阵大风，昏天黑地的不见月亮，风住后，南一村的村头就出现了两匹石头马。两匹石头马高叫了几声，便牢牢地站在村街上不动了。

第二天早上，人们惊奇地发现村头立着的这两匹石头马，谁也不知道这是哪来的，更不清楚这两匹石头马有什么作用。

村里大人孩子都跑来，围着石头马转来转去，摸摸石头马的身子，感到十分亲切。而且石头马的身上并不像石头那样冰凉，而是温温暖暖的。这让村人更觉得奇怪，石头都是冰凉的，哪有温暖的呢？

这两匹石头马突然来到南一村是干什么来了呢？村人都不明白，有人好奇，想挪动一下石头马，也有人想把石头马搬走，但石头马却丝毫不动。村人只能眼睁睁地看着这对石头马。

但是从这天开始，人们发现了一个奇怪的现象，谁家的地里有了重活，或是谁家地里的活儿很急，反倒很快就会被人干完。尤其是夜间。肯定会有人跑到你的地里，帮你把你家的活儿全部干完。

这是怎么回事，事情令一村人茫然。有细心的人，就在夜间守在地里看，一定要弄个明白。结果有人就发现，原来是那两匹石头马。那两匹石头马一到夜晚就动，在村里走来走去。还会跑到地里，帮着村人把白天没干完的活儿干完。帮了张家，又帮李家，几乎一家都不落。

发现此事的人，就把事情告诉了全村人，全村人都很惊讶，原来这是两匹神马。于是，人们都来村前看望石头马，有人还给石头马烧香，擦身子，把草料放在他们的跟前，尽管石头马不吃草料，但人们还是愿意这样做。

这年的秋天，南一村家家都是大丰收，原因就是这两匹石头马帮的忙。神马的事很快就在这一带传开了，外村人也跑来看村前的石头马。

南一村的北面有一座小庙，里面有几个恶僧，专门骗钱，还抢夺民女。这天，几个恶僧又来到南一村祸害百姓，说村人最好把漂亮的年轻女人送到庙里供奉神仙。村人都怕得罪菩萨，不敢招惹这几个恶僧，正不知该如何是好时，有人看到村前的两匹神马突然动了起来，接着两匹神马跑到庙里，踢死了几个恶僧。

从此，南一村一带不但风调雨顺，而且平安无事。许多人都喜欢南一村的安定，于是许多人便都搬了过来。

只是，两匹石头马如此帮助村人干活，渐渐地，村人都变得有些懒惰了，神仙看出了这一点，觉得再把神马放在南一村，反而有害无利。这一天，神仙便把两匹石头马招走了。

杨六郎和西峰山井

施会泉

西峰山村，有口深井，据说那是杨六郎一枪给戳出来的。

北宋年间六月的一个黄昏，天气干热，大地犹如火烤一般。驰骋疆场的杨六郎此时唇焦舌燥。一战结束后，他来到妙峰山北麓的一个小小村落。六郎翻身下马，战马口渴得不住地嘶鸣。这里什么地方有水呢？六郎一只手解开盔甲，袒着胸，另一只手将长矛随意往地上一戳，想戳出水来，可是没有。正在这时，只见对面南山上，一老一少抬着一个水桶，蹒跚而来。

老者是一个年过花甲的老婆婆，少者是一个十二三岁的小姑娘。来至眼前，六郎才看清抬的是一桶清凉的水。六郎强忍着干渴不好开口。老婆婆看出了这位领兵元帅左右为难的神情。她虽然认不出杨家名将杨延昭，但看见面前这位身材魁梧、威风凛凛的元帅，心想一定是杨家又一虎将。老婆婆于是开口说："元帅，喝吧，您忠心保国，为民康乐，何惜一桶水呢！"六郎也顾不得考虑再三，此时战事紧急，远处隐隐传来击鼓和呐喊声。六郎感激地望了望老婆婆，端起水桶痛饮了几口，把剩下的半桶水饮了马。霎时间，六郎和他的战马精神大爽。饮水思源，六郎问："您这水是从什么地方抬来的呢？"老婆婆把实情告诉六郎说："这水是从六七

里远的南山上抬来的，那里没有井也没有泉，我们等的是'空山水'。这'空山水'滴满一桶需要半天时间，吃水真比吃油还难啊！"六郎听到这里，紧锁双眉。接着，他按老婆婆指的方向，抬眼朝南山望去，果然有一条隐约可见的地下水线逶迤穿过村里。于是，他看准了地方，手持丈二长矛，朝地面只一戳一摇，一口方圆四丈、深十八丈的井便出来了，只见井水涌着白浪"哗哗"作响。

这口井就是现在京郊流村镇的西峰山井，如今还完整无缺。这口井土帮土底，口大底小中间细，相传就是因为六郎用长矛一戳一摇的关系。从西峰山井的深度来看，有"天下十三井，就数西峰山井最有名"之称。

神奇的野菜

刘大伟

兴寿的西新城村成立于元代，是昌平境内比较早的村落之一，还被做过县城。

它最早被人称作过军都村，原因是村北面有北魏时期建的军都县城故址，那时称为古城，大约有二三十年。所以西新城村是很有历史的。

后来居民从城内搬迁，减少了不少人，县城没了，所以人们还管它叫村。西新城村的北面有一"双泉寺"，是建于辽代。因寺前有两口井在山门左右而得名。该寺坐北朝南，两进院落，四合院的布局。明清两朝进行了两次较大规模的修缮，后来毁于民国。

西新城的双泉寺在历史上更是一座很有名的寺，很多人，每逢节日都会去拜，烧香的人特别多。据说是很显灵的，你求啥，菩萨就会给你啥。

据说，当时村里有一个恶人，大家人人恨，就是不敢惹。有一天，一位长者对大家说，咱对他实在没办法了，不如到寺里去拜，试试菩萨能不能替咱想想办法。大家相约着好几十人，一起去寺里拜，求菩萨能惩治这个恶人。几天之后，恶人竟然在白天掉到井里淹死了。

总之，双泉寺在历史上曾出现过许多解不开的谜。传说故事更是一个接一个。

西新城村外，满地都是野菜这一点就是一个稀奇。明清年间，这里大部分年月都是干旱少雨，庄稼经常因缺水而被旱死。尤其是到了初春这个季节，总是青黄不接。没有粮食的乡间，常常可以看到饿死的人，情景惨不忍睹。

有一年，皇上打这里路过，看到村外的野狗正在啃咬几具死尸，皇上觉得凄惨，便问下人，这是怎么回事，怎么会有这么多尸体？下人便向村民去打听，打听后才知道，是人们吃不饱，饿死在了村头，又无钱下葬，所以就成了之前这一景，这种事在西新城村并不新鲜。下人将打听到的情况禀报了皇上。

皇上听罢，叹息了一声，然后问，这附近哪里有庙，庙里的菩萨灵不灵？人们便说，本村就有一座寺，寺里的菩萨还算灵验。

皇上听了，就带人进村，步入双泉寺，却看到寺庙里的墙壁已经破败了。于是掏出银两，让人先修寺庙，同时要对庙里的菩萨进行镀金。皇上第二年又来了，是专门来拜庙里菩萨的。

皇上点了香，然后对着寺里的菩萨拜了好一阵子，祈求菩萨能让村人多打粮食，风调雨顺，不再闹灾荒。

临走，皇上怕菩萨办不到，于是说，我还祈求菩萨一件事，那就是每年春天不要再让村人饿死。皇上迈出门槛时，甚至说了一句话，哪怕您老人家春天的时候，让地里长点野菜也好啊！要不然，人们拿什么充饥呢？！

菩萨似乎听到了。

第二年的春天，西新城村外的地里，真的生长出了大片大片的野菜。村人喜出望外，全都去挖野菜。从此，村里再也没有饿死过人。饥荒的年景，人们就用野菜充饥。

从那一年开始，西新城村外的地里，野菜越长越多，本村的人根本吃不完，于是外村人也来挖。后来连住在县城里的人也来西新城挖野菜。野菜不知救了多少人。

据说，西新城村的野菜长得又大又厚，而且味道十分可口，怎么吃都可以，叶的部分是蔬菜，根的部分就是粮食。所以，有了西新城的野菜，人们再不用害怕春天了。很多年月，西新城的野菜都在昌平有名，几乎成了地方特色。

如今，西新城村的地里还是有许多野菜，不知道是不是从那时留下来的。总之，如今还有人挖野菜，只是味道与往年有了很大的不同。

白羊沟的传说

施会泉

凡是到过白羊沟自然风景区的人，都被那青山叠翠、满目葱茏的景致所吸引，但谁知道，这里还有一段优美的传说呢。

相传在很早以前，这里只住了一户人家，以打猎为生。那时的南山坡上花果满山，树木参天。北山坡上则是荒山秃岭，寸草不生。一天，老猎人在睡梦中见一白衣书生气喘吁吁挣扎求救……老猎人突然惊醒，甚感诧异，赶忙起身，执叉背弓，出门以后，明月之下，见山坡上有两只羊正在角斗。黑羊势猛，白羊体力不支，节节后退，老猎人这才想起梦中的情景，那白衣书生就是那白羊点化而成。老猎人为救白衣书生，急忙拈弓搭箭射向黑羊，没想到，急切间误射中了白羊，黑羊向北坡跑去。受伤的白羊艰难地挪向南山坡，老猎人悔恨交加，不久就病倒了，临终前将此事告诉了十二岁的儿子。

自白羊带伤走后，南山坡也和北山坡一样变成了荒山秃岭。老猎人的儿子恨透了那只黑羊，决心要为白羊报仇，为民除害，为山山岭岭除害。三年后，他终于在一个黑夜里找到了那只黑羊，用箭射死了它。从此，南北山坡同时成了繁花似锦、燕舞莺歌的好地方。

以后到这里落户的人渐渐地多了起来，人们为了纪念那只白羊，起名就叫"白羊村"。到了明代，为了防止外敌进入中原，便于正德十五年

（1520 年）在此建城防备，派重兵驻守。由于有了城郭，这里的乡民就不再叫村了，习惯唤作"白羊城"，一直沿用至今，由于这里地势优美，有吉地之祥，清朝后期将此地辟为墓地，清乾隆第十七子庆亲王死后葬在这里。白羊沟自然风景区得到了开发，为了将这白羊的美丽传说给游客留下直观的印象，增添旅游情趣，在景区入口处特请工匠打磨了一尊正在角斗中的白羊雕像。

错听错觉错中错

凡卉

一天夜里，雨下得很大，像瓢泼的一般。破旧一点的房子，都漏了雨水。有一家老两口，望着窗外如注的雨帘，就唠叨起来了。老头子唉声叹气地说："赶上这日子口儿，我就怕漏，可叹这辈子托生人……"老太太接过来说："自从到了你家，别的我都不往心里去，这'漏'可是半碗儿饭，一连几日，没处藏没处躲的……"

雨夜里总爱生事。深山老林有只老虎，趁着茫茫大雨、漆黑夜色下山觅食，进了村子，来到了老两口的房檐底下，听到老两口关于"漏"的对话，老虎就琢磨开了："漏"是什么玩艺呢？为什么人这么怕"漏"呢？莫非"漏"是个怪物，我是兽中之王，会不会把我也吃掉……都怪老两口没有说全，老虎只听了个只言片语。

就在这时，有个偷东西的贼，也趁着伸手不见五指的雨夜，来到了这个宅院，趴在墙头上，借着窗纸外微弱的光线，恍恍惚惚看见窗户下有个毛驴子。这贼错把老虎当成了驴。这贼心想，偷个毛驴也能卖它几十吊钱。于是就悄悄地爬下墙来，骑上了这头"驴"……

再说这老虎，正在绞尽脑汁琢磨这"漏"到底是什么样的怪物，冷不丁一个什么玩艺落在自己背上。哎呀，我的天啊！莫非是"漏"，怎么说着说着就让我赶上了呢？老虎顾不上多想，撒腿就跑，蹿房越脊，穿沟过壕，一溜烟儿朝树林里奔去。心想，只有让树杈子把这个可怕的"漏"刮掉。

老虎拼命地逃，这贼在老虎背上也纳闷：这头驴的毛怎么这样光滑？险些没把我摔下来。驴怎么跑得这般快？哎呀，我的爷，这哪里是头驴？分明是只老虎。这贼是骑虎难下，就死死地抓住老虎的皮毛。这贼抓得愈紧，老虎愈担心甩不掉。就这样跑啊，跑啊，好容易跑进了树林，这贼也借机攀上

　　了树枝。老虎甩掉了"漏"，跑回了自己的老窝。不一会儿，狐狸和狼这两位小兄弟来找老虎聊天。一看，老虎满头大汗、全身颤抖。狐狸就问："虎大哥，你这是怎么了，不舒服还是得了病？"老虎说："甭提了，我想趁着雨夜到村子里找点东西吃，没想到遇上了'漏'，这'漏'可怕极了，贴到你身上就下不来了，我好容易才把它甩掉。""'漏'是什么？"狐狸和狼还从来没听说过世上还有"漏"的怪物。狼就说："虎大哥，能不能带我们去看看？"老虎说："我告诉你们，就在一进山的那棵树上，我是不能去了，差点没把我吓死。"狐狸跟狼商量："虎大哥你就歇着吧，咱们两个开开眼去！"狐狸聪明，出了个主意对狼说："你驮着我，把我的腿拴在你的腰上，到那棵树下，我爬上树，你看我的眼色行事，只要我一挤眼，那就是不妙，你就拉着我赶紧往回跑。"狐狸说完又问了一遍："记住了吗？"狼回答说："记住了。"说罢，狐狸就用绳子一头拴在自己腿上，一头系在狼的腰上，然后狐狸骑上狼，就径直向山下那棵树跑去。

　　再说此时天已微明，山石、树木都能分出了轮廓。这贼爬上树后，浑身还在打着哆嗦。好险啊，多亏老天保佑才保住一条命。这贼正在庆幸大难不死必有后福。说时迟，那时快，没想到，两个野物飞也似的朝自己方向奔来，这可如何是好？这一狼一狐到树下就停住了。由于树叶繁密，狐狸也看不清"漏"是什么样。喘了口气，就往树上爬。眼看就要咬着脚丫子。这贼心想，这下完了，没让老虎吃掉，倒成了狼嘴里的食，吓得这贼遗了尿。也巧，这尿不偏不倚正尿在狐狸眼睛上，浇得狐狸直眨眼。树下的狼，看狐狸挤眼睛，料定是大事不好，拉上狐狸就跑。一直向深山老林跑去。为了逃命，那狼使出了吃奶的力气，等狼跑得累了，回头一看，狐狸只剩下一把骨头，整个身子的肉都被树枝树杈刮光了。

昌平鼓楼神秘案两则

刘大伟

很早的时候，昌平城内有一座很有气派的钟鼓楼，时间是在天顺二年，1458 年动工兴建的，历时一年完成，当时被人称为谯楼。楼高大约六丈，分为三层。建有四个大门，正中东侧悬一大钟。当时是昌平县城里最大、最高、最气派的建筑了，就像北京城的德胜门、天安门，很是让昌平人自豪。外来的人也都前来观看，那是昌平境内的一大景观。

不过，在建造这座钟鼓楼时，却发生过两起神秘的案子，一直流传在民间，过去的老人有的还记得。

第一个案子，是鼓楼刚刚建造的第三个月里发生的，那是春天，大约是四月。鼓楼的整体建筑刚刚搭好木头架子。

这天早上，天气阴沉，像是要下雨，一个看守工地的民工，正从棚子里爬出来，要去小便，他无意间抬起头，迷迷糊糊地看到几米高的木架子上站着一个人。他心想，这人怎么比我起得还早，这么早就开始干活儿了。

可他稍一清醒，就觉得不对，他是看工地的，谁还会有他更早呢。他再仔细一瞧，竟然是个女人站在架子上。这是怎么回事，他忙走近去看，这一看把他吓坏了，原来这个女人是被人吊在了架子上，又像是自己上吊。

他吓得回头就跑，大喊着，来人啊，来人啊，有人上吊了。有个女的上吊了，一时间事情轰动了整个工地，也就轰动了整个昌平城，那时的昌平县城并不大。一点事，一会儿工夫就会传遍全城，何况是死了人。许多人被惊醒，纷纷跑向钟鼓楼。

人们看着架子上吊着的女人，议论纷纷。很快，官人就来了，让人从架子上放下了上吊的女人，看情景是自杀。此事在当年并不少见，人们因为穷困、疾病等走投无路的事情，随时都有可能自杀。

昌平民间文学

　　当时办案的人姓陈，叫陈白，在官人里，他算是个细心负责的人，他让下属先翻一翻自杀女子的口袋，看看可有什么遗物。下属翻了尸体口袋后，果然找出了一封遗书和一枚扣子。

　　遗书上写着该女子的遭遇，原来该女子叫王秀花，是当地财主刘旺家的一个佣人，她多次被财主刘旺强奸。她将事情告到官府，但财主刘旺却找来证人，证实女子所说的强奸时间和地点都与他无关，他当时均不在场。官府只好放了财主刘旺。这次刘旺又将她强奸。同时，刘旺还先后强奸了到他家干活的其他佣人和邻居家的妇女。王秀花为了自己的清白，也为给姐妹们伸张正义，愿一死了之，以此也好引起官人的重视。

　　官人陈白，看了遗书后，头上冒出了一脑袋汗水，因为此案就是他审的。看来像是冤屈了这位女子。陈白拿着这封遗书，让人再将财主刘旺带进官府。刘旺还是不承认他的所作所为。陈白当场掏出那枚扣子。刘旺没想到女子留下了他的扣子，而他的身上，果然就缺了这枚扣子。

　　官人陈白最终给王秀花伸张了正义，还她一个公道。只可惜，女子王秀花已经上吊自杀。

　　第二个案子是一具男尸。那是钟鼓楼建到一半的时候发生的。这天夜里，睡在鼓楼院里的几个民工，听到鼓楼院外靠南墙的地方有一声很大的响动，当时人们都听到了，但是谁也没有在意。

　　鼓楼外，靠近南墙的地方有一眼老井，里面的

水基本上已经干涸了，按当时的规划，等钟鼓楼盖好后，这眼井就要被填掉。此时人们还没有顾上。

次日早上，有人发现这眼井的井口上有一只鞋子，这只鞋子还较新，这引起了人们的注意。那个年月，有鞋子穿就算不错了，许多人还光着脚。而这只鞋子起码也是半新不旧的，怎么可以就被扔掉了呢？于是，就引起了人们的注意，看到鞋子的人就去找另一只鞋子，是想找回去自己穿。

此人在井口上，下意识地往下看，这一看不要紧，吓了此人一跳，他见井里有一个人，头朝下，脚朝上。当时他吓得退后了好几步，大叫着，快来人啊，井里有人，井里有人。人们闻声跑来，果然见井里有个人。

当时建鼓楼的民工们从外观上看，井里的人很像和他们一起干活的李念。他们就去找李念，果然不见了李念的影子。人们拿来绳子，将井里的人打捞上来，果然就是民工李念，他人已经死了。

谁也说不清李念是怎么死的，是自己不小心掉下去的呢？还是也想自杀？那年月死个人，理会的人不多，人们就想埋了李念。

只是当时的民工头刘玉荣提出先放一放，因为他觉得事情有问题。刘玉荣就像现在的包工头，建鼓楼的大部分人是他找来的，所以他说话是管用的。

刘玉荣觉得李念自己掉下井去的可能性很小，因为李念已经在这里干了小半年，他知道南墙外有口井，不会半夜三更自己掉下去。第二，李念也不可能自杀。因为井并不深，只有十二米，里面有两尺多的水，如果是自杀，李念跳下去不一定就会死。自杀的方法多了，许多方法都比这个可靠。再说，李念事先没有一点想要自杀的迹象。

刘玉荣就报了官，官人来了查了李念的尸体，李念头上有伤，但不是落井时摔的，而像是事先被人用重器打的。但官人破案是要钱的，尤其是这种不值钱的穷人，官人大都不爱管，破了案又怎样。再说，一时间又找不到答案。官人就先让人将李念埋了，往后再找线索。

刘玉荣只好先和大家将李念的尸体埋了。但他不甘心，在暗里悄悄地查着此案，因为他觉得李念不仅是他杀，而且凶手还就有可能是在他们民工当中。从这天开始，刘玉荣就注意着与李念生前来往密切的几个人。

他怀疑其中的三个人是杀害李念的凶手，但他却不能确定。于是，他想啊想，在两个多月的时间，他用了几种办法希望发现点什么，好找出真凶，但都没有得到什么有价值的线索。

于是，他想到一种最直接的方法。这天是给民工们发饷钱的时候，也是大家最高兴、最放松的时候。

这天下午，刘玉荣给大家发了工钱。晚上，他上街打了酒，买了点喝酒的花生米和小菜，叫来几个他认为是最有可能杀害李念的民工，开始与他们喝酒。刘玉荣白天打的酒是最烈的河北散酒，但他却说是当地的普通白酒，几个人谁都没有防备，一会儿工夫就全都喝多了。

刘玉荣就把话引到了死者李念的头上，小心地说着李念，甚至认为李念这人该死。刘玉荣的话，让在坐的人放了心，再加上大家已经喝多，也就自然而然地放松了警惕，也都跟着说李念这人多么的不地道。

其中一个叫赵仁宽的民工说，你们知道吗，李念赌输了牌，从来都是赖账，他该我的钱最多。他让我剁掉他的一根手指，说一根手指就算和我两清了。这个混蛋！你们说，他该了兄弟们多少钱？！

刘玉荣道：要是我，我就结果了他。

此刻，赵仁宽已经喝得不省人事，说道，还用你吗？那天晚上，我把他叫出来，不是已经结果了他了吗？在坐的人虽然都已喝多，但赵仁宽的坦白，还是让他们愣怔了。

次日早上，赵仁宽慌慌张张地来找刘玉荣，说，老刘，昨天晚上我说了什么，你可千万别当真啊。刘玉荣没有说话。

几天后，杀人犯赵仁宽还是被官府的人带走了。官府没用刑具，赵仁宽

【昌平大地上的 *传说*】

自己就全招了。

那晚是他先把李念叫出屋，然后用锤子将其打倒，又扔到井里。他杀死李念的原因，就是因为李念常和他赌，却不给钱。那晚他之所以杀死李念，一是因为赌债，二是因为他喝了点酒，想不到，他杀人败露也是因为喝了酒。

斗转星移，多少年过去了，建在昌平城内的钟鼓楼，已被拆除了近四十年。昌平地界的人，无不怀念这座钟鼓楼。

不少人也为之慨叹，说不应该拆。如今，钟鼓楼是没有了。想看它的人，也只能从老电影《平原游击队》中看到它的身影，那就是当年真实的昌平钟鼓楼。

只是很少有人还记得那两件发生在钟鼓楼建造时的案子，原因一是因为太久远了，二是因为死者都是草民，影响力不大。但不管怎样，钟鼓楼这地方还是有正义感的，死者的冤情最后都得到了应有的伸张。

龙山传说

张丽娟

　　龙山位于昌平区城东南，有泉水从山内流出，名龙泉，水清而甘冽，水资源储量丰富，甚得周边百姓青睐。元朝统一中国，定北京为大都。元大都建成，由于内部人口的急剧增加，造成水资源紧张，决定引水进京。经多方查找，于元至元二十九年（1292年）在都水监郭守敬的倡导监督下，以此龙泉为源头，修通惠河，山下出水处以水池围堰，用汉白玉石材浮雕九个龙头，取名九龙池。明代"燕平八景"中的"龙泉喷玉"即指此处。元代中期又在山顶处修建都龙王庙，作为地方百姓祈雨、纳福之用。关于这座龙山，民间有颇多传闻。

　　传说在很久很久以前，这里没有山，只是一片水域，这里的水入口清凉，透人心脾，回味中还略有股清香。此水是周边百姓赖以生存的源泉。话说这里一直住着一条小白龙，是南海龙王最小的儿子。它是这个地区的值事官，专门负责管理这里的行云播雨等日常工作。这位龙子虽然在家最小，但没有其他龙子们身上那种骄奢跋扈、穷奢极欲等坏毛病，它在这里始终如一地踏实工作，且认真负责，历来都是按季降雨，按需分配雨量，所以，深得众百姓的爱戴，百姓们逢年过节地总拿着香烛、供品来祭拜它，把它视若佛殿神明。

　　但好景不长，有一天，从外地来了一个游走的黑龙，它看到这里山清水秀，百鸟争鸣，百姓富裕，就有了霸占这里的恶毒想法。这一日它找到这里，用挑衅的口吻对小白龙说，你在这里待这么长时间了，也该换换地儿了，趁我不杀你之前，你赶紧收拾收拾东西离开这里，免得我跟你动手！你想呀，小白龙好歹也是正宗的龙子龙孙呀，它哪受过这般窝囊气，尽管非常生气，但它生性温文尔雅，做事谦和礼让，所以，它还是忍住心中怒火，和颜悦色地对黑龙说，你要这里我没意见，但你得拿出玉帝的玉旨，我才能离开，我

现在走了，那是擅离职守，是触犯天条的，是要治罪的。你想，这黑龙是个游方的野龙，哪来的玉帝玉旨呀？因此，它暴跳如雷，不管三七二十一抄起家伙就和小白龙打了起来，直打得天昏地暗，飞沙走石，电闪雷鸣，最后，小白龙终不敌恶毒的黑龙，带伤逃走了，听说它是重新回到了师傅归隐的深山大泽，重新修炼武艺，准备修成后再回来收拾这条恶龙。

自打小白龙走后，黑龙霸占了龙宫，这黑龙异常的歹毒，连续两年不吐水，不兴雨，害得百姓们苦不堪言。最令百姓们不能容忍的是，它强令百姓逢年过节都要给它送童男童女，不给送就抢，所以百姓们不堪忍受，纷纷逃离了此地。

经它这么一折腾，没有俩月，这周边村庄就败落了，十室九空，无一幸免，直落得草木枯死了，土地干涸了，民不聊生，怨声载道，就像刚经过战争的洗劫一样，惨不忍睹！天怒民怨，这股怨气越积越浓，形成了一条气柱穿透苍穹，奔着如来佛祖的佛殿迎面而来，如来佛祖执手一掐算，一下就明白了个中原委，即刻着令观世音菩萨带上小白龙前去收伏这条恶龙。菩萨得令，带着修炼中的小白龙风驰电掣般行来，一眨眼的工夫就到了龙山，他如此这般地吩咐了小白龙几句，小白龙就一个猛子进了龙宫，黑龙一见到来者是小白龙，狞笑着对小白龙说，手下败将还敢来此做甚？小白龙用激将的口气回答说，我今天是专为收拾你而来的，你有胆量，就跟我到外面去打！这

【昌平大地上的传说】

昌平民间文学

恶龙心想：你是我的手下败将，还敢来跟我挑衅，看我今天怎么收拾你。想罢，抄起兵器，尾随小白龙就飞到了外面，它抢起家伙刚要打，只听得半空中断喝一声："孽畜！胆敢在此兴风作浪！还不快快就地伏法！"这一声犹如晴天霹雳，震得恶龙脑袋嗡嗡作响，五脏六腑犹如翻江倒海一样上下翻滚。它抬头一看："妈呀！是观世音菩萨！"掉头就要往回跑，哪容得它逃，说时迟，那时快，只见菩萨抖手抛出晃金绳，说来也怪，这绳子好像长了眼睛一样，准确无误，迅速麻利地拦腰把恶龙捆个正着，你猜这恶龙是什么变的，它原来是一条浑身漆黑、头上长着一个角的独角龙。恶龙还想挣扎，可越挣扎绳子捆得越紧，痛得它呲牙咧嘴一个劲地叫唤求饶。

那这条恶龙是如何处置的？据传说中讲，这条恶龙没有被押回天庭，而是被就地关押在了此处龙宫最深的地方，那里幽暗潮湿，是一个开天辟地时留下的无底洞。而且为了保险起见，也为了解救这一方惨遭蹂躏的黎民百姓，特命小白龙化身为一座小山，牢牢地压在龙宫上，又从南海龙宫里把龙王的家庙移到山上。自此以后，因为小山是小白龙的化身，所以人们为了感念它的大恩大德，就把它唤作龙山，把山上的庙命名为都龙王庙，听说玉帝还授予它统领方圆百里内所有龙王庙的神圣职权。

自此以后，千百年来，有神山的保佑，这里风调雨顺，五谷丰登，百姓富裕，地方昌盛。据老人们讲：都龙王庙有灵气，香火极盛，到这里祈雨的人总是络绎不绝，而这里的龙王也总不失信，多少都会降下甘霖，以解地方燃眉之急。这座庙宇祈雨灵验，倒不是传说，是确有其事。据《光绪昌平州志》记载："都龙王庙在龙王山巅，明洪武八年重修，光绪四年祈雨有灵，奏请御赐祥徵时若匾额，重修殿宇。"可见，民间传说中实中有虚，虚中有实，也不全是诳语讹传。

小龙孙的故事

马德清

从前，马池口村东头有座龙王庙，庙很小，只有一间屋子。紧挨后房墙砌着一个砖台子，大约三尺来高。砖台子上首的墙壁上，彩绘着一条腾云驾雾的神龙，活灵活现。龙王庙里供的是东海龙王敖广。但敖广不住在这里，他住东海龙宫，掌管天下刮风下雨的事。只派他的小龙孙住在里边。

有一天，老龙王派人将在龙宫外边玩耍的小龙孙叫进宫里。他对小龙孙说："你已经长大了，不要再贪玩了。现在我派你去马池口，为那里的百姓行云播雨。村里有我们的龙王庙，你就住在那里，没有我的话你不要回宫来。去吧！"

小龙孙已经贪玩惯了，哪里愿意离开龙宫去穷乡僻壤住小龙王庙？但又违背不了老龙王的旨意，只好憋着一肚子委屈，朝马池口龙王庙走去。

小龙孙来到龙王庙前，看见庙前面簇拥着许多村民，正冲着庙门磕头。庙里面有两个人往砖台子上摆供品，另一个人冲着墙壁上的龙烧香。原来，这天正是农历二月二龙抬头的日子，村民每年的这天都来到龙王庙前顶礼膜拜，庆祝龙的吉日，并祈祷风调雨顺、五谷丰登。

平时小龙孙只顾贪玩，竟然不知民间还有举行二月二龙抬头的仪式，觉得很新鲜、好玩。又烧香又上供，还有那么多村民磕头，太有意思了！村民虽然拜谒的是老龙王，小龙孙也感到脸上很有光彩。

小龙孙初到马池口龙王庙，老老实实按照老龙王嘱咐的话去做，村民快要春耕播种了，就提前两三天下一场雨，将耕地提前洇透，村民要晒粮，他就将天上的云收藏起来。村民需要风就刮风，需要下雨就下雨，村民不断叫好。这一年，果然风调雨顺，村民获得一个多年罕见的好收成。

寒来暑往，花开花落。转眼间一年就过去了，又到了农历二月二龙抬头的这天了。村民为了感谢去年龙王带给他们的丰收年，今年二月二村民给龙王上的供品、烧的香比去年成倍得多，另外还多上了一大坛美酒。除此之外，村民在龙王庙前搭了个大戏台，请戏班子唱了一场戏。这天，小龙孙感到从没有过的荣耀，高兴得快要发狂了。

二月二庆典使小龙孙兴奋了好几天。小龙孙兴奋之后，忽然觉得空落落的，那些村民光顾早出晚归下地干活，匆匆忙忙从庙前走过，谁也不往庙里看一眼。更可气的是，自二月二庆典以后，好几个月了，也没人给他来烧香上供，这些村民太不够意思了！一气之下，小龙孙便腾云驾雾，云游四海去了。

这一去好多天小龙孙才回来。回庙时，小龙孙看见龙王庙前簇拥着好多村民，正在烧香上供，它这个乐呀，以为又到了二月二龙抬头的日子了。原来，村民跪在地上正在求雨："龙王爷呀龙王爷，快恩典恩典吧，救救地里的庄稼，眼看就要干死了，快下一场雨吧，求求您啦！"小龙孙一想去年的事就来气，去年按时刮风，适时下雨，辛辛苦苦地给村民带来个丰收年，除了二月二上一次供品以外，再也没人理他的茬儿。

小龙孙心中暗喜，这伙村民真是贱骨头，按时刮风，适时下雨，他们不理我，我刚懒了几天他们就求我，还给烧香上供，看来还是懒了好。

小龙孙见村民几乎天天求他，十分得意。

有一天小龙孙本想给村民下场透雨，见供品太少，也没给他上酒，很不高兴，只是敷衍了事地下了几滴雨，不等地皮湿润了就停了，根本救不活庄稼。村民个个急得冒火，忍无可忍，冲着龙王庙骂起来。

昌平城东南五里有座小山，名叫龙山。龙山顶上有座大庙，名叫都龙王庙，当地百姓叫它龙山庙，据说是天下最大的龙王庙，此庙归东海龙王敖广直接掌管，都龙王庙又管辖着各处的小龙王庙。

马池口村民在本村龙王庙求不来雨，只好到都龙王庙求雨。别看都龙王庙是庙之首，高级别，却从不摆谱端架子，求雨的村民带不带供品，都能求到雨。

东海龙王很快得知了小龙孙贪吃贪喝争供品，又懒得行云播雨干正事，害苦了那方百姓，便将小龙孙叫回龙宫，狠狠地揍了一顿。

小龙孙当着老龙王认了错，心里却不服气，而且对村民怨气更大，看见从庙前走过的村民就恶心。于是就经常跑到外边瞎逛荡，有时三五天，有时十天八天。

小龙孙在外边玩了十多天，这天在外边喝了很多酒，醉乎乎，迷瞪瞪，三更半夜才回到龙王庙，脚下被什么东西绊了一下，摔在地上就昏睡。

不知过了多久，昏睡中的小龙孙，隐隐约约感觉到有个什么活物，伸着舌头舔它的嘴巴，那舌头像小刷子似的，一下一下地刷着他的嘴巴。小龙孙忽然感觉不对劲，一激灵就醒了，睁眼一看，差点儿把他吓傻了，一条瘦狗正在津津有味地舔食他呕吐的污物。

小龙孙赶跑了瘦狗，发昏的脑壳也清醒了。他感到奇怪的是，怎会糊里糊涂钻进一座破庙？这是自己的龙王庙吗？

原来，对小龙孙早已失去了信任的村民，一气之下，将龙王庙捣毁了，于是发生了小龙孙醉卧破庙的故事。那条饿得将死的瘦狗正蜷缩破庙里，闻到小龙孙的呕吐物，便舔食起来。

马池口村民的确觉得龙王庙没有用，于1960年拆除了，从此小龙孙便失去了家。

小金龙与懒汉

马德清

翻过大峪后山梁，往西边走百余步的山脚下，有一个小地洞，说它是个小石缝儿也行，反正不大。长不过三尺，宽不过两三寸，是一条平常又平常的小石缝儿，怎么细看也看不出有啥出奇的地方。

您可别小看这个小石缝儿，那可是名扬四乡八村，名气可大了。因为经常从里边传出"呜嘟嘟"、"呜嘟嘟"悠扬的歌声。

原来，小石缝里住个小金龙，这呜嘟嘟的声音就是小金龙唱的。有时唱的声音挺大，站在大峪后的梁上都能听得见，有时唱的声音很小，您把耳朵贴在石缝上才能听得见。

关于这个会唱歌的小金龙，可有一番来历。它不住在龙宫，怎么跑到大峪后的山脚下来了呢？原来，小金龙在龙宫里地位最低，谁都看不起它，是个小受气包。后来它再也受不了那份窝囊气了，趁别人睡着了的时候，就蔫不唧儿地逃出了龙宫。谁知刚逃出不远，就被守门的虾兵蟹将发现。因为太慌张，小金龙钻进了暗礁上的一个海眼，想退回去已来不及了，海眼已被堵死。

后来，海水渐渐退下，暗礁露出了水面，这就是悼陵监村北的大峪后山梁。

小金龙虽然出身卑贱，但它富有同情心，关注人间冷暖。天下大乱，生灵涂炭的时候，小金龙就从石缝里发出呜咽悲切的声音。天下太平，安居乐业的时候，小金龙就从石缝里发出悠扬欢畅的声音。多愁善感的人，只要一听见小金龙欢快的声音，心中的烦恼很快就云消雾散，眼前一片蓝天。

有一天，悼陵监村来了个沿街讨饭的懒汉，他不老不小，不缺胳膊不少腿，按理说，这么年纪轻轻的，干点什么养活不了自己，可是他却偏偏喜欢讨饭。他觉得讨饭最省劲，不愁天旱无雨庄稼长不好，不怕洪水灾害颗粒不收，反正有大伙吃的，就饿不着他。

悼陵监村的人都是好心肠的人，谁家碰上灾遇上难的，都是互相帮助，共渡难关。开始懒汉到各家要饭，村民宁可自己少吃一口，也要救济他。后来，村里人很快发现这个懒汉懒得没边儿。吃饱了肚子就找个树荫睡大觉，睡醒了又去要饭。于是大伙就讨厌他，再上门讨饭的时候都不愿意再给他吃的。

懒汉很快就觉察出，村里人对他没有像刚进村时那么热情了。就在他在这个村混不下去的时候，听别人说，大峪后北山脚下有个特别同情人的小金龙。对呀！为何不去找小金龙？于是他问清了路，便翻过大峪后山梁找小金龙去了，很快就找到了山脚下的小石缝儿。

"小金龙，小金龙！"懒汉冲着小石缝叫了起来。

小石缝里边的小金龙答了话："你是谁呀？"

懒汉可怜兮兮地说："我是个衣不遮体、食不果腹的穷人。我听说你是个非常同情穷人的小金龙，现在你能不能先同情我呀？"小金龙问："我看你是个很健壮的人，为什么不靠自己的双手养活自己呢？"

懒汉想，要是告诉小金龙自己懒得干活，肯定是得不到小金龙的同情的。于是，他灵机一动，立刻编了一套瞎话："小金龙你有所不知，你别看我的外表挺壮实的，其实我的身子骨虚着呢，浑身是病，什么活都干不了。"

小金龙感叹道："好可怜的人哪。"

懒汉一听，有门儿，又跟上一句："我已经是死过三回的人了，都被好心的人给救活了。"

小金龙更同情他了："好吧，我愿意帮助你，你往我的嘴里扔树叶就行。记住，至少一百片！"

懒汉问："小金龙，我看不见你的嘴呀，你的嘴巴在哪儿？"

"看见小石缝没有？"

"看见了。"

"小石缝就是我的嘴巴，快去找树叶吧。"小金龙告诉他。

　　懒汉趔摸了一番，地上只有青草，没有树叶，懒汉不耐烦地质问小金龙："为什么非得用树叶？青草叶子不行吗？"

　　小金龙毋庸置疑地告诉他："不行，就得用树叶子。快去，快去找树叶子吧。"

　　懒汉往远处望了望，发现几里地之外的山屹垯上长着一棵核桃树，满枝头都是密密麻麻的叶子。但是要抓到上面的叶子，那要流很多的汗。他畏惧了，很不高兴地对小金龙说："讨饭时，村里人给我吃的，给我喝的，过年过节时，我还能吃到村里人给我的大块大块的肉。你倒好，你现在不但不给我什么吃的，还让我费那么大的力气去找树叶，我冤不冤呢。小金龙，如果我不去找树叶子呢？"

　　"连树叶你都懒得去找，我就无法救助你了。如果你真的需要得到我的帮助，就快去找吧。"

　　"用几片树叶就能救助我？"懒汉怀疑树叶能救他。

　　小金龙说："能救。去吧，快去找树叶。"

　　无奈，懒汉只好朝山屹垯上的核桃树走去。虽然只有三里多，但全是沟沟坎坎，有时爬着才能上去，懒汉刚爬到一半山路，就懒得往上爬了，他怀疑小金龙在涮他。于是躺在那里不动了，他哪里吃过这样的苦。此时，真想从原路退回去。他两眼望着那棵离自己不远的核桃树，心想，如果就这样退了回去，那已经付出的辛苦就白费了。于是，咬着牙，继续向核桃树爬去，只有采回树叶子，才知道小金龙是否真心实意地给自己好处。

　　懒汉终于爬到了核桃树下，核桃树的叶子又密又大，可就是树干太高，他跳着脚也没有抓着叶子，想爬上去摘吧，试了几次也上不去，就用讨饭棍子打，好不容易才打下两片树叶，就懒得动弹了。于是懒汉拿着两片树叶子回到了小石缝儿。

　　懒汉冲着小石缝叫道："小金龙，小金龙，树叶子好不容易弄来了，这回就看你的了。"

小金龙说："把树叶扔进小石缝吧。"

懒汉刚把树叶送到小石缝边上，只听得"秃噜"一声，树叶就被吸进去了。

小金龙问懒汉："我不是叫你至少弄来一百片树叶子吗？为什么只弄来两片？"

懒汉嘟囔着说："我，我，我没办法，只找到两片，你别忘记，我是病魔缠身的人，找到两片就很不容易了。"

小金龙说："两片就两片吧！"

小金龙话音刚落，懒汉忽然看到小石缝飞出两张纸片，飘飘忽忽地落在了他的脚下。他惊呆了，那是两张能买东西的纸币。

小金龙说："拿去吧，这就是我救助你的礼物，去医治你的病吧。"

此时，懒汉直打自己的嘴巴，后悔没有多多地采集树叶，他眼珠子一转，说："小金龙，你别急，我会采集很多的树叶子来喂你。"小金龙说："我已经说过，至少一百片，可你只找来两片。"

懒汉说："这不难，我马上去找，很快就会给你送来好多好多的叶子。"

懒汉刚要转身，只听见小金龙说道："别去了，你的机会就这么一次。"

"好，算你狠。"懒汉骂骂咧咧走开了。

懒汉在下山的路上还在生小金龙的气，可他一看自己手中的两张钱票子，又得意起来，美滋滋的。用两片树叶子换回两张钱票子，太便宜啦！

第二天，懒汉怀着撞大运的心理，背着一大筐的树叶子来到了小石缝前，刚要往石缝里倒树叶子，小金龙发话了："没跟你说嘛？你的机会就一次。"

懒汉软磨硬泡，说了好多求爷爷告奶奶的软乎话，小金龙再也不理他了。懒汉十分恼怒，骂骂咧咧，却又无可奈何，于是他就动了邪心眼。

几天之后，一位白发苍苍、老态龙钟的老太婆，一瘸一拐地朝小石缝儿走来，站在小石缝前，未曾说话已老泪纵横，凄惨悲凉地对着小石缝说："小金龙，行行好吧，我是个快土没脖子的人了，更不幸的是，我那独生儿子上山砍柴时'泡坡'身亡了。这是我前世造孽了。剩下我这个孤老婆子，叫天天不应，叫地地不灵……"老人早已泣不成声，好半天才缓过气来，哀求着："小金龙，都说你是个热心肠的人，你就搭救搭救我吧。"说着就冲着小石缝跪下，一个劲地作揖。

小金龙早就被感动了，感叹道："好可怜的人哪，老年丧子是天大的不幸。老人家快起来吧，把你带的树叶扔进来吧。"老太婆身上挎个大布袋，里面全是树叶子，一股脑地全都倒进了小石缝里，转眼之间，从小石缝里就飞出好多好多的钱票子。老人惊呆了，从来没有见过这么多的钱，心里乐开了花，老太婆装好了钱，屁颠屁颠地下山了。

原来，这个可怜兮兮的老太婆，是懒汉乔装打扮的，他这一变脸，竟然骗过了小金龙，瞧他那个乐呀。

懒汉得手之后，为了继续骗过小金龙，就跑到城里精心化装，今天化装成一个无依无靠的老光棍，明天化装成一个拉家带口的寡妇，后天又化装成一个大傻子，虽然很拙劣，但屡屡得手。懒汉吃惯了甜头，胃口就越来越大。从此，他得到了很多很多的钱。懒汉特别害怕别人也到小金龙那里去求救。于是，在一个伸手不见五指的漆黑之夜，偷偷地将小石缝堵上，想日后他去时再打开。

懒汉用从小金龙那里骗来的钱，在山下盖起了富丽堂皇的大瓦房，又娶上了媳妇，过着悠哉游哉的日子，哈哈，再也不用上街讨饭了。

这天夜里，他睡不着觉，又在挖空心思地琢磨如何变着花样去蒙哄小金龙。思来想去，决定第二天装扮成一个双目失明的老头儿。主意已定，懒汉搂着小媳妇不知不觉地做起了美梦。

凌晨，天空忽然电闪雷鸣，狂风大作，顷刻之间暴雨倾盆，正在做发财梦的懒汉被惊醒，他惶恐地睁开眼睛一瞧，已日上三竿。忽然发现自己赤身裸体地躺在一个打谷场上，他怀里搂着的小媳妇早已变成了一块冷冰冰的石头。

打谷场上站满了村民，正嘻嘻哈哈地嘲笑他。

老狼的故事

凡卉

　　传说在羊台子沟的密林深处有只狼，经过多年修炼，能说人话，能变人形。只要肚中饥渴，便点化成一个可怜的老太婆，或与路人搭伴同行，或夜宿村头人家，趁人不备吃人。

　　一年冬天，这只老狼又下山了。远远望见一位中年妇人骑着毛驴正要出村上路，这老狼摇身一变，变成一位岁数相仿的妇人，坐在路旁。等那中年妇人走近了，便上前搭话道："老姐姐，您去哪啊？"这妇人是走娘家的，便回答说："去孩子他姥姥家。"老狼套着近乎说："看来咱们是有缘分，我也是去前面这个村的。"老狼又试探地问："怎么没带孩子？"这妇人说："当天去，晚上就回来了，带他们也罗唆。"这老狼一听，觉得有机可乘，便大着胆子花言巧语编排说："倒也是，家里孩子他爹看着点也就行了。"那妇人道："不瞒您说，孩子他爹出远门了，要不然我还住下呢，怕晚上有狼，不放心。"老狼一惊，忙接过话茬说："也是，也是，十指连心，不过，我看您是有福之人。"那中年妇人倒觉得这位陌生的"老姐"很会说话，就说："有什么福气，三个儿子要吃要穿，哪张嘴不是个无底洞？"老狼装作亲昵的样子道："那您就错了，俗话说，多子多福，再起个尊贵的名字，那就像老虎插上了翅膀。"那妇人说："俺们庄稼人，小门小户，起名字顾虑倒也不多，只要是有'把家虎'的意思就行了，所以我那大的叫门插棍，二

【昌平大地上的传说】

的叫扣吊儿，小的叫一把锁。"老狼假惺惺地夸奖说："光听您起的名字，就是发家的苗子，将来您家财万贯，有这三个铁将军把门，那是万无一失。"老狼摸清底细，一口将那妇人吃了，然后变成妇人模样，在天傍黑的时候，骑上那头小毛驴一摇一摆地进村了。进村不远有个宅院，大门紧紧地关着。老狼敲着门喊："门插棍、扣吊儿、一把锁，开门来呀！"屋里的三个孩子听到在喊自己的名字，知道是妈妈回来了，都争相给妈妈开门。老狼进屋了，在灯光下，三个孩子发现妈妈脸上的痦子不见了。门插棍问："妈妈，你脸上的黑痦子哪去了？"老狼不慌不忙，低低地唱了个曲：

东来一阵风，

西来一阵风，

刮个荞麦皮当痦子。

老狼一抹脸蛋，痦子就出来了。老狼说："傻孩子，你看，妈的痦子没不了，是一路风尘给盖住了。"老狼又说："咱们睡觉吧，早睡早起，明天妈妈还要赶集去。"于是，三个孩子挨着老狼躺下了。扣吊儿手摸着妈妈的耳朵发现没有耳坠儿，心里不觉生疑，就问："耳坠儿怎么没戴啊？"老狼又低低地唱了一个曲：

东来一阵雨，

西来一阵雨，

送个套环当耳坠。

然后用手一摸，耳坠有了。老狼又说："傻孩子，妈是怕金耳坠丢了，装在口袋里，你摸，我把它戴上了。"门插棍一翻身，摸着了老狼的尾巴，感觉不对路，就问："妈妈，你怎么长出个尾巴？"老狼说："傻孩子，那是你姥姥给我的一绺麻。"夜深了，最小的孩子一把锁呼呼地睡着了。老狼想，我先吃你一把锁，什么门插棍、扣吊儿也就不中用了。想到这里，老狼就把一把锁的手指头填到嘴里咯吱吱吃了起来。那两个大孩子怎么也睡不着。

扣吊儿问："妈妈，你在吃什么？"老狼说："你姥姥给我的麻花。"老狼继续咯吱吱地吃着。因为刚吃完他们的妈妈，本不太饿，于是，吃着吃着就睡着了。

再说这两个大孩子，一夜翻来覆去没有合眼，好容易盼到天明。门插棍、扣吊儿悄悄爬起来一看，一把锁的手指头被吃掉五六个，又看到那个睡得正香的可疑的妈妈，从被子里露出个毛绒绒的尾巴，断定妈妈一定是被这吃人的豺狼给害了。于是，赶紧把一把锁推醒，三个孩子蹑手蹑脚溜出了屋子。院子里有一棵大柿树，树上挂着一篮子准备过年用的熟猪头肉。三个孩子一挤眼，就爬上了这棵大柿树。老狼睡醒后，发现三个孩子不见了，跑到院子抬头一看，三个孩子在树上坐着，傻了眼。这时，门插棍说："妈妈，你要想吃肉也上来吧！"老狼闻了闻，果然是香喷喷的肉味。就说："妈妈老胳膊老腿的上不去，你们把篮子递下来吧！"扣吊儿说："你从屋里拿根绳子，拴在腰上，我们把你拽上树吧！"老狼一听，也是，反正你们谁也跑不了。老狼从屋里拿根绳子系了腰，另一头扔给树上的门插棍。门插棍接住绳头，与扣吊儿使足了劲，当把老狼拽到半空中时，猛地一撒手，一下子就把老狼给摔死了。三个孩子下树一看，果真是一只披着人皮的狼。

说诗趣谈

施会泉

不知是哪个朝代，昌平城里有个书生，排行老二。他哥是个樵夫，对诗书一窍不通。因此，对老二整天抱着书本看不惯，唠叨老二说："靠读书能吃饭吗？还得靠打柴换米，锅上有了，锅下也有了，这才是能耐！"意思是说，有吃的有烧的，就是好日子。这书生对哥哥的话总也听不进去，仍是每天闭门读书。有一天晚上，月色很好。他出了院门，顺院墙根溜达，忽见前面有一块砖头大小的亮东西，他拿起一看，原来是一本诗书，拿回屋去，一页一页地翻看。那上面讲了好多如何见景生情说诗的例子。书生就整夜整夜地阅读这本诗书，直到他感觉能运用自如了。一天，听说县城一员外家正在办六十大寿，心想，我何不为他助助兴，不妨也试试我的文才。于是，就来到了员外家大门外。门旁有个家丁问书生干什么的。书生说："我是说诗的。"这家丁一想，老爷派出家人到处找能说诗凑趣的，眼下还一个没找到，何不报与老爷。这家丁忙传话与员外，员外一听，即命家丁把书生请进来。这书生自幼长得清秀，又知书达理，再加上他紫衫长衫，风度翩翩，给人举止不俗之感。书生来到大堂之上，只见大堂内张灯结彩，香烟缭绕。老爷太太、少爷小姐、侍女丫鬟济济一堂。书生向员外施一礼道："老爷，您听什么诗呢？"员外说："只要吉利、喜庆就好。"这时，来了一位提着西瓜的客人，书生见景生情，说道：

西瓜西瓜好西瓜，

青枝绿叶开黄花，

西瓜瓤子老爷用，

西瓜皮子喂王八。

员外听罢，很高兴，夸书生有文才。就赏了他五十两银子。老爷太太、

【昌平大地上的**传说**】

小姐及丫鬟就陪他到院内的碧月塘、莲花池、望春亭、撷趣廊一路观花赏月，欢度良宵。这时，忽然有只花猫从长廊里蹿了过来，给这群芳荟萃、富贵温柔之夜平添了无限情趣，书生灵机一动，便吟道：

好猫好猫真好猫，

前爪能挠十道沟，

白天大堂里边蹿，

夜里太太搂着打呼噜。

员外一听简直是妙不可言，又赏了书生好多银子。书生带着银子回到家里。他哥问："哪来这么多银子？"老二说："是我说诗赚来的。"老大一听，说诗也能挣钱，就动了心，也想试试这来钱的路子。就跟老二说："你有怎样说诗的书吗？"老二说："有，就怕你也看不明白，干脆我教你几句吧！"老大一想，也好，比看书要省事。老二就把在员外家说的两首诗教与哥哥。老大反复背了两遍，并牢牢记在心里。老二还告诉哥哥，更重要的是见景生情，借题发挥。老大点头称是。

光阴荏苒，转眼已是元宵佳节。县城里员外家又要大摆筵席，喜庆元宵。大堂内高朋满座。老大学了弟弟的样子，穿了长衫，装作斯文潇洒的风度，迈着方步来到大门之外。家丁报与员外说："又来了位说诗的，他自称是上次说诗的哥哥。"员外一听，既然是上次说诗人的哥哥，一定会说得更好，就命家丁赶紧把他请上堂来。

老大上堂来，见一宾客提一嘟噜羊肚儿走进来。老大心说，有了。于是，

昌平民间文学

拿着腔调念道：

　　羊肚儿羊肚儿好羊肚儿，

　　青枝绿叶开黄花，

　　羊肚儿瓢子老爷用，

　　羊肚儿皮子养王八。

员外一听，气炸了肺。心里说，我不但吃了羊粪还要做王八，立即命家丁将他暴打一顿。之后又问他："你还说诗吗？"老大想，所学的第二首诗还没用上呢，忍着疼说："有，咱们得出去溜达溜达。"于是又顺着上次的路线，从碧月塘、莲花池到望春亭、撷趣廊。老爷太太、少爷小姐、侍女丫鬟还有一些来看热闹的小厮，比上次人还多。走到撷趣廊，正碰上了一位寺院长老来看员外，老大即景生情，诗兴大发：

　　和尚和尚好和尚，

　　前爪能挠十道沟，

　　白天大堂里边蹿，

　　夜里太太搂着打呼噜。

老大又挨了一顿恶揍。拖着伤痛回到家里，自叹不如弟弟。打那以后，再也不埋怨弟弟读书无用了。

菩萨鹿的传说

施会泉

每当人们来到京郊妙峰山脚下菩萨鹿村的时候，都会被这奇怪的村名所吸引。是的，提起菩萨鹿村名的来历，还真有一段神奇的传说。

很久很久以前，在这里的山坳中住着一只梅花鹿，它所居住的山洞顶上，生长着一棵灵芝草。在山下的沟谷里，还有一潭清清的泉水，供这只鹿饮用。多少年过去了，这里一直是风调雨顺，家家户户五谷丰登、六畜兴旺。人们称这只鹿为"仙鹿"。

有一天，村里有一家人办喜事，宾客满席，热闹非常。日将西沉的时候，忽然间来了一位白发苍苍的老翁，虽然他眉毛胡子全都白了，但却筋骨强健，满面红光。他自称是远道而来的贺喜者。好客的主人就热情地接待了他，找来了众多陪客，把他让到了首席。这老者纵谈古今无所不及，得到了在座人的称赞。喜酒千杯开怀畅饮，这老翁昏昏然有些醉意，便起身告辞了。

夜幕降临，酒席将散的时候，进来一个猎人，只见他身上背了一只梅花鹿，说是拿这只鹿作为贺喜的礼物。主人听了很高兴。为了表示主人的诚意，当场把这只鹿开膛破肚。奇怪的是，这只鹿肚子里装的全是席间的饭菜，同时还散发着浓郁的酒味。人们都迷惑不解，面面相觑。猎人将在路上如何撞上这只鹿，又如何张弓搭箭射死这只鹿述说了一遍。众人醒悟过来，说这一定是灵芝草下山洞里的那只仙鹿变成人，醉酒之后现了原形。

仙鹿造福于这里的乡民，猎人却伤害了它。自打伤害了这只仙鹿，山顶上的灵芝不见了，清清的泉水干涸了，灾害降给了这里的老老少少。为了拯救百姓，大家都同意给它修座菩萨庙，里面还铸上了梅花鹿的铜像。附近的村民每逢佳节，都到庙里焚香祷告，盼望有一个吉祥如意的未来。

从此，菩萨鹿的村名便延续至今。

聚宝盆的传说

马德清

望宝川是昌平区一个风景优美、民风淳朴的民俗旅游度假村，这是个古老的山村，据《北京昌平县地名志》载，望宝川于明代成村。

传说嘉靖年间的一年，有个逃荒的汉子，领着一家老小，走啊走啊，这天来到了望宝川，发现这里水丰草旺，是种庄稼的好地方。于是，就在这里落脚安家，开荒种粮。经过几代人的辛勤劳动，乱石滚滚的河滩造成了良田，荒山坡上栽上了果林。终于过上了吃穿不愁的好日子。后来又来了一些穷苦人家，在此求生。天下穷亲，不问哪来人。村民不管先来后到，都互相帮助、和睦相处。

康熙三年（1664年），桃花盛开季节的一天，从山外来了一伙骑马坐轿的富人。为首的是个三十多岁的男子。此人颐指气使、趾高气扬，显出一副自命不凡的模样，用马鞭指着望宝川，对他身边的人指手画脚夸赞着。那些人也都说："这个地方太美了。"

从前村民看见的都是逃荒要饭的穷人，从来没见到穿金戴银的富人往这里钻，有点奇怪——他们干嘛来了？哼，准没憋着好屁。

马背上的男子指手画脚地大声对村民说："我姓布德，名仁新。大伙儿就叫我布德仁新吧。"

众村民哄堂大笑："不得人心，这个名字太棒啦！"接着又齐声叫了起来："不得人心！"

布德仁新听见村民齐声叫他，非常高兴，他说："对，我就是布德仁新。"

有个村民逗他玩："我看你就是不得人心。"村民们又一阵捧腹大笑。

布德仁新说："我爹是个当大官的，对朝廷有功劳，当朝皇上把望宝川封给我们家了，你们也是我们家的了。从今以后，咱们就是一家子了。只要你们好好地给我干活，听说理道的，我保证大伙有的吃有的穿。"

村民觉得有吃有穿，生活有保障，也就没说什么，再说皇上封给布德仁新家的，谁敢不服从。

村民哪里料到，日子一久，布德仁新露出了贪婪的面孔，只催村民给他干活，根本不顾村民死活。稍有不满者就要遭到布德仁新拷打。于是，好多青年纷纷外逃，另谋生路。

有个叫冯三的青年，逃到了铁壁银山下的法华禅寺，当了做饭的和尚。冯三在寺里吃得饱、穿得暖，很知足，干活很卖力。寺里养着一条看家护院的大黄狗，冯三进寺以后，大黄狗就由冯三喂养。每天晚上，冯三把剩饭倒进一只很旧很旧的陶盆里喂大黄狗。不多不少，恰好够大黄狗吃饱，大黄狗每天都吃得干干净净。

日子一长，大黄狗跟冯三成了一对好朋友。

这天早晨，冯三正在厨房里做早饭，主管伙食的老和尚走进厨房，二话不说，把冯三拽到门外的狗食盆前，教训着他："寺里粮食紧张，头天剩下的饭第二天回回锅照样能吃，不要把剩下的饭都倒给大黄狗，浪费可耻！"

冯三惊呆了，狗食盆里满满当当的全是他昨晚上喂狗的剩饭。他几乎不敢相信自己的眼睛，这怎么可能呢？昨晚上倒进盆的剩饭仅仅够大黄狗吃饱。再说大黄狗一点

昌平民间文学

不吃，也不会满满当当的一大盆。他百思不解，便嘟囔着说："昨晚上，我只给狗添了半碗剩饭。"

老和尚生气了："你还犟嘴，你好好瞧瞧。"他指着那一盆剩饭："这叫半碗饭！你们家半碗饭有这么多？"

冯三被老和尚质问得满脸通红，哑口无言，只得违心认错。

后来，和尚又多次发现狗食盆里满满的剩饭，冯三又理所当然地多次被老和尚训斥。冯三只好一次又一次地认错，心里却一次比一次不满。他思来想去，总觉得有人暗地里跟他较劲，使蔫坏。冯三决定抓住这个人，还自己清白。于是，他躲藏在暗处，悄悄地监视狗食盆，从天黑熬到月亮西下，也没见到捣乱的人，他看狗食盆里黄狗吃剩下的残渣，心想今夜不会有人找他麻烦了，便回屋睡觉。

第二天早晨，冯三没睡醒就被老和尚吆喝起来，再次叫他看那盆满满的剩狗食。

冯三尴尬得只会挠后脑勺，满肚子委屈，急得直吭哧，一句话也说不出。可是老和尚却以为冯三跟他暗地里对着干。便警告冯三："你再糟蹋寺里的粮食，就卷铺盖给我走人！"

冯三不愿不清不白的就走，便请求老和尚再留他三天。老和尚见他十分诚恳，便答应了他。冯三决心在三天之内查个水落石出，对狗食盆子来个死看死守，寸步不离。头一宿熬到天将亮，冯三见狗食盆里还是残渣，心想捣鬼的家伙不敢再来了。此时他也困得够呛，刚一打盹，激灵一下，睁眼一看，那盆子又满满的了，气得他七窍生烟，老和尚来察看，指着满盆子剩饭问："冯三，你还不服气吗？"冯三争辩着："刚头一天，还有两天呢。"和尚原谅了他。

第二天夜里，冯三下了死功夫，两眼瞪得铃铛似的盯着那盆子，实在撑不住了，就用小草棍儿把眼皮支上，一直坚持到大天老亮，功夫不负有心人，果然看住了狗食盆子。冯三乐颠儿乐颠儿地给老和尚报喜。

老和尚也很高兴，说："就看你第三天了。"

冯三已经熬了两宿，白天干活也没睡上觉，到了第三宿实在难以支撑，又用小草棍儿支上眼皮。人到最困时草棍儿也不管用，冯三精神一恍惚，刚一失神，狗食盆子就满满的了，气得冯三浑身打颤。他灵机一动，端起盆子就倒大门外的沟里去了。把盆子放回原处，就回去睡觉，心想今夜盆子不可能满了。但是，他没想到他没有把残渣倒干净。

早晨，冯三还没睡醒，就被老和尚吆喝起来，指着满盆子剩饭，质问冯三："你还有什么可说的？你如此糟蹋粮食，我们寺庙早晚毁在你手里，明天你就卷铺盖走人吧。"

冯三有冤枉也无可奈何，哑巴吃黄连——有苦说不出。他泪水涟涟，十分难过。大黄狗对着明天就要离开的冯三，连连摇尾，恋恋不舍，流出了两滴泪珠儿。

晚上，冯三怎么也睡不着，一想到天亮就要走了，心里很不是滋味．想不到栽在一个狗食盆子面前，他真想砸碎那个盆子。天快亮时，冯三做了个梦。梦见大黄狗告诉他："有了狗食盆，万事不求人；自己过好了，别忘众乡亲。"

冯三很奇怪，大黄狗怎会说话呢？他一激灵，醒了，原来是南柯一梦。

早晨，老和尚给冯三送工钱来了。冯三刚要接钱，大黄狗冲他又是汪汪叫，又是摇头。冯三忽然想起夜里梦中黄狗说的话。于是，他对老和尚说："师傅，我不要工钱，就算我糟蹋掉粮食的赔偿吧。"

老和尚被冯三感动了，他说："不要工钱，你一家老小吃什么呀？我再给你加一个月的工钱。"

冯三正犹豫接不接老和尚递过来的双月工钱，只见大黄狗一个劲地抓狗食盆子。冯三说；"师傅，我只要狗食盆子。"大黄狗冲冯三点头。

老和尚觉得冯三可笑，两月工钱能买好几个大盆子，干嘛看中了脏了巴唧、黑不溜秋的狗食盆子？这不是大傻瓜吗？老和尚很痛快地答应了他。

冯三小时候，奶奶常常给他讲聚宝盆、摇钱树的故事。奶奶说："有了聚宝盆，要什么有什么。"冯三想到这里乐得差点蹦起来，心里暗喜，狗食盆子原来就是聚宝盆。冯三特别感激大黄狗，临别时他爱抚着它，亲了又亲，依依惜别。

冯三小心翼翼地捧着狗食盆子回到家，左刷右刷，刷了一遍又一遍，把狗食盆子刷得干干净净，锃光瓦亮。老母亲看见儿子专心致志，没完没了地刷盆子很生气，她已经三天没吃饭了，饿得快不行了，就催他快去找点米。

冯三把狗食盆子端到老母亲面前，高兴地告诉老母亲："有了这个盆子，往后咱们就不挨饿了。"

老母亲见盆子里光溜溜的，什么吃的东西也没有。又来了气："你用一个空盆子蒙我呀，让我啃盆子？"

冯三安慰老母亲："妈，您再忍一天，明天早上就有吃的了。"

当天晚上，冯三把盆子放在院子中间，就回屋睡觉去了。第二天早晨，冯三欢欢喜喜跑到院中，不禁大失所望，盆里空空如也，把他气得刚要抬脚踢那盆子，耳边忽然响起大黄狗的叫声："空对空，一场空。捡粒米，放盆中。"冯三忽然明白了，于是他跑到地里去捡粮食。此时正是夏天，地里哪里有粮食，寻呀觅的，直到晚上，冯三才在堰阶缝上寻到一粒去年秋天丢下的红高粱。睡觉前，冯三把那粒红高粱放在盆里，第二天早晨起来一看，果然满满的一盆红高粱。冯三高兴得一蹦老高，老母亲也乐了。

后来冯三就跑到镇里粮市上，捡来小米粒、大米粒，想吃什么就捡什么，往盆里一放，第二天早上就会满满的一盆，冯三和老母亲哪里吃得完，就把剩下的米呀面呀的送给左邻右舍的穷街坊。冯三为了接济更多的穷人，每天夜里起来几次，收拾盆里的米呀面的。因为每一夜放一次，第二天早晨就取一次，如果多放盆里几次，就得多起来几次，如此这般的起来睡下，睡下起来，放粮取粮，取粮放粮。聚宝盆有个怪脾气，只有人睡着了才显灵。所以冯三也很辛苦。望宝川的穷哥们都有饭吃了，冯三仍然很高兴。

日子一长，布德仁新觉得不对劲，给他干活的人越来越少，地里荒了，果树长疯了，而且也没人领他那点可怜巴巴的粮食了。

很快布德仁新发现了问题，原来村民都上冯三家去领粮食，人去领回来的都是大米、白面。冯三不耕不种，粮食从哪来？布德仁新闪着贼骨碌碌的眼睛到处打探，从一个不大懂事的孩子那里得知冯三家里有个聚宝盆。

布德仁新立刻心生嫉妒，一个穷小子也配有聚宝盆。我爸爸是个当大官的，是对朝廷有贡献的人，做梦都想得到聚宝盆，那聚宝盆早就应该归我们。他想闯进冯家去抢，又怕村民反了天。

这天，布德仁新趁冯三不在家之机，溜进冯家，先跟冯三老母说借用。冯三老母早就听说他不得人心，说什么都不借。布德仁新终于露出了一副凶相，欺冯三老母年老无力，夺过聚宝盆就逃了。

晚上冯三回到家，得知布德仁新抢走了聚宝盆，非常气愤，没了聚宝盆自家就断了口粮，众乡亲也面临再次挨饿。硬跟布德仁新要也没那么容易，不如先治一治布德仁新，给他点颜色看看，也好让村民看看笑话，开开心，然后再想办法取回聚宝盆。

当晚冯三提着灯笼，从山上的石缝捉来一只蝎子。回到村里，趁布德仁新一家睡熟时，溜进布德家宅院，将毒蝎子放进布德仁新摆在院中的聚宝盆里。

一心想用聚宝盆发财的布德仁新，头天晚上在院里摆好聚宝盆，就回屋睡觉，做起发财梦。第二天早晨，布德仁新早早起来，兴致勃勃地跑到聚宝盆前，他以为聚宝盆里边全是银子，银子应该亮光亮光的，这会儿怎么灰不溜秋？再一细看，一声惊叫，顿时吓得他冒出一身冷汗，差点昏倒，原来是

【昌平大地上的传说】

满满一大盆的毒蝎。

布德仁新一慌张，碰翻了聚宝盆，毒蝎受到惊吓，立刻炸了窝，潮水般地爬起来。毒蝎喜暗怕明，乱爬的毒蝎子很快都朝暗处爬。有的钻进了墙缝，大部分朝屋子爬去，时间一长，爬上窗台又钻进窗缝，有的爬越门槛，齐刷刷地朝屋里涌去，进了屋又往睡炕上乱钻。

布德仁新冲着屋里惊叫起来："毒蝎，毒蝎，快起来，快快！"此时，除去布德仁新，其他家人还没起炕，有的还在梦中。听到布德仁新惊叫，全都慌了神，布德仁新的两个妹妹最怕蝎子，穿着小裤衩就从被窝里窜出来。布德仁新一个贪睡的弟弟被叫醒，抱怨着："叫唤啥呀，谁没见过蝎子！"当他抬头一看，成群的毒蝎子距他只有半尺远，被吓得丢了魂似的，忘记了羞耻，光着屁股就跑到院里，光着的脚又被爬在地上的毒蝎狠蜇一顿。一家十几口人没有不挨蜇的，很快红肿起来。个个疼痛难忍，喊声、哭声、骂声如鬼哭狼嚎，乱作一团。

布德仁新的三岁儿子，因中蝎毒太重，抗毒力又低，没来得及治疗，很快就死了，布德仁新的媳妇哭得死去活来，痛骂布德仁新"不得人心"。媳妇骂了半天也没见到布德仁新，她想布德仁新还不快来安慰她，此时却遍找不见，就焦急地叫起来："布德仁新！"

忽然有人跑进来告诉媳妇："路边上躺个光着身子的人，特像布德仁新，快去看看。"

布德仁新媳妇急忙跑去，一看果然是布德仁新，她当着好多围观的人羞愧难当，哪里还顾得上哭，急忙从自己身上脱件衣服，把布德仁新的下体处遮上，又找几个人把布德仁新抬回院里。

原来，布德仁新发现许许多多毒蝎往屋里爬去，焦急叫喊屋里人快起来后，忽然发现一伙蝎子往他裤子上爬，而且有几只蝎子钻进裤裆，一阵猛蜇。布德仁新又惊慌又疼痛，疼得在地上打滚，哪知裤裆里的毒蝎子蜇得更猛烈。他要扒下裤子，又看见了站在他身边的弟弟、妹妹，还有一伙来看热闹的男女村民。只得忍着剧痛，提着裤子跑到大门外，想找没人的地方脱下裤子。刚跑到门外就挺不住了，而且钻进裤裆里的毒蝎还在狠蜇，布德仁新已顾不得羞耻，当着许多围观的人脱下裤子。此时布德仁新已中毒太深，浑身红肿，头晕脑涨，身子一歪就倒在路边了。

第二天，布德仁新恢复了知觉，刚一睁眼，见他媳妇举起聚宝盆要摔，急忙拦住："不许摔，不许摔，这是聚宝盆，它能聚无数蝎子，也一定能聚来无数个大元宝。"原来他媳妇也是个财迷，一听能聚来大元宝，就忘了失子之痛。

这一天晚上，布德仁新就往聚宝盆里放了个大元宝，对他媳妇炫耀着："老婆，你就等着明天早上捡大元宝吧。"

媳妇兴奋极了："满满的一大盆？"

"对，满满的一大盆。"布德仁新拉上媳妇回屋睡觉，又做起发财梦。第二天早晨，两口子兴致勃勃去捡大元宝。到院里一看，不光不见满满的一盆大元宝，昨晚放进去的元宝也没有了，把鼻子都气歪了。布德仁新不死心，当天深夜又放一个元宝，结果又丢了。一连十天，丢了十个元宝，布德仁新再也不敢放元宝了。

有一天凌晨，冯三被一阵"咣当咣当"的撞门声惊醒，出去一看，原来是大黄狗撞门，大黄狗嘴里叼着一个元宝。大黄狗冲冯三摇头摆尾，把元宝扔下就跑了。冯三就用这个元宝买来了米呀面的，分给那些没吃没喝的村民。一连十天，几乎在每天夜里的同一时间，大黄狗都给冯三送元宝。冯三早已心知肚明。

布德仁新一连丢了十个元宝，十分恼火，举起聚宝盆就要摔，忽然突发奇想，放元宝不行，放别的东西行不行，布德仁新，特喜欢喝酒，他想，每天给我聚来一盆好酒也行。于是布德仁新趁夜深人静，把他最喜欢的酒，往聚宝盆里倒了一杯，就回屋睡觉去了。

第二天天没亮，睡梦中的布德仁新就被一股浓郁的酒香熏醒了，还一劲地吧唧嘴，仿佛已经饮上了美酒。布德仁新出了屋门，感觉院里的酒味更浓，满院弥漫着酒香，他已经有些醉意了。一看聚宝盆，哇，果然，一盆满满的美酒。布德仁新立刻手舞足蹈起来，捧着聚宝盆就咕咚咕咚地喝起来。

从此，布德仁新有了喝不完的美酒。

盛夏来临，布德仁新的老爹和老妈到望宝川避暑。这天老爹要洗澡，布德仁新的媳妇就派下人烧温水。布德仁新拦住，他想在他老爹面前显摆聚宝盆。他想，聚宝盆能聚来美酒，也一定能聚来温水。

当晚他告诉老爹："您先睡觉，温好了洗澡水，我叫您。"老爹一向先洗澡后睡觉，心里不乐意也只好由着布德仁新。

趁家人都睡熟了，布德仁新把一杯温水倒进聚宝盆，便回屋睡觉。布德仁新睡了一会儿，起身到院里一看，十分惊喜，果然一盆清泠泠的温水，便请出老爹，入盆洗澡。

老爹感到很舒服，对陪在身边的布德仁新说："我不困了，要多泡会儿，你先回去睡觉吧。"

老爹越泡越滋润，舒服极了。他有点不明白，往日洗澡时间一长，水就凉了，这盆子的水怎么老是温乎乎的？泡着泡着，老爹迷迷糊糊睡着了，打起呼噜，越睡越香。

早晨，布德仁新被院里一阵阵地吵嚷声惊醒。他推开屋门一看，差点被吓昏了，满院子站满了他的老爹，长得一模一样，分毫不差，而且在聚宝盆里还在一个接一个地往外蹦老爹，转眼工夫，院里又多十来个老爹，一共五十一个老爹。布德仁新一气之下，一脚踢翻了聚宝盆，这才停止往外蹦老爹。

院里的老爹把布德仁新围在中间，伸手向他要好酒好肉，叫嚷着泡了半宿澡早就泡饿了。布德仁新又急又气，叫嚷着："我妈只给我找一个爹，其他人都是冒牌货。"

五十一个老爹同声叫道："我就是你妈给你找的亲爹。"

布德仁新急得直蹦："不可能，我只能有一个亲爹。"

老爹们也急了："都是你亲爹。少说废话，老子早就饿了，快端酒切肉。你快把爹饿死了！"

布德仁新认准了自己只有一个亲爹，其余五十个爹都是混吃混喝来的。可他又认不出哪个是他亲爹。急得没办法，只好进屋求助老妈。

老妈早已被满院子的老头子吓昏了，哆里哆嗦地说："我怕他们，你自己认你亲爹。你亲爹右耳后有个黄豆粒大的黑痣，有黑痣的就是你老爹。"

布德仁新回到院里，挨着个查看，结果，五十一个爹右耳后都有痣，模样、颜色、位置毫无二致。

布德仁新急得没办法，又回屋里哀求老妈，非让老妈认亲爹不可。老妈心想，相濡以沫，同床共枕，一块儿过了几十年日子的老头子还认不出来？便鼓足勇气走出屋门。有个站在门口的老爹一把拉住老妈："老伴呀，咱俩走吧，咱儿子不给吃，不给喝，快把我饿扁了，咱俩快回去吧。"

其他五十个老爹也都围上老妈，说着同样的话，都伸手拽老妈，叫着嚷着："不住了，快回去吧。"

老妈又急又气，被吓得大哭起来："我自打年轻时起，就是行得端、走得正的正派女人。我只嫁给了一个丈夫。你们谁是我真正的丈夫，我认不出来了。谁是我的丈夫，就自己说吧。"

五十一个老爹回答的又是一个声音："老伴儿呀，我是你的亲夫，咱们成亲快四十年了，到现在你却不认我了，你好狠心，没想到老了，老了，你变心了。"

晚上睡觉的事更麻烦，五十一个老爹都要跟布德仁新的老妈睡一个屋。

老妈顿感羞辱，突然心火上升，胸闷难忍，张着嘴巴喘不上气，已经奄奄一息。老妈临终时训斥道："布德仁新呀布德仁新，你这个不得人心的东西，是你要了我的命呀！"

五十一个老爹见老伴咽了气，悲痛万分，痛哭流涕。布德仁新更是气极败坏，冲着众老爹吼着："你们甭来这一套，都是猫哭耗子——假慈悲，我妈是你们给气死的！"

五十一个老爹被布德仁新激怒了，异口同声骂道："小畜生，不孝的子孙，留你有什么用？打死你这个不得人心的东西！"一个老爹一拳，布德仁新很快就被打趴下了，一个劲地求饶，五十一个老爹才罢手。

五十一个老爹不光一天要三顿好酒好肉，而且脾气渐长，个个穷横穷横的，稍不顺气就对布德仁新不是骂就是挥拳头。

布德仁新不但天天挨打受气，储存的肥肉好酒也被五十一个老爹吃得所剩无几了，而且他们胃口一天比一天大，要求也越来越高。

布德仁新被五十一个老爹折腾得焦头烂额，跳崖的心都有了，不得不去找冯三讨招。

冯三心中大喜，为村民讨回公道的时机到了。对布德仁新说："你只要答应我一个要求，我就给你摆平你五十一个老爹的难事。"

布德仁新满口答应："你把那些老家伙给我收拾了。你什么要求我都答应。"

冯三说："你赶快把你霸占的土地和果树还给村民。"

布德仁新没料到冯三提出了他无法答应的要求，连忙摇头："不行不行，这个要求太惨了。"

冯三说："不愿意就算了，以后也不要再找我了，你走吧。"

布德仁新迟疑着，他实在不愿还给村民土地和果树，又一想到快要把他吓死的五十一个老爹的凶相，只好答应了冯三的要求。冯三怕布德仁新说话不算数，让他先还给村民土地和果树，然后才能帮他的忙。

布德仁新把土地和果树还给了村民之后，又急忙来找冯三。冯三为讨回聚宝盆，问布德仁新："你有几个老爹？"

布德仁新哭丧着脸唉声叹气："五十一个啊，个个都像饿狼，快把我吃掉了。"

冯三说："本月十六日凌晨，鸡叫头遍时刻，你留下一个亲爹。"

布德仁新十分为难，说："哎呀，我已经认不出哪个是亲爹了。"

冯三说："五十一个都是你亲爹，你留下哪个都行。然后把他悄悄地拉进茅厕，从头顶到脚跟，全给他抹上屎，越多越好，越臭越好。"

布德仁新一听就恶心了，忙说："太脏啦，没别的办法吗？"

冯三摇着头："没别的办法。只有这样其他五十个亲爹才会躲开他，否则你无法分开他们。"

布德仁新无奈，只好按着冯三说的办。果然那五十个亲爹掩鼻捂嘴，远远地躲着那个浑身抹屎的亲爹。半夜里布德仁新捧着聚宝盆，把五十个亲爹带到冯三家里。

冯三收下聚宝盆，留下了五十个亲爹，教训布德仁新："往后你千万不能再贪心了，否则，你家永无宁日。"

布德仁新如释重负，轻轻松松回家了。冯三见时机到了，对着聚宝盆念念有词："天灵灵地灵灵，聚宝盆显神通，五十个老头没有家，请你把他们请回宫。"冯三用手指弹了五十下聚宝盆，只见五十个老头儿，一个跟着一个，乖乖钻进了聚宝盆，转眼工夫，五十个老头就销声匿迹、无影无踪了。

冯三巧取聚宝盆，又开始为村民谋福利。

有一天半夜三更，冯三被街上一阵嘈杂声惊醒，紧接着又响起了极为粗暴的踹门声。冯三心里一惊，准是布德仁新带人来抢聚宝盆，便急忙翻过后院墙跑了。

布德仁新带着家丁闯进屋里，不见冯三就跟冯母吼道："快把聚宝盆交出来！"

冯母说："在我儿子手里。"

"你儿子躲哪儿去了？"

"不知道。"

布德仁新命令众家丁："给我搜！"

顿时冯家被翻了个底朝天，结果没找到冯三，也没搜到聚宝盆。布德仁新眼珠子一转，立刻命令众家丁："给我追，他冯三跑不了！"于是兵分三路，向后山追去。

因天黑路陡，又情况紧急，冯三急不择路，跑到山顶才发现前面的万丈深崖，只得往回跑。这时冯三已发现布德仁新追了上来，他担心寡不敌众，趁着布德仁新带着家丁还没冲上来之机，就把聚宝盆埋在一棵松树旁边，他知道这座山上只有这一棵，日后容易找。冯三埋好聚宝盆，就跑到别处去了。

布德仁新带着众家丁气喘吁吁地追到山顶，也没找到冯三，只得灰心丧气地下山了。

天亮了，冯三想找回聚宝盆，可到山上一看，漫山遍野都是松树，而且长得一模一样，他再也认不出埋着聚宝盆的那棵松树了。传说望宝川南山上的松树，都是那时从聚宝盆里生长出来的。现在已成为望宝川一笔巨大的财富。

白娘子降神雨解旱情

张丽娟

百善村原来不叫百善村，叫白蛇村，白石山为白蛇山。关于这条白蛇还流传着好多的民间传说故事呢。

传说古时候，有一年天大旱，持续好多天滴雨未下，火辣辣的太阳烘烤着大地、山川、河流，好像要把地球上所有的一切都烧焦，大自然终于耐不住了，地裂了，河干了，树枯了，苗死了，人们无奈地苦苦挣扎着，期盼着哪天老天爷发慈悲降下甘霖。

一天大清早，从村头走来一位身着素服的年轻妇人，胳膊上挎着个包袱，一边走，一边东瞧瞧，西看看，忽而柳眉紧蹙，忽而摇头叹息，满面愁容，尽管如此，还是难以遮挡她那闭月羞花之貌、沉鱼落雁之容。走在大街上，引得大姑娘、小媳妇惊羡不已，看得小伙儿像喝醉酒似的如痴如醉。但驻足观看的人群中也不乏一些心存不轨之人，他们各自异想天开，只看得眼睛瞪成了青蛙眼，那眼里只能读出一个"色"字。

婶子、大娘们纷纷交头接耳："哎！二婶子，你认识她吗？""她是哪儿来的？谁家娶了这么一位天仙似的媳妇儿，好福气呦！"等一系列疑问句。为了解开人们的疑问，村中好事者上前询问："请问娘子您从哪儿来？身居何处？姓甚名谁？"那娘子见问，赶忙收住脚步，深施一礼款款答道："小女子从西山来，姓白，名善，家住村西山脚下。"说完便告辞离去。"好怪的名字？西山脚下？不可能呀，我前几天到那儿去打柴没发现那里有人家呀？"村中打柴人说。经他这么一说，众人更是一头雾水，都觉得这事很蹊跷，为了解开谜团，有几个人便自告奋勇地悄悄尾随其后，不远不近地跟着，想去探个究竟，等他们走到村西小山附近时，果然如白娘子所言，有两间简陋的茅屋立于山前开阔处。这下可把砍柴人弄糊涂了，他们晃晃脑袋，摸摸

昌平民间文学

额头，没发烧啊，揉揉眼睛再看，实实在在的两间小屋立于山前，大伙儿看罢转头回村，一路上他们边走边不停地嘀咕："这真是大白天撞见鬼了，奇了，奇了……"其中有人跟一个叫刘喜儿的说："刘喜儿，你是不是那天喝酒喝迷糊了？或是梦游来这里了。""没有！我没……没有！"原来这个叫刘喜儿的是个口吃，越着急越说不上来，脸憋得通红，引得大伙儿哄然大笑，他恼怒地索性不说了，气乎乎地不再理睬众人，径自回了村。

就在大伙儿与白娘子谋面的这天夜里，久违了的狂风忽然大肆喧嚣，乌云就像脱了缰的野马铺天盖地而来，轰隆隆的雷声震耳欲聋，刺眼的闪电狠命地撕开天幕，"哗"地一声，天河就像山洪暴发一样倾泻而下，这一下直下了两个时辰，方才偃旗息鼓，鸣金收兵。这可真是及时雨呀！直喝得大地合拢了嘴，山峰披上了绿衣，河道的肚子胀鼓鼓，萎靡不振的大树轻舞腰肢笑嘻嘻……可这福中亦有祸，祸中福所依，由于雨下得太大，太凶猛，以至于有些人家的土屋顶漏了雨，虽如此大家的心情还是清爽爽的，个个脸上都透着喜气。

第二天一大早，乡亲们争先恐后走出家门，呼吸雨后清新的空气。大伙儿仨一群俩一伙儿地凑在一起扯家常，插科打诨。但聊得最多的还是这场及时雨。

有人说："这回龙王爷可真是睁眼了，给咱们救急来了，赶明儿我得上龙王庙好好拜拜去。""是呀！是得好好拜拜，不光说好话儿，还得多带上点好吃的咧！"大家你一言我一语七嘴八舌说个不停……这时有个大婶的话引起了大家的注意，她说："昨天夜里下的这场雨，大伙儿觉得是不是有点邪门儿？""咋邪门儿了？""你们看啊，咱们这儿连着多少天都没见着雨星儿了，香也烧了，龙王爷也求了，可结果呢？就是不顶用，就是干打雷不下雨。最近咱们村儿里也没啥新鲜事儿，唯一的事儿，就是昨天白天街上见到的那个外乡来的漂亮娘子，她才来，晚上就下雨了，我寻思着，这事有点门道。"她的话就像往河里扔了一块不大不小的石头，起了些许的波澜。大家都默不作声，你看看我，我看看你，谁也说不出这其中到底隐藏着什么玄机。这时有一位花白头发、满脸布满沟壑，但两眼却有异常光彩的老者站起身，磕搭着手里的烟袋锅子，慢条斯礼地开了腔："依我看呀，这事儿确实有点邪行。可这两件事儿之间到底有啥联系，邪行在哪儿，我也实在是看不透。我活了大半辈子，经的见的也算是不少了，可这样的事我也是头一遭见。但总的来说，我觉着这位白娘子是个福星，非等闲之辈，兴许是老天爷怜悯咱们，看咱们拜得诚心诚意，所以派下来仙人，给咱村解难来了，那也说不准，如果真是这样的话，那咱村可真是积了大德、有大造化了，有仙人保佑，以后咱们可就高枕无忧喽！"说这话的是村中德高望重的单老爷子，他在村里说话历来有分量，谁家有个大事小情的都去找他商量，听说他过去曾经喝过墨水，还中过举咧！

经他这么一说，大伙儿心里踏实了好多，好多人当真信以为真，心中不免对白娘子燃起了敬慕之情。

旱情解了，乡亲们个个喜上眉梢，各自忙着抢天时补种庄稼，期盼着来年能有个好收成。

白娘子施法救母子

张丽娟

一天大清早，百善村的乡亲们各自忙着吃早饭，修理农具准备上工，这时，只见村人刘喜儿在街上急得像热锅上的蚂蚁，满头大汗地转磨磨，不知所为何事。好心的乡亲见了赶忙上前问个究竟："咋了，刘喜儿，咋急成这个样儿了？"刘喜儿急得结结巴巴地说："我……我……我媳妇要……要……要生了，难……难……难产。""那你赶紧去找接生的五婶呀！""找……找……找不到，五……五婶出门了！"这下可把大伙儿也难住了，接生这差事人命关天，可不是谁想干就干得来的，那可是相当高超的技术活儿，还得胆大心细才能母子平安。于是大家就你一言我一语地给刘喜儿献计献策，众说纷纭。适逢此时白娘子在人群外开了言："刘喜儿，快带我瞧瞧去，兴许我能帮上忙，迟了就来不及了！"话音未落，便拉起丢了魂儿似的刘喜儿急火火地往刘喜儿家去了。这下可把大伙儿给弄愣了，你望着我，我看着你，至于白娘子啥时候站到他们身后的，无人知晓，她是否有这个本事也不得而知，大家心里都在疑惑着，出于好奇心的驱使，大家迈开脚步，尾随在他们身后，前去探个究竟。

白娘子匆匆进了产妇生产的屋子，大伙儿则留在门外，一边屏住呼吸等待消息，一边帮着烧水扯布地忙活着。白娘子靠近产妇，神色凝重地看着产妇，只见产妇躺在炕上痛得汗流浃背，怎么使劲都无济于事，那孩子就是迟迟不肯出来，急得在旁边帮忙的几个长辈团团转，束手无策，看得出产妇此时已精疲力竭，再不施救的话母子都有生命危险。白娘子毫不迟疑，果断地吩咐屋子里的人都出去，让她独自一个人留在屋里给产妇接生。几位长辈虽然心有怀疑，但还是顺从地走到了屋外，静静地守在院儿里等候消息。待众人走后，只见白娘子侧过身深吸一口气，从口中吐出一个红色略带清香而且还发着光的小球，塞进已经处于半昏迷状态下的产妇嘴里，然后她双手平推，像气功发功一样地推向球体，只见红色的小球在她的推动下，表面环绕着的莹光立时就没有了光泽，约莫有一盏茶的工夫，只听见"哇"地一声，一个男婴应声落地。白娘子这才深深地舒了口气，赶忙把产妇嘴里的小球重新放入自己口中，吞了下去。而此时屋外的众乡亲听见婴儿的啼哭声，顿时一阵欢呼，就像过大年一样喜庆。大家一边向早已乐得忘乎所以的刘喜儿道喜，一边交口称赞白娘子的技艺和她的恩德，至于她是怎么救下濒临死亡的母子二人的，无人问津，这也不是此时兴奋中的人们重点关注的话题，大家唯一记住的是白娘子是个好人，是刘喜儿家的大恩人！为了感谢白娘子的救命之恩，遂给孩子取名"天赐"，意思是感谢上天的恩德，给他们派下这么个美丽善良的天仙一样的人来拯救他们。但有一点没有弄明白的是，刘喜儿始终不知道白娘子是怎么给媳妇接生的，问媳妇，媳妇也说不清楚，这倒是使刘喜儿如坠入了五里迷雾中，成天迷迷瞪瞪的，大伙儿还以为他这全是喜得贵子兴奋过头了呢。

自此以后，乡亲们对白娘子都刮目相看，夸她人长得漂亮，心地也善良，都说她是这村里的大福星！谁家要是有个大事小情的，总喜欢跟她唠叨唠叨，讨个办法，可这白娘子也真奇了，她总是来者不拒，什么事儿到了她那儿都能迎刃而解，在她眼里就没有过不去的坎儿，跨不过的沟儿。久而久之，她在乡亲们心中的威望越来越高，成了乡亲们精神上的依靠，生活中的救命稻草。

白娘子义举锄奸

张丽娟

在百善村众多的传说中，白娘子义举锄奸的故事当是彩头儿较重的了。话说，百善村中有几个心术不正的恶徒，他们整天摽在一起，什么坏事都做，乡亲们是既恨又怕。他们中最坏的当数一个外号叫"二赖子"的恶棍。真是人如其名啊，人长得七七八八的，尤其是那五官，挺大的一个脸盘上竟长着一双老鼠眼，人都说鼠目寸光，到他这儿可就反了，小眼睛还挺有光，特别是打坏主意的时候，那就更亮了，滴溜溜地放着贼光，让人看了心里就发毛，有一种马上就要大祸临头的感觉。大蒜头鼻子，鼻孔往上翻翻着，估计若是下雨天儿，他只要往上一仰，头都能当蓄水池使了，这是玩笑话，只是他的鼻孔确实长得太不合格了。大嘴叉子，不过倒是蛮端正的，至少位于中轴线上，这大概是整张脸唯一符合标准的了。可就这么一个好物件还不好好利用，平日里还总喜欢把两边的嘴角往上撇着，以示他的不服不忿和他那有钱人的身份。他平日里仗着家里有几个臭钱，县里又有个做官的亲戚当靠山，成天游手好闲地在街上闲逛，鱼肉乡里，看见喜欢的东西就拿，见到有点姿色的大姑娘、小媳妇就抢，大家只要一看见他的影儿，就有人招呼一声："二赖子来了！"大伙儿就都赶紧躲避起来，就像闹瘟疫时一样，唯恐跑得慢了被传染上。这么多年，不知道有多少人家被他拆解得七零八落的，不知道有多少人冤死在他的淫威下，也不知道有多少大姑娘、小媳妇惨遭凌辱，不得不走上了不归路。大伙儿都恨透了他，可又拿他没有办法，只能在心里暗暗地诅咒他，盼他早点儿得到报应！

人们常说：人在做，天在看。举头三尺有神明，做的每一件事神都看得真真的，还说神那儿有一本记账簿，好的坏的都要给你记上，到了该清算的时候一笔结清。其实天下哪有这种事呀，谁都知道是人们臆想出来的，但它

【昌平大地上的传说】

却真真切切地体现了广大受迫害者心灵深处美好的愿望，同时也告诫世人要多做善事、勿做坏事。可这"二赖子"偏就不信这个邪，在他眼里根本没有报应这么一说，自打他那天在街上老远看到白娘子的风采后，眼里就再也容不下别的女人了，成天魂不守舍的，坐卧不安，看谁都不顺眼，有事没事地就坐在那发呆，茶饭不思的，白天夜里满脑子都是白娘子那天仙般的倩影，只几天的工夫就脱了相，这可急坏了他的爹妈，赶忙找县里最好的大夫给他看病，一连找了好几个，可大家一致说这病吃药没用，是心病，心病得用心药医，可这心药是什么？上哪儿去找？这可愁坏了他们。其实这病的症结在哪儿，怎么个治法儿，"二赖子"心里跟明镜似的，可他就是不说，他暗自打定主意。终于在一天夜里，趁着夜深人静偷偷溜出了家门，直奔西山脚下的茅草屋。他这一去可就没有回来，当砍柴人发现他的时候，他已经是奄奄一息了，本想不救来的，可善良的本性驱使着他，最终还是把人背了回来。"二赖子"到家后，躺在床上时而昏睡，时而惊叫，好像精神上受到了很大的刺激似的，嘴里还总是叽里咕噜地说着让人听不懂的胡话："……蛇！……蛇！祖奶奶别杀我……"等类似的话，家里人都被他弄得如丈二的和尚摸不着头脑，谁也猜不着他到底遇到了什么骇人的事情。他的爹妈急得像热锅上的蚂蚁，可就是束手无策，眼巴巴地看着病重的儿子，结果没过几天，他就一命呜呼了！他这一死，可乐坏了乡亲们，大家奔走相告，喜气洋洋，如同过大年一样。财主家的哭声与乡亲们的笑声交融混合在一起，形成了鲜明的对比，好不热闹！"二赖子"的死，乡亲们都说是天报，是阎王爷给他清算的结果！这些话传到那几个跟屁虫耳朵里，吓得他们成天窝在家里不敢出屋，生怕哪天走在街上冷不丁被天雷劈死或是其他什么的，也遭到相同的报应。可见"二赖子"的死有多大的震慑力吧！

双龙施法除匪患

张丽娟

春华秋实，四季轮转。转眼间红龙和青龙来龙潭任职已经五年了，五年里他们工作一直是勤勤恳恳、兢兢业业，受到了天庭和百姓们的一致好评。话说这一天，红龙从外面回来，闷闷不乐的，好像是在跟谁斗气一样。青龙见状，忙问："弟弟，怎么了？谁惹你生这么大的气了？"红龙经他一问，怒气更冲了，没头没脑地甩了一句："看我哪天见到他们非把他们抽筋扒皮不可！"说完，就气冲冲地走了出去。这下可把青龙整糊涂了，一头的雾水，心想，明天我去街上打听打听去，到底出了哪档子事。主意一定，第二天一大早，他就出去了。约莫有两盏茶的工夫，把弟弟叫到一起，如此这般地商议完后，就各自忙各自的事去了。

这到底是怎么回事呢？原来呀，据村民们讲，西面的山上这段日子来了一伙儿强人，这些人个个彪悍，皮肤粗糙，一看便知他们应是常年从事野外作业的人。他们都骑着高头大马，那马膘肥体壮的，他们每个人背上背着弓箭，头戴毛茸茸的帽子，身着皮衣，从他们的穿着打扮上判断，这些人应该不是中原人士，是来自关外的游牧民族。百姓们对此众说纷纭，有说是契丹人，有说是突厥人，更有说是山戎人的。反正是说什么的都有，具体的谁也拿捏不准。但有一点是大家共同的说法，说凡是这些人经过的地方都被洗劫一空，光是财物就算了，连人都无一幸免，有人就亲眼看到他们把抢来的人，用绳子一个挨一个地拴在一起，像赶牲口一样地赶到了山里，之后就再也没有看到这些人出来。大家如此这般、这般如此地说得活灵活现，有鼻子有眼儿的，而且还越说越邪乎，而真实情况是什么样儿的，大家都说不上来。就因为这个原因，青龙和红龙打算当晚前去探个究竟。

夜晚准时准点儿地降临，一弯月牙雕塑般地镶嵌在天上，给原本漆黑的夜色带来了一丝光明。青龙和红龙趁着月色的掩护，驾起真身飘落在云朵上，轻施法术，转眼间就不见了踪影，他们边行边往下查看，忽然见到西边几座小山围成的山间台地上有亮光，他们停住云头向下观看，只见有几处篝火在熊熊燃烧，干枝木材在烈火的吞噬下痛得噼啪作响。火上搭着木架子，上面架着烤得滋滋作响的整只羊，有许多男子共同围坐在火堆旁边，他们一手拿着个圆形带嘴的袋子，另一只手拿着匕首，上面穿着羊肉，一边吃肉一边喝酒，酒味、肉味交融在一起，野蛮地冲向天空，弥漫了整个空气，呛得青龙直打喷嚏。咱普通人打喷嚏喷出的是唾沫星子，可这龙打喷嚏就与众不同了，他们喷出的是雨呀。雨水落下，登时靠西边的两堆火一下子就灭了，围坐在旁边的两组人站起身就往高处的帐篷里跑，他们以为要下大雨呢。只听他们身后叽里咕噜地有人叫喊，他们立马停下脚步返了回来，立在场地上抬头看看天，又左顾右盼，嘴里还咕噜着听不懂的话，每个人脸上都是满脸的疑惑。青龙和红龙见到此情此景，不禁暗自发笑，笑罢，青龙说："弟弟，你看这地形，西北高东南低，下面是个沟谷，择日不如撞日，今日，我们就从高处

施雨把他们冲入沟谷，让他们哪来回哪儿去！"还没等话音完全落，红龙就一声"行嘞"，拧身站在了西边的高空上，猛吸一口气，张开嘴，"哗"的一声，顿时倾盆大雨从天而降。青龙直喊："我还没

说完呢！"然后又无奈地摇了摇头："这急脾气，啥时候能改改呀！"暴雨落下，只见地上的人个个抱头鼠窜，可跑不了多远就连滚带爬地被洪水冲入了下面的沟里，顺流直下，不知去了哪里。待场地上的人都解决了，青龙和红龙化作人形，轻轻飘落到地上查看情况，在不远的山洞里找到了被关押的人群，为了安全起见，也为了不暴露身份，减少不必要的麻烦，二人一商量，共同施展障眼法，用法术把众人送到了周边的村落里，然后二人驾起祥云，回到了龙潭。待众人迷迷糊糊清醒后，均像失忆了一样，记不清昨晚发生了什么，又是如何脱离困境的。这件事作为一件奇闻逸事始终流传在百姓的茶余饭后，有的人还有梗添叶地加工了一番，越传越奇，越说越离谱。至于事情的真相如何也只有天知、地知、青龙和红龙心知肚明了。

【昌平大地上的*传说*】

玉帝开恩封双龙

张丽娟

龙潭村位于昌平区南口镇，明代形成村落，因村旁有一个天然石潭，名叫青龙潭，简称龙潭，村即以潭得名。据村里老辈人讲，这青龙潭里一年四季，水总是满盈盈的，清澈见底，而且冬季从不结冰。大家都说是因为潭底住着龙的缘故。

传说很久很久以前，东海龙王生有两个幼子，一个红脸，浓眉大眼，脾气暴躁，桀骜不驯，胆大包天，什么事都不三思而后行，说干就干，从不计后果，所以在外面没少给老龙王惹麻烦，也没少挨老龙王训斥、责罚，可就是不顶用。这可愁坏了老龙王，是既恨又爱，时刻都在担心儿子哪天闯下天大的祸事，触犯天威而受到更严厉的责罚。可怜堂堂一方领主，却成天活在担惊受怕里。然而让老龙王感到一丝欣慰的是，他的另一个儿子十分乖巧，听话，而且还善解人意，他比红龙年长一岁，名青龙。所以，老龙王就嘱咐他一定要看好那个不懂事的弟弟，遇事多替他挡着点儿。

光阴荏苒，岁月如梭，转眼间，两个龙子长成了英俊威武的青年人，一个是面如朗月，白中透出淡淡的青色，文静潇洒，眉清目秀，一对炯炯有神的大眼睛里总是散发出一种神光，好像世间的一切他都能透览无余，活脱脱一个仙班帅男。再加上他心地宽厚仁慈，温顺贤良。所以，在龙宫里颇受大家喜爱，人脉指数较高。而他的弟弟红龙也脱去了孩提时的稚气，长成了一个威武豪壮的大小伙子，脸还是那样红彤彤的，神采飞扬，年轻人的那种朝气蓬勃在他的身上得到了充分的体现。可唯一的缺憾就是他那臭脾气，非但没有随着年龄的增长变得收敛一些，反而更加的变本加厉，今天不是打了这个，就是罚了那个，弄得龙宫里的下人们见到他都像躲避瘟神一样，老远儿地躲着他走，大家都在背地里叫他"混世魔王"，都盼他早早出龙宫当差去。

为了这，他哥哥青龙没少劝他，可他就是听不进去，没办法由他去了。

话说这一年天帝发下玉旨，原镇守青龙潭地区的老龙退老还乡了，命年长的青龙前去补缺当差，造福一方百姓。青龙这边自是喜出望外，可红龙那边不干了，吵着闹着非要跟着去，老

龙王拗不过他，只得飞到天庭向玉帝请旨。见到玉帝，老龙王说明了来意。对于这位生性顽劣的红龙，玉帝多少还是有点耳闻的，他也理解老龙王的苦衷，所以最终还是破天荒地同意了老龙王的请求，不过作为对红龙的约束，他交给了老龙王一个黄袋子，并写了个东西放在里面，说是让青龙上任时带在身边，一旦红龙不听约束、无法无天时就用这个制住他。老龙王领了圣旨，兴高采烈回到龙宫并送两个儿子一齐去上任，临行前他一再嘱咐他们要忠于职守、恪守本分，造福一方黎民百姓，不辜负玉帝及父亲的信任，同时，他又把那个黄袋子悄悄交给了青龙，并传达了玉帝的旨意。两位龙子高高兴兴地去上任自是不必说。单说这两个龙子同守一个龙潭，同坐一尊龙椅，同当一份差，这可是盘古开天辟地头一遭，可见这玉帝也是有人情味的，并不像人们传说的那样铁面无私、冷血无情的样子。

且说这哥俩兴冲冲走马上任后，各司其职，该兴云时兴云，该布雨时布雨，把个青龙潭及周边地区治理得井井有条，风调雨顺，深得老百姓颂扬。所以，大家就慢慢地形成了个不成文的习俗，逢节过年大家就仨一群俩一伙

儿带着好吃的好喝的来到青龙潭边，感谢他们对地方百姓的大恩大德，保得一方的平安。这事被玉帝知晓，颁了一纸表扬信、几件御用之品赏赐他们，以示褒奖。这下可高兴坏了老龙王，乐得北都找不着了，在龙宫里直打磨磨儿，心里为有两个这么出息的儿子倍感欣慰。而这两位龙子高兴归高兴，后来的工作就更加的起劲儿了，而且他们还经常化作人形，出潭帮助那些需要帮助的百姓，尤其是那些无依无靠的孤寡老人。就拿住在潭上坎儿的一对老夫妇来说，就时常接受他们的恩惠，哥俩儿商量好，谁有空谁就去帮助两位老人干活儿，但他们从来都不接受老人的些许回报，所以，一来二去的，他们的善举得到了乡亲们的一致好评，都争着抢着给他们说亲，可他们也总是微笑着婉言谢绝，大家倍感纳闷，可谁也不去深究，时间久了，大家也就习以为常了。

昌平民间文学

美丽的温榆河

总 策 划　刘全新

策　　划　刘庆华

总　　编　周　浩

执行主编　星　竹

策划：北京市昌平区文化委员会
主编：北京市昌平区文化馆

图书在版编目（CIP）数据

美丽的温榆河 / 北京市昌平区文化馆主编 ． -- 北京：北京燕山出版社，2014.11
（昌平民间文学）
ISBN 978-7-5402-3693-9

Ⅰ．①美… Ⅱ．①北… Ⅲ．①民间故事－作品集－昌平区 Ⅳ．① I277.3

中国版本图书馆 CIP 数据核字（2014）第 254720 号

总 策 划：刘全新
策　　划：刘庆华
总　　编：周　浩
执行主编：星　竹
组稿编辑：曹学诗　李晨辰
责任编辑：陈赫男　金贝伦
插　　图：白小龙
摄　　影：张宇英
排版设计：杨国银
印　　刷：北京彩利得印刷科技有限公司
出版发行：北京燕山出版社
地　　址：北京市西城区陶然亭路 53 号
电　　话：010-65240430
开本字数：889×1194　1/16　印张：65　字数：861 千字　印数：2200 册
版次印次：2014 年 12 月第 1 版　　2014 年 12 月第 1 次印刷
定　　价：398.00 元（全三册）

前　言

　　远古，燕山脚下全是波涛汹涌的大海，这里就是人类居住的岸边。这里不但有一亿年前形成的钟乳石，更有盘古开天时遗留下的汤泉、汤山，域内六千年前的雪山文化遗址，包括了仰韶、龙山、夏家店三个时期的文化底蕴。夏、商时期，这里先后隶属冀州、幽州，西周属燕国，春秋战国设军都县，秦统一六国后，昌平又属上谷郡；昌平建制始于西汉，经历多个朝代，一直延续至今……

　　昌平位于北京西北部，温榆河上游，西扼太行，北控燕山，三面椅背状的山脉，形成了天然的屏障，是一块得天独厚、人杰地灵的风水宝地。这里历史悠久，文物古迹众多，文化底蕴丰厚。

　　昌平古称"军都""永安"，著名的明朝皇家陵寝十三陵、长城雄关居庸关、佛教圣地银山塔林、神奇景观"燕平八景"、母亲河温榆河……均位居其中。昌平到处都是神奇美丽的传说。随处可见的文物古迹、人文景观，无不承载着昌平悠久的历史，道出昌平灿烂的文化。

　　民间文学，顾名思义就是流传在民间的文学作品。在刀耕火种的蛮荒年代，人们在白天劳作了一天之后，夜晚看着头顶那轮皎洁的明月，遥望着天上颗颗闪烁的繁星，幻想着天上的样子，陷入了深深的沉思……于是，民间就有了嫦娥奔月、牛郎织女的神话传说；在没有文字、只有记忆的远古，人们仰望着头顶美丽的蓝天，凝视着远处如黛的青山，陷入了无尽的遐想……于是，民间就有了盘古开天、后羿射日、女娲造人等民间传说。这些流传在民间的优美传说，爷爷讲给父亲，父亲讲给儿子，儿子又讲给孙子，一辈辈口口相传，一直流传到今天……这些民间的口头文学，是中华民族优秀的文化遗产，具有传承历史、扬善抑恶、教育后人的重要作用。

　　一段《白蛇传》的民间故事，只有几千字，一下子让人们记住了杭州、西湖；

一首《枫桥夜泊》，仅有 28 个字，却使人们永远记住了苏州、枫桥、寒山寺；居庸关沟的《六郎影》，让人们永远记住了永安、昌平……文学的价值不是用语言可以衡量的，而民间文学正是文学最原始最精华的部分，其价值更是不可估量。

昌平地域面积 1352 平方公里，这里的一山一水、一草一木、一村一寨都是富有灵性的。砖砌的夹缝里藏着故事，大山的皱褶里隐着传说。今天我们把它们搜集整理出来，其意义和价值是不言自明的。

人们都知道"燕平八景"在昌平，都知道温榆河是北京的母亲河，而且发源地就在昌平，但"燕平八景"究竟是什么样子，美丽的温榆河又是怎么回事儿，多少年来，没有人系统地写过，更没有人出过厚厚的大书。此次编纂的《神奇的燕平八景》《美丽的温榆河》，均是独家首次出版，相信会给您带来不一样的精神享受。昌平的大地会有什么神奇的传说呢？相信您看了《昌平大地上的传说》，会得到一个满意的答案！在这三本书里，我们要一一向您说明白。

悠悠天地史，代代昌平情。多情的大地、神奇的景色、温润的河水，不但记录了军都的远古、燕平的过去，更映衬着昌平的今天，形成了现在位居北京上风上水、得天独厚的自然景观。

《昌平民间文学》是北京市昌平区文化委员会系统工程的一部分，仅收集整理了昌平区域内部分传说故事和人文景观，这些深厚的文化积淀、独特的风土人情，还需要今后下大力气挖掘、整理、出版，以献给勤劳勇敢的昌平人民。

编　者

目录

温榆河的变迁故事

温榆河开篇

郭建华

温榆河的名称最早正式见于《汉书·地理志》，这本书第一次对温榆水源流与其各大支派进行了周密翔实的考察论证，不仅被后世学者引为依据，而且引起统治者的极大关注。从此之后，随着社会历史的发展，古代文献中有关开发利用温榆河的记载，便屡见不鲜，内容丰富。

很早以前，中华民族的先民们就已定居在温榆河的流域。古人以温榆河无数泉水汇流而称之为"百泉水"。也就是说，有上百眼泉水从山上流下来，汇成了温榆河。那时温榆河又被称为"㵳水"，浩浩荡荡，千条百条汇在一起。

温榆河流域属于当时的幽州，为"帝都"之区。《山海经》称"西望幽都之山，浴水出马"。㵳、浴二字，古音相近。或许㵳水即为浴水。由于年代久远，更何况当时尚无文字记载，此语已无从考究。温榆河首次载于史册之初名为温余水，简称温水；直至辽代，改为今天的名字温榆河，其间又被称为榆河，俗称富河；等等。

温榆河发源于"关山"。诸泉之水，汇为一流，南流至军都关，即"居庸关"下入口，称为关沟水，被看作是正源。位于北京西面的太行山脉诸山泉水，通称西山泉水。关沟水缘西山东麓南流，至居庸关"南流出关，谓之下口"。所谓"下口"，是指南口。水流自南口折向西后又东流，"潜伏十许里"，又从地中涌出，"重源潜发，积而为潭，名温余潭"，泉水温热，寒冬不冰。温余水即由此得名。

再早，温榆河正源的源头，是出自今北京延庆县南境"居庸界"山下的一些泉水。当然还有更远的水流汇聚而来。

还有昌平北路的许多山水、泉水，比如温余潭水向东流，经德胜口又南流，绕经明陵；折而东南流，经双塔店，源出孟村一亩泉塔界水，与源出四家庄诸泉之水，皆东流注之，名为北沙河；自双塔店以下一段河道，又名双塔河。其水东南流，至丰瞻（"丰善"）村。这里的源头，是出自北山诸泉之水，称东沙河。南流经秦城，但秦城已无从查考，疑似流经昌平故城西，明清史书地志亦作易京水，源头出自西山神头岭；其水东南流经郁山西，这里的源头出自虎谷山的虎眼泉水；又东流经沙河镇南，汇集在白浮、叫瓮山之水，与另一源头的孤山之水，汇为一流，折而东南流，至沙河镇东南三岔口，与北沙河、东沙河合流之水交会，浩荡向东，被称作温榆河。

温榆河中游通称沙河，自昌平流入顺义县西南境，俗称西河；东南流经天柱村；又东南流十余里经苇沟村；村东临温榆河渡，渡南有战国齐长城遗迹；流至东南与通州交界处，与潮白河交会，入通州境；流至州城北关闸，即以北间为分界线，以上河道统称为温榆河。

温榆河的别源，为数甚多，主要出自西山的许多泉水、山水，其次出自北山的许多泉水、山水。这是温榆河在水源上最突出的一大特点。古人称之为"百泉水"，是很有道理的。

温榆河在古时候，被称作温余水，是因为干流北侧有小汤山一带的温泉水汇入，且水量较大又温暖而得名。辽代时被称作温榆河。温榆河全长47.4公里，流域面积2478平方公里。历史上的温榆河，曾经对京北的政治、经济发挥过重要的作用。南北沙河在明朝就成为两岸农田灌溉的重要水源。

自古以来，温榆河两岸就流传着许许多多关于温榆河的故事、传说及神话。这，就是温榆河的悠久文化，古老而又新鲜。

温榆河的"温"字由来

齐明亮

温榆河几十里地，真正叫作温榆河的地段，是在昌平的北七家这一段，而往西，则被叫作沙河，即东沙河、北沙河、西沙河。而温榆河在历史上被叫过许多的名字，最早叫过"百汇河"，因为温榆河的源头太多，数不胜数，西山、北山的水都是它的源头，足有几百条小河。所以被人叫作"百汇河"。

但这叫法太文了，老百姓始终叫不惯。于是又被人叫作"西河"，原因是它在几个村子西面。"西河"被叫了有五六十年。后来又被人叫作"西坡河"、"林河"。因为在明朝以前，温榆河边上都是大片大片的树林子。"林河"被叫的时间也很长。这中间也有人叫它其他的名字，都是百姓自己起的名。

据说，真正被叫作温榆河这个名字，是跟京城里的一位秀才有关。那是明朝以前的事，有一位秀才名叫王府诚，写得一手好字，四十来岁，一直以卖字为生。当时小汤山有一位财主，很有钱，与朝廷的一些官人关系密切。

此人很喜欢字画。那一年，正好赶上家里盖房子，十来间大房子盖起，墙上需要一些名人字画。于是，财主便让手下人请京城的王府诚到家一坐，目的是要买王府诚的几幅字。

那是深秋，田野里一片赤黄，树叶子都落得差不多了。

王府诚从京城来到乡

间，见这位有钱的财主。谁想，财主所在的村子有一条小河，那是温榆河的一个支流。当时温榆河还被人叫作榆河，因为河边有很多榆树的缘故。小河上有一座小桥，而所谓的小桥，只是两根木头搭的简易桥。秀才见此桥如此之窄，心里便有些害怕，上了桥，两腿便不住地打颤。越是打颤，心里越慌，走到桥中间时，他身子一歪，还是掉了下去。

落了水的秀才心想，深秋时节，河水得多凉啊。谁想，河水不但不凉，还有一些暖意。水不深，秀才站在水里，心里十分奇怪，这水怎么会如此温暖呢？

财主的手下人将秀才从河里拉上岸。秀才问，如此天气，这河水怎么会是温的呢？财主的手下也答不上来。落汤鸡一般的秀才来到财主家。财主很是过意不去。没想到秀才却不当回事，只是对河水如此温暖感到奇怪。

财主告诉他，这条河是从小汤山的温泉流出，就是到了冬天，也不会冻冰，所以很温暖。秀才次日便沿着河道走了三里地，果然看到了温泉，就是现在的小汤山温泉。原来这条支流是出于小汤山的几个泉眼儿。由于泉水处的热度很高，河的源头终年都冒着热气。

秀才很激动，给财主写字时，多写了一幅，即"温榆河"三个大字。他竟然把榆河的名字给改了。其实这也无关紧要。一个秀才，你说这河叫什么就叫什么啊！并没有人理会他。人们还是管温榆河叫榆河。

只是来年，皇上出京，来到了小汤山，在财主家里看到了这三个字"温榆河"。皇上也很喜欢这条河，说，还是叫温榆河好一些。

于是，从那之后，这条河就被人叫作了温榆河。

温榆河边的花会

王继超

多少年前，温榆河畔就有许多的花会组织，开始时是一个村子，后来就多了起来，几乎每个村子都有了自己的花会组织，扭秧歌的，踩高跷的，敲大鼓的，各式各样。这自然和温榆河的关系很大。人们说，没有温榆河，就没有这些花会组织。

传说，温榆河的花会是由一个外乡人带来的，这人叫刘宝田，从山东逃难来到此地。那大概是明朝初年。当时温榆河老发大水。村人的田地常常被淹。人们想了许多办法都没有用处，于是人们就敲锣打鼓拜天拜地，请龙王，在河堤上搭了供桌，给龙王爷烧香磕头。这种仪式每年都要搞上一两次。

而这个叫刘宝田的人也会跳几步，于是，每当这时，他就站在河堤上给龙王跳舞，舞红绸子，嘴里还叨叨唠唠唱着啥。其实他扭的就是秧歌。开始没人当回事，后来发生了奇效，这才受到人们的关注。

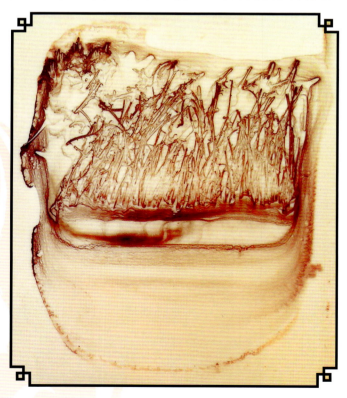

据说，有一年的春天，刘宝田在岸上扭着扭着，人们就看见一条金色的大鲤鱼从水面上一跃而起，在空中划了一条美丽的弧线。那鱼好大好大，浑身金色，放着光亮，整个温榆河上都是一片灿灿的金色。当时岸上的人大惊，弄不懂这是怎么一回事。好长时间，人们都在谈论着这条金色的大鱼。而这一年温榆河两岸风调雨顺，是个难得的好年景，粮田丰收。

后来人们都说，龙王喜欢热闹，喜欢听锣鼓声，喜欢看人们扭秧歌，还变成一条金色的大鱼来岸边看人们扭秧歌。从这开始，每年的春天和秋天，村人们都要在温榆河的两岸敲锣打鼓，学跳舞，也就是扭秧歌。人们不知道这管用不管用，其实温榆河还是有时发大水或是干旱的。但人们的这种形式却再也不能改变。因为这是尽可能让龙王爷喜欢的办法。除此之外，人们还能做什么呢？！

随着年月的推移，温榆河两岸的人们都喜欢上了这种形式，甚至其成为了当地人的节日。当时流传的有秧歌、高跷、五虎棍、耍狮子等花会形式。在日常生活中，这也成为人们娱乐的一种方式。每个村子还都有了自己的班主，自己的一套表演方式，绝对与别的村不同。因为这才好看，才有区别。人们除了为龙王跳舞，扭秧歌。逢年过节，村人婚丧嫁娶，村子的班主还会带着大家去"走会"为一些大户人家添些热闹，挣些收入。

各村的花会都起来了，村人也想弄个名声，于是在温榆河两岸就有了花会比赛，看谁能技艺超群，独拔头筹。这对温榆河花会的推动又是一个促进。

渐渐地，温榆河两岸的花会出了名，外乡人也来请。方圆百里的大事，热闹事，都少不了温榆河的花会。甚至京城里的一些有钱人办事，也专门来温榆河两岸，请这里的花会人马去表演。温榆河人除了种田打鱼，就是闹花会了。

再往后，温榆河两岸的花会活动连朝廷的官员们也有所耳闻。有一年，朝廷里要办大事，官员事前还特地来温榆河岸，察看了几个村的花会表演，竟然选中了两档花会，一是高跷，二是秧歌，并请去为朝廷的官员们表演。

据说，"老佛爷"慈禧看后，十分喜欢，有一年她过生日时，专门点了温榆河的花会来为她助兴。这在当地一直被传为佳话。

温榆河的源头

齐明亮

传说，温榆河在远古时代，是从昌平的流村乡开始形成的，准确地说，是从流村乡背后的那一片山上流淌下来的，是由山水形成的一条大河。

远古时候，天下并没有温榆河的这条河床，那时候，雨水很多，也很充足，每到夏天，无数细小的山水就会汇成无数条小河向山下流淌。于是，流村的山脉下就会有无数条大大小小的河水，非常的散乱。

而到了秋天，风沙一来，这些河水又会很快地干涸，露出一片沙地。一滴水也没有。

明朝初期，流村山下有两个村子，居住着几十家村民，可是夏天一到，山水就会冲刷下来，不是淹了村人的土地，就是冲毁了村民的房屋。这使得村民们无法居住，最终全都纷纷离开了流村。

而那时山水虽多，但流村却又是缺水的，因为流村没有一条真正的河流。小河虽多，但却十分散乱，今年向这个方向流淌，明年又向那个方向流淌，今年形成一条支流，明年又形成另外一条支流，而且，也不知什么时候就会干涸，成为沙地。由于流村是一个大风口，风沙又特别大，所以始终没有一条属于自己的河。

于是，居住在流村山下的村民，就一直盼着流村能有一条自己的河流。为此，他们常到寺庙里去烧香拜佛，希望天降神水，让流村有一条自己的河，不但能收住乱流的雨水，也好灌溉自己的庄稼。

为这事，大家年年去庙里烧香磕头，据说，还真把庙里的菩萨给感动了。有一天，庙里的泥菩萨竟然变成真人身，走下佛坛，答应村民，这事一定办到，一定要给流村人一条像样的大河。

当然这是传说，泥菩萨怎么会变成真人呢？但当地的村民都说，这是他们亲眼所见，泥菩萨就是变了真身，答应众人，流村一定会有一条像样的河。

传说在明朝末年的一个夏天，出了一件怪事。那是六月，天气一直阴着，整整阴了七七四十九天。四十九天都是阴天，人们见不到一点太阳，但也不下雨。整个阴云就像一块抹布，要从天上掉下来，黑压压的让人感到十分的恐怖。

谁想，到了第五十天的头上，夜里，天上终于响起一声闷雷，接着，整个天都像是要塌下来，大雨成了吓人的暴雨，雷声响得一声接着一声，实在是吓人，闪电在空中一道一道划过，亮得刺人眼疼。小孩子都被吓哭了。

大雨一下就再也停不住了，一直下了三十七天。山里的道路都成了河。人们的家都被淹在了水里，到处一片汪洋。让人不敢相信，这是山区，还是平原。自制的小船漂浮在山顶，让人觉得天地都变了模样。

洪水一个多月才退去，这时人们惊奇地发现，山脚下出现了一条真正的河。河水冲开了山体，沿着山脚一直向东流去。流村人年年盼的河，终于就这样形成了。

有人说，这是那天夜里炸雷劈出来的河道。有人说，这是一道巨大的闪电劈开的河床。也有人说，就在那天夜里，看到一条金色的巨龙，在天水里来回翻滚游荡，它用大口吞吃着山石，然后开出来这条大河，又从嘴里吐洪水，灌满了河道。

当然，更多人说，这是巨大的山洪冲破山体，形成的一条自然大河。

　　总之，这条河真正地形成了，所有山里的水都像是找到了归宿，它们再不乱流乱跑，而是一起汇入到这条宽宽的河道里，河水不但宽而且急，所经之地，无论大树、房屋，还是巨石，都给吞没了。它一直向东流去。

　　后来人们发现，它一直流出了昌平。这，就是温榆河最早的发源地。只是如今，随着年月的逝去，天水的减少，它的源头已经不存在了。但据有关史料记载，温榆河的最大源头，就是昌平的流村镇山谷。

温榆河的榆树

李复国

温榆河堪称北京的母亲河。温榆河为什么中间有个"榆"字，这里还真的有一段古老的传说。

相传古时候，温榆河只不过是一条普通的河，杂草丛生，荆棘遍野，树木凋零，总之景色没有今天这么漂亮。

据说，有一年，河畔来了一位白胡子老人，老人站在河岸，觉得这条河水质不错，且流水源源不断，就是缺少树木保护河堤。于是，老人动了心思，去哪里找一些名贵的树种，来绿化这条河呢？很多名贵的树种，老人都接触过，并有所了解，但大多树种不适应北方的露天气候。于是，他将家里房前屋后几棵榆树苗移栽到河边，从此以后，河边的榆树年年繁衍。榆钱飘香，榆树林立，枝繁叶茂，一棵棵榆树如哨兵一样守候在河畔。十里八村的老百姓看到这么多榆树，心里格外高兴，有人建议将这条河叫"榆河"，还有人用手摸了摸河里的水，感觉很温暖，就建议叫"温榆河"，于是"温榆河"的名字便流传开了。还有一种说法，将家里榆树移栽到河边的老人姓温，叫温大岭，为了铭记这位老人的功绩，所以将这条河取名为"温榆河"。

话说有一年，温榆河畔闹了饥荒，干旱无雨，田里干裂出一道道口子，一株株禾苗打着蔫儿，如同"行将就木"的老人。那一年可以说颗粒不收，地里的白菜帮子，玉米秸以及平时连牲口都不吃的东西都被人们吃光了，很多人因饥饿得病，老人孩子被饿死者不计其数。有人发现，榆树上的树叶可以吃，于是大家纷纷上树，将榆树叶子抢个精光；树叶吃光了，有些人竟然把榆树皮扒个精光，吃起榆树皮来。榆树皮的确是一种天然的"食品添加剂"，尤其是"轧饸饹"里加点"榆皮面"，口感舒适利落，可以说是将这种叫"轧饸饹"的食品"画龙点睛"，也可以说"榆皮面"是"轧饸饹"的魂，不加

"榆皮面"的"轧饸饹"是绝对不好吃的。可是在那饥荒难挨的年代,人们却饿得发疯,饿得发狂,有的地方甚至出现了"人吃人",榆树是难以躲过这一劫难的。就这样,温榆河畔的榆树一棵棵被剥了皮,剥了皮的榆树没有了衣服,没有了尊严,没有了生命。据说,那一年,很多榆树随着怒吼的西北风大哭起来,有的还没有来得及被剥皮的榆树也被人类的霸道行为活活气死了!有人说:榆树是有灵性的树,的确如此。榆树的不幸不仅是温榆河的不幸,更是人类的悲哀和不幸。从此以后,温榆河畔便很少见到榆树了,零零散散偶尔有一两棵榆树,也是满脸愁容,忧心忡忡,它们担心还会重演先辈们的悲剧,遭到同样的下场。这就是温榆河为什么榆树越来越少的原因。

温榆河已经没有那么多榆树了,为什么至今还叫温榆河呢?为了纪念一棵棵富有灵性的榆树,吸取深刻历史教训,反思人类行为,所以至今还把这条河叫做"温榆河"。

难忘温榆河的养育情

田世国

温榆河源于昌平军都山麓，其上游的南沙河、北沙河、东沙河三条支流交汇于当今沙河水库。自此向东南出昌平，经顺义与朝阳交界直至通县北关拦河闸，形成47.5公里的大运河上游。

温榆河历史悠久，美丽神奇，是北京更是昌平的"母亲河"。

自古以来，温榆河就养育着两岸无数先民与草木生灵，而今又以百里绿色生态走廊向世人开放。可以说，上至帝王将相，下至黎民百姓，岸边畜禽禾木，水内鱼虾蟹蚌，无不受其温润滋养。

早在明代，多位皇帝在昌平天寿山修陵、驻军，所需的大批建筑材料和军粮，多是由通州沿温榆河漕运至沙河巩华城码头，再陆运陵区的。今日昌平十三陵特区旅游资源长盛不衰，中外游客源源不断，离不开温榆河早年的奉献。

清乾隆年起，南沙河特产金鳞金翅鲤鱼作为贡品，每年按季由河南岸窦各庄村执龙照的李姓渔家，专门捕捞送往京城供皇宫享用。此事虽然在民间被传得有些神秘色彩，但是《光绪昌平州治》物产志却作了如下可信的记载："鲤出沙河者佳，鳞金色，两目赤晕，味甘美，特异他处，官置网守之。"

换言之，乾隆皇帝在位60年享年89岁，是中国有文字记载以来，享年最高、执政时间最长的皇帝。这与他最早并多次享用沙河金翅鲤鱼，能一点关系都没有吗？当今营养学倡导"四条腿不如两条腿的，两条腿不如一条腿的，一条腿不如没有腿的"。这"没有腿的"不就指的是鱼吗？

俗话说"靠山吃山，靠水吃水"，温榆河除当年禁捕水域外，两岸渔户则始终世代以沿河捕鱼为生。

直到新中国成立初期，河北岸半壁街村朱广厚一家，一年三季吃住船上，父子俩常往返于温榆河内，专靠捕鱼卖钱养家糊口。而窦各庄村渔户，则组成渔业队集体沿河捕鱼。

据说，南沙河向东拐弯处，有个叫黄坎的地方。此处有三道黄泥坎儿，因每年洪水冲击形成一个很深的大坑，这儿的鱼多、鱼杂、鱼大。村民说，有一年渔业队在这儿捕到一条一百多斤重，谁都没见过的怪异大鱼。这条鱼是窦各庄村打鱼史上捕到的最大的一条，因其形似泥鳅又捞自黄坎，所以老人们就管它叫"黄鳅"。当年这"黄鳅"卖上了好价钱，渔民相当高兴。至今，窦各庄村民提及在沙河捕此大鱼时，依然引以为豪。

温榆河因源于昌平西、北部山区，又汇沿途多股泉水，所以早年河水清澈见底，水质甘甜爽口。生长在河两岸村庄的百姓，劳作之余口渴时，常到河边用手捧或趴在河边喝个够。傍晚收工后，他们又结伙到河里洗个痛快澡或去深处游两圈，以解除疲劳。春暖花开，艳阳高照时节，中老年妇女常到河边捶洗衣被说说笑笑，少年男童则赤身光脚在水里追跑击水嬉闹。温榆河水给人们的生活带来了许多方便与欢笑。

虽然雨季洪水有时会冲毁大田庄稼，但是洪水过后带来的淤泥、沙土反而会使两岸土壤肥沃，更有利于来年冬小麦的生长，给农民夺取夏粮丰收带来希望。其实，河滩上那鲜嫩的绿草也是庄稼人所爱，他们常打发孩童牵牛、拉驴来此放牧，省了家里草料。牲口膘肥体壮，其耕、耧、拉、运才能给农户帮上大忙，不误农时既快又好。

就昌平来讲，用温榆河水灌溉大量农田，是从1959年修沙河闸（沙河水库）拦河蓄水，又增建多处扬水站和沟渠后才普遍开始的。据《昌平县农业大事记》记载，沙河闸最早设计蓄水620万立方米，可灌溉农田5万亩。后经续修、加固、闸门改建，最终具备了灌溉、防洪泄洪双重作用，使沿线两岸庄稼的丰产丰收及群众的生命财产安全有了可靠保障。

当年，中越友好人民公社一半以上土地都是靠沙河闸内蓄水灌溉的。

1961年6月，越南总理范文同来我国进行友好国事访问，还专门参观了这一新兴水利设施和灌溉现场，并给予了高度评价。

说到温榆河的益处，半壁街村老支书张玉佩和现任副书记尚志兴都提到生产队时期，组织劳动力在水库内和其下游挖沙子卖钱增加集体收入一事。那可是当年生产队最好的副业，也成了改革开放后一些个体户发家致富的极好途径。

除此，生产队还组织一部分人利用船只、挠钩、钢叉捞水中苲草，运到养鸭场卖钱，也是集体一笔不小的收入。

至于社员个人，也有其生财之道。那年月家家养猪，多是喂草面儿、酒糟、刷锅水。后来，有人发现水库内的蛤蜊（蚌）肉是喂猪的好饲料，猪不但爱吃还长得快。于是，一些人收工后便到水库内靠脚踩、潜水摸蛤蜊，回家砸开用其肉喂猪，猪长大卖钱增加收入。

还有很多很多……

不难看出，多少年来温榆河的确像母亲一样，用她那甘甜的乳汁与伟大的胸怀养育和保护着两岸所有生灵。她的无私奉献、养育之情让人永远难以忘怀。

说不尽的温榆河

李秋明

温榆河流域广阔，源头分为正源、重源与别源，昌平是其最重要的发祥地，堪称"母亲河"。

在很早很早以前，昌平城的东南方向，是一片不毛之地。这里不但人烟稀少，河流纵横，而且土地荒芜，经常有水患发生。

从地图上看，昌平地处山的边缘，地的尽头，应该算作夷陵之地。这里西面紧靠巍峨的太行山，北面和东北面是雄伟的燕山，昌平以南再也无险可守，是一望无垠的京北小平原，直至通过北京与辽阔的华北大平原相接，一直通向遥远的千里沃野……

由于这里神奇的地理环境和独特的战略位置，昌平大地东、西、北三面的大山，就像一个天然形成的椅背，把昌平大地紧紧地包裹，北是屏障护卫京师，南是山前暖带遮风挡雨，造就了藏宝纳气的绝佳风水宝地。

其实，世界上的任何事都是一样的，挨着山有挨着山的好处，挨着山也有挨着山的坏处。由于昌平紧挨大山，再加上远古雨水充沛，这里东、西、北三面山上的水，每逢下雨就往山下流，给昌平的大地形成了大大小小的河流、沟渠、小溪、坑池……形成了南沙河、北沙河、东沙河、彩河、凉水河、葫芦河……虎峪沟、白羊沟、关沟、老峪沟、红泥沟、大岭沟、小岭沟、沟崖……大东流、小东流、南流、北流……东水峪、西水峪、长水峪、慈悲峪……前桃洼、后桃洼、北邵洼、望宝川、百泉庄等大大小小的水流，它们有的向南流，有的向东流，有的向东南流，最后沟并溪，溪并河，汇聚到昌平北七家一带，并入温榆河，一直向东向南流，最后汇入通州大运河……

从这个意义上说，昌平是温榆河的发源地，温榆河是昌平的母亲河，是滋润昌平大地，养育昌平人民的一捧圣水。

温榆河古称湿余水、温余水，发源于北京市昌平区军都山麓。从沙河水库坝下称为温榆河，流经昌平、海淀、顺义、朝阳、通州等五区，与古代大运河相连，至通州北关闸为止，是大运河的上游。它是北京地区最古老、最重要的一条天然河道，堪称北京的母亲河。

温榆河上游由东沙河、北沙河、南沙河3条支流汇合而成。全长47.5公里，其间又有蔺沟河、清河、龙道河、坝河、小中河汇入。流域面积4423平方公里。

东汉初期，漕运军饷粮船从潞河装载起航，沿温榆河溯流而上，运至昌平，然后转为陆运，经南口，出居庸关，西行约60公里，直达沮阳城（今河北省怀来县），或用牛、驴驮运，穿越山谷，运往宣化、大同等地。这是温榆河漕运最早的历史记录。

北京建都后，城址向北迁移，目的是为了解决皇家园林湖泊与京师通漕河道的水源问题，而唯有温榆河水可资利用。元、明两代在设计、规划都城时，将温榆河支渠高粱河圈入城内。

温榆河是北京最早开发的一条河。元代时昌平镇成为京北交通要道，北边的居庸关自元代开始驻屯军把守。为运送军粮，至元元年（1264年），派兵疏浚昌平双塔河漕渠。双塔河是温榆河上游河道，"源出昌平县孟村一亩泉，经双塔店向东，至丰善村入榆河"。双塔漕渠开通后，设有专门负责管理运输的人员。到至元三十年，因建通惠河，将沿山前泉水，包括孟村一亩泉在内，都截流入白浮瓮山河。双塔漕河也因浅涩而停止漕运。

元大都建立后，粮食供应成了头等大事。忽必烈非常重视漕运，下令疏通修复了南北大运河，由杭州至通州，保障南粮北运。但通州至大都城50多里路程，仅靠坝河运量有限，而且经常淤浅不能行舟。这一段靠陆路运输，效率很低，若遇"方秋雨淋，驴畜死者不可胜计"。修通这条水道的关键是水源问题。专管水利的都水监郭守敬，经过详细踏勘测量，终于发现在温榆河水系上游，沿北山和西山山前地带，有白浮泉等众多泉流散布。他立

即向忽必烈提出从温榆河诸泉中引水济漕的计划，很快得到忽必烈的批准。在郭守敬的主持下，引水济漕计划于至元二十九年春动工，至元三十年秋完工。据《元史》记载，忽必烈在"役兴之日，命丞相以下皆亲操畚锸为之倡"。完工后，积水潭成了水陆码头，漕运大都的粮食大增，每年在300万石以上。《元史》说："船既通行，公私两便。先时通州至大都五十里，陆挽官粮，岁若千万，民不胜其悴，至是皆罢之。"

温榆河不仅运输军饷，还要供应大都的粮食，对开发漕运有大功，解决了大都城的运粮供水。因此它在北京的河道中地位大大提高，为大都城的建设做出了巨大贡献。

到了明代永乐七年（1490年），明成祖朱棣在昌平修建陵寝，并派军队驻守，需要运送大批建筑材料和军粮。在居庸关建立了边关粮仓。漕粮由通州沿温榆河上溯到沙河巩华城。在巩华城设奠靖仓收纳，再转交驻军或居庸关军仓。同时商船也可沿温榆河直航安济桥下。明蒋一葵《长安客话》称："沙河东注与潞河合。每雨集水泛，商船往往从潞河直抵安济桥下贸易，土人便之。"

清代驻军多在清河镇附近。温榆河运输至清河。清河是温榆河的支流，由西向东，在今朝阳区沙子营入温榆河。清康熙四十六年（1707年），"开会清河，起水磨闸，历沙子营，至通州石坝上止。中建七闸，闸夫一百二十名，运通州米又通流河至本裕仓。"通流河指通州外北运河一段，本裕仓在今清河镇东南一里的仓营村。漕运直到晚清同治年间才停止。

1970年至1972年曾两次整治，沿河筑堤，并建闸4座。蔺沟河口以上防洪标准按50年一遇设计，洪峰流量400立方米／秒；蔺沟河口以下按20年一遇设计，50年一遇校核，洪峰流量1562立方米／秒。灌溉农田20万亩。近年，水利部门在温榆河沿线大规模营造湿地群，栽种各类水生植物，荷花、芦苇、蒲草、水葱、野慈姑、水葫芦、浮萍等40多种，成为本市最大的人工湿地景观。温榆河波光粼粼的水面，不时有白鹭"优雅"掠过，翠鸟、八哥、柳莺、黑斑啄木鸟也在此筑巢定居。还有群群野鸭浮在水面。温榆河沿线湿地面积广阔。温榆河边多别墅，风光旖旎，春天的温榆河，水清岸绿，绿草茵茵，白羊信步，槐花流芳，春枝摇曳掩映之红瓦顶中，柳绿花香温榆河畔。

进入新世纪以来，北京市启动建设温榆河绿色生态走廊的重要工程。工程用4年时间，仅河道治理工程就投资15亿元。温榆河水源较为丰沛，具备形成绿色生态景观河道的条件。建成后的温榆河景区自北向南将依次形成3段各具特色的区域。上段有白各庄、郑各庄等几处湖泊，水面宽阔，与八达岭长城、十三陵等古迹连片。中段有首都国际机场。下段东临通州，西接朝阳区，南通京杭大运河。形成约150平方公里的绿色生态走廊。

温榆河流域几乎到处都有历史遗迹与遗址。如居庸关至南口的过街塔，百望山下有深不可测的"玉斗潭"。温榆河是辽、金及元、明、清五个朝代帝王"北巡"的必经之路，一路上留有诸多"行宫"、"驿馆"与"驿站"，昌平又名榆河驿，或称昌平驿。当时，昌平东南有"海子"，"水燠如沸"，叫新汤泉，泉水四季常温。这些温泉现在已变成旅游、休闲、度假、疗养区。

【美丽的温榆河】

遇洪水冒险巧渡温榆河

田世国

过去，世世代代生长在昌平地界温榆河两岸及附近村庄上的人们，有事南去京都府，北往昌平州，平时南北两岸物资交流、走亲访友，因有温榆河河水相隔，来往十分不便。

老人们说，除每年冬天人畜可行走冰面过河外，早年在南沙河与北沙河、东沙河交汇处，即俗称三岔口的地方还有一渡口。渡口处曾有人用秫秸筏（绑木棍架秫秸而成）在这里进行摆渡。其收费不高，日伪时期每人收几毛钱，再早也就只要一两个铜子儿，就能过一次河。

后来，这里及下游多处，由地方组织民众用木桩和柴草、土石架起一些简易便桥，解决了南北人、畜通行的困难。可是，雨季一到桥就被洪水冲毁，两岸来往依然是个问题。

好在河两岸村庄的男女老少、大小孩子都会游泳，他们可根据河道的宽窄，河水的深浅或蹚河或洑水而过。而离河较远村庄上的人们，人生地不熟，又不会水，有事要过河可就犯难了，要是再赶上雨水多发季节，那就更没辙了。

我们家住在百善村，离温榆河有六、七里远。1950年8月17日，嫁到温榆河南偏东八仙庄村的大姑，那天凌晨刚生下我的表弟，就派人顺路来我们家报喜送信。当时，家里奶奶早已去世，父亲在城里做小本生意，大姐出嫁，哥哥在外学徒，只有66岁的爷爷和四十几岁的母亲带着刚4岁的我和两个姐姐一起生活。大姑家，除了大姑和刚落生的小表弟，就是大姑父这个大老爷们儿和一个与我同龄的表哥。这怎么行？待送信人刚走，爷爷就迫不及待地收拾行李，带上20出头的二姐，步行送她到八仙庄村去伺候月子中的大姑。

天有不测风云，没想到爷儿俩刚向东南走出3里多地远，天空便乌云密布，风沙骤起，接着雷鸣电闪，暴雨从天而降。无奈，爷儿俩在风雨中只好艰难地先来到半壁街村大姐家。此时的温榆河水已经涨满，洪水自西向东奔流而下。

爷爷说明来意，却始终一脸愁容。他心里明白，下大雨河套肯定发大水断了去路，可他放心不下产后的女儿和小外孙呀。当年23岁的大姐夫尚德海，在爷丈面前显得非常沉稳，他看出了爷爷的心事，便恭敬且信心十足地安慰爷爷说："没关系，一会儿我找几个村里的哥们儿送您和妹妹过河。"爷爷莫名其妙，二姐半信半疑，这么大的水，那么宽的河，怎么可能过得去呢？

雨渐渐小了，温榆河水依然汹涌澎湃。大姐夫邀来村里常年以打鱼为生的朱广厚和水性最好的尚德富等，加他共4人，带上一个大方笸箩和一张矮腿炕八仙桌，与家人陪着爷爷、二姐来到村南温榆河北岸边，找到一段最窄约200米的河道。他们把方桌放到笸箩里，先让爷爷坐在桌子上，然后4人将笸箩抬入水中浮于水面。接着，他们每人用一只手抓住笸箩一角，用另一只手划水，慢慢走向深处并动用两脚踩水，直奔河心游去。浑黄的洪水则六亲不认，无情地冲击着载人的大方笸箩。虽然年轻力壮的四位强汉牢牢把住

四角，奋力与洪水抗争，但笸箩依然在水中上下颠簸，吓得爷爷只好趴在桌子上不敢抬头。转眼间方笸箩被洪水冲下几百米，却向对岸前进只有几十米。

在亲友陪同下一直站在岸边的二姐，望着河面远漂的笸箩内爷爷的身影和四个小黑点，心里默默地念叨着："菩萨保佑，老天爷保佑……"

半小时过后，河北岸东边远处有四个人拿着笸箩，扛着桌子，沿岸边渐渐向她们走来。接着，按同样的方法把二姐渡过了河。见到孙女，爷爷紧锁的眉头不见了，笑着向大姐夫等四位"功臣"话别，踏着泥泞向东南八仙庄方向走去。

爷爷带二姐来到大姑家，小住几日，待洪水退去，留下二姐伺候大姑，自己返回家中。

这就是解放初期，发生在温榆河畔的真实故事。2012年7月15日，大姐夫尚德海生前给我讲了这件事的详细经过，我当时用相机做了录像，而今又以文章予以记载，以此缅怀逝去的亲人和遇洪水冒险巧渡爷爷和二姐过温榆河的半壁街村那些在河边长大的热心、智慧、勇敢的庄户人。

乾隆爷御赐珍珠泉

马德清

昌平城西南五里许，有个以泉多而闻名的百泉庄村，"有名的泉一百多，无名的泉赛牛毛"，这句俗语正是这个村的真实写照，自古被誉为"昌平水乡"。这是由特定的地质结构而形成的。

充盈的泉水，终日喷薄，汇成泱泱河流，向南奔淌十余里，汇入温榆河，为温榆河上游的一条余脉。曰百泉庄河。

在一百多有名的泉中，尤以响泉、黄泉、黑泉最为出水旺盛，泉池直径宽一至两丈，俨然如一座永远流淌不尽的泱泱水池，泉水翻卷着水花冲出池外。然而，村民对这些大泉却不以为然，而对一个小似水盆的泉却津津乐道，并引以为豪。此泉名叫珍珠泉。

传说珍珠泉名字是清朝乾隆爷御赐的。百岁以上的村民都见过泉边曾立着一块两尺多高的玉石碑，上面镌刻着乾隆爷御笔"珍珠泉"三个遒劲有力的大字。此碑在后来的战乱中毁掉。

被乾隆爷赏识的珍珠泉，本是个坐落在村庙南侧路边上的小泉。泉虽小，泉水却与其他大泉的水大不一样，水温至少低两三度，冷如寒冰。夏天村民身上长了痱子，用小泉之水冲洗三五次即可消退。此水甘洌醇厚，成为村民消夏祛暑的珍品。

乾隆爷是否光临百泉庄村已无史可查，但村民却宁可信其有，不可信其无，笃信不疑，言之凿凿，早年间泉边上立的石碑，就是谁也推不翻的佐证。

据传说，有一年夏天，乾隆爷微服私访走到了昌平县地界，不经意间走上了去明陵的官道，信步朝西侧走来，穿过水屯村，来到百泉庄村头，眼睛一下子被前面的景色吸引住了：一片无际的稻田，绿油油的水稻正扬花穗，微风中弥漫着阵阵的稻花香；灰白色的水鸟，时而低旋俯冲，时而凌空飞起；

弯弯曲曲的百泉河，在金色阳光的辉映下，波光粼粼，恰似一条蠕动的金蛇。景色如此美妙，如一幅巨大的水彩画。

乾隆爷欣赏眼前斑斓景色的同时，心中回忆着六下江南所饱览的南国风光。此时，让他惊喜的是，历来缺雨少水的京北地方，竟然也有可与江南媲美的旖旎风光。意外的发现，让乾隆爷着实兴奋不已。他感叹着，久居深宫，哪里有这般精神享受。他六下江南以后，已多年没再离开皇宫，现在如展翅高飞的笼中鸟，乐而忘返。

此时，骄阳似火，烤得乾隆爷口渴难耐，便四下张望，寻找客栈。他忽然哑然失笑。原来笑自己太天真，这等荒郊村野，岂能如此方便。不禁叹息道："真乃是在家千般好，出门一时难。"

就在乾隆爷强忍口干舌燥时，见前面不远处，有几个村民蹲在泉边掬水而饮。稍后，见几个村民离开，乾隆爷才靠近泉边。只见泉池径阔三尺许，泉水汩汩翻腾。水质清冽无比，站在泉边，就感到泉水喷出的一阵阵凛冽寒气。乾隆爷大汗顿消，好不快哉。未饮泉水，似乎已觉甘甜醇美。他虽六下江南，又多方私访，见过无数清泉，却从未见过如此奇泉。顿时，他又发现泉水喷涌时溅出晶莹剔透的水花，似颗颗珠玑，情不自禁地脱口而出："乃神泉也，恰似珍珠。"此言一出，恰巧被一个前来饮水的青年村民听见，他兴奋地大声说："珍珠泉，太好了。先生，您真有学问。这个小泉，压根儿就没有过正经八百的名字。现在好了，就叫珍珠泉。"

乾隆爷笑而不答。从此，这个水质甘冽醇美的村边小泉，有了堂而皇之的名字，并很快传遍四村八乡。

再说乾隆爷离开珍珠泉没走多远，就闻到空气中弥漫着一种酒味芳香、鲜美柔和的诱人味道，顿时感到神清气爽，禁不住口中生津，顿生食欲。自诩走遍天下，吃遍九州，啥珍馐稀馔没尝过的乾隆爷，竟不知啥食物有如此难以抗拒的诱惑力。

　　乾隆爷正不知如何解开其中奥秘，一位背着一筐草的老农，正步履蹒跚地走过来，便上前询问："请问，这空气中弥漫着的鲜美柔和的芳香来自何方？又为何物？"

　　老农打量着眼前的乾隆爷，既不像精明的商人，又不像盛气外露的县太爷，如此儒雅、礼貌，断定是位有学问的人，便顿生好感。老农放下草筐，哀叹道："穷人闻香不到口，馋得满街走。"

　　乾隆爷更加迷惑不解，忙问："此话怎讲？"

　　老农转身，指着不远处的一片青堂瓦舍，说："那是梁大宅，财主哇。眼下晌午了，他家正在煮米饭，这闻香不到口的玩意儿，正是从梁大宅飘出来的。"

　　兴趣越发浓厚的乾隆爷继续刨根问底："如此美妙，他家煮的啥米？"

　　老农指着被乾隆爷命名的珍珠泉，忿忿不平地说："他家的稻田紧挨着那眼烂泉，全靠烂泉水浇灌的，他家的米饭就那么香，你说邪门不邪门。村里人都知道梁家煮饭半街香。仗着他家有人在衙门里当差，独霸烂泉，不许

别人浇地。"老农越说越气愤，"村里人发誓，要把烂泉堵死，谁也别想浇田。"

乾隆爷回京后，仍回味那世间罕见的奇妙香味，搞得他对御膳的山珍海味毫无胃口，于是乾隆爷打发两名太监，携带他的御书"珍珠泉"三个字，命昌平县知府将其镌刻于玉石碑上，永久立于珍珠泉边。特别命昌平县知府督梁大宅每年进贡珍珠大米三百斗。据传说，梁大宅进贡珍珠大米延续到清朝灭亡，历时一百六十多年。

对于珍珠泉水，乾隆爷更是难以割舍。原来，乾隆爷对饮用水的讲究更高。为了评判天下名泉之水的质量，命令内务府制作一个测量水质的银升。经过仔细测量，玉泉山之水最轻，只有一两重，所以能成为明清两代皇宫特供水。现在，珍珠泉水经测试比玉泉山水还轻半钱，乾隆大喜，于是令内务府派水车去运珍珠泉水。

因珍珠泉比玉泉山远两三倍的路程，所以乾隆爷死后，皇宫又饮用西山玉泉山水了。

东沙河源头话沧桑

马德清

从前，有人以为龙山脚下的白浮泉是东沙河源头，其实白浮泉刚好处在东沙河中游。从白浮泉沿着东沙河溯流北上，大约二十里的地方，有个两山对峙的山口，名叫东山口。东山口是五十多里长东沙河的咽喉，旱时泉水细流，汛期山地洪峰，都从这里泄入东沙河下游。跨过东山口，就是群山环绕的一百二十平方公里的十三陵盆地。虽然东沙河上游之水都是从这里注入的，但这里仍不是东沙河源头。其源头要延伸到昌平北部广阔的山地中的四大山口沟，分别为：德胜口沟、灰岭口沟、锥石口沟、老君堂沟。每年雨季，百川洪水，分别沿着四条沟口，全部灌入十三陵盆地。此间，地处盆地南端的东山口，酷似一个巨大无比的漏斗，上游所有的山洪，通过这个大漏斗流进东沙河，浩浩荡荡涌入温榆河。

东山口不仅是东沙河上游一个重要天然枢纽，而且还是明陵的东大门。陵区周边群山中有十个重要山口，分别为中山口、西山口、榨子口、德胜口、雁子口、锥石口、灰岭口、贤庄口、老君堂口和东山口。前九口除老君堂口宽二十四丈，其他口只有六丈宽左右，最窄的中山口、雁子口只有两丈七尺

宽，而东山口宽度竟达三百六十丈，举世闻名的十三陵水库就建在东大门上。明朝二百多年间，各山口都建有防御性的边城，设置宽厚坚实的大城门，并派有重兵把守。

东山口东临蟒山，西倚汗包山，形成两山夹一口的巍然气势。面对这个泄洪的"漏斗"，和三百多丈宽而又举足轻重的陵区东大门，是无法用边城和两扇大门防御的，而是采取了更加威严的防卫措施。在东山口两端，即在蟒山和汗包山脚下，各建一座高耸的敌楼。楼台呈四方形，单边长三丈六尺，高两丈五尺，四周均用大块花岗岩砌成，楼台上面建有三层半封闭式的岗楼，防卫人员日夜坚守。因两楼相距较远，喊话联系很困难，后来他们设计了一套旗语，夜间则用灯光变换传递安危信号。

明朝灭亡之后，十三陵周边各口已无人把守，城破门损，往日的威严不再，光环消失。作为陵区东大门的东山口两侧的敌楼，也因年久失修，破败不堪，清代初被拆除，只剩下两座光秃秃的楼台，当地老百姓习惯称之为"东墩台、西墩台"或"东敌楼、西敌楼"。

1958年修建十三陵水库，西墩台正处在大坝基础上而被拆除，东墩台地处大坝东侧而被保留了下来，水库建成之后，随即在上面建成"十三陵水库陈列馆"。

笔者作为当年从水库开工到落成的建设者的一员，对馆中所陈列的毛主席在水库工地上同群众一起挥锹铲土，周总理挽绳拉车的大幅照片……乃至这里的一把铁锹、一根扁担、一只土筐等小物件无不深感亲切，仿佛又回到当年热火朝天劳动的工地上了。

说起水库大坝东侧的东墩台，兴许很多上点年纪的人，不会忘记紧靠山脚，东墩台西侧曾经有个古老的村庄——东山口村。因为地处库区，整村迁移，村民被分别安置在新建的北新村、南新村。

东山口村是个拥有三百多户、两千多口人，八成为徐姓的古村，据传说村龄已有五六百年历史。关于本村第一代住民来自何方，因无史可鉴，只靠口口相传。传说有二：

传说从前有位来自京西的中年妇女，其夫姓徐，在为朋友打抱不平格斗中丧生。她为了躲避意外遭遇，带着五个尚未成年的儿子悄悄远走他乡，流浪四方，最后在东山口的北山脚下，落地生根。

另一个传说，他们是明初名将徐达的后裔。明代开国皇帝朱元璋消灭对手张士诚之后，派徐达北上灭元，此间经常与燕王朱棣合力扫除元代残余势力。后来，徐达将女儿嫁与朱棣。朱棣称帝后，册封为皇后。朱棣选定天寿山下为陵寝之地后，将十口之内的各村老百姓统统赶出。作为东山口内的东山口村，如果不是朱棣老丈人的后人，早被赶出了。所以很多姓徐的村民，认同他们是徐达的后人。

朱棣改河名

马德清

明代永乐年间，全国顶级风水大师廖均卿，奉命为永乐皇帝朱棣踏寻陵墓用地，两年间，跑遍了北京周边的山山水水，最后向朱棣推荐昌平北部的黄土山（后改天寿山）。朱棣听了廖均卿汇报，觉得不错，决定亲自去黄土山看看。

阳春三月的一天，朱棣在廖均卿和几位贴身大臣陪同下，出皇宫，走德胜门，一路北上，径直朝昌平走来，不知不觉来到了一条泱泱大河岸边。朱棣整日忙于朝政，好久未出皇宫，现在忽然被眼前大河的优美景色吸引住，顿时心旷神怡，便驻足观赏。只见大河两岸柳丝依依，绿草茵茵；碧水荡漾，波光粼粼，莺鹊鸣啭，鸥雁悄语；渔舟轻荡，商帆片片，好一派南国风光。

此时，朱棣身心好像完全融入野趣之中，心情舒畅，情致盎然，与簇拥身边的众臣说说笑笑，指指点点，似乎忘却了自己身为九五之尊。

这时从水边走上来一位渔民，朱棣饶有兴趣地问："此河如此之美妙，叫什么名字呀？"

渔夫答道："沙河。"

"杀河？"朱棣一愣怔。

"对，沙河。"渔夫以为对方没听明白，又说了一遍。

朱棣心中顿时添堵："杀河，好凶残的名字。"

廖均卿知道朱棣把沙河的沙，误以为杀人的杀，便解释说："皇上，沙河的沙，是沙里淘金的沙。此河是温榆河上游的一条支脉……"

朱棣哪等廖均卿说完，端出了皇上的脾气："我不管什么沙，杀气腾腾，如剑刺心窝。从今天开始，不准叫沙河，改名叫金河。"

众臣立马附和："对对，叫金河，好听，富贵。"

　　朱棣为什么如此忌讳杀字呢？朱棣姓朱，朱与猪字写法不同，但读音一样，朱也是猪，猪还是朱。是猪最后都要被杀。所以，不管这个沙，还是那个杀，朱棣都极为忌讳。

　　朱棣离开沙河继续北行。

　　到了天寿山下，廖均卿指着天寿山对朱棣说："皇上，此下，是做'万年吉壤'上等，上上等的好地方。这里'四象'俱全，左有青龙，右有白虎，北有玄武，南有朱雀。何为'四象'？就是道教推崇是'四方保护神'。皇上，苍天早就给您安排好了。"接着廖均卿又讲起这里的自然景象："皇上，您看，这里四面青山环抱，聚藏瑞气；林木郁郁葱葱，象征朱家天下蒸蒸日上；山前那条河，四季流水充盈，日夜欢腾，那是一条会唱皇恩浩荡歌的河。"

　　朱棣龙颜大悦，连连说道："好好，我的'万年吉壤'就定在此地，择日举行'走穴'仪式。"

　　"万年吉壤"选址，今日尘埃落定，朱棣好不快活，将此山赐名"天寿山"可谓人逢喜事精神爽。这年朱棣年逾过半，仍步履矫健。当朱棣站在一

个黄土岗上瞩目远眺时，发现东山口那边有一座元宝似的山。那山好像有一股神灵，一下子就吸引住了朱棣的眼球。他问："那是什么山？"

廖均卿答道："皇上，那山名叫天地山。"

"这个名字太好了，顶天立地嘛！"朱棣十分赞赏。

廖均卿奉承着："顶天立地者，永乐大帝也。"

朱棣兴趣盎然，一指那山，说道："走，前去看看。"

登上天地山，朱棣四下观望，他指着山前的河流，问："此河叫什么河？"

"此河就是从天寿山前流过来的河，叫……"廖均卿欲说又止。

朱棣说："但说无妨。"

廖均卿仍支支吾吾地说："它叫，叫，叫东沙河。"

朱棣顿时龙颜大怒："昌平为什么有这么多'杀'河？"

廖均卿连忙赔罪："小人有罪。请皇上赐个名字吧。"

此时朱棣心情欠佳，思维迟钝，正不知赐予何名时，忽然由远而近传来一曲民歌小调："东沙河宽，东沙河长，东沙河边藏着一群狼，一天要吃三头猪，两天必吃三只羊。"

朱棣听得真真切切，脸色立刻阴沉起来。刚把沙河改为金河，现在又是狼吃猪。这不是给朱棣心窝里添堵吗？朱棣命人将唱民歌小调的人叫到眼前，原来是个青年樵夫。

朱棣问："刚才那狼吃猪的小调，是你唱的？"

樵夫红着脸说："俺唱得不好，请您凑合着听。"

"现在还有狼群吗？"朱棣追问。

樵夫说："您甭担心，早就没有狼了，我压根儿就没见过。"

朱棣这才放心，告诉樵夫："以后别唱了，太可怕了。"

樵夫一阵窃笑，心里说："太可笑了，胆小鬼。"樵夫扬长而去。

廖均卿说："皇上，您给东沙河赐个名字吧。"

又是"杀河"，又是狼群，搞得朱棣甭提多沮丧了。刚才他有放弃天寿山的想法，但又舍不得这里的美景。选一个"万年吉壤"的地方太难了。不过改个河流的名字就容易多了。于是，略加思考，说："就叫银河。"

回到京城，朱棣立刻下旨："不准百姓再叫'沙河、东沙河'，从今改称'金河、银河'。"

昌平县官立刻传旨。然而，百姓根本不理朱棣那套，沙河、东沙河一天也没改过，一直叫到眼下。

乾隆爷信口御封金翅鲤鱼

田世国

京郊昌平，人杰地灵，山水如画，物产颇丰。

您知道吗？大清朝时给皇宫进贡的金鳞金翅鲤鱼，就出自咱昌平境内温榆河上游的沙河水中。清《光绪昌平州治》物产志第十七鱼之类有如下记载："鲤出沙河者佳，鳞金色，两目赤晕，味甘美，特异他处，官置网守之。"

关于金鳞金翅鲤鱼的来历以及把它作为皇宫贡品之事，在民间还真有一段有趣的传说呢！

先说这沙河（古称沙河店）一带，明初修行宫，后重修并筑巩华城，有南、北沙河流经安济、朝宗两座石桥，使小城三面环水，岸边柳绿莺啼，空气怡人，风景格外秀美。明代燕平八景之一的"安济春流"一景，更让文人墨客、达官显宦向往以至流连忘返。明《隆庆昌平州治》编撰者崔学履的"野岸莎明雁，河桥柳啭莺。雪消春涨稳，鱼艇去来轻"就是对这一美景的真实写照。

接着说大清朝，乾隆皇帝在位期间，喜游山玩水，微服私访，体察民情，早知沙河有"安济春流"一景。一日，他北巡回京途中，来到沙河行宫住下。次日，晴空万里，乾隆爷心情舒畅，便带上几个随从步行出巩华城南门往东，在南沙河岸边叫钓鱼台处观景后甩竿垂钓。没想到，那鱼也嫌贫爱富，喜吃"皇粮"，乾隆爷屡屡得手，但钓上来的却都是二三两的小鱼。因为只为开心取乐，他便随钓随把钓上的鱼扔回河里，直到钓上一条约重一斤且浑身黄鳞的鲫鱼，才没舍得扔。他双手握住那条不同寻常的鲫鱼，信口说道："这鱼真好，你要是一条金鳞金翅的鲤鱼就更好了。"说完，顺手往河里一扔。那条鲫鱼顺势钻入水中，接着又窜出水面老高。这时，在场人员突然发现金光闪闪，那鲫鱼竟变成一条大出一倍的金鳞金翅鲤鱼而落回水中。有道是，皇上至高无上，金口玉言，就连一些生灵也不敢违抗啊！于是，随从们纷纷面对皇上跪下高呼："皇上圣明，吾皇万岁万岁万万岁！"此情此景此结果，乾隆爷自然十分得意。

再说沙河南岸窦各庄村人，世世代代以打鱼为生，他们常年在温榆河内划船撒网捕鱼，再将所捕之鱼肩挑至京城德胜门鱼市贩卖。偶然的一天，他们打上来的鱼出现了从未见过的金鳞金翅红眼鲤鱼，此鱼肉质细白鲜嫩，味甘爽口又外观喜人，因此价钱高、卖得快，成了抢手货。此事很快被宫中购鱼官员得知并全部收下，还让御厨清蒸了一条献给皇上品尝，皇上尝后赞不绝口，当即口谕查明出处。

经查，此鱼出自京北南沙河，捕鱼之人来自沙河南岸窦各庄村李姓并以此奏明皇上。乾隆爷看完奏折心知肚明，立即下了一道指令，自沙河安济桥往东至小沙河村水域为民间禁捕之地。与此同时还颁发捕鱼龙照给窦各庄村李姓（20世纪70年代去世的李海老人的祖上）一家，特许他家捕沙河水中金鳞金翅鲤鱼专供皇宫享用。

这事过后，人们才渐渐知道这金鳞金翅的鲤鱼，原来是受了乾隆爷皇封才出现的呀！

至此，沙河水中的金鳞金翅鲤鱼出了名，成了皇宫贡品。李姓一家也成了捕鱼进贡的"专业户"。据说，他们家每年按季把捕到的上好活的金鳞金翅鲤鱼，每4条头上各系红绳，放入盛水的陶制大鱼盆里，再把盆放在八根绳的担子各一端的方木板上，几个人每人各挑一挑儿，步行送至德胜门由官府人接应，运入宫中。

温榆河畔这则传说流传至今，成了窦各庄村乃至昌平人的骄傲。

温榆河畔杨增新墓

田世国

自古以来，温榆河上游沙河店一带，就是一块风水宝地，地方在此建城郭、设县治，皇家选此修行宫、造城池，官宦于河畔选墓地，建坟茔，百姓则在河两岸聚村落世代生存。

关于"昌平故城"，清《光绪昌平州志》有如下记载："地括志：昌平故城在幽州东南 60 里。此汉晋至魏初昌平，当在今沙河店迤东，上下东郭二村之间。村名东廓，盖因城而得名也。"其意是说，汉晋至魏初的昌平县城，是设在温榆河北岸的上、下东廓两村之间的。

又《昌平文物志》等记载，温榆河南岸小沙河村，北岸半壁街村均有汉代墓葬群；明初沙河店建有行宫，中后期建有巩华城；清直隶总督庆祺墓建在上东廓村；民国时期新疆省主席杨增新的墓地也选在了昌平境内的温榆河畔。

杨增新，字鼎臣，云南蒙自人，生于清同治三年（1864 年），卒于民国十七年（1928 年），曾为清光绪十五年进士。其历任甘肃中卫知县，和州知府，提学使兼武备学堂总办。光绪三十三年（1907 年）调任新疆陆军学堂总办，后任新疆都督督理新疆军务、新疆督军督办新疆军务善后、新疆省主席等职。

杨增新任职期间，治政显露其才，处理民族事务、外侵内患功勋卓著。著有《补过斋日记》、《读易学记》等。

1928 年 7 月 7 日遇刺身亡。

杨氏之子为其在京北昌平南沙河岸，今南大桥往东碧水庄园西北角围墙处买地（原定福皇庄村地）营造坟墓。该墓民间称杨家坟，占地 42 亩 2 分，遍植松柏，墓顶高大，四周大理石相围。墓前有石人、石马、石供桌等。墓碑为汉白玉石，龙首龟趺，碑身高 3.1 米，宽 1.14 米，厚 0.5 米，碑文 2500 字，记载了杨增新的生平及任官简历。此碑现存于沙河清真寺南面的南沙河北岸。

据说，杨增新的尸体是由新疆绕道苏联，先运至昌平沙河北大桥（朝宗桥）处，待墓地修好后下葬的。

据传，杨增新墓地石料用材有的是取自圆明园。另传，当时杨增新的头被炸没，下葬时安的是金头。正因为如此，许多盗墓者垂涎三尺，利欲熏心，试图盗挖，但终因墓室大石互相咬合，严丝合缝，才没被撬动或炸开，至今都是个谜。

杨增新墓于 2003 年 7 月被昌平区人民政府公布为区级文物保护单位，又于 2004 年 7 月设碑安置在杨增新墓碑南侧一旁，作为区级文物留给后人，以缅怀这位守卫新疆的功臣——民国时期的新疆主席杨增新。

听老人们讲民国二十八年发大水

田世国

在京北民间，尤其是而今生活在温榆河两岸及其附近村庄的老人们，一提起水灾、水患，准会说到民国二十八年发大水这事。那可是他们一生中亲眼所见、亲身经历过的最大的一次水灾了。

2007 年版的《昌平县志》关于这场水灾有如下记载："1939 年（民国二十八年）7 月，降雨 968.7 毫米，河水泛滥成灾，温榆河水最大洪峰流量 1760 立方米/秒，洪涝面积 20 万亩，冲走树木 3 万余棵，倒塌房屋 2 万余间。"光看这些数字，就已经让人心有余悸、毛骨悚然了。而这还只是咱昌平的一个粗略统计，未涉及人员、牲畜等伤亡损失。

说到这场大水，地处温榆河上游北岸边的半壁街村老支书 85 岁的张玉佩，感慨地向我讲述了他儿时的亲身经历。

那年他 9 岁，正赶上 7 月那场大雨，雨如倾盆而下，就是老百姓说的"下立水"。那天温榆河水暴涨，村南一片汪洋，村内齐深水，他家五间土坯房的后檐墙瞬间倒塌。无奈，母亲拽着他们兄弟二人，冒雨蹚水向他三太爷家的大瓦房躲去。半路上，没想到他被水下路面上的石头绊了一下，与母亲脱手，眼看就要被无情的洪水冲走，幸亏哥哥反应快，一个猛子扎下去把他抓住，才保住了性命。说到此，老人深深吸了一口气激动地说："真悬呀，我是捡了一条命啊！"

由于雨大水深且入村进户，各家橱、柜等木制家具都漂了起来。为保命，

村民只好扶老携幼，拉着牲畜蹚着水朝村东仅剩的一块叫南场地的制高点涌去。据说，历史上多少次洪水，都没淹过这块地。怪不得，后来人们都管它叫"风水宝地"或"保命地"呢。

张玉佩老人还清楚地记得，当时他们站在南场地那块高岗地上，曾经亲眼看见温榆河南岸小沙河村一家的三间瓦房（估计是房架托着的上盖儿），被洪水冲出有 50 米远后沉入水中。他还说，那次水灾半壁街村房塌了有 30 多间，村东张姓家的一个小女孩也丧生了。

小沙河村棋牌室的几位老者说，民国二十八年发的那场大水，整个村子被淹，损失惨重。还说，他们村正赶上一个女婴降生，出生后是把她放在了摆放佛龛的供桌上才保住了小命儿。这人现年 75 岁，嫁到外村去了，如今她赶上了好日子，真是福大命大造化大。

吕各庄村的老人们说，民国二十八年发大水，多亏了当年村中庙里的那个老道，见雨水大得出奇便提前敲响了那口光绪年间所铸"惊众"的大铁钟，让村民早早有了心理准备，才免遭更大的损失。

听了老人们的述说，我又翻看了《北京市昌平县地名志》上记载的温榆河两岸及附近村庄有关 1939 年那场大水给人们带来的灾难：小沙河村全村半数房屋倒塌，死亡 2 人；窦各庄村溺死 10 余人；吕各庄村前街几十间房屋被淹，粮食严重减产；讲礼村倒房 500 多间，冲走一部分财物，粮食损失严重；巩华镇洪水水位近于行宫地表，城外三外河汇成一片汪洋，房屋倒塌，伤亡 10 余人等。

民国二十八年温榆河发大水，正值国民党黑暗统治和日本帝国主义侵略之际，真是雪上加霜，给百姓带来了深重的灾难。

新中国成立后，党和政府在温榆河中、上游及其支流修水库、垒塘坝、建河闸、疏河道、固岸堤，在两岸植树绿化，扬水灌溉农田，变水患为水利。从此，温榆河两岸人们过上了安居乐业的幸福生活。

【美丽的温榆河】

一座未建成的坟墓

马德清

东沙河是温榆河上游的一条重要支流，而东沙河的水大部分又源于龙泉山东北麓的白浮泉。白浮泉水涌出地面向南流去，它所经过的第一个村庄就是古老的白浮村。祖祖辈辈的白浮村人，都是喝白浮泉水长大的。由于白浮泉水的滋润，白浮村的环境非常优美恬静，绿草茵茵，花儿朵朵；垂柳依依，浓荫密布；翠鸟成群，枝头争鸣。所以，白浮村是远近闻名的长寿村，村民视白浮泉水为圣水。

早在七百多年前的元代初，有个名叫郭守敬的水利专家，为了补给元大都用水，修建了白浮堰，硬是抢走了白浮村的圣水，村民无可奈何。这一忍就是一百多年，直到明朝永乐年间，年久失修的白浮堰坍塌而废弃，白浮泉水又沿着白浮村边的千年故道，一路欢歌，再次汇入温榆河。

历史往往在重复自己。白浮堰废弃一百多年后，又有人要强迫白浮泉水改道。当年郭守敬引白浮泉水，为接济元大都用水，无论如何是为公。现在要改道白浮泉水，完全是一己之利。此公如此牛气，何其人也？他姓曹，是当时皇上朱厚熜的亲娘舅，人称曹国舅。

曹国舅年事已高，自知来日无多，百年吉地（墓地）却无着落。原来他想凭着自己的特殊身份，在天寿山下找块墓地，哪怕是个山旯旮也将就凑合。这位国舅不知是真糊涂，还是装糊涂，那天寿山下边是显摆你的地方吗？所以，他的意思刚一吐露，就遭到满朝百官嘲笑。

天寿山下没戏，曹国舅只得派风水先生，在昌平地面踏察风水宝地，要求不得离天寿山太远，仍想沾点皇风。

不久风水先生踏察回来，极力向曹国舅推荐一个名叫凤凰山的地方，不远处还有个被当地人称为圣水的白浮泉，可谓有山有水，风水宝地，是百年吉地首选之地，曹国舅向来迷信龙啊凤的，所以对凤凰山极有兴趣。于是曹国舅选了一个黄道吉日，带着随从，在风水先生引领下，乘车来到凤凰山下。

站在凤凰山前，风水先生又是一阵煽情："国舅大人，您看，这山虽然算不上高山峻岭，因为在平原大地上突兀而起，仍显得雄伟、挺拔，有气魄。"风水先生又让曹国舅看山顶，他说："山顶上有三座山头，中间高耸的山头，就是凤头，两侧稍矮的山头，如两支翅膀，象征着您老人家的子孙后代飞黄腾达，前程无量。"

曹国舅脸上乐得开了花。

风水先生搀扶着曹国舅转过身，叫他往南看那条废弃的白浮堰。他说："国舅，只要稍加疏理一番，就可以将东沙河里的白浮泉水引导过来，从您的百年吉地前流过，起名叫神龙河。您的百年吉地后有凤凰山，前有神龙河，这叫龙凤呈祥，与天常在，与地共存，是天下第一风水宝地，可与天寿山媲美。"

曹国舅早已按捺不住激动的心情，两掌合击，说："好，我的百年吉地，

就选在此处。"

风水先生拱手作揖，热烈祝贺，再次献计："国舅，事不宜迟，说办就办。请皇上下旨征民夫，占地五百亩，疏挖神龙河，择吉日开工。"

曹国舅没料到，开工这天就遭到了白浮村人的激烈抗争。

原来曹国舅和风水先生前几天在凤凰山的行迹，就引起了几个在山前干庄稼活的白浮村人怀疑，不知他们捣鼓什么。可也没在意，直到开工这天才真相大白。

开工这天，白浮村人见来了好多民夫，有的疏挖废弃的白浮堰，有的为开辟墓园铲毁庄稼，那庄稼是村民的命根子，谁不急呀。白浮村民一传十，十传百，于是，村民很快都知道有个外来的人要霸占他们的土地，个个怒火冲天，以死抗争。那些青壮年村民，有的持铁镐，有的抢铁锨，有的挥舞着棍棒，朝民夫们冲杀过去。那些腿脚慢的老人和孩子，跟在后面呐喊着，叫骂着助威。

民夫们在村民的怒火面前都胆怯了，逃的逃，躲的躲，跑得慢的被打个半死。有的跪地哀求着："别打了，我们都是被官府抓来的，大伙也是种地的呀……"

村民说："看在都是穷人的份上，饶了你们。往后不许再为那个狗日的曹国舅卖命。"

再说那个曹国舅被村民吓破了胆，浑身筛糠似的发抖，站都站不稳了，被几个随从抬着，混在民夫中逃走，才保住一条老命。

曹国舅逃回京城，越想越窝气，凭着堂堂正正的国舅身价，占块土地都不行。他想叫皇上下道圣旨，保住凤凰山下的风水宝地，是完全可能的。可是，他想到那愤怒的村民，脊梁骨直冒凉气，浑身哆嗦。如果强行在那里建墓，日后还不被掘坟抛尸？想到这里，曹国舅再也不想去看凤凰山了。

温榆河的传奇人物

风水大仙

齐明亮

清朝晚期，温榆河边上出了一个有名的大仙，名叫许旺才。据说此人能看天看雨，看云看风，而且特别的准。因此人们叫他大仙。许旺才看天几乎百分之百的准。说变天，就变天，说来雨就来雨，但他只能看当天的天气，隔一晚上，他便看不出来了。不过有这种本事的人，天下也没几个。

起先，人们并没有注意许旺才有什么本事，许旺才只是村中一个种田的普通人，非常的一般，人们也不知道他能看天。只是有一次，是七月的夏天，人们都在场地上晒谷物，当时晴空万里，天上没有一丝的云。大家都忙着干活。

许旺才却与人相反，急急忙忙地将自家的谷物收了起来，人们都奇怪。有人问他这是干什么。他却对人说，你也赶紧收起粮食吧，马上就要下雨了。

村人听了一愣，看看头上的天气，一个大大的晴天，一片云彩也没有，怎么会下雨呢。这许旺才是不是有了什么毛病。村人走了，和其他村人说许旺才的反常，大家听了也都有些吃惊。说这大晴天的，怎么会下雨呢。而这时许旺才已经收起了自家的谷物离开了场地。

人们看着将谷物推走的许旺才，都是一脸的惊讶不解。谁想，就这时候，只有几分钟，头上突然飘来几块黑云，也就眨眼之间，人们还没反应过来，豆大的雨点就从头上落了下来。人们这时想要收起晒在地上的谷物，已经太晚。

这场雨来得不但十分迅猛，而且很大，村人的谷物几乎都被大雨冲走了。只有许旺才的谷物没有丝毫的损失。

事后，人们想起许旺才的做法，大家都奇怪，怎么只有许旺才知道要下雨了，而且许旺才说要下雨时，头上还是大晴天。觉得奇怪的村人就去问许旺才，问他怎么会提前知道要下雨，许旺才只是一笑不答。这样人们就更觉得神秘了。

许旺才不是简单的人，他会看天，知道什么时候下雨，简直就是一个大仙！温榆河边的人开始流传许旺才的神奇。

这之后，许旺才还有一件事让村人信服，那是十月的天气，正是秋天，秋雨很多。这一天是一个大阴天，头上集满了阴云，村人都以为又要下雨了，多数人都不敢出门。谁想，这时村人却看到许旺才的媳妇从家里抱出被子晾在外面，竟然不怕被雨淋，村人都觉得奇怪，问许旺才的媳妇，说要下雨了，你还敢晾被子。

许旺才的媳妇却说，我家旺才说了，马上就晴天，下不了雨。许旺才的媳妇说完这话没有几分钟，头上的阴云果然散了，大大的太阳露出了脸，一会儿工夫，便是晴空朗日了。村人十分惊讶。

经过几件事，人们发现许旺才的确是个奇人，他会神算。于是，有人开始去找许旺才，请他算自己女人肚子里是男孩儿，还是女孩儿。有人让许旺才算自己什么时候发财，家里人能活多久，是算寿相。

许旺才开始很害怕，说自己不会算这个。但人们却相信，非让他算。他

连老天爷什么时候下雨，什么时候出太阳都能算得出来，算个命应当更没问题。谁想，许旺才除了算刮风下雨，别的不会算。别的都算不准。时间长了，人们也就不再请他算别的了。

但许旺才看天气，还是看得很准。这是怎么回事，许旺才当个秘密，从不向外人透露。直到许旺才老了，他希望温榆

河的更多人能掌握这个技巧，他才主动向外人传教。

　　他把村人带到温榆河边。去看河里的波纹，风一吹，水便动，会起波纹。原来，许旺才是看河水上的波纹变化，波浪的大小，什么样的波纹，就有什么样的天气。原来这就是许旺才的秘密。从小在温榆河边长大的许旺才，一年一年，掌握了这个特别的技巧。这就是他的"神算"。他能通过看风吹过河面的水纹，判断出天气的变化。这的确很神奇。

　　许旺才离开人世时，温榆河两岸的人确实学到了一些看天气的方法，也是通过风吹河水的波纹变化。但却没有一个人，能有许旺才那么准。许旺才是温榆河大仙的说法，一直流传至今。多少年来，温榆河水培育出了许多奇人怪事，许旺才算是一个。

张狂人

王焕方

传说在唐代，温榆河边有个"张狂人"，很有名。"张狂人"三十六岁之前并不狂，不但不狂，还有些猥琐，看人的眼神，跟做贼似的，躲躲闪闪的，之所以这个样子，跟"张狂人"从事的职业有关。

"张狂人"原名叫张怀七，据说，在娘胎里只待了七个月就出来了，生得又短又小，还丑，腮边有块胎记，胸前还有撮黑毛。张怀七自幼家穷，父亲是个打鱼的，母亲给人浆洗衣物。张怀七念不起书，又一无所长，长大了跟父亲学打鱼，学着学着，觉得打鱼太累，索性也不学了，整天游手好闲。父母拿他也没法子。日月如梭，张怀七眼看就到了而立之年，却还未娶妻生子，连个安身立命的营生都没有。父母整天愁得唉声叹气。但张怀七也有优点，一是胆子大，敢深更半夜一个人在坟地里走；二是水性好，自小在河边长大，河水就成了他的玩具，一猛子扎下去，在水里能待一炷香的工夫。

有一次，村西张员外的小妾跟马夫通奸，被发现了，张员外把小妾狠狠打了一顿鞭子，小妾想不开，三更时分逃出家，跳了河，到黎明时才被发现，人已经死了，尸体就漂在河面上。张员外带了家人仆人，来到河边一看，后悔得直跺脚。张员外吩咐人下去，要把小妾的尸首捞上来。可当时风大浪急，手下人望着汹涌的河水，

都不敢下水。

张员外当即就发了话："谁把她给捞上来，我赏两吊钱！"话音刚落，就从人群里闪出一人，"扑通"一声跳下了河。很快游到尸体处，把尸身抱住，三两下又游上了岸。围观的人一阵喝彩，再看那人，却是张家那不成器的小七子，张怀七。

张员外说话算话，当即就让账房先生取了两吊钱，给了张怀七。张怀七露着两根大牙，乐了好几天……

从此，张怀七找到了一个营生，做"捞尸人"。

那个年月生活艰苦，官府和地主常常盘剥百姓。有的人心眼儿窄，一时想不开，就跳河。家人发现时，往往是阴阳两隔。那时的人讲究"入土为安"，人死了也要给捞上来，留个囫囵尸首下葬。自家人水性不好，就雇人来捞；尸体从河中捞出，再付给捞尸人优厚的报酬。做"捞尸人"，一要水性好，二要胆大、心细，这一行以前也有人做过，但都做不长久，不是被溺死，就是大病缠身。人们说，这是被"水鬼"缠的。

张怀七不怕，只要能挣来钱，给阎王爷提鞋都行。谁家的人跳了河，就去请张怀七，能捞上尸首是本分，捞上来活的，还能挣上一大笔。张怀七水性好，胆子贼大，平时不轻易下水，只要下了水，准能捞点什么上来。

有一年春天，几个渔家发现河中有个女人，好像是死了，粉白臃肿的"尸身"在河面上浮着。谁都瞧着新鲜，却都不敢下去捞。有好事者，就跑去告诉了张怀七。

张怀七来到河边，二话不说，跳下去就捞人。待捞上来，发现是个眉眼清秀、身材微胖的妇人，还没死透，围观者中有郎中，就赶紧上来抢救。两三下，还真把妇人救活了。那妇人说，自己是个寡妇，家在河的上游，因遭灾，地里颗粒无收，地主又逼租逼得凶狠，一时想不开，才跳了河。

张怀七要把妇人送回去，妇人怎么也不肯。大家看张怀七是妇人的救命恩人，又没老婆，有热心人就撺掇妇人，要她做张怀七的老婆。张怀七当然乐意，妇人想了半天，也点了头。就这样，两个人成了好事。张怀七乐不可支，他做这行，一开始只想着挣些钱，能混饱肚子就行了，却没想到从河中还能"捞"上来一个老婆。

张怀七觉得，自己转运的时候来了。

一天傍晚，张怀七在酒馆儿喝过酒，一个人摇摇晃晃往家走。走到温榆河边，天黑尽了，忽然看见有人在河里扑腾。张怀七吓了一跳，也没多想，跳下河便去救人。把人救上岸，一看，是个比自己年轻一些的青年男子。青年男子趴在地上，吐了几口水，把头发捋顺了，才道出原委。

落水者叫王方吉，字坦之。王方吉是县里王县令的二公子，自幼爱读诗书。早早就考中了秀才，这次去考举人，却没考中。一时想不开，就跳了河。到了水中，才知这死的滋味真是难受，恐惧感如潮水般涌来。幸亏有张怀七相救，不然一命休矣。

张怀七把王方吉搀到了家里，让老婆烧了一碗热汤，给王方吉喝了，并拿出自己的干净衣服，给王方吉换上。借着屋里的烛光，张怀七仔细端详王方吉，发现这人五官俊朗，细皮嫩肉；又看见王方吉换下来的衣衫，的确是上等绸缎制作；这王方吉成了落汤鸡，说话举止，却还有一种优雅气质，张怀七觉得，此人说的话应该不是谎话。

当夜，张怀七就让王方吉先住在了自己家，与他同寝一室，又细细开导。两人聊天渐渐入港。张怀七一提起自己的营生，王方吉就皱眉头。王方吉说："你干这营生，不是长久之计，还不如到我家的药铺来干。"原来，这王县令并非清官，在当县令之余，还在闹市开了个药铺，挟官府之威，生意做得顺风顺水。

听王方吉一说，张怀七也有同感，觉得这"捞尸人"虽然来钱快，但冒着极大的风险；又见王方吉邀请，巴不得进王家药铺去干，便很痛快地答应下来。要知道，王家药铺是县城里数一数二的大买卖，到王家药铺帮忙，就等于捧上了"金饭碗"。

第二天早起，王方吉谢过张妻，就带着张怀七回了自己家。王县令听说张怀七救了自己儿子的命，大为感激，当即安排宴席，款待这个"张恩人"。酒过三巡，王方吉把自己的意思向父亲说了，说想安排"恩人"到药铺来帮忙。王县令满口答应，他害怕如果违拗儿子的意思，儿子又会干出什么出格的事。

这样一来，张怀七走了狗屎运，堂堂正正地进了王家药铺，做上了伙计。药铺掌柜是王方吉，王方吉经过这场磨难，在生死间走了一遭，便把"功名"看淡了，立志要把药铺买卖做大，以经商为途径，振兴家族。

从这以后，王方吉很器重张怀七，药铺里经营的大事，都找张怀七商量。王方吉也有经商才能，把药铺的生意做得有声有色。到了年底，王方吉一翻账簿，发现这一年的交易额，比去年增长了一倍多。王方吉一高兴，就请店里的伙计喝酒。酒桌上，王方吉说了张怀七救他命的事。并指着张怀七，对大家说，没有此人，就没有自己的今天，也没有药铺这么红红火火的生意。张怀七的脸红了起来，摆手说："看看王公子，喝醉了，以前那么点事儿，还拿出来说，我都忘了。"

半年以后，王家药铺在临县开了分号。开业那天，王方吉亲临现场主持仪式，还带上了张怀七。当地一些豪强大贾都来了。仪式搞得很热闹。中午，在酒桌上，王方吉敬了一圈酒，坐下，又跟人说起了张怀七救自己命的事。这次，张怀七喝得有点多，喷着满口酒气，说："那点儿事算个啥！不过，话说回来，要是没有我，王公子当时可能真就回不来了。"

又过了一年，王家药铺的生意越做越大。甚至在京城里都开了两家分号。王方吉考功名不行，但在做买卖上，的确有两把刷子。在方圆百里内，王方吉也渐渐有了名气，结交的都是一些高层官员和财豪大贾。有一回，媒婆过来提亲，原来王方吉被知府的女儿看上了。王家当然乐意。双方见了面，选了个黄道吉日，就把婚事办了。婚礼那天，热闹非凡，满满当当坐了几十桌。张怀七也来参加婚礼，被王家人往"主席"上让，张怀七也不推辞，一屁股就坐了下来，和王县令、知府等人坐在了一桌。酒过三巡，菜过五味，张怀七拍着胸脯，又跟同桌的人说："当初要是没有我舍身相救，真不会有今天啊。咱们王公子别说成亲，嘿嘿，恐怕早就……"

过了几天，张怀七犯了点儿小错，给人拿药拿错了。王方吉显得很生气，就把张怀七开除了。王方吉还算仁义，给了张怀七一笔钱。张怀七愤愤不平，觉得自己很冤，以往也发生过伙计拿错药的事，都是罚点儿钱了结。张怀七卷上铺盖卷回家时，还嘟囔了些"兔死狗烹"的话。

后来，张怀七又干上了老行当，做"捞尸人"。比以前胆子更大，以前只敢白天下河捞尸，现在连夜里也敢下河了。而且逢人就唠叨，说自己是王家的"大恩人"。人们都觉得张怀七狂得没边儿，就给他起了个外号，叫"张狂人"。有一天傍晚，张怀七又喝醉了，一个人在河边走。远远看见有一队人走过，四个壮小伙子抬着一顶轿子，两个人在前面打灯笼，灯笼上有大大的"王"字。张怀七认得，这是王公子的轿子，就冲着轿子大喊："当初要不是我，你能有今天？能人五人六地坐在轿子里？真没良心。"

那队人匆匆走过去了，没人理会张怀七。回答张怀七的，只有那河水"哗哗"流逝的声音。

憋气王

王继超

在清明两代，温榆河两岸出现了许多怪人怪事，可以说无奇不有，都是随着温榆河的变迁而起起落落，浮浮沉沉的。

清朝晚期，在温榆河岸边的土沟村，有这么一个不起眼儿的孩子，他大概十一二岁。起先，没有人注意过他。谁想，在后来的一次事件中，这孩子就出了名，而且成了温榆河上的一个传奇人物。

这孩子姓马，叫马小二，这年的夏天，同村的孩子们都到温榆河里去洗澡。孩子们玩着玩着，就出了事，一个姓赵的孩子本来不太会水，从浅水的地方一下子滑落到了深水里，顿时被水淹了，开始往下沉。

孩子们看见他挣扎了几下子，就不见了影儿。

大家都傻了。这时只见马小二一个猛子扎了下去，去救沉下水的赵家孩子。问题是马小二扎到水底，半天都不见出来，时间足足有三分钟。岸上的孩子们见马小二也没上来，更加惊慌了。他们转身跑回村子去叫大人。

当大人们跟着孩子跑到温榆河边上的时候，只见马小二已经把沉下水的赵家孩子救了上来，这会儿赵家孩子已经缓过气来。

大人们谢天谢地，都说没事就好。

事后，其他孩子想起来都说，他们以为马小二当时也已经死了，因为他在水下半天都不见出来，谁能憋这么长的气呢，这是不可能的事。大人们听了也觉得奇怪。事情真是这样，马小二就是一个神人了。

清朝时候，并不是家家都有表的，于是，人们出于好奇，在财主家借来了一块马蹄表，那时只有这种表，让马小二在大盆里憋气，看他能憋多长时间。

马小二的家人也不知道村里其他孩子说的是真是假，也跑来看自家孩子是不是会憋气。人们看着表，时间一分一秒地过去。马小二在大盆里足足憋

昌平民间文学

了三分多钟。要不是当娘的害怕，把他叫了起来，他说不定还能再憋一会儿。

从这以后，人们就传开了，说温榆河上有个憋气王，能憋很长时间。也是从这时开始，温榆河上有什么事，下水摸个什么东西，人们就会把马小二叫来，让他帮着下河去摸东西。他憋气时间长，可以多摸一会儿。有些东西还真就被他摸了上来。

事情是从一个财主家的女人把金手饰掉到河里开始的。那一年的秋天，当地财主王士仪叫人划船，把他的女人送到娘家去，河上，这女人不慎将金手饰掉到了河里。当下把这女人急得够呛，忙停了船，叫人下水去摸，可摸了半天，谁都摸不上来。

有人当时就想起了马小二，说这孩子憋气时间长，兴许能摸上来。财主的女人就叫人去找马小二，答应他如果摸上金手饰，给他一块大洋。

马小二来了，下到水底，上来下去的，折腾了三四次，还真就把金手饰摸了上来。财主王士仪的女人真就给了马小二一块大洋。这是马小二第一次靠着下水憋气挣了钱。当时一家人都很高兴。

那之后，马小二在温榆河边的名气就更大了，人们有什么事，都会找他下水帮忙，到了最后，请他下水摸死人的事也有了。温榆河每年夏天都会淹死人，有人淹死了，不一定能漂上来，人们就请马小二去摸。

马小二知道自己的这个本事，他反而更爱憋气了，没事就在大盆里练憋气，到最后，他一个猛子能憋到五六分钟，眼睛还能在水下看到两米以外的东西。这是他的特长。

因为下水摸东西，马小二不但在温榆河岸边成了名人，还能常常有所回报。尤其是帮着富人打捞个什么东西，事后他都会得到一笔回报。有时会是几块大洋，够一家人一两年的收入。

马小二活得挺自在。他也渐渐地长大了。在温榆河边，自己也觉得自己是个人物了。

人们都敬着他，把他当成爷，他自己也感到自己是个爷。

在马小二二十三岁的那年，他还从温榆河里捞上个媳妇。而且这媳妇长得特别漂亮。真是怪了。

事情是这样，这年的夏天，住在白各庄村的刘家姑娘，跳河自杀了。跳河的原因，是因为当地财主吕树山要娶她做小，财主吕树山六十多岁了，而刘家姑娘才二十岁，又有自己的男朋友。她被财主逼得想不开，便一时选择了死路，投了河。

刘家姑娘长得确实出众，在白各庄一带是个大美人。这才被财主吕树山看上。为娶刘家姑娘，吕树山给了刘家不少银子，事情本来已经是敲定了。谁想，刘家女儿却不干了，跳了河。

那天马小二正好打白各庄的村边路过，中午时候，他突然听人大喊，有人跳河了，有人跳河了。马小二闻声也跟着人们跑到温榆河岸边，看到一个女人正在水里上下沉浮，挣扎着，马小二不知道这女人是自己投河，他一个猛子扎下去，就将这美女救了上来。

刘家听说自家的女儿投了河，再不敢逼这门婚事，财主吕树山听说刘家女儿跳了河，也不敢再提娶她做小的事。刘家当天就又把银子送回了财主吕树山家。

而更可气的是刘家姑娘的那个男朋友，听说闹出了人命，也不敢再提这门亲事，竟然也和刘家女儿提出了分手。一时间，落难的刘家姑娘，反而没人敢要了。几天之后，刘家姑娘来感谢救命恩人马小二。马小二这才仔细看这女人，原来她长得这么漂亮，一时动了心。过后马小二托人去提亲事，说自己看上了刘家姑娘。

刘家姑娘正没人要，为了报答救命之恩，也就同意了这门亲事，与马小二成了夫妻。事后人们都说，马小二从温榆河里捞上来一个媳妇！马小二的这桩婚姻确实神奇，也成了温榆河上的一个美丽传说，流传了许多年。

只是这事之后，马小二就狂得不得了了。他不但是憋气王，不但能从河里为人捞上金金银银，还能为自己捞上个漂亮媳妇。谁能跟他比呢？

以前穷人家的亲人被水淹了，人们都会去请他下水帮忙，后来穷人家再有事，人们就为难了，因为马小二是要报酬的人，给钱少了，马小二不一定干，给多了，穷人又拿不起。而富人家的事，马小二最爱管，因为他可以讨价还价。价钱少了，他可以不干。

马小二真的成了温榆河上的一个人物。远远近近的人都知道他，知道温榆河上有个会憋气的马小二。

到了后来，温榆河两岸的富人们，有时高兴了，或有什么重大的事，还会请马小二在河上表演，故意把什么东西丢到河里，让他扎到水下去捞，让他在水下憋气，时间越长越好。人们在岸上或船上给他看着表，这时的马小二，最多能憋到九分钟。真是天下的一个奇迹了。

马小二每表演一回，都会得到富人们的报酬，价钱不低，低了马小二也不干。

马小二越来越牛了。他是温榆河上最神奇的人物之一。在清朝末年，连皇上都知道温榆河岸边有个会憋气的马小二。此人本领特大，能在水下走上几百米，不露头。

这一年的秋天，京城里的一位官人来到温榆河岸边办事，当地的几个富人为了让京城官人高兴，特地把马小二请了来，让京城官人看个乐儿，说这马小二能在水底憋个十来分钟，是天下一大奇迹。

官人很吃惊，天下怎么会有憋这么长气的人？

马小二来了，他听说是给京城的官人表演，知道这是大事，他不傻，张口要五块大洋。几个富人告诉他，表演完了给他六块大洋。马小二满意地笑了。

京城官人坐在船上，上下打量马小二，见他外表一般，心里更加好奇，天下居然有这样神奇的人，能在水下待那么长时间。官人对马小二说，你要能憋到十分钟，我也要赏你大洋的。马小二很高兴，拜了官人后，便脱了衣服下了水，一个猛子不见了。

那时已是秋天，河水变得很凉，这时对憋气并不有利，但马小二要拿六块大洋，他今天还要憋得更长时间才好。说不定京城官人也会赏他大洋。

马小二在水里，官人在船上看着怀表，时间一分一分地过去。眼看到了八分钟，九分钟，十分钟。十分钟过去了，可是马小二还没有上来。

到了十五分钟，人们都有点慌了。京城官人不知道怎么回事，对人说，叫他上来吧，时间不短了，这可真是个天下奇人了，怎么能憋这长时间。有人就用桨拍打水面，这是让马小二上来的信号。

可是，这一次马小二再也没有上来，他在憋到九分钟时，已经感到自己不行了，他想上来。秋天，温榆河里长了许多水草，水草长得又长又浓，马小二没有想到水草缠住了他的腿。他想上来，力气却已经耗尽，水草死死地缠住了他，让他动弹不得。几分钟之后，马小二死在了水里。

温榆河上的神奇人物马小二，那年死时才二十九岁。后来温榆河上还有许多孩子学他，练憋气，但再也没有谁能超过他的。

再后来，人们对马小二这个温榆河的神奇人物说什么的都有。有人说他就是个神，根本不是人，是人不会在水下憋这么长的气。有人说他本来就是一个水怪，从来就没这个人。

总之，人们说什么的都有。但关于马小二的故事，许多老人们至今还记着，说温榆河上确有此人。

王大臣与温榆河

王继超

传说清朝年间，有一位姓王的风流大臣，总爱沾花惹草，常到乡间来找所谓的相好女人，越老越爱谈情说爱。在沙河镇上，就有一位相貌美丽的女人和王大臣有一腿。这年秋季的一天，王大臣又来到沙河镇，约会他的这位乡间女人。这女人叫宋兰妹，懂得乐器，写一手好字，是个天下少有的才女。

王大人和宋兰妹两人来到沙河镇上的一家小酒馆，本想好好聊聊，亲亲热热一番。谁想，刚刚坐好，突然，门口竟然出现了另一位朝中官员——李大人。

真是不巧，那天李大人是奉皇上之命来沙河视察。王大人万没想到李大人会出现在这里，一时慌张，不知说什么是好。

这时李大人已经看到了王大人，也看到了与他坐在一起的年轻女人。李大人当时也是心里一惊，他也想不到会在这么远的地方，遇到朝中的王大人。

此刻，王大人的汗就从脸上流了下来，他站起身，嘴上叫着："李大人，李大人……"却不知下面的话怎么说。

年轻女人宋兰妹倒是镇定，她看出事相，忙站起身，主动和李大

人搭讪，道："想必这位也是朝中大人，快请坐，请坐。我是王大人的小妹，正准备进宫去找我哥哥，他却怕我进宫给他丢丑，这不，非要跑到这么远来看我。"

王大人这才想过味来，道："谁家亲戚老往宫里跑呢。不都是大臣们出城看看便罢了吗？"

李大人道："原来如此，原来如此。"

一会儿工夫，王大人便和宋兰妹找了个借口，匆匆离开了小酒馆。那时沙河镇上一共只有两家酒馆。王大人再不敢进酒馆了。俩人一时不知该往哪去，而王大人的随从们又都在客栈里等着呢。这时宋兰妹就拉着王大人往温榆河边走。

王大人问，这是要到哪呢？

宋兰妹道："你就跟我走吧。"

到了河边，宋兰妹又引着王大人走进河边的苇丛。那里有一条船，宋兰妹解开拴着船的绳子，于是两人上了船。宋兰妹说，这回你就放心吧，在这河上，你不会再碰到朝里的官人。王大人也终于放下心。

小船在温榆河上漂来漂去，一会儿钻进芦苇荡，一会又划向河心，眼下正是秋天，两岸一片金黄，太阳不冷不热，暖暖地照在河面上，远山近水，蓝天白云，真是美极了。

王大人心中十分感慨，他想不到这温榆河上是这样的安全，这样美妙和幽静，只是觉得河道窄了些，要是再宽阔一些就更好了。

于是，他将心里的话说了出来。他说："这里真是太美了，可惜，就是水面窄了些"。

宋兰妹说："我们早就禀报过皇上，让上面拨银子修河。夏天，这温榆河上很容易发水，就是河面不够宽。你回去，能不能在皇上面前替我们温榆河的人说几句好话？"王大人当下点头，说回去一定想着这事。

王大人回宫之后，脑子里总离不开这美丽的温榆河，与宋兰妹在温榆河上的景象总是在他心里飘散不去。在秋天，温榆河上真是太美，太好了，只可惜就是河道窄了些。

来年春天，王大人接到一张折子，是民间再次要求皇上出银子修宽温榆河道的，折子正巧被王大人先看到。于是，王大人便启奏皇上，说了种种理由，要求拓宽温榆河，造福百姓，折子也写得十分感人。皇上看了，真就批了银子修温榆河。

如今，温榆河的沙河一段，之所以有这么宽的河面，都是与这王大人的功劳分不开的。

不过，在历史上，关于王大人的传说有好几个版本，有人说，因为王大人在温榆河上偷情，感觉河道太窄，所以命人挖宽河道。也有另一种说法，说是当年宋兰妹这个女人给王大人使了计，逼着王大人回去找挖河的银子，不然，就把王大人到民间偷情的证据拿到朝廷去说事。王大人没有办法，只好写折子请皇上批复修温榆河的水道。

段子种种，因为历史已经久远，全已无法考证。不管怎样，清朝那会儿，朝廷确实修过温榆河的沙河段。

知恩图报的榆河龙太子

施会泉

温榆河早先叫榆河，榆河南岸曹碾村，当时只有十几户人家，村里住着一家康姓父女，靠卖豆腐打发日月。女儿叫康玲，手脚勤快，模样俊俏。

做豆腐离不开水，父亲年迈，女儿康玲每天都要去榆河岸边的水潭挑水。有一天，康玲去水潭挑水，不知怎么，扁担的挂钩吊上了一条小黑蛇。康玲看小黑蛇全身偎缩成一团，怪可怜的，于是就把它小心翼翼地用手托起来，又放回水潭里。小黑蛇对康玲点了一下头，意思是谢谢了。而后，摇摆着身子，游向水潭深处。

三天后，康玲刚挑水回村，听见身后有人在呼唤她，转身一看，是个二十刚过的漂亮小伙，康玲有些胆怯，村里的小青年差不多都认识，难道他是邻村的？陌生的小伙看康玲有些迟疑，就自我介绍说："你不会认识我，我是榆河龙太子，那天，我在水潭中游戏，不小心撞在你扁担的吊钩上，挣脱不得，是你救下了我。父王经常对我说，为人要重情义，滴水之恩当涌泉相报。我这里有一颗龙珠，你把它放在水缸里，你就不用天天去挑水了，往后有啥难事，小妹只管说一声！"说完，顿时不见了踪影……

康玲拿过小伙递给的龙珠，像做梦一般。她小时候听老人讲，榆河龙是条善龙，守护着榆河两岸千家万户。从她记事起，榆河流域总是风调雨顺五谷丰登，难道这个小伙真是榆河龙太子？

康玲顾不得多想，回到家里放下扁担，把水倒进缸里，然后又把那颗龙珠轻轻放进去。不一会儿，只见水缸里的水慢慢往上涨，一直涨到缸沿。康玲这才相信，这颗珠子果真是个宝物，为父女俩做豆腐减轻了挑水的负担。康玲没有和父亲说明此事，她想，还不到时候。父亲只感觉到，女儿原先每天挑十多挑儿水，最近些日子，每天一挑儿水，水缸却总是满满的。整日忙于走街串巷卖豆腐的父亲，对这些微小的变化，也没往心里去。

女大十八变。也许是与英俊的榆河龙太子一见钟情，撩拨青春少女芳心，康玲越发鲜亮可人。康老汉看女儿一天天长大，两间茅草房显然有些窄憋，住起来不方便了。康老汉就和女儿商量，把两间茅草房翻盖成三间大瓦房，只是增加两架柁几根檩的事儿。女儿康玲很支持父亲的想法，说："您说得对，每天多做一锅豆腐，咱们再省吃俭用点，用不了仨俩月，咱们就能攒足木料。"

月缺月圆，光阴如水般流淌。五个月后，康家开始动工了，拆了旧茅草房，旧木料能用则用，不能用的替换成新的。上梁的那天，按照乡俗，父女俩还准备了两串响鞭，但万万没想到，正梁抬上去后，才发现有一处糟朽，不能再用。可眼下又没有备用的木料，怎么办？急得康老汉团团转。这时，康玲想起了水缸里的那颗龙珠，想起了榆河龙太子跟她讲的有急事可以找他帮忙的话。康玲跟父亲说："把那根脊檩抬下来换根新的吧！"康老汉皱着眉头说："在这火烧眉毛的节骨眼上，去哪调换也来不及呀！"女儿康玲说："房后边有根备用的脊檩，您忘了吧？"

康老汉心急如火地说："我的好闺女，房后边有没有多余木料，我比你清楚！"

康玲不慌不忙安慰父亲说："您听我的吧，赶紧让木工去房后边抬那根备用的新木料！"

事到临头，康老汉也没别的办法，就跟木工说："去看看吧，我可能老糊涂了，记错了！"

女儿领着木工师傅来到房后边，那里果然有一根长短、粗细、尺码都正好的脊檩，静静地躺卧在那里。木工师傅没有耽搁，立马托举上梁。良辰鞭炮齐鸣，正梁贴红挂彩。

尘埃落定喜迁新居。康老汉盘问女儿，那天房梁换檩是怎么变的戏法，女儿康玲把挑水救下小乌蛇的经过说给了父亲……那天换房梁一事，就是女儿走到水缸跟前，悄悄与龙珠说了详情，便大功告成。康老汉听得目瞪口呆："真有此事？"女儿康玲从水缸里捞出那颗龙珠，立马照得满屋子通亮，康老汉才信了女儿的话。

曹碾往西五里，有个叫武家屯的村子，村里有个财主名叫武振川，仗着自己财大气粗，随心所欲胡作非为，听说曹碾村卖豆腐的康老汉竟然鸟枪换炮也盖上了三间大瓦房，心中不免生出歹意，想找个理由踏平豆腐房，占为己有。忽又听说，康老汉的女儿康玲长得如花似玉，便想纳为三姨太。为了成就这桩姻缘，武振川请来能说会道的媒婆，选了个黄道吉日，给康家下了聘礼。康老汉执意不肯，康玲心性刚烈，将媒人提来的礼品盒摔出大门外，媒婆碰了一鼻子灰，连滚带爬向武振川报告了实情。武振川气得直翻白眼："真是给脸不接着，亲事做定，享不尽的荣华富贵，再也不用顶风冒雪沿街卖豆腐了。敬酒不吃吃罚酒，那咱就来个省事的，直接给我抢人！"

第三天一早，老贼武振川带着一伙家丁，朝曹碾村康老汉家奔去。武振川骑在一匹高头大马上，手捻着鼠须奸笑道："我武某人还从来没有办不成的事……"话音未落，一阵狂风吹得天昏地暗，狂风卷起的飞沙走石，将武振川及一伙家丁击打得人仰马翻。这伙贼人被卷到离水潭不远的地方，榆河龙太子便现出了原形，丈余长的龙身，在半空中盘旋飞舞。转瞬间，喷出一股水流，随着电闪雷鸣将武振川一伙冲入榆河水中，喂了鱼鳖。

一会儿乌云退去，满天霞光，云端里舞出一条黑色巨龙，龙背上坐着康家父女，然后徐徐降落在榆河岸边康家父女的新瓦房前……

会摸鱼的孩子

刘大伟

温榆河两岸的孩子都喜爱摸鱼，就是两手空空，一个猛子扎到河里，憋住一口气，再上来的时候，手里要摸上一条鱼。这是一种本领。

只是，真能一口气摸上一条鱼的孩子其实也不多，最少不是人人如此。所以，偶尔有孩子扎到水里，真的摸上一条鱼来时，人们会觉得很神奇，为他鼓掌叫好。当然，更多的时候，这是属于撞大运的事，就是神仙也不一定回回都能摸上一条鱼来。

不过，人外有人，天外有天。温榆河上还真有这么一个会摸鱼的孩子，人称奇孩儿。开始，谁也不知道这个孩子会摸鱼，而且摸得这样准。几乎每次扎到水里，都能摸上一条鱼来。

这孩子姓王，名小乐，十三四岁。一家人是从南方搬过来的。据说是逃难逃到了温榆河畔，见到温榆河水就不走了。一家人原来在南方就是以养鱼为生。自从来到温榆河边，就开始以打鱼为生了。

而王家的孩子王小乐，则是以摸鱼来维持着家里的生活。除了冬天，王小乐几乎每天都要下河去摸鱼。王家的日子比温榆河一般人家的日子都要富一些。他们几乎三天两头就要到集市上去卖鱼。

其实，王家人都很会

摸鱼，不仅是自己的孩子王小乐。这是王家的一门绝技。

一来二去，人们就发现了王小乐这孩子会摸鱼，而且是如此的神奇。温榆河边的人都觉得王小乐新鲜。但也有人不服，就来和王小乐比试，这成了温榆河上最早的摸鱼比赛。但最终，还是王小乐赢。

人们觉得摸鱼比赛很有意思。于是，有人就开始组织，每年的夏天，七月七日，天气正热的时候，就是温榆河上摸鱼比赛的日子。

这一年，是温榆河摸鱼比赛的第一年，比赛那天，河边上站满了人，大家都来观赏谁胜谁负，来向王小乐挑战的竟然有十几个在温榆河边上长大的孩子。他们一个个地和王小乐比谁摸的鱼最多。

人们都瞪大了眼睛。

真是神了，只见王小乐每次扎进水里，都能摸上一条鱼来。而他的对手却不一定。一般都是空手而归，两三次甚至四五次才能摸上一条鱼来。温榆河人从来没见过这么神奇的事，都说这是菩萨保佑，给了王小乐仙气。这一年比赛，王小乐下河二十次，摸上来二十条鱼。王小乐的名声响彻了温榆河，就像英雄一样。

过后人们议论纷纷，都认为，王小乐是有绝招儿绝技的，不然不会这么准。但王小乐这孩子到底是什么绝招呢？从这天开始，温榆河的人就开始悄悄地注意这王小乐了。注意他是如何扎到水里，如何去摸鱼的。是潜在河里的什么位置摸到的鱼。可人们发现，他没有任何特殊。他就是在河中央摸到的鱼。那里什么都没有，就是一片开阔的水域。

起初，人们都以为王小乐手里或身上会带着什么捕鱼的东西。但没有。人们在他下水时仔细地察看，发现他什么也没带，像其他孩子一样，是两手空空地下到了河里的。

王小乐是一个神奇的孩子，他来到温榆河三年了，三年在摸鱼比赛中都是拿了第一名。温榆河上有许多传奇的人物，这摸鱼的王小乐算是一件吧。

　　当然，暗中也有人不服。就开始打王小乐的主意。那是地主的儿子张常田。张常田也很喜欢摸鱼，更喜欢得第一，在王小乐没来到温榆河前，张常田的摸鱼技术也算是温榆河上有名的了，但自从王小乐出现在温榆河畔，人们就把他忘了。

　　在温榆河畔，人们就喜欢戏水摸鱼的事。张常田不想让人们忘记他，可他摸鱼的本领怎么也比不过王小乐。于是，他想啊想，最后他准备花钱跟王小乐学摸鱼。心里却有着另一种打算：一旦和王小乐学会摸鱼，就要甩掉王小乐，自己当这温榆河上的摸鱼冠军。

　　张常田就找到王小乐，拿出钱来，要求跟王小乐学摸鱼。

　　王小乐开始不教，因为这是父亲的独门绝技，不能外传。可张常田拿的钱多，这时又偏巧王小乐的父亲生病，急需用钱。在张常田的一再恳求下，王小乐征求父亲的同意，也就把绝技教给了地主的儿子张常田。

　　那天已是深秋，河水已经有些凉了。王小乐带着张常田来到了河边。王小乐让张常田先下到河中央去摸鱼。

　　张常田下到河里摸了半天，并没有摸到鱼。王小乐让他上来，自己下去，一会儿工夫就摸上一条鱼来。张常田看着心里十分奇怪，看不出王小乐的绝技是在哪儿。王小乐说你再下河去，在河中央摸一摸，看那里多了些什么。张常田就又下到河里，游到河中央扎到河底去摸，他上来说，河底好像多了一块大石头。

　　王小乐笑了，说就是多了一块石头，你再往石头下面摸，看看有什么？

　　张常田扎到水下，往石头下面去摸，果然有鱼。他再次上来时，手里举着一条鱼。王小乐说，我家的绝技就在这里。

　　原来王家的绝技就是这河底的石头。每次王小乐扎到河底去摸鱼时，不是先摸鱼，而是要先找一块大一些的石头将其搬到河心，在空空的河心，鱼儿们没地方藏，只好钻到石头下面。这样，王小乐就到石头下面去摸，通常情况石头下都会有鱼。

王家的秘诀就是这块石头。事情虽然简单，但却相当好使。这样，地主的儿子张常田也学会了这门绝技。

这一年比赛摸鱼，冠军不再是王小乐，而是成了张常田。

人们都很惊讶，王小乐却不当回事。

谁想，自从张常田拿了冠军后，就开始天天和人打赌，只要摸鱼不如他的人，就要受到他的挤对，甚至和人们打赌，赌房子赌地，一时间很是霸道。闹得温榆河两岸的人很不安宁。

王小乐出来阻拦，张常田却张嘴就骂。王小乐后悔教给张常田绝活儿。正没办法的时候，谁想，张常田却向王小乐提出打赌，谁输了，谁就滚出温榆河。张常田是想把王小乐赶走。

王小乐开始没有应，家里人也不让他这样做。可张常田却不可一世，非要和他决战。王小乐最后只好接受。

事情轰动了温榆河两岸的人，人们不知道是王小乐能输，还是张常田。打赌之前，张常田还找人写好了字据，谁输了，谁全家离开温榆河，不可反悔。字据贴在墙上，许多村人都看到了，上面有两个孩子的签字。他们是代表全家的。

打赌这一天是在初秋的九月，人们来到温榆河边，等着这场输赢。揪心的时刻到了，三局两胜。输的那一位就得举家离开温榆河。

只见张常田先下到了河里，很快，他就钻出了水面，手里举着一条鱼。轮到王小乐了。王小乐下到水里，接着也很快钻了出来，手里却举着两条鱼。

两局两胜，王小乐三局，手上都有鱼，而张常田三局，虽然也抓上来鱼，却不如王小乐多。张常田输了。

张常田很奇怪，为什么自己用同样的绝招，却比不过王小乐呢？都是一块石头，王小乐怎么就摸上来两条鱼。

原来王小乐并没有把绝活儿全教给张常田，在河心放入一块石头，往往只能摸到一条鱼。而王小乐通常是堆起三块石头，这样鱼就会更多。

张常田输了，自然不想离开温榆河。可为了面子，他和他的家人卖了房子、地，还是离开了温榆河。从此温榆河上也少了一个恶霸。人们奔走相告，大快人心。

舅 妈

刘瞬骊

1937 年初秋的一天晚上，村外突然一阵枪响，我姥爷立刻召集家里的人快跑！那啪啪的枪声吓得人心惊胆战——鬼子来了！

于是，家里的男人女人呼啦一下就冲出了院子，顺着街道一直跑到了村外，来到了温榆河边，我姥爷站在那里，大呼小叫，连喊带骂，总算把一家老小带过了齐腰深的河，过了河，我姥爷还不放心，又带着一家人跑过了一片白薯地，钻进了一片玉米地，才算停了下来。

我妈那时候还没有成亲，她一直抱着我四岁的大表哥。我舅妈呢，抱着我不到两岁的二表哥。我姥爷和姥姥一遍一遍地数着人，一个都不少，这才放下心来。人齐了，有了工夫，我姥爷也就有空儿骂人了，他咬牙切齿地看着村子的方向，大骂那些缺德带冒烟儿的小日本儿，好好的小日本儿你们不待着，跑到中国干吗来……

这时候我舅妈突然"啊"的喊了一声，说她兄弟媳妇儿怎么没跟上来啊！大伙儿这才想了起来，我舅妈的兄弟媳妇，还真的没有跟上来！

本来，她是跟着我舅妈的弟弟来我姥爷家串门的，昨天她弟弟说回趟官窑的家去收玉米，过两天再来接她，谁知鬼子突然来了，大家忙着跑，匆忙中，竟然丢了我舅妈的兄弟媳妇儿！

我姥爷急得直拍大腿，可是却无可奈何。那些杀人不眨眼的鬼子，谁敢去跟他们要人啊？谁去谁就是个死啊！

夜色就这么降下来了，大家迷迷糊糊地坐在玉米地里，都睡着了。突然，我姥爷喊了起来："哎？哎？老二儿媳妇儿呢？老二儿媳妇儿呢？"

大家都醒了，我妈、大妹、二妹、三妹和我二舅一齐四下去找，竟然没人！我二舅的脑袋顿时就大了！他知道，自己的媳妇儿，准是过了温榆河去找她的兄弟媳妇去了！

我舅妈，就这一个兄弟，这个兄弟在她心中的位置，肯定比我舅舅还重要！她知道，如果这个媳妇没有了，那么她弟弟，肯定也就够呛了！因此，即便前面是刀山，为了她弟弟，她也敢爬！即便是火海，为了她弟弟，她也敢跳！

我姥爷气得不停地骂我二舅，骂他没有看住自己媳妇儿。我姥姥哭天抹泪地说这下可糟了，丢了一个还不算，这下又饶进去了一个！进了鬼子堆儿，还能有个好儿吗？

哭是哭，骂是骂，大家的心里啊，都跟烧热了的油锅一样，等着天亮。我姥爷说，天一亮他就求维持会长黄鼬狼子去，实在不行，把家里的那辆大车给他王八蛋，无论怎么着，人也得赎回来！

谁知道，鸡刚叫头遍的时候，奇迹发生了——我舅妈，竟然带着她的兄弟媳妇，游过温榆河，浑身湿透地回来了！

真是大喜啊！全家人都高兴得不得了，纷纷问我舅妈是怎么回来的。

我舅妈说："就是这么回来的。"

我姥姥问："你怎么把她弄回来的？"

我舅妈说："我是把她偷出来的。"

我舅妈说的时候十分平静，仿佛，她刚带着她兄弟媳妇赶集回来，而不是从鬼门关前走了一遭！

我舅妈兄弟媳妇儿的嘴可一直没闲着，她说呀，可不得了啊，今儿个要不是我嫂子我就再也回不来了，听说要把我们拉南边去呀！这他妈缺德的日本鬼子……

南边是哪儿？拉南边干吗去？没有人感兴趣，大家感兴趣的是我舅妈到底有什么神煞，竟然在里三层外三层的鬼子兵里边，在一片夜色当中，把她的兄弟媳妇给偷了出来！

如果是别人，一定会绘声绘色地讲述这个传奇，可是我舅妈却不，她永远平静得像一摊水，一块石头扔下去，甚至都没有一丝涟漪。

全家人，从始至终，没有一个人知道我舅妈，是怎么在那个到处都是鬼子的凄惶的夜里，带着怎样惊人的胆量，怀着一种责任，救出了她的兄弟媳妇儿。这个秘密，直到她 101 岁去世，始终，都是一个谜。

"瘫子章"除霸传奇

施会泉

民国初年的温榆河畔巩华城，已成为京北山货集散地，商贾们划着船，通过温榆河来到这里，在这儿云集，灯红酒绿。在市井繁华处，总能见到一位坐着轮椅戴着墨镜的男子，此人名叫章中正，两岁时得了小儿麻痹，下肢没了知觉。为了称呼方便，旁人都叫他"瘫子章"。八岁上学时，父母给他做了个小板凳。手扶板凳爬行，硬是完成六年学业，自懂得世理后，父母在他身上只强调了八个字：身残志坚上有青天。意思是身残志要坚，在光天化日之下，有日月作证，有正义在身，就一定能压倒邪恶，变成顶天立地的英雄好汉。

巩华城繁华大街的拐角处，每年暑天一到，便有母女俩专卖凉粉和酸梅汤的小摊，一个方桌，四个小板凳，十三岁小女孩给妈妈打下手，泡调料、端凉粉、上酸梅汤，这已是第二个年头。瘫子章每天串街过巷，到这里花不多的钱吃上他最爱吃的凉粉，然后再来一碗酸梅汤。时间长了，对摆摊的母女俩便熟了起来，谈天说地家长里短，双方都觉得很对心思。一天，瘫子章在小摊前吃完了凉粉，喝完了酸梅汤，正要付钱时，小女孩的母亲拦住了说："大兄弟，今天这凉粉和酸梅汤是大姐送你的，这一段日子我们熟了，也很聊得来，知道你是个好人，明天我就要离开这里了……"说罢，这位大姐有些哽咽。瘫子章问："怎么，不摆了？"这位大姐说："不是我不摆，是人家不让摆了！"瘫子章问："谁不让摆了，是警察吗？"大姐说："不是警察，是一个叫四海的人说他一个亲戚看上了这个地儿，我说，我在这个地方已经摆了两年了，你凭什么不让我摆？他说在他面前没有'凭什么'三个字，我们大老远从山东来到这里，就是为了养活卧床不起的孩他爹和二老公婆啊！"说罢大姐掉下一串眼泪。瘫子章对游手好闲贪吃贪喝贪财的痞子四海了如指掌。

瘫子章说："你明天照常来叫卖，我坐在你旁边，我自有办法！"

这位大姐说："惹不起躲得起，在外闯世界，息事宁人为上！"

瘫子章说："听我的，四海他反不了天！"

这位大姐从心眼里不想离开这里，做生意懂得一步差三市的道理。

第二天上午十点，四海领来一个浓妆艳抹的妇人，说在这里要摆个卦摊。四海抬起脚要把母女俩的凉粉桌踢翻。

瘫子章说道："大白天你要干什么，你给我滚得远远的！"四海丝毫不示弱："你不就是瘫子章吗？你站起来让我看看，算你能耐！"瘫子章整日泡在市面上，不用问他就知道那女人是借算卦为名拉皮条，家里养着"鸡"。于是，瘫子章不动声色地说："用我把话挑明吗？要是拉皮条，请换个地方，这里是正经人的天下，马上给我滚！"四海凑到瘫子章跟前，猛地抓住瘫子章的脖领子："是你滚还是我滚？"瘫子章一伸手将四海手腕牢牢攥住，只听得四海"噢噢"叫喊着，跪在瘫子章面前求饶。外人很少知道，瘫子章高小毕业后，父母曾将他送到五台山学过五年功夫，他的手劲能将椽子攥扁。四海领教了瘫子章的厉害。瘫子章说："今天是轻的，滚吧，别让我在这里再看到你们！"

秋去冬来，内蒙古的皮货商看上了这里的繁华，租下了三间门面，皮货商与户主谈好了承租条件，结果让一个叫家旺的插了一手，找到皮货商说："每卖一件要给我提五十元，否则让警察把你们赶出沙河地面！"

房主是本地人，认识瘫子章，知道他会些武功，也耳闻了四海为轰走卖凉粉的而栽在瘫子章手里的事。于是，房主找到瘫子章，说了事情经过，意思是不能让家旺给搅黄了。瘫子章知道房主是个本分人家，靠出租门脸来养活全家。瘫子章听罢房主的叙述后说："这样吧，你把家旺叫到家里，给他沏壶茶，我作陪，我去跟他说道理！"

房主赶忙说："那好，那好，晚上我把他约过来，喝完茶后，摆桌酒席，把这事摆平！"

瘫子章说："喝完茶就完事，不惯他这毛病！"

晚上骨瘦如柴的家旺如约而至，人五人六地喝起茶来。瘫子章的轮椅就在家旺旁边，瘫子章拍着他的肩膀说："你知道今晚上说什么事吗？"因为家旺心里有鬼，再加上瘫子章这么一拍，就听家旺的肩膀和脊骨"格格"直响，他那把骨头架子哪里经得住瘫子章的千斤重力，他还能说什么，赶紧告饶说："咱们都是抬头不见低头见，没什么过不去的！"瘫子章故意逗他："我想请你喝顿酒，就在今天晚上！"家旺立马推托说："免了免了，来日方长一切都好说。"

说罢，家旺罗着锅溜之大吉。

年节临近，一些魔术、杂技纷纷前来搭出圈场卖艺，挣些钱两以养家度日。一天下午，河北吴桥一家六口组成的杂技班来到巩华城，在东门外荒地上圈了个场子。锣鼓响起，全家正在做着晚上演出的准备。这时，有个五大三粗像铁塔般的汉子，找到班主。此人是巩华城有名的三牛子，喜欢做一些抢男霸女的勾当。这天，他的小喽啰告诉他，杂技班里有个小妞长得水葱一般，大哥不享受享受还等何时？几句话撩起三牛子的欲火，便前来找到班主，说："你占的这个场子，我在三年前已经买下，你连招呼都不打，还有无王法！"班主一看来者不善，何况也不知道他的话是真是假，只好说："这好商量，我们来到贵地，还需要您多多关照，这样吧，观众赏我们的钱，我拿出三分之一孝敬您！"

两遍鼓已过，就等三遍鼓一敲，演员便开始上场亮相，可这里正在纠缠不休……

三牛子摆着谱说："您用点小钱，就把我这个场地主人打发了，我也太不值钱了，生意人讲究讨价还价，这样吧，你再大方一点，让你的女演员陪我一宿，否则明日你出不了沙河地面！"

三牛子话音一落，已经把班主气倒在地，那个十六岁的女演员是他的亲生女儿啊，就是死，也不能把闺女往火坑里扔！这时场子已经围了里三层外三层的人，都在等着看节目。有人知道是三牛子在无理搅局。有好心者，将瘫子章找来，尽快了结此事。

瘫子章来到现场，见班主已躺在地上，其他家人也停止了锣鼓的敲打。三牛子手下的几个哥们儿聚拢在旁边，准备大打出手。瘫子章双手驾着他那张轮椅，虽然已是夜晚，仍戴着他那副宽边墨镜，嘴里大声地喊着："闪开，闪开！"

杂技班、三牛子、瘫子章三方已被观众围成了又一个场子。

三牛子先发制人："你不就是爱管闲事的瘫子章吗？一个走不了路的人跟我较劲，爬下轮椅试吧试吧，嗯？"

三牛子讥讽着瘫子章。

瘫子章不动声色地说："三牛子，你说对了，管闲事就是我的正事，人家来此地卖艺，挣碗饭吃，你收人家的钱还要睡人家的姑娘，这是何道理，地是民国的地，天是民国的天，你拿出你的地契来，让大家看一看！"

瘫子章亮出事情真相，周围的人群便七嘴八舌议论开："真是欺人太甚，地地道道一个土霸王！"

显然，三牛子已经成为众矢之的。为了转移话题，三牛子对瘫子章没有半点退让地说："你管别人的闲事我不管，今天在我这儿不灵，一个站不起来的人，你能接招吗？"

看阵势要动武，三牛子手下的哥们儿，杂技班的人双方都在摩拳擦掌。瘫子章以静制动，对杂技班的人说："你们扶住我的轮椅！"然后对三牛子说："来吧，咱们先试试拳，怎么样？"

三牛子仍在讥讽："准备好棺材了吗？看拳……"

　　三牛子退后几步，拉开距离，然后冲过来，朝瘫子章胸部就是一拳，瘫子章双手只一挡，竟把三牛子弹出三丈多远，四仰八叉倒在地上，瘫子章随手从杂技班手里拿过一杆长枪，投过去，准确无误地将枪尖穿过裤裆，将其牢牢固定在场地上。

　　围观的人一阵欢呼："好，好！这下子废了他！"

　　瘫子章枪点穴位的招术，已是手下留情，枪尖离阴部只差一指。瘫子章只是为了教训他，否则一下就让他断了后！

　　瘫子章双手驾轮椅来到跟前，拔下长枪，三牛子爬了起来。

　　三牛子想找回面子，说："好功夫，不打不成交，场子外，靠城门的那堵高墙，你能攀上去吗？"

　　此时的瘫子章，不想再与三牛子你来我去地斗，倒想在这众目昭彰之下露一手，对那些歪毛淘气、社会渣滓来一下震慑。于是，用双手将轮椅转到城墙根，然后对三牛子说："我让你和大家都开开眼！"说时迟，那时快，还没等大家反应过来，瘫子章已经骑在了三丈多高的墙头上，然后又翻身一跃，不差分毫稳稳当当落在轮椅上……

　　掌声送给了瘫子章，吴桥杂技也在人们的欢呼声中开演了。

活菩萨王小五

王继超

王小五是温榆河边上的一个种田人，他不会打鱼，只会种地。当初，他也打过鱼，但打一天，也不一定能打上一条鱼来，他很泄气，于是就又种田去了。但王小五心里还是喜欢打鱼。

王小五的心眼儿特别好，为人善良，平日谁家有什么事，他都肯去帮助。而王小五家的地就在温榆河边上，只有三分，还是沙地。大水一来，就被淹了。所以，王小五家的地常常被淹，经常一年年的颗粒无收。

王小五从小就长在温榆河边，他的水性很好，他种地的时候，不知救过多少掉进河里的孩子、轻生的女人和船翻落水的人。简直就是温榆河边的救生员。

王小五没有女人，这是因为家里太穷。不过他也娶过三个女人。但都因为他的穷，三个女人都跑了。

第一个女人，是王小五从河里救上来的落水女。那是夏天，七月的天气，天上下了暴雨，大雨一直下了七天七夜。

第八天头上，大雨就把河上的小桥冲塌了，当时桥上正走着一个女人。桥一塌，就把女人卷走了。那一刻，王小五正在田里放水，他看到女人被卷走了，便不顾一切地跳进了水里，他顺水追了半里地，终于将这女人救了上来。

女人很感激王小五，见王小五又是单身，便和他成为了

一家。可是王小五只有三分薄田，还是沙地，连自己也养不了自己。女人和王小五生活了半年，在一天夜里，终于还是跑了。

后来王小五又先后娶了两个女人，但女人们还都是先后离开了他。

王小五近四十的人了，反而还是光棍一人。王小五也感到自己的命运很差，缺少福气，温榆河边上有座庙，王小五就常常去庙里烧香拜佛，希望转运，最少来生不要这么穷苦。

也许是菩萨有灵，看出了王小五是个大善人。有一天，王小五正在庙里烧香磕头时，他眼前的菩萨突然一动，好像站了起来。王小五吓了一跳。此刻庙里没人，就他和菩萨，又一眨眼的工夫，眼前的菩萨突然化成了一股烟，在王小五眼前一飘。王小五正在迟疑的时候，菩萨竟然活了，变成了活观音站在王小五的跟前。

王小五连忙磕头。观音菩萨问，你是叫王小五吗？

王小五说，菩萨，我就叫王小五。

菩萨说，你来过多次，我早看出你是一个善人，你需要什么，现在告诉我吧。

王小五没有准备，想了想不知道要啥，脱口而出道，谢菩萨，我什么也不需要，只想要一个女人。

菩萨点点头，说，这样吧，我就给你一个女人，让你们作为结发夫妻。除了女人，你还想要些什么？

王小五多少缓过劲儿来，这下他想起来了，说，我想学会打鱼。想要一张网，一条船。就在温榆河上打鱼。

菩萨说，好吧，我教你怎么看水泡吧，你学会了看水泡，就知道哪里有鱼，哪里没鱼了。

王小五喜出望外，说，谢菩萨，你快告诉我吧。

菩萨说，等你到了温榆河边，自然也就知道了，我已经点了你的慧根，到时你一看便知。菩萨说完，飘起一股烟，转眼又化作了一尊泥菩萨。

王小五谢过菩萨转身回家。

到了家里，没有一刻工夫，家里便走进来一个女人，说是逃荒走到这里，实在饿得慌，求王小五给口吃的，给碗水喝。这女人长得是模是样。喝完水，吃完饭，竟然不想走了。从此，这个女人和王小五结为一家。

第二天，王小五家还多了一条结实的船，一张精美的网。王小五下河去捕鱼了。可他不会捕鱼，下网后，网里老是空的。

他正在犯难的时候，突然看到水面上冒起一串气泡。王小五本能地感到，气泡下面一定有鱼。他把网抛下去，再起网时，网里果然有几十条鱼。接着，王小五又看到不远处的水面冒起气泡，王小五走过去，撒下网，果然又有鱼。而这气泡，只有王小五能看到，别人是看不到的。

就从这天，王小五学会了看河里各种各样的气泡。什么气泡是什么鱼，原来都有不同，各有讲究。从这天开始，水里冒什么气泡，王小五就会知道水下是什么鱼。王小五知道这是菩萨显灵，教会了他这个本事。

很快，王小五就成了温榆河上的打鱼大户，他的网回回不空，船上天天都有鱼。他不像别的人，他是先看水里的气泡，然后再下网。所以保证每次撒网，都会有鱼。

王小五打的鱼自己吃不了。他就把鱼卖掉，救济温榆河两岸的穷苦人，一天一天，一年一年，王小五简直就成了温榆河岸边的活菩萨。谁有什么困难，都会找他去帮忙。王小五也是有求必应。

在王小五后半生里，他救济的穷人大约有上百个。温榆河两岸无人不晓。直到他死了，人们还是念念不忘。于是，人们就在温榆河的边上，修了一座庙，庙神不是什么菩萨，而是王小五。许多人也去拜，烧香磕头。希望自己不但富有，还能帮助救济别人。

只是这个庙大约存在了三十几年。民国后期，在战乱中被一场大火烧毁了。

鲁疃村的石井

曹学诗

　　鲁疃村地处昌平城东南，属于昌平区与顺义、朝阳两区的边缘交界处。这里与温榆河紧紧相连，村子的东、北两面被美丽的温榆河环绕。

　　鲁疃明代成村，史称鲁团村，以鲁姓命名。清《康熙昌平州志》称这里为"鲁滩"，清《光绪昌平州志》称这里为鲁疃村，并一直沿用至今。鲁疃村因东西两面被温榆河环绕的缘故，水资源非常丰富，河清水秀，两岸风景如画，土质肥沃，是有名的鱼米之乡。

　　鲁疃村原来文物古迹不少，光寺庙就有四座之多，只可惜在"文化大革命"期间全被损毁，留下了很多的遗憾。除寺庙之外，鲁疃村的村西北庵庙门口，还有一眼双口石盘井，关于这眼井的故事，还有一段离奇的传说。

　　在很久很久以前，这里还不叫鲁疃村的年代，住着一个叫卢文远的白面书生，这人生得仪表堂堂，眉清目秀；长得人是人，个是个，一表人才。卢文远是个画家，被温榆河美丽的风光所吸引，在这里盖了个简易的房子，白天到外面游山玩水，晚上就在屋子里挥笔画画。他每天画到很晚才休息，睡觉时由于疲累，剩下的笔墨纸张来不及收拾，在桌子上一放，就躺下睡着了。等到第二天早晨起来一看，所有的东西都没少，唯独画画的墨水全部都没有了。开始，卢文远以为

是风干了，也没拿这太当回事，第二天晚上，再倒上墨水继续画。可是有一天晚上，卢文远剩下了很多的墨水没有收，早晨起来一看，墨盒里还是一点也没剩。这可就奇怪了，风干也不会这样快呀？是谁偷了吗，但也没动窗户没动门，这又从何说起呢？再者说了，别的东西都没动，为何偏偏少了墨水呢？真是百思不得其解。虽然墨水不是什么值钱的物件，但毕竟老丢也不是个事儿呀，卢文远拿定主意，下定决心要逮住这个偷墨贼。

这一天的晚上，月明星稀，一轮皎洁的明月，照在屋内光滑的土炕上熠熠生辉。卢文远不动声色，还和往常一样，先吃饭，再画画，画到很晚，又是不收拾桌子，就睡下了。但这一次，他虽然合着眼睛，打着呼噜，躺着一动不动，但却是装睡。开始，屋里一切都正常，灰暗的房间里，什么都没有发生。可是，约莫过了有半个时辰的工夫，不动窗户不动门，一个身穿白衣，叼着烟袋的半老徐娘，出现在了卢文远睡觉的房间里。她进了房间，不干别的，蹑手蹑脚地径直走到卢文远画画的书桌，拿出随身携带的瓶子，透过皎洁的月光，端过墨水就往瓶子里倒。起初，卢文远还有些害怕，不敢轻易动手，不知道她是何方神圣，偷这些墨水究竟要干什么。可是后来，他想到这些日子，她几乎天天偷墨水，一点也没有伤害他的意思。于是，就大着胆子，轻轻地爬起来，绕到半老徐娘的身后，一把抓住她那雪白的衣服，大声喝道："好你个偷墨贼，你偷了我的墨水，究竟要干什么用？"

半老徐娘看被卢文远捉住了，并没有害怕的意思，反而索性坐下来，拿出长杆烟袋，点燃一袋烟和颜悦色地说："我是月下老人，偷墨水是积德行善干好事，为天下所有的男女，月下匹配姻缘。"

卢文远听别人讲过月下老人配姻缘的故事，但做梦也想不到，今天竟让自己碰上了。他赶紧问月下老人："您是为普天下的男女配姻缘吗？那里面有没有我？"

"为全天下的所有男女配姻缘，当然要有你了。"月下老人漫不经心地说。

"那您给我配的是哪一位姑娘，您能告诉我一下吗？如果告诉了我，以后这墨水您可以随便用。"卢文远迫不及待地说。

"你叫什么名字？生在哪年哪月？"

"我叫卢文远，生在甲子年秋月。"

月下老人仔细地算了算，又拿出姻缘簿查找了一会儿，然后指着上面一个姑娘的名字说："你的姻缘已经配好了，就是本村温榆河边西北头的温玉兰。"

月下老人这么一说，卢文远认识。他想到温玉兰比他大三岁，还长相一般，就对月下老人说："这姑娘我不太喜欢，您行行好，给我换一个好的，就算我求您了。"

半老徐娘收起烟袋，不屑地说："月下老配姻缘——棒打不回！岂是你说换就能换的，你就好自为之，跟她好好过日子吧！"说完一阵风，人早已不知去向。

卢文远没有咒念，只得痛苦地摇摇头，想自己的办法。

……

一天傍晚，卢文远从温榆河边观景归来，正好看见温玉兰正在村西北庵庙门口的石盘井挑水。他想起月下老的话，心里非常别扭：以后我一个堂堂的书生，就要与这样的女人生活一辈子，岂不是太堵心了。我干脆把她推到井里去，只要她不在人世了，月下老不是还得给我配一个别的女子吗？卢文远想到这里，趁温玉兰不备，悄悄地走到她的身后，看准这眼双口石盘井，一狠心把温玉兰推了下去……只听"扑通"一声水响，温玉兰连人带桶摔到了井下，接着就是拼命的呼救声……

卢文远惊醒了，吓坏了，知道自己闯下了大祸，害怕官府来捉拿他，连在鲁团村居住的勇气都没有了，趁着夜色，背井离乡，一口气逃出了温榆河，跑到了南方某地，隐姓埋名给一家姓刘的员外做了长工。

　　卢文远知道自己犯了不可饶恕的罪行，是个十恶不赦的杀人犯，后悔不该心生歹念，一念之差做出伤害无辜的事情。他整天提心吊胆，处在痛苦和悔恨之中。为了减少罪孽，洗心革面，重新做人，卢文远除了天天卖力气干活外，连最擅长的画画都不画了，整天就是沉默寡言，追悔自己的过去。就这样，一待三年就过去了。

　　就在卢文远追悔莫及，不能自拔的时候，好心的刘员外给他提亲了，说是有一个美丽的姑娘看上了他。卢文远感到很惊讶，自己一个流落他乡的外地人，怎么会有好看的姑娘看上自己呢？卢文远喜出望外，真是高兴坏了，认为是天上掉下了个馅饼，赶紧催促刘员外马上见面。

　　在刘员外的撮合下，卢文远与那位美丽的姑娘见了面。初次相见，虽然没谈什么话，但卢文远感到那姑娘美丽极了，不但丰姿绰约，而且楚楚动人，就像天上的仙女一样。定下终身，选择了良辰吉日，双双举行了婚礼。当然，这一切都是在刘员外的主持下进行的。

　　双双被送入洞房之后，卢文远在帷幔的大帐里，激动地抱着自己美丽的妻子，周身上下抚摸着，感到是那样的冰清玉洁，光滑水腻……当他摸到头顶的时候，透过浓密的秀发，卢文远摸到了一个核桃大的伤疤，不觉心内一惊！颤着声问："你这是怎么弄的，真是白璧微瑕呀！"

　　那姑娘一听，好像触动了伤心处，身不由己地小声哭泣了起来："我原本不是这里的人，老家住在温榆河畔鲁团村，刘员外是我的亲娘舅。三年前，有一天傍晚，我正在村西北庵庙门口提水，不知被哪个坏人，连人带桶一起推下了那眼双口石盘井，头被重重地磕在石头上，鲜血直流……也是我命不当绝，正在垂死挣扎之时，正好有人前来挑水，救了我……命虽然是保住了，却留下了这永远也抹不去的伤疤……事情发生后，虽然报了官，四处捉拿凶手，但无奈的是，一点线索也没有，最后也是枉然。我明明感到是有人故意推我的，是有人一心想置我于死地，就把事情的真相告诉了父母。父母认为是自己得罪了人，说我无论如何也不能在当地待了。为了躲避灾祸，就把我从美丽的温榆河畔，千里迢迢送到了南方的舅舅家，托付他在这里给我找个可靠的男人，出嫁成家。没想到就在这里遇到了你，成了你的媳妇……"

卢文远听罢姑娘的身世，感到脊背沟里一阵阵地冒凉气，七上八下地心里很不是滋味。世界上难道真有这样离奇，这样凑巧的事吗？难道月下老配姻缘，真的是棒打不回吗？卢文远真是彻彻底底地服了。

找了个适当的机会和理由，卢文远向温玉兰坦白了先前所做的一切，跪倒在地，求得了妻子的原谅和谅解，又双双回到了鲁团村，回到了美丽的温榆河，回到了父母家人的身边。

从此以后，夫妻俩男耕女织，心心相印，真情相爱，双双孝敬父母，精心哺育后代，一直白头到老，过着幸福美好的生活。

现在，鲁疃村村西北庵庙门口，那眼双口的石盘井，早已经不复存在了，但关于这眼井的离奇故事，却一直流传了下来。

阿房与田螺仙子

李晨辰

传说在唐代，温榆河边有一个混沌村，村里有个姑娘名叫阿房。阿房聪明可爱，心灵手巧。她自幼丧父丧母，从小跟奶奶长大。十五岁那年，奶奶也去世了。阿房从此自食其力，以捕鱼为生，平时也弄些刺绣，卖到市场上贴补家用。

十六岁那年，一大清早，阿房又到温榆河打鱼，此时正是春天，山清水美，鱼虾肥嫩。阿房驾着小船，把渔网撒下去。连着撒了两网，都一无所获。撒第三网的时候，捞上来一尺小田螺，田螺虽小，但是沉甸甸的，把小船都坠歪了。阿房见田螺还没有鸡蛋大，就把它重新扔到水里，还说："你这么小，快去找妈妈吧。"没想到，水里传上来一个清脆的声音："小姑娘，小姑娘，谢谢你，我一定会报答你。"

阿房还奇怪，这是谁在说话？正纳闷，那小田螺忽然变成了一个美丽的少女，人身鱼尾，浮在河面上。阿房惊讶得张大了嘴巴。

那少女从怀里掏出一个金灿灿的拨浪鼓，扔到阿房的船上，少女又说了话，像银铃般好听："善良的好姑娘，这个拨浪鼓是父王留给我的。把它送给你吧，以后你遇到什么麻烦时，只要摇摇拨浪鼓，叫三声田螺仙子，我就会出现在你面前。"说完，少女"扑通"一下，就钻到水底不见了。

过了两年，阿房出嫁了。嫁到村东头的张家，做张家的大儿媳妇。阿房跟丈夫的感情很好，张家大儿子勤劳又忠厚，孝顺老人，还体贴妻子，美中不足的就是太老实。张家有三个儿子，都成了家。阿房嫁的是老大，所以身上的担子就重，每天有干不完的活儿，还得协调家里家外的事务。张家人多，心不齐。婆婆又是个刁蛮刻薄的人，经常挑阿房的毛病，阿房能忍，不管婆婆怎么对待她，她总是逆来顺受。另外两个儿媳妇就不行了，成天跟婆婆打成一锅粥，阿房还得在中间劝和。有一回，阿房生了病，浑身烧得很烫，躺在床上爬不起来，婆婆却说她装病偷懒，还拿针扎她，阿房只有默默地掉眼泪。

有一年冬天，下大雪，婆婆去邻村串门，回来时路滑，不小心扭到了脚，站不起来。阿房就把她背回了家，让她躺着养伤。两个多月的时间里，阿房又是送水送饭，又是端屎端尿，无微不至地照顾婆婆，直到婆婆伤好，能下地走路。阿房的做法，把婆婆也感动了。从此，婆婆对阿房好了起来，对待阿房如亲闺女一般。

阿房出嫁后的第五年，张家公婆就商量，让阿房来掌管这个家。阿房孝敬老人，体贴丈夫，待人和气，对两个妯娌也很和善，所以阿房来管家是再合适不过了。两个老人也可以卸下重担，安心养老。

阿房推辞不过，只好当上了这个大家庭的主妇。阿房不端架子，有事就和大家商量，把一切家里家外都处理得妥妥当当。阿房还会理财，该花的，不该花的，精打细算，就这样，一大家人吃不愁，穿不愁，生活慢慢地好起来，房屋也翻了新。

阿房不光对家人好，对街坊四邻也好。她最热心，村里人有了困难，求到她头上，她都是竭力相助。街坊们缺少柴米，缺盐短醋时，只要向阿房张口，阿房总是大大方方借给他们。所以，没有不夸阿房的。

你也夸，我也夸，在温榆河两岸，阿房的

名声越传越广。有一天，被山上的土匪听说了。那土匪的大首领武艺超群，又仗义疏财，手下还聚拢了几百个喽啰。大首领不缺吃，不缺穿，就缺个压寨夫人。要说夫人，也不是没有，大首领娶过三个老婆，没有一个可心的，不是刁蛮无德，就是孱弱任性。大首领听说温榆河边有个阿房，就想把她抢上山来，跟自己成亲。

大首领头脑一热，就带了一百多个喽啰，举着明晃晃的刀枪下了山。

土匪把张家围住，逼阿房上山。阿房一点儿也不害怕，说："我已经成亲了，丈夫就在跟前，我怎么能做你的压寨夫人呢？"

大首领哈哈笑，说："这个好办！"就把大刀架在了张家大儿子的脖子上，逼他把阿房休了，再让阿房跟自己成亲。张家大儿子吓得直哆嗦，浑身冒汗，说不出话来。

阿房说："你们把我丈夫放了，不要逼他，我跟你们走就是了。等我进屋收拾一下东西。"大首领听了，这才把刀收起来，笑眯眯地点了点头。

阿房进了屋子，拿出那个拨浪鼓，摇了摇，拨浪鼓发出清脆的"咚咚"声。阿房又叫了三声"田螺仙子"。只见眼前金光闪闪，那名叫"田螺仙子"的果然出现在阿房眼前。阿房很惊喜，就把土匪要强迫自己的事讲了，让田螺仙子帮助她。

田螺仙子说："好，让我把你的家搬进我的壳里，永远过平安的日子吧！"

阿房点点头。田螺仙子把袖子一挥，就把张家全家人，连带着房屋、牲畜家禽、渔具农具……统统收进了一个大田螺壳里。土匪们发火了，对着田螺壳，用刀砍、用枪扎、用石头砸，都不管用。大首领手一摆，说："用火烧！就是不烧死，也得把他们熏死。"喽啰们得令，就在田螺壳四周架起柴火来。火刚烧着，忽然从田螺壳的入口处，吹出一股大风，把这伙土匪都吹到温榆河里去了。

从此，张家就以田螺壳为家，这里冬暖夏凉，又安全。后来，田螺壳又搬到了温榆河里。张家在里面生活，就跟陆地上一样。邻居要找张家借什么东西，只要在岸边喊一声"阿房"，所借的东西就会从河底漂上来，百试不爽。

有一年，温榆河流域发生了蝗灾，几百顷良田颗粒无收。老百姓们眼看就要饿死了，忽然从河底漂上来很多大米、果蔬，救了很多人。人们说，这是田螺仙子和阿房赠予的。直到今天，温榆河畔还有人想起阿房，世世代代都忘不了她的贤淑与恩德。

陈憨子摆渡

吕向峰

在元代，温榆河上有一个渡口，南岸是石璐子村，北岸是禹岩山。元末明初，在这个渡口曾经出现过一个摆渡人，叫"陈憨子"。在四里八乡很有名气。陈憨子有一身好本领，还发生过一些传奇故事。

元朝末年，天下大乱，群雄四起。朱元璋率领的起义军异军突起，成为各路义军中的佼佼者。常遇春是朱元璋手下的一名大将，人称"常胜将军"。他有一名得力副手，叫陈方达，也是一位猛将。有一次，陈方达奉命征讨元军，在元大都外中了元军的埋伏。陈方达血战一个时辰，终于单枪匹马杀出重围，一路向北奔来。来到温榆河畔的渡口，陈方达看见一条渡船，船上有个老头子，须发已经花白，正在烧火做饭。陈方达唱了个喏，打招呼："老大爷，我要过河。可身上没带银两，您行个方便，日后定当厚报。"老头子歪过头，见陈方达身着义军的服饰，神情疲惫，身上血迹斑斑，就说："年轻人，快上来吧。"陈方达心中一喜，跨上了渡船。老头子把炉灶熄了，起身撑橹。

船行到河中心。摆渡人忽然咳嗽起来，而且越咳越剧烈，直咳得弯下了腰。陈方达慌忙上前扶住摆渡人，问他怎么啦。摆渡人脸色蜡黄，有气无力地说："前两天，我去交租税，因为没交够数，被官府里的元兵打了一顿，伤到了肺。郎中抓过几次药也不见好转，看……"话还未尽，又一阵剧咳，吐出几口鲜血。陈方达扶着老人，坐到船帮上，问："您的家在哪里？"老人说："住北岸禹岩山下。"陈方达说："我送您回家吧，您好好将养几日。"老人一听，露出了满脸笑容。陈方达又握住两只橹，摇了起来。老人问："你也会行船？"陈方达说："我从小生长在南方，那里到处都是水，小时候经常跟着父亲打鱼。"老人更高兴了，咳嗽也轻了许多。到了对岸，陈方达扶

昌平民间文学

老人下船，又走了约一里地远，来到禹岩山下，来到老人家里。家里有老人的老伴，还有老人十八九岁的闺女。她们看到有客人来，都很高兴。

第二天，摆渡的老人就卧床不起，陈方达尽心竭力照顾，还请了郎中来看。老人躺在病榻上，却不安心，担心自己一歇，想过河的乡亲们就不方便了。陈方达想去替老人摆渡，又怕被元兵发现。老人的女儿知道了陈方达这个顾虑，就把他重新装扮了一番，让人一点儿也认不出来。陈方达这才放心地去摆渡。老人看到自己有了接班人，喜不自胜，病似乎也好了许多。

三个月过去，陈方达在温榆河上为人摆渡，干得顺风顺水。老人的女儿漂亮伶俐，平日里照顾着陈方达的生活。陈方达也很喜欢她，两人日日相处，渐渐生出了情愫。

到了秋天，老人的病一天比一天重，眼看就不行了。临终之前，老人把老伴、闺女、陈方达叫到跟前，要陈方达娶闺女为妻，给老伴养老送终。陈方达犹豫了一下，他原本是想过段时间，就回义军中去，但他确实厌倦了刀光血影的战场厮杀。又看到一家人对自己这么好，终于还是点了点头。老人安心地闭上了眼睛。

从此，陈方达就在温榆河上正式做起了"摆渡人"。大家不知道他的来历，只知道他人好，老实，力气大。过河的人到了对岸，扔下几文钱，多了少了，陈方达并不计较，只知道卖力气，把船行得又快又稳，四里八乡的人跟他熟了，就叫他"憨子"。

一天，一个牲口贩子来到岸边，还牵着两头驴。牲口贩子想过河，驴却怕水，怎么也不肯上船。牲口贩子把驴拖、撵、拍，驴倔，丝毫不动窝。陈方达看得不耐烦，就从船上跨了过去，也不说话，张开双臂，将驴一边一个，夹在自己腋下。又发一声喊，双腿蹬直，两头驴被凌空夹了起来，四蹄乱颤，服服帖帖就被夹上了船。牲口贩子看得目瞪口呆。从此，"憨子"夹驴上船的事儿被传开了，而且越传越神。方圆几十里都知道，温榆河上有个力大无穷的"憨子"摆渡。

陈方达渡人过河，挣钱不多，生活过得清苦，但也逍遥自在。他和妻子很恩爱，又专心侍奉岳母，一家人其乐融融，日子如欢快的流水。过了不久，朱元璋已经在南京建立政权，是为"大明"。陈方达也想去投奔朝廷，博个功名光宗耀祖。但后来看到功臣被屠戮，官员朝不保夕，进取的心又淡了，只想在这风景如画的温榆河上，了此残生。

后来，朱元璋第四子朱棣镇守北京，是为"燕王"。朱棣雄心勃发，到处招兵买马，广纳贤能。他早就听说温榆河上有个摆渡人，力大无穷，还有武艺，更有人传说这人以前是常遇春的部将。朱棣便想把这人招至麾下，为己所用。

这日，朱棣微服私访，换了一身便装，来到渡口。一眼便看见渡船上的陈方达。只见陈方达剑眉朗目，虎背熊腰，威风凛凛地站在渡船上。朱棣心想，传说中的摆渡人，必是此人了，的确不是凡品。想罢，朱棣便以渡河为由，上了陈方达的船。

船到河中央，朱棣想试试陈方达的本领，便故意猛蹬右脚，使船身剧烈摇晃；又顺势一个趔趄，向前一栽，右手向陈方达的腋下探去。陈方达将身一闪，抓住朱棣的右手道："公子小心。"朱棣见陈方达身手敏捷，心里欢喜。又将身子一仰，故意往河里倒去，又牢牢抓着陈方达的手，想把他一同带进河里。朱棣也是武将出身，这一下有千斤之力。却见陈方达左手扶住船帮，右手抓住朱棣，往上猛提。朱棣只感觉有一股巨力，把自己从河中拽出，稳稳落在了船上。

朱棣说："壮士力大无比，果然名不虚传。"陈方达憨憨一笑说："哪里哪里，我是一介村野鄙夫，哪里及得上公子的身手。"原来，刚才这几下，陈方达也看出对方功夫了得，不是一般人。朱棣听了陈方达的话，哈哈大笑，又拍着陈方达的肩膀，露出赞许之意。

当天中午，朱棣就拽着陈方达，来到最近的镇子上，找了一家酒馆，设宴痛饮。酒桌上，朱棣亮出了自己的身份，并要陈方达投奔自己麾下。陈方达却婉言谢绝。朱棣有些不悦，又劝，陈方达拗不过他，只好答应，但要他给自己三天时间，处理一下家事。朱棣答应了他，并要他三天后去北平燕王府投奔自己。陈方达点点头，两人又吃喝了一阵，酒足饭饱后，两人分别。

三天后，朱棣在燕王府等待陈方达前来。一连等了两天，却不见人影。朱棣急了，带了八名随从，出了北平府，又来到温榆河边的渡口，只见这里无人无船，唯有茫茫河水。朱棣派人打听陈方达的下落，当地老百姓说法不一，有人说他进深山当猎户去了，也有人说他往南走了。朱棣又加派人手，在温榆河周边找了两个月，还是一无所获，朱棣只得悻悻而归。

又过了两年，温榆河上游暴涨，大水冲下来，毁了无数田地牲畜，许多老百姓也被冲走，在浊浪中挣扎，生死之际，只见一名壮汉驾来木船，救人无数。有人看得真切，那人正是消失了的"陈憨子"。

渔人周二

王焕方

在遥远的古代，温榆河水清浪宽、鱼虾肥美，常常有打鱼人梭巡其上，以渔为生。这些人中有穷有富，富的水中有船，岸上有宅，还雇着几个伙计；穷的空有双手，要赁别人的船，打上来的鱼三七分账，要交三成给船的主人，如果一天下来毫无收获，也要付"十文钱"作租船费。

不知是哪朝哪代，温榆河上出现了一个渔人，名叫周二。周二三十多岁，个不高，黑瘦，腰细、腿粗，常年光着脊梁。谁都不知他的底细，只知他原先的家在西边的大山深处，因为连年遭灾，种庄稼太苦，还要受地主的盘剥，周二就从山里出来，到温榆河上打鱼。周二穷，买不起船，就向别人赁了一条小船，常年交租。周二白天驶出小船打鱼，晚上就住在船上，睡在又冷又湿的舱里。周二打鱼是个好把式，就是太憨，人都说他脑子不大灵光，交船租的时候，船主常常欺负他不会算数，多要他的鱼虾。周二也不计较，总是憨憨地笑。

周二本分，勤劳，达观。天天在河里打完鱼，再把鱼拿去交租，卖给市场上的小贩，剩下的，就给村里那些孤孀寡老送去。周二穷，却过得快乐，他爱唱歌，尤其是情歌。每收一网鱼，周二都要唱一曲。周二唱歌的时候，喜欢拿橹敲打船帮，一张脸呲牙牙咧嘴，由船头吼到船尾，狼嚎一般。歌声在温榆河的涟漪中飘来飘去。天天如此。

周边的老百姓就纳闷了，周二哪来这么多乐儿。别人计算他挣那些钱，确实不算多，也就勉强混个温饱。

周二有个儿子，叫周狗子，周狗子十岁左右，是个傻子，头大，胳膊腿儿细。周二划着船去打鱼的时候，小子就待在船头，斜倚着船帮，歪着大头，流着口水，帮他爹打鱼。说是帮着打鱼，其实啥都不会。就等收网的时候，帮他爹拽拽网，要是网里的鱼多，周狗子就会兴奋地哇哇叫，把大头乱甩；要是鱼少，周狗子的一双小眼，就咕噜噜乱转，嘴里沮丧地呜呜叹气。

有时候熟人来买鱼，要是周二不在，也不忍心欺负这傻子，往往是拿了鱼，把铜钱扔在周狗子身边的木桶里。给的钱只多不少。有不给钱的，也给周狗子留下些吃喝，周狗子见了钱无动于衷，见了吃的倒是眉开眼笑，每每歪着大头，使劲点点，就算是给人家道了谢。

周二就这样打着鱼，养着儿子，过着清苦的日子。周二打鱼换来的钱，大部分都用在了孩子身上。周二不讲吃穿，常年在水上光着脊梁，着一条破破烂烂的短裤，吃的是窝头咸菜，却不委屈孩子。周狗子傻是傻，可不缺吃穿，身上总是干干净净，嘴里总嚼着吃的。

晚上，收网歇工，周二就划着小船，载着周狗子，爷儿俩傍着夕阳回家。周二边划边嚎，周狗子也在后面歪着大头、张着大嘴，哼哼唧唧，又笑个不停，周二唱一路，周狗子的口水也流一路，笑声淌一路。此时，日夜交替，天地混沌，苍茫河水上，滚滚红尘中，似乎只有这对父子最快乐。

从来没人见过周二的媳妇，这是一个谜。

有兴趣广泛的人，曾经问周二："孩子他妈呢？"

周二咧嘴一乐："回娘家走亲戚啦。"

背地里，有的老太太撇嘴："周二的媳妇早跟别人跑了，这日子苦熬苦业的，又拉扯个

傻儿子，搁谁谁都得跑。"

这些风言风语的，周二也听过，从不辩白，依旧打自己的鱼，唱自己的歌，照顾着自己的傻儿子。歌唱得越来越卖力，人也越来越乐呵。

到了冬天，温榆河结了冰，周二不再需要渔船，而是凿冰捕鱼——先选择河道窄流处，凿一个长二尺、宽二尺的冰窟窿，再把锡制的鱼钩用鱼线拴在木棍上，从冰窟窿处垂下去，不用鱼饵，鱼自己就能咬钩。冬天虽然捕的鱼不多，但也足够两三个人嚼谷了。冬天没了渔船，周二就在岸上租个草房，生起炉子，弄个火炕，照样过着热气腾腾的日子。

有一天，天寒地冻，周二又去冰面上捕鱼，因为外面太冷，就想把周狗子留在家里。周狗子不干，吵着闹着要跟着。周二只好带了他出来。走到河面上，冰冻得挺瓷实，周二选择好地点，开始凿冰。周狗子就在旁边自己滑冰玩。凿好冰眼儿，下钩，捕鱼……周二全神贯注地忙着。却没注意身边的儿子。周狗子在冰面上滑着滑着，就掉到了另一个捕鱼人凿的冰窟窿里。冰面下的河水寒冷异常，人浸到里面，想喊都喊不出来。周狗子挣扎了几下，就被冰冷的河水吞噬了。等周二发现，把他从冰窟窿里救上来，人已经不行了。周二抱着儿子的尸体，整整哭了一宿。

周狗子下葬之后，周二消失了好长一段时间，谁都不知道他去哪了，这条温榆河也似乎空了好多。待初夏时节，水暖柳绿，周二又回来了，好像变了一个人，蔫头耷脑的，打鱼也没有了精神。有人就开解他；有人想给他张罗个媳妇；有人不会说话，也去劝，拐弯抹角说了一通，周二再笨，也能听出他话中的意思，大致是说，反正这孩子活着，也是个拖累，死就死了，还少了个累赘呢。周二听到半截，就气得哇哇大叫。一向随和老实的他，竟对那人挥以老拳。对方也不是善茬儿，又委屈，本是好心，怎么就挨了拳头？于是以牙还牙。两人打得昏天黑地。最后，周二被打得倒在地上爬不起来。

还好伤不重，休息一些时日，周二又租了条船，去了远处打鱼，一连走

昌平民间文学

了好几天。回来的时候，船上不光有周二自己，还有个小男孩，六七岁的年纪。周二对别人说，这是他在河岸上捡的，那时男孩昏倒在河岸上，还发着高烧，多亏周二把男孩救了。男孩病好之后，说不清自己家住哪，只说父母不要他了。有的人仔细端详这男孩，发现这男孩也是头大，眼睛小，嘴唇厚，说不出完整的话。有的人一眼就看了出来，这男孩儿也是个傻子。

大家都替周二发愁，说他天生是受苦的命。正在叹息的工夫，温榆河的河面上又热闹起来，大家看见周二划着船，昂着脑袋，又在唱歌，比以前更起劲儿。那声音高亢、欢快、激越，似乎要穿透一切。

几百上千年过去了，世间已没有周二，只有那温榆河水依然日夜不息地流动，每到夜晚，水面上似乎依旧能听到那动人的歌声。

【美丽的温榆河】

渔家女报仇除恶

王焕方

很久以前，在温榆河畔有个恶霸，叫齐三虎。齐三虎四十多岁年纪，又矮又胖，满脸横肉，笑起来露出一嘴大牙。齐家占有良田百亩，骡马成群，河里还有几十条渔船，齐三虎却为富不仁，整日就想着怎样盘剥老百姓。附近的老百姓都吃过齐三虎的亏，但因齐三虎在官府中有靠山，老百姓都敢怒不敢言。

且说温榆河上有一渔户，姓田，常年租赁齐家的渔船打鱼。老田贫苦出身，却乐天知命，心地善良，在穷人中人缘儿很好。老田早年丧妻，只有一个女儿，叫田阿秀，年方十八，生得聪明伶俐，漂亮可人。田阿秀水性好，打鱼是把好手，平时帮了父亲很多忙。

田阿秀跟河道上游的一个渔家相好，小伙子名叫冯宝。在这一年的休渔期，田阿秀跟冯宝出去游玩，黄昏时归来，都快到家了，碰见了齐三虎的儿子齐宏泰。

这齐宏泰有二十岁出头，生得尖嘴猴腮，粗俗丑陋。齐宏泰带着四个家丁，正在收渔家的租子，看见田阿秀，齐宏泰的双眼登时冒出金光，他见色起意，上前就挑逗田阿秀。冯宝站出来，严厉斥责。齐宏泰一挥手，四个家丁就如狼似虎地扑了上去，围住冯宝拳打脚踢。田阿秀想上前阻拦，却被齐宏泰拦腰抱住。齐宏泰淫笑着，上下其手，在阿秀的身上乱摸，田阿秀大声呼救，围观的人很多，但没有一个敢出头阻挡。突然，老田从一边奔了过来，把齐宏泰揪住，一把揉开。

齐宏泰一看是老田，立即满脸堆笑，张口就叫"老岳父"。老田气冲丹田，问："你要干什么？"齐宏泰嬉皮笑脸："我想娶你女儿。"老田呸了他一口，说："我闺女怎么会嫁你这样的孬货？你真不要脸。"

齐宏泰勃然大怒，"唰"地一下拔出匕首，直奔阿秀而去，嘴里还说："你闺女还未出嫁，就和野男人私会，还说我不要脸？我现在就把她衣服割开，一件件扒下来，看看她还是不是囫囵身子！"

老田一急，拦在齐宏泰前面，给了他一记耳光。齐宏泰大怒，骂了声："老东西你活腻味了！"一刀捅出，刺中了老田的左胸，老田捂着胸蜷缩在地。田阿秀冲上来，抱住父亲，探探鼻息，感觉父亲的呼吸越来越微弱，眼见就活不了了。田阿秀号啕大哭。齐宏泰一看出了人命，怕事情闹大，忙叫上家丁，飞也似的逃了……

事后，田阿秀和几位乡亲，抬着老田的遗体去告官。可齐家在朝里有靠山，齐三虎又贿赂了县官儿一大笔银子。这个官司最后不了了之，齐宏泰逍遥法外。田阿秀和几个穷亲戚只好忍气吞声，草草把老田埋葬了。此后，田阿秀就跟冯宝远走他乡，乡亲们都不知道这两个人的去向……

六年后，温榆河上来了个杂耍的艺人，是个年轻小伙子。小伙子穿着朴素，面皮白嫩，长得眉清目秀。他常年架一条小帆船，平时就以船为家，在船上吃，船上住。卖艺的时候也在船上，他会在帆上翻跟头，在船帮"竖蜻蜓"，还会水上漂……有时，小伙子也会上岸表演，除了舞枪弄棒，还会练气功，把石板压在胸上，找人用大锤砸，石板碎了，人却毫发无伤。

这一天，小伙子在船上卖艺，把帆张了起来，小伙子在帆上爬上爬下，像一只壁虎，又在桅杆上"竖蜻蜓"，身姿矫健，如动作优雅的飞燕。两岸围观的百姓与河里的渔家都发出一阵阵喝彩声，为小伙子高超的技艺倾倒。正热闹间，忽有一艘船驶来，船不大，但船上的装潢甚是华贵，船头船尾站了五六个壮汉，相貌甚是凶恶。到了卖艺人近前，船舱里钻出两个人，旁人一看，认识，正是齐三虎和齐宏泰父子俩。只见齐宏泰双手叉腰，耀武扬威地对卖艺人说："别耍了别耍了，在我家河上做生意，打招呼了吗？"

卖艺的小伙子说："奇怪，这条河自古就有，凭什么说是你家的？"

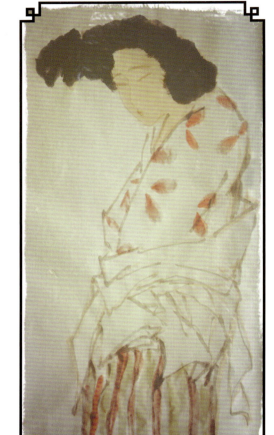

齐宏泰觉得他有些面熟，又想不起是谁，就说："我家早把这河买下来了，不信，咱们见官去！其实你要在此卖艺也不难，只要交二两银子的税即可。"

小伙子呵呵笑了两声："凭白跟人家要钱，你们脸皮可真够厚的！"

齐三虎开口了，说："大胆，你年纪轻轻，太不识时务。不要因为有个三脚猫的功夫，就狂妄之极。"

齐宏泰说："一山还比一山高，这点微末功夫，就到我们这地界儿来现眼？"说罢看看左右，和家丁们一起哄笑起来。

围观的渔人和百姓憎恶齐家，有人起哄说："我们久闻齐公子武艺高超，只是没见识过。今天齐公子就与这小师傅比试比试如何？"众人也纷纷说"对对，比试比试"。齐宏泰却不接茬儿，他的身子都被酒色掏空了，哪有什么功夫？

卖艺的小伙子从船上拿起一个渔叉，说："这样吧齐公子，您用这个鱼叉戳我，要是能碰到我一根汗毛，就算我输，我会交十倍的税；如果你用鱼叉碰不到我，就请你把所有渔家的税都免了，租船的钱打三折。"此话一出，围观的人欢声雷动。齐宏泰眼睛骨碌碌一转，说："那不成，如果你一下钻到河底，或站在桅杆尖儿上，我怎么够得着你。"

小伙子说："你放心，我保证离你一丈之内。还请父老乡亲做个见证。"周围又是欢声一片，也有人为小伙子捏着把汗。

　　齐宏泰说："好！别后悔！"便接过渔叉扑了上来，照着小伙子就戳，丝毫不留情面。只见小伙子左躲右闪、前仰后缩。那渔叉为铁制，前端尖锐铮亮，闪着寒光，齐宏泰也有两手功夫，渔叉在他手中如同怪蛇吐芯，凶狠异常。可别说是戳中对方，就连对方的边儿也没沾上。小伙子如一只灵猴，闪展腾挪，一会儿跳到齐宏泰跟前，一会蹿到他身后，一会儿又跃入水中，从船的另一侧蹦上来。齐宏泰眼花缭乱，又急又恼，手中渔叉舞得更快，一叉比一叉凶猛，铁叉带起的劲风发出"呜呜"的声响，可始终碰不到对方。

　　围观的人都看呆了，几乎要屏住呼吸。齐三虎看出事情不太妙，想让儿子罢手，却欲说还休。就在此时，小伙子在空中一跃，跳到了齐宏泰和齐三虎中间。齐宏泰看得真切，恶狠狠地把铁叉送过去，小伙子一矮身，打个滚儿躲了过去。齐宏泰收不住手，"噗"的一下，钢叉戳在了齐三虎的胸上，齐三虎怪叫一声，挣巴了两下，就没气了。

　　齐宏泰一下傻眼了。那小伙子稳稳矗立在船头，拔下头簪，揭开头绳，一头亮丽的秀发飘散下来——原来是个秀美艳丽的女子。女子说："乡亲们，各位兄弟姐妹，这恶人亲手打死了他的老爹，实在是大恶不赦。"人群有人认出，这女子正是六年前的田阿秀。田阿秀说："你们还等什么？应该把这弑父的恶人扭送到官府。"乡亲们喊着"对、对"，一拥而上，把齐宏泰逮住，用绳子捆得像个粽子，直奔官府而去。齐家的家丁一见老爷被少爷戳死，早跑得没影儿了。

　　齐宏泰犯的是"弑父"大罪，官府也不敢包庇，只有明正典刑，秋后处决。后来消息才传开，这女子就是当年那个田阿秀，六年来，她为了给父报仇，走遍名山大川，拜访武林名宿，学了一身好武功，终于给父亲报了仇，将齐家父子除掉。

　　自此，恶霸被除，温榆河变得更加美丽了。

【美丽的温榆河】

俞铁牛当上了驸马爷

刘瞬骊　金沙

春秋的时候，昌平这个地方，属于燕国，很多的时候，一到夏天，山洪泛滥，到处便成了汪洋。

话说燕国的一个村庄里，有一个人家，姓俞，十分穷苦。就在这一年的秋天，生下了一个男孩子，取名俞铁牛，爹娘都盼着他长大以后，有的是力气，能干庄稼活。

事情就是这么巧，就在同一天的同一个时辰，村里的大财主朱富贵家里也生了一个儿子，取名朱有福。

转眼之间，十六年过去了，俞铁牛长成了一个壮小伙。十分勤快，家里地里，一刻都不闲着，成了爹娘的好帮手。

朱有福也长大了，成天吃好的喝好的，长成了一个大胖墩。四体不勤，五谷不分，看见了俞铁牛和其他伙伴，那眼睛从来都是向上翻着，理也不理，就当没看见一样。用现在的话说，那就是牛大了！

一天晚上，铁牛吃过了晚饭，父亲对他说："孩子，你也不小了，是不是该出去学学本事了？"

铁牛立刻答应说："爹，我明天早上就走！等我学好本事，好好孝敬你和娘！"

哎，事情就是这么巧，也是这天晚上，老财主朱富贵也对他儿子朱有福说："我的儿啊，你也长大了，是不是也该到外面找个发财的机会呀？这样一来，以后咱们家子子孙孙都吃不完喝不完啊！"

朱有福正想找机会出去玩儿呢，一听老爹这话，立刻满口答应："行啊！爹，我明早就走，保证给你带一个狗头金回来！"

刚出村口，两人就碰在一起了，一说，竟然同路，所以就一起走了。朱

那天晚上，俩人一起进宫，宫里宫外都挤满了人，不一会儿，国君和公主也出来了。

公主问："你们的礼物呢？"

朱有福急忙上前："公主！我早就准备好了，你看看我的！"领着大家去看他的礼物。

走到了大殿的门口，朱有福指着满屋的稻草对公主说："请看，这就是我给你的礼物！而且是国都里最便宜的东西了！"

国君以为自己很有眼光，认为朱有福有钱又聪明，完全可以当驸马了。但是公主却转过头去问俞铁牛："你的礼物呢？"

大家跟着俞铁牛走到了一个大殿，但是里面空空荡荡的，什么也没有。国君一看就火儿了，顿时大发雷霆。

俞铁牛不慌不忙把预先就准备好的油灯点了起来，顿时，大殿里一片光明。他笑嘻嘻地告诉公主，这就是他为公主准备的礼物。

大臣们纷纷伸出大拇指，称赞俞铁牛比朱有福聪明。公主也暗暗欢喜，觉得自己没有看错人。可是国君，却根本不愿把自己的女儿嫁给一个农夫，所以什么话也没有说，就到了后宫。

朱有福看着俞铁牛，暗暗高兴，心想国君不会把公主嫁给你，你不如趁早滚蛋吧！

国君回到后宫，挖空心思地终于想到了一个难倒俞铁牛的办法。

他对俞铁牛和朱有福说，前天国库里丢失了三千两银子，你们去把这个小偷儿给我审出来，谁审出小偷儿，公主就嫁给谁。

朱有福审了两天两夜，把那些嫌疑犯打得皮开肉绽，哭声连天，人人喊冤。朱有福急得焦头烂额，可还是束手无策。

轮到俞铁牛了，他拿起智慧袋一听就有了主意，他来到一间黑屋子，把一口满是黑灰的大铁锅，底朝天地放在了屋子的中央。然后他对看守国库的人说："我带来了一口金钟放在屋内，你们进去以后就去摸一摸，没有偷金子的，会沾上福气，偷了金子的，只要一摸，它就会发出一声巨响，当场就把那个小偷儿崩死！"

于是看守国库的人，依次进屋，去摸金钟。俞铁牛则站在出口看着，凡是手上有黑灰的人都放走了。

最后的一个家伙，手上干干净净的，俞铁牛一把抓住了他，说："他就是偷金子的！"

再一审，果然，他就是偷金子的！贼抓到了，金子也找回来了，可是国君又反悔了。这时正是全国大旱，有半年都没有下雨了，所以国君又说："你们俩，谁能治好大旱，这次我一定把公主嫁给他。决不食言！"

朱有福来到一条早已干涸的大河边，拿出了聚宝盆，说："水！水！水！"

话音刚落，聚宝盆里就喷出了一股水，可惜太少了，一股一股的，就像小男孩撒尿一样。这么点儿水怎么行啊，朱有福急得直跺脚，国君也是一筹莫展。

轮到俞铁牛了，他拿出智慧袋一听，就有了主意。

他问国君："这次你还会变卦吗？"

国君说："决不变卦了！"

于是，俞铁牛拿起一把大铁锹，直奔军都山，沿着山脚挖了起来，从西北向着东南，一连干了三天三夜，终于挖出了一条大河。第四天，大水如约而至，水宽十余丈，浩浩荡荡的，一下子就给燕国全国带来了大水。整个燕国的人，都感谢俞铁牛这个农民的儿子，给他们带来了生命之水！

国君当然还想赖婚，但是公主却不干了，一天晚上，她偷偷地跑出了王宫，跟着俞铁牛私奔了，从此过上了幸福的生活。

燕国的人们为了感谢俞铁牛，就把这条河叫作俞河。又过了一千多年，因为两岸长满了高大的榆树，这条河又叫作了榆河，至于再后来，又因为河水冬天都不结冰，所以叫作了温榆河，那又是后来几百年的事儿，一直到今天。

美丽的温榆河日夜流淌，关于勤劳，关于淳朴，关于爱情的故事，也像河水一样，在一代又一代的人们中，口口相传……

【美丽的**温榆河**】

说谎话的李大炮

曹学诗

在明朝洪武年间，也就是中华民族大移民的年代，从山西洪洞县大槐树底下，有一户姓李的人家，迁到了现在的温榆河畔歇甲庄村。明代的时候，歇甲庄并不叫现在的名字，而是叫解家庄，因为当时村里姓解的人特别多，所以就以姓命名，叫了解家庄。

新移民来的这户李姓人家，大名叫李大浩，由于他平时言语好大喜功，说话着三不着两，可信度低，是一个说话不靠谱的人，解家庄的人就给他起了个俗名"李大炮"。当时他的岁数并不大，只有十几岁，严格来说还是个孩子。一个孩子就得了这么个外号，成了温榆河畔说谎话的代名词，他心里的滋味可想而知，想改变的愿望也就非常强烈。因为人们都叫他的外号"李大炮"，他的真名"李大浩"，时间久了竟被人淡忘了，很少有人提起。

为了改变人们对他的看法，李大浩想了很多办法，但就是无济于事，反而越来越难堪。原来，他不是改变自己说谎话的毛病，而是采取以谎圆谎的办法，结果是越圆越谎，越谎越圆，最后弄得解家庄一带没有人再相信他，李大炮成了说话没人信的人。

后来，他绞尽脑汁，终于想到了一个补救的办法，就迫不及待地实施了。

李大炮把邻居徐大娘的十几只老母鸡，趁人不备赶到了温榆河边的稻田里，又假装没事人似的回到了解家庄。徐大娘丢了鸡，开始还以为去吃食了，没太往心里去，到了晚上，十几只鸡没有一只回来，这下徐大娘可真着急了。在那种年代，十几只鸡丢了，可不是闹着玩的，弄不好会要了徐大娘的命！

徐大娘四处求人，在村里到处寻找，还到庄稼地、小树林、水塘边等地去寻觅，村里所有的地方都找遍了，就是没有老母鸡的影子。徐大娘没有办法，急得哭天抢地，寻死觅活，许诺说：谁要是帮她找到老母鸡，不但给他报酬，还要给他扬名。李大炮看时机已经成熟，就跑到徐大娘家，煞有介事地说："大娘，昨天夜里我做了一个梦，有位神仙告诉我，说你的十几只老母鸡并没有跑远，正在温榆河边的稻田里吃食呢……老神仙让你赶快去找，说是去晚了鸡就没命了！"

因为李大炮平日的为人，徐大娘是不太相信他的话的。但这次，全村哪里都找遍了，就是找不到鸡的踪影。徐大娘看着李大炮诚恳的样子，就想：李大炮的话能信吗？但不相信他又到哪里去找呢？干脆这次，死马就当活马医，就算让他再骗一次，到温榆河边稻田里去找找……想到这里，徐大娘对李大炮说："你说的是温榆河边的哪片稻田？我自己到那里去看看。"

李大炮一听徐大娘的口气，赶紧说："梦里的稻田我记得非常清楚，就让我带你去温榆河边吧。"

走了几里地，来到了温榆河边的一片稻田，徐大娘远远看见十几只老母鸡，正在那里觅食呢！徐大娘喜出望外，三步并作两步跑过去，果然是自家养的十几只老母鸡！徐大娘就像见到久别的亲人，看着母鸡就哭了起来；那十几只母鸡，看到徐大娘，也像懂事似的聚到一起，围着徐大娘咕咕叫个不停……

把母鸡赶回解家庄，徐大娘重谢了李大炮，还逢人就说李大炮的好，给他传名。

李大浩尝到了说谎话的甜头，又如法炮制了几次，帮村民们找回了丢失的猪、羊、驴、马、骡子……还帮助王大

爷家找回了丢失的孙子，一时间在温榆河一带名声大噪。

人怕出名猪怕壮，出了名的李大浩靠说谎，不但改变了人们对他的看法，还改变了自己的命运。自从他帮人们找回了很多东西以后，村民们对他的看法逐渐变了，见了他不再是那种不屑的眼神，而是有了些许的尊重和赞誉，甚至有些人还有了崇敬。李大浩更是自我吹嘘和标榜，把自己说的跟神仙似的，不但能掐会算，还能解人危难，救人水火。后来，解家庄人出于礼貌，没有人再给他叫李大炮，而恢复了真名李大浩。出名有出名的好处，但也有出名的难处，这不，这次李大浩就遇着了难题。

温榆河边郑各庄的刁大财主，家里丢失了一串价值连城的玉镯子，抬着八抬大轿，专门到解家庄来请他。这下可让李大浩为了难。你想呀，原来他给人们找东西，都是自己先把东西藏起来，然后再假说神仙托梦，把藏好的东西找出来。这回人家是真丢了玉镯子，他李大浩哪里能知道，不为难才怪呢。

但为难归为难，大轿上门了，不去是不行的。实在没有办法，李大浩只得硬着头皮，被人抬着上路了。

到了郑各庄，刁财主大摆筵宴，好吃好喝招待他。但李大浩说什么也吃不下，因为他心里一点底都没有。勉强吃完了饭，刁大财主把他安排在一个豪华的房间里，还专门找了两个漂亮的丫鬟陪伴他睡觉做梦。这么好的待遇，但李大浩却一点也高兴不起来，愁得就跟得了重病似的。他想：这玉镯子究竟在哪呢？莫不是在天上地下……想着想着，不由得大叫一声："天呀、地呀，你闷死我了！"本来他是想发泄一下情绪，没有别的意思，可谁知他这一叫，陪着他的那两个丫鬟，给他双双跪下了。她俩吓得浑身直筛糠，连脸都变了颜色，嘴里战战兢兢地说着："老爷……饶命，……玉镯子是我……我俩偷的，老爷千万不要……把我俩说出来……"

李大浩正在无计可施，没想到一句长叹事情有了转机。他紧紧抓住机会，厉声说道："我早就算定了是你俩偷的，只是出于情面，没有当着刁财主的面，把你俩说出来。只要你俩把玉镯子拿出来交给我，藏到仓房的老鼠洞里，我保你俩平安无事！"

原来，玉镯子确实是这俩丫鬟偷的，她俩一个叫天儿，一个叫地儿，正在为偷了玉镯子的事儿提心吊胆。这一次，听说刁大财主请来了温榆河边的神仙，是专门来找寻玉镯子的，心里就先怯了几分。刁财主让她俩侍寝，天儿和地儿正中下怀，因为她俩心里也没底，也想试探试探李大浩的能耐。不想李大浩无意之中说出了她俩的名字，只这一句，就把她俩吓得屁滚尿流，全都如实招了。她俩在假神仙面前，不但拿出了玉镯子，还帮着他藏到仓房的指定地方，然后心甘情愿地侍寝，帮李大浩完成了他不可能完成的事情。

李大浩帮刁财主找回了丢失的玉镯子，不但得到了很多金银财宝，还带回了天儿和地儿两个丫鬟，使她俩成了自己的"压寨夫人"。

歪打正着，本来只是偶然的一件事儿，不想却成全了李大浩的名气，也给他带来了杀身之祸。

朱洪武年间，皇宫里丢失了传国玉玺，挖地三尺也找不到。明朝皇帝下令，遍访天下能人，找到玉玺者重赏，坑蒙拐骗者治罪。李大浩有了名气，自然被请到了皇宫。这次，在戒备森严的皇宫里，他再也没有那么幸运。在几次瞎猜不能奏效之后，被酷吏们严刑拷打，全部招供了自己到处招摇撞骗的罪行……皇帝被愚弄后，一气之下砍了李大浩的项上人头，在京城悬吊七日！

温榆河自从发生了这件事，世世代代再也没人瞎吹忽悠了。他们教育后人，说话要真诚，做人要实在，任何时候都要一步一个脚印，绝不要图虚名，好大喜功，干出伤天害理的事儿。如果有人违反了祖训，他们就给他叫"李大炮"，意思是说，言而无信的人是不会长久的，最终肯定会受到社会的惩罚。

温榆河的爱情故事

美人树

郭建华

相传明朝年间，温榆河边有一位美女，名叫刘草儿。刘草儿长得天仙一样漂亮，外村的男人们打她跟前走过，没有不愣神的。据说，男人看到美女刘草儿后，回家不做美梦的几乎没有。

谁也想不到温榆河边会有这么漂亮的美女，许多外来的男人为此不肯离开温榆河，就住在温榆河边的一些小客栈里，专门等着看美女刘草儿，当然都是怀着要把刘草儿娶走的心思。

刘草儿还不到十六岁时，远远近近的提亲人，便开始踏破了刘家的大门。有穷人更有富贵人。

开始，刘家人都以自家的女儿还小而回绝了众多上门提亲的人，自家的女儿确实还小啊。

只是这么漂亮的女孩，不知让多少男人不得安生。看到她一面，许多男人就会神魂颠倒，多少日子不自在。

随着刘草儿一天天地长大，前来温榆河看刘草儿，向刘家提亲的男人一天比一天多。提亲的媒人，礼品更是一个比一个重。甚至有人卖房子卖地也要娶刘草儿。

刘家经不住这些，说不如赶紧把刘草儿嫁出去得了，不然这哪天算个头呢。

而远近一些有钱有势的人，也都想娶刘草儿做小，当作第三房，或第四房女人。刘草儿却不肯就这样嫁。她有自己的想法，一定要嫁一个自己可心的男人，是要自己看得上的男人，而那些五六十岁的财主，她一个也不会嫁。

听说刘家要尽快嫁出女儿刘草儿，前来温榆河提亲的人一下子又多了许多。为了减少是非，漂亮的刘草儿干脆不出门了，省得男人们看见她胡思乱

想。不知从什么时候开始，刘草儿整天就躲在家里了。

前来提亲的人，自然都要刘家给个回话的，是行，还是不行。有时候刘家当场就回绝了。而那些有钱有势的人，刘家实在得罪不起，当下不好开口回绝，都是说等等商量商量，问问刘草儿吧。

刘草儿知道父母的苦衷，便教给父母一个方法，让提亲的人到温榆河边的大槐树下去看。如果到时刘草儿出现在温榆河边大槐树下，就证明刘草儿同意了这桩婚事。如果刘草儿没有出现在大槐树下，就证明刘家没有同意这桩婚事。

由于提亲的人多，每天到温榆河边大槐树下去看刘草儿有没有出来的人都排满了。张家是正月十二，李家是正月十三，赵家是正月十四……只是刘草儿始终都没有出来，人们整天坐在温榆河边，望着大槐树发呆。时间久了，人们便管这棵树叫美人树。

人们来看的不是树，而是美人刘草儿。

日子一天天过去，又一年一年过去。美人刘草儿从来没有在大槐树底下露过面。村人都议论，不知刘草儿这辈子会嫁给什么人，会什么时候站在大槐树底下。岁月消逝，时光飞转。人们渐渐地不再注意大槐树下有没有刘草儿了。人们已经习惯，她永远不会在树下出现。

可是这一年的六月，人们突然发现刘草儿站在了温榆河边的大槐树下。有人想起什么，惊呼道："难道刘草儿要嫁人了吗？"

　　这一声惊呼，提醒了麻木的人们，人们都瞪大眼睛，往大槐树下看，树下果然站着刘草儿。刘草儿笑着，面对村人。

　　有人问："刘草儿，你这是真的要嫁人吗？"

　　刘草儿点点头："今天正是我答应对方的日子。"

　　人们更是惊奇，纷纷跑到温榆河边的大槐树下看，是看刘草儿答应的人到底是谁，是谁有这么大的福气，终于降服了美人刘草儿。

　　人们左等不来，右等不来，时间快到正午的时候，人们看到从村外走来一个挑担子的人，原来是个做桌椅的小木匠。

　　小木匠一直走到大槐树下，走到刘草儿的面前，放下担子。

　　刘草儿说："你来了？"

　　木匠说："我来了。"

　　事情就这么简单。

　　原来刘草儿要嫁的人竟然是一个穷苦的小木匠。

　　美人刘草儿后来跟着小木匠走了，离开了温榆河。再后来，人们只要看到温榆河边的这棵大槐树，就会想起这段故事，想起漂亮的刘草儿。时间久了，人们便把温榆河边的这棵大槐树叫作"美人树"。

　　如今，这棵树还在。只是在它边上，又长出了许多的新树、小树。人们说，这多像漂亮的刘草儿和小木匠培育出来的后代啊。

116

灯草传说

吕向峰

在遥远的上古时代，温榆河畔有很多部落，其中一个部落里有一位少女，名叫阿娇。她美丽出众，又心灵手巧，皮肤像羊奶一样，出奇的白。阿娇从小和部落里一个小伙子相恋。两人郎才女貌，感情很好，原本打算二十岁那年结婚。但部落首领的儿子也看上了阿娇。部落首领的儿子叫米拆，长得尖嘴猴腮，鼠头獐目。阿娇一看见他就厌恶。可米拆不死心，总是缠着阿娇不放。

眼看就要到二十岁生日了，阿娇和心上人满心欢喜地准备婚事。可人有旦夕祸福，有一天，阿娇的心上人去河里打鱼，忽然间风雨大作，船翻了，阿娇的心上人葬身河底。阿娇得到消息，悲痛欲绝，足足哭了三天三夜。阿娇和家人一起，把心上人葬在了大山后面。葬礼完毕，其他人都走了，唯有阿娇留下来，又趴在坟上大哭了一场，方才回去。

就在回去的路上，部落首领的儿子米拆截住了阿娇的去路。米拆要阿娇嫁给自己。阿娇悲愤地"呸"了他一口，说："你休想，我嫁给猪狗，也不嫁给你。"

米拆并不生气，嘿嘿坏笑，说："你还想着你那个心上人吗？他又活不过来。你还不知道吧，是我在他的船上做了手脚，所以才会翻船。如果你不嫁我，有什么后果，嘿嘿……"

阿娇大惊，指着米拆直哆嗦："你，你好歹毒……"

米拆得意地说："我从小要啥有啥。跟我争的人，没有好下场。"说着就要上前抱阿娇。阿娇得知真相，心里一肚子火儿。看着米拆扑上来，就拔下了头上的竹簪，向着米拆的左眼扎了过去，米拆惨叫一声，捂住左眼，躺在地上打滚，指缝间血流如注。

阿娇趁机逃跑。跑了一阵，就跑到了温榆河畔。望着茫茫河水，阿娇又

想到了心上人，想起心上人是被人暗害，阿娇的心像刀割一样疼。她觉得人生无趣，又打定主意，就算死了，也要跟心上人在一起。于是，阿娇向着茫茫河水跳了下去……阿娇虽然死了，但她的义烈被人记载下来，活在世世代代的传说里。

也不知过了几百个日夜，温榆河畔，又出现了一位美丽的姑娘。她叫彩琴，彩琴爱听老人讲故事，每次听到爷爷讲阿娇的传说时，彩琴都会潸然泪下，为这个可怜的女孩难过。彩琴姑娘手很巧，她最喜欢河边的青草，常常摘一些鱼尾草、蚂蚱草、小青藤等，回家展开，梳理好，编织一些篮筐、灯笼、小动物等。

一天，彩琴姑娘发现了一种白色的草，这草很稀有，茎叶的颜色就像牛奶一样白。更为神奇的是，只要把这白色的草和鱼尾草缠绕在一起，就最易燃烧，可放在灯盏里作灯芯，比用棉线要好，点起灯来，明亮、省油、黑烟又小，把这两种草缠在一起做灯草，是最合适不过了。

不知怎么，彩琴姑娘每次去河边，碰到这种白色的草，都会想起阿娇的故事，这草的颜色就像阿娇的皮肤，柔顺的草茎就像阿娇的腰肢，于是，彩琴姑娘把这种白色的草起名为"阿娇"。

彩琴姑娘想，这种草好是好，可就是太少了。彩琴姑娘就回家和爷爷商量了一番，把家里的田地腾出一亩来，专门栽培这种"阿娇草"。在培育的过程中，经过改良，这种草长得更为肥实，梢子也更长了。彩琴姑娘用它来编织草鞋、草帽、草席、菜篮、箩筐、背篓之类的物品，很受乡亲们喜爱。这些手工织品拿到市场上出售，经久耐用，价格实惠，很受人们欢迎。不过，阿娇草最多的用途，还是当作灯草用，在千百个暗夜里，阿娇草给人们带来了光明和欢乐。

【美丽的**温榆河**】

笛声悠悠温榆缘

李复国

有人说温榆河不仅是北京的母亲河，还是一条温柔多情的爱情河，很多青年男女谈恋爱、拍婚纱照都选择在风光旖旎的河畔。说起这爱情河，有一段美丽的故事至今还在流传着。

话说民国二十八年发大水之后，温榆河地区的老百姓同样饱受了水灾的祸害，很多人逃荒要饭，四处流浪。

这天，有个要饭路过这里的穷人，打算坐在河岸歇一会儿。他望着河水，从包裹里拿出一支竹笛，悠悠地吹起来。竹笛悠悠，树叶飘飘，河水哗哗，令岸边的不少人驻足欣赏。

岸边附近有个村子，叫东廓村。这天，村里杨伯伯与女儿丫丫在船上打鱼，听到笛声，丫丫不住地向笛声飘来的方向张望。杨伯伯说道：打什么愣儿，干什么不吆喝什么，快点把网里的鱼捡进水桶。丫丫一边答应，一边忙碌着。

"爸，咱把船划过去看看吧"，杨伯伯没有拧过女儿，随女儿来到笛声悠悠的河岸。

来到河岸，见一位衣衫褴褛的小伙子悠闲自在地吹着笛子，虽然衣服很破很旧，但小伙一点没有发愁的样子。小伙面容清瘦，个子细高，皮肤黝黑。丫丫走到跟前，"你的笛子吹得那么好听，跟谁学的？"小伙子没有回答，继续吹着笛子。一曲终了，小伙子走到杨伯伯跟前："伯伯，这里面有鱼吗？"杨伯伯说道："没有鱼，我们还不饿死。"这时，丫丫从兜里掏出一块红薯递给小伙子，接过红薯，小伙狼吞虎咽地吃起来，那吃东西的样子令人好笑。小伙告诉丫丫，他从河北逃荒到这里，已经好几天没吃东西了，路上捡到什么吃什么，甚至看见煤核都吃。丫丫把兜里所有的红薯塞给了小伙。临上路之前，小伙子把竹笛送给丫丫："留着吧，没事儿坐在河边吹一吹，就会把烦恼赶跑。"小伙子赶路远走了，丫丫时常拿出竹笛，坐在河边吹笛子，虽然吹得不那么好听，可还是觉得挺舒心，挺温暖的。

过去了一年，又过去了一年。丫丫心想，我这辈子不会见到送我笛子的小伙了吧？丫丫有时看到竹笛，脸上觉得一阵阵发烫：我这是怎么了？是不是爱上吹笛人了？随着年龄的增长，村里不少人为丫丫说媒，都被丫丫回绝了。杨伯伯大声说道："丫丫，你是不是疯了？该嫁人不嫁人，一点不靠谱的事儿，你就那么死心眼儿，等那个吹笛子的？"不管杨伯伯怎么说，丫丫就是无动于衷。她好像心里有准儿，吹笛子的人一定会来取笛子的。

这天，村里来了一个剧团，说是来唱戏的。剧团团长叫张五狗，带领剧团的十几个人四处演戏，听说也就能混上口饱饭。那时候，能混口饱饭吃，是让人羡慕得不得了的事情。

锣鼓一响，村里的老少爷们就来看热闹。丫丫连饭都没有吃，挤在人群中间听评戏，看武戏，赏河北梆子。她喜欢台上的猪八戒，也想戴上面具试

一试。走到台后，等猪八戒卸了妆，丫丫愣住了，这不正是送我竹笛的小伙子么？丫丫十分激动，小伙子也很激动。"走，去我家吃饭。"丫丫拉着小伙子，杨伯伯听说小伙子当上了剧团团长，不住地夸赞着。杨伯伯说："丫丫一直在等你，你们成亲吧。"

小伙子很高兴，丫丫也很高兴。他们又一次来到温榆河边，小伙子吹笛，丫丫跳舞，一曲美丽的"河之舞"令温榆河水荡起美丽的浪花。

河北的小伙子留在了温榆河畔，成了温榆河边的半个儿子。小伙子将河北的很多姑娘、小伙介绍到温榆河附近的村子，温榆河自此便成了"姻缘河"、"爱情河"。

宋婆婆联姻

张雨畅

以前，在温榆河的岸边，有个破茅草屋子，里面住着一个穷苦的老太婆，姓宋。宋婆婆的亲人过世的过世，离散的离散，宋婆婆一个人孤零零地住在河边，每天靠着给人浆洗衣物过日。

这一天，宋婆婆正在晾衣服。忽然看见从西北方跑来一个神兽，非牛非马，身上发出熠熠金光，那神兽望着温榆河，嘶嘶怪叫了一阵，抖了抖毛，又转身跑了。宋婆婆看得目瞪口呆，自己活了几十年，还没见过这等怪物，她觉得这怪物的模样，有些像画里的麒麟。宋婆婆走到麒麟待过的地方，见地上有一根金棒，便捡起来，放在背篓里。随后到山坡上去晾衣服。正忙着，忽然听见树丛那边有人在嘀嘀咕咕："哥哥，咱们要那金棒干什么用？那真是黄金做的吗？"

"傻小子，那虽然不是黄金，但金棒是麒麟所遗的神物，只要用红绳子拴上，垂进河水里，再祈祷一番，你的愿望几乎都能实现。"

两个人说了一会儿，就走远了。宋婆婆看他们的背影，觉得好像是当地的猎户。她放下手中的衣服，心想：莫非刚才所见的神兽真是麒麟？这个金棒，或许就是他们说的"金棒"了。宋婆婆下定决心，去试试。

第二天，宋婆婆找了个红绳子，把金棒拴了，来到温榆河边，把金棒抛入河中。不一会儿，河面立时翻腾起来，水往两侧分开，出现了一条路，直通河底。宋婆婆惊得张大了嘴巴，不多时，河底上来两个少女，端庄秀丽。少女躬身一揖，邀请宋婆婆到河底做客。宋婆婆看女孩长得乖巧，欣然接受邀请。

到得河底，出现一座宫殿。一位穿戴雍容华贵的小姑娘出来迎接，左右伴有侍女。宋婆婆见小姑娘长得天姿国色，心中先自怯了。带路的少女向

宋婆婆介绍："这是我们东海龙王的三公主。"宋婆婆慌忙施礼，说："原来是龙王公主，怪不得长得这么俊俏。"公主掩嘴娇笑，吩咐手下设宴款待大娘。

席间，公主对宋婆婆说："您手中的宝物，可否借我一看？"宋婆婆一愣，随即想到那个金棒，便把金棒递上去说："公主小姐说的可是此物？"公主接过金棒，眼睛一亮，满脸堆笑说："对对，我说的就是这个金杵。"

公主把金棒细细端详了一番，又说："大娘有所不知，这金杵是天上神物，原本是月宫中玉兔捣药用的，后来被窃，遗落人间。想不到在此相遇。"宋婆婆说："你要是稀罕这东西，就送给你吧。"公主说："我宫殿中珍宝也不少，我也送一样儿给大娘。随你挑选。"宋婆婆向周围看看，只见宫殿里雍容华贵，各处都放着珊瑚珠宝、玛瑙玉瓶等陈设。宋婆婆觉得这些东西太贵重，不好意思要；又见衣架上，挂着一个鸟笼。鸟笼里有个金丝雀，浑身的羽毛五彩斑斓，非常美丽。宋婆婆想仔细看看，刚上前两步，金丝雀就鸣叫起来，十分好听。宋婆婆心想：我孤苦伶仃，要是有这鸟儿做伴就好了，就说："要不，你就把这雀儿给了我吧。"公主也很喜欢这只鸟，但有言在先，只好答应了宋婆婆。

宋婆婆告辞了龙王三公主。提着鸟笼回了家，把它挂在了房梁上。翌日，宋婆婆出家门，锁上门，又去河边洗衣服。晚上回来，开了门一看，桌上放着热腾腾的饭菜。水缸是满的，屋外有一大堆劈好的柴。宋婆婆还以为是街坊照顾她，也没在意。第二天、第三天，宋婆婆洗完衣服回家，还是这样。宋婆婆过意不去，就去了左右邻居家，邻居说并不知道此事。宋婆婆纳闷，睡了一宿，早起又出家门，但并未真去洗衣服，而是趴在自家的窗户上，偷偷往屋里看。日上三竿，只见那金丝雀把鸟笼门打开，飞了出来，落到地上，变成了一个英俊小伙子。小伙子又是挑水，又是劈柴，还不知从哪弄来了米面菜蔬，接着又生火做饭。宋婆婆看得真切，猛然进了家门，出现在小伙子面前，小伙子一时手足无措，满脸通红。

宋婆婆问："你究竟是谁？"小伙子吐露了实情，说："我本是温榆河中一条鲤鱼，从小孤苦无依，后来受了日月精华，自己又勤奋修炼，终于小有成果，成了人形，又学会诸般变化。有一天在河底，我看见了龙王三公主，我一下就被她吸引住了，心神俱醉。可人家是龙种，自己是鱼族，又怎么能配得上人家呢？我别无所求，只愿天天能看到她的芳容，闻到她的体香就可以了。于是我化作了一只金丝雀，故意被河底的侍女逮到，献给了公主。公主把我豢养，没想到又被大娘弄到这里来。我见大娘也是孤苦一人，与我身世相似，就打算尽些绵薄之力，照顾大娘的生活。"

宋婆婆这才恍然大悟，又看小伙子长得一表人才，心地忠厚善良。就打算帮一帮他。可怎么找河底三公主去说呢？宋婆婆就试着用红绳把鸟笼拴了，垂到温榆河里。没想到还真管用，那河水又翻腾起来，水向两边分开，走上来两个少女。少女把宋婆婆带到河底宫殿，龙王三公主笑盈盈地迎上来。宋婆婆也满脸堆笑，跟公主打招呼。公主吩咐手下给大娘上茶。

喝茶的时候，宋婆婆把事情原原本本说了，说得三公主满脸羞红。宋婆婆说："你还是先看看人，人家小伙子也不容易。"公主把头垂得低低的，点了点。宋婆婆刚要说什么，突然间，金丝雀从宋婆婆的怀里飞了出来，落到地上变成了小伙子。宋婆婆和三公主都吓了一跳。宋婆婆嗔怪："你这个愣小子，什么时候藏到我身上的？"小伙子嘿嘿憨笑："为情所迫，大娘见谅。"又向公主施了个大礼。公主满脸通红，说："公子请坐。"

旁边的侍女给小伙子倒了一杯茶。小伙子也不客气，坐下就喝。公主偷偷瞥他，见他风度翩翩，相貌清秀，心里颇为满意。

宋婆婆看出了公主的意思，说："我看你俩怪般配的，河底时光寂寞，你俩该相知相识，才不负这段缘分。"说完，宋婆婆起身告辞，把小伙子留在了河底。

后来，龙王三公主与小伙子情投意合，终成眷属。两人成亲之后，还上岸来感谢宋婆婆，送了好多礼物，还给宋婆婆盖了两间大瓦房，并留下两个侍女伺候她，一直给她养老送终。宋婆婆的事传遍了四里八乡，老百姓都啧啧称奇。宋婆婆去世后，当地人还给她建了祠堂。据说，求姻缘的人，只要到祠堂里拜一拜，无不灵验。宋婆婆用的红绳子，也成了男女相亲时的吉祥物。

仙女小莲

张雨畅

据说，在很久以前，温榆河边有一座高山。高山上有五个仙女，她们本是玉皇大帝宫中的仙女，因犯错被贬下界。仙女们每逢阴雨的天气，就会到温榆河中洗浴，天刚刚亮，她们就变作美丽的鹭鸶，结成一群，在河中嬉戏、游耍，一直到晚上才离开，回到高山上。

那个时候，在温榆河畔有许多村落，人们或耕作，或打鱼，过着惬意的日子。无人知道河中的鹭鸶是仙女所变。直到有一个阴雨天，阴云忽然消散，阳光照在一只鹭鸶身上，鹭鸶化作了仙女。其他鹭鸶一惊，"扑棱棱"都飞走了。那仙女惊慌失措之际，忽然发现有个打鱼人正在看自己，仙女轻轻哼了一声，冲那人嫣然一笑，又变成鹭鸶，也飞走了。

看到仙女的打鱼人，名叫姚壮，是个二十多岁的小伙子。他自幼父母双亡，跟着伯父长大。十六岁那年，伯父也去世了，伯母给了姚壮一张渔网、一条破渔船，还有河边的一个茅草屋，就让他自谋生路去了。好在姚壮有一手打鱼的本领，温榆河里又鱼肥水美，所以姚壮的日子还过得去。这一天，姚壮看到鹭鸶化作仙女，眼睛一花，鹭鸶又飞走了。姚壮就划着船，找寻仙女留下的踪迹，可除了空气中扑鼻的芳香，什么也没

发现。

打这天起，姚壮就魔怔了，逢人就说自己看见了仙女，村里人不信，还笑他痴傻，说是想媳妇想疯了。姚壮其貌不扬，个子矮，又穷，老大不小了，没女子愿意嫁他。姚壮气不过，就天天望着河水，盼望着能再看见仙女。可河水茫茫，哪有仙女的影子？只是有时候会有几只鹭鸶飞来，姚壮就冲鹭鸶说话，希望其中有一只能回答自己。可是鹭鸶都不理会他。村里人看见姚壮絮絮叨叨的，不是跟鸟说话，就是自言自语，都以为他得了疯病，不敢理会他。

有一次，又是个阴天，姚壮在温榆河边打鱼，刚下网，就听见一个熟悉的声音，好像是一个女子的娇嗔。姚壮听得很清楚，朝河中望去，只见一群美丽的鹭鸶在水面上嬉戏。姚壮"疯劲"又上来了，冲鹭鸶连连挥手，还大喊大叫，像是在和老朋友打招呼。看到的人都嘲笑他，以为姚壮这次疯得不轻。姚壮一直喊着，可那几只鹭鸶却无动于衷。有的人也觉得奇怪，觉得这鹭鸶有点来历，如果是普通的鹭鸶，早吓跑了。

渐渐地，到了傍晚，人们都已归家，只剩茫茫河水回应着姚壮。

天黑下来，姚壮也精疲力竭了，靠在自己的船帮上，呼呼喘气。这时，有一只鹭鸶朝他游了过来，靠近小船时，鹭鸶竟变成了一个身着白色衣裳的美丽女子。她的脸艳如桃李，眼睛像温榆河上的涟漪，灵动柔美。

女子冲姚壮嫣然一笑，告诉姚壮，说自己和姐妹们都是天宫中的侍女，因犯下错误而下界，每逢阴天，要采集温榆河上的雾气，供天上仙家享用，这样才能赎罪。今日相见，只因自己被姚壮的真诚和执着所感动，却又怕暴露真身泄漏天机，所以等到现在偷偷相见。

姚壮如坠云里雾里，看着眼前曼妙的女子，兴奋得不知说什么好。那女子看见姚壮这副憨态，嗤嗤直笑，又说："你疯了一天了，也没打鱼，现在饿了吧？"姚壮经她一说，才觉出肚饥来，忙点点头。女子俯下身，双手掬起河水，袖子一拂，变出一碗鲜汤来，递给姚壮。姚壮接了，只觉得香味扑鼻，有鱼味，还有肉味，便三两口喝下肚去，感觉腹内充盈，好像吃了一顿大餐。女子说，天色不早，我该回去了。姚壮有些不舍，问："你下次还什么时候来？怎么找你？"女子又是一笑，说："还是阴雨天来，头上有个红点儿的就是我。我叫小莲。"说完又化作鹭鸶，扑棱棱飞走了。

姚壮回到家，便一直等着，过了二十来天，终于又等来了一个阴雨天。姚壮早早来到了温榆河。快到晌午时，几只鹭鸶从高处飞来，落到河面上。姚壮看得真切，其中有一只，头顶真是红色的，便把船划了过去，红顶鹭鸶看见姚壮，也不跑，反而迎上来。姚壮高兴极了，认准那就是小莲。

船越来越近，红顶鹭鸶从水面跃起，飞到了船头。姚壮呵呵笑起来，好像遇到久别重逢的老友。就在此时，有一支箭从河边射向红顶鹭鸶，快似闪电，姚壮眼明身快，竟用身躯挡住了箭，箭不偏不倚，射中了姚壮的左胸，姚壮颓然倒下，小船乱晃，几只鹭鸶四散奔逃，唯有红顶鹭鸶不走，发出凄厉的哀鸣……

原来，村里有个无赖，前几天听了姚壮讲述的奇遇，不信。又听一个老人说，吃了仙女所变的鹭鸶，能长生不老。无赖便想，管它是不是仙女变的，先逮它一只吃了再说，即便那鹭鸶不是仙女所变，自己也能吃吃鹭鸶肉，下酒解馋。于是，这个无赖就拿了弓箭，在河边埋伏，专门盯着姚壮的一举一动。这一天，终于被无赖等到了。看见红顶鹭鸶上了姚壮的船，就朝鹭鸶射了一箭。没想到射中了姚壮。无赖怕吃人命官司，就把弓箭扔进了河里，一溜烟儿跑了。

却说姚壮被射中了心脏，倒在船上。红顶鹭鸶变回了仙女小莲，她抱着姚壮的身体，伤心欲绝。姚壮的气息渐渐微弱，眼看就不行了。小莲着急，放下姚壮，直奔天宫，到天宫里找到王母娘娘，便跪下来磕头，求王母娘娘用仙露救回姚壮的性命。那仙露是太上老君进贡的，有起死回生之效。王母娘娘哪里肯？声色俱厉地把小莲训斥了一顿。小莲却不放弃，一个劲儿相求，把头都磕出了血。王母娘娘终于心软："要救这个凡夫也行，不过，你几百年的道行就一笔勾销。而且，你要终身为鹭鸶，守护温榆河，再变不回本相。你肯做这个牺牲吗？你不要后悔。"小莲想也没想，就点了点头："我肯，决不后悔。"王母娘娘叹了口气，把盛有仙露的小瓶丢给了小莲……

姚壮终于醒了过来，发现自己躺在小船里。摸摸胸，也不疼了，好像从来没中过箭。周围河水苍茫，暮霭沉沉。忽然，姚壮听到一声鸣叫，他看见红顶鹭鸶在河中起舞，那舞姿优美极了，好像是仙女下凡。

从此，温榆河上少了几分仙气，多了一种痴情的鸟儿。

老猴做媒娶龙女

吕向峰

在很早以前，温榆河畔有个大里庄。大里庄中有个张员外，家财万贯。有一回，张员外欺负了家里的丫鬟。丫鬟怀孕了，生孩子时因为难产，命丧黄泉，只留下一个男孩，名叫廓升。张员外得知廓升是自己的骨肉，就把廓升养在家里。廓升十岁那一年，张员外也死了。

张员外的大老婆叫张赵氏，从来都把廓升看做眼中钉、肉中刺。张员外一死，张赵氏更加肆无忌惮，对廓升经常打骂。廓升从小就养成了坚韧的性格，又善良忠厚，勤奋上进，面对逆境，他泰然处之，从不怨天尤人。

有一年夏天，廓升已经十七岁了。刚弄完夏收，张赵氏就逼着廓升去山上打柴，说："等打够了十捆柴，你才能回来。"廓升犯了难，附近的山上，树枝树杈都被人砍得差不多了，要何时才能打够十捆柴？就是打够了，自己又怎么能弄得回来？但又不能违背张赵氏的意愿。廓升拿起斧子和扁担，一个人上了山。

廓升来到草深林茂的山岭，费了一上午劲儿，砍了还不到一捆柴，要等哪天才会砍够十捆呢？廓升的手上已经起了血泡，疼得钻心，廓升默默流下泪来。正在这时，忽然有人拍他的肩膀，廓升抬头一看，是一位老奶奶。老奶奶很和蔼，问廓升为何伤心，廓升就把自己无父无母、遭人刁难的事讲了。

老奶奶笑着说："别怕！好人自有福报的，你从这儿往东走，走到东边的松林坳里，就会有奇遇的。"那老奶奶又给了廓升一个甜烧饼，让他解饿。廓升接过来，刚要道谢，老奶奶就不见了。廓升咬了一口烧饼，觉得香甜无比；又咬了几口，才吃了半个烧饼，肚子就饱了。廓升把剩下的烧饼揣在怀里，按着老奶奶的吩咐，一直往东走。

廓升翻过两道山梁，踩过一条小溪，终于找到了一片松林，只听松林深

处有什么东西在呻吟。廓升循着声音找去，只见一棵大松树下，有个老猴倚着树干、坐在地上，还捂着脚，嘴里一直叫唤。廓升走上前去，用询问的眼神看着老猴。老猴抬眼看了廓升一眼，突然说："孩子，我的脚伤了，又饿了，你能给我点吃的吗？"廓升看猴说起了人话，吓了一跳。心里犹豫了一下，就把剩下的半个烧饼给了老猴。

老猴三口两口吃完，精神大振，就说："你这烧饼哪来的？这可是仙家之物。"廓升说："这是一个老奶奶送给我的，我也不知她是谁。"

老猴说："好孩子，我出生在花果山，当年追随齐天大圣，反上天庭。后来齐天大圣被压在五指山下，又去保唐僧取经，我便留在了天庭，向玉帝忏悔，玉帝让我看守御花园。近日，我不慎把仙草种子遗落人间，犯了天条，被玉帝命人踢下天庭，把腿摔坏了，多亏了有你这半个烧饼。"说罢，老猴站了起来，有一人来高。老猴看出廓升郁郁不乐，就问他怎么了。廓升就把遭到刁难，要砍十捆柴的事说了。

老猴说："这个容易。"说罢就蹿上了树，东抓西折，一会儿就弄了一大堆树枝，再扯下几根藤蔓，把它们捆成十捆儿。廓升看他这样迅捷，一个劲儿地拍手叫好。老猴又把十捆柴都扛在肩上，像扛着一座小山，跟着廓升回了家。

廓升一到家里，张赵氏见他真的砍了十捆柴，吓了一跳。又见他跟一个老猴进了家门，觉得这里面定有蹊跷。张赵氏想把老猴赶出去，还没开言，老猴冲张赵氏一呲牙，张赵氏被吓得不轻，再也不敢惹这只猴子。老猴就在廓升家里住了下来。

有一天晚上，廓升正在磨豆腐。老猴拉着他的衣袖就往外走，很急的样子。廓升莫名其妙，只好跟着走，一直走到了温榆河边。借着月光，廓升看到几个女孩在河中水浅处戏水。女孩们长得天姿国色，美得不像凡人。廓升看得痴了，几个女孩戏过水，临走时，有一个还回过头，偷偷看了廓升一眼，嫣然一笑。老猴对廓升说："你有福了，这些人都是龙女，可不是一般人能看见的。"

第二天夜里，廓升又来到河边，只见那个回头看廓升的龙女独自来到河里戏水，还大着胆子看廓升。

第三天夜里，龙女望着廓升微微笑，还点了点头，廓升走上前去，那龙女却扎入河底，不见了。第四天，廓升茶饭不思，老猴问他怎么了。廓升说："怎样才能和龙女相聚，诉说衷肠呢？"老猴呵呵笑，拉着廓升来到河边，让廓升伏在自己背上。廓升照做了，老猴便负起廓升，跳入河中。廓升大惊，大叫自己不会水。说来也奇怪，待进入河中，河水就四周避去，一点儿也没有窒息的感觉。到了河底，一座庄院赫然出现在眼前。廓升和老猴走入门内，一个少女笑着出来相迎，廓升认出，她正是那个龙女。老猴笑着走开。廓升趁此机会，跟龙女表达了倾慕之情。龙女满脸绯红，掩着口笑……

从此，廓升与龙女便成就了一份佳缘，老猴也就成了两个人的大媒人。这件事传遍了四里八乡。有不少人来请老猴做媒。廓升和龙女在温榆河畔建了一栋大房子，幸福地生活在一起。到了第三年，龙女一胎生了一男一女，男孩健壮英武，女孩美丽灵巧，把廓升乐坏了。

但好景不长，有一天，廓升犁完地回家，老猴躺在床上，望着廓升直流泪，说："孩子，我促成你和龙女成亲，又触犯了天条，我的肉身命不久矣，

【美丽的温榆河】

我死后，你用我的皮做一双鞋，定有用处。"说完，老猴黯然闭上了双眼，与世长辞。廓升大哭了一场，照他的吩咐，用老猴的皮做了一双鞋子。

后来，老龙王得知龙女与凡人成亲，勃然大怒。亲自率领家将，将龙女抓了回去，并软禁在温榆河的河底。廓升急坏了，想去找龙女，却有滔滔河水阻隔。廓升忽然想起用猴皮做的那双鞋子，便立即穿上，向河中走去。鞋子果然有奇效，走到哪里，哪里的河水就向两边避开。就这样，廓升一直来到河底，找到了龙女。一群虾兵蟹将围上来，把廓升打得鼻青脸肿，廓升却不走，宁可舍了命，也要与龙女相会。龙女看廓升再要挨打，就有性命之忧，心如刀绞，就跪下来求老龙王。老龙王也被廓升这股倔劲儿感动了，说："罢了罢了，以后每年允许你们相见两次。"便规定，每年在三月初一和八月十五，让廓升和龙女相见。

从此以后，廓升便带着两个孩子，在温榆河边生活。每到规定的日子，就带了孩子，到河底去，对龙女的感情忠贞不渝。直到今天，后人还传颂着他们的故事。

邬洁葬夫

李晨辰

在温榆河地区，流传着一个很美的爱情故事。在一千多年之前，北方的山区有个姑娘，名叫邬洁。邬洁很美，她姿色出众，在十里八乡都数一数二。邬洁十八岁那一年，父母要把她嫁给村里财主家的儿子。邬洁不愿意，她喜欢的是董大良——村里的一个放牛娃。两人青梅竹马，董大良家中很穷，但他勤劳孝顺，忠厚善良。邬洁的父母却不同意，他们很势利，怕闺女嫁过去受穷，硬要闺女嫁到财主家。邬洁誓死不从，就和董大良逃了出来。两人风餐露宿，一路向南，来到了温榆河地区。

刚到此地，恰好碰见一个地主家招佣人。邬洁和董大良就去应聘。这个地主叫李固，看邬洁美丽出群，董大良高大壮实，就收留了两人。

这李固刻薄狠毒，又贪财好色，喜欢寻花问柳。他看到邬洁漂亮，心里打起了歪主意。他教董大良怎样驾船，怎样撒网捕鱼，然后专门派了一条渔船，给董大良用，让董大良给李家打鱼。每逢初一、十五给付工钱。

有时候，李固也经常乘着董大良的船，出去游玩，欣赏温榆河上的美景。两个人一出去就是一整天，同吃同玩，李固对董大良越来越好，几个月过去，李固待他就像对待亲兄弟一样。董大良哪里知道，这都是李固设的"迷魂阵"。有一天，李固又让董大良载着自己驾船出游，行到远处，李固让船停到温榆河边的一个乱石滩上，故意把玉佩掉到河中，让董大良去捞，又趁董大良不备，用石头把他砸死了，把船也丢弃了，自己拦了条客船回去。

到了晚上，李固独自回来，邬洁没看见董大良，就问大良哪去了。李固说："今天我俩出去，碰到了王员外。王员外约我去吃酒，我就让大良独自去打鱼了。吃过酒，我又在王员外家里坐了坐，他就把我送回来了。我还以为大良早已经回来了呢。"

邬洁觉得李固的眼神不对，心中疑惑，便想——我和大良逃到这里，全凭李固收留。平日里听说，李固是尖酸刻薄之人，他却单单对我俩这样好，莫非这里面有什么蹊跷……

第二天，邬洁看董大良还是没回来，就着急了。求李固派人去找。李固假惺惺地叫来家丁，分成了五队，分别到温榆河上游下游及两岸去寻找。天黑了，家丁们都回来，说没发现董大良的踪迹。第三天，李固派家丁继续找，还雇了几个渔家帮助找，找了几天，没有任何结果。

邬洁一天比一天焦急，常常以泪洗面。十几天过去，董大良没有回来，也没有什么消息。李固花钱买通了几个老妈子，天天在邬洁耳边吹风："好姑娘，你可别愁坏了身子，看样子那大良是偷了船跑了，享福去了。"邬洁心如死灰，怎么也不相信老妈子说的话。过了一个月，李固来纠缠邬洁，邬洁严词拒绝。李固倒也不急，心想日子长了就好了。

第二年春天，李固家的几个下人约邬洁一起去河边挖荇菜。荇菜好吃，可入药，常常生长在浅滩处，是温榆河的特产。邬洁看人家来约，正巧手里也没什么活儿，就跟总管告了假，和几个下人一同坐了船出去。

到温榆河边一看，附近的荇菜都被人挖走了。一行人驾着船，往远处行驶。行到乱石滩处，邬洁看见一蓬蓬荇菜，长得很旺，就想去挖。旁人劝她："可别到那边去。听人说那里闹鬼。"邬洁听了这话，更加想去，别人拗不过她，只好听她的。船行到浅处，邬洁卷起裤管，第一个跳下船去挖荇菜。有两个胆大的，跟着邬洁一起挖。挖着挖着，有个人尖叫起来，她发现了一具尸骨。邬洁也过来看，那尸体并未完全腐烂，似乎是个年轻男子，头上还有头发，邬洁辨认出，系发髻的头绳，好像是自己当初送给董大良的。邬洁抱着尸身，嚎啕大哭。一同来挖荠菜的人就劝她，说头绳已经糟朽，恐怕会认错，再说凭借一根头绳来认人，也太过草率。

邬洁就冲温榆河拜了拜，说："河神啊，您给我作证，如果这是我丈夫的尸骨，就会渗进我的血，不是我丈夫的尸骨则不然。"说完，邬洁咬破手指，把血滴在尸身上，那血果然渗了进去。邬洁更确认无疑，旁人也啧啧称奇。邬洁哭着，把尸体背上了船。船上有细心人发现尸体的手紧攥着，扒开，里面是一个玉佩。一个老婆子认出，这正是李固的玉佩。邬洁明白了一切。

邬洁回去，选了村边上的一个破庙来停放尸体。自己也住在破庙里，哭得死去活来。有好多人过来围观，李固也过来了，劝邬洁回去。邬洁说："各位父老乡亲，我已找到了我丈夫的尸骨，谁愿为我葬夫，我就以身相许。"人群里有人伤心，有人难过，也有人骂邬洁薄幸，骂她刚死了丈夫就想着嫁人。只有李固心里窃喜，马上站出来，答应为邬洁葬夫，并让在场的人做个证。

李固让邬洁选个地方，邬洁就选了温榆河边的一座高崖上，说是让丈夫死后也能俯瞰温榆河的美景。李固要派佣人去掘墓，邬洁执意要李固去，而且是独自一人。李固想着就要得到邬洁了，高兴得不得了，自然依着她。

第二天，邬洁和李固抬着董大良的尸体，带了铁锹、锄头，上了高崖。邬洁让李固挖坟，李固就兴冲冲地干起来，用锄头刨坑，还不到半个时辰，李固就累得呼哧带喘了。邬洁拿起铁锹，说："我帮你挖吧。"干了一会儿，趁李固不备，把李固拍昏了，将他推到了温榆河中。

邬洁报了杀夫之仇，又大哭了一场。邬洁知道自己难逃官府追究，就抱着丈夫的尸首，跳入了滔滔河水中……温榆河当地人感慨邬洁的义烈，就把这处高崖取名为"葬夫崖"。如今，葬夫崖已不复存在，但邬洁的故事依然在一代代人口中传颂。

花羽与虎子的歌声

席立娜

很久以前，温榆河的两边只有两个小村庄，村民在河的周围种田、捕鱼、洗衣服。只因这河看似如同大海一般，又深又宽，河水又急，一边的村民很少和另一边的村民有什么接触。

河的东边有个勤快的姑娘叫花羽，从小就喜欢唱歌，经常坐在河边上听着流水声唱歌，歌声动人，村民都很喜欢和她一起洗衣服。花羽从小就有个梦想，那就是可以到河的对岸看看到底是什么样子。所以一天里有多一半的时间都坐在河边，一边努力地看着河的对岸，一边放声歌唱。

一天的下午，花羽又站在河边唱歌，歌词里说"我何时可以去对岸看一看啊，看看那里的树有没有很高，花朵有没有开放；我何时可以去对面看一看啊，看看那里的房子有没有很大，鱼网有没有很宽……"嘹亮的歌声传啊传啊，居然顺着风传到了河的另一边，那里有个小伙子在种地，隐约地听到了那动人的歌声，一时愣住了。"原来河的对岸真的有人啊！好动人的歌声！"小伙子感慨到。此时，旁边和他一起种地的人看他愣在了那里，便说："虎子，愣什么？快种地吧，一会二天黑了！""你听到了歌声了吗？好像是从对岸传来的！""怎么可能？这河岸这么宽，你听错了吧？赶快种吧！"虎子没再说什么，只是心中一直坚信这歌声是从对岸传来的。

傍晚，虎子再次来到河边，想再听听那动人的歌声，更想知道那位姑娘到底在唱什么。苦苦地等了好久，皇天不负有心人，对岸真的再次传来歌声，而且，晚上听得更加的清楚。"原来，是她想要到这里来看看啊！只是这个也太难了吧！我也好想去对岸看一看啊！"虎子想了想，觉得应该给这个姑娘说说这里的景象，于是高声唱道："这里的景色美呀美啊，等待着你来看一看，树儿高又高，鸟巢树上造；花儿齐开放，引来蜂和蝶；房儿大又大呀，

【美丽的温榆河】

鱼网长又长……"歌声洪亮，在这个寂静的夜晚，也传到了河对岸。

刚开始，花羽以为听错了，可是再仔细地听了听，发现真的是对岸传来的，而且里面有许多是描述对岸场景的，实在是让她高兴得不得了！于是，再次传歌过去，问问能否可以到那里……寂静的一个晚上，因为两个人的歌声，而显得格外的热闹！

第二天，花羽又来到了河边，告诉他很想去对面，是否能搭个桥过去。虎子听到了这个歌声，觉得好像可以，于是传过去"河水宽又宽，水儿急又急，搭桥可能难，但是要时间……"花羽听见可以搭桥，高兴地蹦得老高！便传过去"你呀我呀一起搭桥啊，河啊水啊就不会在急啊，等啊待啊桥搭好的那天呀……"虎子听完也是很高兴，于是赶紧收拾东西开始搭桥。

每天天不亮就起，种完地后，上山砍树，然后坐着渔船开始搭桥。一开始河水不急，桥自然搭得很快，每天晚上便到河边唱歌把消息传过对岸，而对岸也悠悠地传来歌声，告诉他对岸的情况。

后来，虎子一个人实在是搭不上了，便叫来自己的好朋友帮忙一起搭桥。终于在一个月后，虎子看见了花羽，而且花羽也在搭桥，她的旁边有许多的人帮忙，于是，这座桥总算是搭好了，花羽顺着桥的一端走到了另一端，看见了虎子曾经唱给她的景象，很高兴，而且花羽觉得自己很喜欢虎子，虎子也很喜欢花羽，不久后，花羽就嫁给了虎子。

从那以后，河两边的人开始走动，两岸的经济开始了很迅速的发展。

温榆河的美人鱼

曹学诗

在很久很久以前，昌平温榆河的北岸，住着一户人家。这户人家姓徐，父亲早丧，母亲年老多病，身边虽然有三个儿子，但只有小儿子早晚侍奉着母亲的饮食起居。

大儿子名叫徐争，二儿子名叫徐夺，三儿子名叫徐平，都是父亲在世时给他们起的名字，就这样一直叫了下来。三个儿子虽然都是一奶同胞的亲兄弟，但不知什么原因，性格脾气迥异不同，就像他们的名字一样：大儿子彪悍凶猛，争强好胜，吃不得一点亏；二儿子力大如牛，巧取豪夺，受不得半点气；三儿子文弱谦恭，讲究礼让，处事平心静气。

大儿子徐争娶了媳妇，有了家室，已经有了自己的孩子；二儿子徐夺这年刚刚完婚，虽然还没有生孩子，但老婆已经怀孕，不久就要作为人父了；唯有老三徐平，不但没有家室，就连个心上人都没有，仍是孑然一身。其实，并不是老三这人没姑娘喜欢，而是人们看他们徐家，老大张狂不吃亏，老二蛮横不说理，怕嫁了徐平闺女会受气，将来分不到家产。

你别说，这事还真让人们猜着了。自从徐家父亲去世，母亲生病后，老大、老二不但不照料母亲，还闹着要分家。年老多病的母亲，看着徐争、徐夺哥俩，不顾家庭亲情，分心掰两，为分财产争争夺夺的样子，心里伤心极了，生怕自己没人要，最后饿死在街头……

小儿子徐平看母亲伤心的样子，替母亲擦着眼泪说："娘，您老人家不要伤心，大哥、二哥都是有家室的人了，就让他们分开单过吧。我反正也没媳妇，正好和您一起过。有我在，您什么都不用愁，只要有儿子吃的，就绝对少不了您的……"母亲想主持公道，把家产评分三份，给小儿子徐平留下些资产，大儿子、二儿子哪里肯让。最后，大哥分的是肥地骒马；二哥分的是肥地黄牛；剩下老三没得分，给了块薄地分了两条细狗。

　　春天到了，大哥徐争赶着骡马，拉着犁杖，高高兴兴地耕地、播种去了；二哥徐夺套着牛车，拉着犁杖，也高高兴兴地春耕、播种去了；剩下老三徐平，没牲口可套，只好等大哥、二哥耕种完了，腆着脸向他们去借。大哥徐争说："三弟呀，不是大哥不让你使骡马，实在是我的地还没耕完呢。要不，你到你二哥那儿去看看……"徐平又找到二哥徐夺，二哥说得更干脆："三弟呀，不是我说你，放着自己分得的家产不用，反来麻烦人家。咱们都是分家各过的人了，以后要自己过自己的日子……"徐平碰了一鼻子灰，只好牵着自己的两条细狗，扛着分得的一张破犁杖，来到温榆河边的薄地耕种……

　　您想呀，一张旧犁，两条细狗，再加上一个文弱的老三，那地哪里耕得动。耕了一天，直到太阳落山，也没耕出多少。没有办法，徐平只好扛着犁杖，牵着细狗，闷闷不乐地回家了。

　　老母看着儿子不高兴的样子，担心地问："三儿呀，今儿这是怎么了，怎么这么不开心？"

　　徐平看着羸弱的母亲，生怕母亲着急，就撒谎说："娘，我没事，只是耕了一天的地，有些累了。我抓紧时间给您做饭，吃了饭咱们就休息，睡一宿觉就好了。"三儿子说着，马上到外间淘米做饭，但心里想的都是白天耕地的事，以至于把饭做糊了都不知道。母亲躺在屋里闻到味不对，就大喊儿子："三儿呀，你在外边干吗呢？我怎么闻着不对味呀，是不是把饭闷糊了？"

　　听到母亲的喊叫，徐平如梦方醒；看着一锅底的米饭，只好把上面没糊的一半盛给母亲，自己在外屋吃下面的。母亲知道儿子的脾气，也没说什么，含着泪把饭吃了，在心里叨念着："大慈大悲的河神，您快显显神，救救我那苦命的小儿子吧！"

　　晚上，徐平做了一个奇怪的梦。梦里一个白衣仙子，从温榆河里出来，

"三弟呀，你遇到神仙了吧，这地怎么一夜之间就耕种好了呢？"

徐平说："我是遇到了这条河的美人鱼，是她帮我耕种的……"徐平一五一十地述说了遇到白衣女子的经过……徐夺听完，两只眼睛都直了，世上会有这样的事儿？他半信半疑，但地就在他面前摆着，不由他不信。于是，他也红着脸向弟弟借细狗。

徐平摆摆手说："二哥，实在是不行呀。咱可是分家各过的人了，要自己过自己的日子，我求不着你，你也求不着我……"徐夺知道徐平在挖苦他，但只好听着，谁让他事前把话说得那样绝呢。为了借到狗，他只好厚着脸皮说："三弟，您就大人不计小人过，把狗借我一天，你要什么我就给你什么。"

"此话当真？咱可不能反悔？"徐平按照美人鱼教的，步步紧逼。

"大丈夫一言既出，驷马难追。我把黄牛押给您还不行吗？"

三弟徐平答应了二哥，把两条细狗借给了他。

如法炮制，结果二哥也输给了美人鱼。徐夺仗着自己五大三粗，根本就没把美人鱼放在眼里，裸出胳膊就要对美人鱼动手："输就输了，有什么了不起，莫非你还能把我打转了不成？"他说着，一步上前，就要把美人鱼举起来扔进河里。

说时迟，那时快，美人鱼只稍微退了一步，伸出右手一扇，使了个"单风贯耳"的招数，就把徐夺打得像石碾一样乱转……

"简直是太可恶了，不但食言无赖，还敢动手伤人。罚你做一只陀螺，永远受人们抽打！"

话音刚落，老二徐夺果真变成了一只陀螺，世世代代遭受大人、小孩的鞭挞和抽打……昌平一带还把陀螺叫"汉奸"，意思就是说像老二一样的人。

温榆河的美人鱼，伸张了正义，惩治了奸佞，还了做人的公道。从此，居住在这里的人，都把孝敬、诚信作为美德，世世代代地沿袭了下来。

湿地里的女鬼

刘大伟

温榆河北七家一带，在清朝初期，有一片很大的湿地，非常美丽。湿地长三公里，宽有二公里，湿地里面长着各种好看的水草，各种各样的水鸟，大概有三四十种，鸟儿们整天在湿地里叫个不停，非常热闹。湿地里还长着各种好看的野花，艳丽无比。

北七家人都喜欢温榆河湿地。这是一片美丽的地方。天下最好的大水池。四周的庄稼都因水土湿润而长得很好，年年丰收。

不过，湿地有一个很大的特点，就是爱起大雾。由于湿地的地势很低，水气很重，而且不易散开，所以每到夏天，几乎三天两头，湿地都被大雾笼罩着，雾气茫茫，什么也看不见，而经过湿地的这段温榆河，就更是充满了大雾。远远望去，一片白茫茫的，再也分不清河道了。

大雾里什么都被淹没，有时一两米远就看不到对方了，河里来回的船只，则更要特别地小心，否则就很容易相撞。

但正是由于大雾，一些谈情说爱的男女，也爱在大雾天里划船到湿地或河上去。还真是有一番特别的美。

当时的北七家有个特别有钱的地主，叫吕玉发，家里粮田有几百亩，宅院十几套。他仗着自己有钱有势，特别爱玩弄别家的女人，他还就爱在大雾天里，弄条船，到湿地里去玩弄女人。

所以，湿地的雾天里，人们常常能听到女人的叫声和哭声。但却看不到人，时间长了，人们都说湿地里有女鬼。有人还说亲眼看见过，女鬼是长头发，穿着白衣服。苍白的脸上全是绿色，人们还能看到女鬼站在船上，在温榆河上或是湿地里穿行，非常吓人。

大人们也在夜晚吓唬小孩子，说你再闹，河上的女鬼就会来把你带走。

孩子们就会闭住嘴。

但地主吕玉发知道，温榆河上并没有什么女鬼，而是他专门爱在大雾天划着船，去湿地玩女人。这些女人有些是当地的妓女，有些是野女人，也有些是他看中了，花大价钱买下的良家妇女，玩弄一次，给女人家里一些钱。

当地确实有些连饭也吃不上的穷苦人家，和吕玉发讲好条件，偷偷摸摸地把自己的女人送到船上。吕玉发一次给一些钱完事。

因此，地主吕玉发在当时的北七家镇是很让人恨的。想弄死他的人不是一个两个。但人们却找不到机会。

当时，湿地边上的村子里有个叫王石的年轻人。王石二十岁这年，搞了个很好看的姑娘叫张草草，两人常到温榆河的湿地里去玩，尤其是大雾的天气，他们划着小船，在湿地里游荡，别有一番情趣，记忆里，那是最美好的光景了。

不过，两人确实在湿地里碰到过吕玉发玩女人的事。当时吕玉发的船上传来女人的哭叫声。原来是有穷苦人家把自己的女儿卖到了妓院，又被吕玉发带到了船上。这女人不想干这种事，就反抗。吕玉发花了钱，当然不肯罢手。

村人王石和张草草在雾天里正把船划得靠在了吕玉发的船边上，两人看得一清二楚。事后，王石又把吕玉发平日的所作所为和张草草说了一遍。张草草也很恨这个吕玉发。

谁想，不久，张草草的父亲突然得了重病，这病需要很多钱。张家把家里的地和房子都卖了，可还是不够给父亲治病的。

走投无路之际，漂亮的张草草就想到了去卖身，可她听说，到妓院，还不如吕玉发给的多。她便想卖身给地主吕玉发，然后拿钱给父亲治病。这当然是因为张草草在湿地里碰到过地主吕玉发玩弄女人的那一幕。

这一天，又是一个大雾天，温榆河边的湿地里被大雾包围着，到处都是白色的一片，只能听到鸟叫声，这时张草草划着船独自来到了湿地里。地主吕玉发的家就挨着湿地。湿地边上，就有一座院子是吕玉发的。一到夏天他就搬到这里住。他还有一条带房子的船，整日漂在河上。

据说大雾天里，吕玉发不是在船上玩女人，就是爱在船上喝茶。张草草就是故意到湿地里来找吕玉发的。这样的大雾天，在湿地里才不会被人发现。

很快，张草草就发现了大雾里地主吕玉发的那条特殊的船，她靠上去，船上果然就坐着吕玉发。

吕玉发怎么也没有想到，大雾里突然钻出一条船，而划船的人只是一个年轻女人。他有些惊讶，站起身子看着划船的女人张草草。

张草草停了船，直起身子望着吕玉发。吕玉发更吃惊了。他不知道张草草要干什么。这时他发现张草草长得无比的漂亮。他心想，这女人要是能到他船上来玩一玩，给多少钱都是值当的。

这时张草草说话了："你是吕大人吗？"

吕玉发一愣，说："我就是吕玉发，你有什么事吗？"

张草草说："吕大人，可不可以到你船上坐一会儿？"

地主吕玉发真的愣住了，他怎么也没想到，漂亮年轻的张草草会主动找到他，主动对他有意思。吕玉发看着漂亮的张草草乐坏了。

吕玉发赶紧道："那你就上来坐坐吧。"

张草草却着急了。说："吕大人，咱怎么也得把价钱说好，我可是良家妇女，要的价钱就怕你接受不了。"

吕玉发道："好，我就喜欢痛快人，你是什么价，给我说说看？"

张草草就提出了自己的条件，没想到吕玉发全都答应下来。还要先给张草草一半银子。

从此，张草草为给父亲治病，每隔十天半月，就会到湿地里来找吕玉发。几乎都是大雾天。

每次张草草都是流着眼泪和地主吕玉发做那事。她深知自己对不起男友

王石，但她不知道该怎么办才好。

不久，张草草父亲的病渐渐地好了起来。而这时，王石却找不到张草草了。张草草的家人也找不到张草草了，他们不知道张草草发生了什么事。

正在王石着急之时，这一天，一个王石的好友拿来一封信交给了王石，王石打开信，看了之后非常吃惊。张草草把自己如何为给父亲治病，和地主吕玉发之间的事全在信上讲明白了，她很对不起王石。如今，父亲的病已经好了，她不想再在这个世上活了，所以才留下这最后一封信让人转给了男友。

几天之后，人们在温榆河上发现了张草草的尸体。

王石悲痛欲绝。他没想到自己的女友就这样离开了人世。

这一天，温榆河上又起了大雾，湿地里一片雾气，雾气像云，也像烟，白茫茫一片，大雾慢慢地在湿地与河面上飘着，很是鬼怪。地主吕玉发正一个人坐船上在湿地里游荡。他有一阵子没在雾天里来湿地玩女人了，他的心里又痒痒了。

正这时候，河道里划过一条小船，划船的竟然是一位年轻的漂亮女人。女人和小船在大雾里时隐时现，吕玉发看得很吃惊，这女人怎么那么像个女鬼。

吕玉发想到女鬼，自己也有些害怕。过了一会儿，这条船又出现了，这回两条船离得很近，吕玉发仔细去看那船上的女人，这女人真是天仙一样漂亮。吕玉发很是动心。这时年轻的女人对他轻轻一笑，吕玉发的魂儿都差点丢了。

吕玉发明显感到这女人是在勾引他。"你要多少银子？"吕玉发忍不住开口问。

女子答："我是良家女子，不干那种事。"

吕玉发哪肯罢休，道："这大雾天，到我的船上坐坐，有谁会管？你要多少银子，我给你多少银子就是。你说个数。"

漂亮女人说："我要二百两银子，你能给吗？"

吕玉发心里一沉，天下哪有这个价，也太贵了吧，心说，我玩过那么多女人，要个十两八两的就差不多了。谁敢跟老子要这么多。但他嘴上却说："行啊，你先上我的船吧，让我看看你值不值这个价。我高兴了，就给你二百两。"

漂亮女人好像被这个数字打动了。说："好吧，我就上你的船上坐坐，看你还能把我吃了。"话说罢，这女人就上了吕玉发的船。吕玉发开心地笑了。因为他知道，只要女人肯上他的船，事情八成就算是成了。

那女人上了船，走到吕玉发的跟前，对吕玉发一笑。吕玉发突然觉得不好，此人怎么那么像个女鬼，样子非常可怕，而且又像一个男人。吕玉发往后退着，他不知道这是怎么回事，可是，这时已经太晚了。

那女鬼上前一步，不知什么时候，一只手里已经握着一把刀，没等吕玉发叫出声来，女鬼的刀子已经插进了吕玉发的身体。吕玉发瞪着眼睛，他的眼前竟是一个男人。他叫了一声"救命啊"。便倒在了船上。一会儿，河上又平平静静起来，两条船只剩下了吕玉发的一条船，那一条船不知哪里去了。吕玉发的船在雾气里轻轻荡着。白雾飘来飘去。

几天之后，大雾退去的时候，人们发现了死在船上的地主吕玉发。在他身边，有一套女人的衣服和假发，还有一张女鬼的脸皮。

有人说，吕玉发是被湿地里的女鬼杀死的。也有人说，杀他的人是男扮

温榆河地域的风物人文

好色和尚

郭建华

昌平兴寿镇沙坨村建于明代，当时温榆河的一条支流就从村前流过。因河西北有一片大沙丘，得名沙坨子村。早在建村之前，这里有一座庙，开始香火很旺，四面八方的人，都来庙里敬香火。据说，在这里给菩萨磕头是很灵的，求什么就有什么。尤其是在温榆河上行船的人，会很顺利。

庙里原来有三个和尚，慢慢的走了两个，还剩下一个四十来岁的中年和尚，和尚每日在庙里念经，宣扬佛法，广教弟子，也还有些名望。

和尚只是一样不好，就是有些好色。女人来到庙中，他就满脸笑意，男人来到庙中，他总是面无表情。有时他胆子大了，还向前来拜佛的女子挑逗。甚至听说，还抱过年轻漂亮的烧香女子。

后来，这里和尚好色的传闻越来越多。听说，这个和尚竟然还留宿过那些不大正经的女人在庙里过夜。于是，女人们来烧香的渐渐少了起来。

有一段时间，地王爷很想重用庙里的这位和尚。可就在这时候，地王爷却听人说，这个和尚十分好色，是个花和尚，竟敢留宿女人在庙里过夜，万万不可重用。地王爷听了大惊，不敢相信真有此事，就去亲自试探。

这天早上，和尚起来，便走入正堂，然后坐在那里轻声念经，就这时候，他听到门外有脚步声，抬头看，只见一位俊秀的年轻女人走了进来，然后跪在菩萨前静静地烧香。此时庙里无人，只有和尚与这位漂亮的烧香女子。

这女人长得十分出众，天仙一样，要哪有哪。虽然隔三岔五，庙里也会出现漂

亮的烧香女人，但这么漂亮的女人，和尚还是很少见。

一时间，和尚看得痴痴呆呆，心里大洋大海地翻腾。他不动眼珠地看着女人，只见这女子一对春杏眼，两片柳叶眉，一笑一狐眉。细腰身，大屁股，看一眼，真是勾魂摄神，让人心中荡漾。和尚又看看门外，此时刚刚早晨，整个庙都是静静的，就他和这位美人。仿佛这是老天专门给他安排好的一样。

和尚的胆子大了起来，他站起身，向女人走去。

他正要下手，突然听见眼前的美人对他说话了。女人说："僧人，您可否能为我念念经？"

和尚心中大喜，道："当然，当然，我也正是这么想的，只是想问问小女子，你是何方人氏，为何这样早来到此庙烧香，是有什么祈求吗？"

小女子说："我刚刚死去了丈夫，现在只身一人，祈求平安度过下半生。"

和尚问："你还有别的祈求吗？"

小女子想想说："如果还有，就是往后的事了，再过个两年三年，如果能找到一个健健康康的好男人，我还要把自己嫁出去。"

和尚说："你家中可有老少？"

小女子说："没有别人，只我孤身女人一个。"

和尚听了笑了起来，觉得这个女子正合他的胃口，道："老僧倒有一个地方，可以让你安置，不知你愿不愿意？"

小女子道："我听不懂你说的是什么，你说的是什么安置？"

和尚说："就是本庙啊，此庙后院闲空，有瓦房五间，不如姑娘就留在这庙里，让我天天给你念经吧。"

小女子惊讶道："你是出家之人，怎么可以收留女子，这不成了花和尚？难道你不懂得佛门规矩吗？"

和尚道："你在后院，有吃有喝，谁可知道，再说，和尚也不是你以为的那样，天下有的是花和尚，讨个女人又怎样？你不如就留在我这儿，享受天福。说着和尚向前走去。"

小女子起身退后一步道:"你可真吓着我了,你做和尚,怎能这样随便,难道庙里就没有规矩?你毕竟是个出家之人,怎能见个女子就这样!"

和尚道:"我当然不是见着女子就这样,只是你打动了我的心。我是见着你才这样。你就跟了我吧。"和尚说着,向前挡住了女人的后路。

小女子一看急了,说:"你要怎样?"

和尚看看院外,外面空空荡荡,没有一点动静,道:"何不让我抱抱你。"

小女子道:"你敢!"

和尚上来就搂住了小女子,嘴里道:"你就跟了我吧,美人。下半辈子我保你享福满意。"

小女子挣脱了和尚,跑向门外,和尚哪肯放过,拔腿就追。小女子跑到院里,院门突然自己关上了。

和尚一愣,接着笑道:"你看,这就是天意啊。院门竟然为我关上了,这是老天让你留在此庙里,你就归顺了老僧吧。"

谁想,这时女人突然笑了起来,是个老者的笑声,和尚一愣,感到不好。正在这时,只见他眼前的小女子晃了晃身子,竟然成了地王爷。和尚一看傻了眼,知道女子就是地王爷变的,忙跪在地上,连连磕头,求地王爷原谅他。说:"地王爷,老僧一时糊涂,下次再也不敢了。"

地王爷道:"你哪里是初次,地王爷我早就听说了你的种种传闻,专好女色。这次是我亲自所见,只是为了证实一下你这个和尚是否够格。从明天起,你就离开此庙,再不要回来了。"

第二天,人们发现,此庙的和尚真的换了人。从此,去庙里敬佛的女子再也没有受到过骚扰。庙里的香火又旺了起来。尤其是在温榆河上行船的人们,都爱来这里烧香敬佛。说这里的香火灵得很,求啥有啥。

温榆河边的茶坊

刘大伟

　　流村镇的北流村是温榆河源头的必经之地，山水从地下流经此处，又形成温榆河水。因为水好，早在清朝初期的时候，这里就冒出了两家茶坊，非常有名。这茶坊就和当时的温榆河水有直接的关系。

　　后来的人都证实：如果没有温榆河，就不会有北流村的这两座茶坊。

　　事情还得从一口井说起。

　　清朝初期，北流村村南的老于家，在自家的门口打了一眼水井。老于家没想到，事情就由这口水井生出了许多的变化。

　　自从这口水井打完后，村人就发现，这口水井的水非常的清凉，而且特别甘甜，就像是井水里被人放了糖一样，村里的小孩子们都爱喝。而一些路经此地的人，喝了老于家的井水，也觉得味道很不一般，好喝得很，都问这是怎么回事。

　　有人称它为神井，有人还为此编了段子，说每天夜晚，在天气好的时候，就能看到，从老于家的这口水井里有神女出没。这神女穿一身白衣，有时还光着身子，全身发亮，一定是这神女让这口井的水这么好喝。

　　还有人说，一到夜晚，神井里就有白气飘起，从井口往外冒，有一个小男孩儿会从井底升起来，一直升到天空。待天亮前，小孩又会回到井里。

　　总之，关于神井的传说很多。这都是因为这口井的水特别好喝。

　　有一天，镇上一个叫王老九的人来到北流村，这王老九六十多岁，一辈子的爱好就是喝个茶，他喝过各种各样的茶，什么茶是什么味道，怎么个好喝法，他是一门清。他还随身带着自己的茶叶，走到哪喝到哪。总之，王老九对喝茶特别地讲究。

　　他听说北流村属老于家的水最好。这一天，他特地来到于老头家喝茶，

【美丽的**温榆河**】

为的是尝尝这神水井里的水。

于老头见了王老九，听说他是特地来品尝这井水的，于老头就为他沏了茶。王老九喝了一口就愣住了，接着又是一口，两口，他放下茶碗，对于老头说，这真是你水井里的水吗？

于老头没想到王老九会这么惊讶，说怎么了，就是这口水井里的水呀。王老九说真是好水，这口井神了，往后，我要上你家来挑水，专门沏茶用。行吗？

于老头说当然可以，这水井里的水是用不完的，打多少，它还能出多少，永远都是这么多。真的，于老头家的这口井，水位很高，永远都在井口下一米的地方。打了水，水位跟着就自己上来，比什么都准。一寸都不差。

从那以后，王老九真就几天来一次，专门来于老头家挑水回去沏茶。说这井水跟哪的水都不一样。

镇上还有些喜欢喝茶的人，他们听说王老九都专门到于老头家挑水沏茶，于是也来于老头家挑水沏茶，当然，人们也不白挑，也送些东西给于老头，不亏他就是了。王老九是每几个月就要给于老头送点山货，于老头不要还不行。

于老头家的这眼井，是来自山上，与温榆河水一个体系，所以水质特别好，经过了无数次的过滤。清凉甘醇，香甜可口。是天然的矿泉水。

事情这样传来传去，这眼神奇的

水井就惊动了地方上的不少名人贵客，有钱的人专门带着好茶来于老头的家品茶。品过茶后都说这眼井是神井，用它来沏茶，确实要比用其他地方的水好喝得多。

于老头家慢慢地就快成茶馆了。

这时候，有人就动了心眼儿，开始打这眼井的主意。地方的大财主，刘爱财悄悄地来过几次，也品尝过这眼井水，这一天他终于来找于老头了。几句话过后，他掏出了三十块大洋放在桌子上，是要买下于老头的这眼井。

于老头这辈子哪见过这么多钱，先是愣住，然后两手打颤，嘴都说不出话来，当下就动了心。

可是，自己家离这口井很近，卖了这口井，差不多等于卖了自己的家，今后不方便啊。于是他对刘爱财说，你买了这口井，就等于买了我的家一样，这怎么成？我上哪去住啊，这不是一口井的事。

刘爱财就笑了，说我早就想到了，也为你想好了。说罢，他又掏出几块大洋，对于老头说，只要你同意，我连你这院子，房子都买下来，你到别处再盖一所房子住怎样？这钱足够了，盖的房子比你现在的多。

于老头没想到刘爱财是什么都想到了，他哪见过这么多钱，当下就想答应，但这时候自己的老婆却在边上给他使劲使眼色，让他不要卖井。于老头强忍着，说那我就考虑考虑，到时给你回个话。

刘爱财说行，你好好想想，谁还会给你这么多钱。说完走了，三天之内，让于老头给他回个话儿。

刘爱财一走，于老头就急着问老婆，这么好的事，为什么当时不答应下来。老婆说，他出这么多钱，一定是咱家的这口井值这么多的钱。咱得打听打听去，他买咱家的这口井干什么，我越听咱家的这口井越像是神井。

于老头一听，老婆说得也有道理。于是，于老头就去打听了。他通过熟人找到刘爱财的家人，很快就得到了消息。原来财主刘爱财是看中了这口神井，要在井边上开一座茶楼赚钱。开始于老头还半信半疑，很快事情就传开了，刘爱财真的是要买下这口井开茶楼。

于老头拿不定主意了。这是自己的井，卖给别人赚钱，自己为什么不能开茶楼赚钱呢。村人也都这样说，天天有人劝于老头，不如自己开一间茶坊，利用自己的神井水赚钱。于老头没做过生意，心里没有一点底。

经过几天的思考，于老头做出了大胆的决定，他回话给刘爱财，水井不卖。跟着，他又决定，自己盖房子开茶坊。这也是众人给于老头出的主意，与其让别人赚钱，不如自己试试这个财路。

于老头把自己的院子收拾了一番，然后又盖了几间房，当作茶棚。虽然简单，但还是像模像样的。茶坊开张了，于老头表面上乐着，心里其实也在打鼓，自己没有做过买卖，不懂生意上的事，要是赔了钱怎么办。盖房子的钱全是向村人借的，茶坊要是没人来，拿什么还人家钱。

不过，于老头的井水是好，用来沏茶，确实很有一番味道，爱喝茶的人都说不错，一传十，十传百，每天都有客人来喝茶，也有路经此地的。几个月下来，于老头的茶坊算是站住了脚，也挣了钱。于老头这时才明白，自己这一切，全是因为这神井水，而这神井水，又是连着温榆河的水脉，所以这水质才好。

就在于老头高兴之时，一件他意想不到的事发生了。财主刘爱财并没有死心，他一直恨着于老头。于老头不但没有把神井卖给他，反而把他的想法变成了发财树，自己开起了茶坊。

刘爱财不死心。这一天，他终于将于老头家边上的一块地买了下来，并且开始在这块地上打井，竟然也就打出了一口水井，也是温榆河的水系，自然也很好喝，水也十分甘甜。

于老头又惊愕又气恨。这刘爱财不是分明和他争吗。

接下来，更让于老头担心的事发生了。刘爱财就在他家的边上，盖起了漂亮的两层大房子，原来是一座别样的茶楼，比于老头的茶坊高档了很多。

原来刘爱财还是想开茶楼。这下于老头傻了，心想，自己的买卖算是完了，刘爱财是财大势大，他于老头怎能干得过刘爱财。于老头吃不下，喝不下。不知怎么是好。

这时就有人给于老头出主意，告诉他，要是想保住茶坊，就得和刘爱财打官司。如果不把刘爱财告倒，他就别想再开茶坊。

于老头走投无路，真的就到县府衙门，将刘爱财给告了。县衙开了堂，谁想，在这之前，刘爱财已经找人使了钱，塞了银子给县衙官人子。等开了堂，那县官句句都向着刘爱财，说首先谁都可以打井，打井并不犯法，开商铺更不犯法。刘爱财没错，是花自己的钱，办自己的事。倒是于老头多事，要他给刘爱财赔不是，还要赔刘爱财十块大洋。

于老头败了官司，刘爱财的茶楼开张了，就挨着于老头的茶坊。相比之下，于老头的茶坊显得又小又土。于老头觉得自己的茶坊这回真的完了。

村人也都是这样觉的。这么一个小地方，怎么可以容下两家茶馆。

于老头等着自己的茶坊倒闭，再无心经营了。

可事情并不像于老头和大家想的那样。刘爱财开的是高档茶楼，接待的都是高官贵客，有身份的人。茶也贵得很，一般人喝不起。也就不敢迈进刘爱财的茶楼。

而于老头的茶坊还是平民化的，大众茶坊。是一般人能接受的价钱。客人还是原来的那些客人，并没有被刘爱财拉走。

两家茶坊，水都一样，都是神水，茶却不同，趣味也不同。不但不是竞争对手，反而相互促进，相互帮了忙。这一点于老头可没有想到。

十几年下来，两家茶坊都开了下来。北流村有两座茶坊的事也成了整个流村的招牌。在清朝初，两座茶馆使整个流村都出了名。人们渐渐地也都知道这两口神井，是沾了温榆河水系的光，是一层层过滤后的山水使神井的水这么好喝，沏的茶另有一番味道。

　　事情本来就这样下去了，谁想，到了后来，在清朝末期，流村一带发生过一次地震，这次地震，断了温榆河的水脉，使北流村的地下水脉有了不同的走向。这使于老头家和刘爱财家的两口水井断了甜的水源，两家的茶坊铺子味道都变了，慢慢地也就失去了那种先前的口味，失去了来喝茶的人。

　　两家茶坊也就最终倒闭了。

　　但有关温榆河水养育了北流村人，养育了两座茶坊的事，有些老人们至今还记着，还在流传。

温榆河药王

齐明亮

药王来温榆河之前，手艺并不算高，给病人治病，也较一般，治死人的事也是有的。要不然，药王干嘛不好好地活着，非要背井离乡，来温榆河呢。药王是因为医术不高而离开家乡的。他本没有目的，走哪算哪，浪迹天崖。

药王是一不小心，才在温榆边站住了脚。

药王离家时，身边带着一条狗，药王本不想带狗，麻烦。但狗对他很忠诚，不愿离去，一直跟着。药王无奈，只好带着。只是药王都快成了要饭的了，狗也没的吃，连饿带病，就快不行了。药王虽然是治病的，但却治不了自己的狗。眼看着自己的狗一天天快要死了，药王也没有办法。

这一天，药王就带着狗来到了温榆河边。药王躺在草地上睡着了。狗没得吃，就在他身边啃草。药王知道，等他醒来，这狗大概也就是一条死狗了。药王这时睡觉，是不忍心看着自己的狗死去。

可是，等药王睡醒了的时候，他突然发现，他的狗不但没死，而且似乎好多了。药王奇怪这狗是怎么好的。接着他就注意到，狗是吃了地上的一种带籽的草才有了精神。

药王毕竟是跟草药打了一辈子交道的人，他立刻意识到，也许是这种草救了他的狗。而这种草，

昌平民间文学

他从来没有见过，这是第一次发现。药王把草攥在手里，反复观看。他觉得这草很特别，一棵只长着三片叶子，但草籽很大，一棵草上长满了大的草籽。看来问题是在这草籽上。

其实只有温榆河边才长有这种奇怪的草，这是温榆河边特有的产物，其他地方根本没有这种草。药王已经意识到这是一种草药。而他的狗是严重的拉痢疾。药王的眼睛渐渐亮了起来。他觉得自己也有了救。他一连拔了几十棵这种草。

在明、清时期，穷人常常是要闹拉痢疾的，那时拉痢疾很可怕，而且很少有救，一染上这个病，十有八九是要死人的。

药王发现了这种神奇的草，就像发现了一件天下的秘密。他激动不已，马上就在温榆河边租了间房子住了下来。

人要是转运，也快得很。药王在自家门外挂了块牌子："药王，专治拉痢疾。"药王悄悄地采了许多温榆河边的这种草药，把它晒干，弄成粉末儿。谁也不知道这是一种什么药。药王自然不会说这就是温榆河边的草。

只是开始时，温榆河的人并不相信药王。那时治拉痢疾是件很难的事，信的人自然不多。人们只是小心地来试探，看看这药王的手艺如何。

药王也很小心，开始收费很低，他也生怕这药不管用，坏了自己的名声。没想到的是，药王看一个好一个，看两个，好一双。连药王自己也惊奇。这下药王算是出了大名，远远近近的人都来看拉肚子。药王看不了别的，只看拉肚子。一门灵，绝活儿。真是一招鲜，吃遍天。那一时期，温榆河边有个专治拉肚子的药王的话，被十里八村的人渲染得十分火爆。药王也因此挣了大钱。

给人看病，开始分了三六九等，有钱人多收，穷苦人少收。只要能看好病，有钱人也不说啥，有时对方还能再多给两个。

药王是很有造化的，时间不长，药王又在温榆河边发现了别的草药，也是天下独一无二的。这草药能治高血压。明清时期，叫做头疼头晕，效果也不错。药王就又给人治头疼脑热的病，仍然是药到病除。这下药王更不得了了，简直成了神医。

药王心里明白，这要感谢温榆河两岸的大片湿地，只有湿地里才长着这种罕见的草药。药王心里也时时惊奇，这一生，他走了许多地方，并不是什么地方都会长着神奇的草药，只有温榆河畔才长着这么神奇的草药。药王自然也更喜欢这温榆河。他在温榆河边买了自己的房子，还添置了几亩地。几年后，他娶了温榆河的女人，完全在温榆河边扎下了根。

自从药王来到温榆河畔，他的名字就响彻了方圆百里，来找他看病的人一年四季，每天从未断过。他被人称做温榆河边的神医、药王。

药王最露脸的事，是当时的皇上闹肚子疼，竟然无人能治，皇上找了许多京城的名医，但谁也治不好他的病。皇上的肚子三天两头地不舒服。于是，有人小心地向皇上提起了温榆河边的这位药王。

皇上看病，从不用乡间游医。但这次皇上的肚子实在不容易好，三天两头地犯。皇上只好点头同意。于是，有人去温榆河，找到了药王。药王听说是给皇上看病，也吓得够呛，但知道不能不去。

药王进了宫，为皇上把了脉。药王知道皇上的病跟草民的病一模一样，药王心里也就有了底。于是，药王就用这温榆河边上的草药，将皇上的病治好了。据说，皇上十分高兴，赏了他百两银子，十亩好地。

自从药王给皇上治了病，他的名声就更大了。远远近近的有钱人，就更迷信药王了，来找药王看病，都是大把地给钱。如果接药王去看病，都是轿子抬着。

药王住在温榆河边有三十年之久，直到他老了，死在了温榆河边。药王在老死之前，为了感谢温榆河的人，他把秘密告诉了周围的人，他带着村人来到温榆河的湿地边，把什么草能治痢疾，什么草能治头疼头晕，一一讲给大家。

　　温榆河人从此再患了疾病，便将这些草取回家去，捣碎吃掉，病便好了。人们感谢药王，仍然说他是神医。关于药王的故事，在温榆河边有许多的版本，都是赞扬之声。

　　只是清朝晚期，有几年，温榆河闹干旱，湿地面积大大地缩减。许多名贵的草药也在那时消失了。但至今人们还能偶尔在温榆河畔看到这种零星的草药，只是随着医疗的发展，人们已经不再用这些草药治病了。

　　但关于药王的传说，人们至今不忘。

"南大濅"的大鼋

刘加领

南大濅的"濅"（音qin）这个字，不但难写、难读，一般人根本就没见过，更别说认识了。今天为什么要说这个字呢，因为这在温榆河的上游，有一段耐人寻味的传说。

据《昌平外志·河渠志》记载："濕（shi）余潭者，在河之中，重源潜发，积而为潭，非平地泉也。南大濅（qin）者，在南温榆河中。相传有大鼋（gui）、能幻人形。水深数丈，证之《郦注》，其为濕余潭也。"

上述记载说明，濕余潭，就是濕水形成的河中之潭。这个地方在哪里呢？据有人考证，就在今天的南沙河。历史上的南沙河，曾有过濕余水、榆河、高粱河之称。在解放前南沙河的两次洪水为患时，传说有人发现：潭中有大鼋，曾多次漂浮水面，其背远大于车辆……虽然是民间传说，但大多数居住在这里的人，都相信这是真的。

"濕余潭"者，当地人就给它叫"南大濅"。这个地方究竟在哪里呢？据考证，其准确位置在巩华城南门外，约三百米处的南沙河河道。这段河道呈九十度角转弯，潭就在勾、股相交转弯处的点上。每到阴雨连绵的季节，这里的水势表面看上去很平稳，其实，水底的暗流非常湍急，漩涡直彻潭底，又深又大，呼呼带着风声，泳者从此经过，绝对是九死一生……就因为这样，多少年来，游泳的、打鱼的都不敢从这里经过，把南大濅视为死亡之地。

明代初年，南沙河生产金翅鲤鱼，因为式样味道无与伦比，所以朝廷把这里的金翅鲤鱼作为皇家贡品，专供皇家餐用，当时价值连城，引得渔户捕船在此捕捞，但很少有人敢在南大濅作业，力求避开深潭。

那时候南沙河的雨水很大，洪水经常泛滥成灾，再加上濕余潭中藏有大鼋，人们都谈水色变。天长日久，南沙河大鼋变人的故事就流传了开来。

昌平民间文学

据当地人传说，在巩华城建成后不久，这里的人开始多了起来。有过路的，有常住的，有看风景的，也有经商做买卖的。随着人来人往的增多，离这里不远的窦各庄村，有一对中年夫妻看中了商机，在巩华城南门外的吊桥边，开了一座小酒馆。夫妻俩买卖公平，为人诚恳实在，饭菜又做得很好吃，常招得一些人慕名而来，生意很是兴隆。

一天傍晚，这里来了一位客人。这人个头不高，长得却很胖，身体浑圆。往脸上看，这人肥头小耳，一副黑紫脸膛，双目圆睁，炯炯有神，虽然面露凶相，但说话却很和气。这人酒量大得惊人，一会儿就喝了三大坛酒，还吃了好多肉菜。酒足饭饱，正要结账时，一摸兜空空如也，没带钱。他有些尴尬，与伙计说，这次先赊一回，等下次来时一并结算。伙计哪里肯依，就与这个个头不高的人争吵了起来，还口出污言秽语，骂他是"蹭饭的"……那人脸都气红了，正待发作时，那位店主闻声赶了过来。他伸手拉开伙计与客人，问明原委，把客人拉到一旁消气。店主审视着客人，感觉这人说话诚恳，做事磊落，眉宇间有一股正气，不像爱占小便宜之人。又看他长相异样，说话有礼有节，似有仙风道骨，不但没有追究他，还拿出酒馆里最好的酒菜，与他推杯换盏，喝到了午夜时分……

酒馆老板与矮个子结成了朋友，从此他每天晚上必到，很少虚席，成了这家小酒馆的常客。他来后除了吃饭喝酒外，喜欢的还有下棋与说书。正好酒店老板也爱下棋，尤其最喜欢的就是听书，就天天让他给说上一段，吸引了好多过往的食客。那人上知天文，下晓地理，学问很深，前五百年，后五百年，说得条条是道，倒背如流……日子一长，吸引了很多人。不少酒客都喜欢听这位矮个子的谈论，再加上夫妻俩的手艺高超，酒香菜美，和气勤快，小酒馆的生意越发兴隆了起来。

这样过了很长时间，所有的人都混熟了，酒馆老板与矮个子，更是成了老朋友。

有一天晚上，这位矮个子常客突然没来，不少酒客喝完闷酒后等了很久，都没见矮个子的影子，只好悻悻地散去。酒馆夫妻也觉得没趣，收拾完家伙，也提前睡觉了。

谁知，大约到了午夜时分，忽然听到敲打房门声，而且声音很急促。男老板披衣起床，问明是矮个子后，赶紧给他开了门。老板的老婆这时候也起来了，夫妻俩赶快把他让进屋内，找了把椅子请客人坐下。老板打酒端菜，拨亮油灯，这才看到客人面带愁容。这天的他一反常态，连话也不爱说了。夫妻俩面面相觑，感到很疑惑，就问他："您有什么为难事吗？只要您说出来，我们一定会尽力帮助您。"

矮个子酒客被夫妻诚挚的热心感动了，他眼里含着泪，欲言又止，就是不肯说话。被夫妻问急了，他只好摇摇头说："我今天出趟远门，太累了。"说完，仍然闷闷不乐地喝着酒，吃着菜，半天也不说一句话。

夫妻俩一边看着，一边深表同情，但就是猜不出他为什么不说话，也不知他究竟遇到了什么难事。矮个子喝完酒，吃完菜，临行时都要哭了。夫妻俩满怀同情与关切，一起把他送到门外，再一次叮嘱他："不要犯愁，明天早些时候来，大家都等着听您的书呢。"就在他跨上吊桥，走出一箭之地的

时候，矮个子酒客回头一看，老夫妻还在门外目送着……矮酒客激动了，略一沉思，就快步反身跑了回来。他快步来到夫妻俩跟前，把他们重新拽到屋内，压低声音说："三天后，这里将有大水灾。不要告诉任何人，赶紧逃命去吧……"说完，矮个子头也不回，径直一溜烟地走了。

昌平民间文学

　　夫妻俩听后惊呆了，双双立在门外，不知如何是好。他俩喘着粗气，两条腿都软了，好长时间才爬着回到屋内。夫妻俩一夜都没敢合眼，商量着究竟该怎么办。不告诉别人，他们于心不忍；告诉了别人，矮个子就要……他们不敢想了，一直挨到了天明。

　　第二天，夫妻俩一人收拾酒铺，一人回村挨门挨户将这一噩耗告知了所有的乡邻。人们听到这个消息，都相信这是真的，收拾东西，纷纷逃离了家园。酒店夫妻也打点了一些细软，躲到了出嫁的女儿那里。

　　正好是第三天刚过，温榆河的水就袭来了，那大水来势凶猛，都有五米高的浪头！但由于有矮个子送信，又有夫妻俩相传，村中百姓早有准备，只是损失了一些房屋器物，没有一人伤亡。

　　洪水过后一个多月，夫妻俩又回到了原处经营。劫后余生，他们想起矮个子酒客的恩情，不觉双双流下泪来。他们烧香祈祷，天天盼着他能再来酒店，跟人们下棋、说书。

　　一天、两天、十天、半个月、三个月都过去了，还不见矮个子的踪影。夫妻俩深感忧伤，都有些茶饭不思了。

　　就在一天的夜里，夫妻俩同做了一个怪梦：梦见矮个子酒客被天兵押着，披枷带锁，捆绑手足，对他俩说道："我因泄露'天机'，遭受天庭刑责，若想重见天日，须待温榆河三河汇流，两岸杨柳成行之时……"说话时虽声音悲切凄凉，但又带着必胜的信念。夫妻俩十分难过，想起矮个子的救命之恩，就奋力向前去拉他。不想，一下子被天兵推倒在地……醒来时，方知是做了一个噩梦。

　　据说，矮个子酒客就是温榆河上游、南大洼中相传能幻化人形的大鼋，它为了救人们性命，道破"天机"，身陷囹圄，是温榆河两岸值得钦佩的人。人们为了使它早日解脱，每晚临睡前在河中酹酒三滴，每年广植树木，期盼它早日回归。

温榆河的河神

刘加领

温榆河畔北七家村，住着一个名叫刘春华的农家媳妇。这刘春华年方二十八岁，已经出嫁了十年，身边生有四个儿女，她的丈夫叫李文光。十年来刘春华相夫教子，孝敬公婆在这一带是出了名的。

刘春华的丈夫原本是一老实本分的手艺人，他长得仪表堂堂，相貌英俊，不但农活是行家，木工活也是手艺超群。可不幸的是在一次刨树中，被从天而降的一根木头砸伤了腰，从此后卧床不起，丧失了劳动能力。家里的顶梁柱倒了，所有的家里活、地里活，一下子落到了刘春华一个人身上，使她瘦弱的身体真有些吃不消。

公公婆婆岁数大了，不但干不了农活，还长期有病；儿女四个，年龄最大的才九岁，最小的还在襁褓中，不但帮不了她什么，还随时需要她的照顾……为了生活，她起早贪黑，整日忙里忙外，真是辛苦极了，别说去孝敬娘家的父母了，就连去看一眼的时间都没有。为这，虽说娘家人并不怪罪，但刘春华的心里时常思念，难受极了。

这天晚上，她忙完了家里的、地里的活，又伺候完公公、婆婆、丈夫和孩子们，已经是午夜时分了。刘春华拖着疲惫的身躯刚刚躺下，

不觉做了一个噩梦：她梦见家里的老娘得了重病，羊各庄一村的人都去看她，唯独没有她这个女儿的影子……老母亲病入膏肓，已经奄奄一息，如果再不去一趟，恐怕到死都看不着了……刘春华激灵一下，惊出了一身的冷汗，一觉醒来，梦中情景历历在目，就像刚刚发生过的一样……

刘春华心惊肉跳，不由自主地点亮了油灯，想着刚才的噩梦，看着老人、丈夫、孩子，情不自禁地小声哭了起来。正在她独自一人抽泣的时候，一双有力的大手抓住了她的肩膀："怎么了，有什么为难的事吗？能不能跟我说说？"

刘春华抬头一看，是自己卧病在床的丈夫，正在深情地看着她。她把手伸进丈夫的手里，靠在丈夫的肩头，诉说了梦中的情景和自己想念父母的亲情。

丈夫说："我摔伤后这阵子，确实难为你了。是我考虑不周，光想着自己家的事了。明天你就回羊各庄一趟，替全家问候一下老人，顺便也歇一歇身体。"

"我要是走了，家里能行吗？"刘春华有些不放心。

"你把四儿带上，短时间内是能解决的。"丈夫向她表态。

……

第二天早晨，刘春华伺候全家吃完早饭，又把午饭和晚饭准备好，背着四儿这个最小的孩子，匆匆忙忙奔羊各庄了。

抱一会儿，走一会儿，想一会儿，哭一会儿……刚走到温榆河边的时候，刘春华被一个仰卧在大柳树下，脏兮兮的叫花子老太太缠住了。

老太太看上去有六十多岁，面黄肌瘦，病病殃殃，一阵风就能被吹倒。她穿着破旧，长相猥琐寒酸，尤其不能容忍的是，她屁股上还长有一个脓疮，而且已经生蛆，发霉溃烂了……

"你能……能给我点吃的吗？我几经三……三天没吃东西了……"那声

音小极了，就像蚊子在叫。

刘春华看她可怜，赶紧放下孩子，从随身背着的包袱里拿出一个馒头，在自己的怀里捂了捂，用手掰了喂她。

"你能搀扶……扶我到树旁的斜坡上去吗？……在那里我……我比较舒服些……"帮人帮到底，送佛送到西。刘春华又把她搀扶到了树旁的斜坡上。

"你能用嘴……给我吸允几下脓疮吗？那样我……我就能走了……"叫花子得寸进尺，步步紧逼。

真是有些过分了！给你弄脓疮不说，还得用嘴去吸允？！刘春华想发作，但看看她那无助的样子，又忍住了。人这一生，谁又没遇到过难处呢，就算发发慈悲，立地成佛了！想到这里，刘春华俯下身去，用手扒了扒脓疮旁的蛆，一合眼，用嘴吸了下去……

这一吸不要紧，立时就觉得满口生香，比喝了蜜还要香甜！刘春华不知发生了什么事儿，正在迷惑，一睁眼，温榆河畔只有河水、杨柳，那位脏兮兮的老太太，早已没有了身影。

人们说，那老太太是河神变的，就是专门为试探刘春华的人品而来的。

自从这件事以后，刘春华公公、婆婆、丈夫的病全好了，全家人又过上了无忧无虑的幸福生活。

会放光的鱼

王继超

民国初的几年里，温榆河上出现了一种怪现象，河面上一到夜晚，就会放出一片蓝光，蓝光时而弱些，时而强些，有时会延续很长的时间，这种现象温榆河边上的很多人都看到过，但谁也不知道是怎么一回事。有些孩子到了晚上，还会特地跑到温榆河边上，来看这种光，光能动，在水面上走，十分地迷人。小孩子高兴得发出一片片叫声。

温榆河边上的人谁也解释不了这种事，这光到底是从哪来的。于是，许多鬼怪的故事也就越传越多。有人说，这是温榆河里的一种水怪，水怪发威的时候，就会浑身发光。也有人说，这是要发大水的前兆，多少年前，温榆河发水的时候，河面上也放过光。还有人说，这是龙王在温榆河里点的天灯，咱得赶紧给他进贡了，不然他会发怒的。于是，许多人都到龙王庙里去烧香。

赵老三是温榆河上的一个打鱼人，他光棍一条，常年靠打鱼为生，是个善良的人。赵老三也看到过夜晚温榆河上放光的事，但他没有太理会。

想不到事情却赶到了他的头上。赵老三这一天又下河去打鱼了，他在温榆河上打鱼，打了近三十年，温榆河上的鱼种虽然多，但他都见过，就是一些从别的水域里游到温榆河里的怪鱼，他也见过不少。

这一天，赵老三照常下了河。这天的天气特别好，没有风，河水十分平静。赵老三还像往日一样，把小船划到河心较宽阔的地方，然后拿起网，开始捕鱼。

赵老三打了一整天鱼，打的都是什么鱼，他没有仔细去看。直到晚上，他回到家里，把鱼重新倒在大盆里时，才发现，盆里竟然有一条他从来没有见过的鱼。

鱼不大，只有手掌那么大，但浑身却是金色，非常明亮耀眼，而且一碰，

昌平民间文学

浑身有一种金属的声响。赵老三看着这条鱼，心里非常吃惊。他看了半天，不知道这是条什么鱼，只是时间看得长了，鱼的金色，竟然晃了他的眼睛，让他半天不敢再看。

这时有村人来串门，赵老三让村人看这条鱼，村人看了也感到吃惊，说一辈子也没见过这样的鱼。

第二天，赵老三把这只漂亮无比的鱼养了起来，放在一只大盆里。全村人听说赵老三打上一条漂亮的鱼，都跑来看，一村人看了都感到奇怪，说没见过这么漂亮的鱼，这条鱼真是太特别了。

事情不但惊动了全村人，也惊动了外乡人。

接着，就有外乡人来看鱼，起初不当事，但看了也觉得新奇。

这天夜里，是半夜时分，赵老三在睡梦中突然被惊醒，他睁开眼睛，听到窗子上有响动。他坐起身，看到窗外有一个黑影儿，那人已经打开了窗子。赵老三见状，忙下床躲了起来，同时手里拿起一根棍子，准备着。

赵老三看着这个人，心里一阵奇怪，心想，难道是贼吗？自己一个穷光蛋，贼能偷什么呢？不是贼，这人又来干什么呢？

此人在屋地上转了一会儿，发现了那个鱼盆，便端起就走。赵老三再也忍不住了，大叫一声："你给我站住！"

贼人哆嗦了一下，放下盆，不知怎好。赵老三点着灯，用灯一照，才发现，这是昨日白天来过的一个看鱼的外乡人。赵老三奇怪，问了前后，才知道，此人原来就是为了偷这条鱼。

那贼人说罢，一下给赵老三跪了下来，说："大哥求饶啊，我只是想要这条鱼，绝对没别的意思。"

赵老三问，你偷这条鱼干什么？

那人说，有人看了你的鱼，让我偷了送去，他给我五个大洋。

赵老三听了吃惊，这条鱼会值五个大洋。原来这是一个穷人，昨天跟着

【美丽的**温榆河**】

一个财主来看鱼，财主便生出偷鱼的想法，让这穷人来偷，说好给他五块大洋。

赵老三是个善人，当下放走了这个偷鱼的人。那人走后，赵老三围着鱼盆转了好几圈，直到这时，他才觉得这鱼的贵重。也许这是他一生中见到的最新奇的鱼。

从此，赵老三就养着这条鱼，每天捞来鱼虫喂它。隔几天给他换一次水。想不到的事情又发生了。这一天，京城里来了一位官人，官人由县里的人陪着，来到村里。村人都惊了，这么多年，村人就没见过有官人来。这回竟是这么大的官。

官人竟然也是来赵老三家看鱼的。赵老三很慌张，他不知该如何是好。这官人倒还仁义，据说，一辈子的爱好就是养鱼。官人进了赵老三的家，他也没有见过赵老三养的这种鱼，说这鱼一定很金贵。问赵老三给多少大洋会卖。

赵老三没有准备，一时答不上来。官人还以为赵老三不肯卖，也没有逼迫赵老三。官人走后的几天里，村里更加热闹了。来看鱼的人一个比一个有身份，有官人，也有商人，都是对鱼感兴趣的人。赵老三也没办法打鱼了，整天就在家里陪着这些人看鱼。

人们开始竞价，一个比一个高。都问赵老三，什么价钱可以卖。赵老三常常激动得话都说不出来，他这个穷打鱼的，在温榆河上打了一辈子鱼，没想到，一条鱼就可以让他发大财，他总是拿不定主意，因为他刚刚想卖，就又有人出了更高的价。

赵老三只觉得全身冒汗，心里发热。村人这个说，别卖，还有更高的买主会来。那个说，快卖，过了这个村就没这个店了。人们吵吵闹闹，弄得赵老三心里十分慌乱。

这天晚上，等人们都走了。赵老三插了门，把鱼盆放在屋当地，围着鱼盆转了一圈又一圈。赵老三说，鱼呀，明天一早，不管谁来，我都会卖掉你，

我不能再等了。你真是一条神奇的鱼，没想到你会值了房子地。

这时盆里的鱼突然说话了，说大爷，你还是把我放回温榆河吧，我就喜欢温榆河，我是在那里长大的，我哪都不去。

赵老三吓得连连后退，这鱼怎么会说话。赵老三说，你到底是谁。鱼说，我只是一条鱼，你把我放回温榆河吧，我给你一所宅院，二百两黄金。

说完，鱼在盆里蹦了一下。赵老三的房子立刻全变了，变得漂漂亮亮，整整齐齐，完全是崭新的。鱼说，你看看是不是一座宅院。赵老三推开屋门，只见整个院子变成一座好大的宅院。他反回身，看到桌子上亮亮的，原来是一堆金子在发光。

赵老三激动得一夜没睡觉。天一亮，他就捧着鱼盆向温榆河走去。他是准备把鱼放回河里。这样神奇的鱼，应当永远活在温榆河里才好。赵老三这样想。

可是，赵老三还是迟了一步，这天早上，一伙贼人正准备来抢这条鱼，此刻他们的船已经到了。贼人本想到赵老三的家里去实施他们的计划，想不到，一切比他们想象的还要容易，赵老三竟然捧着鱼盆，已经来到了温榆河边，正向他们走来。

赵老三怎么想到会有人来抢呢！他正急急地走着，迎面的船上突然下来几个汉子，对他大喊："赵老三，快把鱼盆放下，走你的人，快。不然你可要吃苦头了。"

赵老三一愣，这才发现，对面的来人全都提了刀。他紧走几步，希望把

【美丽的**温榆河**】

鱼放到河里，可是，几个贼人已经到了他的跟前，上来就夺那个鱼盆。

赵老三拼命护着盆子不放，几个贼人急了，举刀就砍，赵老三的身上中了好几刀，但赵老三还是将盆和鱼扔到了河里。

刚把鱼扔进河里，赵老三便被砍倒在地上。

几个贼人反身去河里抓那鱼，只见河里放出一道刺眼的光，这光就像刀子，几个贼人全都中了标，躺在了地上。而这时，受了伤的赵老三竟然醒了。他慢慢地站起来，身上的伤竟然不见了。这时那条鱼从河里跳出水面，像是跟赵老三打了个招呼，道别一样。

赵老三分明看到那条鱼在对他笑。赵老三愣着，想再多看看那条鱼，那条鱼却不见了。

从此，温榆河上每晚又开始放光了。也是从这天起，很多贪财的人，都来温榆河捕这条金贵的鱼，但谁也没有再捕着过这条会放光的鱼。

据说，这是温榆河上有史以来最贵，最值钱的鱼。关于这条鱼的传说，也一直流传至今。

神 树

刘大伟

清朝晚期，温榆河路经北七家的一段流域中，竟然长着一棵很大的树，大树高二十来米，枝叶非常茂密，树长在河里，而且是长在河里的正中央。船在河里航行，树就成了很大的障碍，不知情的外来人，都希望把这棵树砍了，说它太碍事，但却被当地人一次次地阻拦了。

因为这棵大树是一棵神树，不但不能砍，每年的夏天，温榆河人还要敬香供奉这棵神树。有人还为大树在河岸边修了一座两米高，三米宽的小庙，小庙也是为烧香用的，也是为了供奉这棵神树。

神树一年一年长在河的中心，竟然越长越大，越长越粗，北七家人都说，这棵神树是北七家人的福音。现在说来人们也许不信，但那时却流传着许多关于神树的故事。

据说，有一年的秋天，河边老李家的孩子正在岸边玩耍，一不小心，掉到了河里，当时河水很急很猛，一下子就把小孩子冲走了。当时小孩子的母亲，就在河边洗衣服，她眼看着自己的孩子被河水冲走，急得在岸边大喊大叫，但当时岸边再没有其他人。这孩子一眨眼的工夫就不见了踪影。

孩子的母亲飞跑着回村去叫人，人们听说后，一边往河边跑，一边寻思着这孩子八成已经被水淹死了，孩子不但不会水，而且只有三岁大，太小了。

当时老李家顾不上别的，和村里七八个男女，一同沿着河岸往下流去寻找孩子。但哪里有影呢。人们走到有大树的河边时，孩子的母亲突然站住了，她是听到有孩子在呼喊她，叫着娘，娘。这时人们也都听到了叫声。大家放慢脚步，四下寻找，却不见有孩子的身影。

人们奇怪，这是哪来的叫声。孩子的母亲说，这肯定是她家孩子的声音，没有错的。可怎么只听到声音，却不见人影呢？真是闹鬼了。

这时孩子的叫声越来越大，最后人们发现，声音是来自河上，真是怪了。河上没有人的。人们再仔细去看，原来孩子正挂在河中心的那棵树上。村人无不惊讶。有人赶忙下河，游到大树跟前，从树上把孩子抱了回来。

孩子得救了，人们问孩子，怎么会跑到树上去的。

孩子说，他被河水冲到这儿，大树就伸出一根枝杈，把他捞了起来，他再也动弹不得，只能在大树上等着。

孩子的话让人吃惊，大树怎么会自己伸出枝杈，救起孩子呢？莫非大树有灵魂，是棵神树？从这之后，人们就对这棵树另眼相看了。

其实这棵大树有灵魂的事，不只是这一件。

不久，有个年轻姑娘因失恋跳河自杀，漂到大树跟前时，同样是大树伸出一根枝杈，将姑娘救了起来。后来姑娘又被来往的船只救上了岸。据姑娘自己说，当时她还是想死，但大树的枝杈把她抓得牢牢的，她一点动弹不得。这样才被人救上了岸，原来是大树不让她死。姑娘肯定说，这棵树就是通人性，就是一个神，不然不会救她。

另一个传说，是讲一个姓赵的穷人，家里孩子得了一种怪病，赵家人卖房子卖地，为孩子攒了银子。然后带着孩子划船去京城看病。谁想，那天风大浪急，一个浪头打来，一包银子全都掉到了河里。一家人急得下河去摸，河水又急又快，早把银子带走了。

一家人哭都没有眼泪。正这时，岸上传来一

个女人的声音，女人说快去神树那里看看。

赵家人抬头去望，只见岸边云彩里站着一个女菩萨，女菩萨脸带微笑，说不要着急了，去神树那里看看再说。说完，女菩萨便化作一团烟雾不见了。

赵家人将船划到神树跟前，果然看到神树的枝杈上挂着他们装银两的那个包袱。赵家人的救命钱，又被神树捞了起来。真是神了。

据说，当赵家的船划到神树下的时候，神树的枝杈一抖，将装有银子的包袱递到了赵家的船上，就像人的一只手臂。赵家人直给神树磕头。过后赵家人肯定地对人说，这是一棵神树，绝对通人性。

温榆河边还有一个关于神树的传说。说有一年的春天，温榆河水刚刚解冻，船只在河上刚刚往来。有一伙贼人夜晚摸进北七家的郑各庄村偷盗，一晚上偷盗了几十户人家，天亮之前，贼人把偷来的东西放在船上，沿着温榆河向东逃去。

这伙贼人在船上又唱又跳，他们一晚上偷来的东西，够他们半年的吃喝了，他们唱着跳着乐着，船就到了神树下。谁想，经过神树时，神树伸出了一根很粗的枝杈，使劲一挥，竟然将贼人的船打翻了，贼人全都掉下水去，这伙贼人还都不会水，一刻工夫就被河水淹没了。从那之后，小偷和贼人再不敢走这条河。据说坏人走温榆河，十有八九是会翻船的。这条河从古至今就是灭坏人，养育好人。

温榆河边的老人们都记着，清朝末年，温榆河上发过一次大水。大水就像是从天而降，到处一片白茫茫，一夜之间，许多房子都被淹没了。温榆河上漂着大水冲下来的各种生活物品。许多老人和孩子也被大水冲走了。天下一片悲凉。

就在这时，温榆河里的这棵神树，突然长得比平常大了几倍，长出几十条粗大的枝杈，它伸出枝杈，将水里的老人、孩子、妇女全都救上了树。据说，那次大水，神树救了有上百人。人们站在树上，一直等到洪水退去。

【美丽的**温榆河**】

温榆河人都知道这棵神树的故事，神树长在温榆河里，一直长了几百年，在温榆河边，神树一直是美丽、善良和勇敢的化身。

直到民国时候，有一年，天下大旱，温榆河也彻底干了两年。那年的冬天，神树自己倒了下去。从此，神树便在温榆河上消失了。

但关于神树的各种传说，人们却一直记着。

神奇的芦苇和蒲草

曹学诗

在美丽的温榆河水边，有一处盛产芦苇、蒲草的地方。在这里，河两岸的芦苇、蒲草长势非常茂盛，一丛丛一片片，遮蔽了那里的整个平原。

据说，这里的芦苇、蒲草，与别处的芦苇、蒲草可不一样，绝不像只能编筐、编篓、编席那么简单，这里的芦苇、蒲草，不但能编织成各种器皿，还能制作成房子、家具、日用品，很有灵性。

在美丽的温榆河南岸，有一个不大的村庄，名叫曹碾村。曹碾村原来曾叫过草碾村、漕碾村，后来又叫曹碾村，每次村名的更改，都是随着温榆河两岸的环境和功能而改变。叫草碾村时，是因为温榆河的芦苇、蒲草；叫漕碾村时，是因为温榆河的码头、漕运；而叫曹碾村时，则是因为这个村的人文、姓氏。

我讲的这个故事，是这个村叫草碾村的时候，也就是在清朝以前，这里芦苇、蒲草非常茂盛的年代。原来的草碾村，因为紧挨温榆河，河的两岸，就像现在的白洋淀一样，到处都生长着各式各样的水草，春夏秋三季，这里整个就像一个大花园。在所有的花草中，这里的芦苇、蒲草尤其长得最强壮和最茂盛，每年到秋后，这里方圆几十里的人们，收获完地里的庄稼，就成群结队到这里来收割芦苇、蒲草。人们来这里打水草的目的，一是用草编织成物品，二是用草盖房屋，因为这里的芦苇和蒲草都非常有韧性，编的筐篓，式样新颖，经久耐用；盖的房子，御寒保暖，防渗防漏。

草碾村有一户曹姓人家，名叫曹有旺，编的一手好活，年方二十八岁，尚未成家。曹有旺没有成家的原因，主要是因为家里有多病的老父，几年来瘫痪在炕，没有哪家姑娘愿意一过门就来伺候老公公。因为父亲常年得病，曹有旺挣来的钱，全给老父看病抓药了，一直也没有盖上自己的新房子。曹

美丽的温榆河

有旺非常孝顺，每日里除了服侍父亲一日三餐，吃药看病外，其余的时间，就是到温榆河割来芦苇、蒲草，编成各种日用品，拿到集市上去卖，换来钱后给父亲看病抓药。为了能多挣几文钱，他编织的时候非常尽心，用料非常讲究，再加上心灵手巧，编什么像什么，深得顾客的青睐。蒲墩坐着舒适，筐篓花色常新，家具式样繁多，苇席美观漂亮……

曹有旺虽然天天忙碌，但由于父亲常年有病，花去了家里所有的积蓄，几年下来他不但没有攒下一分钱，盖房子的事更是空想。父亲看他终日辛劳，不但过不上好日子，更是娶不上媳妇，很是过意不去。一天夜深人静之时，他把曹有旺叫到跟前，含着眼泪说："儿呀，都是我连累了你，害得你每天这样辛苦，到头来还吃不饱，穿不暖，住不上像样的房子，连个家也成不了……是爹这身子骨不争气，耽误了我的儿子……"说到伤心处，老父亲竟"呜呜"地哭起来。

曹有旺边给父亲擦眼泪，边安慰父亲说："爹，这不能怪您，都是儿子无能，没能伺候好您。人吃五谷杂粮，哪有不生病的，以后儿子再勤奋些，多到温榆河边打些芦苇、蒲草，多编些物品，多卖些钱，肯定能治好您的病，盖上冬暖夏凉的好房子。"

父亲叹口气说："要是你编的那些家具、物品、房子，都变成真的、大的就好了，你就能娶上媳妇，住上新房了……"老父憧憬着，有些异想天开。

"只要咱们尽心尽力，总是能感动上天的，您就等着过好日子吧……"

昌平民间文学

对未来，对明天，曹有旺好像非常有信心，有毅力。

　　……

　　父子的对话，全被每日巡查的温榆河神听到了。她已经观察曹有旺很久了，一直被他的孝敬、勤劳所打动，正想找机会帮帮他，只是苦于没有想到合适的办法。听到父子的谈话后，不觉触动了她的灵感。待他们父子完全熟睡后，温榆河神把曹有旺编的房子、家具、物品、摆设……全部摆放到温榆河边适当的位置，运足力气，吹了几口仙气，竟然全部就变成了真的！

　　曹有旺和他的父亲，在那天夜里，同时做了一个奇怪的梦：梦见温榆河神，不但把他用芦苇、蒲草编的所有东西都变成了真的，而且还嘱咐他，明天再编一个姑娘，编一个老娘，这样他们父子就都不会寂寞了……

　　激灵一下，父子俩完全醒了，竟然一切都是真的！

　　第二天，曹有旺遵照夜里温榆河神的嘱托，用芦苇、蒲草精心编织了一个美丽的姑娘，一个酷似自己亲娘的女人，按要求摆放在各自的房间里。然后，父子俩虔诚地向温榆河神祷拜。

　　说来也怪，第二天晚上，这一切又变成了真的！曹有旺有了温柔贤惠的媳妇，老父亲有了体贴入微的老伴。没过多久，曹有旺父亲的瘫痪病好了，一家人过着美好幸福的生活。

龙山与龙山庙会

马德清

龙山庙是温榆河流域中的一座重要寺庙。

龙山庙所依附的龙山，又叫神山、神岭山、龙泉山、白浮山。龙山坐落在白浮村北侧，是一座孤立的小山头，海拔只有117米。别看山小，名气却大，因水而声名远扬。龙山东北麓有一眼出水量相当大的白浮泉，清湛凛冽的山泉水，从九个用白玉石雕琢的龙口中汩汩喷出，淌入九龙池，池满汇入东沙河。

早在七百多年前的元代初，大水利专家郭守敬，为补给元大都用水，开挖一条100多里长的白浮堰，将白浮泉水，源源不断地引进元大都。这一历史上著名的水利工程，使龙山的名气陡然加大，名声远播。

古人认为，不管天上之水还是地下之水，皆由龙王管理。白浮泉之水当然也在龙王的管辖中。郭守敬引白浮泉水成功，为感恩龙王，在龙山顶上建起一座富丽堂皇的龙王庙。龙王庙坐北朝南，正殿三间，正中央供奉着人面龙王巨型塑像，东西各三间配殿，另有三座山门，晨钟暮鼓等设置，并冠以天下第一龙王庙。有何为证，请读正殿大门口两侧楹联：

上联：九江八河天水总汇

下联：五湖四海饮水思源

横批：都龙王祠（庙）

此联已明白无误地宣示天下，龙王庙唯此独尊，特别是横批中的"都"字，是"首都"的"都"，天下之首。

"九江八河天水总汇"，正符合老百姓自古以来"龙王治水"的信念。所以，都龙王庙便成为百姓求雨的地方。笔者少年时曾跟父亲和众人去都龙王庙求雨，对求雨仪式略知一二。

在举行仪式前推举一位德高望重的老者，将三牲（牛、羊、猪）供品，神态虔诚地摆放在宽大的香案前，点燃香火，磬声萦绕，不绝于耳，求雨众人齐刷刷地伏首跪在香案前，祈求龙王及时普降甘霖，祈盼五谷丰登。

民间传说，农历六月十三是龙王的生日，靠龙王降雨种庄稼的百姓，为了讨好龙王，每年一到这天，四方百姓纷纷带上供品香火到龙王庙为龙王拜寿。由拜寿活动又派生出庙会。百姓习惯称这天为"龙王庙会"，或称"六月十三庙会"。庙会除正日子之外，又前加一天，后加一天，即六月十二至六月十四，共三天。

龙山东麓有一座依山而建的寺庙，名叫龙泉寺，老百姓习惯将都龙王庙称为上寺，将龙泉寺则称下寺。一年一度的庙会，主要集中在龙泉寺山门外边宽阔的场地上。后来逛庙会的人远远超过了为龙王拜寿的人，并且有很多人逐渐淡化了龙王的生日，忘掉了龙王庙会的起源。

那时的龙王庙会，其实就是个小商品交易会。小商贩把上庙会叫做赶庙。平时走街串巷的游商，在街上摆摊的摊商，甚至与昌平交界的顺义、怀柔、延庆、怀来的生意人，也不会放过庙会的商机。所以，百姓平时买不到的小商品，在庙会上几乎都能淘换到。

庙会上卖的小商品几乎都是大路货，如杈把扫帚、锄镐铁锨等各种小农具；居家过日子的棒槌搓板，笸箩簸箕等小用品；防晒用的草帽遮阳伞，扇风用的芭蕉扇、大蒲扇；等等。

庙会更是各种各色小吃大荟萃的良好时机。如茶汤、油茶、酸梅汤、姜丝排叉、熏鱼儿、煮三豆、驴打滚等，可谓应有尽有。

小贩们的吆喝声更是

此起彼伏，甚是热烈，各有各的特点。温和的卖酸梅汤的吆喝声："哎，酸梅汤啊倍儿甜，又解渴又消暑，来一碗先尝尝，不凉不甜，不要钱啦……"

高亢的卖西瓜的吆喝声："大西瓜啦，煞口的甜，沙瓤的大西瓜啦，包圆的大西瓜，您先尝尝，不买不要紧，尝尝不要钱。"小贩们咋咋呼呼的吆喝声，给本来就很热闹的庙会，又增加了很强的热烈气氛。

游艺活动，历来是龙山庙会一大闪光点，充满了文化氛围。拉洋片看西洋景的、光着臂膀耍叉的、还有摔跤的、套圈的、耍猴的，等等。不过最吸引眼球的则属踩高跷。各路高手，均亮出看家本领，一比高低，踩出威风。在表演中，常常表演出高、精、险的高超技艺。

都龙王庙和龙泉寺之间，有一条狭窄而陡峭的 108 个台阶通道，人徒手拾阶而上，走不了一半就会气喘嘘嘘。而踩高跷的艺人硬是从第一个台阶往上蹦，蹦到 108 个台阶上再往下蹦。有的艺人单腿往下蹦，有的艺人倒退着往下蹦，真可谓艺高人胆大。可是，这些艺人常把观众吓得倒吸凉气，唏嘘不已。

庙会上唱戏，是一项突出的文化活动，特招人喜欢。龙泉寺南侧，有一座坐南朝北，面向龙泉寺，高 5 米，15 米见方，配有化妆室的大戏台，义演三天。又逛庙会又购物的人往台下一坐，又歇腿脚又看戏，实在是乐不得的美事。

据传说，从老辈子传下来一条不成文的规矩，在龙山庙会上什么戏都可以唱，就是不能演唱《张羽煮海》、《龙宫借宝》、《哪吒闹海》，这几出戏都是给龙王添堵的故事。

1950 年下半年，在龙泉寺和大戏台之间，建起一家私营土法生产的矿山用炸药厂，具有近 700 年历史的龙山庙会被政府制止。始料未及的是，1953 年 11 月 17 日下午，炸药厂发生了大爆炸，人员伤亡惨重，龙泉寺和大戏台严重坍塌。

修河救母

席立娜

在陆地的极南之地，有一片汪洋大海，被称之为南海，而海下则有玉帝派遣的镇海龙王。

不久之前，南海龙后不知怎么一病不起。后被大夫诊断得了罕见的疾病，当然，罕见的疾病如果要治愈，自然需要罕见的药材，那就是长在天山之上的灵芝，而且必须是新鲜的！龙王知道后，两道眉毛拧在了一起：虽然他们是神仙，但是毕竟是水族，离开水后，也是活不了多长时间的。天山在陆地极北，要走到那里，可是要横跨南北，路程漫长。并且就算是走到了天山之上，采到灵芝也是困难的，灵芝长在天山的最高处，而且它的旁边有只千年巨蟒守护着，简直是难上加难！想到此处，龙王重重地叹了口气！

整整一天，龙王都坐在龙宫里，愁眉不展。傍晚时，突然从外面跑进来一个虾将，用嘹亮的声音向龙王汇报："龙王！小公子回来了！"龙王高

兴地站起身朝外门口走去，只见从外面进来了龙王的小儿子。龙王一共有三个儿子，每个儿子龙王都替他们找好师傅学习法术，而这个小儿子最得龙王喜爱，所以龙王让这个小儿子去了南海观世音菩萨那里修炼，让他离南海近些，想是多回来看看他们。而此时，见到小儿子回来，龙王的脸上仍旧没有笑容，小儿子回来时已经知道了自己母后患病的事情，只是还不知道此病需要新鲜的灵芝来治疗，于是对龙王说："父王，我已经知道了母后得病，但是母后吉人自有天相，相信不久就会好的，您不用太担心了！""龙儿有所不知，你母后的病如果想要治好，需要天山上的新鲜灵芝！这根本就没办法取来啊！看来你母后的病是没有希望了！"说到此处，龙王老泪纵横。小儿子知道后，也是急得不得了，可是也无可奈何！

晚上的时候，另外的两个儿子也回来了，四个人一起商讨要如何取得这天山的灵芝。整整一个晚上，想了又想最后定下：龙王和大儿子施展法术，裂地存水，从南海到天山之间，硬生生地修出一条河，而二儿子和小儿子则去天山之上取灵芝。

第二日，龙王和大儿子便施展法术，一个吐雷裂地，一个吐水填河，整整三天才修出了一条横跨南北的大河，河的南端与南海相连，北端绵延到天上脚下，河水湍流不息。

第四日，四个人一起顺着大河游到天山脚下，二儿子和小儿子从河中飞腾而起，顺着天山的悬崖便飞了上去，飞到一半时，二人已经疲惫不堪，便顺着往上爬。正午时，终于爬上了天山的顶端，看见了那棵泛着金光的灵芝，还有那条黑黝黝的巨蟒！

巨蟒看见有人靠近了灵芝，立即闪电般地冲了过去，二儿子和小儿子便施展法术与巨蟒纠缠在了一起！一时间，天山上的半空中，雷电交错，大雨倾盆而下！

整整一天，二人与巨蟒拼命地打在一起。最后二人变成真身，两条金龙，二儿子继续与巨蟒纠缠，而小儿子则跑到巨蟒身后采到灵芝，回身往山下飞去，巨蟒觉察到有人动了灵芝，回身张开嘴冲着小儿子的尾巴咬了下去，毒液也顺着伤口快速地遍布全身，小儿子一阵眩晕，与灵芝一起掉下山去。二儿子一怒，咬住巨蟒的尾巴，将其甩在天山的悬崖上，摔死了！

而小儿子与灵芝一起掉在了大河里，被龙王和大儿子接住。龙王看着小儿子浑身发黑的样子，心疼不已，便把灵芝掰下一点，塞进了小儿子的嘴里，而余下的则让大儿子立刻送回南海，救龙后！随后，二儿子也回到了大河里，龙王三人便游回了南海，此时的龙后已经痊愈，小儿子也无事了，一时间温馨幸福充满整个南海！

后来，龙王看着这条大河便起名为温愈河。

后人因为这大河边长了许多的大榆树，便叫做了温榆河。

龙男凤女送粮

席立娜

河流的周围永远都是文明的发源地，在温榆河旁也不例外。大片的河滩适宜种各类庄稼，人类由此繁衍生息。经过数百年的繁衍，温榆河旁大大小小的村庄一望无际。只是，在古代，自然总是给人类带来无限的伤害，但是与此同时，也带来了无边的创新。

温榆河旁的土地肥沃，干湿刚好，且在河边，取水浇地非常方便，于是，百姓更喜欢在这里种玉米。只是天有不测风云，一场大的强降雨，让温榆河的河道瞬间变宽，使原来的河滩瞬间被水掩盖，水深过膝，玉米是无法种植了。这里的农作物主要以玉米为主，这一大的自然灾害，使得许多人的田地被淹没，没有了粮食来源，有许多的人被活活地饿死。而有人说："是因为以前的温榆河太过富裕，被水里的河妖盯上了，于是施展妖术让水把这里给淹没了。只要我们定期给它吃的东西，它就会保护我们，不会再淹没这里了！"于是，这种说法在这里便一而再再而三地流传开来。

于是，当地的村长便听信了此种谣言，便要每家每户供出自己最好的吃食扔到河里，来祭奠河妖，祈祷河水退下去，还给他们被水淹没的土地。只是，东西都扔了进去，等了足足半个月水也没有下去，而且，河水有些微微变臭了！于是，有些村民又说："看来河妖不喜欢吃我们的东西！而且这些东西使它不舒服了！看来我们要将一些童男童女祭拜给它才能平息它的怒火啊！"于是，这个昏庸的村长又开始挨家挨户地找孩子。

一户农家里，母亲生下了一对龙凤胎，两个孩子有七岁了，活泼可爱，听话懂事，让这对夫妻二人很高兴。在听说了村长要找童男童女祭拜河妖时，母亲哭得泣不成声，而父亲的眉毛一直揪着，虽然两个孩子是自己的心头肉，但是如果不让河妖满足的话，这里的所有人都会死的。于是，父亲找来两个孩子说："孩子，现在村长需要找童男童女去祭拜河妖。如果你们不去的话，这里的所有人都会死啊！父亲，父亲对不起你们啊！"说完，抱头痛哭。两个孩子也是哭得稀里哗啦的，一半是害怕，一半是不想离开父母，只是，异常懂事的两个孩子知道，自己不死，会有很多的人死去，于是答应了父母。

三天后，两个孩子就这样祭祀给了河妖。只是，河水依旧没有退去，两个孩子的父母哭得是痛不欲生，如果知道结果是这样，他们死也不会把孩子这样白白地交出去。可惜，天下没有后悔药可买！于是，夫妻二人天天坐在河边痛哭，思念自己的孩子！

半个月后，夫妻二人再次来到河边痛哭时，水里传来了好多声"爹！"、"娘！"的声音！二人下意识地往水里望去，看见了两个孩子从水中走了出来，当时吓得二人大声地尖叫起来。别的人以为这里出现了什么野兽，都拿着叉子跑了过来，一看居然是已经死了的两个孩子跑了回来，吓得一动不动，瑟瑟发抖！

两个孩子看着他们都是丢了魂的样子，便知道自己吓到了他们。只是，来不及解释了，便从水里走到岸边，把手里的一把植物举了起来，对他们说："这个东西能在水里生长，而且结出的果实能吃！"大家一听有东西能吃，也不再害怕了，跑到两个孩子的身边，看着这个植物。两个孩子把手里的植物发给村民，让他们种在被水淹没的浅滩。

两个月后，植物快速生长，结果了！村民看着这些小小的颗粒，小心地收进了口袋里，带回去吃了，发现真的能吃！于是，好多人都跑到农户家里去磕头，说这两个孩子一定是天神派下来救他们的！

当然，到底是怎么回事，就不得而知了，只知道，那个植物就是现在我们所吃的水稻。

河神护民女

席立娜

温榆河边有着许多的传说，犹如浪花一般源源不断。

话说，清末年间，温榆河旁的小镇上来了一个大户人家，人人称之为张员外，具体叫什么，寻常百姓都不知道，大家唯一知道的就是这张员外从京城而来，听说是来这个地方颐养天年的，也确实如此，温榆河常年缓缓流过的河水，滋润着这个美丽富饶的地方。

这张员外来到这里是颐养天年的，可是张员外的儿子张光可不是这么想的。且不说张光好吃懒做，光好色这一点就令人发指，自己的独门独院里，住着上百名貌美如花的女子，堪比皇上的后宫了！只是他还是不满足，天天在大街上那个溜达，眼珠子扫来扫去不停地动，看着跟个黄鼠狼一样！张员外有许多次都听说了自己儿子的事情，想要好好地修理他，只是这员外夫人总是拦着，说什么传宗接代是件大事，张员外也就只好作罢！

这一日，张光带着自己的家丁又在大街上溜达了，想要看看这里还有没有美女。就在这时，老远看见远处有位白衣美女，飘飘欲仙，张光的眼睛立刻就泛着亮光！带着家丁慢慢地跟上去了，跟着姑娘走了好久，天都快黑了。于是，张光一个眼神，家丁便抄了上去，一个捂嘴，一个直接扛了起来。就这样，这个如花似玉的姑娘被张光这个畜生玷污了。

第二日，姑娘醒来，失魂落魄地跑到了河边，整整哭了一天，想在晚上的时候跳河自尽，正巧赶上温榆河的河神出来查看人间，看到这个姑娘想要跳河，便好心规劝。俗话说，救人一命胜造七级浮屠，在河神的劝说下，姑娘悲愤地说着自己的事情，自己的丈夫刚死不久，自己去街道上买些东西，便被张光这个混蛋盯上了，后来又被玷污，自己已经怀了两个月的孩子也没有了，一气之下便要投河自尽。

河神听闻此事，甚是生气，没想到人间还有这样的畜生，看来自己要好好地惩罚一下张光。好生地规劝姑娘不要轻生，耐心等待，让她来为姑娘报仇。于是施展法术，一股水汽由河中升起，直奔张光的府邸而去。只听一声哀叫，张光从椅子上摔了下来，捂着肚子趴在地上大叫！大家都不知这到底是怎么回事，于是请大夫前来医治，结果让人大吃一惊：张光怀孕了！

张员外惊得从椅子上站了起来，大叫："孽畜！孽畜！这是上天的惩罚啊！"员外夫人哭得那叫一个悲伤，可是大家都是没有办法。张光知道了此事之后，更是一阵眩晕，而且还开始呕吐！这件事情被当地的人知道后都说是报应！

过了半个月，河神见此事已经闹得差不多了，便来到了员外府，对员外说明了此事。张员外听说了此事之后，气得吹胡子瞪眼！而后把儿子叫了出来，训斥一番。而河神把姑娘也请了出来，当时，把张光吓得瘫在地上！而后河神施展法术，将张光肚子里的孩子转到了姑娘的肚子里，这件事就这样平息了。

后来，张光把府里的姑娘都送走了，之后，就和张员外搬离了这里。

【美丽的温榆河】

温榆河畔的宰相

席立娜

温榆河边风景秀丽，塑造得河岸两边的村民有着良好的文化传统，男子温文尔雅，风度翩翩；女子琴棋书画，端庄秀丽。

当时的天子治理有方，颇得民心，且长得一表人才，所以特别喜欢去民间游玩，俗称微服私访。这几日刚好是皇上的母亲太后的生日，所以，皇上特地准许文武百官近期无事不用上朝。在给太后办完生日后，皇上借此机会离开皇宫，北上游玩。

这里山清水秀，风景宜人，百姓淳朴热情，让皇上龙心大悦。一日，皇上游玩到了温榆河旁，参观两岸秀丽风景。此时刚是初夏，这边有个习俗，便是百姓去土地庙里上香，祈求能有个好的收成，而且不限男女老少，这便成为了家中的妇女、小姐可以出门的机会。

皇上远远看去，只见各色的女子穿着漂亮的衣服，走在去往土地庙的路上，一时间有些看花了眼。就在此时，一顶轿子停在了皇上的不远处，只见从轿子里下来一位蒙着面纱的姑娘，一身粉衣犹如仙女一般，让人移不开眼睛。皇上也是被这个漂亮的姑娘迷住了，当时就一个心思，让这姑娘进宫为妃！

而后看着姑娘远去的身影，皇上一路

跟到了这位姑娘的家门口，看着像是一个大户人家，于是，在姑娘进去后，皇上急忙敲门而进，对这个姑娘的爹说明来意后，对方直接回绝，说这位姑娘已经定了婚约，不能答应！当时皇上那个伤心，而后返回的路上，身边的太监给皇上出了个主意，说找当地的知府，亮出皇上的身份，然后再让知府去命令那家人把姑娘交出来，这样皇上带着姑娘回宫，岂不是好事一桩！

皇上当时着急也没多想，便找到了当地的知府，照着那个太监说的，让知府去把人带回来。可是知府义正辞严地说，姑娘已经定有婚约，皇上这样做需要三思啊！皇上当时气得差点要把知府拉出去斩了！而后知府又说，不如把定婚约的未婚夫找来，只要他退了婚约，皇上您便可娶这位姑娘了！皇上点了点头，这位未婚夫便被找了来。

这位小伙子也是个大户人家的公子，虽说没有皇上的天子之气，但是也是玉树临风，风度翩翩。皇上亮明身份后，让这个公子退婚，可是公子却没同意，而是说，要和皇上比赛，如果皇上赢了，他没有二话立即退婚，若是皇上输了，那么这件事便不了了之，皇上一听，心里一乐，没想到此人如此大胆，便同意了。

只是，万万没想到，皇上竟然输了，一共三局，皇上输了两局，作诗和作画竟然全输给了这位公子，令皇上心头一震！皇上二话没说，便离开了这里。

公子与那位小姐成婚不久，便被皇上召入宫中觐见，又没多久，公子变成了当朝的宰相！实在是令人惊诧！皇上在文武百官面前只说了一句话："赢了我的人，即是宰相！"也确实如此，这个宰相没有让皇上失望，帮助皇上把国家治理得更加强盛。

后来温榆河河畔的百姓们便一直传说，皇上是个好皇帝，宰相也是个好宰相，而这温榆河更是条有福气的河！

势利眼的丈母娘

曹学诗

沟自头村的村名，来源于其自身的地理位置。这个村的村西，有一条小溪，是从南沙河流出，经数十个村域后，流入沟自头西北边，最终进入温榆河水系。

沟自头村的村西，原先曾有一座小庙，清光绪八年修建。庙台上有两棵松柏树，其中一棵枯萎，一棵枝繁叶茂，树龄已有一百多年了。关于这两棵树的兴衰，流传着这样一段传说。

话说在清朝末年，庙台上住着一户李姓人家，户主名叫李德元。这李德元一家四口，老伴名叫胡春华，膝下无子，只有两个女儿一起度日。李德元的大女儿叫李艳丽，二女儿叫李艳红，长得都是如花似玉，楚楚动人，非常的漂亮。

李德元的老伴胡春华，当年已经五十多岁。她伶牙俐齿，没有别的毛病，就是有点势利眼，喜欢占一些小便宜，口下无德。为这个，李德元没少说她，两个人也没少抬杠拌嘴。但天性使然，总也改不了。

大女儿李艳丽，找了个如意郎君，是个当官的；二女儿李艳红，也找了个可心丈夫，是个种地的。虽然两个姑爷都是仪表堂堂，长得都不错，但一个当官有权、有钱，一个种地有菜、有粮。俩姑爷每次探望岳父岳母，拿的礼物都不一样。他们每次回家，都要为一些鸡毛蒜皮的小事，受到丈母娘的褒贬和评价。

这天正好是八月十五，是一家人团圆的节日，俩女儿俩女婿又双双来到沟自头村，探望他们共同的老人。大女婿带来的是绫罗绸缎，金银财宝；二女婿带来的是新鲜蔬菜，五谷杂粮。虽然带来的都是礼物，但有轻有重，明显不是一个档次。酒足饭饱之后，俩姑爷在屋内歇晌，丈母娘胡春华，看着俩姑爷的睡相，又开始发表自己的褒贬评论了。

"你看看，这人干什么都带着相，就连睡觉的姿势，都能看得出贫穷和富贵。你看这大女婿睡姿，天生一副官相，就像一条大龙一样，盘龙而卧；你再看看这二姑爷，天生一副穷酸相，在那儿一横，就像挺尸似的。"

李德元往炕上一看，原来是大姑爷睡觉卧着，二姑爷睡觉仰躺着。李德元说："这人呀，每个人有每个人的生活习惯，睡觉也是一样。这跟当官为民，富贵贫穷没有任何关系。依我看，二姑爷这人，老实本分挺好的，指不定哪天就发家了。"

"这是不可能的事，这贫穷富贵都是命中带的，一辈子都不可能改变！如果他要是变富了……"胡春华往门外看了看，对天发誓说："我就变成一棵枯树，站在庙台上，永远受人们指责！"

"这人不能太势利眼，更不能看人下菜碟。刚才吃饭时，我看你又给大姑爷夹菜，又给大姑爷敬酒的，却把二姑爷冷落在了一旁……这是当老家的应该做的吗？这人呀，穷也穷不到底，富也扎不住根，说不定哪天变了，我看你这脸往哪搁？离地三尺有神灵，你对你说过的每一句话，可要负责任。"

"对，我负责任。如果二姑爷有一天变富了，我就变成一棵没有生气的枯树，你变成一棵枝繁叶茂的常青树。你生机勃勃，我死气沉沉，你可以永远嘲笑我。"

"此话当真？"

"永不反悔。但你永远也没有那一天！"

……

李德元与胡春华的谈话到此为止，不欢而散。

仅仅过了三年，大姑爷因为贪婪过度，被官府查办抄家，一抹到底，成了寒酸的穷人。而二姑爷由于勤劳肯干，诚信厚道，成了温榆河这一带的富户。

这天又是八月十五，又是一家人团圆的节日，俩女儿俩女婿又双双来到

沟自头村，探望他们共同的老人。大女婿穷得叮当响，不但没有了绫罗绸缎，金银财宝，就连起码的新鲜蔬菜，五谷杂粮也没有；而二女婿家里富了，不但带来了好吃的、好穿的，还给二老带来了盖房的砖瓦，做家具的木料……吃的用的应有尽有。这次，丈母娘胡春华，把笑脸全部转给了二姑爷……

酒足饭饱之后，俩姑爷又在屋内歇晌，虽然俩姑爷还是以前的睡姿，但丈母娘发表的褒贬评论却完全不同了："你看看，这二姑爷睡觉的姿势，仰面朝天在那儿这么一躺，看着就大气，简直就是一个仗义疏财；你再看看这大姑爷，在那儿这么一佝偻，就像一条死狗一样，看着就是一副穷酸相……"

李德元再也听不下去了，他不无揶揄地对老伴胡春华说："你那嘴究竟是怎么长的呢？你三年前，可不是这样说的呀……是不是到了兑现誓言的时候了？"

说也奇怪，李德元刚说完这句话，老伴胡春华就变成了一棵没有生气的枯树，李德元也变成一棵枝繁叶茂的常青树。

……

虽然已经过去了很多年，但这个故事一直在温榆河边流传着。

大虬开河道

李晨辰

有关温榆河的来历，流传着这样一段传说。在遥远的上古时代，在北方一座高山上，有一个深不见底的水潭，名叫"琪泷潭"。在潭水的底部，住着一条大虬。那虬经过几百年的修行，已经具备很多本领，能翻江倒海，腾云驾雾，有时还能变化成人形。但他懵懵懂懂，不谙世事，整天不是想着吃喝玩乐，就是和潭里的水族们嬉戏打闹。

有一天，有一支人间的队伍从山下官道经过。队伍前有四人骑着高头大马，身带佩刀，威风凛凛，后面有两人手举铜锣，在鸣锣开道。再接着就是几辆大车，由骡马拉着，徐徐前行。队尾是几十名士兵，手持大戟长矛。车里隐隐传来的是女子的哭声。

大虬见此情形，很奇怪。就向山里的土地爷打听。

土地爷叹叹气，说："你可知道，人间有个最享福的人，他可以吃尽天下美食，住最好的房子，有几百个最好看的女人做老婆，手下还有许许多多官员替他做事，这个人就叫做'皇帝'。那大车里面的女子，就是皇帝派钦差，捉了老百姓的闺女，送到宫里做嫔妃和宫女的。"

大虬一听，义愤填膺。真没想到"皇帝"是这样的人，老百姓这么奉养他，他还要残害老百姓。于是，大虬来到官道旁，隐藏在草丛里。等那队伍经过时，大虬张开大嘴，把一口水喷了出去，那水化作一股激流，冲走了官兵，救下了几大车的女子。

大虬还不满意，心中暗想，女子是给我救下来了，可叫"皇帝"的这个人还稳稳坐在龙椅上！皇帝这样坏，我应该惩治惩治他，换个好人当皇帝。大虬说干就干，他张牙舞爪，从高山上飞出，向京城飞去。

那皇帝正要到泰山上去"封禅"。皇家的队伍浩浩荡荡，刚走出宫门。

只见旌旗招展，戈戟成林，兵将、文臣、武士簇拥着皇帝，耀武扬威地从街坊间走过。忽然，天色突变，狂风骤起，几股旋风吹得京城里飞沙走石。人们向空中望去，只见一条大虬脚踩黑云，气势汹汹地冲过来，街上的老百姓吓得抱头乱窜，皇帝差点儿吓瘫了，连连喊："护驾！护驾！……"可他身边的武士和大臣也有不少吓跑的。

这时，有个武艺超群的将军，绰号是"赛李广"，他向空中拉开大弓，照着大虬就是一箭。正好射中了大虬的尾巴，疼得大虬惨嗥一声，在空中翻滚。他又气又急，想下去抓皇帝和将军，可箭如雨般射了过来，大虬左支右绌，抵挡不住，只好夹着尾巴，逃跑了。

大虬逃回自己的老窝"琪泷潭"，越想越恼火，急火攻心，尾巴上的箭伤更疼了。箭虽然被拔下去了，可箭头还留在肉里。大虬想先治好伤，再去报仇。

第二天，大虬听潭里的黑鱼精说，在黄土山南部有个道观，道观里有个老道士，通晓阴阳，会算命，还会给人看病，而且医术很高，善用偏方和险方。大虬便信了黑鱼精的话，变成一个白面书生，上门去求医。大虬一见老道士，只觉得对方仙风道骨，和蔼可亲。大虬便让老道看了自己的箭伤，老道问他是怎么受的伤。大虬就说自己上京赶考，遇到了土匪，自己跑，土匪就追，还朝自己射了一箭。

老道士就拿出刀子，剜出肉里的箭头，只见那箭头上金光熠熠，分明是皇家打造，老道士就生气了，说："这明明是皇家用的弓箭，怎么会是土匪的？你到底是什么人，你要不说清楚，我不给你医！"

大虬见老道士看出了破绽，发了脾气，怕他真不给自己医治，就把事情原原本本地讲了出来，还说："你别小看我，我本事大着呢，这次是轻敌才中的箭，等治好了伤，我就去报仇。"

老道士说："你太年轻，办事太莽撞了，你有所不知，那皇帝本是个好皇帝，仁厚爱民。但朝政全都被那国舅爷搞坏了。国舅爷爱拍马屁，四方征敛，变着法儿地给皇帝进贡好东西。皇帝如果不要，他就自己留下了。不明真相的百姓，都赖到了皇帝头上。"

大虹说："我这人有仇必报。我不管那么多，反正是皇帝伤了我。我早晚要把他收拾了，然后到皇宫里自己当皇帝玩儿。人间的福，我都要享！"

老道士吓了一跳，心想，我这道观是皇家敕造，皇帝对我有恩，可他要去跟皇帝报仇，这还了得！再说，如果换个坏皇帝，还不知怎么样呢！

老道士朝大虹笑笑，说："你有仇必报？那么有恩也得报了。我治好你的箭伤，你怎么来报答我呢？"

大虹说："那你说吧，金银财宝我是没有，我就有一身本事。"

老道士说："这样吧，我们这个地区缺水，总是闹干旱，庄稼收成不好，你就先替我引过来一条河吧！"

大虹满口答应。老道士拿出治伤灵药，敷在大虹的伤口上。大虹马上就不疼了。第二天，大虹的伤好了大半。他便遵守诺言。从"琪泷潭"边选定一块地方，一个跟头扎进泥土里，逢山开山，逢石碎石，用自己的身躯开出了一条河道。从"琪泷潭"一直开到老道士的道观旁边。绵延几十里长。清甜的潭水由河道泻下来，流成了一条美丽的大河。而大虹耗费精力太大，气息奄奄，也没力气去想报

仇的事了。

河边的老百姓都高兴坏了，从此，有了水灌溉庄稼，就能丰衣足食了。人们给这条河起了个好听的名字——温榆河。又听说这河是大虬开成的，就给大虬在河边造了座庙宇，让大虬年年享受供奉。

大虬也喜不自胜，老百姓的供品，让他享用不尽。他这才闹明白，原来，只要为国为民做好事，就能得到好报和幸福，不一定非得做皇帝。

让60岁老人活下去

李复国

温榆河以她那丰沛的水源滋养着两岸的树木、花草，涵养着河岸的人家。温榆河畔的人家淳朴、善良，为了让60岁老人活下去，他们费尽了心思。

古时候，人活到60岁是要被活埋的。因为，那时候粮食很少，养不活那么多人口，所以皇上下令：60岁不死就要活埋！这是一条多么可怕的"皇令"呀！

那时候，人一活到50岁就开始害怕起来，越活越可怕，有的怕活埋，甚至用其他的办法提前结束自己的生命。而每个人都在恐怖的阴影里生活着，人们真想废除这条杀人的命令，摆脱活埋的阴影而无忧无虑地生活。

话说有一年，温榆河地区老鼠肆虐，疯狂毁坏衣服、房子，甚至将睡熟的孩子、大人咬伤，甚至咬死。那时候，人人自危，不知道灰色的、长着两个小耳朵，嘴巴有点像兔子一样的东西是什么？当时人们还没有老鼠或耗子

这一概念，只知道这个东西很可怕，虽然很小，但人们见到它比见到豺狼虎豹还心惊肉跳，皇上对此也非常恐惧。于是，皇上在民间征集整治这小东西的办法，可一直都没有结果。东西不大，威力很大，威胁到政局稳定，以致威胁到皇上屁股底下的那个宝座。这令皇上如热锅里的蚂蚁，彻夜难眠。

话说，温榆河边有个叫半壁街的村子，这个村子有个小伙子叫宗大田，能制服这个小东西。于是皇上下令传宗大田，让大田到皇上跟前"现场表演"。大田来到皇上跟前，见几只活蹦乱跳的小东西撕咬着衣服，便不慌不忙走过去。忽然，从大田的袄袖里窜出一只猫来。只见那只黄色的小猫猛扑过去一下将一只"小东西"咬死，又将另一只"小东西"撕扯成两半，其余的"小东西"纷纷逃窜。黄猫仍穷追不舍，一直将"小东西"追到洞穴里不敢出来。见此情景，皇上愣住了，难道猫能降住这"小东西"么？皇上不明白，这小伙子怎么研究出这一成果来，便问道：你是怎么想出这个主意的？小伙子支支吾吾，似乎有难言之隐。皇上说：你只要说出来，什么要求我都答应你。小伙子终于道出了机关：是我妈给我出的主意，我妈已经62岁了，我在地窖里将我妈藏了两年，您能不能不活埋她老人家，废除60岁不死就活埋的"皇令"？

听了宗大田的话，皇上觉得很有道理。如果不是这位62岁的"高龄老人"，恐怕还要受"小东西"的祸害。是呀，60岁的老人同样有用，同样能为社会做贡献，切不可滥杀无辜，更不能再活埋60岁老人而成为"历史罪人"了。于是，便废除了"60岁不死就活埋"的"皇令"，60岁以后的老人便可以无忧无虑地活下来了。这真是：鼠害横行肆猖狂，一只黄猫猛扑上，温榆老人出妙计，六旬老人免祸殃！

温榆河畔的荷花

李复国

温榆河被称为北京的母亲河。传说，远古时代，温榆河水的确是温的，可就是不长荷花。后来，为什么就开满了美丽的荷花呢？

话说有一年，有位姑娘在河边洗衣服，洗着洗着，手没有攥住，一块漂亮的花被面被河水冲走了。眼看着被面被河水冲得越来越远，姑娘十分着急，便甩掉鞋子下到河里去捞。被面越冲越远，姑娘越追越远，河水越来越急，越来越深。这时被面竟不动了，似乎在静静等待主人的到来。姑娘终于追上了被面，可怎么也拿不到手，因为被面已变成了花朵盛开的水面。姑娘哭了，多美的被面，怎么就拿不起来了？正在这时，水面出现一位打鱼的小伙。只见小伙站在船头，抄起渔网撒向水里，他要帮姑娘将被面打捞上来。可不管怎么劳神费力都是"水中捞月"。姑娘、小伙都不明白，好端端的被面，怎么看得见、摸不着？小伙将姑娘拉上船，静静看着花被面一样美丽的河面，出神地望着眼前的一切。忽然，一阵风吹来，一块如花似锦的被面从远方飘来，轻轻地落到船上。姑娘顾不得擦去眼角的泪水，连忙捧起美丽的被面，小伙子也赶紧帮姑娘折叠落在船上的被面。不一会，又一块被面飘来，怎么变成两块了？正好，咱俩一人一块。姑娘说：还是把两块连在一起吧。小伙子羞得脸颊红红。"我家房没一间，地无一垄，只有一条打鱼的破船，你

还是走吧。"姑娘说什么也不肯：你帮我打捞被面，我总不能忘恩负义。怎么也要好事做到底，送我回家吧。姑娘的诚心诚意，令小伙十分感动。于是，小伙就把姑娘送回了家。到了家，小伙子转身要走，却被姑娘拦住了。小伙子执意要走：我还有一个80岁的老娘，我要回去为老人做饭。姑娘被小伙孝善之举所感动：咱俩一块把大娘接过来吧。于是，两个人一前一后来到村里一个玉米秸搭建的窝棚：大娘怎么能生活在这里，走，跟我走吧。就这样，接上老娘，小伙子来到了姑娘的住处。从此，男人在外捕鱼，女人在家照顾老人，日子在平平淡淡中过得还算不错。

这一年秋天，小伙打鱼突遇大风，没有一点音信。姑娘站在河边，望着河水静静地发呆。她仿佛看见无数花朵一样盛开的被面覆盖在河面，忽而飘起，忽而落下。姑娘哭得好伤心，为什么我这么傻，没有跟他完婚？回到家里，姑娘没有把小伙被大水冲走的消息告诉老娘，只是说与村里人一块打鱼去了，不会有事的。姑娘像照顾亲娘一样照顾老人，与老人相依为命。

过了一年，又过了一年。这天，小伙子突然出现在姑娘面前。姑娘简直不敢相信自己的眼睛，抚在小伙肩头伤心地哭起来。原来，那年大风掀翻了小船，小伙子被大浪卷走，被邻村的村民救上了岸。为了报答救命之恩，他决心在"救命"的村民家做义工三年，绝对不告诉家里。三年啊，小伙子不是在折磨自己么，况且家里还有80岁的老娘。但小伙子犟得很，他要做的事就是九头牤牛也休想拉回！就这样，三年义工期满，他告辞了救自己一命的恩人，回到家中。

你急死我，是不是成心考验我？小伙子嘿嘿傻笑着。只见老娘，不但没有消瘦，还鹤发童颜，身体愈加硬朗，小伙子心里甭提多高兴啦！

这一年，被面一样美丽的温榆河令人如醉如痴。小伙子终于与姑娘结为夫妻。第二年，他们终于有了荷花般美丽的孩子。所以，老辈人都说：温榆河里的荷花有人的灵性，人的善心，这荷花只能观赏，千万折不得！

喜鹊成群温榆河

李复国

　　喜鹊是一种吉祥鸟，在中国人的文化内涵里，听到喜鹊鸣叫一定会有喜事儿，或许亲朋好友到访，或者家里儿女结婚、人口添丁、老人祝寿等等。如今，温榆河喜鹊成群，鸣叫喳喳，预示着两岸的人们福水长长，福运不断，吉祥如意，事事顺心如意。

　　据说，远古的时候，温榆河两岸是没有喜鹊的，有的只是一种奇怪的鸟。这种鸟长着狼一样的脑袋，特别是到了晚上，这种鸟两眼冒着绿光，令人浑身发冷和颤栗。这种鸟经常闯入百姓家中，看见百姓饲养的鸡，不管"三七二十一" 衔啄起就走。听到鸡一声声惨叫，父老乡亲的心都碎了。这种怪鸟，有时还公然欺负没有反抗能力的老人和孩子，看见他们啄上一口就跑，如果没有年轻力壮者的保护，就会伤及这些人群的眼睛及要害部位。因为这种鸟长得很像狼，所以当地人称它们为"狼鸟"。为了对付这种凶险可怕的鸟，官府真是下了一番苦心。

　　话说，温榆河畔有户打猎人家，父亲打猎，女儿天天跟在身后。这位女子年方十七，长得似出水芙蓉，一些想入非非的"坏小子"只是看着眼馋，没有一个敢靠前的，因为这女子跟父亲学了一身好武功。令人称奇的不是她的武功，而是她的枪法，只要她瞄准的猎物，无论有多大的本事，都休想

逃脱，因此，当地不少百姓称她为"温榆猎女"。

这天，"温榆猎女"看见一只狼鸟径直扑向一位河边洗衣的老人。老人来不及躲闪，就要受到伤害。说时迟，那时快，"温榆猎女"立即瞄准狼鸟，只听"啪"地一声，狼鸟一声惨叫，应声落地。说也怪了，狼鸟临死前的叫声跟狼嚎一模一样，也许这种飞禽动物与狼是近亲。老人见女子枪法这么好，又救了自己一命，欲将一件刚洗过的漂亮衣服送给女子，"温榆猎女"说什么也不肯收。从此以后，"温榆猎女"的名字在十里八乡广为流传，而向"温榆猎女"学打猎的"适龄青年"也越来越多。

不久，官府下了一道命令，全民皆兵，围歼狼鸟，为民除害，还天下太平！"温榆猎女"便带领徒弟们四面出击，开展了对狼鸟的大围剿。经过两年的不懈努力，狼鸟真的不见了，温榆河两岸百姓总算相安无事，过上了太平日子。可是没有鸟的河岸还算河岸么？没有鸟鸣的风景还有灵性和生机么？于是，"温榆猎女"与父亲一道从河北滹沱河附近捕猎几只喜鹊，放飞到温榆河岸边。他们与众猎手商量，一律不准伤害喜鹊，保护这种吉祥鸟在温榆河两岸繁衍栖息。十年过去了，二十年过去了，温榆河畔的喜鹊越来越多。它们喳喳鸣叫着，飞翔着；这些吉祥如意的鸟，给温榆河两岸百姓带来了福音，更给这里的百姓带来了快乐和幸福。有人建议将温榆河改为喜鹊河，还有人将温榆河里的一座小岛叫喜鹊岛。虽然都没有叫开，但来温榆河观赏喜鹊已成为不争的事实。

冬去春来，很多候鸟都已离开北方，唯有喜鹊及少数几种鸟不离不弃，因为这些鸟已经对温榆河有了感情。年复一年，日复一日，每到晴天或周末，总有不少人来到温榆河听喜鹊唱歌，看喜鹊飞翔，他们深深怀念为民除害并带来福祉的"温榆猎女"，怀念那个久远久远的年代。

青龙除蛇害

王焕方

传说在上古时代，温榆河边活跃着一条大蛇，经过几百年的修炼，它成了人形。这蛇精还不满足，它想升天成仙，有一次，蛇精潜入天庭，想偷太上老君的仙丹吃，被天兵逮住，玉帝大怒，命人把它压在温榆河北边的一座山下。后来那座山被人们称作"蟒山"。

蛇精被压了三百年，终于遇见一次天庭大赦，被放了出来。但它本性难改，一心想登入仙界，又留恋人间的花花世界。蛇精遍访名师，又修炼了许多年，不仅能呼风唤雨，还会诸般变化。它贪图人间的富贵，有时变成英俊书生，混入街市，专门糟蹋懵懂少女；有时又变作绝色女子，勾引男人，专吸人精气；有时还伴在君王之侧，进谗言，陷害忠良，混乱朝纲。蛇精还招来了许多山妖鬼怪，拉帮结队，就盘踞在温榆河边的一个山坳里，夜晚到附

近的村庄为非作歹。

老百姓被这蛇精欺负得苦不堪言。有的人就去龙王庙中祷告，希望温榆河底的龙王能帮他们除害。龙王看不惯蛇精的作为，早就想将它除了，可多次水淹蛇精的老窝，都被蛇精挡了回来。蛇精法术高超，龙王也奈何它不得。

有一年，温榆河两岸发生了战乱。两个部落间互相残杀，老百姓受战火牵连，死的死，逃的逃，乱成了一片。

那蛇精趁此机会，率领几十条小蛇妖倾巢而出，想趁乱祸害人间。田里的庄稼，地里的果子，山上的药材，被它们吃了个干干净净。遇见落单的老百姓，几十条蛇便一拥而上，吞噬人的皮肉，吸食人的精血，把人弄得只剩一堆白骨，方才作罢。一时间，温榆河两岸蛇灾泛滥。老百姓眼看就没有活路了。

且说温榆河底，有一条小青龙，他是河龙王的二公子。小青龙宅心仁厚，嫉恶如仇，他看到蛇精为非作歹，百姓遭殃，便请老龙王想办法，除掉这群蛇害。老龙王说："我们是管水的，可一般的水，治不了蛇精，它们最怕的，是太上老君的乾坤圈。当年蛇精想偷仙丹，没得逞，但把太上老君吓得不轻。后来太上老君用天地玄铁，制了一个乾坤圈，是专门对付蛇的。想除掉蛇精，没有乾坤圈不行，可这乾坤圈在太上老君的宝库中存放，有重兵把守，很难弄到手。再说这乾坤圈锐气太重，弄不好会伤了自己。"

小青龙却不怕，他下了决心，就是搭上自己性命，也要请来乾坤圈，除蛇害，救百姓。

小青龙当即驾起云头，直奔天庭。到了太上老君府一看，果然这里戒备森严，有重兵层层把守。小青龙便让人向里面通禀，要拜见太上老君。太上老君得知他要借乾坤圈，当然是不允。小青龙便在太上老君的门口跪下，一直跪了三天三夜。太上老君看他心诚，又是去除蛇精救百姓，只好答应下来，把乾坤圈借给了他。

　　小青龙拿了乾坤圈，来到温榆河边的山坳处，看到一群小蛇妖正吃饱喝足，呼呼酣睡。小青龙把乾坤圈往下一砸。众蛇妖纷纷被乾坤圈套了进去，被圈内真火淬炼，无不丧命。只有那条大蛇精机警异常，早就逃了。小青龙拿起乾坤圈，把众多蛇尸抖了出来，把蛇尸体捆做一团，抛到了远处。

　　收拾了小蛇妖，小青龙又瞅准蛇精的去处，奋力追去。大约追了一炷香的工夫，终于赶上。那蛇精气急败坏，索性拼出性命，跟小青龙在空中展开厮杀。

　　只见一团青云和一团黑云在空中互相缠斗，战了几十个回合，那小青龙却不是蛇精的对手，身上多处受伤，他逮着对方一个破绽，使出全身的力气把乾坤圈向蛇精击去。正好打在蛇精的头上，一声巨响，蛇精变成无数火炭，向下落去。小青龙也精疲力竭，浑身一软，向温榆河中坠去。

　　终于，蛇精被打死，尸体化作了一道道山梁。小青龙受伤过重，使用乾坤圈又大耗精气，也与蛇精同归于尽了。他青亮的龙鳞化作了层层碧波，让温榆河更加美丽，世世代代都为这里的人民造福。那众多蛇妖，也被当地百姓深埋在地下，为了纪念这个地方，当地百姓就称这里为"百蛇村"，后世渐渐演变为"百善村"。

朱棣叱浑虫

张雨畅

传说，在元末明初，温榆河中有一条大虫，体长数丈，腰身如巨桶般粗壮。它似龙非龙，似蛇非蛇，终日盘踞在河中，时常兴风作浪，袭击过往客船、渔家。当地百姓组织过很多次围捕，无奈这大虫狡猾多智，又凶狠异常，围捕者不但无果而终，有些人还赔上了自己的性命。当地老人就说，这是条"浑虫"，唯有真龙才降得住它。

话说，在洪武三十年（1397 年），此时的朱棣尚是燕王，镇守北平城（今北京）。有一天，部下送来了一份紧急的军事情报，说是北方草原上的残元势力，纠集了五万兵马，正由北向南掩杀而来，他们一路攻城略地，已经离北平不到三百里地了。

燕王朱棣闻讯大怒，下令召集四万兵马，亲自统军，离开北平。一路向北，几个时辰后，来到了温榆河畔。朱棣下令军队暂且歇息，埋锅造饭，准备渡河。

大军安顿下来，朱棣带着几名卫士，骑着骏马，在温榆河边梭巡。只见河水滔滔，碧波荡漾，河边山幽草肥，簇簇野花竞相绽放，好一派人间胜景。

朱棣正在欣赏景色，忽然有一名小兵急匆匆跑来，"扑通"一声，跪在朱棣面前，先喘了几口气，然后慌里慌张禀报："殿下，不好了！刚才我们在河上建浮桥，想让大军过河。可是河里有一条大虫，屡屡把浮桥破坏。还把两个军士卷进了河里。"

朱棣说："有这等事？你们是干嘛吃的，宰了那畜生不就完了？"

小兵说："回禀殿下，那大虫也忒厉害，有三丈多长，老树般粗，又似泥鳅般奸猾，十多个水性好的军士下河伤它，却近不了身。还折了两个人的性命。"

朱棣吃了一惊，长这么大，还是头一回听说这种事。朱棣挥挥马鞭，让小兵走了。刚要上马亲自去探查，前面又来了一个小兵，跑得呼哧带喘，小兵跪下，上气不接下气地说："禀报殿下！我们正在埋锅造饭，刚要做好，忽然从河里爬上来一条大虫，把我们做好的饭都吃了。还咬伤了我们三名弟兄。大虫十分狡猾，又皮糙肉厚，刀砍不到，弓箭又射不进去。我们拿它没办法。"

朱棣暴怒，抽出腰中宝剑，说道："这是什么狗畜生，胆敢在我军中作乱！"说罢，带领卫士，点了若干亲兵，让小兵带路，急急奔向大虫出现的地方。还未走到，朱棣就发现前方隐隐有一团黑气。近前一看，原来是一条三丈多长的大虫，正盘卧在河边，与众多兵士对峙。兵士们举着刀，不敢近前，有三人正倒在地上呻吟，身上鲜血淋漓。那大虫浑身黝黑，下身蜷曲，上身挺直，脑袋是三角形的，身上的鳞片烁烁闪光，那硕大的尾巴像一条钢鞭，"啪啪"地抽着河边的石块。

有些兵士看着大虫，心惊胆颤，并未察觉到燕王朱棣到来。兵士私下议论说："这大虫真厉害，恐怕是蟒蛇成了精。咱们刚刚发兵，就遇到此等怪物，真是出师不利啊。看来此战凶多吉少。"

朱棣如炸雷般大喝一声，说："胡说！我大明初定，征讨四方。保境安民，为民除害，定然能得到上天眷顾，先祖保佑，此战一定大胜！小小的一条虫子，岂能兴风作浪！"那说话的兵士回头看见朱棣，连忙跪下，浑身瑟瑟发抖。朱棣命人把他拖下去，以"惑乱军心罪"鞭打二十。

接着，朱棣擎着宝剑，上前两步，一指那大虫，厉声暴喝："你是何方孽畜，胆敢到我大明军中来放肆，快给我滚，否则将你抽筋剥皮！"

朱棣话一出口，蓦然间刮起一阵狂风。直刮得飞沙走石，温榆河中顿起波澜，一个巨浪向那大虫打来，把大虫卷得无影无踪。兵士们都看呆了，好半天才回过神儿来，纷纷被燕王朱棣的神武所折服，欢声雷动。

朱棣见除了大虫，士气高涨，十分高兴。兵士搭起浮桥，埋锅造饭，再未见那大虫出来捣乱。一个时辰后，大军顺利渡河，向北走了五十里，来到北方的黑山嘴，遇到敌兵，朱棣率军掩杀，把敌兵杀得丢盔弃甲，横尸遍野。明军大胜而归。燕王朱棣的威名远播塞北。

关于那条大虫，从此以后再也没有出现过，温榆河当地的百姓都说，这个燕王是真龙转世。后来，这个说法越传越广。甚至传到了南京城朱允炆的耳中。从此，朱允炆对这个燕王叔叔更加有了防备……

【美丽的*温榆河*】

沙地生金

吕向峰

传说，在温榆河边，以前有一户人家，姓郝。郝家家境殷实，有许多田地，一家人自给自足，日子过得逍遥快活。郝太爷生了两个儿子，老大叫郝大宝，老二叫郝二宝。两个儿子都成人以后，郝太爷和老伴相继去世。两个儿子便分产另居。郝大宝老实忠厚，但娶的媳妇却刁蛮尖刻，郝大宝的媳妇见郝二宝愚笨软弱，便把一切田产、家私都掳为己有，只给弟弟分了一块河滩上的沙地和一个茅草屋。郝二宝没有怨言，接受了这个分法儿，没敢抗议，也没敢去告状。

郝二宝还未娶妻，独自一人住在茅草屋里。看着这块沙地发愁，这块地没有一点儿用处，不能种，不能耕，怎么用它来填饱肚子呢？郝二宝没法子，只好把以前的一些旧衣服典当了，换来一些糙米和烂菜叶。

只维持了几天工夫，郝二宝就没东西可卖了。眼看就活不下去了。实在没法子，郝二宝跑去向哥哥借钱。郝大宝家生活富足，把房子翻修了，穿着绫罗丝锦，食着鸡鸭鱼肉，又快活又幸福。郝二宝叫门，出来的是嫂子，嫂子一点儿情谊都没有，不但不让郝二宝进门，还把郝二宝臭骂了一顿，说郝二宝是好吃懒做，才混成了现在这模样。郝二宝越听越难过，只得垂头丧气地离开了哥哥家。不知不觉走到河边，天已经黑了，月色朦胧，万籁俱寂，郝二宝忽然想起了自己的爹娘，越想越悲，便跪在河滩上大哭起来，直哭得衣衫尽湿、山河变色。

谁知，在夜深人静之际，郝二宝这一哭，竟惊动了温榆河河底的老龙王，老龙王忙问左右龟臣蟹将：

"上面的河滩上，似有一个男子嚎哭甚惨，究竟为何哭泣，有何疾苦，快去查报来！"

219

一位龟丞相说："回禀大王，还是让上面的灶君查明禀报吧！"

"嗯，这样也好。"老龙王点点头。

灶君爷接了老龙王的协查命令，便下到河底来，把郝家的事儿原原本本禀告给老龙王。

老龙王听后，点头微笑说："嗯，这个郝二宝，是个诚实忠厚的孩子，怪让人可怜的！"

龟丞相眉头紧锁，提醒老龙王："大王，您是不是想帮助这个人？天条上有规定，咱们水族，是不能馈与人间财物的。"

老龙王沉思了一会儿，说道："嗯，是有这个规定。可咱们可以间接帮他。……这样吧，咱们把河神草教他种植，好吧？"

"河神草？那可是咱们的神物，要是人间都种起来，咱们可就受损失了。"龟丞相说。

"不怕，咱们受人间供奉这么多年，还没报答什么。再说，这种草，只有河边的沙地才能种啊。"

"嗯，大王说得是。"

老龙王又想了想，对龟丞相说："我这儿还有一个办法，让这神草只有郝二宝才种得！"

"什么办法？"龟丞相又问。

"咱们教他两句歌谣，你再拿'河神草'让他种植。只有念了歌谣，沙地上种的'河神草'才能成活，别人即便偷去栽种，如果不知道这两句歌谣，就凭你怎样悉心栽培，也不会成活。只要郝二宝不泄露歌谣，他就能用种植'河神草'来发大财。"

"这倒是个好办法。咱们也算是尽心竭力了。"

"这两句歌谣是这样……"龙王俯下身，在龟丞相耳边耳语了几句。龟丞相牢牢记在了心里。

老龙王又说："那么，请你拿去给他吧。再好好地开导他一番，让他不要失望，灰心。"

"遵命！"龟丞相恭谨地一揖。领命而去。

龟丞相便带了"河神草"，从温榆河底出来，变成了一个粗布烂衫的老樵夫。"老樵夫"从郝二宝的家门口走过，看见郝二宝正无精打采地坐在凳子上。老樵夫便上前询问，郝二宝一五一十地诉说了一遍。老樵夫便安慰他，说："好人有好报，只要你以忠厚善良为本，以后定得福报。这是'河神草'，你拿去在沙地上种植吧，将来所得的钱财，足够你吃喝花用了！"

"种草也可以挣到大钱？草又不是粮食。老人家别拿我耍笑，再说，我那块地种什么都长不好的。"

"不要担心，不瞒你说，这种草只要长出来，自有它的妙用，我再教你两句歌谣，你下种时念叨歌谣，定会让草长得好。"说罢，老樵夫就把歌谣传授给郝二宝，歌谣是"雨过沙地时，草长天河笑"。

郝二宝默记在心。一转眼，老樵夫不见了。郝二宝捧着两株"河神草"，眼神愣愣的。

此后，郝二宝将"河神草"在河滩沙地上种植，一边种一边念着歌谣。"河神草"长得很快，两个月工夫，已经长满了整个沙地。这种草肉质肥厚，可以观赏，也可以当药材用，把它的外皮剥下，炒熟，还可以食用，味道很鲜美。郝二宝把"河神草"拿到市场上卖，人们知道了草的妙用，都

【美丽的温榆河】

来抢购，郝二宝赚了许多钱。

过了些日子，郝二宝的嫂子看见弟弟丰衣足食，渐渐富庶起来，很是眼红，就趁着黑夜，把郝二宝地里的河神草挖走了好几株，想移植在自己的地里。但他们不知道歌谣的事，所以，河神草种下去，皆不成活。嫂子没有办法，只得让郝大宝来向弟弟请教栽培之法，弟弟不念旧恶，就把歌谣传授给他们，还嘱咐必须要在沙地栽种。郝大宝一家得了诀窍，也靠种植河神草发了财。此后，栽种这种草的人越来越多，河神草物美价廉，更多的老百姓得到了它的恩惠。

再后来，老百姓给这种草起了一个好听的名字，叫做"沙地芦荟"，直到今天，这种植物在温榆河流域还大大有名。

金翅鲤鱼的传说

刘加领

金翅鲤鱼是温榆河上的一道风景，不但好看，而且好吃，在明朝时期就已经成为了皇家的贡品，专供皇家宫廷享用。

其实，鲤鱼并不是什么稀罕之物，凡是有水的地方，大多都有鲤鱼的存在。但为什么唯独温榆河的鲤鱼，能成为皇家的贡品呢？这里面流传着这样的一段传奇故事。

听老辈人说：最初，金翅鲤鱼只有在昌平的南沙河里才有，别的地方从来没有被人发现过。后来，慢慢生长繁育得多了，才顺着温榆河水逐渐流到了下游。金翅鲤鱼的翅膀为什么能长成金黄色呢，长成金色又有什么奇特的用途呢？原来这跟南沙河的地理位置和水土有着密不可分的联系。古时候这一带的雨水非常充沛，又由于昌平三面环山的缘故，三面的雨水从山上流下来非常汹涌，到了沙河才逐渐放缓。南沙河上有一个河湾，因为两岸皆是黄

沙，河水到了这里经阳光一照，河水就变成了金黄色。这里河面宽阔，又有河湾，相对来说水流缓慢，这就成了南沙河鲤鱼的家，久而久之，成了它们交配、繁殖的理想乐园……

鲤鱼在这里追逐嬉戏，玩耍调情，结婚生子，居住畅游……时间

【美丽的**温榆河**】

久了，金沙使水变成了黄色，黄水使鲤鱼披上了金装，特别是鲤鱼的翅膀，由于长期在这里遨游，再加上温热阳光的炙烤，它们的翅膀慢慢地都变成了金黄色，被阳光一照，熠熠发光，非常美丽漂亮，这种鱼，就被当地的渔民叫成"金翅鲤鱼"。金翅鲤鱼体健、貌美、肉嫩、味鲜，男人吃了能壮阳，女人吃了能滋阴，特别是不生育孩子的媳妇，吃了还有助长生育的功效，时间长了就成了南沙河里的宝贝。明朝初年，结婚后不能生育孩子的媳妇，为了能传宗接代，延续香火，提高在婆家的地位，都到这里来淘换金翅鲤鱼，回家后做成美味佳肴，据说吃后都能如愿。这件事情传得广了，慢慢就传到了明朝的皇宫里面。

明朝有一个万贵妃（1428 年 -1487 年），山东青州诸城人氏，她本名万贞儿，是明宪宗成化帝的嫔妃。万贵妃幼年被送入宫中，为孙太后的宫女，是太子朱见深两岁时的保姆。后来太子成了皇帝，就娶了万贞儿做妃子，万贞儿结婚时已经三十六岁，比明宪宗大了十七岁，是典型的姐弟恋。因为，朱见深幼时缺少母爱，跟万贞儿在一起，找到了与母亲在一起的感觉，对她有了母亲般的依赖感，再加上万贞儿为人机警，心性灵敏、善于迎奉，深得朱见深的喜爱。所以，朱见深做皇帝后，首先想到的就是娶她进宫，册封为妃子。成化二年，万妃生皇长子，她也被册封为贵妃。但皇长子不久后即夭折，万贵妃后来就再也不能生育。在那母以子贵的皇宫里，不能生育对万贵妃预示着什么，她比谁都清楚。为了在皇宫争宠，万贵妃一方面想尽一切办法，谋害了明宪宗与别的妃嫔所生的几个儿子；另一方面，又百般奉迎，使尽手段宠冠后宫，寻医问药，千方百计想再生个儿子。

为治不孕，万贵妃看遍了宫内宫外的各种名医，吃遍了深山老林的无数名药，但就是天不遂人愿，一直不能奏效。在万般无奈的情况下，万贵妃绞尽脑汁，不惜花重金，在民间寻求生子偏方。当时，皇宫里正好有一个沙河人，她看万贵妃虽然在宫中春风得意，被明宪宗宠幸了多年，但唯独不能称心的，就是不能怀孕生养儿子，就想帮帮万贵妃。她想起了温榆河的金翅鲤鱼，想起了家乡人为了生孩子，常常到南沙河捕捞的情景……就找到万贵妃，说了金翅鲤鱼能治不育症的各种传闻。万贵妃听后很是高兴，当场赏了那个沙河人，悄悄地让几个亲信，到南沙河捕捞金翅鲤鱼。

说来也真是神了，就在她吃到第五条金翅鲤鱼的时候，在一次被明宪宗宠幸之后，万贵妃真的怀孕了！万贵妃为了感恩，重赏那位沙河人，还奏明圣上，到南沙河组织了一次朝拜活动。这一下，不但温榆河出名了，南沙河的金翅鲤鱼更是名扬四海！

从此以后，金翅鲤鱼能使人怀孕的传闻不胫而走，不管多远的路途，人们都慕名而来，争相捕捞、购买金翅鲤鱼，一时间洛阳纸贵，金翅鲤鱼价值连城，成了南沙河的宝贝。

随着来这里捕捞的人越来越多，南沙河的金翅鲤鱼数量骤然下降。明朝的皇帝一看，就颁了一道圣旨，意思是说：南沙河的金翅鲤鱼是皇家贡品，除宫廷之外，任何人不得擅自享用。

……

成化二十三年春，万贵妃暴疾而薨，享年 59 岁。明宪宗非常伤心，辍朝七日，不久也驾鹤归西。

郑各庄"铜井"的传说

刘加领

温榆河边的郑各庄村，流传着一个"铜井"的传说，这究竟是怎么一回事呢？这里面还有一段传奇的故事。

郑各庄明代成村，原名叫郑家庄。据传说，郑家庄有一平西王府，王府内有一铜井，是平西王府的一眼宝井。铜井内隐着一条青龙，青龙时常腾云驾雾，兴风布雨。

在明朝的崇祯末年，天下大乱，内有张献忠、李自成兴兵造反，外有清兵虎视眈眈，时刻想兴兵入关。崇祯皇帝整日如坐针毡，疑虑重重，一腔的无名火不知向哪发作，这下陪伴他的众臣就倒了霉。不知何时，就被弄上莫须有的罪名，轻则发配充军，重则满门抄斩……

话说有一姓杨的大臣，被崇祯刁难，险些丢了性命，连夜逃出，往北走了四十余里，来到了温榆河边。这时东方泛白，只见四野茫茫，荒无人迹。杨姓大臣又饥又渴，只得到河边小树林休息。刚刚坐定，就见小树林北端，有一不大的池塘，沿岸青石林立，凿以"龙池"二字。不知何年何月出自何人手笔。杨姓大臣见池塘虽小，却南接王气，北走龙脉，烟水氤氲，隐若龙形。其水毗邻温榆河，晶莹透彻，滑润无比，知是一风水宝地。他见这里行人稀少，便决定在此隐居。为防发生意外，偶尔有人造访，杨姓大臣不敢说自己姓杨，只说姓郑，是郑家庄附近的人。

后来杨姓大臣在温榆河边找了个姓郝的妻子，又生了几个儿女，但还是隐姓埋名，对外仍称姓郑。等到了清朝的康熙年间，康熙的第二子胤礽因篡位被康熙赐死。胤礽的儿子弘晰携夫人乔装打扮逃出京城来到了郑家庄，被好心杨姓大臣后人收留。后来雍正登位，谁知好景不长，消息走漏。

这一天，清廷来了好多人马，先将庄子团团围住，然后进到里面捉人。

他们不分男女老幼，统统拿下，押解进京，定了个窝藏之罪。可怜杨氏一家十几口人，披枷戴锁，受了株连。杨家想到此番进京，难免作刀下之鬼，不免长吁短叹，老泪纵横。面对附近龙池，垂泪祷告苍天，祈求神灵保佑。弘晰夫妇见株连杨家恩人，也深感愧疚，心中忐忑不安。

一干人犯被押解进京，雍正要御案亲审弘晰。弘晰夫妇见到皇上，双双跪倒在地，连呼："罪臣给皇上请安，愿吾皇万岁！万岁！万万岁！"

雍正本是个好色的皇帝，他一见弘晰的妻子身段不错，长相又漂亮，就动了春心，对弘晰的妻子轻浮地说："抬起头来。"

"罪臣不敢……"弘晰的妻子战战兢兢。

"恕你无罪。" 弘晰夫妇这才将头缓缓抬起。雍正的目光像猎鹰的眼一样，直射向弘晰妻子的脸。这一看不要紧，早已惊羡不已，龙颜大悦！清宫佳丽无数，哪有一个能顶得上弘晰妻子的分毫！雍正看呆了，半晌都说不出话来，过了好一会儿才说："把弘晰押下去，留下他的妻子我要单独审问。"

弘晰走了，留下了弘晰的妻子，雍正才屏退左右，对弘晰的妻子悄悄说："朕见你品貌端庄，人品贤淑，意欲招你入宫，陪王伴驾，不知你意下如何？"

弘晰的妻子知道雍正的脾气，更知道"圣命"难违。为了保全夫君的性命，权衡了半晌后才说："臣妾若能入宫侍奉皇上，乃是臣妾的福分，只是有两件事放心不下，还望皇上恩准。"

雍正忙说："快说，快说。别说两件，就是两百件，朕也依你！"雍正有些迫不及待。

弘晰的妻子说："我与弘晰夫妻一场，恳求皇上恕其无罪。一是恢复其王位，二准其另建王府。"

雍正赶忙说："准奏，准奏。第二件呢？"

弘晰的妻子接着说："郑各庄的郑家，世代忠厚，在温榆河边，打鱼、务农为生，本无罪过，都是受臣妾牵连，才成了窝藏罪，还望皇上还其清白，放归温榆河郑各庄故里。"

"准奏，准奏。在朕这里，这些都是小事。只要你依附于我，以后少不了你的荣华富贵，封赐奖赏。"

雍正满心高兴，准许弘晰在京城外，择地封王建府。

可这封号封什么是呢？雍正犯了难。太监诡秘一笑，心想："既然弘晰是'凭媳妇'得封王位，何不就封他个'凭媳王'呢！"想到这里，就对雍正谏言说："皇上，何不封他个'凭媳王'。"

雍正一听也笑了："有道理，有道理，就照你的话去办。"但后来，雍正下诏书的时候，觉得"凭媳王"太难听了，实在有碍帝王的尊严。但君无戏言，因而就改封为"平西王"，又让弘晰在温榆河畔的郑各庄建了"平西王府"。

这就是流传在郑各庄一带"平西王府"来历的传说。

从这里可以看出，雍正的脸皮有多厚，真是机关枪都打不透！哪有审案不审案，当面向有夫之妇提亲的？而且从辈分上来说，弘晰的妻子还是雍正皇帝的侄媳妇呢。可见，雍正是一个多么荒淫无度的皇帝！

亏得弘晰妻子的搭救，杨姓一家才逃脱劫难，回到家中。弘晰因祸得福，带人特意前来登门致谢，顺便与手下勘察地形，以备建王府。弘晰手下有个精通文韬武略，善察天文地理的"李半仙"。"李半仙"一见"龙池"，大吃一惊，说："此池乃飞龙饮水之地，与王气贯通（在北京南北故宫中轴线上），贵不可言，倘于此地建府，日后必有发达之时。"

弘晰因祸得福，本来就对此地有好感。又听"李半仙"一说，不免心中高兴，当即拍板在此建府。弘晰野心勃勃，现在实为蛰伏。杀父之仇，夺妻之恨，他哪里咽得下这口气。弘晰的心中都是怒火，暗暗发誓要报此仇，只是要等待时机。为了掩雍正耳目，弘晰下令在"龙池"上秘密建一眼井，并要求此井要"铜帮铁底"，以示根基永固之意。为表虔诚，砌井用砖都要单独烧制，不能与其他砖一样。弘晰的这一招，可难坏了所有的工匠。这铁底犹可对付，只是这"铜帮"实在是庞然大物，如何矗立在井中。大家谁也想不出一个好的办法。正当众人一筹莫展之际，有个工匠突发奇想，说："我们何不把一个假的铜帮沉入铁底，在铜帮上面依旧用青砖堆砌，然后在砖上刷上铜漆，岂不就可蒙混过关了。这样做，既附铜帮铁底之意，又可解施工进度之难。"他这一说，顿时使大家茅塞顿开。按这样的方法施工，铜井很快竣工了。弘晰看了，甚是满意，称赞不已。又下令在井口置一镏金的黄铜井台，上雕云水团龙图案。从远处一看，真是金光灿灿，熠熠生辉，并把镌有"龙池"的巨石，移至井旁，以为纪念。

就在弘晰自鸣得意的时侯，手下有人秘奏道："王驾千岁，此举不大妥当呀，倘被当今皇上得知，焉有我等命在？实在应韬光养晦，以待时机。"好在弘晰还比较现实，一切还是保命要紧，只好把井台倒置，把云水团龙压在底下。妄想将来事成之后，再正过来。

一天，"李半仙"来到王府，闻听此事，捶胸顿足道："此乃'铜帮铁

底锁金龙'，大事休矣！"

再说雍正，虽然明着把弘晰封为平西王，恩准他在温榆河畔郑家庄建王府，但暗里丝毫也没有放松对他的监视。听说，雍正还亲自微服私访，到过郑家庄查看，并在温榆河边钓过鱼。当访得"铜帮铁底锁金龙"之事后勃然大怒，立即派遣手下一个得力的侠客，秘密率领一彪人马，不但抓捕了弘晰，还火烧了平西王府，捣毁了那眼铜井。可叹一座平西王府，才建了几年，尚未彻底完工，就顷刻间化为灰烬，剩余的砖瓦木料，统统被运往通州建城了。

据说，火烧平西王府时，只有"李半仙"一人漏网。那些天，他心里总不踏实，整日心惊肉跳，为防不测，他提前逃离了温榆河郑各庄，才得以活命。过了好些年以后，"李半仙"前来郑各庄祭拜，但见昔日辉煌的王府，早已成了一片瓦砾，唯有那口铜帮铁底的水井还在，但也已面目全非。铜井台早已不知了去向，只有那块巨石赫然而立。"李半仙"面对铜井，心中叹道："这都是我的过错呀，决不可再伤害无辜的人了。"说罢，便用手中的刀剑，在巨石上刻了八个大字："太平盛世，重见天日"。然后一掌击去，巨石裂为四块，"李半仙"便将这四块巨石，覆盖在铜井之上，用土掩埋，对空拜了几拜，回家乡故里去了……

据说，前几年郑各庄开发之时，真发现了一眼酷似传说中的"铜井"，更印证了这一温榆河平西王府传说的真实。

山神土地守棒

施会泉

温榆河上游，有一座险峭的崖壁叫猴石崖，它有一段神话故事。传说唐僧师徒四人到西天取经，回来后向皇上交旨，可是唐僧在去西天取经的路上收的三个徒弟，孙悟空、猪八戒和沙和尚，因相貌丑陋，怕惊圣驾，唐僧把三个徒弟安排在一处寺院内，自己去见圣驾。交旨时，皇上说："你把经取来了，朕和众位大臣还需要你给说说经，什么时候说经，在什么地方，你要等待朕的安排。但有一点，一定要带上你的三个徒弟。"在等待说经的这段日子，猪八戒总是天天念叨要回高老庄看看，有师父在身旁也只是说说而已。沙和尚则安分守己，一直守候在师父身旁。孙悟空不好静，他总是外出逛荡，到处游玩，一天早晨，他一个跟斗来到老峪沟上空，踏着云头往下一看，高的是峰，峭的是崖，耸的是壁，深的是涧，古藤倒挂，树木葱葱，涧中溪流潺潺，踏下云头，站在崖壁的顶峰，从耳中取出如意棒，激情舞动，使坚固

的崖壁震动摇晃，断壁脱落，小块的岩石四飞，大块的岩石乱滚，崖上崖下，崖前崖后，脱岩累累，出现了叠石、巨石、险石。

佛祖如来派神童给唐僧传话时，唐僧接旨展开一看，皇上选在灵山给文武大臣讲经说法，此处离灵山还有一段路程。必须抓紧时间不可贻误。唐僧立即召唤三个徒弟，猪八戒、沙和尚即到，寺内就是不见孙悟空。唐僧知道悟空好动，每天在寺里待不住，总是到四面八方去闲逛，等了两个时辰，还是不见孙悟空回来，唐僧对两个徒弟说："咱们走吧，边走边找。"在路上三人大呼小叫，此时舞棒激情未尽的悟空，忽然听到师父的呼唤，一松手，如意棒掉落在山下，他没捡如意棒就急着去拜见师父，唐僧说"佛祖在灵山召见咱们师徒四人讲经说法，赶紧上路！"当时孙悟空唤出山神、土地为他守棒，并交代："我从灵山回来再来此取棒。"春去春又来，不知过了多长时间，山神、土地左等右等就是不见孙悟空来取如意棒，时间久了，山神、土地、如意棒都化成了巨石。

此处便留下猴石崖奇景，有诗为证：

叠石崖前摞

巨石吊半坡

危石险勿险

山神前边卧

土地双膝跪

旁有土地婆

守棒是神话

代代相传说

鲤鱼报恩

刘瞬骊　金沙

　　从前，在温榆河畔的大杨树庄，勤劳的渔夫田老大死了，留下了孤儿寡母，艰难度日。田老大的儿子田娃才十二岁，就担起了养家糊口的重任。小小年纪，就成天顶着风浪在温榆河里打鱼摸蟹，艰难地维持着生计。田寡妇则给人缝缝补补，过着有一顿没一顿的日子。

　　村里的老地主张耀祖，正好死了老婆，见田寡妇颇有些姿色，就娶了过来。田娃也跟了过来，给张耀祖当上了不花钱的长工。张耀祖这个家伙，天生就是个吝啬鬼，田娃干了多少活儿他也看不见，但是吃饭的时候，哪怕多吃了一口，他就会上去一巴掌，打得田娃满脸开花。每当这个时候，田娃妈都是暗暗垂泪，因为只要她上去阻拦，就会迎来一顿臭骂和暴打。

　　凡是吝啬鬼，必定贪得无厌。张耀祖也不知是听谁说的，温榆河最近有了一条红色的大鲤鱼，如果抓住，必定发财，于是就天天威逼着田娃到河里去捉这条红色的鲤鱼。可怜田娃这孩子，天天风里浪里地钻出来，钻进去，可是哪儿能看见红色鲤鱼的影子呢！

　　打不着鱼，就不敢回家，田娃坐在河边，哭一会儿，干一会儿，嘿，真是踏破铁鞋无觅处，得来全不费工夫，还真的打到了！只见这条鲤鱼，通体金红，每个鳞片都闪着美丽的光芒！

　　田娃打到红色大鲤鱼的消息，一下就传开了。张耀祖得到消息，乐得眉开眼笑，他想，这回要是真的发财了，就娶个年轻的小老婆，让田娃和他妈，一个当老妈子，一个当长工。哈，发财啦！再买一百亩地，再娶仨小老婆——他越想越高兴，就哈哈地笑了起来，笑得田娃妈毛骨悚然。

　　谁知没过一会儿，田娃竟然两手空空地回来了！原来，那条红色的鲤鱼，会哭，它躺在田娃的手里，不停地掉着眼泪，田娃心中不忍，就又把那条鱼放回了河里。鱼安全了，可田娃倒霉了，他被张耀祖赶出了家门，四处流浪。田娃走后，田娃娘一气之下病倒了，没有多久就死了。

几年以后，田娃在路上碰到了一个好心的大哥。大哥长得高大挺拔，处处照顾着他。田娃对大哥也是形影不离，分开一会儿，就十分想念。

有一天俩人来到了赵国的国都邯郸，看见城里一派繁华，都十分高兴。走着走着俩人饿了，可是一摸口袋，都没有钱。田娃说："哥哥，我们走吧？"

哥哥说："弟弟，我们先吃一顿再说。大不了给他干几天活儿顶账。"

于是哥俩儿就进了一家饭馆，大快朵颐地吃了一顿。吃完之后，哥哥自告奋勇，要干活顶账，谁知，邯郸这个地方，没有干活顶账一说，而是处死顶账！

哥俩儿被押到赵国国君那里，国君立刻批准，推出去斩首。这时丞相急忙过来对国君耳语了一番，国君听了，连连点头。原来，国君的女儿被太行山上的一个妖怪抓走好几年了，如果他们兄弟俩能把公主救回来，就把公主嫁给他们中的一个，还给他们封大官儿！也不惦记能娶上公主，也不惦记当上大官儿，就为了能还上不杀之恩，两个小伙子，穿上盔甲，挎上宝刀，骑着战马，向太行山飞奔而去。哥哥穿着红色的战袍，威风凛凛。弟弟穿着黑色的战袍，英俊潇洒，第二天，就来到了太行山上。

爬到了山头之上，哥哥大喝一声："哒！该死的妖怪！把公主送出来！"

话音刚落，他们的面前就出现了一个老妖怪。老妖怪是个母的，长得真是其丑无比！足有几十丈高！她看着兄弟俩，沙哑着嗓子问："谁骂我呢？……谁骂我呢？……谁……谁……谁骂我呢！"

哥哥用刀一指："妖婆儿！我们是赵国国君派来的水路大军！识相的赶快把公主送还，否则我们把你碎尸万段！"

老妖婆哈哈大笑："吹呢！……吹呢！……吹……吹……吹呢！……我一天要吃两个人……我吃了一百年了！你们今天来得正好儿……正好

儿！……"一巴掌胡噜过来，就打倒了哥哥，弟弟大怒，冲了上去，一刀砍在了老妖婆的左脚上！老妖婆疼得啊呀叫了一声，抬起了左脚，就在这时，哥哥一连就地十八滚，扑了过去，一刀就砍断了老妖婆的右脚！老妖婆一个跟头摔在了地上，于是，兄弟俩一起上前，一阵乱刀，终于砍死了作恶多端的老妖婆。

迎回了公主，全国庆贺三天。国君很是苦恼，两个小伙子都很强壮，都很英俊，但是让公主嫁给谁呢？丞相给国君出主意，为何您不亲自问问他们呢？

哥哥说："陛下，还是把公主嫁给弟弟吧！"

弟弟说："陛下，公主是哥哥救回来的，还是嫁给哥哥吧！"

兄弟俩让来让去，谁也不肯娶公主，国君终于恼火了："怎么，难道我的女儿配不上你们吗？"

哥哥说："回陛下，公主如花似玉，与我弟弟田娃十分相配。就请陛下把公主嫁给我弟弟吧！"

于是，国君下令，把公主嫁给了田娃。同时，也封了哥哥一个很大的官。但是哥哥还是推辞了，他说他是燕国人，还是想回到燕国去。于是哥哥就走了，田娃和公主送了一程又一程，送了一天又一天，竟然来到了温榆河边！

哥哥问："弟弟可曾记得八年前在这里捉到过一条红鲤鱼吗？"

田娃说："我记得呀。哥哥怎么知道这件事呢？"

哥哥说："傻弟弟呀，我就是那条红鲤鱼啊。为了报恩，才跟了弟弟这么多年。现在看弟弟很幸福，我就安心了。弟弟，就此别过！"说完，一下就跳进了河里，不见了！

田娃伤心地大哭了起来，趴在河岸上不停地喊着："哥哥！哥哥！……"

过了一会儿，河里冒出了那条红色的鲤鱼，他看着田娃，眼睛里也是冒出了一串串的眼泪，接着，便沉入水中，再也看不见了……

【美丽的温榆河】

235

鸟语解难柴变炭

施会泉

在温榆河上游的深山老林中，有些山民只知开荒种田、采药砍柴，却不知怎样把劈柴烧成炭，卖上个好价钱。就这样一个简单道理，还真流传下一段故事。

从前，有一个老母亲带着两儿子，背着背篓，带着镐头来到深山沟，靠开荒种地，采药砍柴维持生计。冬季快降临的时候，老母亲对儿子说："冬季快到了，采药的活计也不好干了，该做过冬的准备了，新衣服做不起，旧衣服也需要缝缝补补，盐也不多了，你们俩把晒得的药材归置归置（柴胡，黄芩，防风，丹参等），下山去城里一趟，哥俩按老母说的去整理药材，零散时看着不多，归置起来装了一小篓和半麻袋，有三四十斤，老大对老二说"今夜我就下山，要是药材卖个好价钱，我就把盐和布都买回来，要是药材卖不好，我先买盐，你在家再采点药材，在上冻前再下一次山。"天还不到子夜，老大拿了两个菜饼，背上药材就下山了，到了城里，他把药材送进药店，药铺掌柜的一看药材无杂质无泥土，成色很好，给了个好价钱，老大很高兴，他跟药铺讨了碗开水就吃菜饼，然后在杂货铺买了盐，又到布店买了布，在街上东转转西看看，他听到有人在议论"卖劈柴的不少，要是能把劈柴变成炭多好，炭着火就着，又无烟，冬季用烤火盆取暖的又多，准是抢手货。"说者无心，听者有意，老大还真注意到，大街两旁的铺子里，隔三岔五地码放着木炭。老大真想问个究竟，但是说这话的那个人已经走远了。在回家的路上，老大就琢磨开了，把劈柴变成炭，这的确是个来钱的路子！回家后他就把柴变炭的议论一说，老二非常支持，说先请教一下村东头年龄最长的老爷爷，兴许能出个道道。没想到，老爷爷也只听说过没见过。哥俩一合计："路是人走出来的，咱俩先试一把，如果成功了，卖炭比卖柴收入大

多了。"哥俩说干就干，在现有的干柴中挑出粗的，开始烧炭，火大了成了灰，灭火早了又成不了炭，几次试验几次失败，怎样办才能成炭呢？两个人坐在屋子里左思右想，正在愁眉苦脸的时候，温榆河上飞来一只喜鹊，落在屋前树上，"喳喳"一叫，老大顿有所悟对老二说："插插，莫非喜鹊是叫咱们把炭柴立起来烧？"二人动手挖窑，把炭木一根根立放在窑里，窑口用泥土一封，适当地留点烟孔，从下边烧火，这一试，比前几次强多了，烧出了木炭，就是成炭量不高，但是增强了柴变炭的信心。两人继续试烧，突然听到"青烟焙，青烟焙"的鸟叫声（二尾巴鸟），老二灵感袭来，说："鸟又告诉咱们青烟焙。"怎么样做到青烟焙呢，两人一商量，只有加强炭窑的密封，减少烟的流通，哪里烟大就封闭哪，封闭到黑烟变成青烟，停烧后开窑一看，木棒都成了炭棒，柴变炭终于成功了，哥俩在成功的前提下，不满足，在烧炭的过程中继续观察、分析，探讨、总结，烧大火的时间多长，青烟焙的时间多长，哪类山柴木成炭率高，摸索掌握了烧炭过程中的技巧，提高了木炭的质量，得到了用炭户的认可，这里烧出的木炭，燃火时间长，灰少无尘，随着人们的赞誉，这里的木炭进了皇宫。木炭需求大增，把单窑改进成双窑（双窑的地名现在仍然留存着），增加木炭的产量。随之而来进山的人越来越多，住户多了得有个村名，大家一合计，我们靠烧木炭窑成村，就叫"老窑沟村"吧！不知哪年哪月演变成今天的"老峪沟村"。

【美丽的**温榆河**】

炊帚精

施会泉

温榆河流域乡民有个不成文的规矩，凡用过的扫帚、炊帚、扇子之类的家什，都要把它毁掉。因为这些物件都经过人手抚摸，接触了人的血脉，再经过日月之淬炼，久而久之，便有了灵气。或变美女，或变蟒蛇，给家庭邻里生发出好多闲事来。

村里有个破落书生，名叫刘章，年方二十四岁，父母早逝。几次乡试没有考中，仍不灰心、不气馁，仍长年累月闭门苦读。前年岁末成了家，媳妇手脚勤快，洗衣做饭一应家务全承担下来。因而，刘章这读书之事仍未中断。一天，妻子跟刘章说："我有一年多没回娘家了，我回去几天，看看二老双亲。"刘章说："你去吧，家中也没什么要紧的活计。"

妻子住娘家去了，刘章仍是吟诗诵文，无一日荒废。不几日，妻子从娘家回来了，刚一进村，就有人告诉她说："这几日，你不在家，刘章招引个姑娘做伴。"开始，刘章妻子不信，说："我家那位是个知书达理之人，绝不会干出这等事来。"那人又说："你太痴心了不是，哪有猫不吃荤的，你在隐蔽处偷看，准有一漂亮女子去街上买花。"那人说得有鼻子有眼，刘章妻子半信半疑。这天，她没有回家，住在本村的一个姑姑家。姑姑也说："是个女子，开头我还以为是你呢，赶到近前一看，不知是谁家的闺女。"

第二天前晌，街上来了一位卖鲜花的。刘章妻子就从姑姑家的门缝里朝外窥视，那卖花的亮开嗓门喊叫着："卖花喽，卖花喽，牡丹、芍药、国色天香，应有尽有。"话音刚落，果见从刘家走出一窈窕淑女，轻挪金莲，给人以飘飘欲仙之感。刘章妻顿时后背冒了凉气。丈夫原来是偷鸡摸狗之人，满嘴仁义道德，却一肚子男盗女娼。妻子气不打一处来，恨不得立时撕烂那骚娘儿们。但又一想，捉贼要赃，捉奸要双，有根有据，才能服人。刘章妻子耐着性子，也装成买花的挤进人群。等那女子买了一朵大红牡丹插在头上，走进刘家院子时，刘章妻子才朝家门急匆匆赶去。

再说刘章，正在"之乎者也"读到兴奋处，却听到雨点似的敲门声，便说："不知来客是哪位，请不要着急，我马上开门就是了。"刘章开门见是妻子，就说："怎么住这几天就回来了？"妻子气鼓鼓地说："你嫌我住天儿少了，惊了你和小娘儿们的好梦，是吧？你说，我哪点对不起你，你背着我偷鸡摸狗。"说着，就翻箱倒柜，里屋外屋搜了个遍。妻子这一阵冰雹雨，倒把刘章弄糊涂了，盐从哪咸，醋从哪酸，得说清楚啊！妻子没有搜出人，也没看出什么破绽，便把她进村后，和她刚才看到的，一五一十述说了一遍。刘章听后，也觉得蹊跷："自你走后，谁也没来咱们家啊，何况又是个女子。"妻子说："我看得清楚明白，那女的头上插了朵牡丹花进了院子。"刘章说："你莫急，咱们到房后边犄角旮旯处寻一寻。"两口子便来到房后边顺墙根寻觅。忽见一朵还带着露珠的红牡丹花插在墙壁的石缝里。妻子摘下一看，就是刚才在街上买的那朵。谁知，这石缝里插着她去年使过的炊帚。她当时不知这里的习俗，使用过的炊帚没有把它毁掉，就胡乱把它插在房后边的石缝里。刘章高兴地说："这下，事情便清楚了，原来是这炊帚精所变。"刘章把这炊帚取下来，在院子里用干柴燃起一堆火，把炊帚投在火堆里，只见这炊帚蹦了几蹦，然后发出一声尖叫，此后，便悄无声息，化成了灰烬。

温榆河的历史掌故

温榆河边的地王庙

齐明亮

温榆河边曾经有几座庙，其中有一座挨着郑各庄，就在温榆河的河边上。清朝初期，这座地王庙很一般，庙不大，里面有几棵百年松树，有几块怪石，庙分上下两个院子，菩萨也都不是太大。最大的两米来高。所以来烧香的人也不是很多。

不过，后来这座庙却很有名，成了远近人们主要烧香的地方，比其他几个大庙的香火还旺。

事情得从一个和尚说起。有一年，温榆河发大水，淹了河边的地王庙，庙里原来的和尚给淹跑了，好长时间，庙里都没有人打扫，脏脏乱乱的，大水退去，来烧香的人就更少了。

不知什么时候，人们发现，庙里来了个新和尚，这个和尚岁数不大，也就四十来岁，不爱多说什么，每天就是打扫卫生，把庙里的各个角落都打扫得干干净净。后来连庙里的菩萨也给擦得干干净净。

来烧香的人对着菩萨许什么愿，他就在边上听着，过后还会主动问问烧香的人，都有什么事。和尚对人很温和，整天脸上带着慈祥的笑。

只是，自从庙里来了这个中年和尚后，人们就发现，地王庙开始显灵了。求佛的人有了一些变化。

郑各庄村有一个姓刘的老头，三十年来一直得着一种怪病，脖子上长了个大肉包，每到阴天下雨就疼得要命，而且长了三十年了，还在长。刘老头为此，花光了家里的钱，光棍一人，成了村里最穷的主儿。可是没人能看好他脖子上的大肉包。

刘老头说是老头，今年也才四十五、六岁。只是病让他显得很老，早早地就成了一个小老头。刘老头没钱治病，就去庙里烧香，远近几十里地的庙，

大凡求雨都是给龙王烧香上供，顶礼膜拜。可是汗包山附近百姓求雨既不烧香也不上供，更不顶礼膜拜，而是用火焰烧烤汗包山上的一块巨石。

民间传说，东沙河西岸汗包山上的巨石，是一条正在睡觉的懒龙。懒龙是老龙王最小的儿子，自幼娇生惯养，贪图安逸，无所事事，就喜欢睡懒觉，大伙都叫他懒龙。老龙王后悔当初管教不严。现在老龙王下狠心把懒龙赶出龙宫，并派他去管昌平刮风下雨的事。可是懒龙一到昌平就在汗包山上睡起懒觉，早把刮风下雨的事扔到脑后。所以，自从懒龙来了以后，昌平地区总是连年大旱，颗粒无收，百姓苦不堪言，万般无奈，百姓只好去找老龙王告状。

老龙王非常生气，又无可奈何，现在懒龙又不在身边，已无法管束。老龙王翻来覆去地考虑再三，最后不得不下了狠心，教告状的百姓一个狠招："用火烧。"他又马上叮嘱百姓："千万别烧死他，只要看见懒龙头上流出汗，立刻熄火，两天之内就下雨。"

百姓回去以后，就按老龙王教的办法做，把柴禾放在巨石边上点燃，大火噼噼啪啪烧了一阵之后，果然看见巨石沁出一层水珠。百姓呼叫起来："瞧哇，懒龙流汗了！懒龙流汗了！"第二天，果然下雨了。

从此，汗包山下的百姓见庄稼干旱，就抱着柴禾去烧烤那块巨石。这个求雨方法一直沿用到解放初期，直到群众破除了迷信才停止。

两河夹一城　必定出条龙

田世国

明成祖朱棣定都北京修宫殿、造城池，在昌平天寿山择墓地、建陵寝（长陵）的同时，还在沙河店兴建行宫，为北征、上陵驻跸之便。因正统时行宫为洪水所坏，故嘉靖十九年重修行宫并筑巩华城围之，以驻军戍守，起南卫京师、北护陵墓双重作用。

巩华城建有四门，内有行宫，其建制同京师皇城。整座城又恰被温榆河上游的南沙河、北沙河所夹，形成三面环水态势。正是由于巩华城有如皇城布局，再加上其重要功能和特殊的地理位置，所以民间关于它的传说便应运而生。

"两河夹一城，必定出条龙。"就是温榆河畔百姓们的传说之一。

很早以前，一位术士，即风水先生云游四海来到沙河店附近。他见这里不仅风景秀丽，百姓安居乐业，而且建有一座城池，城内有宫殿金碧辉煌，又见小城被两条河水相夹，心中暗喜：这不正是临行前师父对我点化过的"两河夹一城，必定出条龙"的吉祥之地吗？于是，年近 40 的他便在城外临街一家旅店住下，靠他每天肩挎罗盘在街上及附近村庄给人看阴、阳宅维持生活。

由于他待人和气，又会揣摩人的心理，的确又懂阴阳八卦，偶尔一次给一家店铺看门面，经改建后生意兴隆名声大振，找他的人也越来越多。几年下来他有了积蓄，便在当地置地盖房，娶妻生子，一家三口其乐融融。

光阴似箭，日月如梭，一晃二十几年过去，妻子

短命归西，儿子长大成人，这位风水仙已过花甲之年。

一日，风水仙突感不适，生命危在旦夕，便把儿子叫到跟前，将师父临行时对他的点化一五一十地授意给儿子。意思是说，我死后，你把我穿的衣服都脱光，用苇席把我卷上埋在河边，然后在家守孝百日。到时候，我会转世为真龙天子，你将享受人间荣华富贵，还可代代相传。最后，他用颤抖的声音强调说："你……一定……按我说的去做……否则……"话没说完，风水仙一命呜呼。儿子半信半疑，在脱衣服时总觉得让父亲赤身裸体走乃不孝，实在于心不忍。于是，他没有脱掉父亲下身短裤，便用席卷起尸体趁着月色埋在了河边，接着，按父亲的嘱托开始守孝。

时光荏苒，一天夜晚，京师皇城掌管钦天监的官员观天象以察时变，忽然发现北方天空有一陨星坠落有些异常，似有不祥之兆，立即奏明皇上，说京北 60 里一带有人欲称王造反，应派兵缉拿法办。皇上准奏，并连夜派兵赶到巩华城，抓到风水仙之子，又让其至河边指认，挖出风水仙已成蛇身的尸体就地焚烧。

据说，那天正好是风水仙入土第 99 天，近于子时，因其儿子没按他说的脱光衣服去做，所以其父亲的尸身未成龙体而遭此厄运。不过，听说巩华城北门却屯起一溜沙土，说是风水仙变成了一条土龙。

然而，这个传说民间还有一种说法，可能就是后话了。本来说"两河夹一城，必定出条龙。"可结果呢？后话说"龙没出成，却出了一伙毛毛虫。"这是何意呢？原来这是指清初康熙年间，官家利用明行宫设立了官毡局，专为官府加工毡子，毡子致密、坚挺、厚实、暖和，闻名遐迩的沙河清水毡子就源于此。

毡子是由羊毛加工擀制而成，一般卷成卷儿堆积存放或运走，难怪后人把那一卷卷的毡子又戏称"出了一伙毛毛虫"作为结局，真是既合辙、押韵，又透着风趣、幽默，还符合历史的发展变化。

昌平民间文学

神龟——玄武

席立娜

话说玉帝的小儿子下凡玩耍，不小心进入南山深处的原始森林。那里长着许多的参天大树，终日不见阳光，更是人烟稀少，一时间迷路此处。可是不巧，被一蛇妖发现，为了使自己的功力大增，便把这小儿子吞下肚子里，功力确实是瞬间大增，只是也为自己招来了杀身之祸！

观音亲自来捉拿这功力深厚的蛇妖，蛇妖自然不甘心被捉，与观音大战，最后被观音打得魂飞魄散！只是观音一不小心，将瓶子里柳树上的一片柳叶掉在了凡间，而柳叶有了仙气，落地后直接生根长在温榆河边的森林里，成了大柳树，一年四季也不见它落叶，一直都是碧绿水嫩，光彩照人。

而这个现象被河里的小河龟一直观察着。它实在是耐不住好奇心，爬到河边，望着这棵大柳树发呆。大柳树看见这只小龟呆呆地看着自己，心里很是高兴，便对小龟说，让它经常过来陪自己说说话，就这样，一过五千年。小龟也慢慢长成了一只大龟，因为经常在柳树边呆着，体内有了仙气，再加

上柳树的悉心指导，小龟也慢慢地会了法术，能够幻化成人了。经常有事没事地往河边的小镇上跑，帮助凡人做些事情，就这样，又过了五千年。

且说，那只被观音打散了魂魄的蛇妖，经过一万年的修炼，又有了肉体变回本身，虽然功力弱了些，但是在凡间祸害众生确实是轻而易举的事情。终于，蛇妖出动，先是到小镇上吃人，而后用妖功毁了村庄、小镇，凡间大乱，一片生灵涂炭。

玉帝得知此事，派下天兵天将来捉拿它，愣是让这蛇妖逃走了，为祸四方。一日逃到温榆河旁，见天兵天将还没追来，又想要吃人来增加自己的功力。却想到这里还有棵仙树，仙树见这妖怪要吃人，便与这蛇妖大战起来，终究未能打过，被蛇妖连根拔起。

而刚从镇上回来的小龟见仙树被拔，一时怒火攻心，再次与蛇妖大战起来。一时间飞沙走石，河水翻滚。这时的蛇妖已经被仙树打得半死，而后又碰上这神龟，实在是有些力不从心，最后一个不注意被神龟吞进肚里。此时天兵天将出现，见此神龟将蛇妖吞下，便要把神龟带上天庭，而小龟见仙树已死，便也把仙树带上天庭，希望玉帝能够救活它。

玉帝听完此事，心中犯难：想封神龟，可是神龟将蛇妖吞下，怕又再生祸害。就在此时，观音出现，对着玉帝说："神龟心地善良，助人为乐，积攒善缘，且又帮得玉帝将蛇妖孽畜拿下。此时，北方暂缺帝王之位，凭此神龟的修为，应封此位。"玉帝应允。观音柳叶一挥，只见神龟变成了一个蛇头龟身的庞然大物，观音说："切莫慌乱，只是用你的身体将蛇妖困住，又将蛇妖的万年功力赐予你，你便可长生不老。"神龟叩谢观音。而后神龟又向玉帝说了仙树的事情，玉帝便将仙树变为人参树，使其终年享受天上灵气，结出众神想要的人参果，得到众仙的尊敬。

世人为祭拜神龟的帮助，在温榆河旁修筑寺庙供奉神龟，并将其称之为北方大帝，又称玄武大帝。

温榆河两岸的民俗

刘加领

温榆河流淌了千年、万年，温榆河两岸的子孙世代繁衍生息，温榆河不但养活了这里的人民，更给这里的人们带来了繁荣和富强，刻下了深深的烙印——那就是温榆河文化。

文化是根，文化是魂，文化是生活的符号，文化是一个民族的血脉，是这里的人们与生俱来的信仰。随着岁月的流逝，时代的更迭，所有的东西都变了，但不变的是传统，不变的是血脉，不变的是理想与情感。随着时间的流逝，温榆河两岸留下了很多属于自己的东西，除了生活的财富外，那就是精神的财富。千百年来在温榆河边生活，这里的原住村落、原住人群逐渐形成了自己独特的文化品性，形成了独特的民风民俗。多少年来，温榆河的世世代代，延续着祖辈遗留的生活方式，延续着老人留下的生活经验，从小在河边玩耍嬉戏，男耕女织，从看着老辈人在水里划船捕鱼，河里游泳；到学着老辈人在河边栽杨插柳，种花养草；再到模仿长辈人种瓜种菜，抢麦收秋……一代代人从小到大，娶妻生子，直到终老病死……这里的人，活着喝温榆河里的甘泉圣水，吃温榆河两岸生长的瓜果梨桃，稻粱麦黍，死了就埋在温榆河这片神奇的土地上，与她一起坚守永存。其实，民风民俗带给美丽温榆河的，不仅仅是一种神圣的象征，亘古以来，她就早已融入了人们的生活习性，成了人们赖以生存的重要组成部分。

莲花落就像北京的相声一样，是流传在温榆河两岸的民间曲艺形式。它发源于温榆河两岸，很是古老，在这里不知流传了多少年，多少代。莲花落多由当地人演唱，具有很强的感染力，温榆河人将很多有趣的戏曲故事、民间传说、古书段落，改编成了适合自己演唱的莲花落，由老辈人口口相传，一直保留到了今天。现在，依然保留的莲花落故事有：《王大娘钜缸》、《王二姐思春》、《老道儿化缘》、《妞要婆婆》、《冯魁卖妻》……这些古老的故事，具有浓郁的地方特色，反映了人们的爱憎情怀，有很强的时代特征。莲花落在人们一代代的传唱过程中，保留住了温榆河人的性格，留住了岁月的脚步，使今天的温榆河人，通过这样的演唱形式，了解了过去不为人知的历史。

温榆河畔有许多花会组织，著名的会档有：后牛坊村的"花钹大鼓"、涧头村的"太平子弟高跷"、白羊城村的"威风锣鼓"、长陵村的"舞龙"、阳坊的"跑驴舞"、马刨泉的"霸王鞭"、北邵洼村的"高跷会"、沙河崇善老会的"小车会"、燕丹庙会的"小车会"、"五虎棍少林会"……每逢年节、婚丧嫁娶之日、庙会聚会、重大社会活动等，班头就会带着大家出来"走街"，谓之"走会"。

温榆河流域民间花会有着悠久的历史。早在人们节日中，往往以歌舞祀神，同时也娱乐自己。各种的欢庆活动纯粹而朴素，或纪念战争胜利，或庆祝丰收，或驱鬼除疫，或祭祀祖先，还有专为男女求爱的。

从社会的发展中，温榆河人保留着以氏族血缘关系为基础，相对稳定的农村组织，而历代农村花会中，往往保存着从老辈人流传下来的歌舞和技艺。通过演变和改造，这些技艺形成了成熟的形式。大多数花会组织，在节日和农闲时期才演出。他们的演出场地是温榆河的田野，或走家串巷。有些歌舞要装扮成人物来表演，但没有形成完整的戏剧结构。除歌舞外，还包括各种踩高跷、武术、筋斗等。表演形式欢快而炽烈，体现了温榆河人淳朴的性格与火热的情感。

在温榆河这片古老的土地上，人们通过自己的智慧，创作和改编了大量优秀的民间歌舞，如欢快轻盈的花钹大鼓、谐趣横生的小车会、技艺精湛的踩高跷、霸王鞭等，这些艺术种类形式活泼、健康有趣，让人们在劳作之余得到了莫大的欢乐，体现了温榆河人独特的审美情趣，也记录了人们在生产、

【美丽的**温榆河**】

生活、组织制度、宗教信仰等各个领域的具体形态，具有不同程度的文化价值。

民间花会是温榆河人在不同的历史时期共同创造形成的，通过创作、改编、传承，延续至今。许多花会并不亚于舞台艺术，美轮美奂，绚丽多姿。我们相信，在今后漫长的历史岁月中，它将继续焕发自己独特的魅力，在人们生产生活实践中，发挥巨大的作用，产生更深远的社会影响。

例如后牛坊村的"花钹大鼓"，就是温榆河花会组织的佼佼者。

后牛坊村"花钹大鼓"：

清乾隆年间，有一年山西洪洞县闹水灾，一位从山西来的逃荒老人来到温榆河畔后牛坊村，村民热情接待并收留了他，老人非常感激，便把"花钹大鼓"传给了当地村民，出于对远祖先人的怀念之情，后牛坊人就把这档花会世代流传了下来。

因无文字记载，后牛坊村"花钹大鼓"不知在温榆河流传多少代了，现在尚能说清楚的五代，都是在高郝两大家族之内流传的。

花钹大鼓的艺术特色：鼓、钹、舞同出一辙，声、情、貌高度统一，鼓为指挥，又是伴奏的乐器，钹为伴奏乐器，又是舞蹈道具；鼓带钹声，钹追鼓点，节奏明快，变化自然灵活，以三拍子为主并加以丰富变化的音乐节奏，是后牛坊村"花钹大鼓"的突出特点；弹跳既膝颤的律动贯穿始终，全场是一群天真烂漫的儿童在舞钹嬉戏，动作如行云流水，一气呵成，无时不在紧扣少年儿童天真活泼的主题；表演形式灵活多变，舞蹈语汇多样，可以编排出很多表演套路，表演阵容灵活，少至两人，多则上千人，都可表演，表演顺序灵活变化，表演时间可长可短，可行进表演，也可原地表演，还可以进行舞台表演，各套路无论怎样变化衔接，都能做到自然流畅，统一完整。

"花钹大鼓"在艺术上，是民间花会在温榆河一带的特色分支，是民间鼓舞艺术不可缺失的一部分，挖掘整理它，可为研究民间花会艺术提供相关资料，为民族艺术创新提供民间艺术语汇；它反映了温榆河人的文化特点，可为研究民俗文化提供很好的资料，使温榆河民间先进文化，得到了很好的保护和传扬；它以少年儿童为表演传承主体，是对儿童想象能力、协调能力、表演能力、组织能力的培养，使民族精神植根于人民群众之中。

现在，后牛坊村"花钹大鼓"，已经被批准为国家级非物质文化遗产保护项目。

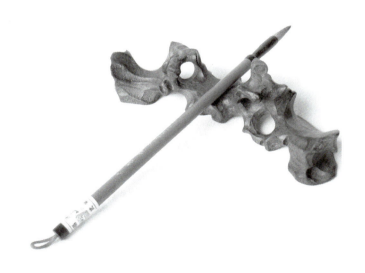

【美丽的**温榆河**】

八仙庄的由来

李秋明

在美丽的温榆河南岸，有一个名叫"八仙庄"的村子，提起这个村名的由来，还有一段传奇的来历。

原来，在八仙庄的村南，有一条东西长、南北短的土岗，当地人称为"八仙台"。在八仙庄村的村西北角上，还盖有一座八仙庙。据老辈人讲，原来的八仙庄，到这里烧香许愿的人特别多，可以说是香火鼎盛，名噪一时。只可惜的是，八仙庄村的八仙台，不知在什么时候被人平掉了；八仙庙也在上个世纪的六十年代，"文革"时期的"大破四旧，大立四新"运动中被拆除，落得今天的八仙庄，只有了八仙庄之名，没有了八仙庄之实。今天，尽管印证八仙庄村名的实物都不复存在了，但流传在八仙庄村的故事，却一代代地口口相传，一直流传到今天。

原来这里还不叫八仙庄的时候，就是一块非常美丽的地方，在紧靠温榆河的南岸，生长着一大片上千亩的梨树。这里的梨与白虎涧的梨享誉一方，所不同的是，这里生长的是鸭梨，而白虎涧生长的是京白梨。这里的鸭梨，不但个大汁多，而且皮薄肉脆，色泽金黄。每到秋天，鸭梨成熟的季节，这里瓜果飘香，红叶高照，满树金装素裹，就像仙境一样迷人，勾得一些人垂涎欲滴。蓝天上的飞鸟，温榆河里的游鱼，远近的农民、商人……都会云集到这里，赏美景、做买卖，品尝鸭梨的甘甜。

话说这一千多亩的梨园，不光长着京北鸭梨这么简单，更关键的是，这里还有一个梨王，不但是这里最好吃的一个梨，里面还藏有一把开启温榆河水门的钥匙。如果谁得了这把钥匙，吃了这个宝梨，不但能长生不老，还能得到温榆河的所有金银财宝……就因为这千亩梨园里有这样一个宝梨，有这样一件宝贝，每年在鸭梨收获之前，都有好多贪婪之人，到这里来寻宝、淘宝、碰碰运气。

八仙庄梨树园里，原来流传着这样的谶语："不靠河，不靠道，九缸十八窖；若想得钥匙，除非梨王笑。"那意思就是说，在藏有温榆河水门钥匙的那棵梨树，一不靠河，二不靠道，要想得到钥匙，除非梨王开口大笑之时；还有一层意思就是说，温榆河的宝贝，一共有九缸十八窖之多。为了破解这个谜，找到开启温榆河水门的钥匙，得到那九缸十八窖的宝物，多少年来，不知有多少人绞尽脑汁，煞费苦心，不择手段，甚至铤而走险……

就在蛮荒年代的一个秋天，又有两个南方蛮子到这里寻宝来了。这两个南方蛮子非常狠毒贪婪，为了找到钥匙，寻到宝物，他俩不惜把还没有完全成熟的鸭梨全部摘下来，倒在一起让它们全部发酵烂掉，这样用不了多久，等清理完所有废物，就能找到开启温榆河水门的钥匙了。

他们把这里全部封锁了起来，一颗一颗地摘，一框一筐地弄，半个月下来，把这片美丽的梨园，糟蹋得满目疮痍，臭气熏天……

云游的八仙，每年都要到温榆河巡查沐浴，到梨树园品尝鲜果，他们非常喜欢这里那条东西长、南北短的土岗，经常在云游之余，到那里赏景、歇息、下棋、论道。享不尽的人间美味，看不够的温榆仙境，常常让他们流连

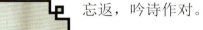

忘返，吟诗作对。

这次来到温榆河，还没走到那片梨园，就闻到了一股酸臭味。这股味不但污染了温榆河的环境，还影响了八仙的心情。八仙之一的何仙姑鼻子最尖，她使劲

嗅了几下，觉得味道不对，就对铁拐李说道："你闻闻，这温榆河边什么味道？哪里来的酸臭？"

铁拐李闻听，耸了耸鼻子，也觉得气味不对。他立时高驾云头，手搭凉棚往下一看，但见那梨树园里，两个南方蛮子正在忙碌着。铁拐李冲着七仙大叫一声："不好，有人毁坏梨园！"便不顾一切地带着他们，首先冲了下去。

再说那两个南方蛮子，发财心切，已经不分昼夜，把这里的梨树摘下了一大半，正在丧心病狂地做着发财梦，不想八仙赶到，把他俩淘宝的计划给搅黄了。

这两个都是非常贪婪之人，都是要钱不要命的主，哪顾得了那么多。他俩见来了一个男子，也不认识，还瘸着一条腿，哪里把他放在眼里。他俩顺手拿起两把钢刀，见铁拐李走到跟前，也不答话，双双向铁拐李砍去。铁拐李见刀带着风声，向他扑面砍来，也不躲闪，只把铁拐轻轻向上一架，两把刀就飞上了天空……两个南方蛮子，哪里是铁拐李的对手，只一下，就震得那俩小子虎口崩裂，鲜血迸流，双双跪在地上求饶。

这时候，吕洞宾、张果老、蓝采和、何仙姑、曹国舅、汉钟离……全都来了，铁拐李问其余七仙怎么发落。

七仙问明了缘由，看了千亩梨园被毁坏的惨象，说道："这两个人生性残忍、贪婪，手段卑鄙恶劣，不惩治不能警醒后来者。就把他俩压在温榆河边的石墩下，待到谶语应验时，才得以解脱。"吕洞宾说着，念了一段咒语，拘来了两个石墩，把那两个南方蛮子，永远压在了温榆河畔的石墩下。

后来，这里搬来了很多人家，在温榆河的南岸建起了一个村落。为了纪念八仙保护梨园的功绩，就把这个村子取名叫"八仙庄"，把他们赏景、歇息、下棋、论道的那个土坡，叫成了"八仙台"，还在村西北角修建了八仙庙，永世供奉。

燕丹村名与太子丹

刘加领

在温榆河冲积而成的京北小平原上，有一个名叫燕丹的村庄。这个村子在辽代之前就已经形成了村落，地处温榆河流域的南岸，这里水资源丰富，土壤以洪水冲积沙性土为主。这个村的村名很特别，乍一听好像与战国时期的太子丹有什么关联，这个村究竟为什么叫了这么个地名呢，是否真的与燕子丹有直接关系呢？请听我给您讲一段离奇的传说。

毋容置疑，每个村的定名都不是空穴来风，都有一定的来源和意义，有的村名听起来甚至很古怪，马上就能让人想起些什么，燕丹村就属于这样的一个村名。

在战国争雄的年代，中国大致上分为七个大国，分别是齐、楚、燕、韩、赵、魏、秦，其中现在的北京、天津、河北省部分地区，当时称为燕国。现在人们所说的燕赵大地，指的就是这些地方。到了战国的后期，秦国势力最强盛，逐渐吞并了其他的六国，建立了中国历史上第一个封建王朝——秦朝。

燕太子丹（？—前226年），姬姓，本名丹，习惯称为"燕丹"，与现在的燕丹村名相同。燕丹是战国末年燕王喜的太子。秦灭韩前夕，由于秦国强盛，太子丹被强迫送至秦国当人质，受尽了屈辱后回到燕国。因秦军逼境，兵临易水，太子丹找人行刺秦王嬴政。他最先找到的是田光，田光惧怕强秦，推脱说自己年事已高，不能成就大事，还给推荐了荆轲。荆轲与太子丹见面后，太子丹经过多方考察和试探，认为荆轲有勇有谋，富有英雄气概，很适合担当刺秦的使命。经过精心准备后，太子丹决定派荆轲与秦舞阳入秦行刺秦王嬴政。为了取得嬴政的信任，临行前，太子丹还忍痛逼死了自己的爱将——秦嬴政的仇人樊於期。太子丹把樊於期的头颅装在一个盒子里，让荆轲与秦舞阳带着入秦，作为见面礼，交秦嬴政查验；并献督亢（今河北涿县、易县、固安一带）的地图，以表归顺之诚意。一切准备停当后，荆轲与秦舞阳带着人头和地图上路了，是想干一件惊天动地的大事。

尽管太子丹他们准备得很充分，但天算不如人算，就在荆轲与秦舞阳入秦敬献樊於期的头颅，取得秦王嬴政的信任后，又将督亢地图展示在嬴政的面前，慢慢捯开准备行刺时，不想藏在图里的匕首露了出来！秦王嬴政看到匕首，大惊失色，即刻有了准备。说时迟那时快，荆轲待图即将捯尽，顺势拿起匕首，向秦王要害猛刺……秦王嬴政毕竟不是等闲之辈，在非常危险的情况下，左躲右闪，最终竟然数次躲过了行刺的匕首……荆轲屡刺秦王不中，最后被秦王拔出剑来，与护卫的武士一起，将荆轲的身体肢解……荆轲为了燕国死于非命，最终没能完成太子丹交给自己的使命，落了个客死异乡的悲惨下场。荆轲虽然死了，但却演绎了一个燕赵儿女，慷慨赴死的英雄传奇，成就了一个"图穷而匕见"的成语故事，给后人留下了很多启迪和深思。

太子丹派荆轲行刺不成，彻底激怒了秦王，就派大将王翦带兵攻打燕国。公元前226年，秦军攻破蓟（今北京）。燕王喜及太子丹抵不住强大的秦军，就跑到燕国统治稳固的地区——辽东郡的首府襄平（即今天的辽阳市）。燕王喜一行人逃到辽东后，秦军仍在后面攻打，不肯停止进军。太子丹到襄平后，躲在附近的衍水中暂避锋芒。此时赵代王嘉写信给燕王，说：秦军如此追赶你们，就是因为太子丹的缘故。如果你能杀了他，献给秦王，秦王一定能谅解你而保住你的国家。愚蠢的燕王听信了赵代王嘉的话，派人去太子丹藏身之所，忍痛杀了太子丹。可是太子丹被杀后，秦军还是照样攻打燕国，最后把燕国灭掉了，燕王喜也成了秦军的俘虏。后人为了纪念这位爱国的太子，就把衍水改名为太子河，这就是太子河名称的由来。太子河也正是因为这件事，成为辽宁省内一条富有传奇色彩的河流。

汉王充《论衡·感虚》中记载："燕太子丹朝于秦，不得去，从秦王求归。秦王执留之，与之誓，曰：'使日再中，天雨粟，令乌白头马生角，厨门木象生肉足，乃得归'。当此之时，天地佑之，日为再中，天雨粟，乌白头，马生角，厨门木象生肉足。秦王以为圣，乃归之。"《燕丹子》卷上记载："秦王不得已而遣之，为机发之桥，欲以陷丹。丹过之。桥为不发。夜到关，关门未开，丹为鸡鸣，众鸡皆鸣，遂得逃归"。又《论衡·书虚》记载："燕太子使刺客荆轲刺秦王，不得，诛死"。

其实，在温榆河畔的燕丹一带，流传着另一个版本的民间传说，那就是：燕王喜在看了赵代王嘉写的信后，忽然心生一计，找了一个长相酷似太子丹的死囚，令人把他杀掉，假说那个死囚就是太子丹，献给了秦国，骗得了秦王嬴政的信任，使燕国又延续了五年。而真正的太子丹，早被藏匿到了温榆河畔，过起了普通农民的隐居生活。后来，太子丹死后，就埋在了温榆河南岸，现在燕丹村这个地方。因为这里埋葬着爱国英雄太子丹，人们为了纪念他，就把这个村叫成了"燕丹村"，这就是这个村名的由来。

正是：

昔日燕丹避秦兵，温榆河畔史传名。

水流远从千涧出，京畿大地逞奇能。

自古燕赵多豪杰，叱咤风云气如虹。

敢问英雄何处有，隐在燕山烟雨中。

温榆河水救仙菊

海邯

相传，在很久以前，温榆河底有一条小黄龙。这小黄龙本是北海龙王的第八子，因酒后打碎祖传宝物玉瓶，被北海龙王责罚，逐出龙宫，要他来镇守温榆河——如果能造福一方百姓，有朝一日还能再返龙宫；如果让河水泛滥，百姓受苦，则永无出头之日。

小黄龙遵了父命，来温榆河安了家，兢兢业业地履行自己的职责，自此，温榆河波清浪平，滋养着两岸的百姓。百姓们也感念小黄龙的功劳，还在岸边建了龙王庙，每逢初一十五，就前来上供。

温榆河流域民风淳朴，是个风光秀美的地方，但小黄龙却感到憋闷，河底冷冷清清，鱼、虾、蟹很少来，岸上虽说人口稠密，但无人可以交流，小黄龙怀念以前在海底龙宫的日子，那里有兄弟姐妹，还有很多鱼朋虾友。

有一年秋天，又到了菊花盛开的季节。小黄龙早就听说远方有一座山叫黄土山，山下有好多村庄。那里的人喜欢种菊花，到了秋天还要开花会，各家各户的菊花聚在一起，供人观赏，还要评出谁家的菊花养得最好，第一名就是"花魁"，可以得到官府的嘉奖。此时正当其时，小黄龙便想去凑凑热闹，观赏观赏菊花。打好主意，小黄龙摇身一变，变成一个文雅的读书人，身着蓝袍，头戴青巾，脚踏褐色布鞋，款款来到了黄土山下。

小黄龙意气风发，满怀憧憬。谁知来到黄土山下一看，这里草木凋零，土地干裂，地里的庄稼稀稀拉拉，哪有菊花的影子？小黄龙走进一个村庄，看见一位老者，便上前唱了个喏，说道："老大爷您好，早就听说贵地的菊花美艳，今天怎么看不见菊花？"

老汉捋了捋花白的胡子，说："你不是本地人吧？我们这儿两年没落一滴雨，别说菊花了，草都长不好！"

小黄龙说："你们没去求雨吗？"

老汉叹了口气说："怎么没去呀，我们这儿经常有人去龙王庙求雨，可龙王爷就是不开恩。这样下去。我们都没活路了！"

老汉说着说着就哽咽起来，还带了小黄龙，到自己花圃去看。只见那一盆盆菊花，凋的凋，残的残，一片凄凉。小黄龙看看它们将要枯死，心里很难过。便和老汉告辞，径自去了海底龙宫。

小黄龙一见到老龙王，就替黄土山下的百姓求情，让老龙王为那里的百姓降下甘霖。没想到，一提起黄土山下那片土地，老龙王就气不打一处来，道出了事情的原委。

原来，在两年前，黄土山下有一个老鳖精，经过五百年修炼，成了人形。那老鳖精游手好闲，不光经常偷吃龙王庙里的供品，有一次还打翻了火烛，差点把龙王庙烧毁。虽说老鳖精受到了惩处，当地百姓也把龙王庙重修了，但龙王庙失去了昔日的金碧辉煌，老龙王恼怒当地百姓看守龙王庙不利，下令三年不给那里一滴水。

小黄龙说："当地百姓重修了龙王庙，经常去上供烧香，您就开恩降雨吧！"老龙王一拍桌子，命小黄龙速回温榆河，不要再多管闲事，否则，就新账老账一块算。小黄龙无奈，只得离开了龙宫。

小黄龙没回温榆河，而是又来到黄土山下，看见那个老汉正用瓦罐，给一株墨菊浇水。老汉看见小黄龙又来了，就说："我们这儿的人，吃水像吃油一样难。我爬到了大山另一侧，才在一条将要干涸的山泉处提来半罐子水，这是我最珍爱的墨菊，是我父亲留给我的，养了几十年了，听我父亲说，它有仙气哩，说什么也不能让它干死。"

小黄龙看那墨菊，叶子发黄，枝干纤弱，显得无精打采，好像是一个弱不禁风奄奄一息的女子。小黄龙突然想到自己镇守的温榆河水，那水清冽甘醇，不知滋养了多少生命，何不取一点来，浇灌这里的菊花和庄稼，拯救黄土山下苍生！

小黄龙打定主意，转身便走。还没走几步，他心里又想：没有龙王命令，我擅自取温榆河河水，这是死罪啊，救活了这里的苍生，只怕我性命难保！小黄龙挪着脚步，看见村子里的人干瘦羸弱，小孩子的头发焦黄枯干，一个婴儿吮吸母亲的乳房，可就是吮不出奶水，正在哇哇大哭。家家户户门口都摆放着菊花，却很少有开花的，有的已经枯死，只剩焦黄的枝叶。小黄龙肝肠寸断，他决定冒再大的风险，也要救这里的百姓，救将要枯死的菊花。

小黄龙回到温榆河，现了原形，张开大口，猛吸两口，把河水吸进肚子里一些，又腾云驾雾，飞到黄土山上空，把口张开，喷出了温榆河水。

顿时，黄土山地区普降甘霖，足足下了两个时辰。庄稼田地都绿了，草草木木都活了，万株菊花也盛开了！那株带有仙气的墨菊，得到温榆河水沐浴，竟然变成了一位黑衣少女，她朝天空作了个揖，说道："黄龙公子，感谢你的大恩大德，但是触犯天条，擅取河水，肯定要受到责罚，你不能再回去了，还是来我们这躲避吧！"

小黄龙又变成谦谦公子，来到墨菊仙女身旁，说："你不知道，龙宫里有一颗定海神珠，无论我躲到哪里，神珠都可以知道我的行踪，现在万物得救，我甘愿回去向父王领罪。"说完转身要走，却被墨菊仙女拉住了。

墨菊仙女潸然泪下，说："你藏在我的心里，他们也能找到吗？"小黄龙摇摇头说："算了，我怎么能拖累你呢，再说，我是龙种，你是仙种，融不到一起，不能藏的。"

墨菊仙女却说："你在此稍等，我一会儿便回来。"说罢，扭头疾步而去。

却说那边厢，老龙王听到下边人禀报，得知小黄龙擅取温榆河水，私自降雨，非常生气。便派遣手下兵将，前来捉拿小黄龙。小黄龙看见上空阴云密布，就知道大事不好，有人要捉拿自己了。正在焦急，墨菊仙女回来了，她浑身大汗淋漓，手里握着一支金钗，那金钗的一端尖尖的，看上去锋利无比。

墨菊仙女跑到小黄龙面前，说："快藏在我的心里吧！"说罢，就用金钗抵住自己的胸膛，一下子扎下去，往下一划，就把胸膛剖开了。墨菊仙女显得很痛苦，嘴里说着："快，快。"小黄龙感激地点了点头，把身一转，化作一束黄光，倏地躲进了墨菊仙女的胸膛里。墨菊仙女如虚脱一般，登时委顿在地，又变成了一株墨菊，花心处是黄色的。

龙宫兵将四处寻找，却没找到小黄龙，用定海神珠来搜寻，也照不到小黄龙的影子。兵将们只好回去禀报，老龙王震怒，气愤地说："肯定是有别的仙家多管闲事，把他隐藏起来了！"老龙王一腔怒火无处发泄，就勾掉了小黄龙的仙籍，小黄龙失去了浑身法术，再也变不回原形了。那墨菊仙女因为破开胸膛，几百年的修炼化为乌有，也变成了一株普普通通的菊花。但他们在一起很幸福，你中有我，我中有你，世世代代相亲相爱，直到天荒地老。

从此，黄土山下就增添了一种名贵菊花，黄心墨菊。花朵呈黑色，里面却金黄发亮，花心处弯弯曲曲，像一条龙盘踞在内。

温榆河两岸村庄的轶事

青蛙改道

齐明亮

　　清朝初期，温榆河边有个叫南庄村的地方，就是现在的郑各庄村，当时一个九岁的小孩子很喜欢养青蛙。孩子叫马小胜，从五岁开始就爱养青蛙，先后养了好几十只。就在他九岁的时候，奇迹出现了。在他养的三只青蛙里，有一只开始长得硕大无比，别的青蛙只有拳头大时，这只青蛙已经有两只手掌那么大了。

　　这只青蛙，不但长得大，浑身还绿得可爱，绿得透明，就像一块大宝石，好看极了。村人都跑到马家去看这只神奇的蛙。谁看了谁说奇，世上没见过这么大的青蛙。也没见过这么绿的青蛙。尤其村里的孩子们，几乎天天都去马小胜家里看这只青蛙。

　　孩子们还给大青蛙带去吃的，小虫子什么的。这只青蛙还爱吃肉，什么肉都吃。

　　一年过去，这只青蛙长到了脸盆大，而且还在长。村人看着都有点害怕，说世上哪有这么大的青蛙，这不是青蛙了，而是一只怪物。

　　也有人叫它蛙精，说它是一只精，而不是一只蛙。这时问题也出现了，这只青蛙太能吃，一碗虫子都不够它一天吃的。马小胜的父亲就很犯愁，本来他就不主张孩子养青蛙。他对马小胜说，你再养下去，咱们给它吃什么呢？粮食咱们人还不够吃，虫子又没有那么多。几个月过后，青蛙又长大了一圈。

　　父母想把青蛙放走，但马小胜舍不得，他就动员村里的孩子，都去为青蛙捉虫子。于是，这只大青蛙便成了全村孩子的青蛙。孩子们人人给它捉虫子。青蛙好像很懂得孩子们的心思。它和孩子们的关系很好。孩子们一来，它就跳啊叫啊的，像是跟孩子们在说话。

　　可是，大青蛙还是太能吃了，孩子们又贪玩，不一定真能捉来那么多的

272

虫子。事情谁也不知道该怎么办。

倒是大青蛙自己很懂事，一天，它从马小胜的院门里跳了出去，自己跑到了庄稼地里去捉虫子。马小胜把它抱回来，大青蛙又跳出去，这样好几次，马小胜也就明白了大青蛙的想法，它是太饿了。马小胜只好随它去。

谁家的地里虫子多，神奇的大青蛙事先像是知道，并很快把那块地里的虫子吃干净。大青蛙还特别地能拉，因此，南庄村的地也因这只大青蛙而变得肥沃起来，庄稼长得特别好。

青蛙是被孩子们养大的，它很通人性，孩子们在地边上一叫它，它就会跑出来，和孩子们玩一会儿。然后再回到地里去。

久而久之，南庄村有只神奇青蛙的事也就传得很远。有人会带着孩子们来看，有的孩子会自己跑到南庄村来看大青蛙。关于大青蛙的故事也就多了起来。有人说，这只大青蛙是天神，要么就是天神派来的。

但它来干什么呢，又没人知道。

谁想，一个有钱人，也听到关于大青蛙的事，他跑到南庄村来看。看了

也很惊奇，就想捉住这只大青蛙，归为己有。

这一天，有钱人带着七八个打手来到南庄村的地边上，打手们开始一块地一块地地搜寻大青蛙。这可把村里人惹恼了。他们守在自己的地，不让外人进，与这位有钱人的打手发生了争执，小孩子们则大

喊着让大青蛙快跑。

大青蛙像是听懂了孩子们的呼喊。跳跃着，从一块地里，跳到另一块地里。这位有钱人也动了气，他没想到这只大青蛙还如此神奇，命手下人一定要抓住这只大青蛙。但折腾了一天，手下人也没能捉到这只大青蛙。有钱人一怒之下，命手下人射杀青蛙。

村人就急了，所有的村人都跑出来保护这只神奇的大青蛙。与有钱人的手下打在了一起，双方都有受伤。

后来，这位有钱人因为这只神奇的青蛙，把村人告上了县衙，与村人打起了官司，县衙拿了有钱人的钱，当然向着有钱人，让村人交出大青蛙。说青蛙是野生的虫子，并不归村人所有。

村人败了官司，事先将大青蛙找到，并运到了温榆河，放进了水里，大青蛙像是知道一切，安安稳稳地听村人摆布，游走了。县衙和有钱人再次来到村里，一块地一块地地找大青蛙。大青蛙却不见了踪影。一来二去，有钱人不得不死了心。

不久，大青蛙自己又回来了，仍然帮着村人在地里捉虫子。

有一年，天下大旱，村里的地都干了，庄稼也都快枯死了，村人纷纷准备去逃荒。这时大蛙开始做一件令村人无法想象的事，它开始挖河了，谁也想不到，大青蛙的劲会那么大，就像一台推土机。不久，温榆河便出现了一条小小的支流，支流有三里地长，正好经过南庄村。村人的田地里又都有了水，庄稼又都长得绿油油的了。人们欢欣鼓舞，烧香敬着这只大蛙。都说，这是一只天上的神蛙。

只是从那之后，人们再也没有见到这只神奇的大青蛙。但人们都明白了大青蛙的出现，原来，它是来帮助村人造河的。

昌平民间文学

神 桥

齐明亮

清朝后期，温榆河边上的大王庄，有一座很有名的观，名叫三清观，很讲究，观中的院子还有流水，水就是来自温榆河。观里住着一位道士，名叫清云，是一位道长。清云道长的善良与为人，温榆河两岸的人都知晓。大家都很喜欢他，常来观里向他请教。

清云道长还会给人治病，很多疑难杂症，他都手到病除。因此，人们说，清云道士也是一位郎中。方圆百里有名。

清云道长在温榆河边上的这座观里已经住了十几年，就是几百里外的人也会来三清观见清云道长。因为他不但德性好，会医病，更拿手的是算命。别的观里都是抽签，三清观根本用不着抽签。清云道长问了你的生辰八字，看了你的手相和面相，便能把你的性命与来龙去脉说个八九不离十，很准的。

曾有一位多灾多难的女士，来观里请清云道长看相。清云道长看了女士的手相和面相，说你的第一个男人是自杀而亡，第二个男人又得了怪病离你而去。这位女士听了大惊，因为清云道长说得一点不错。清云道长告诉她，换换房子，别再住门朝东的了。女人走后，换了房子，从此命运才安稳。

还有一位男士来三清观，请清云道长看相，清云道长见了此人便道，你赶快回家把院里的井填了，不然很快就会出事，此人听了却不以为然，让清云道长给他算财算福。清云道长闭口不答。

此人回去后，根本没拿清云道长的话当事，那口井更是不可能填上的。几天后，此人不慎掉到了井里，结束了性命。

总之，清云道长算命在方圆百里都是十分有名的。

可事情也坏在清云道长的这个本事上。这一天，有一位地方恶霸来到三清观见清云道长，见面便让清云道长给他算命。

清云道长看此人一脸凶气，早料到了此人命运，嘴上却不说，只是轻描淡写地说些别的。谁想，此人却是一根筋儿，非要问个死活，逼着清云道长看寿相，让清云道长告诉他，自己是活到明天，还是后天，是活到六十岁，还是八十岁。逼得清云道长没有办法，清云道长轻声道，先生还是要改改脾气，好好地忏悔，不然灾难就在近日。

清云道长说完，此人却哈哈大笑，道，老子就是命硬，克了多少凶灾。不用你算，老子能活百岁。说罢，此人不屑地离去。清云道长摇摇头。他经常会遇到这样的人，心里倒也不以为然。

谁想，几天之后，清云道长的话却应验了，那恶人不知怎么中了邪，一天与人喝酒，竟然一口气喝死了。不料，事后他的几个兄弟却不干，全怪清云道长拿话方的。

这天，几个人来三清观找清云道长算账。清云道长出门了，温榆河上有一座小木桥，桥不宽，只有三尺。清云道长走在桥上，正遇上那几个来找他的人。几个歹人不由分说，拔出刀来，便将清云道长刺死了。

清云道长的鲜血洒在桥上，几个恶人杀了清云道长，本想就此离开，想不到仅仅走到桥头，便一个个掉到了河里，其中两个本来会水，却也被淹死了。

更奇怪的是，清云道长的鲜血，一日日鲜红不退，就那么艳艳地红在木桥上，多少年过去，木头依然是红色。

只是，从此这座桥便有了神运，恶人、歹人、心数不正的人走在桥上，常常会失足掉下河去，就此丧命。而好人、善人、穷人走在桥上，常常会有好运降临。好人会得到好报，善人会有回响，穷人往往就此转命。

温榆河的人都很喜欢这座桥，附近的人没事就去桥上走走，虽然不一定都能转运，但最少也是心里舒服。时间长了，人们怀念清云道长，就管它叫清云桥。这座桥一直保持了很多年。但还是毁于民国初期。解放后，这座桥被一座大石桥所代替。

【美丽的温榆河】

河边神画

李晨辰

从前，在温榆河的河边，有个小姑娘，叫蔡晓天。蔡晓天五岁时就死了娘，跟着爹爹共同生活。爹爹有手艺，会织渔网，织出的渔网又结实又耐用，很好卖。蔡晓天从小就跟着爹爹学，她的手越来越巧，不但会织渔网，还会用藤条、草茎编织草筐、炕席、椅垫和各种小动物。蔡晓天和爹爹的生活不算富裕，但也够得上丰衣足食了。

蔡晓天十四岁那一年，爹爹盖了两间大瓦房，又给蔡晓天娶了一个后娘。后娘长得很妖媚，嫁过来的时候，还带了一个女孩进门，女孩比蔡晓天大两岁。一开始，后娘对蔡晓天很好，给蔡晓天做饭吃、做衣服穿，有了好吃的，也是平均分给蔡晓天和自己的女儿。

过了两年，蔡晓天的爹有一次喝醉了酒，沿着河边走回家的时候，掉到河里淹死了。全家人哭了一场，把人安葬在山谷里。从这以后，蔡晓天的后娘就态度大变，对蔡晓天不是打就是骂，并霸占了全部家产。两个月之后，后娘就把蔡晓天赶出了门，只给了她一间破茅草屋。

蔡晓天就独自生活在破茅草屋中，每天编了渔网、草筐等东西，拿到市场上换饭吃。正是因为自己有手艺，才没有被饿死。但是一到深夜，蔡晓天就忍不住哭泣，她觉得自己在世上孤苦无依，又特别想念亲爹亲娘。

有一天，蔡晓天在市场上卖渔网，生意还好，一大早就卖出了一张，中午又卖出去两张。到了下午，蔡晓天发现，她摊子的斜对面有个白胡子老大爷。老大爷也在摆摊儿，卖的是一张画。那画儿又旧又破，很多过路人看了，都摇摇头，不感兴趣。蔡晓天注意到，老大爷也是一早就来了，中午没吃东西。到了下午，老大爷饿得连吆喝的力气都没有了，垂着头无精打采。不久，蔡晓天又卖出了一张渔网。眼看就到了黄昏，日头已经到了山坳处，依然没人买老大爷的画。老大爷已经饿得不行了，两眼黯淡无光。蔡晓天看他可怜，就走上前，把中午买的两个烧饼塞给了他。老大爷看了看蔡晓天，又看了看烧饼，蔡晓天微笑着点了点头。老大爷狼吞虎咽就把烧饼吃了。烧饼下了肚，老大爷好了许多，眼睛也有神了，对蔡晓天谢了又谢。

这时，天色黑下来。市场上的人也少了。老大爷把那幅画塞给了蔡晓天，说："反正也卖不出去，就送给你吧，这可是我祖上传下来的。你善良忠厚，也配拥有它。"蔡晓天推辞，说："大爷您还是留着吧。区区两个烧饼，您不必记在心里。"老大爷说："你就拿着吧，我也活不了几天了，我宁可分文不要，也要让这画落到好人手里。这画自然有妙处。如果你有了危难，就把温榆河的水洒在画上，这画会帮你脱困。"蔡晓天听他这么说，只好收下，并把一天所挣的钱大部分都给了老大爷，自己只留了一点儿。

回家以后，蔡晓天把画拿出来，展开画轴，借着烛光细看，画上画的是一个渔翁在河里钓鱼，画工不怎么样，而且画轴和画纸又破又旧。蔡晓天不甚喜欢，把画草草挂在了墙上。吃过晚饭后，蔡晓天百无聊赖，就随手拿了几根草茎，编了一束梅花。编好后就放在桌子上，自己去睡觉了。

第二天早起，蔡晓天发现桌子上用草编的梅花不见了。在屋子里找了一圈，没找到。蔡晓天还以为家里进了贼，不经意间，忽然注意到那幅画里多了点儿东西。画中渔翁的头上，插了一束花——正是昨晚自己编的那朵梅花。蔡晓天啧啧称奇，暗想这画果然非同一般。

一天时间过去了。夜里，蔡晓天正要入睡，忽然觉得屋子里亮堂堂的。睁开眼，发现那幅画正发着金光。蔡晓天下了床细看，只见画中渔翁动了起来，举着鱼竿在钓鱼。那鱼上钩之后，被钓出河面的瞬间，溅出了金色的水珠，水珠溅到了画外，就变做了一粒粒金珠。第二天，蔡晓天就用这些金珠买了一些吃穿用品。从这以后，天天夜里都是如此，画中都会溅出一些金珠。蔡晓天的日子逐渐富裕起来，家里的变化翻天覆地，不光盖起了明楼瓦房，还在院子里养了成群的禽畜。

蔡晓天成了富人。这让她的后母很奇怪，后母就暗中观察。过了几天，后母终于发现了那幅画的秘密，心里又妒又恨。正好，远房有一个外甥，在县里做县令。蔡晓天的后母就去报告了县令。那县令是个贪婪卑鄙的狗官，当即派出两个差役，把蔡晓天抓了来，要她交出那幅画。还说这画一定是蔡晓天父亲的，父亲已死，这画自然要归配偶。

蔡晓天知道官员狡诈，又握有强权。就带着衙役，到家里取来了画。县令这才满意，把蔡晓天放了，把画挂在了自己的卧室里。可一连好几天过去，那幅画却没动静。县令又把蔡晓天叫来，质问她为何耍诈，还说要是不让这画吐金珠子，就送蔡晓天去服苦役。蔡晓天又气又急，忽然想起了那位老大爷的话，就说："你们去温榆河边，把河水洒在画上，要多少金子有多少金子。"

县令很高兴，第二天就约上蔡晓天的后娘，带上画，去了温榆河边。结果，河水刚一洒到画上，画里的渔翁就活了，变大了，渔翁从画里出来，操起鱼竿，钓住了县令，把他甩到了河里。接着，渔翁又把鱼竿一晃，钓住了蔡晓天的后娘，也甩到了河中。几个差役都吓得逃跑了。蔡晓天拍手叫好。渔翁把身体一缩，又回到了画里。

从此，蔡晓天不但过起了幸福的生活，她还用金珠接济穷人。留下了很多佳话。

猴子戏恶霸

王焕方

传说，在明代嘉靖年间，温榆河上有一恶霸，叫董二鲍。董二鲍仗着朝里做官的姐夫，在家乡横行霸道、欺男掠女。董二鲍不光占着百顷良田，还宣布温榆河的一段河域为自家所有，向所有的渔人和过往商客收税。老百姓们敢怒不敢言。

这一年春天，河绿柳青，桃红杏黄，正是温榆河上春光明媚的时候。许多人出了家门，来温榆河两岸踏青游玩。到处是一片莺歌笑语。这一天，董二鲍也骑着马，带着家丁，出来玩耍。

来到温榆河畔的一座道观前，董二鲍看见前方很喧闹，一大堆人围成一个圈儿，还不断发出喝彩声，好像在围观什么东西。董二鲍就叫家丁驱散人群，赶开一条路，自己走进去看。

人堆里面，原来是一个耍猴人，正在让一只猕猴做着猴戏。耍猴人敲着梆子打节奏，嘴里哼出戏词。猴子则去箱子里取出各种面具，戴在脸上，一会儿扮作帝王将相，摆足了架子；一会儿又装成才子公卿，摇头晃脑，好像在做诗文。逗得围观的人群哈哈大笑。董二鲍也觉得这猴子有趣，便抱着双臂，驻足观看。

过了一会儿，猴子的表演告一段落，耍猴人递给猴子一个木盘，猴子接过来，端在爪子上，向围观的人去要钱。人们看猴子伶俐懂事，又乖巧可爱，便纷纷解囊，往木盘里扔铜钱。有的人扔下钱，还伸手摸摸猴子的脑袋，猴子也不恼，还眨眨眼睛。

转眼间，猴子捧着木盘，来到董二鲍这

【美丽的温榆河】

里。董二鲍欺负人欺负惯了，对猴子也如此。看猴子端了盘子过来，董二鲍从身上搓下一个泥团，扔进了盘子里，猴子辨出这不是钱，便冲董二鲍呲牙，董二鲍看看左右的手下，嘿嘿坏笑。

猴子看见他笑，更生气，又呲牙，嘴里发出"咔咔"声，董二鲍打了猴头一下，说："小畜生，你还骂我不成？"

猴子一下子恼了，伸出爪子，蹿上去，照着董二鲍的脸挠了一下。董二鲍脸上登时出现了三道血痕。旁边的家丁都愣住了，一时没反应过来。董二鲍气得"哇哇"大叫，伸腿想踢猴子，猴子敏捷，向后一跃，躲过了这一脚。木盘落在了地上，铜钱撒了一地，耍猴人慌忙上去捡钱，被董二鲍踢了两脚。耍猴人又是点头又是哈腰，向董二鲍赔不是。

围观的人群热闹起来，有起哄的，有嘻笑的，有喝彩的，大家看董二鲍吃了亏，都感到解气。董二鲍在众人面前出丑丢脸，气恼极了，脸色铁青铁青的，吩咐手下人："你们还愣着干什么？把这畜生逮住，我要给它抽筋扒皮！"

家丁们如凶狼饿虎般拥了上去，别处的人看这边出了事，都过来看。猴子左突右奔，想冲出人群。无奈人太多，又挤得太密，猴子冲不出去。此时，从人群中闪出一个道士，用拂尘在猴子脑袋上一扫，喝声："去！去！"

那猴子有如神助，一声呼啸，如箭一般就蹿上了人群上空。在人的脑袋上轻轻一点，又蹿到了几米外。

董二鲍的家丁们追上去，那猴子在人群里挑了一个高个儿，在其头上轻轻一踏，借力蹿上了树。从这棵树梢，又跳到那棵树梢，声东击西，忽南忽北。家丁们疲于奔命，累得上气不接下气，转了几圈儿，连猴子的一根毛都没摸到。

董二鲍看着，气得直哆嗦，既恼火猴子的嚣张，又恼火家丁们的蠢笨，声嘶力竭嚷道："你们都干什么吃的？被一个小畜生耍来耍去！你们给我放火烧树。"说完，眼睛又在人群里搜寻，想找那个道士，却怎么也找不到。

家丁们听见吩咐，又慌慌忙忙地点火把，猴子好像听得懂人话，知道要烧树，便"嗖"地一下跳下树来，长啸两声，向着温榆河奔去。董二鲍和家丁们在后面追，围观的人群也紧随其后。

猴子到了河边，已经没了路，前面是滔滔河水。董二鲍脚步慢了下来，狞笑着，对左右家丁说："慢着慢着，我要捉活的，看我怎么慢慢收拾它！"家丁们便围成一个半圆，一步步向猴子逼去。

猴子走投无路，急得"咔咔"大叫。此时，人群中又闪出那个道士。只见道士上前两步，挥动拂尘。河面便翻涌起来，水向两边分开，竟出现了一条路，一直通向河底。

猴子见状，便沿着这条路，直奔河底逃窜。家丁们都看呆了，愣着不动。董二鲍大喝一声："还愣着干嘛？给我追呀。"便领头追了下去，家丁们也紧紧跟随。那道士见了，微微一笑，对着河水又挥了一下拂尘，只见那分在两边的河水重新闭合，董二鲍等人被淹在河中。猴子却从水中爬上了对岸，抖落着皮毛上的水。

董二鲍和家丁们都不会水，在河面上扑腾着，向人呼救。还是几个善良的渔家，把他们都救上了船。董二鲍吐了好几口水，终于捡回了一条命，但也被呛到了肺管子，一个劲儿地咳嗽。

待董二鲍和家丁们都缓过劲儿来，找那猴子，猴子已无踪影；又找那道士时，也没发现道士的身影。董二鲍正在气恼，忽然人群里出来一个声音，声若洪钟："尔等为害乡里多年，今天是小小惩戒，如若不改，定取尔等性命。"董二鲍听了，被吓得心惊胆颤。

董二鲍回家以后，命是保住了，但被呛得不轻，从此落下了肺病，总是咳嗽。他再也不敢为非作歹，对乡亲们好了许多。这件奇事没几天就传遍了七里八乡，人们为了纪念猴子和那个道士，还在温榆河边的耍猴处立了一块碑。可惜后来满清入关时，石碑被战乱所毁。

【美丽的**温榆河**】

283

丁三愣子摔死鬼

刘瞬骊

大辛庄的人，最信鬼神的就是王麻子。这家伙参加过一贯道，官至点传师。每逢见到刺猬，蛇或黄鼬一类，必称之为仙，必定要毕恭毕敬为其让路，绝不加害。看到小孩作践，必声色俱厉轰走他们，然后双手捧定，小心翼翼地送到个安全所在，为其放生。

王麻子信鬼神，却也出奇的财迷。有一天夜里，他到温榆河边上的自留地里去刨白薯，还真的碰到了一只鬼。这小子不但不将其放生，还将其生擒活拿，捆到了村子里，说第二天要到县城里去卖，肯定能卖个万八千的！那是公元 1964 年！万八千的，能买什么呢，能买十匹好马！或者十头骡子，或者，二十头驴！

普天之下，泱泱大国，谁见过真鬼啊？见过的全是假的，全是庙里画的！只有他王麻子见过，而且还被他给捉住了！这要是送到城里，卖给国家，还甭说有多大的贡献，就是让政府里的干部们看看，这世界上到底有没有鬼，也算是出了解放后因为他宣传迷信而受的那些个恶气！

那鬼很小，只有两尺多高。皮松肉紧，黑灰色的皮上有一层细细的茸毛。细胳膊，小爪子，四棱子脑袋，有些像人，又不像人。蛤蟆眼鼓着，满脸都是松松的褶子。

正是中秋，皓月当空。王麻子这个一贯道分子，第一次人五人六地站在村中央的庙台之上，绘声绘色地向村民们展览着他亲手抓住的这只鬼。

全村的人都来了，通通被这个今古奇闻所轰动。大家围得里三层外三层，灯笼火把马灯手电筒一齐照着，照得那只鬼瑟瑟发抖，趴在粪筐里一个劲儿地哆嗦。

没错儿！这就是鬼！没吃过猪肉还没有见过猪跑，咱们庙里画的那鬼，

就是这模样！尽管在人们的印象中那鬼应该有两个犄角，而这个鬼没有犄角，可即便没有犄角，谁又能说这个东西不是鬼？

王麻子吆五喝六，立刻就分派了许多角色，什么六丁六甲，五方揭谛，青龙白虎，天罡地刹，全都围定了庙台站定。他自己则举着一把桃木宝剑，闭着双眼，念念有词，说他是西天老祖显圣，要在此捉妖拿怪。然后就喷着鸡血，光着膀子蹦来蹦去，面目狰狞，唬得那些六丁六甲连大气也不敢出。党支部书记徐自仁在一边看着，就连他也看得迷迷瞪瞪。

正在这时，村里的老光棍丁三愣子从人群外挤了进来，他先是看了看那只鬼，接着又问王麻子：我问你，这天下到底有没有鬼？

王麻子挑了一下眼皮：看见了还问，这就是——鬼！

王麻子很傲慢，在傲慢中有着令人惊异的仙气儿。可在丁三愣子看来，这就是吹牛！

你他妈的甭吹牛，你这是封建迷信！丁三愣子狠狠地吼了一声，话音刚落，他就狠狠得踢了粪筐一脚，踢得那只鬼吱吱地叫了两声，非常凄厉。于是那些"六丁六甲"和"青龙白虎"之类，立刻拥挤着后退，"哗"的一声，倒下了一片！

我问你，是人怕鬼，还是鬼怕人？

丁三愣子一把抓住了王麻子，问他。

当然是人怕鬼了！

奶奶！那他妈你是不是人？

我不是人！王麻子使劲呲着大牙，说：我是西天老祖显圣！

老个蛋！丁三愣子一

把抓起了那只鬼，举了起来，老子是人！老子就是不怕鬼！说着，狠狠一摔，那鬼顿时脑浆崩裂，惨叫了一声，被摔死在了庙台上！

台上台下，所有的人，包括王麻子，都看着那只死鬼，顿时目瞪口呆！

看见了没有！看见了没有！鬼怕摔吗？能摔死的，他就肯定不是鬼！丁三愣子站在庙台上，脸红脖子粗地不停地吼着。

王麻子过了一会儿才清醒了过来，他一下扑了上去，抱住了死鬼放声痛哭！他哭得肝肠寸断，撕心裂肺，然后又一头扑向丁三愣子，要和他拼命！

事情闹到了这个地步，丁三愣子反倒含糊了，他一看王麻子急得五官错位，如同死了亲爹，他急忙挣开了王麻子，向外跑去，谁知王麻子一下搂住了他的双腿，于是，俩人就在人群中打了起来，王麻子的媳妇也加入了战团，向丁三愣子乱抓乱挠。

支书徐自仁看着看着突然清醒过来，立刻飞起一脚踢翻了王麻子，喊着：千万不要忘记阶级斗争！民兵！民兵呢？把反革命分子一贯道头子王麻子给我捆起来！

刚才的"六丁六甲五方揭谛"，立刻反戈一击，捆起了王麻子和他的媳妇，一场闹剧，顿时收场。

又过了几十年，有好事者把这个事儿写成了一篇报道，于是很多人纷纷而至，来到大辛庄村考证，其中据说还有科学家。王麻子的儿子七十多了，现在也成了 UFO 的研究专家。他在很多报纸杂志上都发表过论文，言之凿凿地论证着，当年他爹王麻子在温榆河边的自留地里捉到的，不是鬼，而是彻头彻尾地地道道的外星人，自然，那个摔死了鬼的丁三愣子，也就成了不懂科学十分愚昧的元凶。

但是大辛庄村子里尚在的老人却说，那东西，既不是鬼，也不是外星人，就是那么一个谁也说不清楚的什么玩意儿！

打抱不平的温榆河龙女

施会泉

在温榆河上游的山旮旯里，住着一户烧炭人家。父母膝下只有一子，名叫木春。十八九岁的壮小伙，自然要分担家里最重要的活计。木春每天要背着五六十斤的木炭，走三十里山路，到山下的集市上叫卖。老父日复一日，去山中砍伐枯树老枝，以备烧炭的劈柴。老母瘸着一条腿，帮助烧窑看火候。每次木春赶集，父母都要嘱咐一番，卖钱多少不打紧，重要是千万不能惹事，平安是福，小户人家不求大富大贵。木春一再表明："二老尽管放心，我决不招是惹非给家里添麻烦。"

父母的叮嘱，事出有因。

那还是去年初冬时节，母亲帮助木春在集市上看摊，一天，一个外号叫葛驴子的地痞，来到他们摊前，硬要收取地皮税，木春上前和葛驴子理论："这地皮又不是你家的，凭什么我给你交税？"葛驴子上前就揪住了木春的脖领子："天是县太爷的天，地是县太爷的地，你敢抗税？"木春也不示弱，两人扭打在一起。母亲怕事情闹大闯出人命来，就上前抱住儿子，没想到，葛驴子一脚踢过来，正踢中母亲的腰部，于是落下了残疾。事后才知道，葛驴子的一个表哥在县衙当差，有了靠山，便为非作歹起来。从此以后，母亲便离不开拐杖。赶集的活只好由木春一个人承担了。

这天，木春选了一块繁华地段，将分装成袋的木炭一字排开，供客户挑选。

这集市，地处沙河店（沙河镇前身），当时还没有沙河南大桥。在这里，北沙河、东沙河、南沙河三水交汇，景色秀丽、物产丰富，一度成为市井繁华之地。

木春刚刚坐定，迎面走来隆盛火锅店的使女水莲，由于是老主顾，少了好多客套："水莲妹，今天要几袋？"

水莲说："给我留一袋，先把钱付给你，我还要跑几家肉店，顺便带些牛羊肉回去！"

木春说："没问题，你放心吧，人家就是给我个天价，我也不会卖掉，做生意哪能见利忘义！"

水莲走后不大一会儿，葛驴子手里提着个木棒子走到木春摊前，说："今天，爷爷不收你的地皮税了，有一家驴肉馆老板要我帮他买炭，今天你的炭我全包了，明天我再把钱给你！"

木春早就想到，葛驴子"明天把钱给我"的话，只是个借口和拖辞，只要炭被他取走，这批炭就等于打了水漂。这时，木春又想到父母的叮嘱，别找麻烦，只当今天没开张，惹不起，躲得起。于是跟葛驴子说："好，听你的，但有一袋儿我得留下，人家隆盛火锅店已经付了钱的！"

葛驴子驴劲上来了："谁交了钱我不管，今天我说定了，少一袋也不行！"

木春原想放葛驴子一马，不给钱就不给钱，没想到他得寸进尺，做生意岂能出尔反尔，怎能对得住隆盛火锅的老主顾？

木春耐着性子说："您可以上别的摊位看看，我这袋炭说什么也得给人家留着！"

　　葛驴子哪里听得木春的话，随后叫过一个独轮车夫，吼了一声："给我装！"

　　这时，水莲手提两坨牛羊肉，赶到木春的摊前，看到葛驴子要装炭，与木春争执着，水莲便问木春是怎么回事。木春说了刚才的情况。

　　水莲把两坨牛羊肉扔在一旁，一改文弱淑女模样，双手插腰横眉立目道："怎么，葛驴子，欺行霸市当老大，我看还嫩点吧？"

　　葛驴子头一次遇见水莲这样一个黄毛丫头叫起他的外号，立时火冒三丈："你个丫头片子，浑身痒痒了是不是，想吃老子一棒是不是！"

　　水莲轻舒锦袖，毫无惧色："葛驴子，光天化日之下，你怎么活不出个人样，你那个表哥不过是个差役，就是县官大老爷，本小姐都不放在眼里，今天，你说怎么过招吧？"

　　水莲的这几句话，尤如一声响雷，为受过欺负的商贩壮了胆鼓了气，在场的人一边鼓掌一边叫起好来。

　　葛驴子生来就是驴坯子，是个不见棺材不落泪的主儿，他整了整衣裤，拍了拍大腿，手中的棒子便朝水莲的头部打来，水莲只轻轻一闪，葛驴子的棒子落了空。然后水莲一纵身，稳稳地站在葛驴子身后，飞起一脚，将葛驴子踢了个嘴啃泥！

　　围着的人群纷纷议论说："小姑娘，好身手，别看女流之辈，武艺高强！"

　　葛驴子尽管来个嘴啃泥，满嘴的牙齿全部脱落，口中鲜血淌出，但手里的棒子仍没松手。爬起来后，将棍棒舞成风火轮一般，使水莲近前不得。

　　水莲不慌不忙捡起她放在一旁的两坨牛羊肉，往后退了几步，然后用手掂了掂，每坨足有五六斤，两眼怒火直逼葛驴子，双手猛地用力一甩，不偏不斜正击中葛驴子膝盖骨，只听"哎哟"一声，躺倒在地，——葛驴子两条腿折了。此时，不知怎么起了一阵风，刮来一卷苇席，把葛驴子遮盖得严严实实。

　　这场打斗，把人看得目瞪口呆。有的说这姑娘是个妖女，要不她怎能有此法术？有的说这姑娘是隆盛火锅使女，心怀正义，好打抱不平，才做出如此义举。有好事者，来到席子边掀起一个角，想探个究竟，这一看不打紧，席子下面不是葛驴子，而是一头驴直挺挺躺在那里，早已断了气……

　　此时，木春跪在水莲面前，磕了几个响头，感谢水莲为他出了这口冤气。水莲忙把木春扶起，说："快别这样，木春大哥，你小妹收拾这样的祸害，是小菜一碟。我看你是个好人，为人正直，做买卖公道，又孝敬父母，也就不隐瞒自己身份了，我本是温榆河龙女，偷偷来到人间，在隆盛火锅店隐姓埋名，做起使女，没想到朗朗乾坤之下，竟有刁蛮诬赖之徒，危害一方，岂能容忍！你的炭，我全部收下，伙计马上过来装车运走，这部分钱也一次结清。"

　　木春与水莲的叙谈中，也把去年冬天母亲被葛驴子踢成残疾说给了水莲。

　　水莲说："现在我就跟你去给大妈疗伤，不费吹灰之力，便能使大妈恢复如初。"

　　水莲环顾左右，伙计已将木炭装车运走，夜幕降临，人去场空，水莲对木春说："你闭上双眼……"木春按照水莲的吩咐，闭上了双眼，只听耳边嗖嗖风声，啾啾鸟鸣。水莲说声："睁开眼吧！"木春睁眼一看，到了家门口。木春喊出母亲忙介绍说："这位是水莲姑娘，可是我们的大恩人啊！"

　　木春简要叙述之后，说："这次水莲姑娘跟我来是给你疗伤的。"

　　母亲抱住水莲老泪纵横，水莲为其擦干眼泪，站起身，向木春母亲的腰部轻轻吹了口气，然后说："大妈，您站起来，试试！"

　　木春母亲还要找拐杖，水莲说："不用找拐杖，我扶您站起——"

　　木春母亲站了起来，伸伸腿弯弯腰，活动自如像好人一般……

老鳖报恩送金簪

刘瞬骊

那一年，明朝中叶的整整一个春天和整整一个夏天，昌平都没有下过一滴雨，温榆河两岸的人们，摘光了树叶，挖光了野菜，很多人家都出去逃荒活命了。

祝大龙三十多岁，原本是温榆河上的渔民。除了打鱼，他还负责渡口的摆渡，本来就是艰难度日，而现在，温榆河也基本上干涸了，这样的日子，就更是雪上加霜。

祝大龙带着妻子和十岁的儿子，天天出去摸鱼捞虾，可是没有了水的温榆河，就像早已没有了奶水的妇人，除了龟裂的河床，早已没有了一丝生命的希望。

没有了水，就挖河里的泥，有的时候，还真的会挖到泥鳅，嘎鱼和黑鱼，鲶鱼。那鲶鱼，往往都是一窝一窝的，有时候会有十几条。尽管艰难，但还能凑合着活命，所以祝大龙一家就没有出去逃荒要饭。

不是不想走，可到哪儿去呢？人要是真的到了要饭的地步，那就真的离死不远了！祝大龙这么告诉自己，也告诉妻子和儿子。于是一家人就这么忍着，等待着天上下雨，等待着温榆河重新灌满大水的日子。

可是，这一天就是遥遥无期，似乎怎么也等不来，盼不来！

于是每天，还是去河里挖泥，但是这一天的运气却极差，眼看着天就黑了，祝大龙的筐子里，依然是空空荡荡。

肚子里，空空落落的，身上的每一块骨头都饿得直疼，祝大龙告诉自己，再挖最后一锹，最后一锹，最后一锹……就这么嘟囔着，挖着，期盼着奇迹出现的时候，他还真的挖到了一个东西！

最初，他以为挖到了一块石头，谁知那"石头"竟然动了一下，根据他多年的经验，他立刻兴奋地叫了起来："有啦！有啦！……"

立刻，不远处的儿子和妻子都跑了过来，看着，受到了鼓舞的祝大龙，力气大增，很快就把脚下的东西挖了出来——一个足有脸盆大小的王八！

太好了！全家人看着这个救命的王八，都高兴得流下了眼泪。

回到家，妻子立刻抱柴烧火，准备煮王八。祝大龙躺在炕上，呼呼大睡。

忽然，他迷迷糊糊地听见儿子在摇晃他，说，爹！爹！王八哭了！王八哭了！于是他坐了起来，看着筐子里的王八，把头正搁在筐沿上一动不动，只见那眼睛里，不停地流着眼泪！

他吓得一下跳了起来，心说自己打鱼捞虾这么多年，还从来没有看见过王八流眼泪呢，莫非，他今天捉到王八精了？

他妻子也吓得够呛，战战兢兢地看着他，说，他爹，咱们今天造孽了吧？是不是捉到王八精了？……

祝大龙心乱如麻，心说如果吃了这个王八，也许一家子明天就会遭到报应，可是如果不吃，那他们一家，也许今天夜里就得饿死，根本就等不到那个报应！

于是他吼了一声："不管它！哭，哭也吃了它！"

锅里的水开了，但是祝大龙还是没有勇气把那只王八扔到锅里去，他呆呆地看着王八，心乱如麻！

妻子说："他爹，放生吧！……"

儿子说："爹，它比咱们还可怜啊！……"

终于，祝大龙横下了一条心，抱起那只王八走了出去，一直走到了温榆河的河边，放下王八，然后放声大哭！

那只王八趴在那里，一动不动地看着他，可是祝大龙，却再也没有回头，一直向家里走去，他知道，王八得救了，可是他，和老婆孩子，是绝对活不到明天了！

于是，一家人就躺在炕上，等死了。谁知等到了天亮，竟然谁也没有死！

既然还活着，就得去挖鱼。祝大龙下地，开门，只见一道亮光闪过，差点儿刺瞎了他的眼！

原来，就在自家的门槛下，放着一支一拃长的金簪！金簪上有一龙一凤，极其精巧。还镶嵌着红宝石和蓝宝石！哎呀，真是老天爷饿不死瞎家雀，祝大龙一家人，高兴得直哆嗦，于是立刻，怀揣着金簪，都顾不上饿了，一路向南，直奔北京城！

这金簪，卖了二十五两银子，要不是他急等着救命，至少也得值五十两银子。祝大龙拿着银子，带着老婆孩子一头扎进了馆子，胡吃海塞了一顿，也才花了不到三十个铜钱，接着，他又买了五袋白面，五袋棒子面，十斤猪肉，五丈蓝布，一丈花布，雇了一辆马车，出了德胜门，回来了！

直到这时，他们才有时间开始讨论这金簪的来历，最后一致认为，不是别的，就是那只王八送来的！他们送给了王八一条命，而王八无以报答，就还给了他们一根救命的金簪！

于是一家人，连夜来到河边，给那只王八磕头，感谢王八的救命之恩。看来还是常言说得好，善有善报，如果昨天真的吃了那只王八，到今天这会儿，照样儿还是会被饿死的！

后来，祝大龙买了一百多亩地，之后又买了二百多亩地，全是水浇地啊。卖地的人，都觉得这场大旱似乎没有头儿了，为了活命，所以都很便宜地把地卖给了祝大龙。

谁知八月的一天，突然乌云滚滚，雷声大作，大雨下了三天三夜，把温榆河两岸下得沟满壕平。十月初，秋高气爽，正好播种，祝大龙把这三百多亩地都种上了麦子，第二年，风调雨顺，大丰收！

大王庄的祝家，就是这么发的家！一代一代的，直到大清康熙年间，因子孙不旺，才渐渐衰落了。

金翅鲤鱼与小白龙

李秋明

昌平北七家一带，是温榆河流经的一个地方，这里不但流传着金翅鲤鱼与小白龙救民播雨的故事，还流传着二月初二吃爆米花的习俗。这是怎么回事呢？原来有这样的一个传奇故事。

听老人们说，早先这里经常发生水患，每年都冲毁大量的房屋、田园，搞得温榆河两岸老百姓流离失所，度日艰难。为了防止水患的发生，在那种年月，人们没有别的办法，只好寄希望于神灵，希望通过烧香许愿，祭奠河神来化解灾难，保佑家人平平安安，地里庄稼风调雨顺，五谷丰登。

温榆河素有铜帮铁底的传言，还说这里生长着一条金鳞金翅的大鲤鱼。这大鲤鱼可不是寻常之物，乃是这一带人们心中的信物，属于河神之类的崇物，受到当地人们的敬畏与供奉。据说，金翅大鲤鱼原产自南沙河，后来随着温榆河水的流动，慢慢地游到了北七家这一带。人们传说，只要它在哪里一跳出水面，哪里准会风调雨顺，百姓安康。所以人们都非常崇敬它，希望金翅鲤鱼常常游到这里，给这里的百姓造福。

有一年的夏天，金翅大鲤鱼没有到北七家这一带来，更没有跳出水面。这一下，这里的人们可就遭了殃。人们天天顶着烈日在地里干活，半年多没有下过透雨，那太阳照在头上，就跟蒸笼似的，热得人汗流浃背，痛苦难耐。由于长期不下雨，连长年水流充足的温榆河也快干涸见底了，人们眼瞅着慢慢干枯的庄稼，心急如焚，死的心都有。因为庄稼欠收，很多农家就都离乡背井，乞讨要饭，到外地生活。

人们在毫无办法的情况下，只好成群结队来到温榆河边求助，带上整猪整羊，香烛供果，到这里烧香跪拜，请求金色大鲤鱼帮忙。由于来的人太多了，举家老小全都集聚到这里，哭喊声震撼寰宇，特别壮观，也特别悲惨……

南沙河的金翅大鲤鱼，听到了人们的祷告倾诉，心中非常同情这一带人们的遭遇，不顾千难万阻游到了河边，冒着被责罚的危险，求它的好朋友小白龙，为北七家周围下一场透雨。小白龙听了金翅鲤鱼的诉求，很是为难。因为它没有接到东海龙王的命令，如果私自降雨，不但

违抗天条，轻则发配下界，重则就没了性命。但如果不下，又觉得对不起朋友，辜负了金翅鲤鱼的一片好意。正在左右为难的时候，金翅鲤鱼出了个主意："这里实在是太旱了，如果等玉帝的谕旨下来，肯定要饿死很多人，不如你先在这里下雨，我游到天河去为民请命。如果玉帝责怪，一切后果均由我金翅鲤鱼承担！"小白龙听了金翅鲤鱼的话，心里非常感动，下雨的事不干它的关系，它都这样上心，我为什么就不能为百姓承担一些风险呢？想到这里，小白龙欣然应允，说："你赶紧去天宫请命吧，我马上就给这一带播雨。如果玉帝怪罪，咱俩共同承担！须知道，天上只一日，地下已一年，你要早去早回，免得罪加一等。"

金翅鲤鱼不顾疲劳畅游而去，小白龙一口答应，也顾不得玉皇大帝和东海龙王的禁令，偷出降雨令牌，到北七家的上空着着实实降了一场透雨。那雨下得蔫头的大树长出了绿叶，即将被晒干的庄稼起死回生，裂纹的土地变得湿润，将要干枯的温榆河又有了生机……人欢马叫，鸟飞蛙鸣，莺歌燕舞，流水歌唱，到处是一片欢天喜地的景象。百姓们得救了，大家欢呼雀跃，在温榆河边上载歌载舞，感谢金翅鲤鱼和小白龙的救命之恩。

可是，就在人们尽情欢呼的同时，小白龙和金翅鲤鱼却遭了殃。它们的行为触怒了东海龙王，还惹恼了玉帝。太不像话了，简直是无法无天，没有上面的谕旨，竟敢私自降雨，这还了得！玉帝一声令下，把它俩全部压在军都山下。

任凭众神仙苦苦求情，玉帝就是不给面子。太白金星说："小白龙和金翅鲤鱼虽然触犯天条，但一点也没有私心，完全是为的黎民百姓。为百姓反遭压制，恐怕天下不服。"

玉帝说："亏得是为了黎民百姓，才从轻发落，只在军都山压制。如果为了私利，早就斩了它俩的头了。此事就这样定了，众仙勿再多言。"

太白金星说："敢问玉帝，那要何时放它们？"

玉帝说："要想让小白龙重返天庭，除非金豆开花之时。"

太白金星领到旨意，赶紧驾祥云飞抵北七家上空，化做一个白发苍苍的老婆婆，对苦苦求情的乡民耳语了几句，点化人们说："那金豆开花，不就是金黄色的玉米开花吗，让它开花还难吗？"

北七家的乡亲们得知此事，又着急又气愤，只好拿出家中的金黄色玉米，炒成了玉米花，拿到温榆河畔，铺了好大的一片。

乡亲们焚香祷告，对着苍天大喊："温榆河的金豆开花了，快放小白龙和金翅鲤鱼吧！温榆河的金豆开花了，快放小白龙和金翅鲤鱼吧！！……"

太白金星与众仙又去求情，陈说利害。玉皇大帝既知道众怒难犯，又怕引起天怒人怨，他也清楚小白龙和金翅鲤鱼，并没有什么不可饶恕的大罪，只得做个顺水人情，把它俩双双释放了。

从此以后，每年农历的二月初二，北七家的乡亲们都要拿着炒好的爆米花等供品，到温榆河边纪念金翅鲤鱼和小白龙，祈求它们保佑，祈求人间美好幸福的生活。

金翅鲤鱼是温榆河神鱼的故事，就这样一代一代地流传了下来。

昌平民间文学

蓝采和造莲池

李晨辰

在古代的时候，玉皇大帝派八仙之一的蓝采和出来巡视。蓝采和脚踏祥云，遍访诸天胜府。有一天，蓝采和发现下界有一处景致十分美丽，一条大河如玉带般迤逦百里，两岸百花争艳，五谷丰登，人民快乐祥和。蓝采和按下云头，直奔此处飞去。

到了下界，蓝采和打听出这条河名叫温榆河。河水浩荡，碧波轻盈。两岸村庄炊烟袅袅，男耕女织，的确是人间一处胜景。蓝采和有心要考察此地民风，便施展法术，变成了一个披头散发、浑身污垢、衣衫褴褛的乞丐，他一手端个破碗，一手拄根竹竿儿，一瘸一拐地向村庄走去。

"乞丐"挑了个大村庄，进了村口，来到村东头儿一个大户人家。门口站了两个家丁，见到"乞丐"就往外轰。恰好一个穿戴雍容华贵的老太太，正要出门。"乞丐"上前哀求："好大娘，行行好吧，我都饿了几天了，给点剩饭吃吧。"那老太太冷冷地说："去去去，我正要给我家公子去提亲呢，大好的日子，出门就碰见要饭的，真丧气，你走开！"

"乞丐"说："您多少就给点儿，您家公子一定大富大贵。"

老太太说："好吃懒做的东西，偏偏这个时候来，快滚远些。"老太太一边说着，一边走远了。蓝采和心想，这个妇人的态度可真够

差劲的，或许我来的不是时候吧。

"乞丐"又来到村西头儿，看见一个大庄院，门口有两个大石狮子，大门紧闭。"乞丐"走上台阶，拍门说道："好心的人家，您可怜可怜我吧……"

拍了几下，门开了，走出来一位四十多岁的男人，矮胖，皮肤黑亮，一脸横肉。"乞丐"忙作揖说："大哥，打扰您了，行行好吧，您家有剩菜剩饭吗？好歹给点吧。"

矮胖男人把他上下看了看，脸色拉了下来，说："去去去，脏死了，别在我家门口，你饿死关我什么事，快走快走！"

"那您给口水喝吧，我真的又饿又渴，求求你了。"

男人指指远处的温榆河，说："河里有的是水，你去喝呀！"说完就迈进门去，"嘭"的一声把门关上了。

"乞丐"摇头叹息，感慨人情如此凉薄。又走了一会儿，走到一处酒楼前，只见这里雕梁画栋，豪华气派。"乞丐" 眼睛猛地一亮，在酒楼台阶下发现了一个肉包子，他急忙捡起，津津有味地吃了起来。忽然，从酒楼后面跑来一只大黄狗，冲着"乞丐"汪汪狂吠。

紧跟着，出来一个身着绸缎衣服、皮肤白净的瘦子，长得尖嘴猴腮，一副老鼠相。瘦子冲"乞丐"嚷道："喂，臭要饭的，你敢偷我家的包子吃？"

"乞丐"委屈，说："老爷啊，我这是捡的，不是偷的。"

瘦子生了气，说："这包子是我家大黄吃的，你还敢嘴硬！"便一挥手，指挥大黄狗冲了上来。那狗仗了主人的势力，又见"乞丐"怯懦，一下子就把"乞丐"的腿咬住了。"乞丐"被咬得鲜血淋漓，大喊呼叫。旁边聚拢来很多围观的人，谁也不敢前去施救。"乞丐"被狗咬得躺倒在地，佝偻成一团。那瘦子才心满意足，喝止了黄狗，带着狗扬长而去。

瘦子一走，好几个围观的人聚拢过来，有给"乞丐"止血的，有替"乞丐"包扎伤口的，有给乞丐送吃的的。"乞丐"有仙术护体，倒是不怎么疼痛，血也很快止住了。他心想，这地方还是好人多啊，为富不仁的人毕竟还是少数。

"乞丐"仍然装出很痛苦的样子，抱着腿，坐在地上呻吟。一个十四五岁的女孩走上前来，对"乞丐"说："您还是很痛吧？您到我家去治伤吧，我爹的草药治外伤很见效。""乞丐"抬头看了看女孩，只见这女孩长得乖巧可爱，头上梳两个冲天辫，身上穿粗布蓝衣服。"乞丐"看她面善，就点了点头。女孩扶起他，向自己家中走去。

女孩家就在温榆河边。到了女孩家，"乞丐"才知道女孩的父亲是一位郎中，专治外伤。女孩的父亲对"乞丐"很好，给"乞丐"看了伤，上了草药，还给乞丐熬了锅粥。"乞丐"处理完伤口，喝了粥，出门要走。女孩极力挽留，说伤还没好。"乞丐"只得留下。晚上，女孩给"乞丐"铺上了新的被褥，让"乞丐"好好休息，并不嫌"乞丐"脏臭。

"乞丐"在女孩家住了三天，腿上的伤很快就好了。这三天里，他注意到女孩的母亲总是咳嗽，就问原因。女孩的父亲说："唉，她从去年起就得了奇怪的肺病，越来越重。""乞丐"说："你是郎中，难道还治不了她的病吗？"女孩父亲说："你有所不知，治这种病要吃一种南方的莲藕，才能见效。莲藕必须是新鲜的。我们这里没有啊。"

"乞丐"想了想，说："这个好办。"他转了个身，恢复了蓝采和的本相。又取出自己的花篮，里面汇集了天下所有的植物。蓝采和拿出一段莲藕，交给女孩。女孩看得目瞪口呆，问："您到底是什么人？"蓝采和说："你就别问了，这是仙家之物，快给你妈妈吃了。"女孩赶紧接过莲藕，煮了一锅汤。女孩的母亲服了，病症果然大为缓解。女孩一家人又是道谢，又是作揖。可是高兴了一会儿，女孩又愁眉不展。蓝采和就问她怎么了。女孩说："神仙哥哥，你过几天就走了，可妈妈又去哪弄这莲藕吃呢？"

蓝采和哈哈大笑，便带着女孩一家人来到温榆河边。蓝采和挑了个河水浅处，从花篮摸出许多种子，往河水里一撒，河水中顿时出现了一座莲池，只见莲叶如伞，莲花灼灼。女孩拍手叫好，指着池中最漂亮的莲花给父母看，再回头找蓝采和时，蓝采和早已了无踪影……

后来，女孩的母亲常年服用莲藕，逐渐康复。莲池也成了温榆河中独特的景致。池中的莲花、莲藕、莲子皆可入药，为一代又一代人造福，只可惜后来到明末清初，莲池毁于战火。

【美丽的**温榆河**】

常三毛惩恶

海邯

美丽的温榆河从古流到今，养育了一代又一代人，发生过很多动人的故事。由于河水清甜，水产丰富，两岸土地肥沃，生活在这里的人富足乐观。温榆河两岸的村庄中，有很多财主。有为富不仁的，有刻薄成性的，有依靠官府发家的。

在宋代，温榆河边有这么一位财主，叫李大秃，他不勤，不俭，没有过人的本事，唯有一样长处，就是狡猾多端，贼心眼多，能忽悠人。他爱财如命、雁过拔毛，只要看到别人家有什么财物，他就要想方设法地骗到手。

李大秃媚上欺下，见到官员和有钱人，便奴颜卑膝，恨不得变成一只哈巴狗；见到穷人，他冷言冷语，只有对人家有所求时，才会堆下笑脸。

凡是世间生一物，必有另一物相克。邻村有个非常聪明的人，名叫常三毛。常三毛平时以担水为生，收租时也被地主所雇，给地主当财务。常三毛总是爱帮助穷人，用自己的机智和富人周旋。有些富人恨透了他，但常三毛算数的本领无人匹敌。富人又不得不用他。由于常三毛的神机妙算，人们都传说他能与神仙沟通。

有一次，村里张大娘祖传的玉镯被李大秃骗走了，张大娘急火攻心，病了几天，去世了。村里人恨透了李大秃，常三毛听说这件事，决心要惩治李大秃。

入了冬，天渐渐冷了。一天，常三毛在河边打水，打水处有一棵大柳树。常三毛看见李大秃从远处走过来，便放下水桶，往河里看。李大秃也凑过来，顺着常三毛的目光望去，什么也没发现。常三毛看了一会儿，就脱下衣服，试探着往河水里走。

李大秃惊讶地问："你发神经了？这么冷的天，你下河去做什么？"

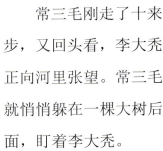

常三毛说："嗨，我真倒霉，刚才打水时，我不小心把身上的金条掉到河里去了，我想把他捞上来！"

李大秃也知道常三毛是个古灵精怪的人，心里不信，说："你别开玩笑了。你怎么会有金条？把你全部家当卖了，也值不了一根金条。再说，这么冷的天，河深水冰，你不要你的小命了？"

常三毛说："今天就是被您看到了，跟您说实话吧，昨晚我做了一个梦，有个神仙告诉我，说河边有棵大柳树，在这个地方下河，就能发现河底藏着的宝贝。"

李大秃听常三毛提到神仙，就信了一半。李大秃说："哎呀，你这样下河，太危险了，河水湍急，又冷，你当心送了命。我看，你还不如回家找个长竹竿。在竹竿的顶端绑个铁钩，用竹竿把宝物勾上来。"

常三毛犹豫了一下，就说："你说得也对，要是没了命，就是有再多的钱也没有用啊。嗯，还不如找个竹竿，先试试。"常三毛说完，就穿好衣服，奔家走去。

常三毛刚走了十来步，又回头看，李大秃正向河里张望。常三毛就悄悄躲在一棵大树后面，盯着李大秃。

李大秃望着泛绿的河水，也看不出有什么特别的。他心想，常三毛说的或许是真的，甭管真假，我先下去试试，顶多就是泡一回冷水。

李大秃便脱了个精光，拿出随身携带的绳子，把绳子的一头系在腰间，另一头拴在河边的大柳树上，哆哆嗦嗦下到河里。

这时，常三毛又冲了出来，对着李大秃喊："好哇你，你这个坏东西，竟敢把我骗走，自己在这里独吞宝物，你太不仗义了。"边说边抽出刀子，把绳子割断了。

李大秃一着急，想上岸，脚底一打滑，反倒往河里滑得更深。初冬的河水寒冷刺骨，李大秃浑身打颤，在河里一边扑腾，一边叫唤："常兄弟，求求你！快放绳子下来，等我捞上来宝物，全都给你！"

常三毛拉下脸来，说："你以为，谁都跟你一样那么财迷吗？今天就是要治治你！你为了区区财物，害了多少人？毁了多少家庭？今天，我就是要替他们报仇。"说完，常三毛转过身，扬长而去。李大秃急坏了，又挣扎着想说点儿什么，一个急流卷来，就把他冲走了。过了半个多时辰，李大秃才被人救了上来，由于冻得时间久，又呛了几口水，就变成了半瘫，再也不能骗人害人了。

四里八乡知道了此事，大快人心，大家都赞扬常三毛治恶的行为，又说温榆河是一条惩恶扬善的河。

大蛇的传说

席立娜

每条河都有一个守护神，善良的叫河神，而不善良的则叫水鬼。温榆河里则流传着一个，有的人说是河神，有的人却说是水鬼的故事。

不管怎么说，水里面有个不知道的东西，多多少少有些让人毛骨悚然，而且，温榆河河岸宽，河水深，根本就看不清这水里究竟有些什么，所以好多的渔民都放弃了打鱼。只是人不往水里跑，水鬼则往岸上跑，许多妇女坐在岸边洗衣服，洗着洗着人就没了，已经有好几个人失踪了，于是大家实在是不敢再往河边跑了，可是生活上的许多地方都需要水，大家实在是逼得没办法了，便把这件事情报告给了县令。

县令听说了此事，心里一惊："这件事情要是报告给了皇上，说温榆河里出现了一个水鬼，且不说皇上会不会派人来管这件事，万一说我妖言惑众，脖子上的脑袋可就没了呀！不行，这件事，怎么着也要拦下来！"这时，旁

【美丽的温榆河】

边的师爷看见了报上来的信件，眼珠子一转，便趴在了县令的耳边小声说着："县令大人，我看这河里不过就是个小鱼小虾的，只要您坐着船在河上游一遭，什么事都没有的从船上下来。那么，下面的百姓再说什么，您就说，我怎么坐在船上就没事啊，你们再敢妖言惑众，就关进大牢里！这样，这件事不就平下来了？"县令听了，觉得有道理！而后，县令对底下上报的说："既然，你说了这件事，那么，我就亲自去看一看到底是怎么回事。只是，我这里没有合适的船只，过几天，我让师爷把造船的图纸给你拿过去，你们给我造只船，我倒要看看，这河里面有什么东西！"报告的人听了之后还挺激动，连忙快马加鞭地跑回镇里，让老百姓筹钱造船。老百姓本就困苦不堪地生活，因为这件事更加的雪上加霜！可是，没办法，该造的船还是要造。整整两个月，终于把县令想要的船造好了。

风和日丽的中午，县令大人迈着不紧不慢的步子，走上了这只奢华的大船。这只船特意把底部加厚，怕的就是在这河里翻船，而且船上的支柱都是纯铜打造，更加的压重，把这船从岸上放进水里，愣是用了一百多个壮汉！

县令和师爷笑眯眯地坐着船，后边二十个人给划船。从河的一边划到了另一边也没看见什么东西，于是开始往回划。师爷看着县令小声说："您看没有什么东西吧！不仅把这件事压了下来，而且还得到了这艘好船！"县令大人那脸上的笑容更灿烂了！

正午的阳光照在这铜柱之上，金灿灿的光反进了水里，甚是耀眼夺目，晃得岸边好多的人睁不开眼。就在这时，听见水里哗哗作响，老远地看见河中心出现了一个大的漩涡！一条浑身黝黑的大蛇从水里冒了出来，那个脑袋跟小山一样大，而身体实在是不知道有多长，村民还没反应过来是怎么回事，那条大蛇便把船吞了下去！

本以为那条大蛇会继续往岸边游攻击村民，但是，只见水中的大蛇左右不停地摇摆，脖子里的那条船并没有碎，而是硬生生地卡在了那里！大蛇不停地撞击脖子想把船撞碎，可是到最后，船上的那几根铜柱却从大蛇的脖子里穿孔而出，当时蛇血喷出很远很远，而大蛇也慢慢地沉到了河里。岸边的村民都看傻了，此生都没看见过这么大的蛇！

后来，村民划着小船想要把那条大蛇捞起来，可是，怎么找也找不到，而且那条大船和船上的人也消失了，唯一留下的只有那几根大铜柱！于是有的人说，那条大蛇吞了县令，便完成了它的任务，飘然升仙了！还有的人说是因为县令干的坏事太多，阎王特地派这条蛇来抓他，只是这条蛇恶性不改，吃了那么多的人，阎王让这条蛇也死了。

当时究竟是怎么回事，现在已经不得而知。只知道，现在温榆河的河水到下午的某个时刻，有的地方泛着微微红光。

杨六郎与王百万的传说

施会泉

传说北宋年间，温榆河流域匪盗猖獗，老百姓不得安生，沿白羊沟顺流而上的长峪城南山上，盘踞着一大帮土匪，这些土匪的总头目名叫王百万。据说，王百万手下不仅兄弟众多，手中还有两样护身法宝，其一是一扫把，据称它有一种神秘莫测的力量，谁要得到它，如虎添翼，所向披靡。另外一个，就是王百万养的一条猎犬，据说这狗异常凶狠，敌过精兵百万。

王百万一伙人一方面在此处设铸钱炉，铸造铜钱，另一方面在方圆百里烧杀抢掠，无恶不作。时间长了，这伙人的所作所为被远在东京汴梁的皇帝得知，便下旨先派出两名朝中猛将到此处清剿土匪，但由于王百万兄弟众多，而且他们又占据着有利的地形，故前两位将领均无计可施，皆无功而返。这帮土匪便觉得朝廷拿他们没办法，便洋洋得意起来，更加变本加厉，为非作歹。无奈之下，皇帝想到已经赫赫战功、声名远播的杨家将，并最终派出被后人称作"杨六郎"的杨家六公子——杨延昭前去剿匪。

杨六郎统率部队来此之后，发现这里不仅土匪众多，而且他们占据险要地形，易守难攻，自己硬派兵强攻恐怕很难取胜，加之人们还传说王百万拥有两件宝贝，无奈之下，只得先将大军安顿下来，再做长远打算。于是，杨六郎便传令各部将领在王百万对面的山头安营扎寨、修筑工事，那里即是现在被当地村民称作"六郎城"的地方，当年的遗址如今仍依稀可见，当初为插帅旗修筑的石墩也依旧不屈地挺立着。同时，杨六郎为了打消王百万的疑虑，便派出信使送重礼于王百万，杨六郎也几次登门拜访，借机同他结为干兄弟，以消除王百万对自己的防备之心。杨六郎表面上与王百万的关系异常亲近，而且时常邀约其共同饮酒至深夜。久而久之，王百万不仅彻底放松了对杨六郎的警惕，心里更是为能结下两肋插刀般的兄弟得意。而杨六郎在稳住王百万的同时，也在巩固和提升自身的实力，以便在时机成熟之后，再伺机将王百万一伙彻底铲除。

经过将近一年的养精蓄锐，杨六郎已经在长峪城扎下脚跟，并建立起自己的城池，眼看着自己的队伍也已是兵强马壮，唯一缺少的就是找一个适当的机会。

时间转眼来到了第二年春节，王百万在营寨内大摆筵宴并派人邀请杨六郎大年初一晚上到自己那里去饮酒，杨六郎立刻意识到时机已经到来，自己完全可以凭借初一晚上那漆黑的夜色，带兵摸到王百万那里，出其不意，将其一举歼灭，经过与手下严密的部署，杨六郎最终决定就在初一的夜里对王百万动手。

大年初一的晚上，为了消除王百万的疑虑，杨六郎在表面上依旧带领几个手下准时去赴约。在酒宴上，三杯五盏过后，两人喝得正高兴，杨六郎突然提出，自己久闻王百万有一件被人们传扬已久的宝贝扫把，自己迫切地想见识一下它的模样，王百万没有丝毫犹豫，拿出宝贝后，向杨六郎得意炫耀。杨六郎借自己想看一下宝贝为由，将扫把骗到了自己手中，而此时，自己的部下也早已凭借月黑风高的夜色摸到了王百万老巢的附近埋伏下来。于是，杨六郎便发出事先约定的暗号，示意手下开始攻寨捉拿王百万。瞬间，漫山遍野出现了杨六郎的士兵，刀枪棍棒及格斗声充盈着山寨各处。

王百万见此情景，立即慌了神，而自己的扫把早已被杨六郎骗走，无奈之

下只得派出自己的爱犬迎战，这凶狠的猎狗立即猛扑向杨六郎。早已骑上战马的杨六郎见势不妙，调转马头，转身就跑，猎狗在后面紧紧追赶。当杨六郎将猎犬引致悬崖边上时，猛然转身，趁那狗不注意，用力一脚将其踹下山崖，猎狗被摔得粉身碎骨。现在被村民称为"看狗台"的上面还十分清晰地显现出一只狗的形象，传说那就是当年被杨六郎一脚踹下悬崖摔死的猎狗尸体遗痕。

王百万眼见自己的爱犬已落崖身亡，而自己的兄弟也因这漫山遍野杨家军的突然袭击死伤过半，自知大势已去，转身上马便准备下山逃跑，杨六郎怎可将他放过，骑马在后边紧追不舍。

刚跑没多长时间，王百万突然发现前面的路被一道正冒着熊熊烈火的"火墙"给挡住，便立马调转马头向山下的山沟冲去。那道墙其实是杨六郎的士兵用煤炭筑起的一座墙，为的就是斩断王百万逃跑的必经之路，当山上的仗一被打响，这座"煤墙"就已经点燃。为纪念当时的战事，这个地方就被后人称作"拦马墙"。

在山沟里没追多长时间，杨六郎便追赶上了早已惊慌失措的王百万，二人又展开了一场激战。 据当地村民传说，两人在这里大战数百回合，一直杀到东方亮出鱼肚白，也依旧难解难分，不分胜负。两人激战的山沟也因为这一役而在当地闻名，后人称其为"杀亮沟"。

杨六郎经过一年左右时间与王百万斗智斗勇，终于将这一伙土匪彻底根除，随后他便回了汴梁，长峪城当地的老百姓便过上了安稳踏实的日子。

有趣的是，此段虽为历史传说，但人们宁信其有，因为村民曾经在杨家沟一带挖掘出一顶古时候打仗时用的金属帽子，据老人们代代相传，那便是当年杨六郎、王百万一役留下的物证，村民还在王百万开设铸钱炉的地方挖出成串的铜钱，这些文物又为那神奇的传说增添了毋庸置疑的证据。

柳姑绣龙祈雨的传说

施会泉

古时的温榆河流域，源远流长，当关沟和高崖口沟两条支流奔腾而下流经土城汇入北沙河的时候，便形成了清流交汇水塘相依的美丽风光。土城村西河畔有个白草塘。这草塘方圆百十丈，水塘边生长着一种白色的水草，柔韧修长，天生是做编织的材料。草塘边有户人家，父亲早逝，女儿柳姑与母亲相依为命。母亲手巧，从白草塘打来白草，编出了草帽、草鞋、蓑衣、筐筐篓篓等寻常百姓家离不开的物件，在集市上换回柴米油盐。柳姑只是为母亲打打下手，她有自己的爱好，那就是绣龙。一双秀手，用针线在蓝布上游走跳跃。她之所以选蓝布做底色，是因为，天是蓝的，水是蓝的，在蓝色的底布上，才能绣出逼真的白云、白草、白草塘。

柳姑喜欢绣啥就绣啥，母亲也不阻拦。这一年，白草塘畔滴水未落，旱得禾苗枯萎了，泥土龟裂了，石头冒烟了，水井干枯了，河道见底了，白草塘也没有了鱼虾。一天，柳姑看着蓝生生的绣布，抹着眼泪说："妈妈，您看河水干了，庄稼蔫了，以后的日子人可怎么活啊！"母亲叹了口气说："老天不下雨，咱们凡人可有什么办法，人们去白草塘求雨，就是不能感动上天！"柳姑用戴顶针的手指顶了顶脑门子："有了。"柳姑底气十足地说："妈妈，我要绣条龙，让龙喷水化雨，让它随着人的意愿！"母亲也盼雨心切，就顺着女儿的话说："那就绣吧，如果真的显了灵，那也是咱庄稼人的福分！"她选好五颜六色的丝线，找来了妈妈剪过的贴在窗子上有龙的窗花，她又回忆起庙会中舞龙的场景。尽管柳姑夜以继日地绣，但总不得要领。一天，柳姑跟母亲说："妈妈，我绣的龙总是不像，因为我没有见过真龙啊！"母亲说："孩子，我们肉眼凡胎，哪能见到真龙，我们只能凭想象，绣得多了，就像了！"

昌平民间文学

柳姑绣龙的决心已下，她没有听母亲的话，她说："不，我一定要见到真龙，这条龙一定是白色的，你看那白草塘，水是白的，草是白的，那里就是龙的家呀，天干地旱，那白草塘的白老龙一定是避难深山老林了，我要顺溪而上，一定会找到白老龙！"

第二天，天刚蒙蒙亮，柳姑拜别了母亲，带上干粮上路了。她要到白草塘的上游，溪水的发源地去找白老龙。

这天柳姑踏着干枯的河床，一路向西，河床越来越窄，曲曲折折便拐进了山里。柳姑翻过两道梁，又转过三道弯，坐在一尊山石上，陷入沉思的柳姑，突然听到有人跟她说话："小姑娘，你不在家避暑纳凉，来到这荒郊野岭，这里虎豹出没可是凶多吉少啊！"

柳姑抬头，原来是一位头发胡子都白了的老爷爷，正在和蔼可亲地问她。

柳姑说："我叫柳姑，我就称您为山爷吧，在这大山里见到您，您一定是个不凡之人！"

山爷细细打量着这位天真率直的小姑娘。柳姑继续说道："我从白草塘来到这儿是来寻找白老龙的……"于是，柳姑把白草塘一带的旱情，从头至尾说了一遍，来到此处，为的是要见到白老龙，绣一幅真龙模样，让它为老百姓呼风唤雨！

山爷看柳姑吐露心声，十分感动。动情地说："白草塘的水干了，山溪的水也干了，哪里还会有白老龙呢，回去吧，孩子！"

柳姑说："不，我不找到白老龙，不绣好一条真的龙，我决不停下脚步！"

柳姑说完这些话，再寻山爷的踪影，早已不见了。

就这样一连几天，都没找到白老龙。干粮吃完了，柳姑就吃野果子。她横下一颗心，只要心诚，没有做不成的事。这天，她乏了，又坐在山石上，望着周边的枯枝败叶，又想起了家乡干枯的白草塘，她顺着山风理了理飘散的秀发，自言自语地说："山爷，你一定能帮我，哪怕前面是刀山火海，只要我见到真龙，就能绣成真龙，我就能为乡亲们解除旱情！"

说来也巧，那个山爷真的就在她身边出现了，柳姑的铿锵誓言，山爷听得真真切切。于是，就跟柳姑说："柳姑，山爷头一次遇到心诚志坚的小姑娘。这样吧，我这里有张画好的龙，交给你，你以后就照着这张画绣。"说罢，山爷从怀里掏出一张纸展开给柳姑看，那上面果真是一条活灵活现腾空欲飞的真龙！

柳姑收起这张画后，说："感谢山爷，柳姑这回再绣白老龙就不犯难了。"

山爷为柳姑的执着所动，从怀里又掏出一把小刷子，交给柳姑说："回到家，你用这把小白刷子蘸着水，给龙的全身刷一遍，然后，你再照着这张图，绣在你的蓝布画撑子上，切记，切记！"

山爷说罢，柳姑寻声，便不见了山爷，心里说道，这山爷真有邪的，来无影去无踪！

柳姑回到家，把这张山爷送给的龙图样展开给母亲看，母亲也觉得神了。看着女儿端来一小碗水，用那支小白刷子蘸着水给这条龙刷了全身，当最后一刷子落下，窗外立马乌云密布，下起雨来，虽然雨量不大，总算解除了眼前的旱情。井里有水了，白草塘有水了，禾苗泛青了。母女俩想到了一处，莫非这个山爷就是白草塘的白老龙点化而成？

母女俩猜对了，这位山爷就是白草塘里的白老龙。

白老龙对久旱无雨百姓难熬日月的惨景，看在眼里记在心头，几次上书东海龙王，要为白草塘一带及时布雨，谁料想东海龙王只顾寻欢作乐，哪管他人死活，对白老龙的奏折不理不睬。情急之下，白老龙只好自作主张，略施甘霖。白草塘下雨的消息立马传到龙宫，说白老龙私自布雨。东海龙王一听火冒三丈，不听指令擅自用权，定要治白老龙于死罪。龙太子看老爹气得快要疯了，便说："父王息怒，儿臣去把白老龙抓来，抽它的筋，扒它的鳞，解父王心头之恨！"东海龙王一转念："何必要亲自下手呢，我要把白老龙

313

送往天庭，用玉帝的刀，斩它个龙头落地！"东海龙王把这个主意跟太子做了交代，并嘱咐他："把白老龙带回龙宫便可，要速去速回！"

龙太子离开龙宫，翻个跟头，冲出水面，直朝白草塘方向飞去。白老龙早已料到，擅自布雨，东海龙王不会放过自己。龙太子驾起云头转眼间来到白老龙面前，劈头就是一个炸雷："你个白老龙，好大胆啊，竟敢私自降雨，你可知罪？"白老龙施礼说："太子息怒，我只是洗了个澡，下官并未降雨。"龙太子道："说得轻巧，洗了个澡，你看看，白草塘一带已是沟满壕平！"白老龙不甘示弱："太子呀，百姓无水难以生存，老天不能没有一点怜悯之心吧？"龙太子哪里肯听白老龙讲道理："你已触犯天条，快跟我去见龙王！"白老龙自知灾难临头，躲是躲不过去的。只好恳求说："请太子先回，我随后就到！"

龙太子恶狠狠地说："量你也逃不出东海龙王的手心！"

龙太子驾起云头，回龙宫去了。

雨过天晴，干枯的禾田和池塘都灌满了水，解了燃眉之急。柳姑感谢白老龙天降喜雨，手中绣针不停地照着山爷提供的画样，一针一线绣起来，先绣龙头，然后绣龙身龙尾，最后绣四条龙爪。三天三夜，终于将这条白老龙绣完，柳姑舒舒服服睡了一觉。天亮了，万道霞光透过窗棂，照在柳姑一张秀脸上。她揉揉眼睛坐了起来。这时，她想起山爷，不，那分明是白老龙爷爷。白老龙爷爷你在哪里？柳姑不由得喊出了声。眨眼间，白老龙爷爷真的站在了柳姑眼前。柳姑哑着嗓子动情地说："山爷，你就是白老龙爷爷，你救了乡亲们的命啊！"

柳姑跪在白老龙爷爷面前磕着响头。

白老龙将柳姑扶起来说："快起来，快起来，乡亲们有了活路，我老夫也算是尽到了责任。柳姑啊，我跟你实说吧，我就是那个白老龙，白草塘就是我的家，这次降雨违犯了天规，东海龙王要把我交给玉帝，令斩不赦，我的死期就定在明天天亮之前……"

柳姑听着白老龙的叙说，一头扑在白老龙的怀里，泣不成声地说："你不能死，你不能死，白草塘离不开你，全村人离不开你……。"

白老龙为柳姑擦着眼泪说："好孩子，不要哭了，我不离开乡亲，不离开白草塘，现在还有救，只有你能救我，只有你绣的那张白老龙的图像能救我……"

柳姑擦干眼泪："白老龙爷爷，你快说，我绣的那张白老龙图像怎得相救？"

白老龙脸上写满了平静："人固有一死，龙也固有一死，但我愿意为家乡父老奉献我的所能，在白草塘一带耕云播雨润泽一方百姓。明天一早天亮之前，你拿上那张白老龙的绣像铺展在白草塘畔，当你听到一声巨响，我的那颗龙头就会落在你的这张白老龙的绣像上，龙头和龙身就会对接在一起，你绣的这条龙就会脱开绣布腾空而起，我就得到了重生。"

说完这番话，白老龙不见了。第二天一早，柳姑认认真真按照白老龙爷爷的嘱托，白老龙复活了，从此，白草塘又恢复了往日的勃勃生机。

老 鳖

刘瞬骊

那年夏天的一个中午，水耗子吴天赐失魂落魄地从温榆河里爬了出来，逢人便说，了不得了，温榆河里出了一只大王八，足有碾盘那么大！

不由人不信，吴天赐之所以叫水耗子，是他在河里潜水，最长能待上十多分钟，而且还睁着眼睛！要不是他嗜酒好赌，就凭他那年从温榆河里捞出的那颗大珍珠，他早就发家了！

这消息，被乡公所的保安队知道了，小队长便向县里报告，温榆河边上发现了共产党游击队，要去清剿，接着小队长就带着人出发，找到吴天赐，一同来到了温榆河边。

小队长的算盘打得不错，就是借着清剿的名义，来捉那只老鳖，这样呢，扔出去几十颗手榴弹也没有人追究。

吴天赐带着他们来到河边，指着他发现老鳖的地方让他们朝那边炸。于是，小队长一声令下，手下便纷纷拉线投弹，只见那水面上不停地冒起了阵阵水柱，可等了半天，也没有把那老鳖炸出水来。

小队长急了，骂吴天赐，你他妈说的是真的假的？

吴天赐指着天，说，蒙你我是你孙子！

小队长束手无策，说这家伙要是捞上来，那他妈值老钱了！……

就在这时，只见水面上，"哗"地一下，翻起了足有一人多高的浪花，手下的那些乡丁都叫了起来："有了！有了！……"

就在这群乡丁聚精会神地看着河面的时候，背后突然想起了一声大喝："不许动！举起手来！"

小队长一回头，顿时傻了，真是怕什么来什么，共产党游击队，就在眼前！

事情就是这么巧，区中队的几个干部，开会回来从河边经过，正看见一群国民党乡丁正全神贯注地捉王八呢，于是顺手牵羊，不费一枪一弹，就活捉了一个小队的伪乡丁。

解放以后，有一次赶集，吴天赐碰上了那个小队长。吴天赐本来以为他得骂自己一顿，谁知道那个中队长十分热情，拉着吴天赐问长问短，原来，就是那次被俘的经历，他也参加了区小队，现在在县供销社，当了干部了！

真是三十年河东，三十年河西。以后吴天赐再给人说起那只老鳖的时候，他总是会加上这么一句："要是早就知道他老小子有今儿个，那当时我跟着他们让游击队抓走，多好哇！"

鬼 杀

刘瞬骊

这是小时候我妈跟我说的故事。后来，我表哥又跟我说了一回。

那一夜真是闹得鬼哭狼嚎，瘆人。我二表哥跟我说，当时他就是那么看着，一点儿也没害怕，后来，他说，后来越想越害怕，有时候，那头发，会"唰"地一下就立起来。

我妈也曾经跟我说起过这件事，但是当时她不在现场，只是知道个大概，所以一直以来，我都只是影影绰绰地知道这件事，但是此事的来龙去脉，只有二表哥和我说了以后，我才彻底明白。

这是我姥爷家的故事。这件事，当时牵动了我姥爷家的整个家族，他们在那个惊恐不安的夜里，怀着希望与恐惧，度过了整整一夜。

这个故事的主角，是我的老舅。

老舅死的时候，只有十八岁。

老舅是我妈的第三个哥哥。个子不高，不胖不瘦。

我姥爷有三个儿子，四个闺女。这七个孩子里，我妈最小。

大舅和二舅，我都见过。老舅死的时候，我妈还没有出嫁，自然，对于老舅的印象，全是来自我妈的描述。所以我对老舅的印象，大致就是，一个憨厚淳朴的农村少年，他每天的工作就是低着头干活，甚至半夜的时候，还要起来，喂我姥爷养的那头大青驴。

我大舅的脾气极坏，不瞪眼就不会说话。个子不高，圆脸儿，金鱼眼，留着三撮灶王爷似的胡子，我对他有印象的时候，他可能就五十多岁了，常年佝偻着腰。他有严重的哮喘病，走不走路，干不干活都能听到他从呼吸道里发出的喘息声，像火车拉笛发出的声音，悠长而高亢，几十步远的地方，你就能感知他的存在。

"耳儿……耳儿……"那声音，听着就觉得恐怖。

他令人感到畏惧的地方，还有极端自私，一个铜钱儿，一张纸币，只要到了他的手里，那就绝不松手，直到攥出汤来，即便是攥出汤来，也同样不松手。他是个乡村饭馆的老板，也确实有把钱攥出汤来的资本。他的冷漠与无情，有目共睹，所以村里人送给了他一个共同的绰号——"阎王爷"。

那是一个秋天的下午，我姥爷让我大舅"阎王爷"赶车，带上我老舅进州去拉粮食。我姥爷开了一家面铺，倒买倒卖的，往来都是粮食。因为二表哥当时才六岁，所以他也说不清到底是去买粮食，还是卖粮食。总之，我老舅，是跟着"阎王爷"走的还是跟着伙计八斤子走的，他也记不清了。我觉得可能是跟着"阎王爷"走的，第一，老舅就会干活，为人木讷，况且又年轻，对于交易，肯定不太在行。第二，伙计就是伙计，我姥爷如果把这么重要的事情交给伙计来做，那么，教会徒弟，饿死师父，对于一个干了十几年面铺掌柜的我姥爷来说，这个道理他比谁都清楚。所以，唯一代替他出去交易的理想人选，当然是他的大儿子"阎王爷"。知子莫如父，他非常清楚"阎王爷"锱铢必较的本领，也了解"阎王爷"咄咄逼人的气势，所以，作为我姥爷的代表，我大舅"阎王爷"就带着我老舅，赶着大青驴，拉着大车，出发了。

那是一个秋天的下午，太阳很好。一切都和往常一样，"阎王爷"赶车，我老舅坐在车上，趟过温榆河，进州了。所谓进州，就是到县城去。我姥爷家离县城只有七里路，俗称西八里。回来的时候，天已经黑了。"阎王爷"赶着车进了院子，一家人十几口子都在等着他们吃饭，所以就迎了出来。当时，我老舅，就躺在车上，睡觉呢。

我姥爷的火儿一下就上来了，吼了一声，你给我起来！当你是猪吗，吃饱了就睡？起来！

我姥姥急忙拦住了我姥爷，说你嚷什么呀，孩子干一天活儿了，又困又乏的，睡一会儿怎么了？

我姥爷的气更大了，就他妈知道睡！什么也别干了，睡死你！顺手就抄起了一根棍子，向我老舅冲了过去，家里人一看都慌了，有人拉住了我姥爷，有人去摇晃我老舅，让他起来，吃饭。

可谁知，任凭大家怎么摇晃，我老舅都是一动不动。起初，大家都以为他太困了，就没有在意，可谁知一摸他手的时候，才大吃一惊，原来，我老舅的手脚冰凉，身子软软的，没有了一丝呼吸！

天呀！我姥爷和家里人都慌了，怎么下午出去好好的人，没病没灾的，回来就死了呢？于是，我姥爷手里本来指向我老舅的棍子，就一棒向"阎王爷"打了过去！说！老三到底怎么啦？

"阎王爷"也不知道这是怎么回事，他也以为老三还在车上睡觉呢，于是他也慌了，急忙向我姥爷解释，爹，我也不知道啊……

一句话没有说完，他的头上，已经重重地挨了一棒！

我姥爷一棒子打完，就觉得天旋地转，一下子就昏了过去，这个老儿子，别看他天天骂，可是，那是他抱有最大希望的老儿子呀，将来这家产，都要等着他继承啊！现在，他就这么死了，死得不明不白，我姥爷的心，如同被一块石头重重地砸了一下，一头摔在了地上！

我姥姥早就哭得昏天黑地了，天杀的老天爷呀，你到底为了什么呀，带走了我儿子呀！我苦命的孩儿呀！可叹你前天才订婚，秋后就要成家啦……我苦命的儿呀！……

一时间，整个院子里，哭声一片！

后来，我老舅的尸体就躺在了门板上，头朝着门，停在堂屋里。门板下的矮桌上，点着两只蜡烛，幽暗地燃烧着，给本来就不大的房间，增添了几分恐怖。

隔壁，就是我姥爷和我姥姥的房间。

【美丽的**温榆河**】

我姥姥还在哭，这个突然的打击使她无论如何也不能接受。我姥爷则一声不吭，抽着烟，一直死死地盯着"阎王爷"，他当然不相信我老舅是被"阎王爷"害死的，但是眼前发生的一切，你又怎么给我解释！

事情到了这个地步，无论原来的"阎王爷"多么蛮横，现在也老实多了，他低着头，眼睛瞅着自己的裤裆，讷讷地说着："我不知道怎么回事……我不知道怎么回事……我就知道，他睡觉来着……"

"阎王爷"说的是真的，我老舅本来就沉默寡言，"阎王爷"一说话就瞪眼，两个人从来就没话，更别说聊天了，所以躺在大车上睡觉的老舅，到底是什么时候死的，怎么死的，他根本就说不清楚。

我姥爷，突然使劲磕着烟袋，站了起来，喊着："八斤子！八斤子！"

门外的伙计八斤子，立刻跑了进来："掌柜的……"

我姥爷吩咐他："套车去！"

八斤子看着他，有些迷糊："您，您去哪儿？"

我姥爷一下就火了，冲着八斤子大骂："去你妈的！我让你套车就套车！套车去！"

于是，伙计八斤子再也不敢怠慢，急忙跑出去套车了。

我姥姥看着我姥爷，说，黑天半夜的你要上哪儿啊？这个家你不管啦？

我姥爷说，你别管，我要上崔胡同！找他大姑儿去！

直到后半夜，我姥爷才把我那个神堂姑姥姥请到了家里，我姑姥姥一进门，就吸了一口凉气，说完了，没救了！

我姥爷大惊，说你不是什么都能吗，怎么这就没有救了呢？

我姑姥姥说，老三昨天晚末晌儿过温榆河的时候，肯定是睡觉来着，正好，有一个去年的淹死鬼从那儿路过，等着投胎，就把老三带走了，好自己去投胎，现在，他的魂儿早就过了奈何桥了。

我姥爷和家里人都听得头皮发炸，毛骨悚然。

昌平民间文学

我姥爷说，这么说，真的就没有救儿了？事到如今，他不能不信我姑姥姥的了，因为，他压根儿就没有跟我姑姥姥说我老舅死在大车上这一段儿，他只是说，躺在了家里，还昏迷着呢。

我姑姥姥回答得斩钉截铁，说，没救儿了。

我姥姥拉着我姑姥姥，边哭边说，妹子呀，你就看在我的面子上，死马当活马医，救救老三吧！……

在我姥姥的招呼下，一家人，除了我姥爷，都给我姑姥姥跪了下来，哀求着她，救救我老舅。

踌躇了很久，我姑姥姥终于答应一试，但是她说，现在请黄大仙去跟阎王爷要人，一点儿也没有把握。为了老三，她豁出去了，试试看吧。

后来，在我姑姥姥的指挥下，全家男女老少都躲到了东边的厢房里，谁也不许出门，不许偷看。现场，只留下了我姥爷，伙计八斤子和我大舅"阎王爷"。

紧接着，找了最粗的麻绳，把我老舅从肩膀以下，一直到脚，和门板绑在了一起，捆得结结实实。就是这样，我姑姥姥还是不放心，再三检查，一个劲儿地叮嘱，再捆！再捆！

到了这个时候，我姥爷的横劲儿一点儿也没有了，他现在只有一个想法，你说咋办就咋办，只要老三能活过来，怎么都行！

最后我姑姥姥嘱咐他们，我现在就开始作法，你们全给我摁着门板，谁也不许松手，更不能跑！我告诉你们，你们谁要是敢松手跑出半步，出门必死！

她说话的时候，声音不大，却充满了恐怖的力量。

我姥爷他们三个毛骨悚然地听着，人人连声保证，不跑，绝对不跑！

于是，我姑姥姥烧了几张她带来的黄纸，盘着双腿，坐在了一把椅子上，双目微合，嘴中念念有词，开始作法。

令所有人都没有想到的是，我六岁的二表哥，这时就在旁边我姥爷的屋子里，跪在炕上，悄悄地捅破了窗户纸，正在看着他们呢！

就在我姑姥姥进院的时候，我二表哥正在我姥爷的屋里睡觉，当时乱乱哄哄的，就没有人想起他来，另外，人们是在院子里直接被我姥爷轰到东厢房的，所以在极度的恐惧和紧张之中，根本就没有人想起他。

于是，我二表哥看见了我姑姥姥给我老舅招魂的一幕。

二表哥说，我姑姥姥盘着腿坐在椅子上，嘴里念念叨叨，听不清她说的是什么，不到一会儿，就听我老舅身下的门板"嘎"地响了一声，吓得我姥爷他们三个都叫了起来！

我姑姥姥睁开眼看着他们，厉声说道，摁住喽！

随即，就在这时，那个门板，从我老舅头的一侧就开始往上翘，我姥爷急了，喊着，摁住！摁住！于是，三个男人，使出浑身的力气，拼命地摁住了门板。

二表哥说，他就一直那么看着，根本就没有害怕。

随着仪式的继续，我二表哥说听见了我老舅开始从喉咙里发出了类似牛吼叫的声音，身下的门板也"嘎啦嘎啦"地响着，不停地上翘，我姥爷他们三个，用尽全身的力量，拼命地压着门板，活着的人，和死了的鬼，为了我老舅，双方展开了激烈的抗争……

二表哥说后来就听那门板"咣"地一声倒了下去，就再也没有起来，我姑姥姥全身湿透，筋疲力尽地从椅子上下来，对我姥爷说，阎王爷不给，你们准备后事吧。

看来，一是没救儿了，二是我姥爷他们也是筋疲力尽。三是我姑姥姥尽其所能了，我姥爷只好作罢。

这件事，当然是几十年前的事情，那时候，还没有解放。

我妈曾经跟我说，我姑姥姥还没有死的时候，到我姥姥家来串亲戚，有一天她跟我妈说，老丫头，这是我最后一次来了，说不定什么时候就走了，到时候你想我吗？我妈说想啊，大姑你要去哪儿呀？我姑姥姥说，有一个毛大帅要来了，我们这些人都怕他，必须躲开。我怕是看不见了，你看着，以后啊，什么神啊鬼的，全都跑了，没有了。我妈说谁姓毛啊，他怎么这么厉害呀，连神鬼都怕他？我姑姥姥说，以后，你自然就知道了。他来了，这世界，就是人的世道了。

我姑姥姥回家没几天就死了。八个月以后，解放军四野部队跨过温榆河，解放了我姥爷的家乡，从此以后，我妈说她再也没有看见过什么鬼啊怪的，她跟我说，只要有毛主席在，什么样儿的坏人啊，都得老老实实的，更别说什么鬼啊怪的了，一切牛鬼蛇神，必须通通走开！

诈尸吓死贪心人

曹学诗

听昌平老辈人传说，温榆河畔有一个"诈尸吓死贪心人"的故事，听了不但给人很多回味，更给人很多启迪和教育意义。

这个故事发生在温榆河南岸的一个小村，这个村庄当时只有几十户人家，就发生在一个好赌的张姓人身上。那时候正是明朝的末期，也就是崇祯朱由检时代。由于崇祯帝之前的几个皇帝都疏于朝政，致使到了朱由检的时候，明王朝已经风雨飘摇，千疮百孔。朱由检当了皇帝后，虽然兢兢业业，励精图治，但由于明王朝经过二百多年的变迁，已经由盛到衰，摇摇欲坠，他无论怎么努力都无力回天。再加上崇祯又在一怒之下错杀了袁崇焕，致使到了内忧外患无可收拾的地步。当时，全国各地烽烟四起，盗贼成群，赌博未然成风，天下大乱。

这人姓张名默，本是这村的一个大财主。由于当时农村里认字的人不多，再加上这人面目黝黑，人们就给他起了个小名叫"张黑"。开始，张黑并不是好赌好抽之徒，又因为家里有钱，学了一些文化，在温榆河一带也算是个知书达礼之人。他早早就娶了一房媳妇，生了两个女儿一个儿子。儿女双全，父母健在，家境殷实，不愁吃穿，是十里八村没得挑的好人家。

张黑家本来是好日子，但就是有人不让他往好里过。由于社会动荡，民不聊生，幽燕之地出现了一些绑票的，专拣那些有钱人家进行敲诈。绑票的大多数是揭不开锅的穷人，也有些浑水摸鱼的地痞流氓。这些人都很聪明，专拣有钱人的软肋插刀子。大人重要绑大人，孩子娇贵绑孩子，有钱人家越怕什么，家里准会出现什么。这些人心黑、手辣、狠毒，轻则敲诈你钱财，重则就会撕票，把绑架的人活活弄死，叫你后悔失落一生……如果你敢报官，还会遭到报复，搅得你永无宁日，无时无刻惴惴不安。更关键的是，当时的

大明王朝社会秩序一团糟，你就是报了官，官家也管不了，还会招来进一步的盘剥。所以人们家里出了事，都不敢报案，也不愿报案。

绑票的看中了张家的钱，更找准了张家的软肋——那就是张默的宝贝儿子。你想呀，张默家财万贯，却就这么一个宝贝儿子，在家里还不天天供着，如果把他绑了票，那还不要什么有什么。

在一天的黄昏，张默的宝贝儿子与佣人到温榆河边去玩，他俩刚玩了一会儿，就被两个不明身份的大汉劫持了。俩大汉手拿明晃晃的钢刀，分别架在两个人的脖子上，对佣人命令道："我们是专吃这碗饭的，就是想弄点钱花。如果你们识相，乖乖地听我们的话，把钱按时间地点，送到指定的地方，我们不但不会伤害张家公子，还会好吃好喝伺候着；但如果不肯出钱，或是报官耍花样，可别怪我们不客气：那就等着在温榆河边收尸吧！"说完，那大汉甩给佣人一封信，就把已经吓哭的张家公子架走了……

佣人慌慌张张跑回住宅，哭天抹泪地把经过跟主人一说，张默当时就两腿发软了。等他哆嗦着手打开信件一看，知道是绑匪把他儿子绑了票，向他索要大笔钱财。报官吧，不但于事无补，弄不好还会被对方"撕票"。为了保住儿子的性命，只好破财免灾，把大批钱财拱手送了别人……

通过这件事，使张默认识了一个道理，那就是：钱多不一定都是好事，特别是在兵荒马乱的年月。他想，如果自己没钱，孩子就不会被绑走了，家

昌平民间文学

里也不会担惊受怕。从那以后，他开始挥金如土，还染上了赌博的恶习。

开始，还是小赌，后来越赌越大，发展到了疯狂的程度……根据他赌钱的性格，再加上小名又叫"黑"，人们给他送了个外号"黑头耍"。意思是说他耍钱不要命，到了无以复加的地步。

家产很快就输光了，又背上了很多的赌债。时间长了，亲戚朋友都来要账，弄得家里整天鸡犬不宁……张默的妻子没办法，跟人们好话说尽，天天在家里应酬。

这次，张默又去外面赌了，黑天白夜没见回来。大人孩子到处去找，就是没有一点音信。直到第三天的上午，才有好心人传来信：张默在东刘村耍钱，三天三宿都没下桌，刚才和了一把牌，一下子就给笑死了！

妻子孩子马上赶了过去，张默早就没救了！大人孩子哭着把他弄回家里，停在床上，所有的亲戚朋友全都来了。他们可不是来帮忙料理后事的，大多数是来要钱的。张默欠账太多了，连妻子孩子都不知道多少。妻子哭过以后，含着泪对讨债的人们说："孩他爹活着没干好事，欠了大家太多的钱，死了也是报应！今天他还尸骨未寒，所有的债主，当着他的面指认一下，我让孩子们全部记下，等日后一定全部偿还。大家说吧……"

"张默欠我二十两文银。"

"黑子欠我四十两文银。"……

大家七嘴八舌地说着，孩子认认真真地记着。就在这时，一个叫张豹的本家兄弟，起了贪心。他想：张默已经死了，死人嘴里没有招对，我为何不讹他一笔，省得以后操心费力再去挣。想到这里，他也心虚地站起来说："张哥……张哥，也欠我……我三十两……文银。"

谁知话音刚落，停在床上的张默一下子坐了起来："我什么时候欠你的？！"

本来张豹就心虚，一看死尸坐了起来，当时就吓傻了："没……没有……"

张豹战战兢兢，吓得一下就尿了裤子……

"诈……尸了……诈尸了！"所有在场的人都吓坏了，一个个大眼瞪小眼，目瞪口呆。

听完张豹的话，张默又"咕咚"一下倒下了。再看这本家兄弟张豹，早已经羞愧难当，一命呜呼了！

据温榆河的老人说，这是张默夫妻使的计策，因为欠账太多，记不清究竟欠谁多少了，万不得已，才有了这么一招。

昌平民间文学